KB055488

The Mortal Instruments
City of Fallen Angels

4· 추락천사의 도시

새도우 헌터스

노블마인

Contents

2부
생명의 대가

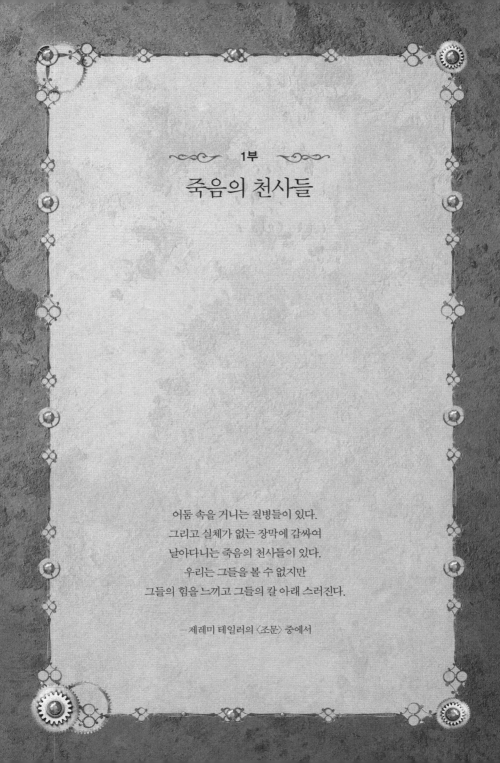

1부

죽음의 천사들

어둠 속을 거니는 질병들이 있다.
그리고 실체가 없는 장막에 감싸여
날아다니는 죽음의 천사들이 있다.
우리는 그들을 볼 수 없지만
그들의 힘을 느끼고 그들의 칼 아래 스러진다.

—제레미 테일러의 〈조문〉 중에서

1
마스터

"커피만 주세요."

"식사는 안 하시고요?" 웨이트리스가 곱게 그린 눈썹을 추켜올리며 물었다. 말투에는 강한 억양이 묻어났고 태도에는 실망한 기색이 역력했다.

사이먼 루이스는 웨이트리스를 탓할 수가 없었다. 커피보다는 팁이 더 많이 생기는 식사를 주문해주기를 바라는 게 당연하니까. 하지만 뱀파이어가 음식을 먹지 않는 것은 사이먼 탓이 아니었다. 이따금 레스토랑에 가면 보통 사람처럼 보이기 위해 음식을 주문하곤 했지만 이곳 베셀카가 텅 비는 화요일 늦은 밤에는 굳이 그럴 필요가 없었다.

"그냥 커피만요."

웨이트리스는 어깨를 한 번 으쓱하고는 코팅된 메뉴판을 집어 들더니 주문을 넣으러 주방으로 향했다. 사이먼은 플라스틱 의자에 등을 기대고 실내를 둘러보았다. 9번로와 7번가 모퉁이에 자리한 베셀카는 사이먼이 뉴욕 남동부 지역에서 제일 좋아하는 장소 중에 하나였다. 검은색과 흰색 무늬의 벽지로 도배된 베셀카는 30분 간격으로 커피를 주문하기만 하면 온종일 앉아 있어도 누가 뭐라지 않는 오래된 동네 식당이었다. 베셀카에서는 사이먼이 좋아하는 채식 피로시키(러시아식 파이—옮긴이)와 보르스치(빨간 순무가 들어가는 러시아식 수프—옮긴이)를 먹을 수도 있었다. 이제 사이먼과는 상관없는 이야기지만.

10월 중순이라 식당 내부는 할로윈 분위기였다. 흔들리는 글씨로 '트릭 오어 보르스치!'(할로윈에 아이들이 집집마다 사탕을 받으러 돌아다니면서 사탕을 안 주면 장난을 치겠다는 의미로 '트릭 오어 트릿'이라고 외친다—옮긴이)'라고 쓰인 팻말이 걸리고, 카드보드지로 만든 '블린출라 백작'이라는 이름의 뱀파이어 그림도 붙었다. 옛날 같으면 클라리와 사이먼도 이런 유치한 할로윈 장식을 보고 낄낄거렸겠지만 이제는 가짜 송곳니를 드러내고 검은 망토를 걸친 백작의 모습이 재미있게 느껴지지 않았다.

사이먼은 창 쪽으로 시선을 옮겼다. 상쾌한 밤이었다. 나뭇잎들이 공중에 흩뿌려진 색종이 조각처럼 7번가로 흩날렸다. 그 거리를 따라 소녀가 걸어오고 있었다. 트렌치코트의 허리끈을 꽉 졸라매고, 길고 검은 머리칼을 바람에 휘날리면서. 소녀가 지나가면 사람들은 고개를 돌려 그녀를 쳐다보았다. 과거에는 사이먼도 저런 소녀를 보면 그들처럼 눈으로 뒤를 쫓았다. 저 소녀는 어디로 가는 걸까, 누구를 만나러 가는 걸까 막연하게 궁금해하면서. 물론 자신과 비교도 안 되는 남자를 만나러 가리라는 점만은 분명하게 알았지만 말이다.

하지만 이 소녀는 달랐다. 종소리와 함께 식당 문이 열리더니, 이사벨 라이트우드가 안으로 들어왔다. 이사벨은 사이먼을 보고 웃으며 다가와서는, 코트를 벗어서 의자 등받이에 걸쳤다. 코트 안에는 클라리가 '전형적인 이사벨 패션'이라 부를 만한 옷을 입었다. 몸에 딱 붙는 벨벳 원피스와 그물 스타킹 그리고 부츠. 왼쪽 부츠에는 사이먼에게만 보이는 칼이 꽂혀 있었다. 그럼에도 긴 머리를 뒤로 쳐내며 의자에 앉는 이사벨에게 식당 안의 모든 시선이 쏠렸다. 무슨 옷을 입든 이사벨은 밤하늘을 수놓는 불꽃놀이의 불꽃처럼 사람들의 시선을 끌었다.

아름다운 이사벨 라이트우드. 그녀를 처음 보았을 때 사이먼은 그녀가 자신 같은 부류를 상대할 리가 없다고 생각했다. 그리고 그 생각은 대체로 옳은 것으로 드러났다. 이사벨은 부모님이 허락하지 않을 상대만 골라서 좋아했던 것이다. 바로 요정, 늑대인간, 뱀파이어 같은 다운월드 사람들 말이다. 사이먼은 지난 한두 달간 이사벨과 데이트를 했다는 사실이 놀랍기만 했다. 데이트라고 해봐야 이런 식으로 아주 가끔 얼굴을 보는 것이 다였지만. 그리고 사이먼이 뱀파이어가 되지 않았다면, 그 순간에 그의 인생이 완전히 바뀌지 않았다면 과연 이사벨과 한 번이라도 데이트할 수 있었을까 하는 의구심이 들기는 했지만.

이사벨이 머리칼을 귀 뒤에 꽂으며 환하게 웃어 보였다. "멋지네."

사이먼은 창문에 비친 자신의 모습을 흘깃 보았다. 이사벨과 데이트를 시작한 후로 그녀가 그의 외모에 끼친 영향이 뚜렷하게 드러났다. 이사벨은 사이먼에게 후드티를 죄다 버리고 가죽 재킷을 입게 했고 스니커즈 대신 유명 브랜드의 부츠를 신게 했다. 그런 부츠는 한 켤레에 300달러나 했다. 그는 여전히 독특한 문구가 들어간 셔츠—지금은 '실존주의자들은 의미 없이 그런 짓을 한다'라고 쓰인 셔츠를 입고 있었다—를 입었지만 무릎에 구멍이 나거나 주머니가 뜯긴 청바지는 더 이상 입지 않았다. 이마를 가리고 눈 위로 흘러내릴 정도로 머리를 길렀지만 그것은 이사벨의 영향이라기보다는 그의 필요에 의한 것이었다.

클라리는 사이먼의 변한 외모를 놀려댔다. 하지만 클라리는 사이먼이 아슬아슬하게 이어가는 이성 관계에 관해서라면 무엇이건 재미있어했다. 클라리는 그와 이사벨이 진지하게 만나는 중이라는 사실을 믿기 힘들어했다. 물론 그가 그들의 늑대인간 친구인 마야와도 똑같이 진지하게 만나고 있다는 사실 역시 믿기 힘들어했다. 그리고 아직 둘 중 누구에게도 다른 상대에 관해 얘기하지 않았다는 사실은 더더욱 믿기 힘들어했다.

사이먼은 어쩌다가 이런 상황까지 왔는지 도무지 이해되지 않았다. 마야는 사이먼의 집에 놀러 와서 엑스박스 게임을 즐기곤 했다. 마야 무리가 사는 버려진 경찰서에는 게임기가 없었기 때문이다. 그렇게 세 번인가 네 번쯤 놀러 왔을 무렵 마야는 집으로 돌아가기 전에 허리를 굽혀 작별 인사로 키스를 해주었다. 기분이 좋았던 사이먼은 클라리에게 전화해서 이 사실을 이사벨에게 말해야 하느냐고 물었다. "너랑 이사벨이 어떤 관계인지부터 확실하게 파악해. 그런 다음에 말해." 클라리는 그렇게 말했다.

그 조언은 사이먼에게 오히려 독이 되었다. 그날로부터 한 달이 지났지만, 사이먼은 아직도 이사벨과 어떤 관계인지 확실히 파악하지 못했기 때문에 아무 말도 할 수 없었다. 그리고 시간이 지날수록 입을 떼기가 더욱 어려워졌다. 그래도 지금까지는 별 무리 없이 두 사람과 만나왔다. 이사벨과 마야는 딱히 친구라고 부를 만한 사이가 아니어서 서로 마주칠 일이 거의 없었기 때문이다. 하지만 불행히도 상황은 곧 바뀔 예정이었다. 몇 주 후면 클라리의 어머니와 그녀의 오랜 친구인 루크가 결혼식을 올리는데, 이사벨과 마야 모두 결혼식에 초대받았다. 사이먼은 결혼식 날만 떠올리면 성난 뱀파이어 사냥꾼들에게 쫓겨 뉴욕의 거리를 도망 다니는 상상을 할 때보다도 더 무서웠다.

"그래서, 왜 타키가 아니라 여기서 보자고 했어? 타키에서는 피도 파는데." 이사벨의 목소리가 사이먼을 몽상에서 끌어냈다.

목소리가 너무 커서 사이먼은 움찔했다. 하지만 그런 것에 신경 쓸 이사벨이 아니었다. 다행히 아무도 들은 사람이 없는 것 같았다. 사이먼이 주문한 커피를 들고 와서 그의 앞에 요란하게 내려놓은 웨이트리스조차도. 웨이트리스는 이사벨을 쳐다보더니 주문도 받지 않고 돌아갔다.

"내가 좋아하는 곳이거든. 클라리가 티위 예술대학에서 수업을 들을 때 자주 왔었어. 여기 보르스치랑 블린츠(치즈나 과일을 넣은 팬케이크—옮긴이)가 끝내주게 맛있어. 달콤한 치즈 경단 같고. 그리고 여긴 밤새도록 문을 여니까."

하지만 이사벨은 사이먼의 대답을 제대로 듣지 않았다. 그의 어깨 너머를 유심히 쳐다보는 중이었다. "저게 뭐야?"

사이먼이 이사벨의 시선을 따라갔다. "블린출라 백작."

"블린출라 백작?"

사이먼이 어깨를 으쓱해 보였다. "할로윈 장식이야. 블린출라 백작은 애들을 위한 거고. 그러니까 초쿨라 백작이나 〈세서미스트리트〉의 백작 같은 것 말이야." 멍한 표정으로 쳐다보는 이사벨을 향해 사이먼이 싱긋 웃었다. "왜, 아이들에게 숫자 세는 법을 가르쳐주는 사람 있잖아."

이사벨이 좌우로 고개를 저었다. "뱀파이어가 아이들에게 숫자 세는 법을 가르쳐주는 텔레비전 프로가 있단 말이야?"

"직접 보면 이해될 텐데." 사이먼이 중얼거렸다.

"아마 설화를 근거로 그런 프로가 생겼나 본데." 이사벨은 강의하는 섀도우 헌터 모드로 바뀌었다. "전설에 따르면 뱀파이어는 숫자를 세는 일에 몹시 집착해서 그들 앞에다 쌀알을 쏟아두면 하던 일을 모두 멈추고 쌀알부터 셀 정도란 얘기가 있어. 물론 뱀파이어가 마늘을 싫어한다는 얘기만큼이나 신빙성이 없긴 하지. 하지만 뱀파이어가 어린애들을 가르친다니 말도 안 돼. 뱀파이어는 섬뜩한 존재잖아."

"그렇게 말해줘서 고마워." 사이먼이 대꾸했다. "이건 그냥 말장난일 뿐이야, 이사벨. 백작(count)이니까 숫자 세는(counting) 것을 좋아한다, 뭐 그런 거지. 그러니까 이런 식인 거야. '여러분, 백작이 오늘 무엇을 먹었을까요? 초콜릿칩 쿠키 하나, 초콜릿칩 쿠키 둘, 초콜릿칩 쿠키 셋…'."

식당 문이 열리고 손님들이 들어오는 순간 찬 공기가 안으로 밀려들었다. 이사벨이 몸을 떨면서 검은 실크 스카프로 손을 뻗었다. "현실적이지 못해."

"그럼 이게 낫겠어? '백작이 오늘 무엇을 먹었을까요, 여러분? 힘없는 마을 사람 한 명, 힘없는 마을 사람 두 명, 힘없는 마을 사람 세 명…'."

"쉿." 이사벨이 스카프를 두르고 앞으로 몸을 수그리며 사이먼의 손목을 잡았다. 커다란 검은 눈에 돌연 생기가 돌았다. 악마를 사냥하거나 사냥할 생각을 할 때만 떠오르는 생기였다. "저기 좀 봐."

사이먼이 그녀의 시선을 따라갔다. 두툼한 설탕 코팅을 뒤집어쓴 케이크와 루겔리치(유대인들이 유대 명절인 하누카에 만들어 먹는 쿠키—옮긴이), 크림 페이스트리 따위가 놓이고 앞이 유리로 덮인 선반 옆에 두 남자가 서 있었다. 그러나 아무도 음식에는 관심이 없는 듯했다. 두 사람모두 키가 작았고 가여울 정도로 수척했다. 얼마나 여위었는지 혈색 하나 없는 얼굴에 튀어나온 광대뼈가 칼날처럼 날카로웠다. 희끗희끗한 머리는 숱이 적고, 두 눈은 창백한 회색이었으며, 벨트가 달리고 바닥까지 닿는 석판 빛깔의 코트를 입고 있었다.

"저 사람들 정체가 뭐 같아?"

사이먼이 눈을 가늘게 뜨고 쳐다보았다. 두 남자도 사이먼을 주시했다. 속눈썹이 없는 눈은 텅 빈 구멍 같았다. "사악한 잔디 인형(땅을 수호한다고 하여 정원에 세워두는 난쟁이 석상—옮긴이)처럼 생겼는데."

"저 사람들은 인간 예속자들이야. 뱀파이어에게 속한 사람들." 이사벨이 목소리를 낮췄다.

"'속한' 사람이라니, 무슨 뜻이야?"

이사벨이 답답하다는 듯이 말했다. "맙소사. 너, 너희 종족에 관해서는 아무것도 모르지? 뱀파이어가 어떻게 태어나는지는 알아?"

"그거야 뭐, 엄마 뱀파이어와 아빠 뱀파이어가 서로를 아주 많이 사랑하면…."

이사벨이 얼굴을 찌푸렸다. "뱀파이어가 섹스를 통해 후손을 만들지 않는다는 것은 아나 본데, 정확한 과정은 분명 모를 거야."

"그 정도는 나도 알아. 내가 뱀파이어가 된 건 죽기 전에 라파엘의 피를 마셨기 때문이야. 그러니까 피 마시기 더하기 죽기가 곧 뱀파이어라는 거지."

"꼭 그런 건 아니야. 너는 라파엘의 피를 마신 다음 다른 뱀파이어들에게 물려 죽었기 때문에 뱀파이어가 된 거야. 뱀파이어가 되려면 반드시 어느 시점에 뱀파이어에게 물려야만 해."

"왜?"

"뱀파이어의 침에는… 독특한 특성이 있거든. 변형 특성 같은 거."

"우엑."

"내 앞에서 우엑거리지 마. 마법의 침을 지닌 쪽은 내가 아니라 너라고. 뱀파이어는 인간을 가까이에 두고 피를 구하기 힘들 때마다 그들의 피를 마셔. 그러니까 걸어 다니는 간식 자판기와 비슷한 거지." 이사벨이 혐오스럽다는 듯이 말했다. "계속해서 뱀파이어에게 피를 빨리기 때문에 그들은 항상 약한 상태일 거라고 생각할지 모르지만 뱀파이어 침에는 치유의 특성이 있어. 피를 제공하는 인간은 적혈구 수가 증가해서 더욱 강하고 건강하게 오래 사는 거지. 그렇기 때문에 뱀파이어가 인간의 피를 마시는 것이 불법이 아닌 거야. 뱀파이어에게 피를 조금 빨린다고 해서 해로운 건 아니거든. 그러다가 뱀파이어는 간식으로는 만족할 수가 없게 되고, 예속자를 원하게 되지. 그러면 그 뱀파이어는 자기 예속자에게 적은 양의 뱀파이어 피를 먹이기 시작해. 예속자가 고분고분 마스터를 따르고 그와의 연결을 유지하도록. 예속자는 자기 마스터를 숭배하고 그의 시중을 드는 것을 아주 좋아해. 늘 마스터 가까이에 머물고 싶어 하고. 예전에 네가 뒤몬트로 돌아간 것처럼 말이야. 너는 그때 네가 마신 피의 주인에게 강하게 끌렸던 거야."

"라파엘." 사이먼이 암울한 목소리로 말했다. "요즘은 그다지 함께 있고 싶다는 욕망이 들지 않는데."

"당연하지. 뱀파이어가 되면 그런 충동은 사라지니까. 자기에게 피를 나눠준 뱀파이어를 숭배하고 그들의 말을 거역하지 못하는 것은 오로지 예속자들뿐이야. 모르겠어? 넌 뒤몬트로 돌아간 날에 라파엘 무리에게 피를 빨리고 죽었기 때문에 뱀파이어가 된 거야. 만일 그들이 네 피를 빨지 않고 네게 뱀파이어의 피를 더 먹였다면 넌 결국 예속자가 되었을 거라고."

"몹시 흥미로운 얘기이긴 한데 말이야, 그것으로도 저 남자들이 우릴 빤히 쳐다보는 이유는 설명이 안 되는데." 사이먼이 말했다.

이사벨이 흘깃 그들을 보았다. "우리가 아니라 널 보는 거야. 마스터가 죽어서 자기들을 거둬줄 또 다른 뱀파이어를 찾고 있나 보지 뭐. 너, 애완동물을 기르고 싶은 생각은 없어?" 그녀가 싱긋 웃어 보였다.

"그냥 감자튀김이 먹고 싶은 걸지도 모르잖아." 사이먼이 말했다.

"인간 예속자는 음식을 먹지 않아. 뱀파이어 피와 동물 피로 연명하니까. 일종의 가사 상태로 살아가는 거나 마찬가지야. 그래서 불멸의 존재는 아니지만 아주 천천히 늙어가지."

"안타깝게도 외모는 유지가 안 되는 모양이네." 사이먼이 남자들을 주시하며 말했다.

이사벨이 허리를 꼿꼿이 폈다. "이쪽으로 오고 있어. 결국 저들이 뭘 원하는지 알게 되겠네."

인간 예속자들은 마치 바퀴 달린 사람들처럼 움직였다. 걷는다기보다는 소리 없이 미끄러지는 것처럼 보였다. 그들이 식당을 가로지르는 데는 몇 초밖에 걸리지 않았다. 그들이 가까이 다가오자 이사벨은 부츠에서 작고 날카로운 단검을 뽑아 테이블에 올려놓았다. 단검이 형광등 불빛을 받아 반짝거렸다. 어두운 빛깔의 묵직한 은제 단검은 자루 양면에 십자가가 새겨져 있었다. 뱀파이어 퇴치 무기에 십자가가 새겨진 것은 대부분의 뱀파이어가 기독교인일 거라는 추측을 근거로 내려진 결정인 듯했다. 소수 종교를 믿는 것이 이점이 되는 경우도 있다는 것을 누가 알았겠는가?

"그 정도로 가까이 왔으면 됐어." 이사벨의 말에 두 남자가 멈춰 섰다. 그녀의 손은 단검 바로 옆에 놓여 있었다. "무슨 일로 왔는지 말해보시지, 두 사람."

"섀도우 헌터." 왼쪽 남자가 쉿소리로 속삭이듯 말했다. "이런 상황에서 만날 줄은 몰랐는데."

이사벨이 한쪽 눈썹을 추켜올렸다. "이런 상황이 뭘까?"

다른 예속자가 기다란 손가락으로 사이먼을 가리켰다. 손가락 끝에는 누렇고 날카로운 손톱이 달려 있었다. "우린 데이라이터에게 볼일이 있어."

"아니, 그렇지 않을걸." 사이먼이 대꾸했다. "난 당신들이 누군지도 몰라. 얼굴을 본 적도 없고."

"난 워커야." 첫 번째 남자가 말했다. "이쪽은 아처고. 우리는 뉴욕에서 가장 강력한 뱀파이어를 모시지. 위대한 맨해튼 일족의 우두머리."

"라파엘 산티아고를 말하는 모양인데, 그렇다면 사이먼은 어느 일족에도 속하지 않는다는 사실을 알아두는 것이 좋을 거야. 사이먼은 자유로운 뱀파이어거든." 이사벨이 말했다.

워커가 희미하게 웃으며 말했다. "우리 마스터께서는 상황이 달라지기를 바라고 계시지."

사이먼이 테이블 너머로 이사벨과 눈을 마주쳤다. 이사벨이 어깨를 으쓱했다. "라파엘이 너한테 일족 근처에는 얼씬하지 말라고 그러지 않았어?"

"마음이 바뀌었나 보지, 뭐." 사이먼이 말했다. "라파엘이 어떤지 알잖아. 기분파에 변덕도 심하고."

"난 잘 모르지. 코앞에서 촛대를 휘두르며 죽이겠다고 윽박지른 날 이후로는 제대로 본 적도 없으니까. 그래도 그날은 제법이었어. 협박에도 꿈쩍 안 하고."

"굉장하네." 사이먼이 말했다. 두 예속자는 사이먼을 빤히 쳐다보았다. 그들의 눈동자는 사람의 발길로 더럽혀진 눈처럼 창백한 회백색을 띠었다. "내가 일족으로 들어오길 원한다면 그건 라파엘이 나한테 바라는 게 있다는 뜻이야. 그게 뭔지 당신들이 말해주든가."

"우리는 마스터의 계획에 관해서는 아는 바가 없어." 아처가 거만한 어조로 대답했다.

"그렇다면 난 못 가." 사이먼이 말했다.

"순순히 따라오지 않으면 무력을 써도 좋다는 허락을 받았어."

그 순간 단검이 이사벨의 손으로 뛰어들었다. 아니, 이사벨이 손을 움직이는 것 같지도 않았는데 손에 단검이 들려 있었다. 이사벨이 단검을 가볍게 돌리며 말했다. "나라면 그런 짓은 하지 않겠어."

아처가 이사벨에게 이를 드러냈다. "천사의 아이가 언제부터 무리를 벗어난 뱀파이어의 보디가드 노릇을 하게 됐지? 그것보다는 훨씬 중요한 일을 하는 줄 알았는데, 이사벨 라이트우드."

"난 사이먼의 보디가드가 아니라 여자친구야. 그 말은 곧 사이먼을 귀찮게 하는 자식들에게 뜨거운 맛을 보여줄 권리가 있다는 뜻이지. 지금이 바로 그런 상황이고."

여자친구? 사이먼이 깜짝 놀라 쳐다봤지만 이사벨은 두 예속자에게 시선을 고정하고 있었다. 검은 눈에 섬광이 번쩍였다. 사이먼이 알기로 이사벨은 한 번도 그의 여자친구라고 말한 적이 없었다. 그리고 이것이 바로 그가 얼마나 기이하게 변했는지를 보여주는 단적인 예였다. 뉴욕에서 가장 강력한 뱀파이어가 만남을 제안한 사실보다 이사벨이 그의 여자친구라고 말한 사실이 더욱 놀랍다는 것.

"우리 마스터께서는 데이라이터에게 한 가지 제안을…." 워커는 나름 부드럽게 말하려는 것 같았다.

"그의 이름은 사이먼이야. 사이먼 루이스."

"루이스에게 한 가지 제안을 하실 거야. 우리와 함께 가서 마스터의 얘기를 들어보면 매우 이로운 제안이라는 것을 알게 될 거야. 난 우리 마스터의 명예를 걸고 네가 어떤 해도 입지 않을 거라고 분명히 말할 수 있어, 데이라이터. 얘기를 다 들어본 후에 거절을 하겠다면 얼마든지 그럴 자유가 있다는 것도."

우리 마스터, 우리 마스터. 워커의 목소리에는 흠모와 경외심이 담겨 있었다. 사이먼은 내심 몸서리를 쳤다. 저토록 단단하게 누군가에게 매여 있다는 것은, 그래서 자신의 의지조차 가지지 못한다는 것은 얼마나 끔찍한가.

이사벨이 고개를 저으며 사이먼에게 '안 돼'라고 입모양으로 말했다. 이사벨의 생각이 옳을 것이다. 그녀는 훌륭한 새도우 헌터였다. 열두 살 때부터 오늘날까지 악마뿐 아니라 법을 어긴 다운월드 사람, 즉 통제를 벗어난 뱀파이어, 흑마술을 쓰는 마법사, 난폭하게 변해 사람을 잡아먹은 늑대인간들을 사냥해왔다. 그리고 제이스를 제외하고는 또래 새도우 헌터들 가운데 가장 뛰어난 실력을 자랑했다. 물론 그 둘보다 뛰어난 세바스찬이 있지만. 그러나 그는 죽었다.

"좋아. 가겠어." 사이먼이 입을 열었다.

이사벨의 눈이 커졌다. "사이먼!"

두 예속자가 만화에 나오는 악당들처럼 양손을 맞비볐다. 동작 자체는 대수롭지 않았지만 동시에 줄이 당겨진 꼭두각시 인형처럼 정확히 같은 순간에 정확히 같은 동작을 하고 있다는 사실이 섬뜩했다.

"훌륭해." 아처가 말했다.

이사벨이 테이블 위에 소리 나게 칼을 내려놓고 앞으로 몸을 기울이자 윤기 흐르는 검은 머리가 탁자를 쓸었다. "사이먼, 바보같이 굴지 마. 저들을 따라갈 이유가 전혀 없잖아. 게다가 라파엘은 나쁜 자식이야."

이사벨이 다급한 어조로 속삭였다.

"라파엘은 우두머리 뱀파이어야. 난 그의 피로 뱀파이어가 됐어. 그러니까 그는 나의… 저들이 뭐라고 부르든 간에 아무튼 그런 존재야."

"사이어, 메이커, 아버지… 그런 존재를 부르는 이름은 백만 개도 넘어." 이사벨이 심란한 표정으로 말했다. "그리고 그의 피로 네가 뱀파이어가 됐지만 널 데이라이터로 만든 것은 그가 아니야." 이사벨이 테이블 너머로 사이먼의 눈을 들여다 보았다. 제이스가 널 데이라이터로 만들었지. 하지만 이사벨은 그 말을 입 밖에 내지 않을 것이었다. 제이스의 정체가 무엇인지, 그 때문에 사이먼이 어떤 존재가 되었는지 모든 이야기를 속속들이 아는 사람은 겨우 몇 명뿐이었다. "라파엘의 말을 따를 필요가 없어."

"알아." 사이먼이 목소리를 낮췄다. "하지만 내가 안 간다고 해서 라파엘이 순순히 포기할까? 절대 아니야. 날 데려가려고 계속 사람을 보낼 거라고." 사이먼이 예속자들을 흘끔 훔쳐보니, 어쩌면 상상일지도 모르지만 그들은 사이먼의 말에 동의하는 듯한 표정으로 서 있었다. "내가 어딜 가든 졸졸 따라다닐 거야. 외출을 하건, 학교를 가건, 클라리를 만나건…."

"그래서 뭐? 클라리가 그 정도도 감당하지 못할까 봐?" 이사벨이 포기하듯 양손을 들어 올렸다. "좋아. 정 가겠다면 나랑 같이 가."

"그건 안 돼." 아처가 불쑥 끼어들었다. "이건 섀도우 헌터와는 아무 상관이 없는 일이야. 밤의 아이들끼리의 문제지."

"그렇다면 난…."

"우리 문제는 우리끼리 조용히 처리할 권한이 있다고 법으로도 정해져 있어." 워커가 딱딱한 어조로 말했다. "같은 종족끼리 말이야."

사이먼이 예속자들을 보며 말했다. "잠깐 시간을 좀 주겠어? 이사벨과 할 얘기가 있어."

잠시 침묵이 흘렀다. 주변에서는 식당의 일상이 이어지고 있었다. 길 끝의 극장에서 쏟아져 나온 사람들이 들어오면서 식당은 북적거리기 시작했고 웨이트리스는 김이 피어오르는 접시를 들고 테이블 사이로 바쁘게 오갔다. 근처 테이블에서 커플들이 웃으며 수다를 떨었고 카운터 뒤에서 요리사들이 주문 내용을 크게 외쳐댔다. 사이먼 일행을 쳐다보거나 그곳에서 이상한 일이 벌어지고 있다는 사실을 눈치챈 사람은 없었다. 사이먼은 이제 글래머가 부리는 요술에 익숙해졌지만 가끔, 이사벨과 함께 있을 때면 다른 사람들과 그들의 일상으로부터 단절된 채 보이지 않는 유리벽 뒤에 갇혀 있는 기분이 드는 것은 어쩔 수가 없었다.

"좋아. 하지만 우리 마스터께서는 기다리는 걸 좋아하시지 않아." 워커가 뒤로 물러서며 말했다.

예속자들은 문 쪽으로 물러나서 사람들이 드나들 때마다 들이닥치는 돌풍에도 아랑곳없이 조각상처럼 서 있었다. 사이먼은 이사벨에게 고개를 돌렸다. "괜찮아. 저들은 날 해치지 않아. 그럴 수가 없으니까. 라파엘도 전부 아는 이상…" 사이먼이 거북하게 이마를 가리켰다. "이거 말이야."

이사벨이 손을 뻗어 사이먼의 머리칼을 넘겼다. 의사가 환자를 대하는 손길에 가까웠다. 이사벨이 인상을 썼다. 사이먼도 수없이 거울로 보아서 마크가 어떻게 생겼는지 잘 알았다. 가는 붓으로 그린 듯 단순한 문양으로 미간 바로 위쪽에 있었다. 가끔씩 움직이는 구름처럼 모양이 바뀌는 것 같았지만 언제나 변함없이 그 자리에 있었다. 다른 언어로 휘갈긴 경고문처럼 다소 위험해 보이는 모습으로.

"정말… 효과가 있어?" 이사벨이 속삭였다.

"라파엘은 효과가 있다고 믿어. 나도 아니라고 믿을 이유가 없고." 사이먼이 이사벨의 손목을 잡고 얼굴에서 떼어냈다. "난 괜찮을 거야, 이사벨."

이사벨이 한숨을 쉬었다. "내가 받은 모든 훈련에 비춰볼 때 이건 정말 좋은 생각이 아니야."

사이먼이 그녀의 손을 꼭 잡았다. "너도 라파엘이 뭘 원하는지 궁금하잖아, 안 그래?"

이사벨이 그의 손을 토닥이고 뒤로 기댔다. "다녀와서 전부 말해줘야 돼. 나한테 제일 먼저 전화해."

"알았어." 사이먼이 일어서며 재킷의 지퍼를 올렸다. "그럼 부탁 하나만 들어줘. 하나가 아니라 두 개네."

신중하면서도 즐거워 보이는 얼굴로 이사벨이 그를 쳐다보았다. "뭔데?"

"클라리가 오늘 밤 인스티튜트에서 훈련할 거라던데. 걔한테는 내가 어디 갔는지 말하지 말아줘. 괜히 걱정만 하니까."

이사벨이 눈알을 굴렸다. "알았어, 알았다고. 두 번째는 뭐야?"

사이먼이 허리를 굽혀 이사벨의 볼에 입을 맞췄다. "가기 전에 여기 보르스치를 꼭 맛보라고. 엄청 맛있거든."

워커와 아처는 그리 수다스러운 친구들은 못 되었다. 그들은 몇 걸음 앞에서 미끄러지듯 움직이며 말없이 그를 이끌었다. 늦은 밤이었지만 거리는 사람들로 북적였다. 밤 근무를 마치고 퇴근하는 사람들, 저녁을 먹고 집으로 향하는 사람들이 찬바람을 막으려고 옷깃을 세우고 고개를 숙인 채 잰걸음을 옮겼다. 세인트 마크스 플레이스에서는 도로변에 카드테이블을 놓고 싸구려 양말에서 뉴욕을 담은 연필화와 연기가 피어오르는 백단향에 이르기까지 다양한 물건들을 팔았다. 나뭇잎들이 보도 위를 바짝 마른 뼈처럼 달그락거리며 굴러다녔다. 자동차 배기가스와 백단향의 냄새가 섞여 공중을 떠돌았고, 그 밑으로 인간의 냄새가 흘러들었다. 살갗과 피의 냄새.

위장이 확 조여들었다. 사이먼은 배가 고파지는 일이 없도록 언제나 동물 피를 충분히 준비해두었다. 엄마 모르게 벽장 안쪽에 작은 냉장고까지 들여놓았다. 동물 피는 역겨웠지만, 시간이 흐르면 익숙해지고 심지어 더 먹고 싶어질지도 모른다고 생각했다. 그러나 동물 피는 공복감은 없애줄지언정 초콜릿이나 채식 부리토, 커피 아이스크림처럼 즐기게 되지는 않았다. 피는 그저 피일 뿐이었다.

하지만 배가 고프면 더욱 끔찍했다. 그러면 원치 않는 냄새까지 맡게 되었다. 피부의 소금기, 낯선 이의 모공에서 물씬 풍겨나는, 농익은 과일처럼 달콤한 피 냄새. 그러고 나면 허기가 느껴지고 창자가 꼬이면서 어딘가 크게 탈이 난 느낌이 들었다. 사이먼은 몸을 웅크리며 재킷 주머니에 주먹을 찔러 넣고 입으로만 숨을 쉬었다.

그들은 오른쪽으로 돌아 3번가로 들어섰다. 그러고는 '클로이스터 카페. 사철 정원 개방'이란 간판이 붙은 레스토랑 앞에 멈춰 섰다. 사이먼이 눈을 껌뻑이며 간판을 바라보았다. "왜 여기서 멈춘 거지?"

"여기가 바로 우리 마스터께서 약속 장소로 고른 곳이니까." 워커가 단조로운 목소리로 말했다.

"그래? 난 라파엘이 뭐랄까, 축성하지 않은 대성당이나 뼈가 가득한 지하묘지 같은 곳을 고르는 스타일이라고 생각했거든. 유행을 따르는

레스토랑을 좋아할 타입으론 전혀 보이지 않았어."

두 예속자가 사이먼을 빤히 보았다. "무슨 문제라도 있나, 데이라이터?" 마침내 아처가 물었다.

사이먼은 어쩐지 어른에게 야단맞은 기분이 들었다. "아니, 전혀."

레스토랑 내부는 어두운 색조로 꾸며졌고, 한쪽 벽에는 대리석 상판이 덮인 카운터가 붙어 있었다. 세 사람이 실내를 가로질러 뒤쪽에 있는 문을 통과해 정원으로 나가는 동안 직원이든 웨이트리스든 누구 하나 다가오는 사람이 없었다.

뉴욕의 많은 레스토랑에 정원 테라스가 있지만 이렇게 늦은 계절까지 개방하는 곳은 드물었다. 이곳의 테라스는 건물들 사이에 자리한 뜰에 마련되어 있었다. 벽에는 꽃이 만발한 이탈리아 정원의 모습이 입체 화법으로 그려졌다. 가을이 무르익으며 황금색과 적갈색으로 물든 나무에는 하얀 등들이 매달렸고 탁자 사이에 드문드문 놓인 적외선 등에서 불그레한 빛이 퍼져나갔다. 정원 중앙에는 물줄기를 뿜어내는 자그마한 분수대가 있었다.

손님이 있는 자리는 딱 한 군데뿐이었다. 그리고 그 손님은 라파엘이 아니었다. 챙이 넓은 모자를 쓴 호리호리한 여자가 벽 쪽의 자리에 앉아 있었다. 사이먼이 당황해서 쳐다보자 여자가 손을 흔들었다. 사이먼이 뒤를 돌아보았지만 뒤쪽에는 아무도 없었다. 워커와 아처가 다시 움직이기 시작했고 사이먼이 어리둥절한 표정으로 뒤따랐다. 그들은 정원을 가로질러 여자가 앉은 자리에 조금 못 미친 곳에서 멈춰 섰다.

워커가 허리를 깊이 숙여 절을 했다. "마스터."

여자가 웃었다. "워커, 아처. 잘했어. 사이먼을 데려다줘서 고마워."

"잠깐만요. 당신은 라파엘이 아니잖아요." 사이먼이 여자와 예속자들을 번갈아 쳐다보았다.

"저런, 라파엘이라니." 여자가 모자를 벗었다. 은빛을 띤 풍성한 금발이 크리스마스 등불처럼 환하게 빛나며 어깨 위로 쏟아져 내렸다. 매끈하고 하얀 얼굴은 몹시 아름다웠고, 커다란 연녹색 눈이 도드라져 보였다. 검은 실크 블라우스에 펜슬 스커트를 입은 그녀는 길고 검은 장갑을 끼고 검은 스카프를 둘렀다. 나이가 어느 정도나 되는지 짐작조차 할 수가 없었다. 지금의 나이는 고사하고 뱀파이어가 되었을 때의 나이도 알수 없었다. "난 카밀 벨코트야. 만나서 정말 반가워."

여자가 검은 장갑을 낀 손을 내밀었다.

"라파엘 산티아고를 만난다고 들었는데요. 그를 위해 일하나요?" 사이먼은 여자의 손을 잡지 않고 말했다.

카밀 벨코트의 웃음소리는 마치 분수대에 부딪히는 물소리 같았다. "그건 절대로 아니지! 예전에 그가 날 위해 일하긴 했지만."

그러자 사이먼의 기억이 되살아났다. 이제는 오래전의 일처럼 느껴졌지만 이드리스에서 그는 라파엘에게 이렇게 말했다. 우두머리 뱀파이어는 네가 아닌 걸로 아는데.

카밀이 아직 돌아오지 않았거든. 내가 대신 그녀의 일을 수행해. 라파엘은 그렇게 대답했다.

"당신이 바로 맨해튼 일족의 우두머리 뱀파이어군요." 사이먼은 그렇게 말하고 예속자들을 돌아보았다. "날 속였어. 라파엘을 만날 거라고 했잖아."

"우리 마스터를 뵙게 될 거라고 했지." 워커가 대답했다. 커다란 눈은 공허해 보였다. 너무나 텅 비어 보여서 사이먼은 그들에게 그를 속일 의도가 있었던 것이 아니라 그저 로봇처럼 마스터가 하라는 말을 하도록 프로그램된 것이 아닌가 하는 의혹이 들었다. 대본대로 진행되지 않은 것도 인식하지 못하고 말이다. "여기 이렇게 마스터가 계시고."

"그렇지." 카밀이 예속자들에게 눈부신 미소를 지어 보였다. "그럼 이제 우리 둘만 있게 해줘, 워커, 아처. 사이먼과 둘이서만 나눌 얘기가 있으니까." 카밀은 마치 누군가를 은밀하게 어루만지는 듯한 어조로 그의 이름과 '둘이서만'이라는 단어를 말했다.

예속자들이 절을 하고 물러났다. 아처가 돌아서 나갈 때 사이먼은 그의 목에서 심한 멍 자국을 보았다. 물감으로 칠한 것처럼 색이 진했고, 그 안에는 더욱 진한 반점 두 개가 찍혀 있었다. 진한 반점은 가장자리의 살점이 너덜너덜하게 찢긴 구멍이었다. 오싹한 전율이 사이먼을 휩쓸고 지나갔다.

"자, 앉지." 카밀이 옆자리를 톡톡 두드렸다. "와인 좀 하겠어?"

사이먼은 금속 의자 끝에 어색하게 걸터앉았다. "술은 별로 좋아하지 않아서요."

"물론 그렇겠지. 이제 막 어린 새가 되었으니까. 하지만 걱정할 필요 없어. 앞으로 연습을 하면 와인뿐 아니라 어떤 음료도 마실 수 있게 되지. 아주 오래된 뱀파이어들은 부작용이 거의 없이 인간의 음식을 먹기도 해."

부작용이 거의 없이? 사이먼은 그 말이 별로 마음에 들지 않았다. "얘기가 오래 걸릴까요?" 사이먼은 일부러 전화기를 보면서 물었다. 전화기의 시계가 10시 30분을 가리키고 있었다. "집에 가봐야 해서요."

카밀이 와인을 한 모금 마셨다. "집에 가봐야 한다고? 왜 그래야 하지?"

엄마가 기다리니까 그렇죠. 하지만 이 여자한테 그런 사실까지 알릴 필요는 없었다. "당신은 내 데이트를 방해했어요. 그 정도로 중요한 얘기가 뭔지 궁금하네요."

"아직도 엄마와 살고 있지?" 카밀이 와인잔을 내려놓으며 말했다. "조금 이상하다고 생각하지 않아? 너처럼 강한 힘을 지닌 뱀파이어가 집을 떠나 일족에 합류하지 않는다는 것이?"

"그러니까 아직도 부모님 집에 얹혀사는 걸 놀리려고 내 데이트를 방해한 건가요? 그런 거라면 데이트가 없는 날에 해도 되지 않나요? 궁금할까 봐 말해두지만 그런 날은 아주 많거든요."

"널 조롱하는 게 아니야, 사이먼." 카밀이 입술에 남은 와인의 맛을 음미하듯 혀로 아랫입술을 훑었다. "왜 라파엘 일족에 합류하지 않는지 이유가 궁금해서 그래."

그건 당신의 일족이기도 하고요, 그렇죠? "라파엘이 원하지 않는다는 느낌이 아주 강하게 들어서요. 내가 그를 귀찮게 하지 않는 한, 라파엘도 날 귀찮게 하지 않을 거라고 했어요. 그래서 그를 귀찮게 하지 않았죠."

"그랬군." 카밀의 녹색 눈이 반짝거렸다.

"난 뱀파이어가 되고 싶은 생각이 없었어요." 사이먼은 왜 낯선 여자에게 이런 얘기를 하는지 알 수가 없었다. "그냥 평범하게 살고 싶었어요. 내가 데이라이터라는 것을 알았을 때는 그럼 그렇지라는 심정이었죠. 꼭 그렇게 되지는 못해도 그 비슷한 삶을 살 줄은 알았어요. 엄마랑 누나랑 같이 살면서 학교에도 다니고…."

"그들 앞에서 식사를 하지 않는다면 가능하겠지. 피를 마시고 산다는 사실을 숨긴다면. 넌 아직 인간의 피를 마셔본 적이 없지? 봉지에 담긴 피나 마시겠지. 상해가는 피. 동물 피." 카밀이 코를 찡그렸다.

사이먼은 제이스를 떠올렸다가 재빨리 밀어냈다. 제이스는 엄밀히 말하면 인간이 아니었다. "맞아요."

"언젠가는 맛보게 될 거야. 그리고 인간의 피를 한번 맛보면 절대로 그 맛을 잊지 못하지." 카밀이 앞으로 몸을 기울이자 그녀의 연한 빛깔 머리카락이 사이먼의 손을 쓸었다. "자신의 참모습을 영원히 감추진 못해."

"십대 소년이 부모에게 무슨 거짓말인들 못 하겠어요? 그런데 그게 당신하고 무슨 상관인지 모르겠네요. 사실 내가 왜 여기에 와 있는지도 모르겠어요."

카밀이 상체를 더욱 숙였다. 그러자 검은 블라우스의 목선이 벌어졌다. 사이먼이 인간이었다면 얼굴을 붉혔을 것이다. "보여주지 않겠어?"

사이먼은 너무 놀라 눈알이 튀어나오는 줄 알았다. "뭘 보여줘요?"

카밀이 웃음을 지었다. "마크 말고 뭐겠어? 방랑자의 마크 말이야."

사이먼은 입을 열었다가 다시 닫았다. 카밀이 그걸 어떻게 알았을까? 이드리스에서 클라리가 사이먼에게 새겨 넣은 마크에 관해서는 극소수만 알고 있었다. 라파엘은 이 문제를 누구에게도 알려서는 안 될 것처럼 굴었고, 사이먼도 입을 굳게 다물었다.

하지만 카밀의 녹색 눈이 그를 빤히 응시하자 사이먼은 그녀가 원하는 대로 해주고 싶어졌다. 카밀의 시선, 음악과도 같은 그녀의 목소리가 그렇게 만드는 듯했다. 사이먼은 손으로 머리칼을 넘겨서 카밀이 볼 수 있게 이마를 드러냈다.

카밀이 눈을 커다랗게 뜨면서 입술을 살짝 벌렸다. 뛰지 않는 맥박을 확인하기라도 하듯 목에 손을 가볍게 얹었다. "오, 넌 정말 행운아로구나, 사이먼. 정말 운이 좋아."

"이건 축복이 아니라 저주예요. 그 정도는 알겠죠?" 사이먼이 말했다.

카밀의 눈에 불꽃이 일었다. "'카인이 야훼께 하소연하였다. "벌이 너무 무거워서 저로서는 견디지 못하겠습니다.' 마크를 감당할 수 없다는 건가, 사이먼?"

사이먼이 등받이에 기대앉자 머리카락이 제자리로 돌아와 이마를 가렸다. "감당할 수 있어요."

"하지만 그러고 싶지 않다는 거군." 카밀은 시선을 사이먼에게 고정한 채 장갑 낀 손가락 하나로 천천히 와인잔의 테두리를 훑었다. "네가 저주라고 생각하는 것을 이점으로 바꿀 방법을 제안한다면 어떻게 하겠어?"

드디어 날 이리로 부른 이유를 말할 모양이군. "듣고 있으니 얘기해보세요."

"넌 내 이름을 듣고 내가 누군지 알아보았어. 라파엘이 내 얘기를 했나 보지?" 카밀의 말투에 독특한 억양이 희미하게 묻어났지만, 어느 지역 억양인지는 확실치 않았다.

"라파엘은 당신이 일족의 우두머리이고 당신이 자리를 비우는 동안 자기가 일족을 이끈다고 했어요. 부통령이나 부회장 같은 사람들처럼 당신 업무를 대신하는 거죠."

"아." 카밀이 아랫입술을 살짝 깨물었다. "사실은 그렇지가 않아. 난 진실을 말해주고 싶어, 사이먼. 제안을 하나 하고 싶고. 하지만 그전에 먼저 약속을 해줘야겠어."

"무슨 약속이오?"

"오늘 밤 여기서 나와 나눈 이야기는 우리 둘만의 비밀로 남아야 해. 누구도 알아서는 안 돼. 네 빨강 머리 친구 클라리도. 네 여자친구들도. 라이트우드 가족도. 누구도."

사이먼이 뒤로 기대앉았다. "약속을 못 하겠다면요?"

"그럼 일어나서 나가면 되겠지. 하지만 그러고 나면 내가 무엇을 말해주려고 했는지 영영 알지 못하게 될 거야. 그건 네게 커다란 손해가 될 거고."

"그게 뭔지 궁금하네요. 하지만 그 정도로 궁금한지는 잘 모르겠는데요."

카밀의 눈에 놀라움과 즐거움의 빛이 어렸다. 존경의 빛마저 떠오른 것 같다고 사이먼은 생각했다. "내가 하려는 말은 그들과는 전혀 상관이 없는 문제야. 그들의 안전이나 행복에 영향을 끼치는 일은 없어. 비밀로 하려는 것은 오직 나 자신을 위해서야."

사이먼이 의심스럽다는 듯 카밀을 바라보았다. 진심으로 하는 말일까? 요정들은 거짓말을 할 수 없지만 뱀파이어는 달랐다. 하지만 카밀의 제안이 궁금한 것은 사실이었다. "좋아요. 비밀로 할게요. 하지만 내 친구들을 위험에 빠뜨릴 내용이 있으면 무조건 그 약속은 무효예요."

카밀이 냉랭하게 미소 지었다. 자신의 말을 믿지 않는 사이먼이 마음에 들지 않는 것이다. "좋아. 도움이 절실히 필요할 때는 선택의 여지가 없겠지." 카밀은 몸을 앞으로 기울였지만 가녀린 손으로는 여전히 와인 잔을 만지작거렸다. "나는 최근까지 맨해튼 일족을 훌륭하게 이끌어왔어. 지금 산티아고가 내 사람들을 데려다놓은 그 쥐구멍 같은 호텔이 아니라 어퍼 웨스트 사이드에 있는 오래된 건물에 아름다운 거처를 마련하고 말이야. 산티아고는, 네가 아는 대로 부르자면 라파엘이지. 어쨌든 그는 내 부관이었어. 누구보다 충성스러운 나의 동료, 적어도 난 그렇게 믿었지. 어느 날 밤, 나는 산티아고가 인간들을 살해하는 장면을 목격했어. 스페인 할렘 가에 있는 호텔로 데려가 재미로 그들의 피를 빨고 시신들을 길가 쓰레기통에 버려두었지. 어리석게 위험을 감수하면서 코버넌트의 법을 어긴 거야." 카밀이 와인을 한 모금 마셨다. "산티아고에게 그 문제로 책임을 물으려고 했을 때 나는 그가 일족들에게 내가 인간들을 살해했다고, 법을 어긴 것은 나라고 말했다는 사실을 알게 되었어. 모든 것이 산티아고가 꾸민 계획이었지. 나를 죽인 다음 권력을 잡으려고 말이야. 그래서 난 도망쳤어. 안전을 위해 워커와 아처만을 데리고."

"그러니까 라파엘이 당신이 돌아올 때까지만 일족을 이끈다고 했던 것은 거짓말이라는 거예요?"

카밀이 얼굴을 찌푸렸다. "산티아고는 거짓말에 아주 능해. 내가 돌아오길 기다리고 있었던 것은 분명하지만. 그래야 나를 죽이고 본격적으로 우두머리 행세를 할 수 있으니까."

사이먼은 그녀가 무슨 말을 듣고 싶어 하는지 알 수가 없었다. 성인 여자가 그의 앞에서 커다란 눈에 눈물을 글썽이거나 인생 이야기를 쏟아내는 일에는 익숙하지 않았다.

"유감이네요." 이윽고 그가 입을 뗐다.

카밀이 어깨를 으쓱했다. 그 동작이 어찌나 인상적인지 사이먼은 그녀의 말투에 섞인 것이 프랑스 억양일지도 모른다는 생각이 들었다. "이제 과거의 일이지. 그동안 런던에서 숨어 지내면서 협력자를 모으고 때가 오기를 기다렸어. 그러다가 네 얘기를 듣게 되었지." 그녀가 한 손을 들어 올렸다. "어디서 들었는지는 말할 수 없어. 비밀로 하겠다고 맹세했으니까. 하지만 그 얘기를 듣는 순간 내가 지금껏 기다려온 것이 바로 너란 사실을 깨달았어."

"나라고요?"

카밀이 앞으로 몸을 기울이며 그의 손을 잡았다. "라파엘은 널 두려워해, 사이먼. 당연히 두려워해야겠지. 넌 그와 같은 뱀파이어지만 해를 입거나 죽임을 당할 수가 없으니까. 라파엘은 신의 노여움을 사지 않고는 네게 어떤 짓도 할 수가 없지."

별안간 침묵이 흘렀다. 머리 위쪽 크리스마스 등에서 전기가 흐르는 소리, 분수대의 물줄기가 떨어지는 소리, 웅웅대는 도시의 소음이 사이먼의 귓가에 들려왔다. 마침내 그가 아주 작은 목소리로 말했다. "그걸 말했네요."

"뭘?"

"그 단어요. 노여움이라고 하면서…." 언제나처럼 그 단어는 사이먼의 입안을 얼얼하고 화끈거리게 했다.

"그래. 신." 카밀은 손을 거두었지만 눈빛은 따뜻했다. "우리 종족에게는 무수히 많은 비밀이 있어. 난 그 비밀들을 네게 알려주고 보여줄 수 있어. 넌 저주받지 않는 법을 배우게 될 거야."

"저기…."

"카밀. 카밀이라고 불러."

"아직도 당신이 내게 뭘 원하는지 잘 모르겠어요."

"모른다고?" 카밀이 고개를 흔들자 윤기 흐르는 머리칼이 얼굴 주변으로 날렸다. "네가 나와 함께 행동해주길 원해, 사이먼. 나와 함께 산티아고에 맞서길. 우린 함께 쥐가 들끓는 산티아고의 호텔로 걸어 들어갈 거야. 그를 따르는 자들은 나와 함께 있는 너를 보는 순간 그를 떠나 내게로 올 거야. 지금은 산티아고가 두려워서 그를 따르고 있지만 마음 깊은 곳에는 분명히 나에 대한 충성심이 남아 있어. 그들은 나와 함께 있는 네 모습을 보는 순간 두려움을 잊고 우리 쪽으로 넘어올 거야. 인간은 신성한 존재와 대적할 수 없으니까."

"글쎄요, 성서에는 야곱이 천사와 씨름을 해서 이겼다고 되어 있던데요." 사이먼이 말했다.

카밀이 눈썹을 추켜올리고 그를 보았다.

사이먼이 어깨를 으쓱했다. "주일학교에서 배웠어요."

"'야곱은 내가 여기서 하느님을 대면하고도 목숨을 건졌구나 하면서 그곳 이름을 브니엘이라 불렀다.' 너만 성경 구절을 아는 것은 아니란 사실을 아는지 모르겠구나." 카밀이 얼굴을 펴고 다시 미소를 지었다. "아직도 깨닫지 못한 모양이지만 그 마크를 지니고 있는 한 너는 '보복하는 하늘의 팔'과도 같아, 데이라이터. 누구도 네게 대적할 수 없지. 뱀파이어 하나쯤은 아무것도 아니고."

"당신도 내가 두려운가요?" 사이먼이 물었다. 그러고는 즉시 그 말을 후회했다. 카밀의 녹색 눈이 먹구름처럼 어두워졌다.

"네가 두렵냐고? 내가?" 하지만 다음 순간 그녀는 평정을 되찾고 표정을 풀었다. "그럴 리가. 넌 똑똑한 아이야. 내가 현명한 제안을 하고 있다는 사실을 깨닫고 나와 함께하리라는 걸 나는 전적으로 확신해."

"그런데 정확히 뭘 제안하는 거죠? 라파엘을 함께 제압하자는 말은 알겠어요. 하지만 그런 다음에는요? 난 라파엘을 특별히 증오하지도 않고, 그저 제거해야 한다는 이유만으로 제거하고 싶지도 않아요. 라파엘은 날 가만히 내버려둬요. 내가 원하는 것은 그게 다고요."

카밀이 앞으로 양손을 모았다. 장갑 위로 왼손 중지에 푸른 돌이 박힌 은반지를 끼고 있었다. "너는 그게 네가 원하는 거라고 생각하겠지, 사이먼. 너는 라파엘이 네 부탁 때문에 널 가만히 내버려둔다고 말했지. 하지만 실제로는 라파엘이 널 추방하고 있는 거야. 지금 너는 우리 종족 중 누구도 필요하지 않다고 생각할 거야. 인간과 섀도우 헌터 친구들만

으로도 충분하다고 말이야. 네 방에 피가 담긴 병을 숨겨두고 엄마에게
는 자신의 정체를 숨기면서 사는 걸로 충분하다고."

"어떻게 그걸…."

카밀은 사이먼의 말을 무시한 채 계속 말을 이었다. "하지만 네가 스
물여섯이 되는 10년 후에는 어떨까? 20년이나 30년 후에는? 그들은 늙
어가는데 너는 조금도 변하지 않는다는 사실을 아무도 눈치채지 못할
거라고 생각하나?"

사이먼은 아무 말도 하지 않았다. 그 정도로 훗날의 일은 생각해본 적
이 없다는 것을 인정하고 싶지 않았다. 그래, 그 정도로 훗날의 일은 생
각하고 싶지 않았다.

"라파엘은 다른 뱀파이어가 네게 독이 된다고 가르쳤겠지. 하지만 반
드시 그런 건 아니야. 영원이라는 시간은 혼자 보내기에는 너무나 길지.
너와 같은 종족, 누구보다 널 잘 이해해줄 존재들을 곁에 두지 않는다면
말이야. 너는 새도우 헌터와 친구가 될 수는 있어도 그들 중 하나가 될
수는 없어. 그들과는 다른 존재, 외부인일 뿐이니까. 우리와 함께하면
제자리에 있다고 느낄 거야." 카밀이 상체를 기울이자 하얀 빛이 반지에
반사되어 사이먼의 눈을 찔렀다. "우리에게는 수천 년간 전해져 내려온
지식이 있어, 사이먼. 넌 자신의 정체를 비밀로 지키는 법을 배우게 될
거야. 음식을 먹고 술을 마시고 신의 이름을 말하는 법도 배우게 돼. 라
파엘은 비열하게도 이런 정보를 네게 숨겼어. 심지어 그런 방법은 어디
에도 존재하지 않는다고 믿게 만들었지. 하지만 아니야. 방법이 있어.
내가 도울 수 있어."

"내가 먼저 당신을 돕는다면요." 사이먼이 말했다.

카밀이 웃어 보이자 하얗고 날카로운 이가 드러났다. "서로를 돕는

거지."

사이먼이 뒤로 기대앉았다. 철제 의자는 딱딱하고 불편했다. 갑자기 피로가 느껴졌다. 손을 내려다보니, 거미다리처럼 손등을 지나가는 혈관의 색이 짙어졌다. 사이먼은 피를 마셔야 했다. 클라리와 의논해야 했다. 생각할 시간이 필요했다.

"내 말에 충격을 받았겠지. 알아. 쉽게 받아들일 수 없을 거야. 나도 가능하면 이 제안에 대해, 나에 대해 원하는 만큼 생각해볼 시간을 주고 싶어. 하지만 우리에겐 시간이 많지 않아, 사이먼. 이 도시에 머무는 한, 나는 라파엘과 그 일당에게 공격당할 위험을 감수해야 하니까."

"일당이라고요?" 이 상황에서도 사이먼의 얼굴에 미소가 번졌다.

카밀은 당혹스러운 표정이었다. "왜 그러지?"

"아니, 그게… '일당'이란 말 때문에요. 그건 '악당'이나 '앞잡이'라고 말하는 거나 마찬가지잖아요." 카밀은 멍한 표정으로 사이먼을 쳐다보았다. 사이먼은 한숨을 내쉬었다. "죄송해요. 저만큼 나쁜 영화를 많이 보지 않으셨을 텐데."

카밀이 가볍게 인상을 쓰자 미간에 희미한 주름이 하나 잡혔다. "네가 조금 독특하다는 얘기는 들었어. 어쩌면 네 세대의 뱀파이어를 내가 많이 만나보지 못해서 그렇게 느끼는지도 모르지. 하지만 너처럼 아주… 어린 뱀파이어를 곁에 두는 것도 즐거울 것 같군."

"새로운 피가 되겠죠." 사이먼이 말했다.

그 말에 카밀이 미소를 지었다. "그렇다면 준비가 된 건가? 내 제안을 받아들이겠어? 함께 일을 시작하겠어?"

사이먼은 하늘을 올려다보았다. 줄줄이 이어지는 하얀 등들에 가려져 하늘의 별이 보이지 않았다. "제안해주신 건 고맙게 생각해요. 정말로요." 사이먼은 속으로 젠장 하고 읊조렸다. 무도회 파트너 신청을 거절하는 사람처럼 말하지 않고도 분명히 방법이 있을 텐데. 나한테 함께 가자고 청해줘서 정말 정말 고마워. 하지만…. 카밀은 라파엘과 마찬가지로 동화에 나오는 인물처럼 딱딱하고 정중한 말투를 썼다. 그걸 따라 해보는 것도 나쁘지 않을 듯했다. "마음을 결정할 시간이 좀 필요합니다. 이해해 주시리라고 믿어요."

카밀은 아주 정교한 솜씨로, 송곳니 끝이 살짝 보일 정도로만 웃었다. "닷새 이상은 줄 수가 없어." 그렇게 말한 카밀이 장갑 낀 손을 내밀었다. 손바닥 안에서 뭔가 희미하게 반짝였다. 향수 샘플 크기의 작은 유리병 안에 갈색 가루가 가득 들어 있었다. "무덤의 흙이야. 날 부르려면 그 병을 깨뜨리렴. 닷새 안에 부르지 않으면 워커를 보내 답을 듣겠어."

사이먼이 유리병을 받아 주머니에 넣었다. "만일 그 답이 거절이면요?"

"그럼 난 실망하겠지. 하지만 우리는 친구로 남을 거야." 카밀이 와인 잔을 옆으로 밀었다. "잘 가, 사이먼."

사이먼이 자리에서 일어났다. 의자가 바닥을 긁으면서 날카로운 소리가 커다랗게 울렸다. 사이먼은 뭔가 말해야 할 것 같았지만 아무 생각도 떠오르지 않았다. 카밀은 이미 모든 볼일을 마쳤다는 얼굴이었다. 사이먼은 새로운 대화가 시작될 위험을 무릅쓰는 대신 무례하고 괴짜인 현대의 뱀파이어처럼 보이는 쪽을 택했다. 그는 아무 말 없이 돌아섰다.

레스토랑 안으로 들어와 문으로 향하던 사이먼은 긴 목제 카운터 옆에 구부정하게 서 있는 워커와 아처를 지나쳤다. 옆으로 지나가는데 따가운 시선이 느껴져서 사이먼은 그들에게 손을 흔들어주었다. 다정한 인사 같기도 하고 꺼지라는 손짓 같기도 한 애매한 동작이었다. 아처가 이를—인간의 이름을—드러내 보이고는 사이먼을 지나쳐서 성큼성큼 정원으로 나가자 워커도 그를 따라 나갔다. 사이먼이 지켜보는 가운데 두 사람이 카밀의 맞은편에 앉았다. 그들이 자리에 앉는 동안 카밀은 고개를 들지 않았지만 별안간 정원의 등이 한꺼번에 나갔다. 누군가가 별빛의 스위치를 꺼버린 것처럼 정원은 암흑 속에 잠겼다. 곧이어 문제를 발견한 웨이터들이 이를 해결하기 위해 서둘러 정원으로 나갔고, 잠시 후 정원은 다시 창백한 불빛으로 가득 찼지만 카밀과 그녀의 예속자들은 사라지고 없었다.

사이먼은 집 대문을 열었다. 브루클린의 길가에 똑같은 모양으로 줄지어 선 집들 가운데 하나였다. 그가 대문을 조금 열고는 귀를 쫑긋 세우고 소리를 들었다.

엄마에게는 토요일 공연에 대비해 밴드 연습을 하러 간다고 말하고 나온 참이었다. 한때는 엄마도 사이먼의 말이라면 의심 없이 전부 믿었다. 일레인 루이스는 느긋한 부모였고, 사이먼에게든 그의 누나에게든 통금 시간을 정하거나 주중에는 일찍 들어와야 한다는 규칙을 강요한 적이 없었다. 사이먼은 밤늦도록 클라리와 함께 있다가 열쇠로 문을 열고 들어와서 새벽 2시에 자신의 침대로 쓰러지곤 했지만 엄마는 한 번도 그런 행동을 문제 삼은 적이 없었다.

이제는 모든 것이 달라졌다. 사이먼은 새도우 헌터의 고향인 이드리스에서 두 주를 보내고 돌아왔다. 핑계를 대거나 설명할 새도 없이 갑자기 집에서 사라져버린 것이다. 마법사 매그너스 베인이 집으로 찾아와 기억 마법을 걸어두었기 때문에 엄마는 사이먼이 사라졌다는 사실을 전혀 기억하지 못했다. 의식만 놓고 보면 그랬다. 그러나 엄마의 행동은 달라졌다. 언제나 사이먼 주변을 맴돌며 의심스러운 눈길로 그를 주시했고, 일정 시간까지는 반드시 집에 돌아올 것을 요구했다. 저번에 마야와 늦게까지 데이트를 하고 들어왔을 때는 일레인이 현관 앞에서 문을 바라보며 의자에 앉아 있었다. 팔짱을 끼고 가까스로 화를 참고 있는 얼굴이었다.

그날 밤에는 엄마의 모습이 보이기 전에 숨소리부터 들렸다. 지금 귀에 우선 들어오는 것은 희미한 거실 텔레비전 소리였다. 엄마는 평소에 즐겨보는 병원 드라마 재방송을 연이어 보며 그의 귀가를 기다린 모양이었다. 사이먼은 재빨리 안으로 들어와서 문에 기대고는 거짓말할 에너지를 모았다.

가족과 함께 밥을 먹지 않는 것만으로도 사이먼은 충분히 힘들었다. 다행히 그의 엄마는 아침 일찍 일하러 나갔다가 밤늦게 돌아왔다. 뉴저지에서 대학에 다니며 세탁물을 갖다 두러 가끔 집에 들르는 누나는 그가 이상하다는 점을 눈치챌 정도로 오랜 시간을 함께 보내지 않았다. 사이먼이 일어날 때쯤이면 엄마는 이미 출근한 후였고 주방의 작은 식탁에는 엄마가 정성껏 준비해둔 아침과 점심이 차려져 있었다. 사이먼은 학교에 가면서 그 음식들을 쓰레기통에 버렸다. 저녁은 어쩔 수 없이 함께 먹어야 했다. 엄마가 집에 있는 날에는 입맛이 없는 척하면서 접시를 휘젓거나 공부하면서 먹겠다는 핑계를 대고 방으로 가지고 들어갔다. 한두 번은 엄마를 기쁘게 하려고 억지로 먹은 적도 있지만 그러고 나면 음식들을 모두 게워낼 때까지 몇 시간이고 화장실에서 헛구역질을 하며 진땀을 빼야 했다.

사이먼은 엄마에게 거짓말하는 것이 싫었다. 과거에는 엄마의 과보호에 힘들어하는 클라리가 늘 안쓰러웠다. 사이먼은 자식을 보호하는 일에 클라리의 엄마 조슬린보다 필사적인 부모를 본 적이 없었다. 이제는 사정이 바뀌었다. 발렌타인의 죽음 이후 클라리를 대하는 조슬린의 태도는 평범한 부모에 가까울 만큼 느슨해졌지만 사이먼은 집에서 항상 엄마의 시선을 느꼈다. 어디로 가든 엄마의 시선이 비난하듯 따라다녔다.

사이먼은 어깨를 쭉 폈다. 그러고는 문 옆에 가방을 내려놓고 음악 소리가 들려오는 거실로 향했다. 텔레비전이 켜져 있고 화면에 뉴스가 흐르고 있었다. 아나운서는 시내 한 병원의 뒷골목에 버려진 아기의 소식을 전하고 있었다. 사이먼은 깜짝 놀랐다. 엄마는 뉴스를 보고 나면 기분이 가라앉는다며 웬만해선 보지 않았기 때문이다. 소파로 눈길을 돌리고서야 놀라움이 가라앉았다. 엄마는 소파 옆 탁자에 안경을 벗어두고 잠들어 있었다. 바닥에는 반쯤 찬 유리잔이 있었다. 사이먼은 냄새만으로도 잔에 뭐가 들었는지 알았다. 위스키. 가슴이 아팠다. 엄마는 술을 마시는 일이 거의 없었다.

사이먼은 엄마의 침실로 가서 손뜨개 담요를 가져왔다. 엄마는 여전히 고른 숨을 내쉬며 잠들어 있었다. 사이먼의 엄마 일레인 루이스는 새처럼 자그마한 여인이었다. 곱슬곱슬한 검은 머리는 염색을 하지 않아 흰머리가 드문드문 섞여 있었다. 일레인은 낮 시간에 비영리 환경 단체에서 일했고, 그녀가 입는 옷에는 대부분 동물 문양이 들어가 있었다. 지금 입고 있는 홀치기염색 원피스에는 돌고래와 파도, 그리고 원래는 물고기였지만 이제는 핀처럼 보이는 반들거리는 그림이 들어가 있었다. 사이먼이 엄마의 어깨 위로 담요를 두르는데, 광택이 나는 눈 하나가 그를 비난하듯 쳐다보았다.

일레인이 움찔하면서 고개를 돌렸다. "사이먼, 사이먼, 너 어디 있는 거니?" 그녀가 속삭였다.

사이먼은 충격으로 담요를 떨어뜨리고 벌떡 일어났다. 당장 엄마를 깨워서 자신에게 아무 일도 없다고 알리는 것이 도리였다. 하지만 그러고 나면 사이먼은 원치 않는 질문에 답해야 했고, 상처 입은 엄마의 표정을 보아야 했다. 그 표정은 정말이지 견디기가 힘들었다. 사이먼은 돌아서서 자신의 침실로 향했다.

침대 위로 몸을 던진 사이먼은 탁자에서 전화기를 집어 들고 무의식 중에 클라리의 전화번호를 누르기 시작했다. 그러다가 멈칫하고 발신음을 들었다. 클라리에게 카밀과 만난 이야기를 할 수는 없었다. 누구에게도 말하지 않겠다고 약속했기 때문이다. 카밀에게 갚아야 할 빚이 있는 것은 아니지만 지난 몇 개월간 이 점만큼은 확실하게 배웠다. 초자연적인 존재와 약속을 했다면 어기는 것은 현명하지 못했다. 그럼에도 힘든 하루를 보내면 언제나 그렇듯 사이먼은 클라리의 목소리가 못 견디게 듣고 싶었다. 뭐, 연애 문제에 관한 불평은 언제나 해오던 거니까. 클라리가 들어도 들어도 즐거워하는 화제이기도 하고. 사이먼은 몸을 굴려서 돌아눕고는 베개를 머리 위로 끌어당기며 다시 클라리의 전화번호를 눌렀다.

2
추락

"그래서, 이사벨이랑은 재미있었어?"

전화기를 귓가에 꽂은 클라리가 기다란 기둥들을 조심스레 하나씩 건너갔다. 인스티튜트 맨 꼭대기 층에 있는 훈련실의 서까래는 바닥에서 20미터 정도 솟아 있었다. 기둥 위를 걷는 것은 균형 잡는 법을 배우기 위한 훈련이었다. 클라리는 그곳이 끔찍했다. 허리에 안전띠를 동여매고 있어서 떨어져도 바닥에 부딪힐 일은 없지만 고소공포증이 있는 클라리에게는 소름 끼치는 훈련이었다. "아직 마야 얘기는 안 했고?"

사이먼이 작게 애매한 소리를 내자 클라리는 그것이 '아니'라는 뜻임을 알았다. 전화기 너머로 희미한 음악 소리가 들려왔다. 침대에 벌렁 드러누워 오디오에서 흘러나오는 음악을 들으며 전화기를 붙들고 있는 사이먼의 모습이 눈앞에 훤히 그려졌다. 사이먼은 많이 지친 목소리였다. 어조는 가벼웠지만 그의 기분은 그처럼 가볍지 않다는 것을 클라리는 알았다. 통화를 시작하고 몇 번이나 괜찮냐고 물었지만 사이먼은 계속 아무렇지 않다고만 했다.

클라리가 코웃음을 쳤다. "넌 지금 불장난을 하고 있어, 사이먼. 알고 나 있으라고."

사이먼이 애처롭게 말했다. "모르겠어. 이게 정말 그렇게 큰일이야? 이사벨과도 마야와도 서로 너하고만 데이트를 하는 거라고 똑 부러지게 얘기한 적이 없는데."

"여자에 대해 좀 알려줘야 할 것 같다." 클라리가 기둥에 걸터앉아 다리를 흔들었다. 훈련실의 반달 모양 창문으로 시원한 밤바람이 불어와 피부에 맺힌 땀을 식혀주었다. 클라리는 새도우 헌터가 훈련할 때 가죽 비슷한 질긴 재질의 새도우 헌터복을 입는 줄 알았지만 그건 훨씬 나중에 무기를 다룰 때나 입는다고 했다. 지금 그녀는 유연성과 속도, 균형감을 높이는 훈련을 하고 있었고 가벼운 민소매 티셔츠에 외과 의사의 수술복을 연상시키는 줄을 조이는 바지를 입고 있었다. "너하고만 사귀는 거라고 똑 부러지게 말은 안 했어도, 나중에 네가 다른 사람과도 데이트하면서 말하지 않은 사실을 알게 되면 두 사람 모두 크게 화를 낼 거야. 그건 데이트할 때 지켜야 하는 기본 규칙이라고."

"그런 규칙을 내가 어떻게 알아?"

"모두가 아는 규칙이야."

"너는 내 편인 줄 알았는데."

"네 편이야!"

"그럼 어째서 날 불쌍하게 여기지 않는 건데?"

클라리는 전화기를 다른 귀로 가져가며 어두컴컴한 아래를 내려다보았다. 제이스는 대체 어디에 있는 거지? 그는 5분 안에 다른 줄을 찾아오겠다고 했다. 물론 이 위에서 전화를 하고 있는 클라리를 보면 당장에 죽이려 들 테지만 말이다. 보통 클라리의 훈련을 담당하는 것은 메리스나 케이더 또는 뉴욕 컨클레이브의 멤버들이었다. 인스티튜트 교사였던 호지를 대신할 사람을 찾을 때까지 그들이 돌아가면서 훈련을 맡았다. 하지만 가끔 제이스가 훈련을 맡기도 했고, 그럴 때면 제이스는 자신의 책임을 매우 심각하게 받아들였다.

"왜냐하면 네 문제는 진짜 문제가 아니기 때문이야. 넌 두 명의 예쁜 여자애들이랑 동시에 데이트를 하고 있어. 잘 생각해봐. 그건 그러니까… 록스타들이 겪는 문제랑 비슷한 거잖아."

"록스타들의 문제를 체험하는 게 그나마 진짜 록스타가 되는 것에 가장 근접한 체험이 될 거야."

"그러게 누가 밴드 이름을 '음탕한 곰팡이'로 바꾸래?"

"다시 '밀레니엄 보푸라기'로 바꿨어." 사이먼이 항의하듯 대꾸했다.

"어쨌든 결혼식 전까지는 반드시 해결해. 두 사람 모두 너랑 가는 걸로 알고 있다가 결혼식장에서 네가 양다리였다는 것을 알게 되면 널 가만두지 않을 테니까." 클라리가 기둥에서 일어섰다. "그럼 우리 엄마 결혼식이 엉망이 될 거고 엄마도 널 가만두지 않을 거야. 그럼 넌 두 번 죽게 돼. 아니지, 세 번 죽는다고 해야 하나…"

"난 둘 중 누구한테도 결혼식에 같이 가자고 말한 적이 없단 말이야!" 사이먼은 공포에 질린 목소리였다.

"맞아, 하지만 두 사람 모두 너랑 같이 가는 걸로 알고 있을걸. 남자친구가 있어서 좋은 점이 바로 그런 거니까. 지루한 행사에 함께 가줄 사람이 있다는 거." 클라리가 마법의 불빛이 어슴푸레 비추는 아래쪽을 바라보면서 기둥 가장자리를 향해 조금씩 움직였다. 예전에 훈련을 위해 바닥에 그려 넣은 하얀 원이 과녁처럼 보였다. "아무튼 난 이제 기둥 위에서 뛰어내려야 해. 어쩌면 땅에 몸을 처박고 끔찍하게 죽을지도 몰라. 내일 다시 얘기해."

"2시에 밴드 연습 있는 거 기억하지? 거기서 봐."

"그래." 클라리는 전화를 끊고 전화기를 브래지어 속에 쑤셔 넣었다. 가벼운 훈련용 복장에는 주머니가 없으니 어쩌겠는가?

"거기서 밤샐 거야?" 제이스가 과녁 한가운데로 들어서면서 클라리를 올려다보았다. 그는 클라리 같은 훈련용 복장이 아니라 전투복 차림이었다. 검은색 옷에 대비되어 금발이 몹시 도드라져 보였다. 늦여름 이후로 색깔이 진해져서 짙은 황금빛을 띠었지만 클라리는 제이스에게 더욱 잘 어울린다고 생각했다. 외모의 작은 변화까지 눈치챌 정도로 그를 오래 알아왔다는 사실이 클라리를 터무니없을 정도로 행복하게 했다.

"너도 올라오는 줄 알았는데. 계획이 바뀐 거야?" 클라리가 아래를 향해 소리쳤다.

"말하자면 길어. 그럼, 우리 공중제비 연습을 할까?" 그가 클라리에게 싱긋 웃어 보였다.

클라리가 한숨을 쉬었다. 공중제비 연습이란 기둥 위에서 텅 빈 허공으로 몸을 던진 후 허리에 동여맨 신축성 있는 끈에 의지한 채 벽을 발로 차서 몸을 뒤집는 동작을 말했다. 바닥에 부딪혀 멍이 들 걱정 없이 회전과 발차기, 피하기를 연습하는 것이었다. 언젠가 제이스가 그 동작을 하는 것을 보았는데, 발레리나처럼 우아하고 아름답게 허공을 가르며 빙글빙글 회전하는 모습이 하늘에서 떨어지는 천사 같았다. 반면 클라리는 바닥에 가까워지면 저도 모르게 감자벌레처럼 몸을 웅크렸다. 허리에 줄이 매여 있어 바닥에 처박힐 일이 절대 없다는 것을 아는데도 몸이 말을 듣지 않았다.

클라리는 섀도우 헌터로 태어났다는 사실이 별로 중요하지 않을지도 모른다는 생각이 들었다. 그녀는 어쩌면 제 구실을 하는 섀도우 헌터가 되기에는 너무 늦은 건지도 몰랐다. 아니면 재능이 공평하지 못하게 분배되어서 제이스에게는 육체적인 우아함이 모두 주어지고 클라리에게는… 별로 주어지지 않은 걸지도 몰랐다.

제이스가 소리쳤다. "그러지 말고 뛰어내려, 클라리." 클라리는 눈을 질끈 감고 아래로 확 뛰어내렸다. 한순간 모든 것에서 자유로워진 채 공중에서 멈춰버린 느낌이었다. 그러나 다음 순간 중력이 작용하면서 그녀는 바닥을 향해 곤두박질치기 시작했다. 클라리는 본능적으로 팔다리를 몸 쪽으로 당기면서 눈을 질끈 감았다. 줄이 팽팽하게 당겨지며 위로 튕겨져 올라갔다가 다시 아래로 떨어졌다. 속도가 줄어들 즈음에 눈을 뜨자 클라리는 줄 끝에 대롱대롱 매달려 있고 제이스는 1.5미터 아래에 서 있었다. 그가 클라리를 향해 웃어 보였다.

"좋은데. 눈송이처럼 우아하게 떨어졌어."

"나 떨어지는 동안 소리 질렀어?" 클라리가 진심으로 궁금하다는 듯이 물었다.

제이스가 고개를 끄덕였다. "집에 아무도 없었기에 망정이지. 안 그랬으면 다들 내가 널 죽이기라도 하는 줄 알았을 거야."

"하. 넌 나한테 손가락 하나 대지 못할걸." 클라리가 한쪽 발로 허공을 차면서 공중에서 느릿하게 빙글 돌았다.

제이스가 눈을 빛냈다. "내기할까?"

클라리는 그 표정을 잘 알았다. "안 돼. 네가 뭘 하려는지 모르겠지만…" 그녀가 재빨리 입을 열었다.

하지만 이미 늦었다. 제이스가 빠르게 움직일 때면 하나하나의 움직임이 거의 눈에 들어오지 않았다. 제이스가 허리띠로 손을 뻗는 것을 보는 순간 허공에서 뭔가 번쩍했다. 그러고는 머리 위에서 줄이 싹둑 잘리는 소리가 들렸다. 클라리는 줄에서 놓여나는 순간 너무 놀라서 소리도 지르지 못하고 곧장 제이스의 품 안으로 떨어졌다. 그 힘에 밀려 제이스가 뒤로 넘어지면서 두 사람은 푹신한 매트 위로 쓰러졌다. 제이스가 자신의 몸 위로 쓰러진 클라리를 보며 씩 웃었다.

"이번이 훨씬 낫네. 소리도 지르지 않고."

"지를 새가 없었잖아." 클라리가 숨을 헐떡였다. 떨어진 충격 때문만은 아니었다. 제이스 위에 몸을 딱 붙이고 쓰러져 있다는 사실 때문에 손이 떨리고 심장이 두근거렸다. 제이스와 친근한 사이가 되면 그런 신체적 반응이 사라질 줄 알았지만 아니었다. 오히려 그와 보내는 시간이 길어질수록 악화되기만 했다. 아니, 생각하기에 따라서는 나아진 것으로 볼 수도 있겠지만.

제이스가 짙은 황금빛 눈으로 클라리를 올려다보았다. 린 호숫가에서 천사 라지엘과 만난 이후 제이스의 눈 색깔이 진해진 것 같았다. 하지만 클라리는 누구에게도 물어볼 수가 없었다. 발렌타인이 라지엘 천사를 소환했고 그 천사가 제이스를 치유했다는 것은 모두가 알았지만, 발렌타인이 자신의 양아들에게 상처만 입힌 것이 아니란 사실은 클라리와 제이스를 제외하고는 아무도 몰랐다. 발렌타인은 소환 의식의 일부로서 제이스의 심장을 검으로 꿰뚫었고, 그가 숨을 거둘 때까지 품에 안고 있었다. 그리고 라지엘 천사는 클라리의 희망에 따라 제이스를 죽음에서 불러왔다. 클라리는 이 엄청난 일에서 아직도 완전히 헤어나지 못했고 제이스도 그럴 것이라고 생각했다. 두 사람은 제이스가 아주 짧은 시간이나마 실제로 죽어 있었다는 사실을 아무에게도 말하지 않기로 했다. 그건 둘만 아는 비밀이었다.

제이스가 손을 뻗어 클라리의 얼굴에 흘러내린 머리칼을 뒤로 넘겼다. "농담한 거야. 너 그렇게 나쁘지 않았어. 곧 완벽해질 거야. 알렉이 처음으로 공중제비 연습을 하던 모습을 봤어야 하는데. 자기 머리를 발로 찬 적도 있거든."

"그랬겠지. 하지만 그건 알렉이 열한 살 정도 되었을 때였을걸." 클라리가 제이스와 눈을 맞췄다. "넌 이런 훈련쯤은 언제나 훌륭하게 해냈겠지?"

"난 태어날 때부터 훌륭했거든." 그가 손끝으로 클라리의 뺨을 어루만졌다. 가벼운 손길이었지만 그녀의 몸을 떨게 하기에는 충분했다. 클라리는 아무런 대꾸도 하지 않았다. 제이스의 말은 농담이었지만 어떤 면에서는 진실이었다. 제이스는 그야말로 새도우 헌터가 되기 위해 태어난 사람이었다. "오늘 밤에는 몇 시까지 머물 수 있어?"

클라리가 살짝 웃어 보였다. "그럼 이제 훈련은 끝난 거야?"

"오늘 저녁에 꼭 해야 하는 부분까지는 마친 셈이지. 몇 가지 더 연습하고 싶은 것이 있지만⋯." 제이스가 손을 뻗어 클라리를 아래로 끌어당기는 순간 벌컥 문이 열리면서 이사벨이 걸어 들어왔다. 굽 높은 부츠가 반들반들하게 닦인 나무 바닥을 디디며 또각또각 소리를 냈다.

제이스와 클라리가 바닥에 쓰러져 있는 광경을 목격한 이사벨이 눈썹을 추켜올렸다. "부둥켜안고 애무하는 중이라 이거지. 알았어. 난 또 둘이서 훈련하고 있는 줄 알았지."

"노크 정도는 하고 들어와야 하는 거 아니야, 이지?" 제이스는 꼼짝하지 않고 고개만 돌려서 짜증과 애정이 섞인 눈길로 이사벨을 쳐다보았다. 하지만 클라리는 재빨리 몸을 일으키고 구겨진 옷을 똑바로 폈다.

"여긴 훈련실이야. 공동으로 사용하는 곳이라고." 이사벨이 새빨간 장갑 한쪽을 벗었다. "이거 트래시 앤드 보드빌에서 세일해서 산 건데.

정말 예쁘지 않아? 탐나지?" 이사벨이 손가락을 꿈틀거려 보였다.

"글쎄, 내 전투복하고는 색깔이 안 어울리겠네." 제이스가 말했다.

이사벨이 제이스에게 얼굴을 찡그려 보였다. "브루클린에서 새도우 헌터의 시신이 발견됐다는 얘기는 들었어? 심하게 훼손돼서 아직 신원을 확인하지 못했다던데. 엄마도 지금 거기 갔겠지."

"그래. 클레이브 회의가 있다고 하셨어. 나가시는 길에 만났어." 제이스가 일어나 앉았다.

"나한테는 그런 말을 하지 않았잖아. 줄 가지러 갔다가 늦은 것도 그래서였어?" 클라리가 물었다.

제이스가 고개를 끄덕였다. "미안. 놀라게 하고 싶지 않았어."

"그러니까 제이스 말은, 로맨틱한 분위기를 깨고 싶지 않았다는 거지." 이사벨이 그렇게 말하고 입술을 깨물었다. "우리가 아는 사람이 아니어야 할 텐데."

"아는 사람은 아닐 거야. 시신은 유기된 공장에 버려져서 여러 날이 지난 후에야 발견되었다고 했어. 우리가 아는 사람이었다면 한참 전에 사라진 사실을 알았겠지." 제이스가 흘러내린 머리를 귀 뒤로 쓸어 넘겼다. 이 이야기를 꺼낸 것이 못마땅한 듯이 약간 짜증스럽게 이사벨을 바라보고 있었다. 클라리는 설령 분위기를 망친다 해도 제이스가 이 얘기를 진작 해주었더라면 좋았을 거라고 생각했다. 그가 하는 일이, 다른 새도우 헌터들이 하는 일이 자주 죽음이라는 현실과 맞닥뜨리게 된다는 것은 클라리도 잘 알았다. 라이트우드 가족들은 여전히 각자의 방식으로 막내 맥스의 죽음을 슬퍼하고 있었다. 맥스는 잘못된 장소에 있었다는 이유만으로 목숨을 잃었다. 제이스는 클라리가 학교를 그만두고 인스티튜트에서 훈련을 받기로 마음먹었을 때 군소리 없이 받아들였다.

그러나 섀도우 헌터의 삶에 드리워진 위험에 대해서는 좀처럼 그녀와 이야기하려 들지 않았다.

"가서 옷 갈아입을게." 클라리가 그렇게 말하고 훈련실 한쪽에 있는 작은 탈의실로 향했다. 거울과 샤워 시설, 옷걸이가 전부인, 연한 색상의 목재로 덮인 수수한 공간이었다. 문 옆에 놓인 나무 벤치에 수건들이 쌓여 있었다. 클라리는 서둘러 샤워를 마치고, 새로 산 분홍 스웨터와 청치마를 입고 타이츠와 부츠를 신었다. 그러고 나서 거울을 보니 타이츠에는 구멍이 났고, 구불거리는 붉은 머리칼은 젖어서 마구 엉켜 있었다. 클라리가 아무리 기를 써도 이사벨처럼 완벽하게 보이지는 못할 터였지만 제이스는 신경 쓰지 않는 것 같았다.

클라리가 훈련실로 돌아오니 이사벨과 제이스는 다른 얘기를 하고 있었다. 제이스는 그 얘기가 더욱 소름 끼치는 듯했다. 이사벨과 사이먼이 데이트한 이야기였다. "사이먼이 널 일반 레스토랑에 데려갔다니 믿을 수가 없는걸." 제이스는 일어나서 매트를 걷고 훈련 장비를 정리하는 중이었다. 이사벨은 벽에 기대서서 새로 산 장갑을 만지작거렸다. "난 그 자식이 데이트를 한답시고 널 데려다가 자기 오타쿠 친구들과 월드 오브 워크래프트 게임을 하는 모습을 지켜보게 할 줄 알았는데."

"그렇게 말해주니 고마워. 내가 바로 그 오타쿠 친구들 중에 하나거든." 클라리가 지적했다.

제이스가 그녀를 향해 씩 웃었다.

"레스토랑까지는 아니고 그냥 작은 식당이었어. 거기서 파는 분홍색 수프가 맛있다면서 나보고 먹어보라고 하더라고." 이사벨이 생각에 잠기듯 말했다. "얼마나 사랑스럽던지."

클라리는 이사벨이나 제이스에게 마야에 대해 말하지 않은 사실에 즉시 죄책감을 느꼈다. "사이먼도 즐거웠다고 하더라."

이사벨이 클라리를 흘끔 훔쳐보았다. 뭔가 숨기는 사람처럼 수상한 빛이 떠올랐지만 클라리가 알아차리기 전에 사라지고 없었다. "사이먼하고 통화했어?"

"좀 전에 전화 왔었어. 그냥 별일 없냐고." 클라리가 어깨를 으쓱하며 말했다.

"그래." 이사벨의 목소리가 갑자기 퉁명스럽고 냉랭하게 변했다. "뭐, 아까 말했듯이 사이먼은 사랑스러웠어. 하지만 약간 심하게 사랑스러웠다고 할까. 그럼 좀 지루하거든." 이사벨이 호주머니 안으로 장갑을 쑤셔 넣었다. "어차피 영원히 사귈 건 아니니까. 잠깐 즐기는 것뿐이지."

클라리는 죄책감이 희미해지는 것을 느꼈다. "둘이 그런 얘기는 안 해 본 거야? 다른 사람과는 데이트하지 말고 둘이서만 사귀자거나 뭐 그런 얘기?"

이사벨은 충격을 받은 얼굴이었다. "당연히 안 했지." 그러더니 하품을 하고는 고양이처럼 머리 위로 팔을 뻗으며 기지개를 켰다. "난 그만 자러 갈래. 그럼 나중에 봐, 닭살 커플."

이사벨이 훈련실을 나가자 그녀가 쓰는 재스민 향수의 향기가 뒤에 남았다.

제이스가 클라리를 쳐다보며 옷 위에 착용한 보호 장비를 풀기 시작했다. 손목과 등에 버클이 달려 있었다. "집에 가봐야지?"

클라리가 마지못해 고개를 끄덕였다. 엄마를 설득해 섀도우 헌터 훈련을 받기까지 클라리는 길고도 불쾌한 논쟁을 벌여야 했다. 조슬린은 클라리가 위험천만한 섀도우 헌터 세계를 접하지 못하게 하려고 평생 애써왔다고 말하면서 완강하게 버텼다. 섀도우 헌터 세계는 폭력적일 뿐 아니라 고립되어 있으며 잔혹하다면서 말이다. 조슬린은 1년 전만 해도 클라리가 새도우 헌터로 훈련을 받는다는 것은 그녀와 두 번 다시 말을 하지 못하게 된다는 뜻이었음을 지적했다. 클라리는 새 의회가 법률을 검토하는 동안 클레이브가 그런 규정을 유보한 사실을 지적하면서 조슬린이 어렸을 때와는 다르게 클레이브가 변화했고, 어쨌든 클라리는 자신을 방어할 줄 알아야 한다고 맞받아쳤다.

"네가 이러는 이유가 단지 제이스 때문만은 아니기를 바란다." 조슬린은 마침내 그렇게 말했다. "사랑에 빠지면 어떻게 되는지는 엄마도 잘 알아. 그 사람과 함께 있고 싶고, 그 사람과 같은 일을 하고 싶어지지. 하지만 클라리…."

"난 엄마가 아니에요." 클라리는 분노를 억누르려고 기를 썼다. "섀도우 헌터는 서클이 아니고, 제이스는 발렌타인이 아니에요."

"발렌타인 얘기는 한마디도 하지 않았어."

"하지만 생각은 했잖아요. 발렌타인이 제이스를 길렀지만 제이스는 발렌타인하고 전혀 달라요."

"정말로 그랬으면 좋겠구나. 우리 모두를 위해서 말이야." 조슬린이 부드럽게 말했다. 마침내 조슬린은 클라리의 뜻을 따르기로 했지만 몇 가지 규칙을 세웠다.

클라리는 인스티튜트가 아닌 루크의 집에서 엄마와 함께 살아야 하고, 클라리가 그저 제이스에게 온종일 추파를 던지거나 엄마가 걱정할 만한 일을 하며 시간을 보내는 것이 아니라 정말로 필요한 뭔가를 배우고 있다는 보고서를 매주 메이리스에게 받기로 한 것이다. 그리고 클라리는 무슨 일이 있어도 인스티튜트에서 밤을 보내면 안 되었다. 단 한 번이라도.

"남자친구가 사는 곳에서 자고 오는 것은 안 돼. 그게 인스티튜트라고 해도 절대 안 돼." 조슬린은 단호하게 말했다.

남자친구. 클라리는 아직도 그 단어를 들을 때마다 놀라웠다. 오랫동안 제이스가 그녀의 남자친구가 되는 일은 전적으로 불가능한 일처럼 여겨졌다. 그와 남매가 아닌 무엇이 되는 것은 있을 수 없는 일이었고, 그 사실을 직면하는 게 너무도 힘들고 끔찍했다. 차라리 서로를 영원히 보지 못하는 것이 나을 듯했지만 그것은 둘에게 죽음과도 다름이 없었다. 하지만 그러고 나서 기적적으로 두 사람은 자유의 몸이 되었다. 그로부터 6주가 지났지만 클라리는 아무리 반복해서 들어도 그 단어가 질리지 않았다.

"이제 그만 가봐야 해. 엄마는 내가 여기서 11시만 넘겨도 기겁을 하는데, 벌써 11시가 다 되어가니까."

"알았어. 데려다줄게." 제이스가 상체의 보호 장비를 벤치 위로 떨어뜨렸다. 보호 장비 안에는 얇은 티셔츠만 입고 있었다. 젖은 종이에 잉크가 스며들듯 티셔츠에 마크가 비쳤다.

두 사람이 엘리베이터로 향하는 동안 인스티튜트는 정적에 잠겨 있었다. 현재 그곳에는 다른 도시에서 온 섀도우 헌터가 한 명도 머물고 있지 않았다. 이사벨과 알렉의 아버지인 로버트는 새로운 의회를 구성하는 일을 돕느라 이드리스에 머물고 있었다. 호지와 맥스는 영원히 그들을 떠났고, 알렉은 매그너스와 함께 있었다. 클라리는 이곳에 남은 가족들이 빈 호텔에 머무는 손님들처럼 느껴졌다. 컨클레이브의 다른 멤버들이 좀 더 자주 찾아오면 좋겠다는 생각이 스쳤지만 그들은 지금 라이트우드 가족에게 시간을 주고 있었다. 맥스를 기억할 시간, 그리고 마음을 정리할 시간.

"알렉과 매그너스한테서는 아무 소식도 없었어? 즐거운 시간을 보내고 있대?" 클라리가 물었다.

　"그런 거 같아." 제이스가 주머니에서 전화기를 꺼내 클라리에게 내밀었다. "알렉이 나한테 자꾸 짜증나는 사진들을 보내와. '너도 여기 함께 있으면 좋을 텐데. 솔직히 말하면 아니지만' 따위의 메시지랑 함께."

　"그 정도는 애교로 봐줘야지. 두 사람은 낭만적인 휴가를 떠난 거잖아." 클라리가 키득거리며 전화기에 담긴 사진들을 넘겨보았다. 에펠탑 앞에 서 있는 매그너스와 알렉의 모습이 보였다. 알렉은 평소처럼 청바지 차림이었고, 매그너스는 두꺼운 줄무늬 스웨터에 가죽바지를 입고 우스꽝스러운 베레모를 썼다. 보불리 정원에서 알렉은 여전히 청바지 차림이었고 매그너스는 커다란 베네치아풍 망토를 두르고 곤돌라 사공의 모자를 쓰고 있었다. 매그너스는 꼭 '오페라의 유령'처럼 보였다. 프라도 미술관 앞에서는 매그너스가 번쩍이는 투우사 재킷에 플랫폼 부츠 차림으로 서 있는 반면, 알렉은 배경 속에서 조용히 비둘기에게 먹이를 주고 있었다.

　"인도 사진이 나오기 전에 전화기를 돌려받아야겠어." 제이스가 클라리의 손에서 전화기를 빼앗으며 말했다. "사리를 입은 매그너스 사진이 있거든. 한 번 보면 죽을 때까지 잊지 못해."

　클라리가 깔깔대고 웃었다. 두 사람이 엘리베이터 앞에 다다르자 제이스가 버튼을 눌렀고 엘리베이터 문이 덜걱거리며 열렸다. 안으로 들어서는 클라리를 따라 제이스도 엘리베이터 안으로 들어섰다. 엘리베이터가 아래로 움직이기 시작하자 클라리의 심장이 크게 움찔했다. 클라리는 엘리베이터가 내려가는 순간이면 언제나 이런 느낌을 받았고, 그 느낌에는 영원히 익숙해지지 않을 것 같았다. 엘리베이터가 움직이자 어스름 속에서 제이스가 다가와 클라리를 바짝 끌어당겼다. 클라리의 손이 그의 가슴에 놓였다. 티셔츠 너머 단단한 근육과 그 아래서 뛰고 있는 심장박동이 느껴졌다. 어슴푸레한 빛 속에서 제이스의 눈이 반짝였다. "머물지 못해서 미안해." 클라리가 속삭였다.

"미안해하지 마. 조슬린은 네가 나처럼 될까 봐 걱정하는 거잖아. 그런 조슬린을 탓할 수는 없어." 제이스의 목소리가 약간 거칠어서 클라리는 놀랐다.

"제이스, 괜찮은 거야?" 클라리가 그의 목소리에 스민 씁쓸함에 당황하며 물었다.

대답 대신 제이스가 그녀를 확 끌어당겨 입을 맞췄다. 그의 몸이 클라리를 벽으로 밀어붙였고, 거울의 금속 장식이 클라리의 등에 차갑게 닿았다. 제이스의 손이 허리로 미끄러져 내려와 스웨터 안으로 들어갔다. 클라리는 제이스가 그녀를 안는 방식이 좋았다. 조심스럽지만 너무 부드럽지는 않고, 그가 클라리보다 자신의 감정을 더욱 잘 통제하고 있다는 느낌이 들지 않을 정도로 거칠었다. 클라리와 제이스는 서로를 향한 감정을 제어하지 못했다. 클라리는 가슴 위로 쿵쿵 뛰는 제이스의 심장박동을 느끼는 것이 좋았고, 그녀가 화답하듯 입을 맞출 때마다 제이스가 자신의 입술을 포개며 중얼거리는 것도 좋았다.

엘리베이터가 덜컹 멈추고 문이 열렸다. 문 밖으로 텅 빈 신도석이 보였다. 중앙 통로를 따라 줄지어 놓인 나뭇가지 모양의 촛대 위에서 촛불이 희미하게 빛을 내고 있었다. 클라리는 제이스를 꼭 끌어안았다. 발갛게 타오르는 얼굴이 거울에 비치지 않을 정도로 어두워서 다행이라고 생각하면서.

"조금만 더 머무는 정도는 괜찮을 거야." 클라리가 속삭였다.

제이스는 입을 열지 않았다. 그가 긴장하는 것이 느껴져서 클라리도 긴장이 되었다. 제이스는 단지 욕망 때문에 긴장하는 것이 아니었다. 그는 떨고 있었다. 클라리의 목에 얼굴을 파묻을 때 그의 온몸이 떨렸다.

"제이스." 클라리가 입을 열었다.

제이스가 갑작스레 그녀를 놓아주고 뒤로 물러났다. 볼은 발갛게 상기되었고 두 눈은 열에 들뜬 듯 반짝거렸다. "아냐. 너희 엄마가 날 싫어할 구실을 하나 더 보태고 싶지 않아. 안 그래도 날 우리 아버지의 재림으로 보는…."

발렌타인은 네 아버지가 아니야, 라고 클라리가 말하기도 전에 제이스가 먼저 말을 멈췄다. 평소에 그는 극도로 조심해서 발렌타인을 '우리 아버지'라고 부르는 일이 결코 없었다. 언급할 일이 있을 때는 이름으로만 불렀고 둘만 있을 때는 웬만해선 그 이야기를 입에 올리지 않았다. 클라리는 자신의 엄마가 제이스도 결국 발렌타인과 똑같을지도 모른다고 걱정한다는 사실을 그에게 내비친 적이 없었다. 그럴지도 모른다는 암시만으로도 그가 얼마나 심하게 상처받을지 뻔히 알기 때문이었다. 클라리는 모든 방법을 동원해서 조슬린과 제이스가 마주치는 일을 막았다.

클라리가 입을 열기 전에 제이스가 그녀를 지나 엘리베이터 문을 세게 열었다. "사랑해, 클라리." 제이스는 클라리를 쳐다보지 않았다. 대신 교회 안에 줄지어 선 촛불들을 뚫어져라 바라보았다. 황금색 불빛이 눈 속에서 일렁거렸다. "이 세상 누구보다도…." 그가 말을 멈췄다. "맙소사. 어쩌면 너무 지나칠 정도로. 그건 너도 알지?"

클라리가 엘리베이터 밖으로 걸어 나와 그를 마주 보았다. 하고 싶은 말은 수없이 많았지만 제이스는 이미 시선을 돌리고 엘리베이터를 다시 인스티튜트로 데려다줄 버튼을 누르고 있었다. 클라리가 뭔가 말하려 했지만 엘리베이터가 움직이기 시작했다. 엘리베이터가 덜거덕거리며 위로 솟는 순간 문이 스르륵 닫혔다. 클라리는 잠시 그 문을 바라보았다. 문 위에는 날개를 활짝 펼치고 위를 바라보는 라지엘 천사의 모습이 그려져 있었다. 그 천사는 사방에 그려져 있었다.

클라리가 입을 열자 텅 빈 교회 안에 그녀의 목소리가 거칠게 울렸다. "나도 널 사랑해."

3
일곱 갑절

"끝내주는 게 뭔지 알아?" 에릭이 드럼스틱을 내려놓으며 말했다. "우리 밴드에 뱀파이어가 있다는 거야. 덕분에 우리 밴드는 엄청난 인기를 모을 거라고."

커크가 마이크를 아래로 낮추며 못 말리겠다는 듯이 눈알을 굴렸다. 에릭은 언제나 밴드가 큰 인기를 얻을 거라고 말하지만 현실에서는 아직까지 그 비슷한 일조차 일어나지 않았다. 그나마 최고로 꼽을 만한 일은 '니팅 팩토리'에서 네 명의 관객—그중 한 명은 사이먼의 엄마였다—을 앞에 두고 공연한 것이었다. "사이먼이 뱀파이어라는 걸 누구에게도 밝힐 수 없는데 어떻게 그걸로 인기를 모은다는 거야?"

"안타깝네." 스피커 위에 올라앉은 사이먼이 말했다. 그 옆에서 클라리가 누군가에게—아마도 제이스에게—열심히 문자를 보내고 있었다. "하지만 말해도 아무도 안 믿을걸. 자, 보라고, 난 데이라이터잖아." 사이먼이 양팔을 들어서 에릭네 주차장 지붕에 난 구멍들로 쏟아져 들어오는 햇빛을 가렸다. 그들은 그곳을 밴드 연습실로 사용하고 있었다.

"그랬다간 밴드의 신용에도 금이 갈 거야." 매트는 눈으로 흘러내린 붉은 머리를 쓸어 넘기다가 눈을 가늘게 뜨고 사이먼을 쳐다보았다. "가짜 송곳니를 붙이면 어떨까?"

"사이먼은 가짜 송곳니가 필요 없어. 진짜 송곳니가 있으니까. 너희도 직접 봤잖아." 클라리가 전화기를 내리며 짜증스럽게 말했다.

클라리 말은 사실이었다. 멤버들에게 자신의 비밀을 털어놓을 때 사이먼은 송곳니를 꺼내 보여야만 했다. 처음에 그들은 사이먼이 어디서 머리를 다쳤거나 신경쇠약에 걸려서 그런 소리를 한다고 믿었다. 그가 송곳니를 보여주자 비로소 그들은 사이먼의 정체를 알아보았다. 에릭은 특별히 놀라지 않았다고 인정하기까지 했다. "난 항상 뱀파이어가 존재한다고 믿어왔어, 친구. 왜냐하면 말이야, 왜 그런 사람들이 있잖아. 아무리 나이를 먹어도 똑같아 보이는 사람들. 데이비드 보위처럼. 그건 바로 그들이 뱀파이어기 때문이라고."

사이먼은 클라리와 이사벨이 섀도우 헌터라는 사실은 말하지 않았다. 그건 사이먼의 비밀이 아니었으니 마음대로 털어놓을 수 없었다. 마야가 늑대인간이라는 사실도 마찬가지였다. 그들에게 마야와 이사벨은 오직 이해할 수 없는 어떤 이유로 사이먼과 데이트하는 매력적인 소녀들일 뿐이었다. 그들은 커크가 말한 대로 '뱀파이어의 섹시 마력' 때문일 거라고 믿는 눈치였다. 사이먼은 그들이 마야나 이사벨에게 서로에 관해 말하는 실수만 저지르지 않는다면 뭐라고 생각하건 상관이 없었다. 지금까지 사이먼은 두 사람을 각기 다른 공연에 초대해서 그 둘이 한자리에 모이는 일을 성공적으로 막아왔다.

"무대 위에서 송곳니를 보여주는 건 어때? 그러니까, 딱 한 번만 말이야, 친구. 관객들에게 슬쩍 내보이는 거지."

"사이먼이 정말 그러고 나면 뉴욕의 뱀파이어 일족 우두머리가 너희를 모두 죽여야 해. 그건 알고 있겠지?" 클라리는 그렇게 말하고 사이먼을 향해 고개를 절레절레 저었다. "쟤네들한테 뱀파이어라는 사실을 말하다니 믿을 수가 없어." 그러고는 사이먼한테만 들릴 정도로 목소리를 낮춰서 덧붙였다. "아직도 눈치채지 못했나 본데, 쟤네들 전부 멍청이야."

"내 친구들이야." 사이먼이 중얼거렸다.

"네 친구들이고, 멍청이들이야."

"내가 아끼는 사람들은 내 정체를 알았으면 했어."

"그래? 그럼 너희 엄마한테는 언제 말할 건데?" 클라리가 별로 다정하지 않은 목소리로 물었다.

사이먼이 미처 답을 하기 전에 누군가 주차장 문을 크게 두드리는 소리가 들렸다. 곧이어 주차장 문이 미끄러져 올라가면서 가을 햇살이 안으로 쏟아져 들어왔다. 사이먼이 입구를 쳐다보며 눈을 껌벅거렸다. 반사적으로 튀어나온 인간이었을 때의 습관이었다. 사이먼의 눈은 이제 어둠이나 빛에 적응하는 데 단 1초도 걸리지 않았다.

주차장 입구에 웬 소년이 밝은 태양을 등지고 서 있었다. 손에는 종이를 한 장 들고 있었다. 그가 미심쩍게 종이를 내려다보았다가 다시 밴드 멤버들을 보았다. "안녕하세요, 여기가 '위험한 얼룩'이란 밴드가 있는 곳인가요?" 그가 물었다.

"우리 밴드는 이제 '둘로 나뉜 여우원숭이'라고 불려요. 그렇게 묻는 사람은 누구죠?" 에릭이 앞으로 나서며 말했다.

"전 카일이라고 해요." 소년이 고개를 수그리며 주차장 안으로 들어섰다. 그는 똑바로 서면서 눈으로 흘러내린 갈색 머리칼을 휙 넘기고 에릭에게 종이를 내밀었다. "리드싱어를 구한다는 공고를 봐서요."

"우와. 이 공고를 붙인 것이, 그러니까 1년도 더 된 일 같은데. 완전히 잊고 있었어." 매트가 말했다.

"맞아요. 그때 우린 좀 다른 스타일의 음악을 했었죠. 이제는 보컬 쪽에 비중을 두고 있지 않아요. 경험은 좀 있어요?" 에릭이 물었다.

키가 훤칠하면서도 전혀 여위지 않은 카일이 어깨를 으쓱했다. "별로요. 하지만 노래 좀 한다는 소리는 들었죠." 카일이 느릿하게 대꾸했다. 남부 쪽 억양이라기보다 윈드서퍼를 연상시키는, 약간 늘어지는 어조였다.

밴드 멤버들은 머뭇거리며 서로를 쳐다보았다. 에릭이 귀 뒤를 긁적였다. "잠깐 우리끼리 얘기하게 해줄래요?"

"물론이죠." 카일이 다시 고개를 숙이며 주차장 밖으로 나가고 그 뒤로 문이 닫혔다. 바깥에서 그가 휘파람을 부는 소리가 사이먼의 귀에 희미하게 들려왔다. 동요인 듯했지만 음정이 딱 맞지는 않았다.

"글쎄, 밴드에 새로운 사람을 들여도 될지 모르겠어. 뱀파이어 얘기는 아무한테도 할 수 없잖아, 안 그래?" 에릭이 말했다.

"할 수 없지." 사이먼이 대꾸했다.

매트가 어깨를 으쓱했다. "아깝네, 우리 밴드에 보컬이 필요하긴 한데. 커크는 진짜 별로잖아. 기분 나쁘게 듣진 말고, 커크."

"웃기지 마. 나 별로 아냐." 커크가 말했다.

"별로야. 이 덩치만 큰 털북숭이…." 매트가 대꾸했다.

"내 생각엔 노래라도 한 번 들어보는 것이 좋겠어." 클라리가 목소리를 높이며 끼어들었다.

사이먼이 그녀를 빤히 쳐다보았다. "왜?"

"왜냐하면 카일은 엄청 섹시하니까." 클라리의 말에 사이먼은 깜짝 놀랐다. 사이먼은 카일의 외모에 별다른 인상을 받지 못했지만 남자의 외모를 판단하기에 그는 적합한 사람이 아닐 것이었다. "그리고 너희 밴드에는 섹시함을 좀 가미할 필요가 있고."

"고마워. 우리 밴드를 대표해서 말할게." 사이먼이 말했다.

클라리가 답답한 듯이 신음 소리를 냈다. "그래, 알아. 너희들 모두 잘생겼어. 사이먼은 특히 더 하고." 클라리가 그의 손을 토닥였다. "하지만 카일은 눈이 번쩍 뜨일 정도야. 그냥 그렇다는 말이야. 여자로서 내 객관적인 의견을 말하면 너희 밴드에 카일을 들일 경우 여성 팬이 두 배로 늘어날 거야."

"그 말은 곧 한 명에서 두 명이 된다는 거네." 커크가 말했다.

"한 명은 누군데?" 매트는 정말 몰라서 묻는 것 같았다.

"에릭 사촌동생의 친구 말이야. 이름이 뭐라고 그랬더라? 사이먼한테 반한 애 있잖아. 우리가 공연하는 데마다 찾아와서 자기가 사이먼의 여자친구라고 동네방네 떠들고 다닌 애."

사이먼이 인상을 썼다. "걘 열세 살밖에 안 됐어."

"뱀파이어 섹시 마력이 발휘된 거야, 친구. 여자들은 네 매력에 저항할 수 없어." 매트가 말했다.

"아, 제발 그만 좀 해. 뱀파이어 섹시 마력 같은 건 없어." 클라리는 그렇게 말하고 에릭을 향해 손가락을 휘둘렀다. "그리고 밴드 이름을 '뱀파이어 섹시 마력'으로 바꿀 생각은 하지 마. 그랬다간 내가…."

주차장 문이 다시 열리고 카일이 모습을 드러냈다. "저기, 오디션이 필요 없는 거면 알겠어요. 밴드 색깔이 바뀌어서 그런 거겠죠, 뭐. 그럼 말만 해요. 바로 갈 테니까."

에릭이 한쪽으로 머리를 갸웃했다. "들어와요. 어디 한번 들어나 봅시다."

카일이 주차장 안으로 들어섰다. 클라리가 무엇을 보고 섹시하다고 느꼈는지 알아내려고 사이먼은 그를 유심히 쳐다보았다. 카일은 키가 크고 넓은 어깨에 몸매가 호리호리했고, 광대뼈가 높이 솟았으며, 살짝 긴 검은 머리가 이마와 목으로 구불거리며 흘러내렸다. 여름의 태양에 그을린 피부는 여전히 갈색이었다. 반짝이는 녹갈색 눈 위로 풍성하고 긴 속눈썹이 드리워져서 예쁘장한 록스타처럼 보이기도 했다. 몸에 꼭 맞는 녹색 티셔츠에 청바지를 입었고 양 팔뚝을 문신이 휘감았다. 섀도우 헌터의 마크와는 다른, 평범한 문신이었다. 소용돌이치는 글자들처럼 보이는 문신이 피부를 타고 올라가서 셔츠 소매 아래로 사라졌다.

그렇군. 사이먼은 인정하지 않을 수 없었다. 카일은 그리 못생기지 않았다.

커크가 마침내 침묵을 깨며 말했다. "이제 내 눈에도 보이네. 저 친구 꽤 섹시해."

카일이 눈을 껌뻑이고 에릭을 돌아보았다. "그래서, 노래해요, 말아요?"

에릭이 스탠드에서 마이크를 뽑아 카일에게 건넸다. "어디 한번 들어보죠."

"노래를 상당히 잘하네." 클라리가 말했다. "사실 아까는 농담처럼 말한 건데, 카일은 정말 노래를 잘하더라."

클라리와 사이먼은 루크의 집으로 가기 위해 켄트 가를 따라가고 있었다. 황혼 녘에 가까워지면서 푸른 하늘이 잿빛으로 어두워졌고 구름이 이스트 강 위로 내려와서 낮게 걸렸다. 군데군데 금이 간 콘크리트 제방 가장자리로 철조망 울타리가 쳐져 있었다. 클라리가 장갑 낀 손으로 울타리를 더듬으며 걸었기 때문에 덜그럭거리는 소리가 연달아 났다.

"넌 카일이 멋있어서 그러는 거잖아." 사이먼이 말했다.

클라리가 보조개를 만들며 웃어 보였다. "그렇게까지 멋있는 건 아니야. 내가 본 중에 제일 멋있다거나 그런 것은 아니라고." 그녀에게 제일 멋있는 사람은 물론 제이스겠지만 클라리는 고맙게도 그 사실을 입 밖으로 말하지 않았다. "하지만 솔직히 말해서 카일을 밴드에 받아들이는 게 좋을 것 같아. 에릭하고 다른 애들이 카일에게 네가 뱀파이어라는 사실을 말하지 못한다면 누구에게도 말하지 못할 테니까. 그럼 그런 멍청한 소리를 다시는 입 밖에 내지 않겠지." 그들은 루크의 집 근처까지 와 있었다. 길 건너로 노란 불이 들어온 그의 집 창문이 보였다. 철조망 울타리 앞에서 클라리가 멈춰 섰다. "여기서 우리가 라움 악마들을 죽인 거 기억나?"

"너랑 제이스가 죽였지. 나는 토할 뻔했고." 사이먼도 그 일을 기억했지만 지금 그의 마음은 다른 곳에 가 있었다. 사이먼은 카밀을 생각하고 있었다. 그녀가 레스토랑 정원에서 그와 마주 앉아 들려준 말을 떠올렸다. 너는 섀도우 헌터와 친구가 될 수는 있어도 그들 중 하나가 될 수는 없어. 그들과는 다른 존재, 외부인일 뿐이니까. 사이먼은 곁눈으로 클라리를 훔쳐보면서 자신이 카밀을 만나 무슨 제안을 받았는지 알면 클라리가 뭐라고 할지 생각해보았다. 클라리는 아마 공포에 질릴 것이었다. 사이먼이 무엇으로부터도 해를 입을 수 없다는 사실을 알면서도 클라리는 여전히 그의 안전을 걱정했다.

"지금이라면 겁먹지 않을 거잖아." 사이먼의 마음을 읽기라도 한 듯이 클라리가 부드럽게 말했다. "너한테는 그 마크가 있으니까." 클라리가 여전히 울타리에 몸을 기댄 채 사이먼을 돌아보았다. "마크를 눈치채거나 거기에 대해 물은 사람은 없었어?"

사이먼이 고개를 저었다. "항상 머리로 가리고 있는걸. 게다가 이제는 많이 희미해졌어. 볼래?" 그가 머리카락을 옆으로 넘겼다.

사이먼의 이마에 곡선으로 그려진 마크 위에 클라리가 손을 얹었다. 알리칸테의 합의의 전당에서 그랬던 것처럼 클라리의 눈에 슬픔이 어렸다. 세상에서 가장 오래된 저주를 그의 이마에 새기던 그날처럼.

"아파?"

"아니. 전혀." 카인이 야훼께 하소연하였다. 벌이 너무 무거워서 저로서는 견디지 못하겠습니다. "널 탓하지 않는다는 거 알지? 넌 내 생명을 구했어."

"알아." 클라리의 눈이 반짝거렸다. 클라리는 사이먼의 이마에서 손을 떼고 장갑 낀 손등으로 얼굴을 훔쳤다. "젠장. 우는 거 정말 싫은데."

"익숙해지는 게 좋을걸." 클라리의 눈이 커지는 것을 보고 사이먼이 서둘러 덧붙였다. "결혼식이 있잖아. 다음 주 토요일인가 그렇지? 결혼식에서는 다들 우니까."

클라리가 콧소리를 내며 웃었다.

"너희 엄마랑 루크는 어때?"

"못 봐줄 정도로 닭살이야. 얼마나 끔찍한데. 아무튼…" 클라리가 사이먼의 어깨를 톡톡 두드렸다. "난 그만 들어가 볼게. 내일 보는 거지?"

사이먼이 고개를 끄덕였다. "당연하지. 내일 봐."

사이먼은 클라리가 집으로 달려가 계단을 오르고 문 앞에 다다르는 모습을 지켜보았다. 내일. 그가 며칠씩 클라리의 얼굴을 보지 않고 보낸 것이 얼마나 오래전의 일인지 떠올려보았다. 카밀이 말한 것처럼, 그리고 라파엘이 말한 것처럼 이 땅에서 도망자와 방랑자가 된다는 것이 어떤 의미인지도 생각해보았다. 네 아우의 피가 땅에서 나에게 울부짖고 있다. 사이먼은 동생을 죽인 카인이 아니었지만 저주는 그를 카인으로 믿었다. 그는 정말로 자신이 모든 것을 잃게 될지 확실히 알지 못했다. 그러면서도 그런 일이 일어나길 기다리는 것은 참으로 이상하다고 생각했다.

클라리가 집 안으로 들어가고 문이 닫혔다. 사이먼은 다시 켄트 가를 걸어 내려가 G선 열차 정류장이 있는 로리머 가로 향했다. 주변은 이제 완전히 어두워졌고 하늘은 잿빛과 검은빛이 엉켜 있었다. 뒤쪽에서 자동차가 급정차하는 소리가 들렸지만 사이먼은 돌아보지 않았다. 이 거리에서는 차들이 늘 쌩쌩 속도를 내며 달렸다. 도로에 금이 가고 곳곳이 패었는데도 아랑곳하지 않았다. 사이먼은 푸른색 밴이 끼익 소리를 내며 그의 옆에 멈췄을 때서야 고개를 돌려 쳐다보았다.

밴의 운전자가 열쇠를 홱 뽑아 엔진을 죽이고 문을 벌컥 열었다. 키가 큰 남자였다. 후드 달린 회색 운동복에 스니커즈 차림이었고 후드를 당겨 써서 얼굴이 거의 보이지 않았다. 남자가 운전석에서 뛰어내리는 순간 사이먼은 그의 손에서 희미하게 반짝이는 기다란 칼을 보았다.

사이먼은 나중에 이 일을 돌이켜보며, 그 순간에 도망쳤어야 했다고 생각했다. 그는 뱀파이어였고 어느 인간보다 빨리 달릴 수 있었다. 그러나 도망치기에는 너무 놀란 상태였다. 번쩍이는 칼을 든 남자가 그를 향해 다가오는데도 사이먼은 뻣뻣이 굳은 채 서 있었다. 남자가 사이먼이 이해하지 못하는 언어로 나지막이 중얼거렸다.

사이먼이 한 걸음 물러서며 말했다. "저기요, 내 지갑을 줄게요. 그리고…" 사이먼이 주머니로 손을 가져갔다.

남자가 사이먼에게 달려들며 그의 가슴에 칼을 꽂았다. 사이먼이 놀라서 가슴을 내려다보았다. 시간이 늘어난 것처럼 모든 일이 아주 느리게 일어났다. 가슴으로 날아오는 칼끝이 시야에 잡혔고 가죽 재킷의 표면이 살짝 패는가 싶더니… 옆으로 확 베였다. 다음 순간 누군가가 그 남자의 팔을 홱 잡아당긴 것처럼 남자는 허공으로 휙 끌려 올라가며 비명을 내질렀다. 줄이 당겨진 꼭두각시 인형 같았다. 사이먼은 미친 듯이 주변을 둘러보았지만 이런 소동이 일어나는데도 누구 하나 눈치채지 못하는 듯했다. 남자는 계속해서 비명을 지르며 거칠게 끌려 다녔고, 보이지 않는 손이 찢어발긴 것처럼 셔츠 앞자락이 쭉 찢어졌다.

사이먼은 공포에 질려 쳐다보았다. 남자의 몸통에 커다란 상처가 생겼다. 그의 머리가 뒤로 홱 젖혀지면서 입에서 분수처럼 피가 뿜어져 나왔다. 비명이 별안간 멈추더니 보이지 않는 손이 놓아준 것처럼 남자가 아래로 떨어졌다. 그의 몸이 바닥에 부딪히는 순간 유리처럼 산산이 부서지며 길가로 흩뿌려졌다.

사이먼은 무릎을 꿇으며 털썩 주저앉았다. 그의 목숨을 빼앗으려던 칼이 손 닿을 거리에 떨어져 있었다. 반짝이는 알갱이 한 무더기가 그를 공격한 남자가 남긴 유일한 물건이었다. 알갱이들은 이미 바람에 날려가기 시작했다. 사이먼이 조심스레 만져보았다.

그것들은 소금이었다. 사이먼은 손을 내려다보았다. 손이 파르르 떨리고 있었다. 사이먼은 무슨 일이 일어났는지 잘 알았다. 그 일이 왜 일어났는지도.

카인을 죽이는 사람에게는 내가 일곱 갑절로 벌을 내리리라.

이것이 바로 일곱 갑절의 벌이었다.

사이먼은 미처 배수로까지 가지도 못하고 허리를 꺾은 채 길에다 피를 토했다.

사이먼은 대문을 여는 순간 계산이 잘못되었다는 것을 알았다. 지금

쯤이면 엄마가 잠들었을 거라고 예상했었다. 하지만 엄마는 대문을 바라보며 안락의자에 앉아 있었고 옆의 탁자 위에는 엄마의 전화기가 놓여 있었다. 엄마는 즉시 사이먼의 재킷에 묻은 피를 보았다.

놀랍게도 엄마는 소리를 지르지 않았지만 손으로 입을 틀어막았다. "사이먼."

"내 피 아니야." 사이먼이 서둘러 대꾸했다. "에릭네 집에 있었는데 매트가 코피가 터져서…."

"듣고 싶지 않아." 엄마는 웬만해서는 이런 날카로운 어조로 말하는 법이 없었다. 아버지가 병을 앓던 마지막 몇 달 동안을 제외하면. 엄마가 칼날처럼 곤두선 목소리로 말했다. "더 이상은 거짓말을 듣고 싶지 않아."

사이먼은 문 옆에 놓인 탁자에 열쇠를 놓았다. "엄마…."

"넌 계속 거짓말을 하고 있어. 이젠 정말 지겹구나."

"그런 게 아냐. 그냥 이것저것 변화가 많아서 그래." 사이먼은 그렇게 말했지만 엄마의 말이 사실이었으므로 속이 울렁거렸다.

"분명히 그런 것 같더구나." 엄마가 의자에서 일어났다. 원래도 살찐 적이 없던 엄마였지만 지금은 뼈만 남은 것처럼 여위어 보였다. 사이먼과 같은 검은 머리가 얼굴 주변으로 흘러내렸다. 그가 기억하는 것보다 흰머리가 더 많이 섞여 있었다. "따라와. 얼른."

어리둥절해진 사이먼은 엄마를 따라 밝은 노란색으로 둘러싸인 작은 부엌으로 들어갔다. 엄마가 걸음을 멈추고 조리대를 가리켰다. "저것들에 대해 설명해주겠니?"

사이먼은 입안이 바짝 말랐다. 조리대 위에는 피를 담은 병들이 장난감 병정처럼 일렬로 놓여 있었다. 옷장 안의 미니 냉장고에 몰래 넣어둔 것이었다. 한 병에는 반쯤, 나머지에는 가득 붉은 액체가 들어 있었다. 병 안의 액체는 사이먼의 정체를 고발하듯 반드르르 윤기가 돌았다. 엄마는 사이먼이 나중에 버리려고 깨끗이 헹궈서 쇼핑백에 넣어둔, 피를 담았던 빈 봉지도 발견했다. 그 봉지들도 조리대 위에 기괴한 장식처럼 펼쳐져 있었다.

"처음에는 와인인 줄 알았어. 그러고 나서 저 봉지들을 발견하고는 병을 열어봤지. 병에 들어 있는 게 피 맞지?" 일레인 루이스가 떨리는 목소리로 말했다.

사이먼은 말이 없었다. 목소리가 사라져버린 것 같았다.

"최근 들어 네 행동이 아주 이상하더구나." 엄마는 계속 말을 이었다. "밤낮을 가리지 않고 외출을 하고. 밥도 안 먹고 잠도 잘 안 자고. 내가 본 적도 들은 적도 없는 친구들을 만나고. 거짓말을 하면 엄마가 모를 줄 알았니? 엄마는 다 알아, 사이먼. 엄만 네가 마약을 하는 줄 알았어."

사이먼이 목소리를 되찾았다. "그래서 내 방을 뒤진 거야?"

엄마가 얼굴을 붉혔다. "그럴 수밖에 없잖니! 난… 네 방에서 마약을 발견하면 내가 도울 수 있을 거라고 생각했어. 재활 프로그램 같은 곳에 데려다주고. 하지만 이것들은?" 엄마가 거친 동작으로 병들을 가리켰다. "이걸 대체 어떻게 생각해야 할지도 모르겠구나. 대체 이게 무슨 일이니, 사이먼? 사이비 종교 단체에라도 들어간 거니?"

사이먼이 고개를 흔들었다.

"그럼 어디 설명해보렴. 내가 생각해낼 수 있는 이유는 죄다 끔찍하고 구역질나는 것들뿐이니까. 사이먼, 제발…." 엄마의 입술이 파르르 떨렸다.

"엄마, 난 뱀파이어야." 사이먼이 불쑥 말했다. 어쩌다 그 말이 나왔는지, 왜 그 말을 했는지 사이먼도 알 수가 없었다. 하지만 엎질러진 물이 었다. 그 단어는 독가스처럼 두 사람 사이를 떠돌았다.

사이먼의 엄마는 다리가 풀렸는지 주방 의자로 무너져 내렸다. "뭐라고?" 그녀가 속삭이듯이 내뱉었다.

"나 뱀파이어라고. 두 달 전에 그렇게 됐어. 지금까지 말하지 않아서 미안해. 하지만 어떻게 말을 꺼내야 할지 몰랐어."

일레인 루이스의 얼굴이 분필처럼 새하얘졌다. "뱀파이어 같은 건 없어, 사이먼."

"아냐, 있어. 엄마, 나도 원해서 뱀파이어가 된 게 아니야. 공격을 받아서 그렇게 됐어. 선택의 여지가 없었다고. 있었다면 이렇게 되지 않았을 거야." 사이먼은 오래전에 클라리가 보여주었던 병원의 안내서를 떠올리려고 미친 듯이 기억을 더듬었다. 부모에게 커밍아웃하는 법. 그때는 웃기는 비유라고 생각했지만 이제는 그렇지 않았다.

"넌 자신이 뱀파이어라고 생각하는 거야. 피를 마신다고 생각하는 거라고." 사이먼의 엄마가 멍하게 말했다.

"난 피를 마셔. 동물 피." 사이먼이 대꾸했다.

"하지만 넌 채식주의자잖아." 엄마는 곧 울음을 터트릴 듯한 표정이었다.

"과거에는 그랬지만 지금은 아냐. 그럴 수가 없으니까. 피를 마시지 않으면 살 수가 없어." 사이먼은 목이 꽉 조여왔다. "사람을 해친 적은 한 번도 없어. 사람의 피는 절대 마시지 못할 거야. 난 여전히 똑같은 사이먼이야. 엄마 아들이라고."

사이먼의 엄마는 정신을 차리려고 기를 썼다. "새로운 친구들은… 그 애들도 전부 뱀파이어니?"

사이먼은 이사벨과 마야와 제이스를 떠올렸다. 그는 섀도우 헌터나 늑대인간에 대해 설명할 수 없었다. 엄마는 견디지 못할 터였다. "아냐. 하지만… 내가 뱀파이어라는 건 알아."

"걔네들이… 걔네들이 너한테 마약을 준 거니? 억지로 마약을 하게 한 거야? 그래서 헛것이 보이는 거니?" 엄마는 사이먼의 대답을 듣지 못한 사람처럼 말했다.

"아니야. 엄마, 난 진짜로 뱀파이어야."

"그렇지 않아." 그녀가 속삭였다. "너는 진짜라고 생각하는 것뿐이야. 오, 맙소사. 사이먼, 정말 미안하구나. 엄마가 진작 눈치챘어야 하는데. 널 도와줄 사람을 찾아보자꾸나. 의사든 누구든 분명히 있을 거야. 비용이 얼마가 들어도…."

"난 의사한테 갈 수 없어, 엄마."

"갈 수 있어. 넌 도움을 받아야 해. 병원이나 아니면…."

사이먼이 엄마에게 손목을 내밀었다. "맥박 좀 짚어봐."

엄마는 혼란스러운 듯이 그를 쳐다보았다. "뭐라고?"

"맥박. 짚어보라고. 맥박이 느껴진다면 엄마랑 병원에 갈게. 맥박이 느껴지지 않으면 엄마는 내 말을 믿어야 해."

엄마가 눈가를 닦아내고 천천히 손을 뻗어 사이먼의 손목을 잡았다. 오랫동안 아버지를 간호한 경험으로 엄마는 간호사만큼이나 맥박을 잘 짚었다. 엄마가 사이먼의 손목 안쪽을 검지로 누른 채 잠시 기다렸다.

사이먼은 변해가는 엄마의 얼굴을 지켜보았다. 고통스러운 표정에서 화난 표정으로, 당황스러운 표정에서 공포스러운 표정으로. 엄마는 사이먼의 손을 떨어뜨리며 일어나서 뒤로 물러났다. 하얗게 질린 채 검은 눈을 부릅뜨고 있었다. "넌 뭐지?"

사이먼은 속이 왈칵 뒤집혔다. "말했잖아. 뱀파이어라고."

"넌 내 아들이 아니야. 우리 사이먼이 아니라고. 살아 있는 존재가 어떻게 맥이 뛰지 않지? 너 대체 무슨 괴물이야? 우리 아들한테 무슨 짓을 한 거야?" 사이먼의 엄마는 몸을 부들부들 떨었다.

"나 사이먼이야…." 그가 엄마에게로 한 걸음 다가갔다.

엄마가 외마디 비명을 내질렀다. 사이먼은 엄마가 그런 소리를 내는 것을 들어본 적이 없었고, 앞으로도 다시는 듣고 싶지 않았다. 소름끼치도록 끔찍한 소리였다.

"저리 가. 가까이 오지 마." 갈라진 목소리로 소리를 지른 엄마가 뭔가를 속삭이기 시작했다. "바루카 아타 아도나이 쇼메타필라(Barukh ata Adonai sho'me'at'fila)."

엄마는 기도를 하고 있었다. 사이먼이 놀라움 속에서 깨달았다. 엄마는 사이먼의 존재에 너무나 겁을 먹은 나머지 그가 사라지기를 바라며 기도를 하고 있었다. 그리고 더욱 끔찍한 것은 사이먼이 그것을 느낄 수 있다는 점이었다. 신의 이름에 그의 위장이 조여들고 목이 아팠다.

엄마의 기도가 옳은 행동이라는 생각에 사이먼은 못 견디게 역겨웠다. 그는 저주를 받았다. 이 세상에 속하지 않는 존재였다. 살아 있으면서도 맥이 뛰지 않는 생명체가 세상 어디에 있단 말인가?

"엄마." 사이먼이 속삭였다. "엄마, 그만해."

사이먼의 엄마가 부릅뜬 눈으로 그를 쳐다보았다. 입술은 여전히 움직이고 있었다.

"엄마, 두려워할 필요 없어." 사이먼에게는 자신의 목소리가 멀리서 들려오는 것처럼 느껴졌다. 부드럽게 달래는 듯한, 낯선 이의 목소리처럼 들렸다. 고양이가 생쥐를 쳐다보듯 사이먼은 엄마에게 시선을 고정한 채 말했다. "아무 일도 없었어. 엄마는 거실의 안락의자에서 잠이 들었던 거야. 엄마는 내가 집에 돌아와 뱀파이어라고 말하는 악몽을 꿨어. 하지만 그건 말도 안 되는 얘기잖아. 어떻게 그런 일이 있을 수 있겠어?"

사이먼의 엄마가 기도를 멈췄다. 그리고 눈을 깜박거렸다. "내가 꿈을 꾸는 거라고?"

"응, 악몽이야." 사이먼은 그렇게 말하고 엄마에게 다가가서 어깨에 손을 얹었다. 엄마는 뒤로 물러나지 않았다. 졸린 아이처럼 고개가 앞으로 수그러졌다. "전부 다 꿈이었어. 엄마는 내 방에서 아무것도 발견하지 않았어. 아무 일도 일어나지 않았고. 엄마는 계속 잠을 자고 있었던 거야. 그뿐이야."

사이먼이 엄마의 손을 잡았다. 엄마는 사이먼이 이끄는 대로 거실로 향했고, 사이먼은 엄마를 거실의 안락의자에 앉혔다. 그가 담요를 끌어올려 덮어주자 엄마는 미소를 지으며 눈을 감았다.

사이먼은 주방으로 돌아가서 병과 봉지를 빠짐없이 신속하게 쓰레기 봉투에 쓸어 넣었다. 봉투 끝을 묶어 자기 방으로 가져간 사이먼은 피 묻은 재킷을 벗고 새 옷으로 갈아입은 다음 옷가지와 물건 몇 개를 서둘러 가방에 챙겨 넣었다. 그러고는 불을 끄고 방을 나오며 등 뒤로 문을 닫았다.

사이먼이 거실을 지날 때 엄마는 이미 잠들어 있었다. 그가 손을 뻗어 엄마의 손을 살며시 잡았다.

"며칠 동안 어디 좀 다녀올 거야." 사이먼이 조용히 속삭였다. "하지만 엄마는 걱정하지 않을 거야. 내가 며칠 동안 집에 오지 않는다는 걸 아니까. 난 학교에서 수학여행을 떠난 거야. 그러니까 나한테 전화할 이유도 없어. 아무 문제도 없으니까."

사이먼이 손을 거뒀다. 희미한 불빛 속에서 보니, 엄마의 모습은 그가 기억하는 것보다 더욱 늙어 보였고, 또 더욱 어려 보였다. 담요 아래 몸을 웅크린 엄마는 어린애처럼 작았지만 얼굴에는 그가 보지 못했던 새로운 주름들이 생겨났다.

"엄마." 그가 작게 속삭였다.

사이먼이 엄마의 손을 잡자 엄마가 몸을 뒤척였다. 엄마를 깨우고 싶지 않았기에 사이먼은 얼른 손을 떼고 조용히 테이블에서 열쇠를 집어 들고 문으로 향했다.

인스티튜트는 고요했다. 요즘에는 늘 이처럼 고요했다. 제이스는 밤이면 창문을 열어놓아 요크 가를 달리는 차들의 소리, 가끔씩 길게 들리는 구급차의 사이렌 소리, 차들의 경적 소리가 방 안에 흘러들게 했다. 그는 먼데인들이 듣지 못하는 소리도 들었다. 그런 소리들은 어둠을 뚫고 그의 꿈속으로도 흘러들었다. 뱀파이어 오토바이가 공기를 가르는 소리, 요정이 날개를 푸득거리는 소리, 보름달 뜨는 밤에 멀리서 늑대가 울부짖는 소리.

오늘 밤에는 반달 덕분에 침대에 벌렁 드러누워서도 글자를 읽을 수 있을 정도로 방 안이 밝았다. 제이스는 아버지의 은빛 상자를 열어놓은 채 그 안의 내용물들을 하나씩 꺼내보는 중이었다. 아버지의 스텔레가 하나, 은 자루에 SWH라는 이니셜이 새겨진 사냥칼이 하나, 그리고 편지 한 무더기가 있었다. 제이스는 편지에 제일 관심이 갔다.

지난 6주간 그 편지들을 매일 밤 하나씩 읽으면서 제이스는 자신의 생부가 어떤 사람인지 느껴보려고 애썼다. 그의 머릿속에서 어떤 모습

하나가 서서히 윤곽을 갖추었다. 정력적으로 일하는 부모를 둔 사려 깊은 젊은 남자, 세상에 이름을 떨칠 기회를 줄 것 같던 발렌타인과 그가 만든 서클에 마음이 끌린 남자. 아마티스는 말하지 않았지만 그는 이혼 후에도 아마티스에게 끊임없이 편지를 보냈다. 그 편지들은 그가 발렌타인에게 가졌던 환상이 깨어졌으며 서클 활동에 역겨움을 느낀다는 것을 분명하게 보여주었다. 하지만 제이스의 어머니인 셀린에 관해서는 거의 언급이 없었다. 물론 자신의 자리를 차지한 여인의 이야기를 아마티스가 듣고 싶어 할 리가 없었으니 이해가 안 가는 것은 아니었다. 하지만 그럼에도 그런 아버지에게 약간 증오심이 생기는 것은 어쩔 수가 없었다. 제이스의 어머니를 좋아하지도 않았다면 어째서 그녀와 결혼했단 말인가? 서클을 그토록 증오했다면 어째서 그곳을 떠나지 않은 걸까? 발렌타인은 미치광이였지만 적어도 자신이 세운 원칙을 따르는 자였다.

이런 생각을 하고 나면 제이스는 친부보다 발렌타인을 더 좋아했다는 사실에 죄책감을 느꼈다. 대체 어떻게 생겨먹은 인간이기에 자신을 낳은 아버지보다 발렌타인 같은 자를 더 좋아한단 말인가?

문을 두드리는 소리가 제이스를 자기 비난의 늪에서 끌어냈다. 그는 침대에서 일어나 문으로 향하면서 이사벨이 뭔가 물어보거나 불평을 하러 왔을 거라고 생각했다.

하지만 문 앞에 서 있는 것은 이사벨이 아니었다. 클라리였다.

클라리는 평소와 다른 차림이었다. 목이 깊게 파인 검은 민소매 셔츠 위로 하얀 블라우스를 느슨하게 걸쳐 묶고 허벅지의 굴곡이 드러날 정도로 짧은 스커트를 입었다. 붉게 타오르는 머리는 길게 땋아 늘였다. 밖에 비가 오는지 빠져나온 머리카락 몇 가닥이 구불거리며 관자놀이 부근에 달라붙어 있었다. 제이스를 보자 클라리가 눈썹을 아치 모양으로 만들며 웃었다. 녹색 눈을 둘러싼 가느다란 속눈썹처럼 눈썹도 구릿빛을 띠었다. "들어오라고 안 할 거야?"

제이스가 복도를 둘러보았다. 다행히 아무도 없었다. 그는 클라리의 팔을 잡아 방 안으로 끌어당기고 문을 닫았다. 제이스가 문에 등을 기댄 채 입을 열었다. "어떻게 온 거야? 아무 일도 없는 거지?"

"아무 일도 없어." 클라리가 신발을 차내고 침대 끝에 걸터앉았다. 손으로 침대를 짚으며 몸을 뒤로 기울이자 치마가 올라가 허벅지가 더 많이 보였다. 제이스의 정신이 산만해졌다. "보고 싶어서 왔어. 엄마와 루크는 잠이 들었고, 내가 사라진 사실을 전혀 눈치채지 못할 거야."

"넌 여기 있으면 안 돼." 제이스의 입에서 신음처럼 말이 흘러나왔다. 결코 하고 싶지 않았지만 반드시 해야 하는 말이었다. 그 이유를 클라리는 알지 못했다. 제이스는 그녀가 영원히 알지 못하기를 바랐다.

"내가 가길 바란다면 갈게." 클라리가 침대에서 일어났다. 녹색 눈이 은은하게 반짝였다. 클라리가 제이스 쪽으로 한 발 다가섰다. "하지만 널 보려고 먼 길을 달려왔는데, 잘 가라는 키스쯤은 해줄 수 있잖아."

제이스가 그녀를 가까이 끌어당기고 입을 맞추었다. 좋은 생각이 아니라는 것을 알면서도 할 수밖에 없는 일들이 있다. 클라리는 보드라운 실크처럼 그의 품으로 안겨들었다. 제이스는 그녀의 머리칼 속으로 손을 파묻어 땋은 머리가 풀릴 때까지 헤집었다. 그는 클라리의 머리칼이 어깨 위로 출렁이며 떨어지는 것이 마음에 들었다. 클라리를 처음 보는 순간에도 이렇게 하고 싶었지만 제이스는 말도 안 된다며 얼른 그 생각을 지웠었다. 그녀는 먼데인이었고 처음 보는 소녀였다. 그런 그녀를 원한다는 것은 도저히 있을 수 없는 일이었다.

그 이후 제이스는 온실에서 클라리에게 처음으로 입을 맞추고는 거의 미칠 지경이 되었다. 둘이 함께 아래로 내려갔다가 사이먼에게 방해를 받았을 때는 누구에게도 느껴본 적이 없는 극심한 살의를 느꼈다. 사이먼에게는 잘못이 없다는 것을 머리로는 똑똑히 알면서도 제이스는 감정을 주체하지 못했다. 그의 감정은 지적 능력과는 아무 상관이 없었다. 그는 클라리가 사이먼을 택한 후 자신의 곁을 떠날지도 모른다는 상상만으로도 속이 뒤집혀서 어느 악마를 만났을 때보다도 두려웠다.

발렌타인이 그와 클라리가 남매라고 말했을 때, 제이스는 그녀가 다른 누군가를 위해 자신의 곁을 떠나는 일보다도 끔찍한 일이, 비교할 수 없을 정도로 더 끔찍한 일이 있다는 것을 깨달았다. 그가 클라리를 사랑하는 일이 자연에 위배된다는 사실, 그의 삶에서 무엇보다 순수하고 흠잡을 데 없던 것이 이제는 영원히 구원받을 수 없는 더러운 일로 전락했다는 사실을 알게 되었다. 제이스는 언젠가 아버지가 해준 말을 기억했다. 천사들이 하늘에서 추락할 때 몹시 괴로워하는 것은, 그들이 보던 신의 얼굴을 다시는 보지 못한다는 사실을 알기 때문이라고 했다. 제이스는 그 천사들의 기분을 이해하고도 남을 것 같았다.

그 뒤에도 제이스가 클라리를 원하는 마음은 사라지지 않았다. 그 마음은 사라지는 대신 고스란히 고문으로 바뀌었다. 고문의 그림자는 시시때때로 그의 기억을 스쳐 지나갔고, 심지어 지금처럼 클라리와 키스를 하는 순간에도 다시금 찾아들어 그녀를 으스러뜨릴 듯이 꽉 끌어안게 했다. 클라리는 깜짝 놀라 소리를 냈지만 저항하지 않았다. 제이스가 그녀를 안아 침대로 향할 때도 순순히 따랐다.

두 사람은 침대에 놓인 편지들을 구기며 그 위로 함께 쓰러졌다. 제이스가 상자를 옆으로 밀어 자리를 만들었다. 그의 심장이 갈비뼈 안에서 거세게 방망이질을 했다. 두 사람이 이처럼 침대에 함께 든 적은 한 번도 없었다. 이드리스에서 클라리의 침대에 함께 누운 적은 있지만 그때는 거의 몸이 닿지 않았다. 조슬린은 두 사람이 서로의 집에서 밤을 보내는 일이 없도록 무척 신경을 써왔다. 조슬린이 자신을 그리 좋아하지 않는다는 것을 알았지만 제이스는 그녀를 탓할 수가 없었다. 그가 조슬린의 입장이었어도 자신을 별로 좋아하지 않을 것 같았다.

"사랑해." 클라리가 속삭였다. 그러고는 제이스의 셔츠를 벗기고 손끝으로 그의 등에 있는 흉터들과 어깨에 있는 별 모양의 흔적을 따라갔다. 클라리에게도 똑같은 흔적이 있었다. 그것은 두 사람에게 피를 나눠준 천사가 남긴 유물이었다. "널 잃고 싶지 않아."

제이스가 클라리의 블라우스 매듭을 풀려고 손을 아래로 미끄러뜨렸다. 그리고 다른 손으로 매트리스를 짚는 순간 손에 차가운 사냥칼이 닿았다. 상자 안의 다른 물건들과 함께 침대 위에 널브러져 있었던 모양이다. "그런 일은 절대로 없어."

클라리가 반짝이는 눈으로 그를 올려다보았다. "어떻게 그렇게 확신해?"

제이스의 손이 칼자루를 움켜쥐었다. 그가 칼을 치켜들자 창으로 쏟아져 들어온 달빛이 칼날을 타고 미끄러졌다. "난 확신해." 그가 그렇게 말하며 칼을 아래로 휘둘렀다. 칼날이 종잇장을 가르듯 그녀의 살갗을 베었다. 깜짝 놀란 클라리의 입술이 '오'라는 모양을 만들기 시작했고 하얀 블라우스 앞자락이 피로 젖어드는 순간 제이스는 생각했다. 맙소사, 또야.

악몽에서 깨어나는 것은 창문을 뚫고 들어가는 것과 비슷했다. 꿈에서 놓여나며 벌떡 일어나 앉아 숨을 헐떡이는 순간에도 악몽의 예리한 조각들이 살갗을 저미는 기분이 들었다. 제이스는 침대를 벗어나고 싶다는 본능으로 몸을 굴려 침대에서 내려와 돌바닥 위에 엎드렸다. 열린 창문으로 차가운 바람이 불어와 몸이 부르르 떨렸지만 덕분에 마지막까지 들러붙어 있던 악몽의 잔재가 말끔히 날아갔다.

제이스는 자신의 손을 빤히 내려다보았다. 피 같은 것은 묻어 있지 않았다. 그가 몸을 마구 뒤척여서 시트와 담요가 공처럼 뭉쳐지고 침대는 엉망으로 흐트러졌지만 아버지의 물건이 담긴 상자는 그가 잠자리에 들기 전에 놓아둔 그대로 침실용 탁자 위에 얌전히 있었다.

처음 몇 번 악몽을 꾸었을 때는 잠에서 깨어나자마자 먹은 것을 전부 토했다. 제이스는 이제 잠자리에 들기 몇 시간 전에는 음식을 먹지 않도록 조심했고, 그러자 그의 몸은 주인에게 복수하듯이 발작적으로 구역질을 하고 열이 올랐다. 제이스는 몸을 공처럼 웅크린 채 숨을 헐떡이고 헛구역질을 하며 경련이 가라앉기를 기다렸다.

제이스는 몸이 진정되자 차가운 돌바닥에 이마를 대고 누웠다. 셔츠가 찰싹 달라붙은 몸에서 땀이 서서히 식어가는 것을 느끼며 제이스는 진심으로 궁금해했다. 결국에는 이 악몽들이 그를 죽음으로 몰고 가지 않을지. 그는 악몽을 꾸지 않으려고 별짓을 다해보았다. 수면제와 묘약도 먹어봤고, 잠의 룬과 평화의 룬, 치유의 룬도 시도해보았지만 어느 것 하나 효과가 없었다. 악몽은 독약처럼 그의 마음속으로 스며들었고, 제이스는 무슨 수를 써도 그 꿈들을 차단할 수 없었다.

심지어 그는 깨어 있는 순간에도 클라리를 똑바로 쳐다볼 수가 없었다. 누구보다도 그의 마음을 속속들이 꿰뚫어볼 수 있는 사람이 바로 클라리였다. 그의 꿈에 대해 알게 되면 클라리가 어떻게 생각할지는 상상만 할 따름이었다. 제이스는 몸을 굴려 옆으로 누워서 탁자에 놓인 상자를 쳐다보았다. 상자가 달빛을 받아 반짝거렸다. 제이스는 상자를 보며 발렌타인을 떠올렸다. 자신이 사랑한 유일한 여인을 고문하고 가둔 사람, 자신의 아들―두 아들 모두―에게 뭔가를 사랑하는 것이 그것을 영원히 파괴하는 거라고 가르친 발렌타인.

제이스가 같은 말을 반복해서 중얼거리는 동안 그의 마음은 미친 듯이 빙글빙글 돌았다. 제이스에게 그 말은 반복해서 읊조리다 보면 개별적인 단어가 의미를 잃어가는 기도문처럼 되어버렸다.

난 발렌타인하고 달라. 난 발렌타인처럼 되고 싶지 않아. 그런 사람은 되지 않을 거야. 절대로.

제이스는 형제 같은 존재인 세바스찬―원래는 조너선이지만―이 은백색 머리칼 사이로 그에게 싱긋 웃는 모습을, 그의 검은 눈이 무자비한 환희로 반짝이는 모습을 보았다. 그리고 자신의 칼이 조너선을 찌르고 뽑혀 나오는 모습을, 조너선의 몸이 강으로 굴러떨어지고 강가의 잡초와 풀이 그의 피로 물드는 모습을 보았다.

난 발렌타인하고 달라.

제이스는 조너선을 죽인 것을 전혀 후회하지 않았다. 다시 기회가 주어진다고 해도 같은 일을 할 것이었다.

난 발렌타인처럼 되고 싶지 않아.

누군가―자기를 키워준 양부의 친아들―를 죽이고 나서 아무렇지도 않다는 것은 분명히 정상은 아닐 것이다.

그런 사람은 되지 않을 거야.

하지만 그의 아버지는 가차 없는 살인을 미덕이라고 가르쳤고 부모의 가르침은 결국 영원히 잊히지 않는 건지도 몰랐다. 아무리 발버둥치며 잊으려고 해도.

그런 사람은 되지 않을 거야.

사람은 어쩌면 영원히 변하지 않는 존재인지도 모른다.

절대로.

4
팔지의 무도

이곳에는 위대한 마음과 고결한 것들에 대한 갈망과 경이로운 별로 날아가게 하는 마법의 단어와 축적된 불멸의 지혜가 간직되어 있습니다.

그랜드 아미 플라자에 있는 브루클린 공공 도서관의 정문에는 그런 글귀가 새겨져 있었다. 사이먼은 건물 정면을 바라보며 입구 계단에 앉아 있었다. 금박이 입혀진 돌 위의 글자들은 희미하게 색이 바랬지만 건물 앞으로 차들이 지나가면서 전조등을 비출 때마다 순간적으로 생생하게 되살아났다.

이 도서관은 사이먼이 어렸을 때 뻔질나게 드나들던 곳이었다. 도서관 측면에는 어린이들을 위한 전용 출입구가 따로 마련되어 있었다. 여러 해 동안 사이먼과 클라리는 토요일마다 이곳에서 만났다. 도서관에서 한 무더기씩 책을 고른 후에 바로 옆에 있는 식물원으로 가서 잔디에 누워 몇 시간이고 책을 읽었다. 멀리서 끊임없이 들려오는 차량의 소음을 희미하게 들으면서.

사이먼은 오늘 밤 어쩌다 그곳에 오게 되었는지 확실히 알지 못했다.

그 일이 있은 후 부랴부랴 집에서 뛰쳐나왔지만, 그러고 나서 생각해보니 갈 곳이 없었다. 클라리의 집으로는 갈 수가 없었다. 사이먼이 저지른 짓을 알면 클라리는 경악할 것이고 그에게 집으로 돌아가 일을 바로잡아야 한다고 말할 것이 뻔했다. 에릭이나 다른 친구들은 사이먼의 처지를 이해하지 못할 것이다. 제이스는 사이먼을 좋아하지 않았고, 무엇보다 사이먼은 인스티튜트 안으로는 들어가지 못했다. 그곳은 교회였다. 네피림이 애초에 그곳에 보금자리를 마련한 이유도 사이먼 같은 존재들이 들어오는 것을 막기 위해서였다. 마침내 사이먼은 누구에게 연락해야 할지 깨달았지만 너무나도 내키지 않아서 마음속으로 한참 승강이를 벌인 후에야 겨우 실행에 옮길 수 있었다.

오토바이가 모습을 드러내기 전에 소리부터 들려왔다. 그랜드 아미 플라자를 지나는 차량의 소음을 가르며 우렁찬 엔진 소리가 날아들었다. 오토바이가 몸체를 기울여 교차로를 돌더니, 보도로 들어섰다. 그러고는 앞바퀴를 들어 올리고 계단으로 총알처럼 올라왔다. 사이먼이 물러나는 순간 오토바이가 그의 옆에 가볍게 착지하면서 라파엘이 핸들을 놓았다.

오토바이는 즉시 조용해졌다. 뱀파이어 오토바이는 악령의 힘으로 움직였고, 애완동물처럼 주인의 생각에 반응했다. 사이먼은 그 물건이 으스스하게 느껴졌다.

"날 보자고 했나, 데이라이터?" 검은 재킷과 값비싸 보이는 청바지를 입은 라파엘이 언제나처럼 우아하게 오토바이에서 내려 난간에 오토바이를 기대어놓았다. "뭔가 훌륭한 이유가 있겠지? 아무것도 아닌 일로 브루클린까지 달려오라고 한 건 아닐 테니까. 라파엘 산티아고는 외곽 자치구 소속이 아니야."

"저런. 이제 자신을 3인칭으로 부르기 시작했네. 그건 과대망상증 직전의 증상 아닌가?"

라파엘이 어깨를 으쓱했다. "날 보자고 한 이유를 말하든가, 내가 가는 걸 구경하든가. 둘 중에 하나를 택해." 라파엘이 손목시계를 보았다. "30초 남았어."

"엄마한테 내가 뱀파이어라고 말했어."

라파엘의 눈썹이 치솟았다. 숱이 아주 적고 색이 매우 짙었다. 사이먼이 한창 심보가 사나웠을 때는 라파엘이 눈썹을 그리고 다니는 것은 아닐까 의심하기도 했다. "그래서 어떻게 됐지?"

"엄마는 날 괴물이라고 부르더니 기도를 하려고 했어." 좀 전의 기억이 떠오르자 사이먼의 목구멍으로 쑵쓸한 피 맛이 올라왔다.

"그러고 나선?"

"그러고 나선 무슨 일이 일어났는지 나도 잘 모르겠어. 내가 엄마를 향해서 아주 이상한 목소리로 달래듯이 말했어. 아무 일도 일어나지 않았다고, 전부 꿈에서 일어난 거라고."

"그리고 엄마는 네 말을 믿었고."

"엄마는 내 말을 믿었어." 사이먼이 마지못해 대꾸했다.

"물론 그랬겠지. 넌 뱀파이어니까. 그게 바로 우리가 가진 힘이야. 매혹. 네가 쓰는 단어로는 설득의 힘이지. 넌 먼데인 인간에게 무엇이든 믿게 할 수 있어. 그 힘을 제대로 쓰는 법을 배우기만 한다면."

"난 그 힘을 엄마한테 쓰고 싶지 않아. 그분은 우리 엄마라고. 그 일을 무효화할 길은 없는 거야? 내가 한 일을 바로잡을 방법이 없냐고."

"바로잡아서 엄마가 널 증오하게 할 방법 말이야? 널 괴물이라고 생각하게 할 방법? 그렇다면 바로잡는다는 말을 쓰는 것이 조금 이상하지 않나?"

"상관없어. 방법이 있어?"

"그런 방법은 없어. 물론 네가 네 종족을 경멸하지만 않았어도 그런 일쯤은 모두 알았을 테지만." 라파엘이 쾌활하게 말했다.

"그래, 좋아. 계속 그렇게 내가 널 거절한 것처럼 행동해. 네가 절대로 날 죽이려 든 적이 없는 것처럼."

라파엘이 어깨를 으쓱했다. "그건 정치적인 결정이었지. 개인적인 감정은 없었어." 그가 난간에 기대서며 팔짱을 꼈다. 손에는 검은색 오토바이 장갑을 꼈다. 사이먼은 라파엘이 꽤 멋있어 보인다는 사실을 인정할 수밖에 없었다. "제발 날 여기까지 부른 이유가 네 누나에 관한 지루한 얘기를 들려주기 위해서란 말은 하지 말아줘."

"누나가 아니라 엄마야." 사이먼이 정정했다.

라파엘이 아무러면 어떠냐는 듯이 손을 홱 흔들었다. "엄마든 누나든. 네 인생의 여인 하나가 널 거부했다는 얘기지. 분명히 말하지만 그런 일은 이번이 마지막이 아닐 거야. 어째서 그런 일로 날 지겹게 만드는 거지?"

"나도 뒤몬트 호텔에 머물 수 있는지 알고 싶어." 사이먼은 중간에 그만두지 못하게 재빨리 말을 뱉어냈다. 자신도 그런 말을 했다는 것이 믿기지 않았다. 그 뱀파이어 호텔에 관한 기억이라고는 온통 피와 공포와 고통에 관한 것뿐이었다. 하지만 그곳으로는 아무도 사이먼을 찾으러 오지 않을 것이고 어쩔 수 없이 집으로 돌아가야만 하는 일도 생기지 않을 것이었다. 사이먼은 뱀파이어였다. 뱀파이어가 가득한 호텔 따위를 두려워한다는 것은 바보짓이었다. "아무 데도 머물 곳이 없어."

라파엘의 눈이 번뜩였다. "아하, 이제는 내게 뭔가 원하는 게 생긴 모양이군." 사이먼의 마음에 들지 않는, 승리감에 가득한 목소리로 라파엘이 말했다.

"그런 거 같아. 네가 그 사실에 그토록 흥분한다는 건 조금 섬뜩하지만 말이야, 라파엘."

라파엘이 콧방귀를 꿰었다. "네가 뒤몬트에 머물게 되면 나를 라파엘이라고 부르면 안 돼. 마스터나 사이어, 아니면 위대한 리더라고 불러야지."

사이먼은 마음을 단단히 먹고 물었다. "그럼 카밀은 뭐가 되는데?"

라파엘이 조금 놀라는 표정을 지었다. "무슨 소리지?"

"너는 뱀파이어 우두머리가 아니라고 네 입으로 늘 그랬잖아." 사이먼이 담담하게 말했다. "그때 이드리스에서 넌 카밀이라는 이름의 뱀파이어가 우두머리라고 했어. 카밀이 아직 뉴욕으로 돌아오지 않았다고. 그럼 카밀이 돌아오면 그 여자가 마스터인지 뭔지가 되는 거 아닌가?"

라파엘의 눈빛이 어두워졌다. "네 질문이 마음에 들지 않는군, 데이라이터."

"난 그런 일들을 알아야 할 권리가 있어."

"아니, 그렇지 않아. 넌 갈 데가 없기 때문에 내게로 와서 내 호텔에 머물 수 있는지 묻는 거야. 우리 중 하나가 되고자 해서가 아니라. 넌 우리를 꺼려하지."

"아까도 말했지만 그건 네가 날 죽이려 했기 때문이잖아."

"뒤몬트는 뱀파이어가 되기를 주저하는 뱀파이어들을 위한 사회 복귀 시설이 아니야." 라파엘이 말을 이었다. "너는 인간들과 함께 살면서 햇빛을 받으며 돌아다니고, 웃기지도 않은 밴드 활동을 계속하지. 그래, 내가 그 일에 관해 모를 거라는 생각은 하지 마. 너는 모든 방법을 동원해서 네 진정한 모습을 부정하려 해. 그러는 한, 뒤몬트에서는 절대 환영받지 못할 거야."

사이먼은 카밀의 말을 떠올렸다. 그를 따르는 자들은 나와 함께 있는 너를 보는 순간 그를 떠나 내게로 올 거야. 지금은 산티아고가 두려워서 그를 따르고 있지만 마음 깊은 곳에는 분명히 나에 대한 충성심이 남아 있어. 그들은 나와 함께 있는 네 모습을 보는 순간 두려움을 잊고 우리 쪽으로 넘어올 거야. "아는지 모르겠는데, 난 다른 제안도 받았어."

라파엘은 사이먼이 제정신이 아니라는 듯 그를 쳐다보았다. "무슨 제안?"

"그냥… 제안." 사이먼이 힘없이 대꾸했다.

"넌 정치에는 끔찍하게 소질이 없어, 사이먼 루이스. 다시는 그런 시도를 하지 않는 게 좋겠군."

"알았어. 원래는 네게 뭔가 얘기해주려고 했는데, 그럼 그것도 말하지 말아야겠네." 사이먼이 말했다.

"그건 날 위해서 마련한 생일 선물을 버리는 셈이 되겠지. 참으로 안타까운 일이야." 라파엘이 오토바이를 바로 세운 뒤 민첩하게 다리를 걸치고 올라앉아 엔진을 가동했다. 배기관 밖으로 붉은 불꽃이 튀었다. "또다시 날 귀찮게 하려거든 훌륭한 이유가 있어야 할 거야, 데이라이터. 그렇지 않으면 용서하지 않을 테니까."

그 말과 함께 오토바이가 앞으로 날아올랐다. 라파엘은 길게 불꽃 흔적을 남기며 자신의 이름과 같은 천사처럼 하늘로 솟구쳐 올랐다. 사이먼은 그 모습을 목을 빼고 지켜보았다.

클라리는 무릎 위에 스케치북을 펼쳐놓고 연필 끝을 잘근거리며 생각에 잠겼다. 제이스를 수십 번 이상 그렸지만—다른 소녀들이 일기장에 남자친구 얘기를 적는 것과 비슷한 거라고 클라리는 생각했다—만족스러울 정도로 정확히 그려내지 못했다. 무엇보다 제이스를 가만히 있게 만드는 게 너무 어려웠기 때문에 지금처럼 잠들어 있을 때가 최적의 타이밍이라고 생각했지만, 그럼에도 원하는 대로 그림이 나오지 않았다. 그녀가 그린 것은 아무리 봐도 제이스처럼 보이지 않았다.

화가 나서 한숨을 내쉰 클라리는 스케치북을 담요 위로 던지고는 무릎을 끌어안고 제이스를 내려다보았다. 제이스가 여기서 잠들 거라고는 생각하지 못했다. 그들은 날씨가 아주 추워지기 전에 밖에서 점심도 먹고 훈련도 하자며 센트럴 파크로 나온 참이었다. 그리고 그중 하나는 마쳤다. 담요 주변의 잔디 위에 타키의 음식 용기들이 흩어져 있었다. 제이스는 별로 먹지도 않고 휘젓던 참깨 국수 용기를 옆으로 치우더니, 담요 위에 벌렁 드러누워 하늘을 물끄러미 쳐다보았다. 클라리는 곁에 앉아서 그를 내려다보았다. 그의 맑은 눈동자에 구름이 비치는 모습, 머리를 받친 팔의 근육들, 티셔츠 끝자락과 청바지 사이로 길게 드러난 완벽한 피부. 클라리는 손을 뻗어서 단단하고 납작한 배를 쓰다듬어보고 싶었다. 대신 그녀는 눈길을 돌리고 더듬더듬 스케치북을 찾았다. 연필을 들고 준비를 마쳤을 때 제이스는 눈을 감은 채 부드러운 숨을 고르게 내쉬고 있었다.

클라리는 지금 세 번째로 그리는 중이었지만 조금도 만족할 수가 없었다. 바로 눈앞에 있는 상대를 어째서 제대로 그리지 못하는지 클라리는 도무지 알 수가 없었다. 주변의 빛도 그림을 그리기에 더없이 완벽했다. 10월의 부드러운 구릿빛 햇살이 제이스의 금발과 피부 위로 연한 금빛의 광채를 드리웠다. 머리칼보다 약간 어두운 금빛의 속눈썹이 감긴 두 눈을 장식했다. 한쪽 손은 가슴 위에 아무렇게나 놓였고, 다른 손은 옆쪽에 놓였다. 잠이 들어 편안해진 얼굴은 조금 여려 보이기도 했다. 그리고 깨어 있을 때보다 더 부드럽고 덜 여위어 보였다. 아마도 그것이 문제인 것 같았다. 제이스는 웬만해서는 긴장을 완전히 풀지 않았고 쉽게 상처받는 일도 없었다. 그래서 지금 같은 모습을 제대로 그리기가 어려운 것이다. 이런 모습은… 낯설었다.

순간 제이스가 움직였다. 작게 숨을 헐떡이는 소리가 났고 눈꺼풀 안에서 눈알이 이리저리 움직였다. 가슴 위의 손을 움찔하더니 꽉 틀어쥐며 그가 벌떡 일어나 앉았다. 너무나 갑작스러워서 하마터면 클라리와 부딪힐 뻔했다. 제이스가 번쩍 눈을 떴다. 멍한 표정이었고, 얼굴은 무섭도록 창백했다.

"제이스?" 클라리는 놀라움을 감추지 못했다.

제이스의 시선이 클라리를 향했다. 다음 순간 제이스는 평소의 부드러움과는 정반대로 그녀를 거칠게 끌어당겼다. 그리고 무릎 위로 끌어올려 격렬하게 입을 맞췄다. 그의 손이 클라리의 머리칼로 파고들었고, 쿵쿵거리는 심장박동이 그녀의 가슴으로 전해졌다. 클라리의 볼이 뜨겁게 달아올랐다. 그들은 지금 공원에 있었고 사람들이 그들을 쳐다보고 있을 것이었다.

"아, 미안. 조금 놀랐지?" 제이스가 몸을 떼면서 입술을 휘어 미소 지었다.

"놀랐지만 기분 좋았어. 대체 무슨 꿈을 꾼 거야?" 클라리의 귀에도 자신의 목소리가 낮게 잠긴 듯이 들렸다.

"네 꿈. 난 항상 네 꿈만 꿔." 제이스가 손가락으로 클라리의 머리칼을 돌돌 말며 대꾸했다.

클라리가 제이스의 무릎에 걸터앉은 채 말했다. "그래? 난 네가 악몽을 꾸는 줄 알았는데."

제이스가 그녀를 보려고 머리를 살짝 뒤로 당겼다. "가끔 네가 가버리는 꿈을 꿀 때가 있어. 네가 생각을 바꿔먹고 날 떠나는 날이 오지 않을까 끊임없이 걱정해."

클라리는 손가락 끝으로 제이스의 광대뼈에서 입술의 굴곡까지 조심스레 따라갔다. 제이스는 클라리 말고는 누구에게도 이런 얘기를 하지 않았다. 제이스를 사랑하고 그와 함께 사는 알렉과 이사벨도 그가 유머와 오만으로 무장하고 있지만 여전히 어린 시절과 기억의 조각들에 상처를 입는다는 사실을 알고 있었다. 하지만 제이스가 그 사실을 말로써 고백하는 상대는 클라리뿐이었다.

클라리는 고개를 좌우로 저었다. 머리칼이 이마로 쏟아지자 짜증스럽게 쓸어 넘겼다. "나도 너처럼 말할 수 있으면 얼마나 좋을까. 네가 하는 모든 말, 네가 선택하는 모든 단어는 더없이 완벽하잖아. 항상 딱 맞는 인용이나 적절한 말로 네가 날 사랑한다는 것을 믿게 해줘. 내가 절대로 널 떠나지 않으리라는 사실을 네가 믿게 할 수만 있다면…."

제이스가 그녀의 손을 꽉 잡았다. "그냥 다시 말해주면 돼."

"난 절대로 너를 떠나지 않아."

"내가 무슨 짓을 해도?"

"널 포기하지 않을 거야. 절대로. 너에 대한 내 감정은…." 클라리는 정확한 말을 찾아 더듬거렸다. "지금까지 내가 느낀 어떤 감정보다도 중요해."

제기랄. 클라리는 속으로 혀를 찼다. 어쩌면 이렇게 바보처럼 말하는 걸까. 하지만 제이스는 그렇게 생각하지 않는 것 같았다. 그가 애틋한 미소를 지으면서 말했다. "'라모르 케 모베 일 솔레 에 랄크레 스텔레

(L'amor che move il sole e l'altre stelle).'"

"라틴어야?"

"이탈리아어. 단테의 말이야."

클라리가 손끝으로 제이스의 입술을 건드리자 제이스가 몸을 떨었다. "난 이탈리아어는 모르는데." 그녀가 아주 작게 말했다.

"사랑이 세상에서 가장 강력한 힘이라는 뜻이야. 사랑으로는 어떤 일도 가능하다고."

클라리는 제이스가 반쯤 감긴 눈으로 자신을 바라보는 것을 느끼면서 그의 손에서 자신의 손을 빼냈다. 그러고는 그의 목 뒤에서 양손을 맞잡고 몸을 기울여 그의 입술에 자신의 입술을 포갰다. 키스는 아니었다. 그저 가볍게 스쳤을 뿐이었다. 하지만 그것으로 충분했다. 제이스의 맥박이 빨라졌다. 그가 앞으로 다가와 키스하려 했지만 클라리는 고개를 저었다. 주위의 시선으로부터 둘을 가려주기라도 하듯이 클라리의 머리카락이 장막처럼 그들 주변으로 쏟아져 내렸다. "피곤하면 인스티튜트로 돌아가서 낮잠이라도 잘까? 둘이서 한 침대에 누운 일은… 이드리스 이후에는 없었잖아." 클라리가 속삭이듯이 말했다.

둘의 시선이 마주치자 클라리는 제이스도 똑같은 순간을 떠올리고 있다는 것을 알았다. 아마티스의 작은 손님방 창문으로 스며들던 창백한 빛, 그의 목소리에서 느껴지던 절박한 감정. 그냥 너와 함께 잠들었다가 깨어나고 싶어. 내 인생에서 딱 한 번만이라도. 그날 밤 두 사람은 나란히 누워서 손끝만 맞대고 잠이 들었다. 그날 이후로 신체 접촉은 훨씬 많아졌지만 둘이 함께 밤을 보낸 적은 없었다. 제이스는 클라리가 단지 인스티튜트의 빈방에서 함께 낮잠을 자자고 제안하는 것이 아니란 사실을 알았다. 클라리는 그의 눈빛을 읽었다. 자신의 제안이 정확히 어느 선까지를 의미하는지는 확실히 알지 못했지만. 하지만 아무래도 상관없었다. 제이스는 그녀가 원하지 않는 것을 요구할 리 없었다.

"나도 그러고 싶어." 제이스의 눈빛에 떠오른 열기와 갈라진 목소리로 클라리는 그 말이 진심이라는 것을 알았다. "하지만… 그럴 순 없어." 제이스는 그녀의 손목을 굳게 잡아 아래로 끌어내리더니 손을 잡아 둘 사이에 장벽을 만들었다.

클라리가 눈을 크게 떴다. "왜?"

제이스가 깊게 숨을 들이마셨다. "우린 여기 훈련하러 왔으니까 훈련을 해야지. 훈련 시간에 계속 연애만 하고 있으면 나더러 네 훈련을 돕지 못하게 할 거야."

"어차피 내 훈련을 전담할 사람을 고용할 거잖아?"

"맞아." 제이스가 일어나면서 클라리를 일으켜 세웠다. "그래서 걱정이야. 네가 자꾸 훈련 강사하고 연애하는 습관을 들이면 새로 오는 남자하고도 그럴까 봐."

"성차별주의자처럼 말하네. 여자 강사를 고용할지도 모르잖아?"

"그런 경우라면 강사와 사귀는 걸 허락해주지. 내가 지켜보는 걸 전제로 말이야."

"좋아." 클라리가 웃으면서 그들이 앉았던 담요를 집어 들어 개기 시작했다. "너보다 섹시한 남자 강사가 올까 봐 걱정되는 모양이지?"

제이스가 눈썹을 추켜세웠다. "나보다 섹시하다고?"

"그런 사람도 있을 수 있잖아? 이론적으로는."

"이론적으로는 지구가 갑자기 둘로 쪼개져서 난 이쪽으로, 넌 저쪽으로 가는 바람에 영원히 헤어지게 될 수도 있지. 하지만 난 그런 걱정은 하지 않아." 제이스가 자주 그러듯 한쪽 입꼬리를 올리며 삐딱하게 미소 지었다. "어떤 일들은 일어날 가능성이 전혀 없어서 생각할 가치도 없거든."

클라리는 제이스가 내민 손을 잡았다. 그들은 잔디를 가로질러 이스트 메도우 가장자리에 있는 작은 잡목림으로 향했다. 그곳은 오직 섀도우 헌터들만이 아는 장소인 듯했다. 클라리와 제이스는 자주 거기서 훈련을 했지만 이사벨이나 메이리스 말고는 아무도 훈련을 방해한 적이 없었다. 아마도 글래머를 써서 그럴 거라고 클라리는 생각했다.

가을의 센트럴 파크에는 색의 향연이 펼쳐졌다. 초원 가장자리의 나무들은 금빛, 붉은빛, 구릿빛, 어두운 오렌지빛으로 환하게 타오르며 녹색 초원을 둘러쌌다. 공원을 거닐며 낭만적인 산책을 즐기다가 돌다리 위에서 키스를 나누기에 좋은, 화창한 날이었다. 하지만 그런 일은 일어나지 않을 것이었다. 제이스에게 그 공원은 인스티튜트의 외부 훈련실에 불과했고, 그곳을 찾은 목적은 클라리에게 지형 탐색을 비롯하여 도피와 탈출 기술, 맨손 살상 기술 등을 가르치는 것이었으니까.

평소라면 클라리도 맨손 살상 훈련에 흥미를 느꼈을 것이다. 하지만 제이스가 자꾸 신경이 쓰였다. 뭔가 심각하게 잘못되었다는 느낌을 지울 수가 없었다. 기분을 고백하게 하는 룬이 있다면 제이스에게 써보고 싶은 심정이었다. 하지만 그런 룬을 만들어내는 일은 절대로 없을 거라고 클라리는 서둘러 자신에게 말했다. 타인의 마음을 조절하기 위해 능력을 사용하는 것은 윤리적이지 못했다. 게다가 이드리스에서 결연의 룬을 만들어낸 후로 클라리의 능력은 휴면 상태에 접어든 것 같았다. 고대의 룬을 그리고 싶은 욕구가 일지 않았고, 새로운 룬이 눈앞에 떠오르는 일도 전혀 없었다. 메이리스는 본격적인 훈련을 시작하면 룬 전문가를 불러들여 클라리를 가르칠 계획이라고 했지만 아직까지는 아무 소식이 없었다. 클라리는 크게 개의치 않았다. 자신의 능력이 영원히 사라진 다 해도 별로 아쉽지 않을 것 같았기 때문이다.

"무기가 수중에 없을 때 악마를 만나는 경우가 있어." 가지들이 늘어진 나무들 아래를 지나가며 제이스가 말했다. 나뭇잎들은 녹색에서 선명한 금색에 이르기까지 다양한 색으로 물들었다. "그런 때에도 절대 당황해선 안 돼. 그리고 어떤 것이라도 무기가 될 수 있다는 점을 기억해야 해. 나뭇가지든 동전이든 신발이든 뭐든 다. 특히 동전 같은 건 너클처럼 사용할 수 있으니까. 두 번째로는 네 자신이 무기라는 점을 명심해야 해. 이론상으로 너는 훈련을 마치면 벽을 차서 구멍을 낼 수도 있고 주먹 한 방으로 무스를 쓰러뜨릴 수도 있게 돼."

"무스를 쓰러뜨리는 건 안 할래. 멸종 위기에 처한 동물인데."

제이스가 살짝 미소를 지으며 클라리에게로 빙글 돌아섰다. 두 사람은 잡목림에 다다랐다. 나무들이 무리 지어 서 있고 중앙에 작게 빈 공간이 있었다. 그곳이 새도우 헌터의 공간임을 보여주는 룬들이 나무들에 새겨져 있었다.

"무에타이라는 고대 무술이 있어. 들어본 적 있어?" 제이스가 물었다.

클라리가 고개를 저었다. 따가운 햇살 때문에 트레이닝복 바지와 재킷을 입은 클라리는 쪄 죽을 지경이었다. 제이스가 재킷을 벗고 그녀를 향해 돌아서서 피아니스트처럼 길고 가는 손가락을 풀었다. 가을 햇살 아래에서 눈동자가 진한 금빛으로 보였다. 속도와 민첩성, 힘을 강화하는 마크들이 손목에서부터 덩굴무늬처럼 팔뚝을 타고 올라가 티셔츠 소매 아래로 사라졌다. 클라리는 그가 왜 마크까지 그렸는지 의아했다. 그녀가 대단한 적이라도 되는 것처럼.

"다음 주부터 널 가르칠 강사가 무에타이의 대가라는 소문이 있어. 삼보(레슬링과 유도 기술을 합친 격투기―옮긴이), 렛웨이(미얀마 복싱―옮긴이), 토모이(말레이시아 무술―옮긴이), 크라브마가(이스라엘에서 개발된 무술―옮긴이), 주짓수(일본의 유도와 브라질의 무술이 결합된 무술―옮긴이)에도 정통한 사람이래. 그리고 이름은 기억나지 않지만 작은 막대기 같은 걸로 사람을 죽이는 무술에도 정통하고. 그러니까 내 말은, 그런 강사라면 네 또래의 경험 없는 사람을 훈련하는 일에는 익숙하지 않을 거라는 뜻이야. 그래서 그 강사가 널 조금이나마 너그럽게 대하기를 바라는 마음으로 너한테 몇 가지 기본적인 기술을 가르치려는 거고.” 제이스가 양손으로 클라리의 허리를 잡으며 말했다. “이제 나를 향해 서봐.”

클라리가 시키는 대로 했다. 둘이 마주 보고 서자 클라리의 머리가 제이스의 턱 끝에 왔다. 클라리가 그의 팔에 가볍게 손을 얹었다.

“무에타이는 ‘팔지(八肢)의 무도’라고 불려. 주먹과 발뿐 아니라 무릎과 팔꿈치까지 사용하기 때문이야. 먼저 상대를 네 쪽으로 끌어당긴 다음에 팔지 가운데 하나로 그가 무너져 내릴 때까지 계속해서 치는 거야.”

“악마한테 그런 기술이 통한다고?” 클라리가 눈썹을 추켜세웠다.

“작은 악마들이라면 가능해.” 제이스가 가까이 다가서며 말했다. “좋아. 한 손으로 내 목덜미를 잡아봐.”

클라리는 발꿈치를 들지 않고 가까스로 그의 목덜미를 잡았다. 그러면서 거듭 자신의 작은 키를 저주했다.

“이제 다른 손으로도 내 목을 잡아서 양손을 목 뒤로 걸어봐.”

클라리는 그 말에 따랐다. 제이스의 목덜미는 햇볕을 받아 따뜻했다. 보드라운 머리칼이 그녀의 손가락을 간질였다. 둘의 몸이 꼭 맞붙었다. 양 손바닥에 눌린 조약돌처럼 그녀의 손가락에 걸린 반지가 몸 사이에서 눌리는 것이 느껴졌다.

"실전에서는 그 동작을 훨씬 빠르게 해야 해." 제이스가 말했다. 그녀가 상상한 것이 아니라면 제이스의 목소리가 약간 흔들렸다. "그렇게 잡으면 지렛대 효과를 노릴 수가 있어. 그걸 이용해서 네 몸을 앞으로 끌어당기고 무릎차기에 힘을 더해…."

"저런, 저런." 서늘하면서도 재미있어하는 듯한 목소리가 날아들었다. "6주밖에 지나지 않았는데 벌써 서로를 죽일 듯이 싸운단 말인가? 인간의 사랑이란 어쩌면 이리도 금방 식어버리는지."

클라리는 제이스를 놓아주며 돌아섰다. 그녀는 목소리의 주인공이 누군지 이미 알고 있었다. 두 나무 사이의 그늘에 실리코트의 여왕이 서 있었다. 클라리는 이제 요정들을 볼 수 있었다. 하지만 여왕이 거기에 있다는 것을 몰랐다면 그녀를 알아보았을지는 확신할 수 없었다. 여왕은 잔디와 같은 녹색 드레스를 입었고 어깨 위로 쏟아져 내린 머리칼은 곱게 물든 나뭇잎과 같은 색이었다. 저물어가는 계절처럼 여왕은 아름다우면서도 끔찍했다. 클라리는 여왕을 절대 신뢰하지 않았다.

"어떻게 오셨죠? 이곳은 섀도우 헌터를 위한 장소인데요." 제이스가 눈을 가늘게 뜨며 말했다.

"섀도우 헌터들에게 흥미로울 만한 소식을 가지고 왔지." 여왕이 우아한 걸음으로 다가오는 동안 나뭇가지 사이로 흘러든 햇빛이 금관에 반사되어 번쩍거렸다. 클라리는 여왕의 이런 극적인 등장이 계획적인 것인지, 그렇다면 어떻게 그럴 수 있는지 궁금했다. "또 한 건의 죽음이 있었어."

"무슨 죽음이오?"

"너희 중에 하나, 네피림의 죽음." 여왕은 마치 즐거운 이야기를 하는 듯했다. "오늘 새벽에 오크브리지 아래에서 시신이 발견되었어. 너희도 알겠지만 이 공원은 나의 영역이지. 인간이 살해된 일에는 관심이 없지만 죽은 자가 먼데인이 아닌 것 같더구나. 그래서 실리코트로 시신을 옮겨서 나의 의사들에게 살펴보게 했지. 그들은 죽은 자가 너희 중에 하나라고 했어."

클라리는 제이스를 바라보면서 이틀 전에 섀도우 헌터의 시신이 발견되었다는 소식을 떠올렸다. 제이스도 같은 생각을 하는 것이 분명했다. "시신은 어디에 있죠?" 그가 물었다.

"내가 그를 어떻게 다루었을지 걱정하는 것이냐? 시신은 우리 궁정에 있어. 분명히 말하지만 우리는 살아 있는 섀도우 헌터를 대하듯 정중하게 그를 다뤘어. 이제는 요정도 의회에 나란히 자리를 함께하니까, 우리 선의를 의심하지 말아야 할 거야."

"늘 그렇듯이, 우리 여왕께서는 선의와 밀접한 관계를 맺고 계시죠." 제이스의 목소리에 냉소가 흘렀지만 여왕은 그저 웃기만 했다. 요정들은 자신들이 예쁘기에 예쁜 것을 좋아했고, 그래서 여왕이 제이스를 좋아하는 거라고 클라리는 생각했다. 여왕은 클라리를 좋아하지 않는 것 같았고, 그건 클라리도 마찬가지였다. "이런 정보를 왜 메이리스가 아니라 우리에게 주는 거죠? 관례에 따르면…."

"오, 관례." 여왕은 관례 따위는 중요하지 않다는 듯이 손을 휙 내저었다. "너희가 여기에 있으니까 이편이 나을 듯하더구나."

제이스가 다시 한 번 눈을 가늘게 뜨고 여왕을 보더니 휴대전화를 열었다. 그는 클라리에게 그대로 있으라고 손짓하고 저쪽으로 걸어갔다. 곧이어 제이스가 "메이리스?" 하고 말하는 소리가 들렸지만 근처 경기장에서 들려오는 고함 소리에 제이스의 목소리가 묻혀버렸다.

클라리가 싸늘한 불안을 느끼며 다시 여왕에게로 돌아섰다. 이드리스에서 보낸 마지막 날 밤 이후 처음으로 여왕을 만나는 것이었다. 그리고 그날 클라리는 여왕에게 그다지 공손하지 못했다. 여왕은 그 일을 잊지 않았고 그런 클라리를 용서하지도 않았을 것이다. 실리코트 여왕이 베푸는 호의를 정말로 거절할 생각이냐?

"멜리온이 의회에 자리를 얻었다고 들었어요. 만족하셨겠어요." 클라리가 말했다.

"그래. 아주 기뻤지." 여왕이 재미있다는 표정으로 클라리를 바라보았다.

"그럼, 나쁜 감정은 없으신 거죠?"

호수의 가장자리가 얼어붙듯이 여왕의 미소 끝자락이 차가워졌다. "내 제안을 무례하게 거절한 일을 말하나 보구나. 네가 알다시피 나의 목적은 너 없이도 이루어졌지. 그러니 손해를 본 건 네 쪽이라는 데 모두가 동의할 것 같구나."

"여왕님과 거래하고 싶지 않았어요." 클라리는 날카로운 말투를 유지하려고 했지만 마음처럼 되지 않았다. "모든 사람이 항상 여왕님이 원하는 대로 움직일 수는 없는 거라고요."

"나를 가르치지 말거라, 아이야." 여왕은 눈으로 제이스를 쫓았다. 그는 전화기를 들고 나무숲 가장자리를 거닐고 있었다. "저 아이는 아름다워. 네가 왜 저 아이를 사랑하는지 알겠구나. 하지만 저 아이는 왜 네게 끌리는지 궁금한 적은 없었느냐?"

클라리는 아무 대꾸도 하지 않았다. 무슨 말을 해야 할지 몰라서였다.

"천국의 피가 너희 둘을 묶어주지. 살갗 아래에서 피가 피를 부르는 거야. 하지만 사랑과 피는 같은 것이 아니야."

"또 수수께끼처럼 말씀하시네요. 의미가 있기나 한 말인가요?" 클라리가 성난 목소리로 말했다.

"그는 네게 묶여 있어. 하지만 그는 너를 사랑할까?"

클라리의 손이 움찔거렸다. 새로 배운 전투 기술을 여왕에게 사용해보고 싶어서 몸이 근질거렸지만 그건 현명치 못한 행동이라는 것을 클라리는 잘 알았다. "제이스는 날 사랑해요."

"그리고 너를 원하고? 사랑과 욕망도 늘 하나인 것은 아니지."

"그건 여왕님이 상관할 일이 아니죠." 클라리는 짤막하게 대꾸했지만 여왕의 시선이 옷핀처럼 날카롭게 와 닿았다.

"넌 그 무엇보다 제이스를 원하지. 하지만 제이스도 너와 같은 마음일까?" 여왕의 부드러운 목소리는 거침없이 이어졌다. "그는 원하는 것은 무엇이건 누구이건 취할 수가 있어. 그런 그가 어째서 널 택했는지 궁금하지 않아? 자신의 결정을 후회하지는 않는지? 그가 너를 대하는 태도가 변하지는 않았느냐?"

클라리는 눈을 톡 쏘는 듯한 통증에 이어 눈물이 고이는 것을 느꼈다. "아뇨, 변하지 않았어요." 하지만 지난밤에 엘리베이터 안에서 제이스 얼굴에 떠오르던 표정이 생각났다. 클라리가 인스티튜트에 머물겠다고 했을 때 거절하며 집으로 돌아가라고 한 것도.

"넌 나와 계약을 맺고 싶지 않다고 했지. 내가 너한테 줄 수 있는 것이 없다면서. 세상의 어떤 것도 원하지 않는다고." 여왕의 눈이 번쩍였다. "제이스가 없는 삶을 상상하면서도 같은 말을 할 수 있을까?"

도대체 나한테 왜 이러는 거예요. 클라리는 소리를 지르고 싶었지만 굳게 입을 다물었다. 요정의 여왕이 클라리 너머를 흘깃 보고는 미소 지으며 말했다. "눈물을 닦으렴. 그가 돌아오고 있으니까. 그에게 우는 모습을 보이는 건 아무 도움도 되지 않아."

클라리는 손등으로 급하게 눈가를 훔치고 돌아섰다. 제이스가 인상을 쓴 채 그들을 향해 걸어왔다. "메이리스가 실리코트로 간다고 했어. 여왕은 어디 있지?"

클라리는 깜짝 놀랐다. 그녀는 "여기 있잖아"라고 말하면서 돌아보다가 멈칫했다. 제이스의 말이 맞았다. 여왕은 이미 사라졌고 그녀가 서 있던 자리에는 나뭇잎들만 소용돌이치며 날리고 있었다.

재킷을 돌돌 말아 베고 누운 사이먼은 자신의 우울한 숙명을 떠올리며 에릭네 주차장 천장을 응시하고 있었다. 발치에는 배낭이 놓여 있었고 귀에는 전화기를 바짝 붙이고 있었다. 전화기 저편에서 들려오는 익숙한 클라리의 목소리만이 그가 완전히 무너지는 것을 막아주었다.

"사이먼, 어쩌면 좋아." 클라리는 시내에 있는 모양이었다. 차들이 지나다니는 소리 때문에 클라리의 목소리가 잘 들리지 않았다. "정말 에릭네 주차장에 있는 거야? 걔도 네가 거기 있는 거 알아?"

"아니. 지금 에릭네 집에는 아무도 없어. 나한테 주차장 열쇠가 있거든. 갈 데가 마땅치 않았어. 넌 어디야?"

"시내야." 브루클린 사람에게 '시내'란 언제나 맨해튼을 뜻했다. 마치 다른 도시는 존재하지 않는 것처럼. "제이스랑 훈련 중이었는데 제이스가 클레이브 일 때문에 인스티튜트로 돌아가야 했어. 난 루크네 집으로 돌아가는 중이고." 뒤쪽에서 커다란 자동차 경적 소리가 들려왔다. "너도 거기서 우리와 함께 지내는 게 어때? 루크의 소파에서 자면 되잖아."

사이먼은 망설였다. 루크의 집에는 좋은 추억이 많았다. 사이먼이 클라리를 알게 된 이후로 루크는 계속 서점 위층에 있는, 초라하지만 쾌적한 연립 주택에 살고 있었다. 클라리도 그 집 열쇠를 갖고 있어서 둘은 자주 그곳에서 즐거운 시간을 보내곤 했다. 아래층의 가게에서 '빌려온' 책들을 읽기도 하고 텔레비전에서 방영하는 옛날 영화를 보기도 하면서.

이제는 모든 것이 달라졌지만.

"어쩌면 우리 엄마가 너희 엄마한테 잘 말씀드릴 수 있을지도 몰라." 사이먼이 침묵하자 클라리가 걱정스레 말했다. "너희 엄마가 이해하시게 말이야."

"내가 뱀파이어라는 사실을? 클라리, 그 사실은 우리 엄마도 이미 아는 것 같았어. 이상한 방식으로 말이야. 그렇다고 해도 엄마가 그 사실을 받아들이거나 거부감을 느끼지 않는 건 아니야."

"그렇다고 계속 엄마의 기억을 지울 수는 없잖아, 사이먼. 영원히 효과가 있는 방법도 아니고."

"계속 그러면 왜 안 되는데?" 사이먼도 자신이 억지를 부리고 있다는 것을 알았다. 하지만 딱딱한 주차장 바닥에 누워 가솔린 냄새를 들이마시며 구석에서 거미들이 사각대는 소리를 듣고 있자니 한없이 외로워서 도무지 이성적으로 생각할 수가 없었다.

"그럼 너와 엄마의 관계는 전부 거짓이 되니까. 넌 집에 갈 수도 없게 되고…."

"그게 뭐?" 사이먼이 매몰차게 말을 끊었다. "그건 저주의 일부 아니야? '너는 도망자와 방랑자가 될 것이다.'"

뒤쪽에서 들려오는 차들의 소음과 행인들의 말소리에도 불구하고 사이먼은 클라리가 날카롭게 숨을 들이켜는 소리를 들었다.

"엄마한테 그 얘기도 해야 한다고 생각해?" 사이먼이 말했다. "네가 나한테 카인의 마크를 그렸다는 거? 한마디로 말해 내가 걸어 다니는 저주라는 거? 엄마가 그런 걸 집 안으로 들여놓을 거라고 생각해?"

전화기 너머에서 들려오던 배경의 소음이 조용해졌다. 클라리가 어느 건물 입구로 잠시 들어선 모양이었다. 클라리가 다시 입을 열었을 때 사이먼은 그녀가 울음을 참으려고 애쓰고 있다는 것을 알았다. "사이먼, 정말 미안해. 너 내가 미안해하고 있다는 거…"

"네 탓이 아니야." 사이먼은 갑자기 지독한 피로를 느꼈다. 잘한다. 엄마를 공포에 떨게 하더니 이제는 제일 친한 친구까지 울리고. 기록이야, 사이먼. "봐, 난 당분간 사람들 근처에 얼쩡거리지 않는 것이 좋겠어. 그냥 여기서 지내다가 에릭이 돌아오면 걔 방에서 신세 좀 지지 뭐."

클라리는 눈물을 흘리면서 코를 훌쩍거렸다. 웃을 때면 그랬던 것처럼. "뭐야, 에릭은 사람으로 치지 않는 거야?"

"그건 나중에 말해줄게." 사이먼이 잠시 망설였다. "내일 다시 전화할게. 알겠지?"

"내일 우리 보기로 했잖아. 내 드레스 가봉하는 데 같이 가준다고 했잖아?"

"와, 내가 널 정말 사랑하긴 하나 보구나."

"그러게. 나도 너 사랑하잖아."

사이먼은 전화를 끊고, 전화기를 든 손을 가슴에 얹었다. 재미있다는 생각이 들었다. 오랫동안 그렇게 말하려다 못했는데, 마침내 클라리에게 '사랑한다'고 말한 것이다. 전과 다른 의미를 지니게 되자 그 말은 쉽게 나왔다.

만일 제이스 웨이랜드가 나타나지 않았다면 어떻게 되었을지 사이먼은 가끔 궁금했다. 클라리가 섀도우 헌터라는 사실을 알지 못했다면. 그럴 때마다 사이먼은 부질없는 짓이라며 그 생각을 밀어냈다. 과거를 바꿀 수는 없었다. 오로지 앞으로만 나아갈 뿐이었다. 그의 앞에 어떤 미래가 놓여 있을지 전혀 짐작할 수는 없지만. 사이먼은 에릭네 주차장에서 영원히 살 수 없었다. 현재의 기분을 감안해도 그곳은 사람이 지내기에는 좋은 환경이 아니었다. 추운 것은 아니었다. 사이먼은 이제 추위나 더위를 느끼지 않았다. 하지만 바닥이 너무 딱딱해서 잠들기가 어려웠다. 감각을 무디게 할 수 있다면 소원이 없을 것 같았다. 바깥에서 들려오는 차량의 소음이 계속 수면을 방해했고 콧속으로 흘러드는 지독한 가솔린 냄새도 그를 괴롭혔다. 하지만 무엇보다 끈덕지게 그를 괴롭힌 것은 앞날에 대한 걱정이었다.

사이먼은 보관하던 피를 대부분 버렸고 나머지는 배낭에 숨겨두었다. 그 피로는 겨우 며칠 정도를 버틸 수 있었고, 그 이후가 문제였다. 에릭이 지금 어디 있는지 모르겠지만 사이먼이 부탁하면 자신의 집에서 지내게 해줄 것이다. 하지만 에릭의 부모님이 사이먼의 엄마에게 전화할지도 몰랐다. 엄마는 사이먼이 수학여행을 간 것으로 알고 있으니 집으로 전화하면 곤란했다.

며칠뿐이었다. 그 정도가 그에게 허락된 시간이었다. 배낭에 넣어둔 피가 다 떨어지기 전까지. 그가 돌아오지 않는 것을 궁금하게 여긴 엄마가 학교로 전화해서 물어보기 전까지. 엄마가 뭔가를 기억해내기 전까지. 사이먼은 이제 뱀파이어였고 뱀파이어는 영원이라는 시간을 가진 존재다. 하지만 사이먼에게 허락된 것은 며칠뿐이었다.

그동안 그는 무척 조심스러운 생활을 해왔다. 학교를 다니고, 친구를 만나고, 자신의 방에서 생활하면서 평범한 삶을 이어가려고 무던히도 애써왔다. 물론 쉽지는 않았다. 하지만 삶이라는 것이 원래 그렇지 않던

가. 그 외의 다른 대안들은 너무도 암담하고 쓸쓸해서 떠올리고 싶지도 않았다. 그럼에도 사이먼의 머릿속에서 카밀의 음성이 메아리쳤다. 네가 스물여섯이 되는 10년 후에는 어떨까? 20년이나 30년 후에는? 그들은 늙어가는데 너는 조금도 변하지 않는다는 사실을 아무도 눈치채지 못할 거라고 생각하나?

사이먼은 현재의 삶을 예전의 삶과 비슷한 모양으로 조각하기 위해 온 힘을 기울였지만 그 삶은 결코 영원한 것이 아니었다. 사이먼은 가슴 철렁한 두려움 속에서 비로소 그 사실을 깨달았다. 그는 그림자와 추억에 매달려온 것이다. 사이먼은 카밀과 그녀의 제안을 다시금 떠올렸다. 전보다 더욱 솔깃하게 느껴졌다. 사이먼이 속할 공동체가 생기는 것이었다. 비록 그가 원하는 곳은 아닐지라도. 이제 사흘 안에 카밀에게 답을 주어야 했다. 그녀를 만나면 뭐라고 해야 할까? 사이먼은 답을 안다고 생각했는데 이제는 확신이 서지 않았다.

뭔가 갈리는 소리에 사이먼은 상념에서 벗어났다. 차고 문이 조금씩 위로 올라가며 환한 빛이 어두운 공간 안으로 찌르듯이 들어왔다. 사이먼은 일어나 앉아서 경계 태세를 취했다.

"에릭?"

"아뇨. 저예요. 카일."

"카일?" 사이먼이 멍하게 대답했다가 그가 누군지 기억해냈다. 밴드에서 리드 싱어로 받아들인 사람. 사이먼은 다시 바닥으로 털썩 쓰러질 뻔했다. "아. 그래요. 다른 멤버들은 지금 여기 없어요. 혹시 연습하러 왔다면…."

"괜찮아요. 그래서 온 거 아니니까." 카일이 차고 안으로 들어서면서 어둠에 익숙해지기 위해 눈을 깜빡이고는 청바지 뒷주머니에 손을 집어넣었다. "그쪽은 베이시스트 맞죠?"

사이먼이 자리에서 일어나며 옷에 묻은 먼지를 털어냈다. "사이먼이에요."

카일은 당혹스러운 듯이 미간에 주름을 만들며 주변을 흘끔거렸다. "어제 여기다 열쇠를 두고 간 거 같아요. 다른 곳은 다 찾아봤는데 없더라고요. 아, 저기 있네." 그가 드럼 세트 뒤로 몸을 수그렸다가 의기양양하게 열쇠를 흔들며 일어났다. 카일은 전날과 비슷한 차림이었다. 가죽 재킷 아래 푸른 티셔츠를 받쳐 입었고 기독교 성인의 메달이 달린 금목걸이가 목에서 반짝였다. 검은 머리는 어제보다 한결 더 부스스했다. "그러니까, 여기서 잤어요? 바닥에서?" 카일이 스피커에 몸을 기대며 말했다.

사이먼이 고개를 끄덕였다. "집에서 쫓겨났거든요." 엄밀히 말하면 사실이 아니었지만 다르게 말할 기분이 아니었다.

카일이 안됐다는 듯이 고개를 끄덕였다. "엄마한테 숨겨놓은 대마초 걸렸죠? 그럼 정말 짜증나는데."

"아뇨. 아뇨… 대마초는 아니에요." 사이먼이 어깨를 들썩했다. "내 생활 방식에 관해 의견 차가 좀 있어서."

"그럼 여자친구가 둘이라는 걸 들켰나 보군요?" 카일이 씩 웃었다. 사이먼도 그가 잘생겼다는 사실을 인정해야만 했다. 그러나 자신이 얼마나 잘생겼는지 정확히 아는 제이스와 달리 카일은 머리를 몇 주는 빗지 않은 사람처럼 보였다. 솔직하고 다정한 태도와 어딘가 모르게 강아지를 연상시키는 분위기가 매력적이긴 해도. "커크가 말해줬어요. 부럽던데요."

사이먼이 고개를 저었다. "그것도 아니에요."

둘 사이에 잠깐 침묵이 흘렀다. 그러고 나서 카일이 말했다.

"나도… 우리 집에서 살지 않아요. 2년 전에 집을 나왔어요." 그가 팔꿈치를 끌어안으며 고개를 숙이고 나지막하게 말했다. "집을 나온 후로는 부모님과 얘기를 나눈 적이 없어요. 그러니까 혼자서도 잘 살고 있지만… 어떤 기분인지 알아요."

"그 문신 말이에요." 사이먼이 카일의 팔을 가볍게 건드리며 말했다. "무슨 뜻이에요?"

카일이 팔을 쭉 폈다. "샨티 샨티 샨티, 우파니샤드에 나오는 만트라예요. 산스크리트어. 평화를 기원하는 거죠."

다른 때 같았으면 사이먼은 산스크리트어 문신을 허세로 보았을 것이다. 하지만 지금은 아니었다. "샬롬." 그가 말했다.

카일이 눈을 껌뻑이며 사이먼을 보았다. "뭐라고요?"

"히브리어로 평화라는 뜻이에요. 두 단어가 비슷하다는 생각이 들어서요."

카일이 사이먼을 지긋이 쳐다보았다. 뭔가 곰곰이 생각하듯이. 그러더니 마침내 입을 열었다. "어쩌면 미친 소리로 들릴지도 모르겠는데…."

"글쎄, 모르겠네요. 요 몇 달 사이에 '미쳤다'는 단어의 의미가 상당히 유연하게 바뀌어서 말이죠."

"나한테 아파트가 있어요. 알파벳 시티예요. 마침 룸메이트가 이사를 나갔어요. 방이 두 개니까 그 친구가 쓰던 방에서 지내도 좋아요. 침대랑 다 있으니까요."

사이먼은 망설였다. 그는 카일을 알지 못했다. 생판 모르는 사람의 집으로 들어가는 것은 엄청나게 어리석은 짓으로 느껴졌다. 팔에는 평화 문신을 새겼어도 사실은 연쇄 살인범일지도 모르는 일이었다. 하지만 또 한편으로는 그곳으로 사이먼을 찾아올 사람이 아무도 없을 거란 뜻이기도 했다. 게다가 카일이 연쇄 살인범이라 해도 뭐가 문제란 말인가? 사이먼은 씁쓸하게 생각했다. 만에 하나 그렇다 할지라도 그건 사이먼보다 카일에게 더 불행한 일이었다. 지난밤에 그를 공격했던 강도가 그랬듯이.

"저기, 그쪽만 괜찮으면 그 제안을 받아들이고 싶은데요."

카일이 고개를 끄덕였다. "밖에 내 트럭이 있으니까 괜찮으면 같이 타고 가죠."

사이먼은 배낭을 어깨에 둘러맸다. 전화기를 주머니에 넣고 준비가 다 되었다는 뜻으로 손을 활짝 펴 보였다. "그럼 갈까요."

5
지옥은 지옥을 부른다

카일의 아파트는 놀랍도록 쾌적한 곳이었다. 사이먼은 D번가 공동주택 단지에 있는 지저분한 건물 같은 곳을 생각했었다. 엘리베이터도 없는 고층 건물 말이다. 벽에 바퀴벌레가 기어 다니고, 발포 고무 매트리스와 우유 상자로 만든 침대가 놓인 공간. 하지만 카일의 아파트는 깨끗한 침실 두 개에 거실이 하나 있고 사방이 책장으로 둘러싸인 곳이었다. 벽에는 서핑으로 유명한 지역의 사진들이 잔뜩 붙어 있었다. 카일은 비상계단에서 마리화나를 재배하는 것 같았지만, 모든 것이 완벽하길 바랄 수는 없는 법이니까.

사이먼이 쓸 방은 빈 상자 같았다. 이전 거주자는 매트리스 하나를 제외하고는 아무것도 남겨두지 않았다. 벽과 바닥에 장식도 카펫도 없었고 하나 있는 창문 너머로는 길 건너 중국 식당의 네온사인이 보였다.

"마음에 들어요?" 문 앞에서 서성이던 카일이 물어왔다. 녹갈색 눈에 솔직하고 친절한 표정이 어렸다.

"아주 좋은데요." 사이먼이 정직하게 대답했다. "나한테 딱 필요한 공간이에요."

그 집에서 가장 비싼 물건은 거실에 걸린 평면 텔레비전이었다. 바깥에서 서서히 해가 지는 동안 사이먼과 카일은 소파에 드러누워 불건전한 프로그램을 함께 시청했다. 카일은 괜찮은 사람 같았다. 남의 사정을 속속들이 캐내려고 하지도 않았고 이것저것 묻지도 않았다. 식료품비를 보태는 것 말고는 사이먼에게 방을 빌려주는 어떤 대가도 바라지 않는 듯했다. 그는 그저 친절한 사람일 뿐이었다. 사이먼은 평범한 사람들이 사는 모습을 깡그리 잊은 모양이었다.

카일이 저녁 근무를 하러 가자 사이먼은 자신의 방으로 들어가 매트리스 위로 쓰러졌다. 그러고는 B번가를 오가는 차들의 소음에 귀를 기울였다.

사이먼은 집을 나온 이후 엄마의 얼굴을 머릿속에서 지울 수가 없었다. 엄마는 그가 무단 침입자라도 되듯 혐오스럽고 두려운 표정으로 바라보았다. 사이먼은 숨을 쉴 필요가 없었음에도 그 모습을 떠올리면 가슴이 옥죄어드는 기분이 들었다. 하지만 이제….

어린 시절 사이먼은 여행이라면 무조건 좋아했다. 새로운 장소로 간다는 것은 그가 처한 모든 문제로부터 멀어진다는 뜻이었다. 심지어 브루클린에서 강 하나를 넘어온 이곳에서조차도 산처럼 그를 좀먹어 들어가던 기억들, 강도의 죽음, 그의 진실을 발견한 엄마의 반응 등에 대한 기억들이 희미해지고 멀게만 느껴졌다.

어쩌면 그게 비결인지도 모르겠다고 사이먼은 생각했다. 계속 움직이는 것. 상어처럼. 아무도 그를 찾지 못할 곳으로 가는 것이다. 너는 세상을 떠돌아다니는 신세가 될 것이다.

하지만 그건 남겨두고 떠나기에 아쉬운 사람이 없을 때나 가능한 방법이었다.

사이먼은 밤새도록 잠을 설쳤다. 데이라이터로서의 능력에도 불구하고 생리적 욕구는 낮 시간 동안 잠을 자는 것이었다. 그는 창으로 햇살이 쏟아져 들어오는 늦은 아침에 뒤숭숭한 꿈들을 물리치고 나서야 잠에서 깨어났다. 배낭에서 깨끗한 옷을 꺼내 입고 방을 나가자 카일이 주방에서 베이컨과 달걀을 팬에 굽고 있었다.

"잘 잤어요, 룸메이트? 아침 먹을래요?" 카일이 유쾌하게 그를 맞았다.

음식을 보자 사이먼은 속이 울렁거렸다. "고맙지만 괜찮아요. 커피만 마실게요." 사이먼은 한쪽으로 살짝 기울어진 높고 둥근 의자에 걸터앉았다.

카일이 이가 빠진 머그잔을 조리대 위로 밀어주었다. "하루 중에 아침 식사가 제일 중요해요. 이미 정오가 다 되었지만."

머그잔을 양손으로 감싸며 사이먼은 차가운 피부 속으로 흘러드는 따뜻한 열기를 음미했다. 그러면서 무슨 주제로 대화를 나눌지 궁리했다. 그가 얼마나 적게 먹는지 따위의 얘기는 빼고. "어제는 미처 묻지 못했는데, 무슨 일을 해요?"

카일이 프라이팬에서 베이컨을 집어 한 입 베어 먹었다. 그의 목에 걸린 메달에는 나뭇잎 문양과 함께 '베아티 벨리코시(Beati Bellicosi)'라는 단어가 새겨져 있었다. '베아티'가 성인과 관련이 있다는 것은 사이먼도 알았다. 카일은 갸톨릭 신자인 모양이었다. "자전거 메신저로 일해요." 카일이 베이컨을 씹으면서 말했다. "끝내주는 직업이죠. 자전거로 도시를 누비면서 다양한 것들을 보고 많은 사람들과 얘기를 나눠요. 학교에 다니는 것보다 훨씬 나아요."

"학교는 그만둔 거예요?"

"3학년 때 고졸 학력인정시험을 봤어요. 난 인생이라는 학교가 더 좋아요." 카일이 '인생이라는 학교'라는 말을 다른 말처럼 정색하고 하지 않았다면, 사이먼은 그가 말도 안 되는 소리를 한다고 생각했을 것이다. "사이먼은요? 무슨 계획이 있어요?"

아, 뭐 그냥. 세상을 떠돌아다니며 선량한 사람들에게 죽음과 파멸을 안겨주는 거죠. 아마 피도 조금 마시겠고. 영원히 살지만 어떤 재미도 못 느끼면서 그렇게 살겠죠. 보통 뱀파이어처럼. "당분간은 그냥 되는 대로 이것저것 해보고 있어요."

"그럼 음악을 계속할 생각은 아닌가 봐요?" 카일이 물었다.

다행히도 사이먼의 전화가 울려서 거기에 대답하지 않아도 되었다. 사이먼은 주머니를 뒤적여서 전화를 꺼내 화면을 보았다. 마야였다. "어, 어쩐 일이야?"

"오늘 오후에 클라리랑 드레스 가봉하러 가기로 했어?" 전화선을 타고 흘러온 마야의 목소리가 치직거렸다. 차이나타운에 있는 무리의 본부에서 전화하는 모양이었다. 그곳은 늘 전화 수신 상태가 좋지 않았다. "클라리가 너랑 같이 간다고 그러던데."

"뭐? 아, 맞아. 같이 갈 거야." 클라리는 신부 들러리의 드레스를 가봉하러 갈 때 사이먼에게 함께 가달라고 했었다. 그러면 볼일을 마치고 함께 만화책을 사러 갈 수 있고, '지나치게 여성스러운 여자'처럼 느끼지 않아도 될 거라고.

"그럼 나도 갈게. 루크한테 무리의 메시지를 전달해야 하거든. 그리고 너를 만난 지도 백 년은 된 거 같고."

"그러게. 정말 미안해⋯."

"됐어." 마야가 가볍게 말했다. "하지만 결혼식 때 뭘 입을 건지는 조만간 알려줘야 해. 안 그러면 우리의 옷 색상이 서로 어긋날 수도 있으니까."

마야가 전화를 끊은 후 사이먼은 전화기를 빤히 쳐다보았다. 클라리의 말이 맞았다. 결혼식 날이 디데이였지만 사이먼은 전투 준비가 전혀 되어 있지 않았다.

"여자친구 중에 하난가 봐요?" 카일이 호기심 어린 눈빛으로 물었다. "차고에서 봤던 그 빨강 머리 여잔가요? 귀엽던데요."

"아뇨. 그건 클라리라고, 나랑 제일 친한 친구예요." 사이먼이 전화기를 주머니에 넣었다. "그리고 걔는 남자친구가 있어요. 그러니까 아주 아주 진지한 관계인 남자친구요. 남자친구계의 핵폭탄 같은 자식. 농담 아니에요."

카일이 씩 웃었다. "그냥 물어본 건데." 그가 빈 프라이팬을 싱크대로 옮겨놓았다. "그럼, 그 두 명의 여자친구는 어떤 사람들이에요?"

"그 둘은 아주, 아주… 달라요." 어떻게 보면 둘은 정반대라고 사이먼은 생각했다. 마야는 침착하고 현실적이었다. 이사벨은 엄청나게 흥미로운 삶을 살았다. 마야가 꾸준하게 어둠을 비추는 등불이라면 이사벨은 허공을 회전하며 환하게 타오르는 별이었다. "내 말은 그러니까 둘 다 굉장하다는 거예요. 아름답고 똑똑하고…."

"둘은 서로에 대해서는 모르고요?" 카일이 조리대에 몸을 기댔다. "그러니까 전혀 눈치도 못 채고 있는 거예요?"

사이먼은 저도 모르게 설명하기 시작했다. 그가 이드리스(지명을 정확히 말하지는 않았다)에서 돌아왔을 때 두 사람이 전화를 걸어와서 그와 어울리기를 원했다. 사이먼은 두 사람이 모두 좋았기 때문에 둘을 모두 만났다. 그러고는 자연스레 로맨틱한 관계로 변해갔지만 두 사람에게 서로에 관해 말할 기회를 좀처럼 잡지 못했다. 그렇게 해서 문제는 눈덩이처럼 불어갔고 사이먼은 이제 둘 중 누구에게도 상처를 주고 싶지 않지만 이 상황을 어떻게 정리해야 할지도 알 수 없게 되었다.

"나한테 묻는다면, 둘 중 하나를 택하고 방탕한 생활을 접어야 한다고 말하겠어요." 카일이 남은 커피를 싱크대에 버리기 위해 몸을 돌리며 말했다. "내 생각은 그래요."

카일이 등을 돌리고 있어서 얼굴은 보이지 않았지만 사이먼은 그가 화를 내고 있는 것이 아닌지 잠시 의심스러웠다. 카일의 목소리가 평소와 달리 딱딱하게 굳어 있었기 때문이다. 하지만 다시 돌아선 카일의 얼굴에는 여느 때처럼 솔직하고 다정한 표정이 떠올라 있었다. 사이먼은 괜히 그렇게 상상한 거라고 결론을 내렸다.

"그러게요, 그 말이 정답인데." 사이먼이 말하면서 침실 쪽을 흘깃 돌아보았다. "저기, 내가 여기서 지내는 거 정말 괜찮겠어요? 언제든지 말만 하면 바로…."

"괜찮아요. 지내고 싶은 만큼 지내요." 카일이 서랍을 열고 뒤적여서 뭔가를 꺼냈다. 고무줄에 끼운 여분의 열쇠 한 세트였다. "여기 열쇠도 있어요. 편하게 지내요, 알았죠? 난 이제 일하러 가야 하지만 사이먼은 별일 없으면 그냥 있어요. 할로 게임을 하든가. 내가 돌아올 때쯤 집에 있을 거예요?"

사이먼이 어깨를 으쓱했다. "아마 아닐 거예요. 3시에 옷을 가봉하는 데 가봐야 해서."

"알겠어요." 카일이 가방을 어깨에 둘러매고 문으로 향하며 말했다. "가서 빨간색 옷으로 맞춰요. 사이먼한테는 그 색이 잘 어울리니까."

"자, 어때?" 클라리가 탈의실 밖으로 걸어 나오며 말했다.

클라리는 한 바퀴 빙글 돌아 보였다. 사이먼은 자세를 바꾸고 인상을 쓰더니 "괜찮네"라고 대답했다. 그는 줄곧 캐런 웨딩숍의 불편하고 하얀 의자에 균형을 잡고 앉아 있었다.

실은 괜찮은 것 이상이었다. 신부 들러리는 혼자뿐이어서 클라리는 어떤 스타일이든 원하는 대로 드레스를 고를 수 있었다. 그녀는 아주 단순한 스타일의 구릿빛 실크 드레스를 골랐다. 작은 체구를 돋보이게 하는 가느다란 어깨끈이 달린 것이었다. 장신구라고는 목에 걸린 모겐스턴 반지뿐이었다. 소박한 은 목걸이는 쇄골과 목선을 더욱 두드러지게 했다.

몇 개월 전이었다면 사이먼은 결혼식을 위해 차려입은 클라리를 보고 혼란스러웠을 것이다. 어두운 절망감(클라리가 그를 사랑하는 일은 절대 없을 것이다)과 대단한 흥분(어쩌면 그런 일이 있을지도 모른다, 클라리에게 그의 감정을 털어놓을 용기만 내면). 이제는 그저 약간의 아쉬움뿐이었다.

"괜찮네?" 클라리가 사이먼의 말을 반복했다. "그 정도란 말이지? 젠장." 그녀가 마야에게로 돌아섰다. "넌 어떻게 생각해?"

마야는 일찌감치 불편한 의자를 포기하고 바닥에 내려앉아 티아라와 얇은 베일로 장식된 벽에 등을 기대고 있었다. 그녀는 사이먼의 게임기를 무릎 위에 아슬아슬하게 놓고 반쯤 게임에 몰두해 있었다. "나한테 묻지 마. 난 드레스 같은 거 안 좋아하니까. 가능하다면 결혼식에도 청바지를 입겠어."

그 말은 틀리지 않았다. 사이먼은 마야가 청바지와 티셔츠 말고 다른 옷을 입은 모습을 거의 보지 못했다. 그런 점이 바로 이사벨과 정반대였다. 이사벨은 그야말로 더없이 부적절한 때에도 드레스를 입고 힐을 신었다. 이사벨이 베르미스 악마를 뾰족한 부츠 굽으로 해치우는 광경을 목격한 후로는 사이먼도 별로 걱정하지 않게 되었지만.

가게의 종이 딸랑 울리더니 조슬린과 루크가 들어왔다. 두 사람 모두 김이 모락모락 피어오르는 커피를 손에 들었다. 볼을 발갛게 물들인 조슬린은 눈을 반짝이며 루크를 쳐다보고 있었다. 사이먼은 두 사람이 못 봐줄 정도로 닭살스럽다던 클라리의 말을 떠올렸다. 그가 보기에 못 봐줄 정도는 아니었다. 그의 부모가 아니어서 그런지도 몰랐다. 두 사람은 몹시 행복해 보였고 그 모습은 오히려 상당히 보기 좋았다.

조슬린은 클라리를 보더니 눈을 크게 떴다. "우리 딸, 정말 예쁘네!"

"엄마는 당연히 그렇게 말하겠죠. 우리 엄마니까." 클라리는 말은 그렇게 하면서도 빙긋 웃어 보였다. "그거 혹시 블랙 커피예요?"

"그래. 늦어서 미안하다는 선물쯤으로 생각해주렴." 루크가 컵을 내밀면서 말했다. "예상보다 시간이 오래 걸렸어. 음식 문제랑 다른 것들 때문에." 그가 사이먼과 마야에게 고개를 까딱했다. "너희도 왔구나."

마야가 고개를 숙여 보였다. 루크는 늑대인간 무리의 우두머리였고 마야는 무리의 일원이었다. 루크는 자신을 '마스터'나 '루크 님'으로 부르지 못하게 했지만 마야는 여전히 그를 깍듯이 대했다. "무리가 전하는 메시지를 가지고 왔어요." 마야가 게임기를 내려놓으며 말했다. "'아이언웍스'에서 있을 파티에 관해 질문이 있다고…"

우두머리의 결혼을 축하하기 위해 무리가 준비한 파티에 관해 마야와 루크가 대화를 나누기 시작하는데, 키가 훤칠한 웨딩숍 주인이 그들을 맞으러 급히 다가왔다. 십대들이 조잘대는 동안 카운터 뒤에서 잡지를 읽고 있다가 드디어 드레스 값을 치를 물주들이 도착했다는 사실을 깨달은 것이다. "신부께서 입을 드레스가 막 들어왔는데, 정말 놀랍도록 아름답더군요. 어서 한 번 입어보세요." 그녀가 말을 쏟아내며 조슬린을 가게 뒤쪽으로 이끌었다. 그녀는 루크가 따라가려고 하자 위협하듯 손가락으로 그를 가리켰다. "신랑께서는 여기 계시고요."

루크는 결혼식 종이 그려진 하얀 문 안으로 약혼녀가 사라지는 모습을 어리둥절한 표정으로 바라보았다.

"먼데인들은 결혼식 전에 신랑이 웨딩드레스를 입은 신부의 모습을 보면 안 된다고 생각해요. 불행을 가져온다고요. 루크가 따라가면 이상하게 생각할 거예요." 클라리가 루크에게 일러주었다.

"하지만 조슬린은 내 의견을 듣고 싶을 텐데…." 루크가 말을 하다 말고 고개를 흔들었다. "먼데인의 관습은 정말 이상해." 루크가 의자에 털썩 주저앉았다가 장미 문양에 등을 찔리고 인상을 썼다. "아야."

"섀도우 헌터의 결혼식은 어떤데요? 특별한 관습이 있나요?" 마야가 궁금한 듯이 물었다.

"있지." 루크가 천천히 말했다. "하지만 이건 전형적인 섀도우 헌터의 결혼식은 아니니까. 당사자 중 하나가 섀도우 헌터가 아닌 경우에 대해서는 특별하게 정해져 있지 않아."

"정말요?" 마야는 충격을 받은 얼굴이었다. "그건 몰랐는데요."

"섀도우 헌터의 결혼식에는 신랑과 신부의 몸에 영구 룬을 새기는 순서가 있어." 루크의 목소리는 차분했지만 눈빛은 슬퍼 보였다. "사랑의 룬과 헌신의 룬. 하지만 물론 섀도우 헌터가 아니면 천사의 룬을 지니지 못하지. 그래서 조슬린과 나는 반지를 교환할 거야."

"그건 정말 짜증나네요." 마야가 선언하듯 말했다.

그 말에 루크가 웃음을 지었다. "꼭 그렇지도 않아. 내가 원하는 건 조슬린과의 결혼뿐이라서 형식에는 크게 신경 쓰지 않으니까. 게다가 섀도우 헌터 사회도 변하고 있고. 새로운 의회 멤버들이 클레이브를 설득해서 이런 일에 관대한 시각…."

"클라리!" 조슬린이 가게 뒤편에서 불렀다. "잠깐만 이리로 와줄래?"

"가요!" 클라리가 소리치고는 남은 커피를 급히 마셨다. "드레스 비상사태가 발생한 모양인데요."

"행운을 빌게." 마야가 자리에서 일어나며 게임기를 사이먼의 무릎에 떨어뜨렸다. 그리고 허리를 숙여 그의 볼에 입을 맞췄다. "나도 그만 가봐야 해. 사냥꾼의 달에서 친구들을 만나기로 했거든." 마야에게서 달콤한 바닐라 향기가 났다. 그 아래로 평소처럼 짭조름한 피의 향기, 레몬처럼 톡 쏘는 늑대인간 특유의 체취와 섞인 피의 향기가 났다. 다운월드 사람들은 저마다 피 냄새가 달랐다. 요정들에게서는 시든 꽃향기, 마법사에게서는 불에 탄 성냥, 뱀파이어에게서는 금속의 냄새가 났다.

언젠가 클라리가 섀도우 헌터는 어떤 냄새가 나느냐고 물은 적이 있었다.

"햇빛 냄새." 그는 그렇게 대답했다.

"나중에 봐, 자기." 마야가 허리를 펴고 사이먼의 머리를 헝클어뜨리고는 가게 밖으로 나갔다. 그녀가 나가고 문이 닫히자 클라리가 꿰뚫듯이 날카로운 시선으로 사이먼을 노려보았다.

"다음 주 토요일까지는 삼각관계를 확실하게 정리해야 돼." 클라리가 말했다. "농담 아니야, 사이먼. 네가 말 안 하면 내가 할 거야."

루크가 당혹스러운 표정을 지었다. "누구한테 뭘 말해?"

클라리가 사이먼을 보며 고개를 저었다. "넌 살얼음 위를 걷고 있어, 사이먼 루이스." 그녀는 선언하듯 말하고는 실크 드레스를 들쳐 올리고 허우적거리며 나갔다. 드레스 아래에 녹색 스니커즈를 신은 것을 보고 사이먼이 재미있어했다.

"뭔가 내가 알지 못하는 일이 벌어지고 있는 거 같은데." 루크가 입을 열었다.

사이먼이 그를 쳐다보았다. "저는 그게 제 삶의 모토가 아닌가 싶을 때도 있어요."

루크가 눈썹을 추켜올렸다. "무슨 일이 있는 거니?"

사이먼은 잠시 망설였다. 루크에게 그의 연애사에 관해 말할 수는 없었다. 루크와 마야는 한 무리에 있었고 늑대인간 무리는 거리의 갱단들보다도 서로에게 헌신적이었다. 사이먼이 루크에게 말한다면 그의 입장이 몹시 곤란해질 것이다. 하지만 루크가 아는 것이 많다는 점은 분명한 사실이었다. 그는 맨해튼 무리의 우두머리로서 온갖 정보를 들었고 다운월드 세계의 정치에도 정통했다. "혹시 카밀이라는 뱀파이어에 대해 들어본 적 있으세요?"

루크가 나지막하게 휘파람 소리를 냈다. "누군지 알지. 오히려 네가 안다는 사실이 더 놀랍구나."

"뉴욕 뱀파이어 일족의 우두머리잖아요. 저도 그들에 관해서 알 만한 건 안다고요." 사이먼이 약간 뻣뻣하게 대꾸했다.

"그런 줄은 몰랐어. 난 네가 가능한 한, 인간처럼 살기를 원하는 줄 알았지." 루크의 어조에는 비판의 기색이 전혀 없었고 오직 호기심만 스며 있을 뿐이었다. "내가 이전 리더에게서 무리를 넘겨받을 무렵에 카밀이 라파엘에게 책임을 맡겼어. 아마 카밀이 어디로 갔는지 정확히 아는 자는 없을 거야. 하지만 그녀는 일종의 전설과도 같은 존재야. 놀랍도록 나이가 많은 뱀파이어라고 알고 있어. 잔인하고 교활하기로 유명하고. 요정들의 강력한 경쟁 상대가 될 정도로 말이야."

"직접 본 적이 있으세요?"

루크가 머리를 가로저었다. "그런 적은 없었던 것 같구나. 그런데 갑자기 왜 카밀이 궁금하지?"

"라파엘이 얘기해서요." 사이먼이 애매하게 대답했다.

루크의 이마에 주름이 졌다. "최근에 라파엘을 만났니?"

사이먼이 대답하기 전에 가게의 종이 다시 딸랑 울렸고 놀랍게도 제이스가 안으로 들어왔다. 클라리는 그가 올 거라는 말을 하지 않았다. 그리고 보니 클라리는 최근에 제이스 얘기를 별로 하지 않았다.

제이스는 루크와 사이먼을 차례로 쳐다보았다. 거기서 두 사람을 만난 것에 약간 놀란 표정이었지만 확신할 수는 없었다. 클라리와 둘만 있을 때는 온갖 표정을 짓는지 모르겠지만 그는 다른 사람과 있을 때는 다소 사나운 듯한 무표정을 고수했다. 언젠가 사이먼이 이사벨에게 이렇게 말한 적이 있었다. "제이스는 꼭 뭔가 심오하고 의미심장한 생각을 하고 있는 것처럼 보이지만 무슨 생각을 하느냐고 물으면 얼굴에 주먹을 날릴 것만 같아."

"그러니까 묻지 마." 이사벨은 그가 웃기는 소리를 한다는 듯이 말했다. "너희 둘이 친하게 지내야 한다고 말하는 사람은 아무도 없어."

"클라리가 여기 있나요?" 제이스가 등 뒤의 문을 닫으며 물었다. 피곤해 보였다. 눈 아래 검은 그림자가 졌고 가을바람이 꽤 차가운데도 재킷을 걸치지 않았다. 추위는 더 이상 사이먼에게 영향을 주지 못하지만 청바지와 보온 셔츠만 입은 제이스를 보고 있자니 한기가 느껴졌다.

"조슬린을 도와주고 있어. 우리랑 같이 기다리자꾸나." 루크가 대답했다.

제이스는 베일이 드리워진 벽들, 부채와 티아라, 진주알로 뒤덮인 기차로 장식된 벽들을 불편한 눈으로 둘러보았다. "이 안은 전부… 새하얗네요."

"당연히 새하얗지. 웨딩숍이니까." 사이먼이 말했다.

"섀도우 헌터에게 하얀색은 장례식을 뜻하지." 루크가 설명했다. "하지만 먼데인에게는 결혼식을 뜻한단다, 제이스. 신부는 순결을 상징하는 흰색 드레스를 입고."

"아줌마 드레스는 흰색이 아니라고 들은 것 같은데요." 사이먼이 말했다.

"그 배는 이미 떠났으니 그렇겠지." 제이스가 말했다.

루크는 커피가 목에 걸렸다. 그가 무슨 말을—혹은 행동을—하기 전에 클라리가 그곳으로 돌아왔다. 그녀는 머리를 위로 올려서 반짝이는 핀으로 고정했다. 머리칼 몇 가닥이 구불거리며 늘어져 있었다. "모르겠어." 클라리가 그들에게 다가오며 말했다. "캐런이 내 머리를 이렇게 해 놨는데, 이 반짝이는 핀들은 좀…."

클라리가 제이스를 보고 말을 멈췄다. 표정으로 보건대, 클라리 역시 그가 오리라고 기대하지 않은 것이 분명했다. 클라리는 놀라움으로 입술이 벌어졌지만 아무 말도 하지 않았다. 제이스는 그녀를 빤히 쳐다보았고, 사이먼은 평생 처음으로 제이스의 표정을 책처럼 훤히 읽을 수 있었다. 제이스는 마치 그와 클라리만 남겨두고 세상 모두가 사라져버린 것처럼 갈망과 욕망을 그대로 드러낸 채 클라리를 바라보고 있었다. 사이먼은 마치 사적인 순간을 방해하기라도 한 듯 난처한 기분이 들었다.

제이스가 목청을 가다듬었다. "정말 아름다워."

"제이스." 클라리는 얼떨떨한 표정이었다. "무슨 일이 있는 거야? 난 네가 컨클레이브 회의 때문에 못 온다고 한 줄 알았는데."

"그래." 루크가 말했다. "공원에서 섀도우 헌터의 시신이 발견되었다는 얘기 들었어. 무슨 소식이 있는 거니?"

제이스가 고개를 저었다. 시선은 여전히 클라리에게 못 박은 채로. "아뇨. 그 사람은 뉴욕 컨클레이브의 일원이 아니에요. 하지만 그것 외에는 신원이 아직 파악되지 않았어요. 다른 시신들도 마찬가지고. 침묵의 형제들이 조사하고 있어요."

"잘됐구나. 침묵의 형제들은 그들의 신원을 알아낼 거야." 루크가 말했다.

제이스는 아무 말이 없었다. 그는 여전히 클라리를 쳐다보고 있었지만 사이먼은 그 눈길이 이상하다고 생각했다. 사랑하지만 절대로 함께하지 못할 사람을 바라보는 눈길이었다. 전에는 물론 클라리에게 그런 마음이었겠지만 지금은 왜 그러는 걸까?

"제이스?" 클라리가 한 걸음 그에게 다가섰다.

제이스가 마침내 그녀에게서 눈길을 떼어냈다. "어제 공원에서 빌려 간 재킷, 아직도 가지고 있어?"

클라리는 더욱 어리둥절한 표정으로 문제의 재킷을 가리켰다. 더없이 평범한 밤색 스웨이드 재킷이 의자 등에 걸쳐져 있었다. "저기 있어. 나중에 내가 가져다주려고…."

"뭐, 이젠 안 그래도 되겠네." 제이스가 재킷을 집어 소매에 팔을 넣으며 말했다. 갑자기 급한 일이 생기기라도 한 듯이.

"제이스, 우린 여기서 볼일을 마치고 나면 파크 슬로프에서 이른 저녁을 먹을 거야. 너도 함께 가지 그러니." 루크가 차분한 목소리로 말했다.

"아뇨." 제이스가 재킷의 지퍼를 올리며 말했다. "오후에 훈련이 있어요. 가봐야 해요."

"훈련?" 클라리가 그의 말을 되풀이했다. "우린 어제 훈련했잖아."

"우리 중 일부는 매일 훈련을 해야 해, 클라리." 화난 듯이 들리지는 않았지만 제이스의 목소리에 냉랭한 기운이 서려 있어 클라리가 얼굴을 붉혔다. "나중에 봐." 그가 클라리를 보지 않은 채 덧붙였다. 그러고는 말 그대로 몸을 던지듯이 문으로 향했다.

그가 나가고 문이 닫히자 클라리는 손을 올려 화난 듯이 머리에서 핀을 잡아 뽑았다. 뒤엉킨 머리가 어깨 위로 폭포처럼 쏟아져 내렸다.

"클라리." 루크가 부드럽게 말했다. 그는 자리에서 일어났다. "왜 그러니?"

"머리 때문에요." 클라리가 마지막 핀을 세게 확 잡아 뺐다. 사이먼은 그녀의 눈이 반짝거리는 것을 보고 억지로 울음을 참고 있다는 것을 알았다. "이런 스타일은 정말 싫어요. 바보처럼 보여서."

"그렇지 않아." 루크가 클라리의 손에서 핀들을 받아 작고 하얀 테이블에 얹어놓았다. "결혼식은 남자들을 괜히 긴장하게 만들어, 알겠니? 아무 의미도 없는 거야."

"맞아요." 클라리가 웃으려고 애썼다. 클라리의 노력은 거의 성공했다. 하지만 사이먼은 클라리가 루크의 말을 믿지 않는다는 것을 알았다. 사이먼은 그런 클라리를 비난할 수 없었다. 제이스의 표정을 보고 나서는 그 역시도 루크의 말이 믿기지 않았으니까.

멀리 보이는 '5번가 다이너'는 푸르스름한 황혼을 배경으로 반짝이는 별처럼 환하게 불을 밝혔다. 사이먼은 클라리와 나란히 식당으로 향했고, 조슬린과 루크는 몇 걸음 앞에서 걷고 있었다. 클라리는 드레스를 벗고 다시 청바지 차림으로 돌아왔다. 두툼하고 하얀 스카프를 목에 두르고 있었다. 클라리는 가끔 목에 걸린 반지를 초조하게 만지작거렸는데, 그런 자신의 행동을 의식하지 못하는 듯했다.

웨딩숍에서 나왔을 때 사이먼이 제이스와 무슨 문제가 있느냐고 물었지만 클라리는 정확히 대답하지 않았다. 대수롭지 않다는 듯이 어깨를 으쓱하고는 오히려 사이먼의 일에 관해 물었다. 엄마에게는 아직 말하지 않았는지, 에릭의 집에 머무는 것은 괜찮은지. 사이먼이 카일의 집에 들어갔다고 말해주자 클라리는 깜짝 놀랐다.

"하지만 카일과는 모르는 사이나 마찬가지 아냐? 카일이 연쇄 살인범이라도 되면 어쩌려고 그래."

"그 생각을 하지 않은 것은 아니야. 아파트를 둘러봤지만 사람 팔뚝이 잔뜩 들어 있는 아이스박스는 발견하지 못했어. 아무튼 카일은 꽤 솔직한 사람 같았어."

"아파트는 어떤데?"

"알파벳 시티에 있는 것치고는 상당히 괜찮더라. 언제 한번 놀러 와."

"오늘 밤은 안 돼." 클라리가 멍하니 대꾸했다. 다시 목걸이를 만지작거렸다. "내일쯤?"

오늘은 제이스를 보러 가게? 사이먼은 그렇게 생각했지만 새삼스레 묻지 않았다. 클라리가 말하고 싶지 않다면 굳이 말하게 하고 싶지 않았다. "다 왔네." 사이먼이 그녀를 위해 식당 문을 열어주자 수블라키(그리스식 꼬치구이—옮긴이) 냄새가 밴 뜨끈한 공기가 훅 끼쳐들었다.

벽에 걸린 커다란 평면 텔레비전 옆쪽에 빈 부스가 있었다. 그들이 자리로 향하는 동안 조슬린과 루크는 결혼식 계획에 관해 활기차게 이야기를 나눴다. 결혼식에 초대된 사람이 몇 안 된다는 점에도 불구하고 루크의 무리는 결혼식에 초대받지 못한 사실에 모욕을 느낀 듯했다. 그래서 퀸스에 있는 개조한 공장에서 그들만의 축하 파티를 열겠다고 고집을 부렸다. 클라리는 말없이 이야기를 듣기만 했다. 웨이트리스가 다가와서 메뉴판을 나눠주었다. 어찌나 빳빳하게 코팅이 되었는지 무기로 써도 될 것 같았다. 사이먼은 메뉴판을 받아서 테이블 위에 놓고 창밖으로 시선을 옮겼다. 길 건너에 체육관이 있었다. 건물 정면이 유리로 덮여 있어서 운동하는 사람들이 들여다보였다. 헤드폰을 쓰고 열심히 팔을 흔들며 트레드밀 위에서 달리는 사람들. 저렇게 달리는데도 어디에도 닿지 못하니, 내 삶하고 비슷하네. 사이먼은 생각했다.

그는 어두운 생각들을 하지 않으려고 애썼고 거의 성공했다. 이렇게 클라리 가족과 함께 식당 구석 자리에 앉아 있는 것은 사이먼이 지금까지 살아오면서 가장 익숙해진 일 중에 하나였다. 루크는 클라리의 엄마와 결혼을 약속하기 전에도 언제나 가족 같은 사람이었다. 그러니 사이먼은 집에 온 것처럼 편안하게 느껴야 했다. 그가 억지로 얼굴에 미소를 떠올리는 순간 클라리의 엄마가 그에게 뭔가 물었다는 것을 깨달았다. 모두의 시선이 답을 기다리며 그를 향해 있었다.

"죄송해요, 뭐라고 하셨죠?"

조슬린이 참을성 있게 웃어 보였다. "클라리가 그러는데 밴드에 새로운 멤버가 들어왔다고?"

사이먼은 조슬린이 예의상 묻고 있다는 것을 알았다. 부모들이 아이들의 취미 활동을 진지하게 생각하는 척할 때 그러는 것처럼. 그럼에도 조슬린은 사이먼의 공연에 자리를 채우러 몇 번이나 와주었다. 그녀는 늘 사이먼의 일에 신경을 써주었다. 사이먼은 내심 클라리를 향한 자신의 마음을 조슬린이 오래전부터 알고 있었으리라고 생각했다. 그리고 조슬린 마음대로 할 수 있는 문제였다면 클라리에게 다른 선택을 하게 하지 않았을지 궁금했다. 조슬린이 제이스를 좋아하지 않는다는 것은 사이먼도 알았다. 제이스의 이름을 말할 때조차도 그 사실은 확연히 드러났다.

"네, 카일이라고요. 어찌 보면 조금 괴상한 사람 같기도 하지만 아주 친절해요." 어떻게 괴상하냐는 루크의 물음에 사이먼은 자신도 그곳에서 지낸다는 말은 교묘히 피해가면서 카일의 아파트에 관해 이야기해주었다. 그리고 카일이 자전거 메신저로 일한다는 것, 오래되고 낡아빠진 트럭을 몬다는 것도 말해주었다. "그리고 발코니에서 이상한 식물을 길러요. 마리화나는 아니에요. 제가 확인해봤어요. 은빛 도는 이파리가 있는 식물인데…."

루크가 이마를 찌푸리며 뭔가 말하려는데 웨이트리스가 커다란 은색 커피 주전자를 들고 다가왔다. 옅은 색으로 염색한 머리를 양 갈래로 땋은 젊은 여자였다. 사이먼의 잔에 커피를 따르는데 땋은 머리채 하나가 그의 팔을 스쳤다. 그녀에게서 땀 냄새가 났고 그 아래로 피 냄새도 났다. 인간의 피는 어떤 향기보다 달콤했다. 사이먼은 위가 조여드는 익숙한 느낌이 들었다. 전신으로 냉기가 퍼졌다. 사이먼은 배가 고팠다. 카일의 집에 있는 피라고는 이미 분리되기 시작한 미지근한 피뿐이었다. 뱀파이어조차도 구역질하는 피.

인간의 피를 마셔본 적이 없지? 언젠가는 맛보게 될 거야. 그리고 인간의 피를 한번 맛보면 절대로 그 맛을 잊지 못하지.

사이먼은 눈을 질끈 감았다. 그가 다시 눈을 뜨자 웨이트리스는 사라지고 클라리가 호기심 어린 눈빛으로 그를 빤히 쳐다보고 있었다. "어디 안 좋아?"

"아냐." 사이먼은 커피잔을 한 손으로 감싸 쥐었다. 손이 가늘게 떨렸다. 위쪽에 걸린 텔레비전은 여전히 저녁 뉴스를 떠들어대고 있었다.

"윽. 이거 들었어?" 클라리가 텔레비전 화면을 올려다보며 말했다.

사이먼이 그녀의 시선을 따라갔다. 뉴스 앵커는 유별나게 암울한 소식을 보도할 때 뉴스 앵커들이 짓는 바로 그 표정을 짓고 있었다. "며칠 전 베스 이스라엘 병원 뒷골목에서 발견된 남자 아기는 여전히 신원이 확인되지 않고 있습니다. 3킬로그램의 백인 아기로, 건강한 상태라고 합니다. 아기는 유아용 카시트에 묶인 채 골목의 쓰레기통 뒤에서 발견되었습니다." 앵커는 계속 전했다. "무엇보다 충격적인 것은 아기의 담요에 꽂혀 있던 메모입니다. 메모에는 '내가 직접 할 수가 없으니' 병원에서 안락사시켜줄 것을 간곡히 부탁한다고 쓰여 있었다고 합니다. 경찰은 아기의 엄마가 정신 질환자일 가능성이 높다면서 '유력한 단서'를 손에 넣었다고 밝혔습니다. 아기에 관한 정보를 아는 분은 범죄예방부로 전화…"

"정말 끔찍해." 클라리가 부르르 몸을 떨며 텔레비전 화면에서 시선을 뗐다. "자기가 낳은 아기를 쓰레기처럼 버리는 사람들은 정말 이해할 수가 없어."

"조슬린." 루크의 목소리가 날카로워졌다. 사이먼이 클라리의 엄마를 쳐다보았다. 곧 토할 사람처럼 얼굴이 창백했다. 조슬린은 갑자기 접시를 밀치고 일어나서 급히 화장실로 향했다. 다음 순간 루크가 냅킨을 놓고 그녀를 따라갔다.

"오, 젠장." 클라리가 손으로 입을 가렸다. "어쩌자고 그런 말을 했을까. 나 정말 멍청해."

사이먼은 크게 당황한 표정이었다. "무슨 일이야?"

클라리가 의자 뒤로 기대었다. "엄마는 세바스찬을 떠올린 거야. 그러니까 조녀선 말이야. 우리 오빠. 너도 아마 기억하겠지만."

클라리는 지금 빈정대는 것이었다. 세바스찬을 기억하지 못할 사람은 아무도 없었다. 진짜 이름은 조녀선이고, 호지와 맥스의 목숨을 빼앗았으며, 섀도우 헌터에게 파멸을 안겨줄 전쟁에서 발렌타인을 도와 승리를 거머쥘 뻔한 자. 타오르는 듯한 검은 눈동자에 칼날처럼 날카로운 미소를 지닌 조녀선. 사이먼이 이를 박아 넣었을 때 피에서 배터리 액 같은 맛이 나던 조녀선. 물론 사이먼은 그를 문 것을 후회하지 않았다.

"하지만 너희 엄마는 조녀선을 버린 게 아니잖아. 조녀선이 어딘가 끔찍하게 잘못되었다는 사실을 알고 나서도 계속 키웠고."

"버리지는 않았어도 조녀선을 증오했잖아. 엄마는 그 사실을 극복하지 못한 것 같아. 자신의 아기를 증오한다고 생각해봐. 엄마는 매년 조녀선의 생일이면 조녀선이 아기일 때 쓰던 물건들을 담아둔 상자를 들여다보면서 울었어. 아마 엄마가 가졌을지도 모를 아기 때문에 슬퍼한 걸 거야. 발렌타인이 그런 짓을 하지 않았다면 가졌을 아기 말이야."

"그리고 네가 가졌을 오빠이기도 하고. 그러니까 진짜 오빠 말이야. 사이코 살인마 말고."

클라리가 당장이라도 울음을 터트릴 듯한 얼굴로 접시를 밀어냈다. "이젠 나도 토할 거 같아. 배는 고픈데 아무것도 먹을 수 없을 것 같은 기분 알아?"

사이먼은 머리를 염색한 웨이트리스를 다시 쳐다보았다. 그녀는 이제 카운터에 기대서 있었다. "그래, 알아."

마침내 루크가 테이블로 돌아왔다. 클라리와 사이먼에게 조슬린을 집에 데려다준다는 말을 전하기 위해서였다. 그가 저녁 값을 남겨두고 떠난 뒤 둘은 그 돈으로 계산을 하고 식당을 나와 7번가에 있는 갤럭시 코믹스로 향했다. 그러나 둘 중 누구도 만화를 즐길 기분이 아니어서 다음 날 만날 약속을 하고 거기에서 헤어졌다.

사이먼은 후드를 올려 쓰고 아이팟을 켜고는 시내로 향했다. 귓속으로 음악이 커다랗게 울려 퍼졌다. 음악은 언제나 사이먼에게 모든 것을 차단하는 수단이었다. 2번가에 다다라 휴스턴으로 향할 즈음 약하게 비가 내리기 시작했고 사이먼의 배가 긴장으로 딱딱하게 굳었다.

그는 사람이 거의 다니지 않는 1번로로 들어섰다. 밝은 불빛이 가득한 1번가와 A번가 사이에 있는 어두컴컴한 좁은 길이었다. 사이먼은 음악을 듣고 있어서 그들이 바로 뒤로 접근할 때까지 아무 소리도 듣지 못했다. 보도에서 자신의 그림자 위로 기다란 그림자가 겹쳐지는 순간 그는 뭔가 잘못되었다는 것을 알아차렸다. 그 직후 반대편에 또 하나의 그림자가 나타났다. 사이먼은 돌아섰고….

뒤쪽에 두 남자가 보였다. 지난밤에 사이먼을 공격한 강도와 똑같은 복장을 하고 있었다. 회색 운동복에 후드를 당겨써서 얼굴이 보이지 않았다. 그들은 사이먼에게 손이 닿을 정도로 가까이 다가와 있었다.

사이먼은 펄쩍 뒤로 물러났다. 그 힘의 세기에 자신도 깜짝 놀랐다. 뱀파이어의 힘을 얻은 지 얼마 안 된 탓에 여전히 충격을 받았다. 다음 순간 그는 자신이 브라운 스톤 건물의 현관 계단에 올라서 있는 것을 깨닫고 너무 놀라 그 자리에 얼어붙고 말았다. 강도들로부터 몇 미터는 떨어진 곳이었다.

강도들이 그에게로 다가왔다. 지난번 강도와 마찬가지로 그들은 후두음이 들리는 언어로 이야기했다. 어쩌면 그들은 강도가 아닐지도 모른다는 생각이 불현듯 사이먼의 머리를 스쳤다. 그가 알기에 강도들은 무리 지어 움직이지 않았다. 또한 지난번 강도에게 범죄자 친구들이 있어서 동료의 죽음에 복수하기 위해 사이먼을 공격한다고 보기도 어려웠다. 심상치 않은 일이 벌어지고 있는 것이 틀림없었다.

그들은 사이먼을 포위하며 계단으로 다가왔다. 사이먼은 귀에서 이어폰을 홱 잡아 뽑고 급하게 손을 들어 올렸다. "이봐요, 무슨 일 때문에 이러는지 모르겠지만 날 그냥 내버려두는 게 좋을 거예요."

강도들은 그를 계속 쳐다보았다. 아니, 쳐다보는 것 같았다. 후드 그림자에 가려져서 얼굴이 보이지 않았다.

"날 공격하라고 누군가 당신들을 보낸 모양인데요. 그건 자살 공격이나 다름없어요. 정말이에요. 얼마를 받고 이 일을 하는지 모르겠지만 그 정도로는 어림도 없는 일이라고요."

운동복을 입은 강도 하나가 소리 내어 웃었다. 다른 하나는 주머니에 손을 넣어 뭔가를 꺼냈다. 가로등 불빛 아래 검게 빛나는 물건.

총.

"세상에." 사이먼이 말했다. "정말로 그러면 안 돼요. 농담이 아니에요." 그가 한 걸음 뒤로 물러나며 계단을 하나 올라갔다. 키만 충분히 컸다면 그들을 뛰어넘거나 지나갔을 것이다. 그들이 그를 공격하게 두는 것만 아니라면 어떤 일이라도 할 수 있었다. 사이먼은 공격으로 벌어질 일을 마주할 자신이 없었다. 그런 광경을 보는 것은 한 번으로 족했다.

강도가 총을 들어 올렸다. 공이치기를 당기는 소리가 찰칵 하고 들려왔다.

사이먼이 입술을 깨물었다. 공포에 질려 송곳니가 나와 있었다. 이빨이 살에 박히며 날카로운 통증이 전신을 꿰뚫었다. "그러지 말…."

그 순간 하늘에서 검은 물체가 떨어져 내렸다. 처음에 사이먼은 위쪽 창문에서 뭔가 굴러떨어진 거라고 생각했다. 나사가 느슨해진 에어컨의 실외기가 떨어졌거나 너무 게으른 누군가가 쓰레기 더미를 아래로 가지고 내려오는 대신 창밖으로 내던진 거라고. 하지만 곧 떨어져 내리는 것이 사람이라는 사실을 깨달았다. 일정한 방향으로, 분명하고 우아하게 떨어져 내렸다. 그가 강도 위로 떨어지면서 강도가 바닥으로 쓰러졌다. 강도의 손에서 총이 날아갔고, 강도는 가늘고 높은 비명을 내질렀다.

두 번째 강도가 허리를 굽혀 총을 집었다. 사이먼이 움직이기 전에 강도가 먼저 총을 들어 방아쇠를 당겼다. 총구에서 불꽃이 뿜어져 나왔다.

곧이어 총이 폭발했다. 총과 함께 강도도. 순식간에 벌어진 일이어서 비명을 지를 새도 없었다. 강도는 사이먼에게 찰나의 죽음을 안기고자 했지만 자신이 더욱 빠른 죽음을 맞은 것이다. 그는 유리처럼 산산이 부서졌다. 만화경 속의 깃발 무늬처럼. 바람 빠지는 소리와 비슷한 폭발 소리가 들리더니 응고된 비처럼 소금 알갱이만 부드럽게 흩뿌려졌다.

사이먼은 시야가 뿌예져서 계단에 털썩 주저앉았다. 귓속에서 커다랗게 윙윙대는 소리가 들렸다. 다음 순간 누군가가 거칠게 그의 손목을 잡아챘다. "사이먼, 사이먼!"

그가 고개를 들었다. 그를 잡고 흔들던 사람은 제이스였다. 섀도우 헌터 복장은 아니었고, 클라리에게 받은 재킷에 청바지 차림이었다. 옷과 얼굴에 먼지와 검댕이 묻었고 비 때문에 머리가 젖어 있었다.

"방금 그게 뭐야?" 제이스가 물었다.

사이먼이 고개를 들어 거리를 바라보았다. 여전히 아무도 지나다니지 않았다. 검은 아스팔트는 비에 젖어 반들거렸고 텅 비어 있었다. 두 번째 강도는 사라졌다.

"너구나." 사이먼이 몸을 가누지 못한 채 말했다. "네가 강도들에게 뛰어내려…."

"강도들이 아니야. 네가 지하철에서 내리고 나서부터 줄곧 널 따라왔어. 누군가 네게 보낸 게 틀림없어." 제이스는 확신 어린 목소리로 말했다.

"다른 놈은 어떻게 됐어?"

"어디론가 사라졌어." 제이스가 손가락을 딱 하고 튕겼다. "동료한테 일어난 일을 보더니 꽁무니를 뺀 거지. 저들이 정확히 어떤 존재인지 모르겠어. 악마는 아니지만 딱히 인간도 아닌 것 같고."

"고맙지만, 그 정도는 나도 알아."

제이스가 그를 유심히 쳐다보았다. "그 강도한테 일어난 일, 너 때문이지? 여기 있는 네 마크 때문에." 그가 자신의 이마를 가리켰다. "그 사람이… 분해되기 직전에 그게 하얗게 타오르는 걸 봤어."

"내가 그런 거 아니야." 사이먼이 작게 말했다. "난 아무 짓도 하지 않았어."

"그럴 필요가 없으니까." 제이스가 말했다. 검댕이 묻은 얼굴에서 황금빛 눈동자가 환하게 반짝거렸다. "'성서에도 원수 갚는 것은 내가 할 일이니 내가 갚아주겠다 하신 주님의 말씀이 있습니다.'"

6
죽은 자를 깨우라

제이스의 방은 평소와 다름없이 깨끗했다. 침대는 깔끔하게 정돈되었고, 책장의 책은 알파벳순으로 정리되었으며, 책상에는 노트와 교과서가 차곡차곡 쌓여 있었다. 심지어 무기마저도 날이 넓은 거대한 검부터 작은 단검에 이르기까지 크기에 맞춰 정렬되어 있었다.

클라리는 문 앞에서 한숨을 삼켰다. 깔끔한 방에 감정이 있어서 그런 것은 아니었다. 클라리는 그런 모습에 익숙했다. 그것은 혼돈으로 넘치는 자신의 삶에 제이스가 지배력을 행사하는 방법이라고 클라리는 늘 생각했다. 제이스는 자신이 누구인지, 혹은 어떤 존재인지 정확히 알지 못한 채 오랜 세월을 살았고, 그런 그가 알파벳순으로 시집을 정리한다고 해서 못마땅하게 여길 수는 없는 일이었다.

그러나 제이스가 거기에 없다는 사실에 대해서는 못마땅하게 여길 수 있었다. 웨딩숍에서 바로 집으로 오지 않았다면 그는 대체 어디로 간 걸까? 클라리는 방 안을 둘러보며 비현실적인 느낌에 사로잡혔다. 그런 일은 있을 수가 없잖아, 안 그래? 클라리도 다른 아이들로부터 이야기를 들어서 연인들의 이별이 어떤 식으로 진행되는지 알고 있었다. 처음에는 조금씩 거리를 두다가 전화를 걸거나 문자를 해도 답을 보내오지 않는다. 잘못된 것은 아무것도 없으며, 오직 자신만의 작은 공간이 필요한 것뿐이라는 희미한 메시지를 전한다. 그리고 나서는 '네가 아니라 내가 문제'라는 장황한 연설이 이어지고, 그런 다음에는 눈물 바람이 이는 것이다.

클라리는 그런 일들이 자신에게 일어나리라고는 꿈에도 생각해본 적이 없었다. 제이스와 그녀의 관계는 일반적인 것과 거리가 멀었기 때문에 남녀관계나 이별에 관한 일반적인 규칙이 적용될 수 없었다. 그들은 완전히 서로에게 속했고, 앞으로 영원히 그럴 것이었다. 더 이상 다른 말이 필요 없었다.

하지만 모두가 그런 식으로 느끼는 것은 아닐까? 자신도 남들과 다르지 않음을 깨닫는 순간까지, 진짜라고 믿었던 모든 것이 산산이 부서져 내리는 순간까지 말이다.

방 저편에서 반짝거리는 무언가가 클라리의 시선을 사로잡았다. 아마티스가 제이스에게 준, 옆면에 섬세한 새 문양이 장식된 상자였다. 클라리도 제이스가 그 안에 담긴 편지와 메모, 사진들을 하나하나 살펴보는 중이라는 것은 알고 있었다. 제이스는 거기에 관해 별말이 없었지만 그렇다고 꼬치꼬치 캐묻고 싶지도 않았다. 생부에 대한 감정들은 그가 스스로 해결해야 하는 문제였다.

그렇다고 해도 상자가 눈앞에 있으니 호기심이 생겼다. 제이스가 이드리스에서 그 상자를 무릎에 올려놓고 합의의 전당 계단에 앉아 있던 모습이 떠올랐다. 마치 내가 널 사랑하지 않는 일이 가능하기라도 한 것처럼. 그때 제이스는 그렇게 말했다. 클라리는 상자 뚜껑에 손을 얹었다. 손가락이 걸쇠에 닿자 뚜껑이 쉽게 열렸다. 상자 안에는 종이들과 옛날 사진들이 흩어져 있었다. 클라리는 그중 하나를 꺼내 들고 매료된 듯이 쳐다보았다. 사진 속에는 두 사람의 모습이 담겨 있었다. 젊은 여자와 젊은 남자. 클라리는 사진 속의 여자가 루크의 여동생인 아마티스라는 것을 즉시 알아보았다. 여자는 첫사랑의 광채가 드리워진 눈빛으로 젊은 남자를 바라보고 있었다. 큰 키에 금발인 남자는 잘생겼다. 눈은 황금빛이 아닌 푸른빛이고 얼굴은 제이스보다 덜 각이 졌지만…. 그가 제이스의 아버지라는 것을 알고 있기에 사진을 들여다보는 클라리는 여전히 배가 조여드는 느낌이 들었다.

클라리는 급히 스티븐 헤런데일의 사진을 내려놓았다. 그러다 하마터면 상자 안에 비스듬히 놓인 가느다란 사냥용 단검에 손가락을 베일 뻔했다. 검의 자루에 새들의 문양이 새겨졌고 날은 녹으로, 혹은 녹처럼 보이는 뭔가로 얼룩졌다. 제대로 씻어두지 않은 모양이었다. 클라리는 얼른 상자를 닫고 돌아섰다. 누군가 어깨를 내리누르는 것처럼 죄책감이 들었다.

클라리는 잠시 메모를 남길까 생각했지만 제이스에게 직접 말할 기회가 올 때까지 기다리는 편이 낫겠다고 결론지었다. 방을 나온 클라리는 복도를 따라 엘리베이터로 향했다. 아까 오면서 이사벨의 방문을 두드려보았지만 그녀 역시 귀가하지 않은 듯했다. 심지어 복도를 비추는 마법의 불빛조차도 평소보다 어둑하게 느껴졌다. 몹시 우울해진 클라리는 엘리베이터를 부르기 위해 버튼으로 손을 뻗었다. 그러다 버튼에 이미 불이 들어와 있다는 사실을 깨달았다. 아래층에서 누군가 인스티튜트로 올라오고 있었다.

제이스야. 클라리는 즉각 그를 떠올렸고 맥박이 빨라지기 시작했다. 물론 제이스가 아닐 수도 있다고 혼잣말을 했다. 이사벨이나 메이리스, 아니면….

"루크?" 엘리베이터 문이 열리자 클라리는 깜짝 놀랐다. "여긴 어쩐 일이세요?"

"나도 똑같은 질문을 해야겠구나." 루크가 엘리베이터에서 걸어 나왔다. 루크는 플리스 안감이 달린 플란넬 재킷을 입고 있었다. 조슬린은 그와 연애를 시작한 후로 그 재킷을 버리게 하려고 줄곧 애써왔다.

하지만 루크는 자신의 삶에 무슨 일이 일어나든 변함이 없는 듯했고 클라리는 그 점이 오히려 멋있다고 생각했다. 그는 자기가 좋아하는 것을 좋아했고 그걸로 끝이었다. 그것이 비록 초라해 보이는 낡은 외투라고 해도. "말 안 해도 답은 알겠다만. 그럼 그 아이도 여기 있니?"

"제이스요? 아뇨." 클라리가 아무렇지 않은 척 어깨를 으쓱해 보였다. "괜찮아요. 내일 보면 되니까."

루크가 잠시 망설였다. "클라리…."

"루션." 뒤쪽에서 차분한 음성이 들려왔다. 메이리스였다. "급하게 부탁했는데 와줘서 고마워."

그가 돌아서서 메이리스에게 고개를 끄덕여 보였다. "메이리스."

메이리스 라이트우드가 문틀에 가볍게 손을 얹고 서 있었다. 회색 맞춤 정장과 어울리는 옅은 회색 장갑을 꼈다. 클라리는 메이리스가 한 번이라도 청바지를 입은 적이 있는지 궁금했다. 짙은 색 정장이나 전투복을 입은 모습 말고는 본 적이 없었다. "클라리, 네가 온 줄은 몰랐구나." 메이리스가 말했다.

클라리는 볼이 확 달아올랐다. 메이리스는 클라리가 드나드는 것을 전혀 개의치 않는 듯했지만 클라리와 제이스가 사귀는 사이라는 것도 알지 못하는 듯했다. 물론 메이리스를 탓할 수는 없었다. 맥스가 죽은

지 이제 겨우 6주가 지났고 메이리스는 맥스의 죽음을 여전히 극복하지 못하고 있었다. 더구나 로버트 라이트우드가 이드리스에 가 있으니 그녀 혼자 그 사실을 감당해야 했다. 메이리스의 머릿속은 제이스의 연애보다 더욱 커다란 문제들로 가득할 터였다.

"막 가려던 참이었어요." 클라리가 말했다.

"얘기가 끝나면 집까지 태워줄게." 루크가 클라리의 어깨에 손을 얹으며 말했다. "메이리스, 우리가 얘기를 나누는 동안 클라리도 함께 있으면 안 될까? 클라리가 여기 있었으면 해서."

메이리스가 고개를 저었다. "문제될 것이 없지." 그러고는 한숨을 내쉬며 손으로 머리를 빗어 넘겼다. "나도 정말 당신을 괴롭히고 싶지 않았어. 다음 주가 결혼식이잖아. 그나저나 결혼 축하해. 이 말을 했는지 모르겠지만."

"안 했어." 루크가 대답했다. "하지만 이해해. 고마워."

"겨우 6주 만이네." 메이리스가 희미하게 웃어 보였다. "회오리바람처럼 연애했나 봐."

클라리의 어깨에 놓인 루크의 손에 힘이 들어갔다. 그것 외에는 짜증의 기미를 찾아볼 수 없었다. "날 이리로 부른 게 결혼 축하한다는 말을 하기 위해서는 아니겠지?"

메이리스가 머리를 가로저었다. 그녀는 몹시 피곤해 보였다. 그리고 위로 올린 검은 머리에 전에 없던 흰머리도 눈에 띄었다. "아니야. 지난주에 우리가 시신을 발견한 얘기는 들었겠지?"

"그래, 섀도우 헌터의 시신이라고."

"오늘 밤에 또 한 구가 발견됐어. 콜럼버스 파크 근처의 대형 쓰레기통에서. 거기는 당신 무리의 영역이잖아."

루크의 눈썹이 위로 올라갔다. "그래. 하지만 다른…."

"첫 번째 시신은 그린포인트에서 발견됐어. 마법사의 영역이지. 두 번째 시신은 센트럴 파크의 연못, 요정의 영역에서 발견됐고. 그리고 이번에는 늑대인간의 영역에서 시신이 발견됐어." 그녀가 루크에게 시선을 고정했다. "무슨 생각이 들어?"

"새로운 협정이 못마땅한 누군가가 다운월드 사람들을 이간질하려고 하는군. 분명히 말하지만 우리 무리는 이 일과 아무 상관이 없어. 이런 짓을 하는 게 누군지 모르지만 매우 어설픈 시도야. 클레이브도 그 사실을 꿰뚫어보길 바라겠어."

"그게 다가 아니야." 메이리스가 말했다. "처음 두 구의 신원이 확인됐어. 시간이 좀 걸리긴 했지만 말이야. 첫 번째 시신은 알아보지 못할 정도로 불에 탔고 두 번째 시신은 심하게 부패된 상태였으니까. 그들이 누군지 짐작이 가?"

"메이리스…."

"앤슨 팽본. 그리고 찰스 프리맨. 발렌타인이 죽은 후로 둘의 소식을 듣지 못했지만…."

"하지만 그건 불가능한 일이잖아요." 클라리가 끼어들었다. "루크가 팽본을 죽였으니까요. 지난 8월에… 렌윅에서요."

"루크가 죽인 것은 에밀 팽본이야. 앤슨은 에밀의 동생이고. 둘 다 서클에 있었어." 메이리스가 말했다.

"프리맨도 그렇고." 루크가 말했다. "그러니까 그냥 섀도우 헌터를 죽이는 것이 아니라 서클 멤버였던 섀도우 헌터를 죽인다는 거야? 그러고 나서 다운월드 사람들의 영역에 시신을 남겨두고?" 그가 머리를 절레절레 흔들었다. "누군가 클레이브에서 좀 더… 고집 센 사람들을 흔들어놓을 작정을 했나 보군. 새로운 협정에 대해 다시 생각해보게 하려는 거겠지. 이런 일이 생길 수도 있다는 걸 예상했어야 했어."

"그러게 말이야." 메이리스가 대답했다. "실리코트의 여왕은 이미 만나봤고 매그너스에게는 메시지를 보내뒀어. 지금 어디에 있는지 모르겠지만." 그녀가 눈알을 굴렸다. 메이리스와 로버트는 놀라울 정도로 선선히 알렉과 매그너스의 관계를 인정했지만 클라리가 보기에 적어도 메이리스는 그들의 관계를 심각하게 생각하지 않는 듯했다. "난 그냥 아마도…." 그녀가 한숨을 내쉬었다. "최근에 몹시 지쳐 있어서 제대로 생각할 수가 없었어. 당신이라면 짐작이 가는 자가 있을지도 모른다고 생각했어. 내가 전혀 떠올리지 못할 사람 말이야."

루크가 고개를 가로저었다. "새로운 체제에 원한이 있는 자겠지. 하지만 그런 자들이라면 적지 않으니까. 시신들에서는 아무 단서도 찾지 못한 모양이군."

메이리스가 한숨을 쉬었다. "결정적인 건 없었어. 죽은 사람이 말을 할 수 있다면 모를까. 그럴 수만 있다면 얼마나 좋을까, 루션?"

마치 메이리스가 클라리 앞에 커튼을 홱 쳐버린 것 같았다. 주변이 온통 깜깜해지고 단순한 상징 하나가 허공으로 떠올랐다. 별 하나 없는 밤하늘을 배경으로 환하게 반짝이는 네온사인처럼.

클라리의 능력은 사라지지 않은 모양이었다.

"만약…." 클라리가 메이리스의 눈을 바라보며 천천히 말했다. "그럴 수 있다면요?"

사이먼은 카일의 작은 아파트 화장실에서 거울에 비친 자신의 모습을 바라보며 뱀파이어는 거울에 비치지 않는다는 얘기가 어디서 비롯된 건지 문득 궁금해졌다. 그는 분명하게 자신의 모습을 볼 수 있었다. 헝클어진 갈색 머리, 커다란 갈색 눈, 상처 하나 없는 하얀 피부. 찔린 입술은 이미 아물었고 상처에서 흐른 피도 닦아냈다.

뱀파이어가 되고 나서 외모가 더욱 매력적으로 변했다는 사실은 사이먼도 알고 있었다. 이사벨은 그의 움직임이 우아하게 변했고, 전에는 그저 지저분해 보였다면 지금은 다소 매력적으로 흐트러진 듯이 보인다고 설명해주었다. 침대에서 막 나온 사람처럼. "다른 사람의 침대에서 말이야." 이사벨은 그렇게 덧붙였지만, 사이먼은 이미 알고 있으니 굳이 설명할 필요가 없다고 대꾸했었다.

하지만 사이먼이 보는 것은 그런 점들이 아니었다. 땀구멍 하나 없는 새하얀 피부는 언제나 그의 마음을 불편하게 했다. 관자놀이 부근에 거미줄처럼 드러나 보이는 거무스름한 혈관도 마찬가지였다. 그것은 그가 오늘 식사를 하지 않았음을 보여주는 증거였다. 사이먼은 거울에 비친 자신의 모습이 낯설었다. 어쩌면 뱀파이어가 거울에 비치지 않는다는 말은 희망 사항에 불과한지도 모르겠다. 아니면 거울 속에서 자신을 마주 보는 형상이 더는 과거의 자신이 아니라는 뜻인지도 모르고.

깨끗이 씻은 사이먼은 거실로 돌아갔다. 제이스가 거실 소파에 축 늘어져서 카일의 낡아빠진 《반지의 제왕》을 읽고 있었다. 사이먼이 들어오자 그가 커피 테이블로 책을 던졌다. 주방 싱크대에서 세수를 했는지 머리카락이 촉촉이 젖어 있었다.

"네가 이곳을 왜 마음에 들어 하는지 알겠어." 제이스가 손을 휘저으며 카일의 영화 포스터와 SF 소설 수집품들을 포함한 공간 전체를 가리켰다. "모든 것 위에 얇은 막처럼 오타쿠의 기운이 퍼져 있잖아."

"고마워. 그렇게 말해줘서." 사이먼이 날카롭게 쏘아보았다. 전등갓을 씌우지 않은 전구에서 환한 불빛이 쏟아졌다. 그 불빛 아래에서 보니 제이스는 아픈 사람 같았다. 눈 아래 그늘은 어느 때보다 뚜렷했고 얼굴의 뼈가 앙상하게 드러났다. 이마로 흘러내린 머리를 쓸어 넘기는 특유의 동작을 할 때는 손도 약간 떨렸다.

사이먼이 생각을 떨쳐내듯 머리를 푸르르 털었다. 언제부터 특유의 동작까지 알아볼 정도로 제이스를 잘 알게 되었단 말인가? 둘이 무슨 친구 사이도 아닌데. "너 안 좋아 보여."

제이스가 눈을 껌뻑였다. "서로를 모욕하는 시합을 하기엔 좀 이상한 시간인 것 같지만, 네가 굳이 원한다면 나도 얼마든지 그럴듯한 걸 생각해낼 수 있어."

"아니, 농담 아니야. 너 정말 안 좋아 보여."

"펭귄 정도의 매력을 가진 녀석 입에서 그런 말이 나오다니. 이봐, 선하신 하느님이 날 만드실 때처럼 정교한 손길로 널 만드시지 않았다고 질투하는 것은 알겠는데, 그렇다고…."

"널 모욕하려고 그러는 거 아니라니까." 사이먼이 쏘아붙였다. "네가 아파 보인다는 뜻이야. 마지막으로 뭘 먹은 게 언제야?"

제이스가 잠시 생각해보았다. "어제?"

"어제는 뭔가 먹긴 했어? 확실해?"

제이스가 어깨를 으쓱했다. "뭐, 성서에 손을 얹고 맹세할 정도는 못 되지만. 어제 뭔가 먹은 거 같아."

사이먼은 아까 집 안을 둘러보면서 냉장고도 열어보았지만 그 안에는 별로 든 것이 없었다. 말라비틀어진 라임 하나, 탄산음료 몇 캔, 간 쇠고기, 그리고 희한하게도 애들이나 좋아하는 팝타르츠 하나가 들었을 뿐이었다. 사이먼은 조리대에서 열쇠를 집어 들었다. "일어나. 길모퉁이에

슈퍼마켓이 있어. 가서 네가 먹을 것 좀 사오자."

제이스는 싫다고 말하려는 듯하다가 어깨를 으쓱했다. "좋아. 가." 어디로 가서 무엇을 하든 상관이 없다는 투였다.

사이먼이 건물 입구에서 손에 익지 않은 열쇠로 문을 잠그는 동안 제이스는 초인종 버튼 옆에 붙은 거주자들의 이름을 살폈다. "저게 너희 집이지?" 그가 3A를 가리키며 물었다. "그런데 어째서 '카일'이라고만 되어 있지? 성은 없나?"

"카일은 록스타가 되고 싶어 해." 사이먼이 계단을 내려가며 말했다. "리한나처럼 이름만 부르는 방식을 시험 중인 모양이야."

제이스가 사이먼을 따라 내려왔다. 바람이 불어오자 어깨를 약간 구부렸지만 아까 클라리에게 받아 입은 스웨이드 재킷의 지퍼를 채울 생각을 하지 않았다. "무슨 말인지 모르겠어."

"당연히 모르겠지."

모퉁이를 돌아 B번가로 들어섰을 때 사이먼이 곁눈으로 제이스를 흘끔 보았다. "그러니까, 아까 내 뒤를 밟고 있었던 거야? 아니면 아주 놀라운 우연으로 내가 공격당한 그 거리의 건물 지붕에 올라가 있었던 거야?"

제이스가 신호가 바뀌기를 기다리며 길모퉁이에 멈춰 섰다. 섀도우헌터도 교통 신호는 지켜야 하는 모양이었다. "네 뒤를 밟고 있었어."

"그럼 이쯤에서 네가 남몰래 날 사랑하고 있었다고 고백하는 건가? 뱀파이어 마력이 다시 힘을 발휘했군."

"뱀파이어 마력 같은 것은 없어." 제이스는 으스스할 정도로 클라리와 똑같은 소리를 했다. "원래는 클라리를 뒤쫓고 있었던 거야. 그런데 클라리가 택시를 타버렸고, 난 택시를 쫓을 수는 없으니까. 그래서 되돌아와 네 뒤를 밟은 거지. 딱히 할 일이 없어서."

"클라리를 뒤쫓고 있었다고? 내가 중요한 충고 하나 할까? 여자들은 스토킹 싫어해."

"클라리가 내 재킷 주머니에 자기 전화기를 넣어뒀어." 제이스는 전화기를 넣어둔 듯한 재킷 오른쪽을 톡톡 두드리며 말했다. "클라리가 어디로 가는지 알면 전화기를 거기에 놔둘 수 있으니까."

"아니면 클라리 집으로 전화해서 네가 전화기를 갖고 있다고 말할 수도 있지. 그럼 클라리가 와서 가져가면 되고."

제이스는 아무 말도 하지 않았다. 신호가 바뀌자 그들은 길을 건너 시타운 슈퍼마켓으로 향했다. 슈퍼는 아직도 영업 중이었다. 맨해튼의 슈퍼들은 문을 닫는 법이 없었다. 브루클린에 비해 좋은 점이었다. 맨해튼은 뱀파이어가 살기에 좋은 곳이었다. 자정에 아무런 의심도 받지 않고 마음껏 장을 볼 수 있으니까.

"넌 클라리를 피하고 있어." 사이먼이 입을 열었다. "나한테 이유를 말해줄 생각은 없겠지?"

"없어. 넌 그냥 내가 네 뒤를 밟았던 걸 행운으로 여겨. 안 그랬으면…"

"안 그랬으면 뭐? 강도 하나가 또 목숨을 잃었을 거라고?" 사이먼의 목소리에 쓸쓸함이 묻어났다. "무슨 일이 일어나는지 봤잖아."

"그래. 그리고 그 일이 일어났을 때의 네 표정도 봤어." 제이스의 목소리에는 어떤 감정도 실려 있지 않았다. "이번이 처음이 아니지?"

사이먼은 자신도 모르게 제이스에게 털어놓았다. 윌리엄스버그에서도 운동복을 입은 사람이 공격했다고. 그리고 그때는 그저 강도인 줄만 알았다고. "그 남자도 두 번째 남자처럼 죽은 후에 소금으로 변했어. 아마 성경 구절과 관계가 있을 거야. 소금 기둥으로 변한 롯의 아내 말이야."

그들은 슈퍼마켓에 도착했다. 제이스가 문을 밀고 들어갔고 사이먼도 따라가며 입구 근처에 줄지어 놓인 작은 카트 하나를 빼냈다. 사이먼은 카트를 밀고 매대 사이로 들어갔고 제이스도 생각에 잠긴 채 따라왔다. "그러니까 문제는…." 제이스가 입을 열었다. "누가 널 죽이고 싶어 하느냐는 거지. 전혀 짐작이 안 가?"

사이먼이 어깨를 으쓱했다. 주위에 쌓인 식품들을 보자 위가 뒤틀리면서 다시 허기가 몰려왔다. 물론 여기서 파는 어떤 것도 먹고 싶지 않았지만. "어쩌면 라파엘일지도 몰라. 날 굉장히 싫어하는 것 같으니까. 전에도 내가 죽기를 바랐고…."

"라파엘은 아니야."

"어떻게 그렇게 확신하는데?"

"라파엘은 네 마크에 관해 알고 있고, 그런 식으로 널 공격할 정도로 어리석지도 않아. 그랬다가는 무슨 일이 일어날지 정확히 아니까. 너를 쫓는 자가 누군지 모르겠지만 네가 있을 만한 곳을 알 정도로 너를 잘 알면서 그 마크에 관해서는 알지 못하는 자야."

"그건 누구라도 될 수 있어."

"내 말이 바로 그거야." 제이스가 싱긋 웃어 보였다. 그는 잠시 원래 모습으로 돌아온 것처럼 보였다.

사이먼이 고개를 가로저었다. "이봐, 뭔가 먹고 싶은 것이 있긴 한 거야, 아니면 그냥 내가 매대 사이로 카트를 끌고 다니는 게 재미있어서 계속 이러는 거야?"

"그렇기도 하고, 먼데인 식품점에서 파는 물건은 익숙지가 않아서 그래. 집에 있으면 주로 메이리스가 요리를 하고 그렇지 않으면 주문해서

먹었으니까." 제이스가 어깨를 으쓱하더니 되는 대로 과일을 몇 개 집었다. "이건 어때?"

"그건 망고잖아." 사이먼이 제이스를 빤히 보았다. 때로는 섀도우 헌터가 외계의 별에서 온 존재처럼 느껴질 때가 있었다.

"자르지 않은 망고는 처음 보는 것 같은데." 제이스가 곰곰이 생각했다. "나 망고 좋아해."

사이먼이 망고를 집어 카트 안으로 던져 넣었다. "좋아. 다른 건?"

제이스가 잠시 생각에 잠겼다가 입을 열었다. "토마토 수프."

"토마토 수프? 저녁으로 토마토 수프하고 망고를 먹겠다고?"

제이스가 어깨를 들썩해 보였다. "뭘 먹든 크게 상관이 없어서."

"알았어. 마음대로 해. 여기서 기다려. 금방 돌아올 테니까."

섀도우 헌터들이란 정말. 사이먼은 수프 통조림이 쌓인 매대로 향하는 동안 속이 부글거려서 조용히 중얼거렸다. 그들은 백만장자와 군인을 기묘하게 섞어놓은 것만 같았다. 장을 본다든가 지하철역에서 교통카드 발매기를 사용한다든가 하는 일상의 사소한 일들에 대해서는 생각할 필요가 없는 사람들, 그리고 엄격히 자기를 관리하며 끊임없이 훈련을 하는 사람들. 사이먼은 선반에서 수프 통조림을 집으면서 그들에게는 눈가리개를 하고 살아가는 편이 훨씬 수월할 거라는 생각을 했다. 그러면 큰 그림에 집중하는 데 도움이 될 테니까. 그리고 악마로부터 세상을 지키는 것이 임무라면 그건 보통 큰 그림이 아니었다.

제이스에게 되돌아가면서 사이먼은 동정심에 가까운 감정을 느꼈다. 그리고 다음 순간 걸음을 멈췄다. 제이스는 손에 뭔가를 들고 빙글빙글 돌리면서 카트에 기대어 있었다. 사이먼이 있는 곳에서는 그게 뭔지 보이지 않았고, 더 이상 가까이 다가갈 수도 없었다. 두 명의 십대 소녀가 통로 한가운데서 사이먼 앞을 가로막은 채 킥킥대며 서로를 밀치면서 속삭이고 있었기 때문이다. 그들이 스물한 살로 보이려고 잔뜩 차려입은 십대라는 것은 자세히 보지 않아도 알 수 있었다. 하이힐, 짧은 치마, 푸시업 브래지어. 그들은 쌀쌀한 날씨에도 재킷을 걸치지 않았다.

그들에게서 립글로스 향기가 났다. 립글로스와 베이비파우더, 그리고 피.

소녀들은 목소리를 낮춰 소곤댔지만 사이먼은 물론 모두 들을 수 있었다. 그들은 제이스가 얼마나 섹시하고 매력적인지 얘기하면서 말을 붙여보라고 서로를 부추겼다. 제이스의 머리 모양과 복근에 관한 얘기가 한바탕 오갔다. 티셔츠 아래 숨겨진 복근을 어떻게 봤다는 건지 사이먼으로서는 알 수 없었다. 윽. 이건 웃기는 일이야. 사이먼이 그렇게 생각하며 "실례합니다"라고 말하려는 순간 둘 중에서 키가 크고 머리색이 짙은 쪽이 제이스를 향해 천천히 걸어갔다. 소녀가 하이힐 때문에 휘청거리며 다가가자 제이스가 고개를 들었다. 그의 눈에 경계의 빛이 어렸다. 소녀를 뱀파이어나 악마 같은 것으로 오해한 제이스가 그 자리에서 천사의 검을 뽑아 들면 그와 사이먼 모두 경찰에 체포될 거라는 생각에 사이먼은 별안간 공포를 느꼈다.

하지만 쓸데없는 걱정이었다. 제이스는 그저 눈썹을 활모양으로 들어 올렸을 뿐이다. 소녀가 제이스에게 숨 가쁘게 뭔가 말했고, 제이스가 어깨를 으쓱해 보였다. 소녀는 제이스의 손에 뭔가를 쥐여주고 친구에게로 달려왔다. 두 소녀는 깔깔대고 휘청거리면서 가게 밖으로 나갔다.

사이먼은 제이스에게 다가가 수프 통조림을 카트 안으로 던져 넣었다. "방금 무슨 일이야?"

"그 여자애가 내 망고를 만져봐도 되느냐고 물었어." 제이스가 말했다.

"정말로 그렇게 말했다는 거야?"

제이스가 어깨를 으쓱했다. "그래, 그러더니 자기 전화번호를 줬어." 그가 무덤덤하게 사이먼에게 종이쪽지를 보여주고 카트 안에 던져 넣었다. "그럼 이제 갈까?"

"설마 전화하려는 건 아니지?"

제이스가 그를 미친 사람 보듯 쳐다보았다.

"방금 그 말은 잊어줘. 너한테는 늘 있는 일이지? 여자애들이 쪼르르 달려오는 거?"

"글래머를 쓰지 않았을 때만."

"그래, 글래머를 쓰면 여자애들이 널 보지 못하니까. 네가 사람들 눈에는 안 보여서." 사이먼이 고개를 절레절레 흔들었다. "넌 공공의 적이야. 혼자 나돌아 다니지 못하게 해야 해."

"질투만큼 추한 감정도 없어, 루이스." 제이스가 한쪽 입꼬리를 끌어올리며 씩 웃었다. 사이먼은 평소에 그 표정을 보면 그를 한 대 치고 싶어졌다. 그러나 이번에는 아니었다. 제이스가 아까부터 만지작거리던 것이 무엇인지 막 깨달았기 때문이다. 제이스는 소중한 물건이나 위험한 물건, 아니면 그 두 가지 모두라도 되듯 손 안에서 그걸 돌리고 또 돌렸다. 클라리의 전화기였다.

"이게 좋은 생각인지 여전히 모르겠구나." 루크가 말했다.

클라리는 고요의 도시의 냉기를 피하기 위해 팔짱을 끼며 루크를 곁눈질했다. "그 말씀은 여기 오기 전에 하셨어야죠."

"분명히 한 걸로 아는데. 그것도 여러 번." 루크의 목소리가 머리 위로 솟은 돌기둥에 부딪혀 메아리쳤다. 기둥에는 준보석으로 이루어진 줄무늬가 들어가 있었다. 검은색 오닉스, 녹색 비취, 장미색 홍옥수, 푸른색 청금석. 그리고 은빛이 도는 마법의 불이 꽂혀 웅장한 묘들을 비추었다. 벽을 따라 늘어선 묘들은 쳐다보기 고통스러울 정도로 하얗게 빛났다.

클라리가 마지막으로 왔던 때와 달라진 것이 거의 없었다. 여전히 생 경하고 이상한 느낌이 들었다. 그러나 이번에는 바닥에 나선형으로 새 겨진 룬들과 문양들이 의미를 속삭이며 클라리의 마음을 어지럽혔다. 지난번에는 그 룬들이 무슨 뜻인지 전혀 이해하지 못했었다.

메이리스는 입구로 들어서자마자 루크와 클라리를 남겨두고 홀로 가 서 침묵의 형제들과 의논하고자 했다. 침묵의 형제들이 그들에게 시신 을 보여주지 않을지도 모른다고 메이리스는 이곳에 오기 전에 미리 경 고했었다. 네피림의 시신은 뼈의 도시 수호자의 소관이었고 다른 누구 도 시신에 대한 권한이 없었다.

수호자들은 이제 몇 명 남지 않았다. 발렌타인이 죽음의 검을 손에 넣 는 과정에서 대부분 목숨을 잃었고 고요의 도시에 있지 않았던 몇 명만 이 살아남았다. 그 이후로 새로 충원하기는 했지만 클라리는 전 세계를 통틀어 그들의 수가 열에서 열다섯을 넘지 않는 것으로 알고 있었다.

메이리스의 모습이 보이기도 전에 구두 굽 소리가 요란하게 들려왔 다. 그녀가 돌아오고 있었다. 메이리스 뒤로 예복을 입은 침묵의 형제 하나가 따라왔다. "여기 있었군." 그 사이에 두 사람이 장소를 옮기기라 도 한 것처럼 메이리스가 말했다. "이분은 재커라이어 형제야. 재커라이 어 형제님, 이 아이가 말씀드린 그 아이입니다."

침묵의 형제가 뒤집어쓴 후드를 아주 약간 뒤로 밀었다. 클라리는 깜 짝 놀라 몸이 움찔하려는 것을 겨우 참았다. 그는 텅 빈 눈과 꿰맨 입을 갖고 있던 제러마이어 형제와는 딴판이었다. 재커라이어 형제의 눈은 감겨 있었고 높이 솟은 광대뼈에는 각각 검은 룬이 하나씩 그려져 있었다. 하지만 입은 꿰매지 않았고 머리도 박박 밀지 않은 것 같았다. 후드를 쓰고 있어서 클라리가 본 것이 그림자인지 검은 머리인지는 정확하지 않았다.

클라리는 그의 목소리가 머리를 건드리는 것을 느꼈다. 정말로 네가 그 일을 할 수 있다고 믿는 거냐, 발렌타인의 딸?

클라리는 볼이 확 달아올랐다. 자신이 누구의 딸인지 새삼스레 떠올릴 때마다 정말 싫었다.

"이 아이가 해낸 다른 일에 대해서도 분명히 들으셨겠지요." 루크가 말했다. "이 아이가 그린 결연의 룬 덕분에 죽음의 전쟁이 끝났다는 것 말입니다."

재커라이어 형제는 후드를 내려 얼굴을 가렸다. 나와 함께 납골당으로 가자.

클라리는 고개를 끄덕여 용기를 주기를 바라며 루크를 바라보았지만 그는 걱정될 때면 그러듯이 안경을 만지작거리며 정면만 바라보고 있었다. 클라리는 한숨을 쉬며 메이리스와 재커라이어 형제를 따라 걷기 시작했다. 메이리스의 구두는 대리석 바닥에 부딪히며 총성처럼 커다란 소리를 냈지만 재커라이어 형제는 안개처럼 고요하게 움직였다. 때와 장소를 분간하지 못하고 적절치 못한 신발을 선택하는 이사벨의 성향은 유전이 아닌가 하는 생각이 클라리의 머리를 스쳤다.

그들은 기둥 사이로 굽이치며 이어지는 길을 따라갔다. 침묵의 형제들이 클라리에게 매그너스 베인에 관해 처음 얘기해준, 말하는 별이 있는 거대한 광장을 지나갔다. 광장 너머로 커다란 철문 한 쌍이 달린 아치 모양의 입구가 보였다. 철문 표면에 죽음과 평화의 룬들이 새겨졌고 문 위쪽에는 라틴어 글귀가 쓰여 있었다. 클라리는 메모해둔 것을 가져왔더라면 좋았겠다고 속으로 안타까워했다. 한심하게도 클라리는 새도우 헌터치고 라틴어를 심하게 못했다. 새도우 헌터들은 모두 제2의 언어처럼 라틴어를 할 줄 알았다.

Taceant Colloquia. Effugiat risus. Hic locus est ubi mors gaudet succurrere vitae.

"침묵을 지켜라. 웃음을 멈추라." 루크가 글귀를 크게 읽었다. "여기는 죽은 자가 산 자를 기꺼이 가르치는 곳이다."

재커라이어 형제가 문고리에 손을 얹었다. 가장 최근에 살해된 시신을 준비해두었다. 너는 준비가 되었나?

클라리는 자신이 무슨 일을 하려는 건지 정확히 알지 못한 채 힘겹게 침을 삼켰다. "준비됐어요."

그들은 활짝 열린 문 안으로 줄지어 들어갔다. 그곳은 창문이 없는 커다란 방으로, 매끈하고 하얀 대리석 벽에 둘러싸여 있었다. 벽에는 고리들 말고는 아무것도 없었고, 고리에는 은빛 해부 도구들이 걸려 있었다. 반짝이는 메스, 망치 같은 것, 뼈톱, 늑골 견인기. 그 옆에 놓인 선반에는 더욱 기묘한 도구들이 놓여 있었다. 거대한 코르크 따개처럼 생긴 도구, 사포처럼 까칠까칠한 시트, 다채로운 빛깔의 액체가 담긴 병. 푸르스름한 액체가 담긴 어느 병에는 '산'이라고 쓰인 라벨이 붙어 있었고, 실제로 김이 모락모락 피어오르는 듯했다.

방 중앙에는 높은 대리석 탁자들이 줄지어 놓였는데 세 개만 빼고 모두 비어 있었다. 클라리는 그중 두 개 위에 놓인 것이 시트로 덮인 인간의 형체라는 것을 알아차렸다. 세 번째 탁자 위에는 시신이 놓여 있었고 시트가 갈비뼈 아래까지 내려져 있었다. 맨 상체가 드러난 시신은 남자가 분명했고, 새도우 헌터라는 것도 분명했다. 창백한 피부가 온통 마크로 뒤덮였고 새도우 헌터의 관습에 따라 시신의 눈은 하얀 비단 천으로 묶여 있었다.

클라리는 구역질이 올라오는 것을 가까스로 참으며 시신 옆으로 다가갔다. 루크가 그녀를 보호하듯 어깨에 손을 얹고 함께 걸어갔다. 메이리스는 맞은편에 서서 알렉과 같은 푸른 눈을 호기심으로 반짝이며 모든 광경을 지켜보았다.

클라리가 주머니에서 스텔레를 꺼냈다. 시신 위로 몸을 기울이자 대리석의 냉기가 셔츠를 뚫고 살갗에 전해졌다. 가까이에서 보니 세부적인 것들이 눈에 들어왔다. 그의 머리칼이 붉은 기가 도는 갈색이라는 점, 거대한 발톱이 할퀸 것처럼 목에 길게 베인 상처가 있다는 점.

재커라이어 형제가 죽은 자의 눈을 가린 비단 천을 풀었다. 천 아래 두 눈은 감겨 있었다. 그럼 시작하지.

클라리가 크게 심호흡을 하고 죽은 새도우 헌터의 팔뚝에 스텔레 끝을 댔다. 인스티튜트에서 떠올랐던 룬이 자신의 이름만큼이나 분명하게 기억났다. 클라리가 룬을 그리기 시작했다.

평소처럼 스텔레 끝에서 마크의 검은 선이 소용돌이치듯 흘러나왔다. 하지만 피부 위가 아니라 진흙 속에 마크를 그리기라도 하듯 손이 무겁게 느껴졌고 스텔레도 힘겹게 나아갔다. 스텔레는 마치 임무를 수행하는 것에 혼란을 느끼는 듯했다. 죽은 피부 위로 지나가면서 새도우 헌터의 살아 있는 영혼을 찾고 있는 것 같았다. 마크를 그리는 동안 클라리는 뭔가 뱃속을 휘젓는 느낌이었다. 스텔레를 떼었을 때는 땀으로 범벅된 채 속이 울렁거렸다.

오랫동안 아무 일도 일어나지 않았다. 그러다 갑자기 죽은 새도우 헌터의 눈이 번쩍 뜨였다. 눈동자는 푸른색이었고 흰자는 온통 붉게 충혈되었다.

메이리스가 놀라 숨을 들이켰다. 룬이 효과를 발휘하리라고 기대하지 않았던 것이 분명했다. "맙소사."

끅끅거리는 숨소리가 죽은 자의 입에서 흘러나왔다. 목이 베인 사람이 숨을 쉬려고 기를 쓰는 듯한 소리. 너덜거리는 피부가 물고기의 아가미처럼 펄럭였다. 가슴이 위로 솟구치더니 그의 입에서 말이 흘러나왔다.

"아파."

루크가 욕설을 내뱉으며 재커라이어 형제를 흘긋 보았지만 그는 무표정한 얼굴이었다.

메이리스가 탁자로 다가갔다. 먹잇감을 노리는 맹수처럼 눈빛이 예리하게 변했다. "섀도우 헌터, 당신은 누군가? 이름을 말하라."

남자의 머리가 좌우로 마구 흔들렸다. 손은 경련이 이는 듯이 위로 솟구쳤다가 떨어졌다. "고통을… 고통을 멈춰줘."

클라리는 스텔레를 떨어뜨릴 뻔했다. 상상했던 것보다 훨씬 끔찍했다. 루크를 쳐다보니, 그는 공포로 눈이 휘둥그레진 채 테이블에서 물러나고 있었다.

"섀도우 헌터." 메이리스가 고압적인 어조로 말했다. "당신에게 이런 짓을 한 자가 누구지?"

"제발…."

루크가 휙 돌아서서 클라리에게 등을 보였다. 침묵의 형제들의 도구들을 뒤적이는 것 같았다. 클라리는 얼어붙은 채 회색 장갑을 낀 메이리스의 손이 쏜살같이 뻗어나가 시신의 어깨를 꽉 부여잡는 모습을 지켜보았다. "천사의 이름으로 내 질문에 답할 것을 명한다!"

죽은 섀도우 헌터가 목이 졸리는 소리를 냈다. "다운월드 사람… 뱀파이어…."

"어떤 뱀파이어인가?" 메이리스가 물었다.

"카밀. 나이가 많은…." 죽은 자의 입에서 핏덩이가 왈칵 쏟아져 나오며 말이 끊겼다.

메이리스가 헉 하고 숨을 들이켜며 재빨리 손을 놓았다. 다음 순간 루크가 다시 나타났다. 클라리가 조금 전에 보았던, 산이 담긴 녹색 병을 들고 있었다. 그가 단숨에 병뚜껑을 열어서 시신의 팔뚝에 그려진 마크 위로 용액을 확 쏟아부었다. 마크를 지우며 살이 타들어가자 시신은 단말마의 비명을 내질렀고… 탁자 위로 털썩 쓰러졌다. 두 눈은 멍하니 허공을 응시했다. 잠시 그를 살아 움직이게 한 것이 무엇이건 그에게서 빠져나간 것이 분명했다.

루크가 빈 병을 탁자 위에 내려놓았다. "메이리스." 목소리에 비난의 기색이 스며 있었다. "우린 그런 식으로 죽은 자를 다루지 않아."

"우리 종족의 죽은 자를 어떻게 다룰지는 내가 결정해, 늑대인간." 메이리스의 얼굴은 창백했고 볼에는 핏방울이 튀어 있었다. "이제 우린 범인의 이름을 알아. 카밀. 적어도 또 다른 목숨이 희생되는 일은 막을 수 있어."

"세상에는 죽음보다 더한 것들이 있지." 루크는 클라리의 눈을 바라보지 않은 채 그녀를 향해 손을 뻗었다. "가자, 클라리. 이제 그만 가보는 게 좋겠구나."

****

"그 외에는 전혀 짐작이 안 간다는 거야? 널 죽이고 싶어 할 자가 누굴지?"

제이스가 또다시 물었다. 그들은 이미 가능성이 있는 자들을 몇 번이나 찾아보았고 사이먼은 똑같은 질문을 반복해서 듣는 것이 점점 짜증 나기 시작했다. 게다가 제이스는 다른 데 정신이 팔린 것 같았다. 사이먼이 사준 수프를 데우지도 않고 숟가락으로 퍼서 모두 먹어치운 제이스는 창문에 기대 약간 열린 커튼 사이로 B번가를 오가는 차들과 길 건너 환하게 불을 밝힌 아파트의 창문들을 바라보았다. 사이먼도 저녁을 먹고 텔레비전을 보고 식탁에 둘러앉아 이야기를 나누는 사람들을 바라보았다. 보통 사람들의 일상. 사이먼은 묘하게 속이 허했다.

"네 경우와는 달리 날 좋아하지 않는 사람이 별로 없어서 말이야."

제이스는 그 말을 무시했다. "넌 나한테 뭔가 말하지 않은 게 있어."

사이먼은 한숨을 쉬었다. 카밀의 제안에 대해서는 말하고 싶지 않았지만 아무리 성공 가능성이 적다고 해도 누군가 자신을 죽이려 드는 상황이라면 비밀을 엄수하는 일이 1순위가 될 수는 없었다. 사이먼이 카밀과 나눈 대화를 들려주는 동안 제이스는 강렬한 시선으로 응시했다.

사이먼이 말을 마치자 제이스가 입을 열었다. "흥미롭기는 한데 말이야, 그 여자 역시 널 죽이려 들 가능성은 적어. 우선 네 마크에 대해 알고 있잖아. 그리고 그런 식으로 협정을 깨다 발각되고 싶진 않을 거야. 그 정도로 나이가 많은 뱀파이어라면 문제를 피하는 법을 잘 아니까." 제이스가 통조림 캔을 내려놓았다. "다시 밖으로 나가보는 방법도 있겠지. 누가 또 공격해오나 보게. 그중에 하나를 사로잡으면 아마….'

"안 돼. 넌 어째서 항상 죽지 못해 안달이야?"

"내 일이 그거니까."

"그건 네 일이 아니라 네 일에 도사린 위험이지. 너뿐 아니라 모든 섀도우 헌터도 마찬가지고. 넌 그게 꼭 목적인 사람 같아."

제이스가 어깨를 으쓱했다. "우리 아버지가 늘 말하길…." 그가 얼굴을 굳히며 말을 끊었다. "미안해. 발렌타인을 말한 거야. 맙소사. 그를 아버지라고 부를 때마다 진짜 아버지를 배신하는 기분이야."

사이먼은 어쩔 수 없이 그에게 동정심이 일었다. "그를 아버지라고 믿고 산 게, 그러니까 16년이나 되잖아? 인식이 하루아침에 바뀌기를 바라면 안 되지. 게다가 넌 친아버지를 만난 적도 없잖아. 이미 돌아가신 분이고. 그러니까 죽은 분을 배신할 수는 없는 거야. 당분간은 그냥 아버지가 둘이라고 생각해."

"아버지가 둘일 수는 없어."

"당연히 있어. 없다고 누가 그래? 애들용 책이지만 《티미는 아빠가 둘이에요》라는 책도 있다고. 《티미는 아빠가 둘이고 그중 하나는 나쁜 사람이래요》란 책은 없지만. 그 부분은 네가 알아서 해결하는 수밖에 없어."

제이스가 눈알을 굴렸다. "정말 놀라워. 전부 아는 단어들인데 그것들을 문장으로 연결하면 말이 안 되다니." 제이스가 커튼을 살짝 잡아당겼다. "내 말을 이해하리라고 기대하는 것은 아니지만."

"우리 아버진 돌아가셨어." 사이먼이 말했다.

제이스가 고개를 돌려 그를 보았다. "뭐?"

"네가 모르는 것 같아서 말한 거야. 앞으로도 나에 관해 특별히 알고 싶어 하지도 않을 거고. 그래, 우리 아버진 돌아가셨어. 그러니까 우리 둘에게 공통점이 있는 셈이지." 사이먼은 갑자기 기진맥진한 기분이 들어서 소파에 등을 기댔다. 메스껍고 어지럽고 피곤했다. 뼛속까지 스며드는 깊은 피로감이 밀려들었다. 반면 제이스는 마르지 않는 에너지를 지닌 듯했고, 사이먼은 그 사실이 조금 불편했다. 그가 토마토 수프를 먹는 모습을 지켜보는 것도 편하지는 않았다. 느긋한 마음으로 보기에는 피와 너무 유사했기 때문이다.

제이스가 그의 눈을 바라보았다. "넌 마지막으로… 먹은 지 얼마나 됐어? 너도 꽤 안 좋아 보여."

사이먼이 한숨을 내쉬었다. 끼니를 챙겨야 한다고 제이스를 들볶은 후였으니 할 말이 없었다. "기다려. 금방 돌아올 테니까."

사이먼은 소파에서 몸을 일으켜 방으로 가서는 침대 밑에 숨겨둔 마지막 병을 꺼냈다. 분리된 피는 보기에도 몹시 역겨웠으므로 쳐다보지 않으려고 애썼다. 그는 병을 세게 흔들면서 거실로 돌아왔다. 제이스는 여전히 창밖을 내다보고 있었다.

사이먼은 주방 조리대에 기댄 채로 뚜껑을 열고 피를 들이켰다. 보통은 다른 사람 앞에서 피를 마시지 않지만 지금 그 앞에 있는 것은 제이스였다. 사이먼은 그가 어떻게 생각하건 상관이 없었다. 게다가 제이스에게는 처음 보는 광경도 아니었다. 적어도 카일은 집에 없었다. 새 룸메이트에게는 피를 마시는 이유를 설명하기 곤란할 것이다. 냉장고에 피를 보관하는 자를 좋아할 사람은 아무도 없었다.

두 명의 제이스가 그를 응시했다. 진짜 제이스와 창문에 비친 제이스. "먹는 것은 그냥 건너뛸 수 있는 게 아니야, 너도 알겠지만."

사이먼이 어깨를 으쓱했다. "지금 먹고 있잖아."

"그래. 하지만 넌 뱀파이어야. 피는 음식하고는 다른 거라고. 피는… 피지."

"그거 아주 명쾌한 설명이네." 사이먼이 텔레비전 앞에 놓인 안락의자에 털썩 주저앉았다. 한때는 연한 금빛 벨벳이었을 커버에는 회색 보풀이 잔뜩 일어나 있었다. "네 머릿속엔 그런 심오한 생각들이 가득한 거야? 피는 피라고? 토스터는 토스터고? 젤라틴 큐브(〈던전 앤드 드래곤〉 시리즈의 몬스터—옮긴이)는 젤라틴 큐브고?"

제이스는 어깨를 으쓱했다. "좋아. 그렇게 내 충고를 무시해. 나중에 후회할 테니까."

사이먼이 대꾸하기 전에 대문 열리는 소리가 들렸다. 그가 제이스에게 날카로운 시선을 보냈다. "내 룸메이트 카일이야. 점잖게 굴어."

제이스가 매력이 넘치는 미소를 지었다. "난 언제나 점잖아."

사이먼은 뭐라고 쏘아붙이고 싶었지만 다음 순간 카일이 거실로 들어왔다. 그는 힘이 넘치는 모습으로 두 눈을 반짝였다. "와, 나 오늘 온 도시를 돌아다녔어요. 하마터면 길을 잃을 뻔했다니까요. 왜 그런 말도 있잖아요. 브롱크스는 위에 있고 배터리는 아래 있고…." 카일은 거실에 또 다른 사람이 있다는 것을 뒤늦게 깨닫고 제이스를 쳐다봤다. "아. 친구를 데려온 줄은 몰랐어요." 그가 손을 뻗었다. "전 카일이에요."

제이스는 손을 내밀지 않았다. 그는 놀랍게도 몸을 뻣뻣이 굳히고 연노란색 눈을 가늘게 뜨고는 새도우 헌터로서 온몸으로 경계심을 표출하고 있었다. 한순간에 십대 소년에서 아주 다른 존재로 탈바꿈한 듯했다.

"재미있군." 제이스가 입을 열었다. "사이먼은 자기 룸메이트가 늑대인간이란 말을 한 적이 없는데 말이야."

브루클린으로 돌아오는 차 안에서 클라리와 루크는 침묵을 지켰다. 클라리는 차창 밖으로 차이나타운과 윌리엄스버그 다리가 지나가는 모습을 바라보았다. 다리를 밝힌 불빛들이 밤하늘을 배경으로 다이아몬드 목걸이처럼 반짝거렸다. 검게 일렁이는 강물 너머로 변함없이 렌윅의 모습이 보였다. 그곳은 이제 다시 폐허처럼 보였다. 해골에 뚫린 눈구멍처럼 창문들이 검은 입을 벌리고 있었다. 죽은 섀도우 헌터의 목소리가 클라리의 머릿속에서 속삭였다.

고통…고통을 멈춰줘.

클라리는 부르르 몸을 떨고는 재킷을 더욱 꽉 여몄다. 루크가 흘깃 그녀를 보았지만 아무 말도 하지 않았다. 그는 집 앞에 도착해 트럭의 엔진을 끄고 나서야 비로소 클라리를 향해 고개를 돌리고 입을 열었다.

"클라리, 네가 한 일은…."

"잘못된 일이에요. 저도 알아요. 저도 그 자리에 있었으니까." 클라리가 소매 끝자락으로 얼굴을 쳤다. "그러니까 소리 지르셔도 돼요."

루크는 앞 유리 너머로 시선을 고정했다. "아니야. 너도 무슨 일이 벌어질지 몰랐잖니. 빌어먹을, 나도 룬이 효과가 있을 줄 알았지. 안 그랬으면 널 데려가지도 않았을 거야."

클라리는 그의 말에 기분이 풀려야 마땅하다는 것을 알았다. 하지만 기분은 풀리지 않았다. "루크가 마크에 산을 붓지 않았다면…."

"하지만 부었지."

"전 그런 일이 가능하다는 것도 몰랐어요. 룬을 그렇게 망가뜨리는 거요."

"룬의 모양을 망가뜨리면 효과를 최소화하거나 없앨 수 있어. 그래서 적들이 전투에서 섀도우 헌터의 피부를 태우거나 베어내려는 시도를 하지. 룬의 능력을 없애려고." 루크는 정신이 다른 곳에 가 있는 사람처럼 말했다.

클라리는 입술이 파르르 떨리는 것을 느끼고 입을 꽉 다물었다. 클라리는 섀도우 헌터의 삶에 드리운 악몽과도 같은 면들을 가끔 잊어버렸다. 흉터와 죽음으로 점철된 삶이지. 호지의 음성이 다시금 되살아났다. "아

156 섀도우 헌터스

무튼 다시는 안 할 거예요." 클라리가 말했다.

"다시는 뭘 안 하겠다는 거야? 그 룬을 그리지 않겠다고? 그거야 물론 그렇겠지만, 그런다고 그 문제가 해결될지는 의문이구나." 루크가 운전대를 손가락으로 두드렸다. "네게는 능력이 있어, 클라리. 굉장한 능력. 하지만 너는 그게 정확히 무슨 뜻인지 알지 못해. 훈련도 전혀 안 되어 있고. 넌 룬의 역사에 대해서도 모르고, 수세기 동안 네피림에게 룬들이 어떤 의미를 지녀왔는지도 몰라. 도움을 주는 룬과 해를 입히는 룬을 구분할 줄도 모르고."

"결연의 룬을 만들었을 때는 기꺼이 제 능력을 이용하셨죠. 그때는 룬을 만들지 말라는 말을 하지 않으셨어요." 클라리가 화난 듯이 말했다.

"네 능력을 사용하면 안 된다는 말이 아니야. 오히려 난 네가 그 능력을 거의 사용하지 않는 것이 문제라고 생각해. 넌 손톱의 매니큐어 색깔을 바꾸거나 원하는 순간에 지하철을 오게 하려고 그 능력을 쓰는 것도 아니잖니. 오로지 삶과 죽음이 갈리는 순간에만 사용하지."

"그런 순간에만 룬의 모습이 떠오르니까요."

"어쩌면 그 능력을 사용하는 법을 훈련하지 않아서 그런 건지도 몰라. 매그너스를 한번 생각해보렴. 매그너스의 능력은 그의 일부야. 너는 네 능력을 너와는 분리된 어떤 것으로 생각하는 것 같더구나. 너한테 일어나는 일처럼 말이야. 그게 아니란다, 클라리. 그 능력은 사용법을 배워야 하는 연장과도 같은 거야."

"메이리스가 룬 전문가를 고용해서 저를 훈련시킬 거란 말을 제이스한테 들었어요. 하지만 아직 아무 소식이 없어요."

"그래. 아마 다른 문제들이 많아서 그렇겠지." 루크가 열쇠를 빼고 잠시 가만히 앉아 있었다. "그런 식으로 자식을 잃는다는 것은 정말이지 상상도 할 수가 없어. 메이리스의 행동을 좀 더 이해해줘야 할 거야. 만일 너한테 무슨 일이 생긴다면 난…."

그의 목소리가 잦아들었다.

"로버트가 이드리스에서 돌아오면 좋겠어요." 클라리가 말했다. "어째서 메이리스 혼자 모든 일을 감당해야 하는지 모르겠어요. 정말 끔찍할 거예요."

"수많은 결혼이 자식의 죽음으로 깨지곤 한단다. 부부는 자신을 향해, 혹은 서로를 향해 비난을 멈추지 못하지. 로버트도 혼자 있을 시간이 필요해서 이드리스로 떠났을 거야. 아니면 메이리스가 그렇거나."

"하지만 두 분은 서로 사랑하잖아요." 클라리가 깜짝 놀라서 말했다. "사랑이란 그런 거 아닌가요? 어떤 일이 있어도 다른 사람이 기댈 수 있도록 그곳에 있어주는 거?"

루크가 강물 쪽으로 시선을 던졌다. 가을 달빛 아래 강물이 천천히 흘러가고 있었다. "때로는 클라리, 사랑만으로 충분하지 않을 때도 있단다."

7
프리터 루퍼스

사이먼의 손에서 미끄러진 병이 바닥에서 박살 나며 사방으로 유리 조각이 튀었다. "카일이 늑대인간이라고?"

"당연하지, 바보야." 제이스가 대답하며 카일을 쳐다보았다. "아니야?"

카일은 아무 말이 없었다. 표정에서 느긋하고 유쾌한 기운이 싹 사라졌다. 녹갈색 눈은 유리처럼 단단하고 잔잔했다. "그렇게 묻는 너는 누구지?"

제이스가 창가에서 물러났다. 그의 행동에서는 적대감이 전혀 묻어나지 않았지만 온몸에서 위협의 냄새가 풍겼다. 제이스는 손을 양옆으로 늘어뜨렸지만 사이먼은 이전에도 제이스가 아무런 예고도 없이 곧바로 공격하는 것을 본 적이 있었다. 생각이 곧바로 행동으로 이어지는 것처럼. "제이스 라이트우드. 물론 라이트우드 인스티튜트의 라이트우드야. 넌 어느 무리 소속이지?"

"섀도우 헌터라고?" 카일이 사이먼을 쳐다보았다. "차고에서 너랑 같이 있던 그 귀여운 빨강 머리 여자애도 섀도우 헌터지?"

사이먼은 깜짝 놀라 고개를 끄덕였다.

"아는지 모르겠는데, 어떤 자들은 섀도우 헌터를 신화 속의 인물로 믿기도 해. 미라나 지니처럼." 카일이 제이스를 보고 싱긋 웃었다. "그쪽도 소원을 들어줄 수 있나?"

카일이 클라리를 두고 귀엽다고 말한 것은 그를 향한 제이스의 적대감을 전혀 누그러뜨리지 못한 듯했다. 제이스의 표정이 걱정스러울 정도로 딱딱하게 굳었다. "소원에 따라 다르지." 제이스가 입을 열었다. "얼굴을 얻어맞는 것이 소원이야?"

"이런, 이런. 난 너희가 협정에 열광하고 있는 걸로⋯."

"협정은 분명한 동맹 관계에 있는 뱀파이어와 늑대인간에게만 적용돼." 제이스가 그의 말을 잘랐다. "어느 무리 소속인지 밝히지 않으면 떠돌아다니는 늑대인간으로 간주할 거야."

"좋아, 그만하면 됐어." 사이먼이 말했다. "둘 다 그만해. 당장이라도 치고받고 싸울 것처럼 그러지들 말라고." 사이먼이 카일을 쳐다보았다. "늑대인간이라고 미리 말했어야지."

"너도 뱀파이어라고 말하지 않은 걸로 아는데. 그래서 나도 알릴 필요가 없다고 생각했지."

사이먼이 깜짝 놀라 몸을 크게 움찔했다. "뭐라고?" 그가 조각난 유리와 바닥에 튄 피를 흘긋 보았다. "난 전혀⋯ 네가 그런⋯."

"됐어." 제이스가 나직하게 말했다. "저 녀석은 네가 뱀파이어라는 것을 느낌으로 알 수 있어. 너도 훈련을 조금만 하면 늑대인간이나 다른 다운월드 사람들을 느낄 수 있고. 저놈은 처음부터 네가 누군지 알고 있었어. 그렇지?" 제이스가 카일의 얼음 같은 녹갈색 눈을 응시했다. 카일은 아무런 대꾸가 없었다. "그건 그렇고 발코니에서 기르는 식물 있지? 그건 투구꽃이야. 이제 왜 그걸 기르는지 알겠지만."

사이먼이 팔짱을 끼고 카일을 노려보았다. "대체 이게 뭐하는 짓이지? 무슨 함정 같은 건가? 왜 나랑 같이 살자고 한 거야? 늑대인간은 뱀파이어를 증오하잖아."

"난 아니야. 좋아하는 것도 아니지만." 카일이 말하고는 제이스를 향해 손가락질했다. "저들은 자기들이 다른 어떤 존재보다 우월하다고 생각하지."

"아니, 난 내가 누구보다 우월하다고 생각해. 무수한 증거들로 뒷받침되는 의견이지." 제이스가 대꾸했다.

카일이 사이먼을 쳐다보았다. "늘 저런 식으로 이야기해?"

"그래."

"입을 다물게 할 수는 없는 거야? 물론 두드려 패면 되겠지만, 그거말고?"

제이스가 창가에서 더욱 물러났다. "어디 한번 해보시지."

사이먼이 둘 사이로 들어섰다. "둘이 싸우게 두지 않을 거야."

"그럼 어쩔 건데? 만일 우리가… 아." 제이스가 사이먼의 이마로 시선을 옮겼다가 마지못해 씩 웃었다. "그러니까 지금 네 말을 듣지 않으면 팝콘에 뿌려먹을 뭔가로 만들어주겠다고 위협하는 건가?"

카일은 당혹스러운 표정이 되었다. "지금 그게 무슨…"

"둘이 대화로 풀어야 한다고 생각하는 것뿐이야." 사이먼이 끼어들었다. "그러니까 카일은 늑대인간이야. 난 뱀파이어고. 너도 그냥 평범한 옆집 소년은 아니잖아. 일단은 지금 무슨 일이 일어나고 있는지부터 확실하게 정리하고 넘어가는 것이 좋겠어."

"아무나 믿는 네 어리석음에는 정말 한계가 없구나." 제이스는 그렇게 말하면서도 팔짱을 끼며 창턱에 걸터앉았다. 잠시 후에 카일도 소파에 앉았다. 둘은 이글거리는 눈빛으로 서로를 노려보았다. 그래도 진전은 있군. 사이먼은 생각했다.

"좋아." 카일이 입을 열었다. "난 늑대인간이야. 무리에 속해 있는 것은 아니지만 동맹 관계인 건 맞아. '프리터 루퍼스'라고 들어봤어?"

"루퍼스란 말은 들어봤어." 사이먼이 말했다. "일종의 질병 아니야?"

제이스가 한심하다는 듯이 사이먼을 쳐다보았다. "루퍼스는 '늑대'라는 뜻이야. 그리고 프리토리안은 로마의 엘리트 계층으로 구성된 군대였고. 그러니까 의미를 짐작해보면 '늑대 수호자' 정도 되겠군." 제이스가 어깨를 으쓱했다. "얘기를 들은 적은 있지만 상당히 비밀스러운 조직으로 알고 있는데."

"섀도우 헌터는 그렇지 않은가?" 카일이 말했다.

"우리한테는 그럴 만한 이유가 있어."

"우리도 마찬가지야." 카일이 앞으로 상체를 내밀었다. 무릎 위에 팔꿈치를 얹자 팔의 근육이 단단해졌다. "늑대인간은 두 종류로 나뉘어. 늑대인간 부모에게서 늑대인간으로 태어난 자, 그리고 늑대인간에게 물려서 라이칸스로피에 감염된 자." 사이먼이 놀라서 카일을 쳐다보았다. 마리화나를 피우고 매사에 느긋한 자전거 메신저 카일이 '라이칸스로피' 같은 단어를 발음하는 것은 고사하고, 알고 있으리라고도 상상하지 못했기 때문이다. 그러나 지금 사이먼이 보고 있는 것은 매우 다른 카일이었다. 그는 상황에 집중하고 몰두했으며 거침이 없었다. "물려서 늑대인간이 된 자들에게는 처음 몇 해가 아주 중요해. 라이칸스로피를 초래하는 악마 쪽 요소가 많은 변화를 가져오니까. 통제가 불가능할 정도로 공격적으로 변하고, 분노를 조절할 수 없게 돼. 자살 충동을 일으킬 정도로 노여움과 절망을 느끼기도 하고. 물론 무리에서 그런 것들을 이겨

내도록 도움을 주지만 갓 변화한 자들 중에 다수가 적당한 무리를 찾는 행운을 누리지 못하는 실정이야. 그들은 혼자서 이 엄청난 일들을 헤쳐 나가려고 애쓰지만 많은 자들이 폭력적으로 변해. 다른 사람들을 향해서건 자신을 향해서건. 그래서 자살률과 가정 폭력의 비율이 아주 높지." 그가 사이먼을 보았다. "이런 상황은 뱀파이어도 다르지 않아. 오히려 더욱 나쁠 수도 있다는 점을 빼면. 홀로 남은 어린 새는 말 그대로 자신에게 무슨 일이 일어났는지 전혀 알지 못해. 이끌어주는 자가 없으면 안전하게 식사를 해결하지 못하고 심지어 태양을 피해야 한다는 사실조차 알지 못하지. 그래서 우리가 필요한 거야."

"무슨 일을 하는데?" 사이먼이 물었다.

"우린 '보호자가 없는' 다운월드 사람들을 추적해. 변화한 지 얼마 안 돼서 아직 자신들이 어떤 존재인지 알지 못하는 뱀파이어나 늑대인간, 때로는 마법사를 추적하기도 해. 수년간 자신이 누군지 깨닫지 못하는 마법사들도 있으니까. 우린 그들의 삶으로 들어가서 그들을 무리로 이끌고 자신의 능력을 조절하는 법을 익히게 도와줘."

"착한 사마리아인들이라는 거네." 제이스가 눈을 반짝였다.

"실제로 그런 셈이야." 카일은 무덤덤한 목소리를 유지하려고 애쓰는 듯했다. "우린 새로 다운월드 사람이 된 자들이 폭력적으로 변해서 자신이나 다른 사람을 해치는 일이 발생하기 전에 중재하는 역할을 해. '가드'가 없었다면 나한테 어떤 일이 벌어졌을지 나는 잘 알아. 난 나쁜 짓들을 저질렀거든. 아주 나쁜 짓들."

"어떻게 나쁜데?" 제이스가 물었다. "불법적으로 나쁜가?"

"닥쳐, 제이스." 사이먼이 말했다. "넌 지금 일하는 중이 아니잖아. 잠깐이라도 섀도우 헌터 행세를 그만할 수는 없어?" 그러고는 카일에게로 고개를 돌렸다. "그럼 형편없는 우리 밴드에는 왜 들어오겠다고 오디션을 본 거지?"

"형편없는 밴드라는 것을 아네."

"내 물음에나 대답해."

"새로운 뱀파이어에 대한 보고가 들어왔어. 무리 없이 혼자 지내는 데이라이터라고. 네 비밀은 네 생각처럼 그렇게 비밀스럽지 않아. 도움을 받을 무리가 없는 어린 뱀파이어는 아주 위험할 수 있어. 그래서 널 감시하기 위해 내가 파견된 거야."

"그러니까 네 말은⋯." 사이먼이 말했다. "모든 사실을 알았다고 해도 내가 이 집에서 나가지 않기를 바라는 정도가 아니라 아예 날 이 집에서 내보내지 않겠다는 뜻이야?"

"맞아." 카일이 대답했다. "아니, 그러니까, 나가고 싶으면 나가도 되지만 내가 함께 가겠다는 거야."

"그럴 필요 없어." 제이스가 말했다. "고맙지만 사이먼은 내가 완벽하게 감시하고 있으니까. 이 신출내기 다운월드 사람을 조롱하고 부려먹을 사람은 네가 아니라 나야."

"닥쳐!" 사이먼이 소리쳤다. "너희 둘 다. 누군가 날 죽이려고 할 때는 둘 다 내 곁에 없었으면서⋯."

"난 있었지." 제이스가 말했다. "나중에 나타났잖아."

암흑 속에서 빛나는 늑대의 눈처럼 카일의 눈이 빛났다. "누가 널 죽이려고 했다고? 무슨 일이 있었던 거야?"

사이먼과 제이스의 시선이 만났다. 카인의 마크에 대해서는 말하지 말자는 암묵적 동의가 오갔다. "이틀 전하고 오늘, 회색 운동복을 입은 사람들이 내 뒤를 밟다가 공격해왔어."

"인간들?"

"확실히 모르겠어."

"너한테 무엇을 원하는지는 전혀 모르고?"

"내 목숨을 빼앗으려 했다는 점은 분명해. 그것 외에는 모르겠어."

"몇 가지 단서가 있기는 해." 제이스가 말했다. "앞으로 조사할 계획이야."

카일이 고개를 가로저었다. "좋아. 나한테 무엇을 숨기는지는 모르겠지만 결국에는 나도 알게 될 거야." 그가 자리에서 일어났다. "지금은 피곤해서 좀 자야겠어. 그럼 아침에 봐." 그가 사이먼에게 말했다. 그러고는 제이스를 쳐다보았다. "넌… 뭐, 다시 보게 되겠지. 넌 내가 처음으로 만난 섀도우 헌터야."

"그거 참 안됐네." 제이스가 대꾸했다. "그럼 앞으로 만날 모든 섀도우 헌터에게 끔찍하게 실망할 테니까."

카일이 눈알을 굴리고는 자기 방으로 들어가 문을 쾅 하고 닫았다.

사이먼이 제이스를 쳐다봤다. "너 인스티튜트로 돌아가지 않을 작정이지?"

제이스가 고개를 가로저었다. "넌 보호가 필요해. 널 죽이려는 자가 언제 또 나타날지 누가 알겠어?"

"너 클라리를 피하는 거, 정도가 꽤 심해졌어." 사이먼이 자리에서 일어나며 말했다. "집에 들어가기는 할 거야?"

제이스가 그를 쳐다봤다. "넌?"

사이먼은 성큼성큼 주방으로 걸어가 빗자루를 꺼내오더니, 바닥에 흩어진 유리 조각들을 쓸었다. 그건 사이먼에게 남은 마지막 병이었다. 그는 유리 조각을 쓰레기통에 붓고 제이스를 지나쳐서 자그마한 자기 방으로 들어갔다. 그러고는 재킷과 신발을 벗고 매트리스로 몸을 던졌다.

잠시 후 제이스가 방으로 들어왔다. 연한 빛깔의 눈썹을 들어 올리며 그가 재미있다는 듯이 방 안을 둘러보았다. "굉장한 공간이네. 미니멀리즘. 마음에 드는데."

사이먼이 옆으로 몸을 굴리고 믿지 못하겠다는 표정으로 제이스를 보았다. "진짜로 내 방에 머물 생각은 아니라고 말해줘, 제발."

제이스가 창턱에 올라앉아 그를 내려다보았다. "내가 보디가드니 뭐니 한 게 괜한 소리라고 생각하지?"

"그 정도로 날 좋아하리라고는 생각해본 적이 없으니까. 혹시 이거 '친구는 가까이 두고 적은 더 가까이 두라'는 말 때문에 그러는 거야?"

"난 이런 말로 기억하는데. 친구를 가까이 두라, 그러면 한밤중에 몰래 적의 집으로 가서 우편함에 토하려고 할 때 차를 운전해줄 사람을 확보하게 된다."

"그런 말은 없어. 게다가 날 보호하니 어쩌니 하는 거 감동적이기보다는 섬뜩하다고. 난 아무 일도 없을 거야. 날 해치려고 들면 무슨 일이 벌어지는지 너도 봤잖아."

"그래, 봤지. 하지만 결국에는 널 해치려는 자도 카인의 마크에 관해 알게 될 거야. 그러고 나면 포기하든지, 아니면 다른 방법을 생각해내겠지." 제이스가 창틀에 몸을 기댔다. "그래서 내가 여기 있는 거야."

사이먼은 속에서 부아가 치밀었지만 제이스의 주장에서 구멍을 발견하지 못했다. 적어도 짚고 넘어갈 정도로 커다란 구멍은 없었다. 사이먼은 다시 몸을 굴려 엎드리고 얼굴을 팔뚝에 얹었다. 그러고는 몇 분 후에 잠이 들었다.

그는 사막을 걷고 있었다. 햇빛을 받아 허옇게 변한 뼈들을 지나 펄펄 끓는 모래 위를 걸어갔다. 이 정도로 목이 마른 것은 처음이었다. 침을 삼키자 입안에 모래 막이 씌워진 느낌이었다. 목 안에 칼들이 촘촘하게 박혀 있는 것만 같았다.

전화기가 웅 하고 울리는 소리에 사이먼이 흠칫 놀라 잠에서 깨어났다. 그가 몸을 굴려 힘겹게 재킷을 집어 들었다. 주머니에서 전화기를 꺼내는 순간 울림이 멈췄다.

사이먼은 전화기를 뒤집어서 발신자를 확인했다. 루크였다.

젠장. 엄마가 나를 찾아서 클라리네 집으로 전화한 거야. 사이먼은 그렇게 생각하며 일어나 앉았다. 완전히 깨어나지 못한 머리가 여전히 몽롱해서 그 방에서 잠들 때 혼자가 아니었다는 사실을 기억해내는 데 시간이 걸렸다.

사이먼이 창 쪽으로 시선을 주었다. 제이스는 여전히 거기 있었지만 잠이 든 모양이었다. 제이스는 앉은 자세로 유리창에 머리를 기대고 있었다. 창백한 푸른빛 여명이 그를 스치고 안으로 들어왔다. 그러고 있으니 제이스가 굉장히 여려 보인다고 사이먼은 생각했다. 얼굴에는 조롱의 기미도, 방어적이거나 냉소적인 기미도 없었다. 클라리가 그에게서 무엇을 보는지 알 것 같은 기분이었다.

제이스는 보디가드 임무를 심각하게 여기지 않는 것이 분명했다. 하지만 그 사실은 처음부터 명백했으므로 새삼스러울 것이 없었다. 사이먼은 다시 클라리와 제이스 사이의 문제가 무엇인지 궁금했다.

전화기가 또 울렸다. 사이먼이 벌떡 일어나서 거실로 나가 통화 버튼을 눌렀다. 음성 메시지로 넘어가기 직전이었다. "루크?"

"깨워서 미안하구나, 사이먼." 루크는 언제나 변함없이 정중했다.

"일어나 있었어요." 사이먼이 거짓말을 했다.

"30분 후에 워싱턴 스퀘어 공원으로 나와줘야겠어. 분수대 앞으로."

사이먼은 가슴이 철렁 내려앉았다. "무슨 일 있어요? 클라리는 괜찮
아요?"

"클라리는 아무 일 없어. 그 애 때문이 아니야." 배경에서 부르릉거리
는 소리가 들려왔다. 루크가 트럭을 출발시키는 모양이었다. "일단 공원
에서 보자꾸나. 그리고 아무도 데리고 나와서는 안 돼."

루크가 전화를 끊었다.

루크의 트럭이 진입로를 빠져나가는 소리에 클라리가 불안한 꿈들에
서 놓여났다. 그녀는 일어나 앉아서 인상을 썼다. 자는 동안 목걸이가
머리칼에 엉켜서 조심조심 엉킨 곳을 풀어가며 머리 위로 목걸이를 빼
냈다.

손바닥 안에 반지를 떨어뜨리자 줄이 주변으로 모여들었다. 별 문양
이 찍힌 작은 은빛 원이 그녀를 조롱하듯 깜빡거렸다. 클라리는 제이스
에게 반지를 받던 때가 떠올랐다. 그는 조녀선을 추적하러 떠나면서 메
모와 함께 반지를 남겨두었다. 그 모든 일에도 불구하고, 널 영원히 떠나는 것
만큼이나 이 반지를 영원히 잃는다고 생각하면 견딜 수가 없어. 하나는 어쩔 수
없는 일이라 해도 다른 하나는 그나마 지킬 방법이 있네.

거의 두 달 전의 일이었다. 클라리는 제이스가 자신을 사랑한다고 확
신했다. 너무나도 확신했기에 실리코트 여왕의 유혹에도 넘어가지 않았
다. 제이스가 곁에 있는데 무엇이 더 필요하단 말인가?

하지만 이제는 누군가를 완전히 소유한다는 것이 불가능한 일일지도
모른다는 생각이 들었다. 아무리 깊게 사랑해도 결국에는 물처럼 손가
락 사이로 빠져나가 버릴지도 모른다고, 무엇으로도 그런 일을 막을 수
없을지도 모른다고. 클라리는 사람들이 왜 심장이 '부서진다'는 표현을

쓰는지 이해하게 되었다. 자신의 심장이 금이 간 유리로 만들어졌고, 파편들이 그녀가 숨을 쉴 때마다 작은 칼처럼 가슴을 찔러대는 느낌이었다. 그가 없는 삶을 생각해보렴. 실리코트의 여왕은 그렇게 말했다.

전화벨이 울렸다. 클라리는 잠시 안도했다. 무엇이 되었건 고통스러운 생각을 끊어준 것이 고마웠다. 그리고 나서는 제이스가 전화한 거라는 생각이 들었다. 휴대전화로 통화가 안 되어 집으로 전화한 모양이었다. 클라리는 반지를 침실용 탁자에 내려놓고 수화기를 집어 들었다. 그리고 여보세요라는 말을 하려는 순간 누군가 먼저 수화기를 들었다는 사실을 깨달았다. 엄마였다.

"여보세요?" 엄마의 목소리는 불안하게 들렸다. 엄마는 이른 새벽인데도 깨어 있다가 전화를 받았는지 목소리에서 졸음기가 전혀 느껴지지 않았다.

전화선 너머에서 낯선 목소리가 들려왔다. 말투에 약한 억양이 있었다. "베스 이스라엘 병원의 카타리나라고 합니다. 조슬린 씨와 통화하고 싶어요."

클라리는 얼어붙었다. 병원이라고? 무슨 일이 일어난 걸까? 혹시 루크에게? 아까 진입로를 빠져나갈 때 엄청 서두르는 것 같더니만….

"조슬린이에요." 엄마는 놀란 목소리가 아니었고, 오히려 전화를 기다리고 있었던 듯했다. '바로 전화해주셔서 고마워요."

"별 말씀을요. 전화 주셔서 반가웠어요. 그 저주에서 회복된 사람을 보는 일은 흔치 않거든요." '맞아.' 하고 클라리는 생각했다. 엄마는 베스 이스라엘 병원에 입원해 있었다. 발렌타인의 심문을 피하기 위해 마신 묘약의 효과로 혼수 상태에 빠져서. "그리고 매그너스 베인의 친구라면 제 친구이기도 하고요."

조슬린의 목소리가 긴장되었다. "제가 남긴 메시지를 이해하셨나요? 제가 무슨 일 때문에 전화했는지 아시죠?"

"그 아이에 대해 알고 싶으신 거죠." 전화선 너머에서 여자가 대답했다. 클라리는 수화기를 내려놔야 한다고 생각하면서도 그럴 수가 없었다. 무슨 아이를 말하는 건가? 무슨 일이 있는 거지? "버려진 아이요."

조슬린은 목이 메었다. "그, 그래요. 내 생각에는…."

"죄송하지만 그 아이는 죽었어요. 어젯밤에 죽었답니다."

조슬린은 잠시 침묵했다. 엄마가 받은 충격의 크기가 전화선을 통해 클라리에게도 전해졌다. "죽었다고요? 어떻게요?"

"저도 잘 이해가 안 가요. 어젯밤에 아이에게 세례를 주려고 사제가 왔고, 그러고는…."

"오, 맙소사." 조슬린의 목소리가 떨렸다. "제가… 제가 가서 시신을 좀 보면 안 될까요?"

긴 침묵이 흐르고 나서 마침내 간호사가 대답했다. "가능할지 모르겠네요. 시신은 지금 검시소로 이송되기를 기다리며 영안실에 있거든요."

"카타리나, 그 아이에게 무슨 일이 일어났는지 내가 알 것 같아서 그래요." 조슬린이 숨 가쁘게 말했다. "내가 가서 확인하면 이런 일이 다시 일어나는 것을 막을 수 있을지도 몰라요."

"조슬린…."

"바로 갈게요." 클라리의 엄마가 말하고는 전화를 끊었다. 클라리는 잠시 수화기를 멍하니 쳐다보다 내려놓았다. 그녀가 허둥지둥 일어나서 서둘러 머리를 빗고 청바지와 스웨터를 꿰입고 나가니, 엄마가 전화기 옆의 노트에다 메모를 휘갈겨 쓰고 있었다. 엄마는 거실로 들어서는 클라리를 보고 죄지은 사람처럼 흠칫 놀랐다.

"지금 막 나가려던 참인데." 엄마가 말했다. "결혼식 준비로 급한 문제가…."

"거짓말은 안 하셔도 돼요." 클라리가 다짜고짜 말했다. "통화하는 거들었어요. 어디 가는지 알아요."

조슬린이 창백해졌다. 그녀는 천천히 펜을 내려놓으며 입을 열었다. "클라리…."

"이제는 저를 보호하려고 애쓰지 마세요. 병원에 전화한 건 루크한테도 말하지 않았죠?"

조슬린이 초조하게 머리를 뒤로 쓸어 넘겼다. "루크에게 말하는 건 부당한 일 같았어. 이제 곧 결혼식인데…."

"맞아요. 결혼식. 엄만 곧 결혼식을 올리죠. 식은 왜 올리는 거죠? 엄마가 결혼을 하기 때문이에요. 그럼 이제 루크에게 믿음을 가질 때도 되지 않았나요? 그리고 나도 좀 믿어주고?"

"너를 믿어." 조슬린이 부드럽게 말했다.

"그렇다면 내가 병원에 같이 가도 상관없으시겠죠."

"클라리, 내 생각에 그건…."

"엄마가 무슨 생각을 하는지 알아요. 세바스찬에게 일어난 일이 다시 벌어지고 있다고 생각하죠. 그러니까 조녀선에게요. 발렌타인이 오빠에게 저지른 것과 똑같은 일을 누군가 아기들에게 하고 있다고 생각하는 거예요."

조슬린의 목소리가 살짝 떨렸다. "발렌타인은 죽었어. 하지만 아직까지 잡히지 않은 서클 멤버들이 남아 있어."

그리고 조녀선의 시신은 찾지 못했고. 클라리는 그 생각을 하고 싶지 않았다. 게다가 그 자리에 있었던 이사벨이 몇 번이고 단호하게 말하지 않았던가. 제이스가 단검으로 조녀선의 등뼈를 갈라서 조녀선은 분명 죽었다고. 직접 물가로 내려가 확인했을 때 맥박도 없었고 심장도 뛰지 않았다고.

"엄마, 그는 내 오빠였어요. 나도 엄마와 함께 갈 권리가 있어요."

조슬린이 아주 천천히 고개를 끄덕였다. "네 말이 맞구나. 그런 거 같아." 그녀가 문 옆의 고리에 걸린 핸드백으로 손을 뻗었다. "좋아, 함께 가자. 가서 외투 챙겨오고. 일기예보에서 비가 올지도 모른다고 했으니까."

이른 아침의 워싱턴 스퀘어 공원은 인적이 거의 없었다. 아침 공기는 깨끗하고 상쾌했고, 나뭇잎들은 붉은색, 황금색, 짙은 녹색 시트처럼 두툼하게 보도를 덮고 있었다. 사이먼은 공원 북쪽 끝에 있는 돌아치를 지나 낙엽들을 발로 차내며 걸어갔다.

주변에는 사람들이 거의 눈에 띄지 않았다. 벤치 위에 노숙자 두 명이 침낭과 낡은 담요를 덮고 잠들어 있었고, 녹색 청소복을 입은 남자 몇이 쓰레기통을 비우고 있었다. 도넛과 커피와 베이글을 파는 남자가 카트를 밀며 지나갔다. 그리고 공원 중앙의 커다랗고 둥근 분수대 옆에 루크가 있었다. 녹색 점퍼를 입은 루크가 사이먼을 보고 손을 흔들었다.

사이먼은 약간 머뭇거리며 손을 마주 흔들었다. 루크에게 무슨 문제가 있는 것은 아닌지 여전히 걱정이 되었다. 루크의 표정이 보일 정도로 가까이 다가가자 더욱 그런 생각이 들었다. 루크는 약간 스트레스를 받은 정도가 아니라 지쳐 보였다. 사이먼을 바라보는 두 눈에는 염려가 가득했다.

"사이먼, 나와줘서 고맙구나."

"아니에요." 사이먼은 춥지 않았지만 양손을 재킷 주머니로 찔러 넣었다. 손을 가만히 두기가 어색해서 그런 것뿐이었다. "무슨 일이 있나요?"

"무슨 일이 있다고는 하지 않았어."

"아무 일도 없다면 이런 새벽에 절 이리로 불러내실 리가 없죠." 사이먼이 지적했다. "클라리 문제가 아니라면 그럼…?"

"어제, 웨딩숍에서 나한테 카밀에 관해 물었지."

근처 나무에서 한 무리의 새가 까옥거리며 날아올랐다. 사이먼은 엄마가 읊어주곤 했던 까치에 관한 라임이 떠올랐다. 숫자를 세고 이렇게 말하는 것이다. 하나는 슬픔, 둘은 웃음, 셋은 결혼, 넷은 탄생, 다섯은 은, 여섯은 금, 일곱은 꼭꼭 숨겨진 비밀.

"네." 사이먼이 대답했다. 새를 세다가 어디까지 셌는지 잊어버렸다. 일곱이었지 아마. 꼭꼭 숨겨진 비밀. 무슨 비밀인지는 모르겠지만.

"지난주에 도시 내에서 살해당한 섀도우 헌터의 시신들이 발견되었다는 것은 알고 있지?" 루크가 말했다.

사이먼이 천천히 고개를 끄덕였다. 이야기가 안 좋은 방향으로 흘러가리라는 불길한 예감이 들었다.

"카밀이 그 일에 책임이 있는 거 같더구나. 어쩔 수 없이 네가 카밀에 관해 묻던 일이 떠올랐지. 수년간이나 듣지 못하던 이름을 하루에 두번이나 듣다니…. 흔치 않은 우연이란 생각이 들었어."

"흔치 않은 우연도 일어나긴 하잖아요."

"가끔은. 하지만 그런 일이 답이 되는 경우는 아주 드물지. 오늘 밤 메이리스가 라파엘을 소환해 카밀이 이번 사건들에서 어떤 역할을 했는지 조사할 거야. 만일 네가 카밀에 관해 뭔가 알고 있거나 연락을 주고받은 사실이 드러나면 불시에 기습을 당하게 될지도 몰라. 난 그런 일이 일어나길 원하지 않아, 사이먼."

"저도 마찬가지예요." 사이먼은 다시 머리가 지끈거리기 시작했다. 뱀파이어도 두통을 앓나? 요 며칠간의 사건들이 일어나기 전에는 두통으로 고통받은 기억이 없었다. "카밀을 만났어요. 나흘쯤 전에요. 처음에는 라파엘이 부른 줄 알았는데 가보니까 카밀이더라고요. 저한테 제안을 했어요. 자신을 위해 일해주면 도시에서 두 번째로 중요한 뱀파이어로 만들어주겠다고."

"뭐 때문에 네가 그녀를 위해 일해주길 원하는 거지?" 루크가 담담하게 물었다.

"카밀도 제 마크에 대해 알고 있었어요. 라파엘이 자신을 배신했다면서 저를 이용해 일족의 주도권을 되찾고 싶다고 했어요. 카밀은 라파엘이 탐탁지 않은 것 같았어요."

"그거 아주 재미있구나. 내가 들은 얘기로는 카밀이 1년 전에 일족의 우두머리 자리를 내놓고 무기한 휴가에 들어갔다고 하던데. 라파엘을 임시 후임자로 정하고 말이야. 카밀이 자기를 대신해 일족을 지휘할 사람으로 그를 선택했다면 어째서 그에게 맞서려는 거지?"

사이먼이 어깨를 으쓱했다. "글쎄요. 들은 대로 말씀드린 거예요."

"이 얘기를 왜 우리에게 하지 않은 거냐, 사이먼?" 루크가 아주 조용히 물었다.

"카밀이 말하지 말라고 해서요." 사이먼은 이 말이 얼마나 어리석게 들리는지 깨닫고 바로 덧붙였다. "카밀 같은 뱀파이어는 처음 봤어요. 전 고작해야 라파엘과 뒤몬트에 사는 다른 뱀파이어들을 보았을 뿐이잖아요. 카밀이 어떤 뱀파이어인지 정확히 설명하기가 어려워요. 카밀이 말을 하면 무조건 믿고 싶어졌어요. 뭔가를 해달라고 하면 해주고 싶어지고요. 날 가지고 노는 거라는 사실을 알면서도 기쁘게 해주고 싶다는 생각이 들었어요."

커피와 도넛 카트를 미는 남자가 다시 옆으로 지나갔다. 루크는 커피와 베이글을 사서 분수대 끝에 걸터앉았다. 잠시 후 사이먼도 그의 곁에 앉았다.

"카밀의 이름을 알려준 자는 '나이가 아주 많은' 뱀파이어라고 했어. 내 생각에는 카밀이 현존하는 뱀파이어 중 가장 나이가 많은 축에 속하지 않을까 싶어. 그러니까 대부분은 그녀 앞에서 움츠러들 거야."

"전 벌레가 된 기분이었어요." 사이먼이 대꾸했다. "카밀은 닷새 안에 제안을 거절하면 다시는 저를 귀찮게 하지 않겠다고 약속했어요. 그래서 생각해보겠다고 했죠."

"그래서 생각해봤니? 그 제안에 대해서?"

"만약 카밀이 섀도우 헌터를 죽이고 있다면 카밀과는 어떤 일도 하고 싶지 않아요. 그 점만큼은 분명하게 말씀드릴 수 있어요."

"메이리스는 분명히 그 말을 들으면 안심할 거다."

"빈정거리시는군요."

"그렇지 않아." 루크가 말했다. 매우 진지한 표정이었다. 이런 순간이 오면 사이먼은 클라리의 양아버지 같은 존재로서의 루크에 대한 기억들을 잠시 접어두게 되었다. 항상 그들 주변을 맴돌며 기꺼이 학교에서 집까지 차를 태워주고 책이나 영화표를 사도록 10달러를 빌려주곤 하던 사람. 대신 사이먼은 도시에서 가장 큰 무리를 이끄는 우두머리의 모습을 보았다. 중요한 시기에 클레이브 전체가 그의 말에 귀를 기울이는 인물. '네가 누군지 잊은 모양이구나, 사이먼. 네가 가진 능력을 자꾸 잊어버려."

"그걸 잊을 수만 있다면 소원이 없겠어요." 사이먼이 씁쓸하게 말했다. "사용하지 않으면 언젠가 사라져버리는 능력이라면 좋겠어요."

루크가 고개를 흔들었다. "능력은 자석과도 같아. 그 능력을 욕망하는 자들을 끌어들이지. 카밀도 그런 자들 가운데 하나지만, 앞으로 또 다른 자들도 나타날 거야. 하지만 어떻게 보면 우린 운이 좋은 거야. 이 정도로 시간이 지난 후에야 그런 자들이 나타나기 시작했으니까." 그가 사이먼을 쳐다보았다. "카밀이 다시 널 소환하면 나나 컨클레이브에 그녀의 위치를 알려줄 수 있겠니?"

"네." 사이먼이 천천히 말했다. "카밀은 자신과 만날 방법을 알려줬어요. 하지만 마법의 호각을 분다고 갑자기 나타나는 것은 아니에요. 지난번에 카밀이 절 보려고 했을 때는 부하들이 갑자기 나타나서 절 카밀에게로 데려갔어요. 그러니까 제가 카밀에게 연락할 때 주변에서 대기하고 있어도 카밀을 잡지는 못할 거예요. 고작해야 카밀이 데리고 있는 예속자들이나 잡을 수 있겠죠."

"흠." 루크는 생각에 잠긴 듯했다. "그럼 아주 그럴듯한 방법을 준비하지 않으면 안 되겠구나."

"빨리 준비하셔야 해요. 카밀은 닷새를 주겠다고 했고, 내일이면 저는 어느 쪽이든 신호를 보내야 해요."

"그렇겠지." 루크가 말했다. "정말 그래주면 좋겠구나."

사이먼이 카일의 아파트 문을 조심스럽게 열었다. "어이." 그가 통로로 들어가 재킷을 걸었다. "집에 누구 있어?"

아무 대답이 없었지만 사이먼의 귀에 익숙한 비디오 게임 소리가 들려왔다. 사이먼은 A번가의 '베이글 존'에서 사온 베이글이 담긴 봉지를 화해의 선물처럼 앞으로 들고 거실로 들어섰다. "내가 아침거리를 좀…."

사이먼의 목소리가 잦아들었다. 그는 자칭 보디가드들이 그가 아파트를 몰래 빠져나간 사실을 알면 무슨 일을 벌일 거라고 생각했는지는 확실히 기억나지 않았다. 하지만 이 말만은 반드시 듣게 되리라고 생각했다. "다시 한 번 그랬다간 죽을 줄 알아." 하지만 카일과 제이스가 세상에 둘도 없는 친구처럼 소파에 나란히 앉아 있는 모습을 보게 되리라고는 상상도 하지 못했다. 카일은 게임 조종기를 양손에 들었고 제이스는 무릎에 팔꿈치를 올리고 상체를 앞으로 숙인 채 화면을 열심히 쳐다보고 있었다. 그들은 사이먼이 들어온 것도 눈치채지 못한 것 같았다.

"구석에 있는 저 남자, 완전히 다른 데를 보고 있어." 제이스가 텔레비전 화면을 가리키며 말했다. "돌려차기 한 방이면 퇴장시킬 수 있어."

"이 게임에서는 발차기를 할 수 없어. 오로지 총만 쏠 수 있다고. 볼래?" 카일이 버튼을 눌렀다.

"말도 안 되는 게임이네." 제이스가 눈길을 돌리다가 사이먼을 보았다. "아침 식사 모임에 다녀왔나 봐." 그가 환영하는 기색 없이 말했다. "그런 식으로 빠져나가면서 자기가 되게 똑똑한 줄 알았을 거야."

"중간 정도는 된다고 생각했지." 사이먼이 인정했다. "〈오션스 일레븐〉의 조지 클루니와 〈호기심 해결사〉에 나오는 사람들을 합쳐놓은 정도. 물론 외모는 내가 낫지만."

"네가 공허하게 떠드는 말이 무슨 뜻인지 전혀 모르겠어. 난 그게 아주 다행이라고 생각해." 제이스가 대꾸했다. "덕분에 평화롭고 행복한 감정이 차오르거든."

카일이 조종기를 내려놓자 화면은 거대한 바늘처럼 끝이 뾰족한 총의 모습을 띄워놓은 채 멈춰 있었다. "베이글 하나 먹을게."

사이먼이 그에게 베이글을 던져주었다. 카일은 베이글을 구워서 버터를 바르기 위해 주방으로 향했다. 주방은 조리대 하나로 거실과 나뉘어 있었다. 제이스는 하얀 봉지에 눈길을 주었다가 안 먹겠다는 뜻으로 손을 흔들었다. "고맙지만 됐어."

사이먼이 커피 테이블에 걸터앉았다. "뭔가 먹어야 하잖아."

"누가 할 소리를 하고 계시나."

"난 피가 떨어져서 못 먹는 거지." 사이먼이 말했다. "네가 주지 않는 한은 말이야."

"사양하겠어. 우린 이미 그 단계를 거쳐왔잖아. 그리고 내 생각엔 아무래도 우리가 그냥 친구로 지내는 것이 좋겠다 싶어서 말이야." 제이스의 말투는 변함없이 냉소적이었다. 하지만 가까이에서 보니 사이먼은 그가 얼마나 창백한지, 눈이 얼마나 움푹 들어가 있는지 확실하게 알 수 있었다. 이전보다 얼굴뼈가 더욱 도드라져 보였다.

"그만 좀 해." 사이먼이 봉지를 제이스 쪽으로 밀었다. "뭔가 좀 먹어야 해. 농담 아니야."

제이스가 봉지를 내려다보고는 얼굴을 찌푸렸다. 피로에 지친 눈꺼풀은 푸르스름한 잿빛이 돌았다. "솔직히 먹는다는 생각만 해도 토할 것 같아."

"너 어젯밤에 곯아떨어졌어." 사이먼이 말했다. "날 지키고 있어야 할 순간에 말이야. 물론 보디가드니 뭐니 하는 말이 다 농담이라는 건 알지만. 너 얼마나 안 잔 거야?"

"밤에 자는 거 말하는 거야?" 제이스가 생각해보았다. "2주쯤. 아니, 3주인가."

사이먼의 입이 떡 벌어졌다. "왜? 무슨 일 때문에 그렇게 잠을 못 자는 건데?"

제이스가 희미하게 미소를 지었다. "나는 호두 껍데기 속에 갇혀서도 나 자신을 무한한 공간의 왕으로 생각할 수 있다네. 악몽만 꾸지 않는다 면."

"그 대사는 나도 알아. 《햄릿》에 나오는 거잖아. 그러니까 악몽 때문에 잠을 못 잔다는 거야?"

"뱀파이어." 제이스가 말하기도 지친다는 듯이 말했다. "넌 상상도 못할 거야."

카일이 조리대를 돌아 나와 보풀투성이인 안락의자에 털썩 주저앉았다. "무슨 얘기를 하고 있냐?"

"나 루크를 만나러 갔었어." 사이먼은 숨길 이유가 없는 것 같아서 그들에게 루크와 만난 이야기를 들려주었다. 카밀이 사이먼을 원하는 이유가 데이라이터이기 때문만이 아니라 카인의 마크를 지니고 있기 때문이라는 말은 하지 않았다. 사이먼이 이야기를 마치자 카일이 고개를 끄덕였다. "루크 개러웨이. 도심의 무리 우두머리지. 그에 관해 들은 적이 있어. 꽤 중요한 인물 같던데."

"진짜 이름은 개러웨이가 아니야." 제이스가 말했다. "한때는 섀도우헌터였고."

"맞아. 그 얘기도 들었어. 그리고 새로운 협정을 만드는 일에 중요한 역할을 해왔다는 것도." 카일이 사이먼을 흘깃 보았다. "넌 중요한 인물들을 많이 아는 모양이야."

"중요한 인물들은 아주 골치가 아파." 사이먼이 말했다. "이를테면 카밀이라든가."

"루크가 이 일을 메이리스에게 알리고 나면 그다음은 클레이브가 알아서 할 거야." 제이스가 말했다. "무리를 벗어난 다운월드 사람을 다루는 규약들이 있으니까." 제이스의 말에 카일이 곁눈으로 그를 쳐다봤지만 제이스는 눈치채지 못한 것 같았다. "이미 말했지만 널 죽이려는 것이 카밀이라고는 생각하지 않아. 카밀은…." 제이스가 말을 끊었다. "카밀은 그런 짓을 할 정도로 멍청하지 않으니까."

"게다가 그 여자는 널 이용하려고 하잖아." 카일이 말했다.

"좋은 지적이야." 제이스가 말했다. "소중한 자원을 없애려고 할 자는 없어."

사이먼이 제이스와 카일을 번갈아 쳐다보고는 고개를 흔들었다. "언제부터 둘이 그렇게 절친한 사이가 됐어? 어젯밤만 해도 '내가 최고의 전사다!' '아니, 내가 최고의 전사다!' 아니었나? 그런데 오늘 아침에는 할로 게임을 함께하고 서로의 생각이 최고라며 치켜세우고 있다니."

"우리한테 공통점이 있다는 걸 깨달았거든." 제이스가 말했다. "네가 우리 둘을 모두 짜증나게 한다는 거."

"그런 맥락에서 나한테 좋은 생각이 하나 있어. 너희 둘은 좋아하지 않겠지만." 사이먼이 말했다.

카일이 눈썹을 추켜올렸다. "한번 들어보자."

"너희 둘이 항상 나를 주시할 때의 문제는 말이야." 사이먼이 말했다. "날 죽이려는 자들이 다시는 그런 시도를 하지 않을 거라는 점이야. 그리고 그들이 다시 시도하지 않으면 누군지도 밝혀낼 수 없고. 거기다 너희는 하루 종일 나만 쳐다보고 있어야 한다고. 그거 말고도 할 일이 얼마든지 있을 텐데." 그가 제이스를 쳐다보며 덧붙였다. "물론 넌 아니겠지만."

"그래서?" 카일이 말했다. "네 제안은 뭐지?"

"그들을 유인하자는 거지. 다시 공격하게 만들자고. 그들 중 하나를 사로잡아 누가 그들을 보냈는지 알아내는 거야."

"내 기억이 맞는다면, 지난번에 내가 그 방법을 제안했을 때는 별로 탐탁하게 여기지 않았던 걸로 아는데." 제이스가 말했다.

"그때는 피곤해서 그랬지." 사이먼이 대답했다. "그러고 나서 다시 생각해봤어. 지금까지의 경험으로 보건대, 악당들은 무시한다고 조용히 물러나지 않아. 계속해서 다양한 방법으로 공격을 시도하지. 그러니까 내가 그들을 오게 만들든지, 아니면 그들이 다시 공격해올 때까지 하염없이 기다리든지 둘 중에 하나야."

"난 찬성." 제이스는 그렇게 말했지만 카일은 여전히 미심쩍은 표정이었다. "그럼 저들이 다시 나타날 때까지 밖에 나가서 어슬렁거릴 생각이야?"

"저들이 쉽게 나를 찾게 해줄 생각이었어. 모든 사람이 내가 나타날 거라고 생각하는 곳에 나타나서."

"그 말은…?" 카일이 말했다.

사이먼이 냉장고에 붙은 전단지를 가리켰다. 밀레니엄 보푸라기 공연, 10월 16일 저녁 9시, 브루클린 알토 바. "저 공연. 안 될 게 뭐야?" 사이먼은 여전히 심한 두통을 느꼈다. 그는 억지로 통증을 밀어내며, 자신이 얼마나 지쳤는지 생각하지 않으려고 했다. 공연을 과연 끝까지 마칠 수 있을지도 의문이었다. 어떻게든 피를 구해야 했다. 반드시.

제이스가 눈을 반짝거렸다. "그거 상당히 좋은 생각인데, 뱀파이어."

"그들이 관객들 앞에서 널 공격하게 하겠다고?" 카일이 물었다.

"공연이 한결 더 흥미진진해질걸." 사이먼은 실제 기분보다 더 호기롭게 말했다. 또 한 번 공격을 받을지 모른다는 생각만 해도 견디기 힘들었다. 자신의 안전이 걱정되는 것은 아니었지만. 사이먼은 카인의 마크가 효과를 발휘하는 광경을 지켜볼 자신이 없었다.

제이스가 고개를 가로저었다. "사람들 앞에서는 공격하지 않아. 공연이 끝날 때까지 기다리겠지. 그럼 우리가 가서 처리하면 돼."

카일이 머리를 흔들었다. "모르겠어…."

그들은 몇 차례 더 논쟁을 벌였다. 제이스와 사이먼이 한편이 되고 카일이 거기에 맞섰다. 사이먼은 약간 죄책감이 들었다. 카일이 마크에 관해 알았다면 설득하기가 훨씬 쉬웠을 것이다. 결국 압력에 굴복한 카일은 자신이 '어리석은 계획'이라고 주장하던 그것에 마지못해 동의했다.

"하지만…." 카일이 자리에서 일어나 셔츠의 베이글 부스러기를 털어냈다. "내가 동의한 이유는 오로지, 내가 동의하건 동의하지 않건 너희가 그 일을 저지를 거라는 사실을 알기 때문이야. 그러니까 나도 그 자리에 있을 거야." 그가 사이먼을 쳐다봤다. "너를 너 자신한테서 보호하는 일이 이렇게 힘들 줄 누가 알았겠어?"

"내가 미리 말해줄 걸 그랬네." 재킷을 걸치고 문으로 향하는 카일에게 제이스가 말했다. 카일은 일하러 가야 한다고 했다. 정말로 자전거 메신저 일을 하긴 하는 모양이었다. 터프한 이름에도 불구하고 프리터루퍼스는 보수가 그리 높지 않았다. 카일이 나가고 문이 닫히자 제이스가 사이먼에게 돌아섰다. "공연은 9시지? 우린 그때까지 뭘할까?"

"우리?" 사이먼이 믿을 수 없다는 듯이 그를 쳐다보았다. "너 집에 들어가긴 할 거야?"

"뭐야, 나랑 같이 있는 게 벌써 지겨워진 거야?"

"뭐 하나만 물어볼게. 나랑 같이 있는 게 그렇게 좋아?"

"뭐라고 했어?" 제이스가 대답했다. "미안, 내가 잠깐 졸았나 보네. 네가 말하던 그 최면인가 뭔가, 그거 계속해도 되겠어."

"그만 좀 해. 잠깐이라도 빈정대지 않을 수는 없어? 넌 먹지도 않고 자지도 않아. 또 누가 그러는지 알아? 클라리야. 클라리도 그 문제에 관해서는 한마디도 하지 않아. 그래서 난 너와 클라리 사이에 어떤 문제가 있는지 몰라. 하지만 둘이 다퉜다는 점만은 분명히 알 수 있어. 네가 만약 클라리와 헤어지려고 하는 거라면…."

"헤어진다고?" 제이스가 그를 뚫어지게 쳐다봤다. "제정신으로 하는 소리야?"

"네가 계속 클라리를 피하면 클라리는 헤어지자고 하겠지."

제이스가 벌떡 일어났다. 느긋하게 이완되었던 분위기가 싹 사라졌다. 그는 먹이를 찾아 배회하는 고양이처럼 잔뜩 긴장했다. 제이스는 창가로 걸어가서 초조하게 커튼을 홱 잡아당겼다. 커튼 사이로 늦은 아침 햇살이 쏟아져 들어와 눈앞이 잠시 하얘졌다. "내가 하는 일엔 다 이유가 있어." 마침내 그가 입을 열었다.

"대단하시네. 클라리도 그 이유를 알아?"

제이스는 아무 말도 하지 않았다.

"클라리는 오직 널 사랑하고 믿을 뿐이야. 넌 클라리에게…."

"세상에는 정직함보다 더 중요한 것들이 있어. 넌 내가 클라리한테 상처 주는 게 좋아서 이러는 줄 알아? 클라리를 화나게 하고, 어쩌면 날 증오하게 만들지도 모르는 짓을 좋아서 하는 줄 아느냐고. 넌 내가 왜 여기 있다고 생각해?" 그는 절망적인 분노가 담긴 눈으로 사이먼을 보았다. "난 클라리와 함께 있을 수가 없어. 그리고 클라리와 함께 있을 수가 없다면 누구와 있든 아무 상관이 없어. 너랑 여기서 이러고 있는 건, 그래도 널 보호하려고 애쓰는 걸 알면 클라리가 기뻐할 거라고 생각하기 때문이야."

"그러니까 애초에 클라리가 불행한 이유가 너라는 사실에도 불구하고 너는 클라리를 기쁘게 하려고 노력 중이라는 소리야?" 사이먼이 다정하지 않은 목소리로 말했다. "그건 모순 같지 않아?"

"사랑은 원래 모순이야." 제이스는 그렇게 말하고 다시 창을 향해 돌아섰다.

8
어둠 속을 헤매다

베스 이스라엘 병원 정문으로 들어서기 전까지 클라리는 자신이 병원 냄새를 얼마나 싫어하는지 잊고 있었다. 소독약과 금속, 오래된 커피, 질병과 고통의 악취를 덮기에는 부족한 표백제 냄새. 엄마의 병에 대한 기억이, 무의식 상태로 튜브와 전선에 연결된 채 누워 있던 조슬린에 대한 기억이 따귀처럼 클라리를 후려쳤다. 클라리는 공기의 맛을 느끼지 않으려고 애쓰며 숨을 들이쉬었다.

"괜찮니?" 조슬린이 외투의 후드를 벗으며 클라리를 쳐다보았다. 그녀의 녹색 눈에 염려가 가득했다.

클라리는 고개를 끄덕이고 어깨를 움츠리며 주위를 둘러보았다. 로비는 온통 차가운 대리석과 금속, 플라스틱으로 이루어져 있었다. 커다란 안내 데스크 뒤에서 간호사인 듯한 여자들이 서성거렸다. 중환자실, 방사선과, 종양외과, 소아과 등의 위치를 알려주는 표지판들이 눈에 띄었다. 클라리는 매점까지 잠결에라도 갈 수 있었다. 그녀가 루크에게 가져다준 미지근한 매점 커피를 모두 합친다면 센트럴 파크의 저수지를 채우고도 남았다.

"실례합니다." 늘씬한 간호사가 노인의 휠체어를 밀며 지나가다가 하마터면 클라리의 발가락을 찧을 뻔했다. 클라리가 간호사를 눈으로 좇았다. 뭔가… 희미하게 어른거리는 것이….

"빤히 쳐다보지 마, 클라리." 조슬린이 목소리를 낮춰 말했다. 그러고는 클라리의 어깨를 감싸고 혈액 채취실의 대기실로 이어지는 문을 향해 돌아섰다. 검은 유리문에 클라리와 엄마의 모습이 비쳤다. 여전히 클라리는 엄마보다 머리 반 정도 작았지만 두 사람은 정말 비슷했다. 과거에 클라리는 그런 소리를 들으면 말도 안 된다며 흘려들었다. 조슬린은 아름다웠지만 그녀는 아니었다. 하지만 두 사람은 눈매와 입매뿐만 아니라 붉은 머리와 녹색 눈동자, 가느다란 손까지 똑같았다. 오빠는 발렌타인을 쏙 빼닮았는데 클라리는 어쩌면 이렇게 하나도 닮지 않았을까. 조너선은 아버지의 금발과 놀랍도록 선명한 검은 눈을 물려받았다. 클라리도 자세히 들여다보면 완고한 인상의 턱선에서 발렌타인의 모습이 약간 보이는 듯도 하지만….

"조슬린." 두 사람이 돌아섰다. 노인의 휠체어를 밀던 간호사가 그들 앞에 서 있었다. 호리호리하고 어려 보이는 간호사는 피부와 눈동자가 모두 검었는데… 클라리가 다시 쳐다보자 글래머가 벗겨졌다. 그녀는 여전히 날씬하고 어려 보였지만 피부는 감청색이고, 뒤통수에 꼬아 붙인 머리는 눈처럼 새하얬다. 푸른색 피부는 연분홍색 수술복과 뚜렷한 대조를 이뤘다.

"클라리." 조슬린이 입을 열었다. "이쪽은 카타리나 로스라고 한단다. 내가 여기 있을 때 돌봐준 분이야. 매그너스의 친구이기도 하고."

"당신은 마법사로군요." 클라리가 불쑥 말해버렸다.

"쉬잇." 마법사는 소스라치게 놀란 표정이었다. 그녀가 조슬린을 노려보았다. "딸을 데려온다는 말은 없었잖아요. 게다가 아직 어린애고."

"클라리사는 얌전히 있을 거예요." 조슬린이 엄한 눈으로 클라리를 보았다. "그럴 수 있지?"

클라리가 고개를 끄덕였다. 클라리는 이드리스의 전투에서 매그너스 외에 다른 마법사들을 보았다. 그때 모든 마법사는 인간이 아님을 보여주는 특징적인 외모를 지녔다는 것을 알게 되었다. 이를테면 매그너스가 고양이 눈을 가진 것처럼 말이다. 어떤 마법사에게는 날개가 있었고, 어떤 마법사에게는 물갈퀴 달린 발이나 맹수의 발톱이 달린 손이 있었다. 하지만 몸 전체가 푸른색 피부로 감싸였다면 콘택트렌즈나 큼지막한 재킷 같은 것으로는 해결하기 어려웠다. 카타리나 로스는 외출할 때마다 글래머를 사용해야 할 것이다. 더군다나 그녀는 먼데인 병원에서 일하고 있었다.

마법사가 엄지로 엘리베이터를 가리켰다. "어서요. 나와 함께 가요. 이 일을 얼른 해치우죠."

클라리와 조슬린은 그녀를 따라 엘리베이터들이 있는 곳으로 가서 제일 먼저 문이 열린 엘리베이터에 올라탔다. 쉭 소리를 내며 문이 닫히자 카타리나가 'M'이라고 쓰인 버튼을 눌렀다. 버튼 옆에 금속 홈이 팬 걸로 보아 M층에 가려면 열쇠가 있어야 하는 모양이지만 카타리나가 버튼을 누르자 손가락 끝에서 푸른 불꽃이 튀어나와 버튼에 불이 들어왔다. 엘리베이터가 아래로 움직이기 시작했다.

카타리나가 머리를 절레절레 흔들었다. "당신이 매그너스 베인의 친구가 아니었다면요, 조슬린 페어차일드…."

"프레이예요." 조슬린이 말했다. "이제는 조슬린 프레이로 불려요."

"이제는 섀도우 헌터의 이름을 사용하지 않나 보군요?" 카타리나가

히죽 웃었다. 푸른 피부와 대비되어 입술이 놀랍도록 붉어 보였다. "너는 어떠니, 얘야? 너도 아빠처럼 섀도우 헌터가 될 거니?"

클라리는 언짢은 마음을 감추려고 애썼다. "아뇨, 난 섀도우 헌터가 될 거지만 제 아버지 같은 섀도우 헌터는 되지 않을 거예요. 그리고 제 이름은 클라리사예요. 클라리라고 부르시면 돼요."

엘리베이터가 멈추고 문이 스르륵 열렸다. 마법사의 푸른 눈이 잠시 클라리에게 머물렀다. "아, 네 이름은 나도 알아. 클라리사 모겐스턴. 대전투를 종결시킨 소녀."

"아마 그럴 거예요." 카타리나 뒤로 클라리가 엘리베이터에서 내렸다. 그녀의 엄마가 뒤를 바짝 따라왔다. "그때 거기 계셨어요? 본 기억이 없는데요."

"카타리나는 여기 있었어." 조슬린이 서둘러 따라오면서 약간 숨 가쁘게 말했다. 그들은 아무것도 없는 복도를 걷고 있었다. 창문도 없고 문도 없는 벽에는 보기 싫은 연녹색 페인트가 칠해져 있었다. "매그너스가 화이트북을 참고해서 날 깨울 때 카타리나가 옆에서 도왔어. 그런 다음 매그너스가 이드리스에 가 있는 동안 여기 남아서 그걸 지켰고."

"그 책을 지켰다고요?"

"아주 중요한 책이니까." 카타리나가 말했다. 고무창이 달린 신발로 바닥을 울리며 그녀가 서둘러 걸어갔다.

"그 전쟁도 아주 중요한 전쟁이었던 걸로 아는데요." 클라리가 소리 죽여 중얼거렸다.

그들이 마침내 문 앞에 다다랐다. 문에는 네모난 불투명 유리가 고정되어 있었고 검은색으로 커다랗게 '영안실'이라고 쓰여 있었다. 카타리나가 문고리를 돌리며 클라리를 쳐다보았다. 얼굴에 재미있어하는 표정이 떠올랐다. "나는 꽤 어렸을 때 내게 치유의 재능이 있다는 사실을 깨달았어. 그게 바로 내가 쓰는 마법이지. 그래서 형편없는 보수를 받고 이 병원에서 일하고 있는 거고. 난 내가 할 줄 아는 일을 하면서 먼데인들의 병을 치유해. 내 본모습을 본다면 찢어져라 비명을 질러댈 그들을 위해 말이야. 아마 새도우 헌터들과 마법이 뭔지 안다고 생각하는 멍청한 인간들에게 내 기술을 판다면 부자가 되고도 남을 거야. 하지만 난 그러지 않아. 여기서 일하지. 그러니까 내 앞에서 거만하게 굴지 마, 빨강 머리 소녀. 네가 유명하다고 해서 나보다 나은 건 아니니까."

클라리의 볼이 확 달아올랐다. 그녀는 한 번도 자신을 유명하다고 생각한 적이 없었다. "맞아요. 죄송해요."

마법사의 푸른 눈이 조슬린에게로 향했다. 조슬린의 얼굴은 긴장으로 하얗게 질려 있었다. "준비됐어요?"

조슬린이 고개를 끄덕이고 클라리를 쳐다보자 클라리도 고개를 끄덕였다. 카타리나가 문을 밀어 열었고, 그들은 그녀를 따라 영안실로 들어갔다.

가장 먼저 클라리를 공격해온 것은 오싹한 한기였다. 방 안이 얼어붙을 정도로 추워서 클라리가 서둘러 재킷의 지퍼를 올렸다. 두 번째는 냄새였다. 들큼한 부패의 냄새를 덮는 강렬한 세척제 냄새. 머리 위의 형광등에서 노르스름한 빛이 쏟아져 내렸다. 중앙에는 커다란 검진대 두 개가 놓여 있었다. 개수대도 있었고, 금속 선반 위에는 신체 기관의 무게를 재는 저울이 놓여 있었다. 한쪽 벽에는 강철 수납함이 줄줄이 놓여 있었다. 은행의 대여 금고와 비슷하게 생겼지만 그것보다 크기가 훨씬 컸다. 카타리나가 방을 가로질러 가서 수납함 하나의 손잡이를 잡아당겼다. 함이 스르륵 열리자 그 안에, 금속 판 위에 아기의 시신이 안치되어 있었다.

조슬린이 작게 신음을 흘렸다. 그러고는 카타리나의 옆으로 서둘러 다가갔다. 클라리는 좀 더 천천히 그곳으로 다가갔다. 클라리는 전에도 시신들을 본 적이 있었다. 맥스 라이트우드의 시신도 보았다. 맥스는 클라리가 알던 아이였다. 아홉 살밖에 되지 않은 아이. 하지만 아기는….

조슬린이 손으로 입을 틀어막았다. 커다랗고 어두운 눈이 아기의 시신에 고정되었다. 클라리가 내려다보았다. 얼핏 보기에 아기는—남자 아기였다—정상으로 보였다. 손가락 발가락도 열 개씩 모두 달렸다. 하지만 글래머를 걷어내고 보려던 때처럼 자세히 들여다보니, 아이의 손가락은 사람의 손가락이 아니라 맹수나 맹금의 발처럼 안쪽으로 구부러졌고 날카로운 손톱이 달려 있었다. 아이의 피부는 회색이었고 활짝 열린 눈은 홍채뿐 아니라 흰자까지 까만색이었다.

조슬린이 속삭였다. "조너선이 태어났을 때도 눈이 꼭 저랬어. 검은 터널 같았지. 나중에는 인간과 비슷하게 변했지만 난 분명히 기억해…."

조슬린은 몸을 부르르 떨며 돌아서더니 서둘러 방을 나갔다. 그녀 뒤로 문이 닫혔다.

클라리가 무표정한 얼굴로 서 있는 카타리나를 흘깃 보았다. "의사들은 못 봤나요? 그러니까 아기의 눈이랑… 저 손들…."

카타리나가 고개를 저었다. "그들은 보고 싶지 않은 것은 보지 않아." 그러고는 어깨를 으쓱해 보였다. "이곳에는 내가 접해보지 못한 종류의 마법이 작용하고 있어. 악마의 마법. 좋지 않은 것들." 카타리나가 주머니에서 뭔가를 꺼냈다. 지퍼락 안에 들어 있는 천 조각이었다. "사람들이 데려왔을 때 아기를 감싸고 있던 천 조각이야. 여기서도 마법 냄새가 나. 이걸 네 엄마에게 전해줘. 침묵의 형제들에게 보여주면 그들이 알아낼지도 모르니까. 누가 이런 짓을 했는지."

클라리가 멍하니 그것을 받아들었다. 손으로 봉지를 감싸는 순간 눈앞에 룬 하나가 떠올랐다. 선과 소용돌이 모양으로 이루어진 문양. 언뜻 떠오른 이미지는 그 봉지를 외투 주머니에 넣는 즉시 사라졌다.

하지만 클라리의 심장은 거세게 날뛰었다. 그녀는 생각했다. 침묵의 형제들에게 넘기지 않을 거야. 그 룬으로 뭘 할 수 있는지 보기 전까지는.

"매그너스를 만날 거지? 그럼 너희 엄마가 원하는 것을 내가 보여줬다고 전해줘." 카타리나가 말했다.

클라리는 인형처럼 기계적으로 고개를 끄덕였다. 별안간 미치도록 그곳에서 나가고 싶었다. 노란 불빛이 쏟아지는 그곳, 죽음의 냄새와 훼손된 작은 시신으로부터 멀어지고 싶었다. 클라리는 엄마를 떠올렸다. 해마다 조녀선의 생일이면 그의 머리카락이 들어 있는 작은 상자를 꺼내 보며 눈물 흘리던 엄마. 지금 눈앞에 죽어 있는 저런 존재가 돼버린 아들이 아니라 자신이 가졌어야만 하는 아들을 생각하며 눈물 흘리던 엄마. 클라리는 생각했다. 이건 엄마가 보고자 원한 것이 아니야. 엄마는 이런 일이 일어나지 않기를 바라왔을 뿐이지. 하지만 그저 이렇게만 대답할 뿐이었다. "그럼요, 그렇게 전할게요."

'알토 바'는 그린포인트에 있는 전형적인 작은 바로, 브루클린-퀸스 고속도로를 가로지르는 고가도로 아래쪽에 자리했다. 매주 토요일 밤에는 모든 연령대에 바를 개방했고, 바의 주인이 에릭과 아는 사이여서 밴드가 원하면 어느 토요일이건 연주해도 좋다며 흔쾌히 장소를 제공했다. 이름이 계속 바뀌고 관객을 끌어들일 가능성이 적은 밴드일지라도.

카일과 다른 멤버들은 무대 위에서 악기와 장비를 세팅하고 마지막

점검을 하고 있었다. 그들은 카일을 보컬로 내세워서 밴드가 예전에 연주하던 곡들을 선보일 예정이었다. 카일은 가사를 빨리 외웠고, 멤버들은 어느 정도 자신감에 차 있었다. 사이먼은 공연이 시작되기 전까지 무대 뒤쪽에 남아 있기로 해서 카일의 시름을 조금 덜어주었다. 이제 사이먼은 무대 뒤쪽에 걸린 먼지 낀 벨벳 커튼 너머로 바깥에 누가 와 있는지 살피고 있었다.

바의 인테리어는 예전만 해도 최신 유행이었다. 과거의 주류 밀매점을 연상시키는, 압축한 주석으로 덮은 벽과 천장도 그렇고, 바 뒤편의 아르데코풍 반투명 유리도 그랬다. 하지만 지금은 개업할 당시에 비해 훨씬 지저분한 모습으로 변했다. 벽은 담배연기로 찌들었고, 바닥에 깔린 톱밥은 맥주뿐 아니라 더욱 끔찍한 것들이 흘러 여기저기 덩어리져 있었다.

긍정적인 면을 꼽자면, 벽 쪽 테이블에 빈자리가 없을 정도로 손님이 찼다는 점이다. 사이먼은 한 테이블에 이사벨이 홀로 앉아 있는 것을 보았다. 이사벨은 사슬을 엮은 갑옷처럼 보이는 짧은 그물망 원피스를 입었고 악마를 밟아 죽이기에 적당한 부츠를 신었다. 머리칼은 전부 끌어올려 은젓가락들로 쪽을 지었다. 사이먼은 그 은젓가락들이 금속이나 뼈까지 썰어버릴 정도로 몹시 예리하다는 사실을 알고 있었다. 이사벨은 갓 흘린 피처럼 새빨간 립스틱을 발랐다.

정신 바짝 차려. 사이먼은 자신을 타일렀다. 피 생각은 그만하고.

밴드 멤버의 친구들도 자리를 채웠다. 커크와 매트의 여자친구인 블라이스와 케이트가 테이블 한곳에 앉아서 나초를 나눠먹고 있었다. 에릭은 다양한 여자친구들을 테이블 곳곳에 앉혀두었고, 학교 친구들도 거의 모두 불러서 실내가 훨씬 붐벼 보였다. 한쪽 구석에 사이먼의 팬인 모린이 홀로 앉아 있었다. 작고 비쩍 마른 금발 소녀는 열두 살 정도로 보이지만 본인은 열여섯 살이라고 주장했다. 사이먼은 모린이 열네 살쯤 되었을 거라고 추정했다. 커튼 뒤에서 머리를 내민 사이먼을 발견하고 모린이 손을 흔들며 활짝 웃었다.

사이먼은 움찔하며 거북처럼 목을 당기고 커튼을 확 쳤다.

"이봐." 뒤집어놓은 스피커 위에 걸터앉은 제이스가 전화기를 쳐다보며 말했다. "베를린에서 보내온 알렉과 매그너스의 사진을 보고 싶지 않아?"

"별로." 사이먼이 대답했다.

"매그너스가 무릎까지 오는 가죽바지를 입고 있는데."

"그렇대도 별로야."

제이스가 전화기를 주머니에 찔러 넣고 의아하다는 듯이 사이먼을 쳐다보았다. "너 괜찮아?"

"그래." 사이먼은 그렇게 답했지만 실은 괜찮지 않았다. 현기증이 나고 속이 메스꺼웠으며 신경이 날카로웠다. 아마도 오늘 밤 벌어질 일에 대한 중압감 때문일 거라고 사이먼은 생각했다. 거기다 피를 마시지 못한 것도 부담으로 작용했다. 조만간 그 문제를 해결하지 않으면 안 되었다. 사이먼은 클라리가 곁에 있었으면 하고 바랐지만, 그럴 수 없다는 사실을 잘 알았다. 클라리는 결혼식 준비 때문에 오늘 공연에는 오지 못할 거라고 이미 오래전에 말해두었다. 사이먼은 이곳에 오기 전에 제이스에게 그 사실을 전했다. 제이스는 안쓰러울 정도로 안도하는 동시에 실망하는 표정을 지었는데 그야말로 인상적이었다.

"어이." 카일이 커튼 안으로 고개를 불쑥 들이밀며 말했다. "우린 거의 준비 다 됐어." 그러고는 사이먼을 유심히 보았다. "정말 괜찮겠어?"

사이먼이 카일을 보았다가 제이스에게로 시선을 옮겼다. "너희 둘이 똑같이 옷을 입은 거야?"

둘은 자신의 모습을 내려다보고 다시 서로를 보았다. 둘 다 청바지에 검은 긴팔 티셔츠를 입었다. 제이스가 시선을 의식하며 셔츠 단을 잡아당겼다. "이거 카일한테 빌려 입은 거야. 내 옷이 좀 지저분해서."

"와, 이젠 옷도 빌려 입는 사이야? 그건, 그러니까 제일 친한 친구들끼리 하는 거 아닌가."

"소외감 느끼는 거야?" 카일이 말했다. "너도 검은 티셔츠를 빌리고 싶은 모양이네."

카일이나 제이스에게 맞는 옷이 자기처럼 앙상한 몸에 맞을 리가 없었지만 사이먼은 그 사실을 언급하지 않았다. "바지만 각자 자기 걸로 입는다면."

에릭이 커튼 안으로 고개를 들이밀었다. "흥미진진한 대화를 방해해서 미안한데 말이야, 얼른 나와. 이제 시작해야 해."

카일과 사이먼이 무대로 향하자 제이스도 자리에서 일어났다. 티셔츠 자락 아래로 반짝이는 단검이 드러났다.

"무대 위에서 잘해." 제이스가 심술궂게 씩 웃어 보였다. "난 이 아래에서 잘하고 있을 테니까."

라파엘은 황혼 무렵에 나타나야 했다. 하지만 그의 영상이 인스티튜트 도서관에 나타난 것은 약속된 시간으로부터 세 시간이 지난 때였다.

뱀파이어 정치로군. 루크가 냉담하게 생각했다. 뉴욕 뱀파이어 일족의 우두머리는 새도우 헌터가 부를 경우 꼭 응해야 하는 상황이라면 응할 것이다. 하지만 그곳으로 끌려오지도, 정시에 나타나지도 않을 것이다. 루크는 지난 몇 시간 동안 라파엘을 기다리며 도서관의 책들을 읽었다. 메이리스는 대화를 나누는 일에 관심이 없는 듯이 창가에서 크리스털 잔에 따른 레드와인을 마시며 요크가를 지나는 차들을 물끄러미 바라보았다.

어둠에 흰 분필로 그린 것처럼 라파엘이 나타나자 메이리스가 돌아섰다. 제일 먼저 창백한 얼굴과 손이 보이고, 다음으로 어두운 색의 옷과 머리가 나타났다. 마침내 몸 전체가 드러나면서 라파엘이 영상의 모습으로 서 있었다. 황급히 돌아서는 메이리스를 보며 라파엘이 입을 열었다. "불렀나요, 섀도우 헌터?" 그러고는 루크에게로 시선을 돌렸다. "늑대인간도 여기 있군. 무슨 의회에라도 불려나온 건가?"

"그런 건 아니야." 메이리스가 책상 위에 잔을 내려놓았다. "최근에 일어난 살인 사건에 관해 들었겠지, 라파엘? 섀도우 헌터들의 시신이 발견되었다는 소식 말이야."

라파엘이 눈썹을 들어 올렸다. "들었죠. 중요하게 생각하진 않았지만. 우리 일족과는 상관없는 일이니까요."

"시신 한 구는 마법사 구역에서, 한 구는 늑대인간 구역에서, 한 구는 요정 구역에서 발견됐어." 루크가 말했다. "다음은 그쪽 구역에서 발견될 차례야. 다운월드 사람들 사이에 불화를 조장하려는 시도로 보여. 나는 네가 이 일에 책임이 없다는 걸 믿고, 그 믿음을 보여주기 위해 이 자리에 나온 거야."

"정말 다행이군." 라파엘은 그렇게 말했지만 눈빛은 어둡고 경계심이 어려 있었다. "내게 책임이 있을지도 모른다고 의심할 이유라도 있나?"

"죽은 자들 중에 하나가 자기를 공격한 자를 알려줬거든." 메이리스가 신중하게 말했다. "그가… 죽기 전에 우리한테 카밀이 그 일에 책임이 있다고 알려줬어."

"카밀이라고요." 라파엘의 목소리는 조심스러웠지만 충격을 받은 표정이 얼굴에 떠올랐다. 하지만 그는 곧 무표정한 얼굴로 되돌아갔다. "그건 불가능한 일이에요."

"어째서 그렇지, 라파엘?" 루크가 물었다. "카밀은 너희 일족의 우두머리야. 굉장한 능력을 지닌 뱀파이어고, 무자비한 성격으로도 유명하지. 게다가 언제부터인가 모습을 감추고 사라져버린 것 같더군. 이드리스에서 전투가 있을 때도 카밀은 오지 않았어. 지난 몇 달간 그녀의 모습을 보았거나 소식을 들었다는 섀도우 헌터도 없었고. 지금까지는 말이야."

라파엘은 말이 없었다.

"무슨 일인가 벌어지고 있어." 메이리스가 말했다. "우린 카밀이 이일에 관련되었다는 사실을 클레이브에 알리기 전에 네게 설명할 기회를 주려는 거야. 신의의 표시로."

"그래요, 그건 분명한 표시가 되겠죠."

"라파엘." 루크가 쌀쌀맞게 말했다. "카밀을 보호하려고 하지 않아도 돼. 카밀을 정말 생각한다면…"

"카밀을 생각한다고?" 라파엘이 옆으로 돌아서서 침을 뱉었다. 그는 영상일 뿐이므로 굳이 돌아설 필요가 없었지만 보여주기 위한 행동이었다. "난 그녀를 증오해. 경멸하지. 매일 밤 깨어날 때마다 그녀가 죽기를 바라."

"오." 메이리스가 세심하게 말했다. "그럼 어쩌면…"

"카밀은 오랫동안 우릴 이끌었어요." 라파엘이 말했다. "내가 뱀파이어가 되었을 때도 그녀가 우두머리였고, 그건 50년 전의 일이죠. 그전에 그녀는 런던에 살았어요. 이 도시에서는 이방인이었지만 몇 달 만에 맨해튼 일족의 우두머리가 될 정도로 무자비한 여자였어요. 작년에 나는 그녀의 부사령관이 되었죠. 그러고는 몇 달 전에 그녀가 인간을 죽이고 있다는 것을 알게 되었어요. 카밀은 재미로 인간들을 죽이고 피를 마셨어요. 법을 위반하면서. 가끔 그런 일이 일어나곤 해요. 뱀파이어가 무리에서 벗어나 그런 짓을 저지르면 그들을 막을 길이 없으니까요. 하지만 일족의 우두머리가 그런 짓을 한다면… 현명하게 행동해야 할 그들이." 라파엘은 회상에 잠긴 듯이 움직이지 않고 가만히 서 있었다. "우린 저 야만적인 늑대들과는 달라요. 새로운 리더를 얻기 위해 이전의 리더를 죽이는 짓은 하지 않아요. 뱀파이어의 세계에서는 다른 뱀파이어에게 손을 대는 짓이 최악의 범죄죠. 아무리 법을 어긴 뱀파이어라고 해도. 게다가 카밀에게는 수많은 협력자들과 추종자들이 있어요. 그녀의 목숨을 빼앗으려고 하는 것은 너무나 위험한 짓이었어요. 그래서 대신 카밀에게 우리를 그냥 내버려두고 나가줄 것을 요구했죠. 그러지 않으면 클레이브에 알리겠다고. 물론 나는 그러고 싶지 않았어요. 그 사실이 알려지면 일족 전체가 노여움을 살 테니까. 우리 일족은 불신을 받고 조사를 받게 되겠죠. 다른 일족들 앞에서 수치를 당하고 굴욕감을 느끼게 될 거예요."

메이리스가 못 참겠다는 듯 신음 소리를 냈다. "체면보다 더 중요한 일들이 있어."

"뱀파이어에게는 그것이 삶과 죽음의 문제가 될 수도 있어요." 라파엘이 목소리를 낮췄다. "난 카밀이 내 말을 믿기를 바라며 도박을 했어요. 카밀은 정말로 내 말을 믿었고요. 그녀는 일족을 떠나기로 합의했지요. 난 그녀를 무리 밖으로 내쫓았지만 어려운 문제가 남았죠. 카밀은 우두머리 자리에서 물러난 것이 아니므로 난 그녀의 자리에 오를 수가 없어요. 카밀이 저지른 짓을 밝히지 않고서는 그녀가 떠난 것을 설명할 길이 없으니까. 그래서 카밀이 여행을 떠나 오랫동안 자리를 비운 것으로 해둘 수밖에 없었어요. 우리 종족에게 방랑벽이란 낯선 것이 아니니까요. 영원히 사는 자들에게는 한곳에만 머무는 것이 따분한 감옥처럼 느껴지죠. 오랜 세월이 흐르고 난 후에는요."

"그런 속임수를 언제까지 쓸 수 있을 거라고 생각한 거지?" 루크가 물었다.

"쓸 수 있을 때까지." 라파엘이 대답했다. "이제 더는 못 쓰게 된 듯하지만." 그가 창문 쪽으로 시선을 돌려 불빛이 반짝이는 밤거리를 바라보았다.

루크는 책장에 등을 기댔다. 그곳이 다름 아닌 늑대인간, 나가(힌두교와 불교 신화에 나오는 반신 반수의 거대한 뱀―옮긴이), 셀키(스코틀랜드 전설에 나오는 바다표범 요정―옮긴이) 등을 주제로 한 책들이 꽂힌, 변신능력자 서가라는 것을 눈치채고, 그가 희미하게 재미있다는 표정을 지었다. "카밀이 너에 관해 비슷한 얘기를 했다는 사실을 알면 흥미로워하겠군." 루크는 카밀이 누구에게 그 얘기를 했는지는 굳이 말하지 않았다.

"카밀은 도시를 떠난 것으로 알고 있는데."

"그랬는지 모르겠지만, 다시 돌아왔어." 메이리스가 말했다. "그리고 이젠 인간의 피로는 만족하지 못하는 것 같고."

"더는 무슨 말을 해야 할지 모르겠군요." 라파엘이 말했다. "난 우리 일족을 보호하려고 했던 것뿐이에요. 법으로 처벌하겠다면 기꺼이 받아들이겠어요."

"널 처벌하는 일에는 관심이 없어, 라파엘. 네가 우리에게 협력하길 거부하지 않는 이상은." 루크가 말했다.

라파엘의 시선이 그들에게로 돌아왔다. 검은 눈이 타오르듯 반짝거렸다. "어떤 일에 협력을 하라는 거지?"

"우린 카밀을 생포하길 원해." 메이리스가 말했다. "카밀을 심문해야 하니까. 왜 섀도우 헌터들을 살해했는지 이유를 알아내야 해. 그리고 특별히 그 섀도우 헌터들을 죽인 이유에 대해서도."

"진정으로 그 일을 이루고자 한다면 아주 훌륭한 계획이 필요할 거예요." 라파엘의 목소리에는 즐거움과 냉소가 섞여 있었다. "카밀은 우리 종족 중에서도 교활한 축에 속해요. 그야말로 아주 교활하죠."

"계획은 세워졌어." 루크가 말했다. "데이라이터가 관련된 계획이지. 사이먼 루이스."

라파엘이 인상을 썼다. "난 그를 좋아하지 않아. 그가 관련된 일이라면 별로 참여하고 싶지 않은데."

"저런, 안됐네." 루크가 말했다.

바보같이. 우산을 안 가져오다니.

그날 아침에 엄마는 보슬비가 내릴 거라고 했지만 클라리가 로리머가의 알토 바에 다다를 때쯤에는 본격적으로 비가 쏟아지고 있었다. 클라리는 보도에서 담배를 피우는 사람들을 밀치고는 고마운 마음으로 보송보송하고 따뜻한 바 안으로 들어섰다.

'밀레니엄 보푸라기'는 이미 무대에 올라 있었다. 멤버들이 신나게 악기를 두드려댔고 카일은 앞으로 나와 마이크에 대고 섹시한 저음으로 노래를 불렀다. 클라리는 잠시 흡족해졌다. 밴드가 카일을 멤버로 받아들인 데에는 클라리의 영향력이 크게 작용했고 카일은 그들을 뿌듯하게 만들어주고 있었다.

클라리는 마야나 이사벨이 있을까 싶어서 실내를 죽 둘러보았다. 사이먼은 공연 때마다 세심하게 신경을 써서 초대했으므로 두 사람이 모두 와 있을 리는 없었다. 클라리는 곧 늘씬한 검은 머리 소녀를 발견하고 다가가다가 우뚝 멈췄다. 그 소녀는 이사벨이 아니었다. 짙은 색으로 아이라인을 그린, 이사벨보다 나이가 많은 여자였다. 짙은 색깔의 정장을 입고 음악에는 관심이 없는 듯이 신문을 읽고 있었다.

"클라리! 여기야!" 클라리가 돌아서자 무대 근처 테이블에 앉은 진짜 이사벨이 보였다. 은색 불빛처럼 반짝이는 원피스를 입고 있었다. 클라리는 이사벨의 자리로 가서 맞은편 의자에 앉았다. "비를 쫄딱 맞았나보네." 이사벨이 말했다.

클라리가 애처롭게 웃으면서 젖은 머리를 쓸어 넘겼다. "대자연과 내기를 하면 반드시 지게 되어 있어."

이사벨이 검은 눈썹을 들어 올렸다. "오늘 밤에는 네가 안 오는 줄 알았어. 결혼식 어쩌고저쩌고 때문에 못 온다고 사이먼이 그랬거든." 이사벨은 결혼식을 비롯해 로맨틱한 사랑을 과시하는 어떤 것에 대해서도 별 감흥이 없는 듯했다.

"엄마가 몸이 안 좋아서 나중으로 연기했어." 클라리가 말했다.

이 말은 어느 정도 사실이었다. 조슬린은 병원에서 돌아오자마자 방으로 들어가 문을 닫았고, 클라리는 무력감과 좌절감을 느끼며 방 밖에서 엄마의 울음소리를 들었다. 엄마는 클라리를 방 안으로 들이지도, 그녀와 얘기를 나누려 하지도 않았다. 마침내 루크가 집으로 돌아오자 클라리는 기꺼이 그에게 엄마를 맡기고 집을 나왔다. 그러고 나서 계속 시내를 쏘다니다가 사이먼의 공연을 보러 온 것이다. 클라리는 특별한 사정이 없는 한, 사이먼이 공연을 하면 언제나 보러 왔고, 오늘 같은 날에는 사이먼과 이야기를 나누고 나면 기분이 나아질 것이었다.

"그래." 이사벨은 더 이상 묻지 않았다. 다른 사람의 문제에 전혀 관심이 없는 이사벨의 성격이 때로는 편안하게 느껴지기도 했다. "아무튼 사이먼은 네가 와서 반가워할 거야."

클라리가 무대 쪽을 흘긋 보았다. "공연 어때?"

"괜찮네." 이사벨이 생각에 잠겨서 빨대를 씹었다. "저 새로 들어온 보컬 정말 섹시해. 여자친구는 없나? 난 말이야, 아주 아주 나쁜 말처럼 저 남자를 타고 시내를 돌아…."

"이사벨!"

"왜?" 이사벨이 클라리를 보더니 어깨를 으쓱했다. "그냥 그렇다고. 아무튼 사이먼과 나는 정해놓고 사귀는 사이가 아니야. 전에도 말했지만."

사실 사이먼은 이런 상황에 대해 입이 열 개라도 할 말이 없었다. 그렇긴 해도 사이먼은 클라리의 친구였다. 클라리는 사이먼을 변호하려고 입을 열다가 흘긋 무대를 보았다. 그러다 뭔가에 시선을 빼앗겼다. 낯익은 얼굴 하나가 무대 출입구에서 모습을 드러냈던 것이다. 클라리가 언제 어디서 보더라도 알아볼 사람. 아무리 어두운 곳이라고 해도, 전혀 예상치 못한 곳이라고 해도 클라리는 그를 알아보았으리라.

제이스. 그는 먼데인 같은 차림이었다. 청바지와 몸에 꼭 맞는 검은 티셔츠를 입었던 것이다. 티셔츠 위로 어깨와 등의 잔 근육들이 움직이는 모습이 그대로 드러나 보였다. 무대 조명 아래서 그의 머리칼이 희미하게 반짝였다. 벽 쪽으로 걸어가서 기대서는 제이스를 은밀한 시선들이 지켜보았다. 그는 바의 앞쪽을 골똘하게 응시하고 있었다. 클라리의 심장이 크게 뛰기 시작했다. 바로 전날에 보았건만 제이스를 마지막으로 본 것이 까마득한 옛날 일처럼 느껴졌다. 그러면서도 한편으로 낯선 사람을 보고 있는 듯한 느낌이 들기도 했다. 제이스가 여기엔 웬일이지? 사이먼을 좋아하지도 않으면서! 그는 한 번도 사이먼의 공연을 보러 온 적이 없었다.

"클라리!" 이사벨이 비난하듯 소리쳤다. 고개를 돌린 클라리는 자신이 실수로 이사벨의 잔을 쓰러뜨렸다는 것을 깨달았다. 이사벨의 사랑스러운 은빛 원피스에서 물이 뚝뚝 떨어졌다.

이사벨이 냅킨을 집으며 험악한 표정으로 클라리를 쳐다보았다. "가서 얘기해. 그러고 싶다는 거 아니까."

"미안해." 클라리가 말했다.

이사벨이 클라리를 쫓아내듯 손을 흔들어 보였다. "가."

클라리가 일어나며 옷매무새를 가다듬었다. 제이스가 온다는 것을 알았으면 다른 옷을 입었을 텐데. 클라리는 루크의 옷장에 걸려 있던 벳시 존슨의 진분홍 빈티지 원피스에 빨간 타이즈와 부츠를 신고 있었다. 한때는 원피스 앞쪽에 위에서부터 아래까지 달린 녹색 꽃 모양의 단추가 고풍스럽고 멋지다고 생각했지만 지금은 이사벨만큼 잘 어울리고 세련된 차림을 하지 못한 기분이 들었다.

사람들은 춤을 추거나 제자리에 서서 맥주를 마시며 음악에 맞춰 가볍게 몸을 흔들고 있었다. 인파를 헤치며 걸어가다 보니 클라리는 제이스를 처음 만난 순간이 떠올랐다. 어느 클럽에서 클라리는 반대편에 있는 그를 발견하고 그의 환한 빛깔의 머리칼과 도도한 어깨를 바라보았다. 클라리는 그가 아름답다고 생각했지만 자신과는 전혀 상관없는 사람이라고 여겼다. 그는 누군가가 쉽게 데이트할 수 있는 부류가 아니었다. 그런 세상과는 별개로 존재하는 인물 같았다.

클라리가 다가갈 때까지도 제이스는 그녀를 알아채지 못했다. 가까이에서 보니 제이스는 며칠 밤을 새운 사람처럼 몹시 피곤해 보였다. 피로로 표정이 딱딱하게 굳었고 살갗 아래로 뼈가 선명하게 드러났다. 그는 손가락을 벨트 고리에 걸고 벽에 기대서서 연한 황금빛 눈으로 앞쪽을 주의 깊게 응시하고 있었다.

"제이스." 클라리가 불렀다.

제이스는 움찔하더니 고개를 돌려 그녀를 보았다. 클라리를 바라볼 때면 언제나 그러듯 그의 눈이 순간적으로 환하게 빛나자 클라리의 가슴속에 희망이 차올랐다.

하지만 빛은 곧바로 사그라지더니 제이스의 얼굴에서 핏기가 싹 가셨다. "난… 사이먼은 네가 오지 않을 거라고 했어."

클라리는 속이 갑자기 울렁거려서 한 손으로 벽을 짚었다. "그러니까 내가 오지 않는다는 것을 알았기 때문에 여기 온 거야?"

그가 고개를 저었다. "난…."

"나랑 다시 말을 하긴 할 생각이었어?" 클라리는 목소리가 올라가는 것을 느끼고 있는 힘을 다해 끌어내렸다. 양쪽으로 내린 손이 주먹을 만들면서 손톱이 손바닥을 파고들었다. "관계를 끝내고 싶다면 적어도 나한테 말은 해줘야 하는 거 아니야? 그렇게 대화를 딱 끊어버려서 나 혼자 모두 끝났다고 추측하게 내버려둘 것이 아니라."

"왜 모든 사람이 나더러 너랑 헤어질 거냐는 그 빌어먹을 질문을 하는 거지? 처음에는 사이먼이 그러더니 이젠 너까지…."

"사이먼한테 우리 얘기를 한 거야?" 클라리가 고개를 절레절레 흔들었다. "이유가 뭐야? 왜 나한테는 말하지 않는 거야?"

"왜냐하면 너하고는 얘기를 나눌 수가 없으니까. 난 너하고 얘기를 나눌 수도 없고, 너랑 함께 있을 수도 없고, 심지어 널 쳐다볼 수도 없어."

클라리가 짧게 숨을 들이쉬었다. 배터리 액을 들이마시는 느낌이었다. "뭐?"

제이스는 자신이 무슨 말을 했는지 깨닫고는 충격받은 얼굴로 입을 굳게 다물었다. 둘은 잠시 서로를 쳐다보기만 했다. 그러다가 클라리가 홱 돌아서더니 무리지어 떠드는 사람들을 마구 밀치며 앞으로 나아갔다. 입구까지 최대한 빨리 가야 한다는 것 말고는 아무 생각도 떠오르지 않았다.

"그럼 이제 새로운 노래를 들려드리겠습니다." 에릭이 마이크에 대고 소리를 질렀다. "얼마 전에 만든 곡인데요, 제 여자친구를 생각하며 썼습니다. 사귄 지 3주째 되는데요, 젠장, 저희 사랑은 진실합니다. 우린 영원히 함께할 거야, 자기. 이번 곡의 제목은 '널 드럼처럼 두드려주겠어.'"

음악이 시작되자 관객들 사이에서 웃음과 박수가 터져 나왔다. 사람들은 에릭의 말을 농담으로 들었지만 에릭은 그 사실을 눈치채지 못한 듯했다. 에릭은 데이트를 시작하기만 하면 한결같이 사랑에 푹 빠져 그 사랑에 대한 부적절한 노래를 만들었다. 평소라면 그러려니 했겠지만 이번에는 달랐다. 사이먼은 바로 전 곡을 연주한 후에 정말 무대에서 내려가고 싶다는 생각을 했다. 몸이 좋지 않았기 때문이다. 머리가 빙글빙글 돌았고, 땀으로 온통 끈적였고, 입안에서 오래된 피 같은 쇠 맛이 났다.

음악이 폭발하듯 울려 퍼지자 못으로 고막을 찔러대는 것 같았다. 사이먼의 손가락이 줄을 놓치자 커크가 의아한 듯이 이쪽을 쳐다보는 모습이 눈에 들어왔다. 사이먼은 기를 쓰고 연주에 집중하려 했지만 꼭 배터리가 나간 차를 움직이려고 애쓰고 있는 기분이었다. 공허하게 털털

거리는 소리만 나고 시동이 걸리지 않았다.

사이먼은 저도 모르게 관객들을 훑으며 이사벨을 찾았지만 오로지 자신을 향한 하얀 얼굴들의 물결만 보일 뿐이었다. 뒤몬트 호텔에 처음 갔던 때가 떠올랐다. 텅 빈 어둠을 배경으로 하얗게 피어나는 종이꽃처럼 사이먼을 향하던 뱀파이어의 얼굴들. 격렬하고 고통스러운 메스꺼움이 그를 사로잡았다. 사이먼은 비틀거리며 뒤로 물러났고, 기타에서 손이 떨어졌다. 발아래서 땅이 움직이는 것만 같았다. 다른 밴드 멤버들은 음악에 빠져서 그의 상태를 알아채지 못한 듯했다. 사이먼은 재빨리 기타 끈을 벗고 매트를 밀치며 무대 뒤쪽 커튼 안으로 들어갔다. 들어가자마자 무릎을 꿇으며 주저앉아서 헛구역질을 했다.

아무것도 올라오지 않았다. 사이먼의 위장은 우물처럼 텅 빈 느낌이었다. 사이먼은 일어서서 벽에 기대고는 얼음처럼 차가운 손으로 얼굴을 눌렀다. 추위나 더위를 느끼지 않은 지가 몇 주가 되었지만 이제 열이 오르는 기분이었다. 사이먼은 덜컥 겁이 났다. 그에게 무슨 일이 일어나고 있는 것일까?

사이먼은 제이스의 말을 떠올렸다. 넌 뱀파이어야. 피는 음식하고는 다른 거라고. 피는…피지. 이런 현상이 일어나는 이유가 전부 피를 마시지 않아서일까? 하지만 사이먼은 배가 고프지 않았다. 심지어 갈증이 나지도 않았다. 마치 죽어가고 있는 것처럼 온몸이 아팠다. 어쩌면 독 같은 것이 몸에 들어갔는지도 몰랐다. 카인의 마크는 그런 것으로부터 사이먼을 보호하지 못하는 것일까?

사이먼은 클럽 뒤편으로 나가는 방화문 쪽으로 천천히 움직였다. 밖으로 나가서 찬바람을 쐬면 머리가 좀 맑아질 것 같았다. 어쩌면 그저 너무 지치고 긴장해서 이러는 건지도 몰랐다.

"사이먼?" 새가 지저귀는 듯한 목소리가 그를 불렀다. 사이먼이 두려운 마음으로 내려다보자 팔꿈치 근처에 서 있는 모린이 눈에 들어왔다. 가까이에서 보니 모린은 더욱 작아 보였다. 새처럼 가녀린 뼈대에 연한 금발이 분홍 니트 모자 아래에서부터 어깨 위로 폭포처럼 쏟아져 내렸다. 팔에는 무지개 줄무늬 워머를 착용했고 '딸기 쇼트케이크'라는 글자가 들어간 흰색 반팔 티셔츠를 입었다. 사이먼이 속으로 신음했다.

"지금 내가 몸이 좀 안 좋아, 모린." 사이먼이 말했다.

"그냥 내 전화기로 사이먼의 사진을 찍고 싶을 뿐이에요." 모린이 초조한 듯이 머리를 귀 뒤로 넘기며 말했다. "친구들한테 보여주려고 그러는 거라고요."

"알았어." 사이먼은 머리가 지끈거렸다. 웃기는 일이었다. 사이먼에게 주체하지 못할 정도로 팬들이 넘쳐나는 것도 아닌데. 모린은 말 그대로 밴드의 유일한 팬이었고, 거기다 에릭 사촌의 친구였다. 그녀까지 떨어져나가게 할 수는 없었다. "찍어 그럼."

모린이 전화기를 들어 버튼을 누른 후 인상을 썼다. "이제 같이 한 장 찍어요." 그녀가 재빨리 사이먼 곁으로 다가와 달라붙었다. 딸기 립글로스 향기가 사이먼의 콧속으로 흘러들었고 그 아래로 땀 냄새와 그보다 더 짭조름한 인간의 피 냄새가 스며들었다. 모린은 사이먼을 올려다보더니 한 손으로 전화기를 치켜들고 싱긋 웃었다. 모린의 앞니 사이에 틈이 있었고, 목에는 푸르스름한 정맥이 드러나 보였다. 그녀가 숨을 들이쉬자 혈관이 펄떡였다.

"웃어요." 모린이 말했다.

송곳니가 나와 사이먼의 입술에 박히면서 통증이 온몸으로 퍼져나갔다. 모린이 헉 하고 숨을 들이쉬었고 사이먼이 그녀를 돌려세우는 순간 전화기가 날아갔다. 사이먼은 모린의 목에 이빨을 박아 넣었다.

사이먼의 입속으로 피가 쏟아져 들어왔다. 그 어떤 것과도 비교가 되지 않는 맛이었다. 마치 공기를 갈망하다가 차갑고 깨끗한 산소를 한껏 들이마신 기분이었다. 모린은 몸부림치며 그를 밀어냈지만 사이먼은 거의 아무것도 느끼지 못했다. 모린의 몸이 바닥으로 축 늘어져서 그가 그녀의 몸 위에 눕다시피 할 때까지도 사이먼은 아무것도 눈치채지 못했다. 그가 피를 마시는 동안 모린의 어깨를 움켜쥔 손이 꽉 죄어졌다 풀어졌다를 반복했다.

인간의 피를 마셔본 적이 없지? 카밀은 말했다. 언젠가는 맛보게 될 거야.

그리고 인간의 피를 맛보고 나면 절대로 그 맛을 잊지 못하지.

9
불에서 불로

클라리는 문을 열고 비가 억수로 퍼붓는 밤거리로 뛰어들었다. 비는 이제 폭포수처럼 쏟아지고 있어 온몸이 즉시 흠뻑 젖었다. 클라리는 빗물과 눈물 때문에 힘겹게 숨을 쉬며, 눈에 익은 에릭의 노란 밴을 쏜살처럼 지나쳤다. 차 지붕에서 도랑으로 빗물이 콸콸 쏟아져 내렸다. 클라리가 신호를 무시하고 길을 건너려는 순간 손 하나가 그녀의 팔을 잡고 빙글 돌려세웠다.

제이스였다. 그도 클라리만큼 흠뻑 젖었고 금발은 머리에 찰싹 달라붙었다. 티셔츠가 몸에 들러붙어 검은 페인트를 칠해놓은 것 같았다. "클라리, 내가 부르는 소리 못 들었어?"

"놔줘." 클라리의 목소리가 떨렸다.

"나랑 얘기하기 전에는 안 돼." 제이스가 거리를 둘러보았다. 검은 보도 위로 빗물이 튀어 오르는 모습이 빠르게 피어나는 꽃들처럼 보였다. "얼른 와."

제이스는 클라리의 팔을 잡은 채 밴을 돌아서 알토 바와 인접한 좁은 골목으로 들어갔다. 높이 달린 창문을 통해 아직도 연주되고 있는 음악

소리가 희미하게 들려왔다. 벽돌 담으로 둘러싸인 골목은 낡은 악기와 음악 장비를 버리는 쓰레기 하치장인 듯했다. 망가진 전기기타와 오래된 마이크가 바닥에 뒹굴었고 깨진 맥주잔과 담배꽁초가 여기저기 흩어져 있었다.

클라리가 팔을 홱 잡아 빼고는 제이스를 마주 보았다. "사과할 생각이라면 그럴 필요 없어. 듣고 싶지 않으니까." 클라리는 흠뻑 젖어 묵직해진 머리카락을 얼굴에서 쓸어냈다.

"사이먼을 돕는 중이었다는 말을 하려고 했어." 제이스의 속눈썹에서 빗물이 흘러 눈물처럼 볼을 타고 흘러내렸다. "지난 며칠간 사이먼의 집에서 함께…."

"그러면서 나한테는 말해줄 수 없었고? 네가 어디 있는지 문자라도 한 줄 보내줄 수 있었잖아. 아, 잠깐. 그럴 수 없었지. 네가 빌어먹을 내 전화기를 갖고 있으니까. 전화기 돌려줘."

제이스가 말없이 청바지 주머니에서 전화기를 꺼내 클라리에게 건넸다. 전화기는 멀쩡해 보였다. 클라리는 빗물이 전화기를 망가뜨리기 전에 얼른 가방에 집어넣었다. 제이스는 그녀에게 따귀라도 맞은 표정으로 클라리의 행동을 지켜보고 있었다. 그 모습에 클라리는 더욱 화가 났다. 무슨 권리로 그렇게 상처 입은 표정을 짓고 있는 거야?

"난…." 그가 천천히 입을 열었다. "사이먼과 함께 있는 것이 너랑 제일 가깝게 있는 길이라고 생각했어. 사이먼을 지켜봐주는 거. 널 위해서 그런 일을 하고 있다는 걸 네가 알면 날 용서해…."

클라리의 분노가 걷잡을 수 없이 뜨겁게 표면으로 솟구쳤다. "내가 대체 뭘 용서해야 하는데?" 클라리가 버럭 소리를 질렀다. "더 이상은 날 사랑하지 않는다는 거? 네가 원하는 게 그거라면, 제이스 라이트우드,

그냥 그렇다고 얘기를….” 클라리는 무턱대고 뒤로 물러나다가 버려진 스피커에 발이 걸려 넘어질 뻔했다. 가방이 어깨에서 미끄러져 바닥으로 떨어졌고 클라리는 중심을 잡기 위해 손을 내뻗었다. 하지만 제이스가 이미 그곳에 있었다. 그는 몸을 내밀어 클라리가 쓰러지지 않게 잡아주었다. 그는 거기서 멈추지 않고 계속 움직여 클라리의 등이 담벼락에 닿을 때까지 밀어붙였다. 그러고는 클라리를 감싸 안고 미친 듯이 입을 맞췄다.

클라리는 그를 밀어내야 한다는 것을 알았다. 머리로는 그것이 현명한 행동이라는 것을 알았지만 머리 이외의 나머지 부분은 현명한 행동 따위엔 관심이 없었다. 지금처럼 제이스가 지옥으로 떨어져도 후회하지 않는다는 듯이 그녀에게 키스하는 순간에는.

클라리도 그의 어깨를 꽉 움켜잡고 젖은 티셔츠 너머의 탄탄한 근육을 느끼며 그에게 키스했다. 지난 며칠간 그녀가 느꼈던 절망감, 그가 어디에 있는지 무슨 생각을 하는지 알지 못해 가슴 졸이던 순간들, 심장의 일부가 뜯겨나가 숨을 제대로 쉴 수 없을 것 같던 느낌을 모두 담아서. “말해줘.” 클라리가 키스 사이에 말했다. 젖은 얼굴들이 미끄러졌다. “뭐가 문제인지 말해… 아.” 제이스가 살짝 떨어져서 그녀의 허리를 잡자 클라리는 깜짝 놀랐다. 제이스는 그녀를 번쩍 들어서 망가진 스피커 위로 올려 세웠다. 그러자 둘의 키가 비슷해졌다. 그가 양손으로 클라리의 머리를 잡고 앞으로 몸을 기울였다. 둘의 몸이 거의 닿을 듯했지만 닿지 않았다. 신경이 온통 곤두섰다. 클라리는 제이스에게서 뿜어져 나오는 뜨거운 열기를 느꼈다. 그녀의 손은 여전히 그의 어깨를 움켜잡고 있었지만 그것만으로는 충분치 않았다. 클라리는 그가 꼭 껴안아주기를 바랐다. 그녀는 숨을 몰아쉬었다. “왜 나하고 말할 수 없는데? 왜 날 처다볼 수가 없어?"

그가 고개를 숙여 클라리의 얼굴을 보았다. 눈을 둘러싼 속눈썹이 빗물에 젖어 색이 짙어졌다. 눈동자는 믿을 수 없을 정도로 선명한 금빛을 띠었다.

"왜냐하면 널 사랑하니까."

클라리는 견딜 수가 없었다. 그의 어깨를 놓고 벨트 고리를 잡아 그를 가까이 끌어당겼다. 제이스는 아무 저항 없이 끌려와 손으로 벽을 짚었고 둘의 몸이 포개지며 모든 곳이 맞닿았다. 퍼즐 조각처럼 서로의 가슴과 골반과 다리가 밀착했다. 제이스의 손이 클라리의 허리로 미끄러지고, 그가 아주 오랫동안 클라리에게 키스했다. 클라리는 몸이 떨렸다.

클라리가 뒤로 물러났다. "그건 말이 안 되잖아."

"이것도 말이 안 돼." 그가 말했다. "하지만 상관없어. 너 없이 사는 일이 아무렇지도 않은 척하는 데는 이제 진력이 났으니까. 모르겠어? 그동안 내가 죽도록 힘들었다는 거?"

클라리가 그를 빤히 쳐다보았다. 그의 말이 진실이라는 것을 클라리는 알았다. 자신의 눈만큼이나 잘 아는 그의 눈에서, 눈 아래 드리워진 검은 그늘에서, 목에서 펄떡이는 맥박에서 그 사실을 읽을 수 있었다. 이유가 무엇인지 알고자 하는 욕망이 두뇌의 더욱 원초적인 부분과 싸움을 벌였지만 지고 말았다. "그럼 키스해줘." 클라리가 속삭이자 그가 입술을 포개었다. 둘 사이를 가르는 얇은 옷감을 뚫고 쿵쾅거리는 심장박동이 전해졌다. 클라리는 제이스의 키스, 사방으로 쏟아지고 속눈썹에서 흘러내리는 빗물, 구겨진 채 몸에 찰싹 달라붙은 원피스 위로 자유로이 미끄러지는 제이스의 손에 점점 압도되었다. 마치 그의 손이 맨살에 닿는 느낌이었다. 그녀의 가슴과 허리와 배에. 원피스 끝자락까지 손이 내려가자 제이스는 클라리의 다리를 움켜잡고 그녀를 벽으로 밀어붙였다. 클라리가 다리로 그의 허리를 휘감았다.

제이스가 목 아래에서 깜짝 놀라는 소리를 냈다. 그리고 손가락을 얇은 타이츠 천에 파묻었다. 예상대로 손가락이 천을 찢어냈고 클라리의 맨 다리에 젖은 손가락이 닿았다. 이에 질세라 클라리도 그의 젖은 셔츠 아래로 손을 밀어 넣어 탐험하기 시작했다. 갈비뼈 위를 덮은 탄탄하고 뜨거운 피부, 복부의 굴곡, 등의 흉터, 청바지 허리 위쪽 골반뼈의 각도. 클라리에게는 미지의 영역이었지만 그녀의 행동이 그를 몹시 흥분하게 만든 듯했다. 제이스는 입술을 포갠 채 부드럽게 신음하고는 점점 더 열렬하게 키스하기 시작했다. 충분하지 않다는 듯이, 충분할 수 없다는 듯이….

쨍그랑거리는 소음이 귀청을 울리자 클라리는 키스와 비로 채워진 꿈속에서 현실로 확 끌려나왔다. 클라리가 깜짝 놀라 제이스를 떠미는 바람에 그가 그녀를 놓쳤다. 그녀는 스피커 위에서 바닥으로 불안정하게 착지하며 황급히 원피스를 바로잡았다. 심장이 망치처럼 갈비뼈를 두드려댔고 현기증이 일었다.

"빌어먹을." 이사벨이 골목 입구에 서 있었다. 검은 머리가 망토처럼 어깨를 덮었다. 앞을 가로막은 쓰레기통을 발로 차낸 이사벨이 매섭게 그들을 노려보았다. "오, 정말." 그녀가 입을 열었다. "믿을 수가 없어. 대체 왜 그러는 건데? 너흰 침실하고 무슨 원수라도 졌어? 프라이버시하고도?"

클라리가 제이스를 보았다. 그는 흠뻑 젖어 있었다. 빗물이 몸에서 줄줄 흘러내렸고 착 달라붙은 금발은 멀리 있는 가로등의 희미한 빛을 반사하며 은색으로 빛났다. 그를 바라보는 것만으로도 클라리는 다시 그를 만지고 싶어졌다. 이사벨이 있건 없건 상관이 없었다. 갈망으로 고통스러울 지경이었다. 이사벨을 바라보는 제이스의 표정은 느닷없이 꿈속에서 끌려나온 사람 같았다. 당혹감과 분노 그리고 현실에 대한 깨달음이 뒤섞인 표정.

"사이먼을 찾고 있었어." 제이스의 표정을 보고 이사벨이 방어적으로 말했다. "무대에서 갑자기 사라졌어. 어디로 갔는지 모르겠어." 클라리는 음악 소리가 들리지 않는다는 것을 깨달았다. 언제 멈췄는지 전혀 알지 못했다. "아무튼, 여기 없는 건 확실하네. 그럼 하던 일 계속하서. 밀칠 사람이 있는데 완벽한 벽돌담을 그냥 지나쳐서는 안 되지. 내가 늘 말했잖아." 이사벨은 그렇게 말하고는 성큼성큼 걸어서 클럽으로 돌아갔다.

클라리가 제이스를 보았다. 다른 때 같았으면 그들은 이사벨의 변덕스러운 행동에 웃음을 터트렸겠지만 제이스는 전혀 재미있어하는 표정이 아니었다. 둘이 공유하던 것이 무엇이건, 순간적으로 통제력을 잃은 덕분에 피어오르던 것이 무엇이건, 이제는 사라지고 없다는 것을 클라리는 알았다. 입안에서 찝찔한 피 맛이 났다. 입술을 깨문 것이 그녀인지 제이스인지 알 수 없었다.

"제이스…." 클라리가 한 걸음 다가갔다.

"오지 마." 제이스의 목소리가 몹시 거칠었다. "안 돼."

그러고는 오로지 그만이 낼 수 있는 빠른 속도로 달려 나갔다. 클라리가 그의 이름을 부르려고 숨을 들이쉬기도 전에 흐릿한 형체는 먼 곳으로 사라져버렸다.

"사이먼!"

성난 목소리가 사이먼의 귓속으로 폭발하듯 들이닥쳤다. 사이먼은 그 순간 모린을 놓아주려 했지만—혹은 스스로에게 그렇게 말했지만—그럴 기회가 없었다. 강인한 손이 그의 팔을 움켜잡고 모린에게서 떼어냈다. 카일이 하얗게 질려서 사이먼을 일으켜 세웠다. 공연을 막 끝낸 참이어서 머리가 헝클어지고 온몸이 땀투성이였다. "이게 무슨 짓이야, 사이먼. 대체 무슨 짓을…."

"그러려던 게 아니야." 사이먼이 헐떡이며 말했다. 자신의 귀에도 불분명하게 들렸다. 송곳니가 아직도 나와 있었고 사이먼은 그 빌어먹을 것이 나왔을 때 또렷하게 말하는 법을 아직 터득하지 못했다. 카일 너머로 뒤틀린 채 쓰러져서 소름끼치도록 꼼짝 않는 모린의 모습이 눈에 들어왔다. "그냥 나도 모르게…."

"내가 뭐라고 했어. 분명히 말했잖아." 카일이 소리를 높이며 사이먼을 거세게 떠밀었다. 사이먼이 뒤로 비틀거리며 물러났다. 이마가 타오르듯 화끈거렸다. 보이지 않는 손이 카일을 번쩍 들어서 뒤쪽에 있는 벽으로 힘껏 내던졌다. 카일이 벽을 박고 바닥으로 주르륵 미끄러져서 손과 무릎을 땅에 대고 늑대와 같은 자세로 착지했다. 그가 휘청거리며 일어나 사이먼을 뚫어져라 쳐다보았다. "맙소사. 사이먼…."

하지만 사이먼은 모린 곁에 주저앉아서 미친 듯이 그녀의 목을 더듬으며 맥이 뛰는지 확인하고 있었다. 손끝에서 희미하지만 끊임없이 펄떡이는 맥박이 느껴지자 사이먼은 안도감으로 흐느끼다시피 했다.

"걔한테서 물러나." 카일이 사이먼에게 다가가며 긴장한 목소리로 말했다. "일어나서 물러서."

마지못해 일어난 사이먼이 축 늘어진 모린의 몸 너머로 카일을 마주보았다. 무대로 통하는 커튼의 틈으로 빛이 가느다랗게 흘러들었다. 커튼 너머에서 밴드 멤버들이 떠들어대며 악기를 분해하는 소리가 들려왔다. 얼마 안 있으면 그들도 이 안으로 들어올 것이다.

"방금 전에 너…." 카일이 입을 열었다. "날… 밀었어? 움직이는 걸 못 봤는데."

"그러려던 게 아니야." 사이먼이 다시 비참한 어조로 말했다. 요즘 그가 하는 말이라고는 이것뿐인 듯했다.

카일이 머리를 절레절레 흔들자 머리칼이 흩날렸다. "여기서 나가. 밴드 옆에서 기다려. 이 여자애는 내가 알아서 할게." 그러고는 몸을 굽혀 모린을 안아 올렸다. 덩치 좋은 카일에게 안겨 있으니 모린은 인형처럼 작아 보였다. "가. 그리고 빌어먹게 끔찍한 기분을 맛보길 바라겠어."

사이먼이 움직였다. 방화문으로 다가가서 문을 밀었다. 경보음은 울리지 않았다. 경보기는 몇 개월째 고장 난 상태였다. 사이먼이 나오고 나자 문이 다시 닫혔다. 그는 클럽 뒷벽에 몸을 기대고 온몸을 떨기 시작했다.

클럽 뒤쪽에는 창고들이 줄줄이 늘어선 좁은 거리가 있었다. 건너편에는 축 늘어진 철책으로 가로막힌 공터가 하나 보였다. 깨진 보도의 틈새에 보기 흉한 잡풀들이 마구잡이로 자라나 있었다. 비가 억수같이 쏟아져서 거리에 뒹구는 쓰레기들까지 푹 젖었고 도랑에서 빗물이 넘쳐흘러 맥주 캔이 둥둥 떠다녔다.

사이먼은 지금껏 이토록 아름다운 광경을 본 적이 없었다. 밤이 온통 오색찬란한 불빛으로 폭발한 것처럼 보였다. 펜스는 찬란한 은빛 사슬로 연결되었고 빗방울 하나하나는 백금으로 만든 눈물방울 같았다.

빌어먹게 끔찍한 기분을 맛보길 바라겠어. 카일은 그렇게 말했다. 하지만 이건 더욱 나빴다. 사이먼은 이제껏 한 번도 느껴본 적이 없을 정도로 환상적이고 생기 넘치는 기분이었다. 인간의 피는 뱀파이어에게 더없이 완벽하고 이상적인 양식인 것이 분명했다. 에너지의 물결이 전류처럼 그의 몸속으로 퍼져나갔다. 머리와 배에 느껴지던 통증은 말끔히 사라졌다. 사이먼은 몇만 킬로미터라도 달릴 수 있을 것 같았다.

못 견디게 끔찍했다.

"이봐요, 거기. 괜찮아요?" 어디선가 유쾌하고 교양 있는 목소리가 들려왔다. 사이먼이 돌아서자 검은색의 긴 트렌치코트를 입은 여인이 눈에 들어왔다. 그녀는 노란색 우산을 머리 위로 받쳐 들었다. 새로이 얻은 오색찬란한 시야로 보니 우산은 희미하게 빛나는 해바라기처럼 보였다. 윤기 흐르는 검은 머리에 붉은 립스틱을 바른 여인 자체도 아름다웠다. 지금 사이먼에게는 모든 것이 아름답게 보였지만. 사이먼은 공연 중에 테이블 한곳에 앉아 있던 그 여인을 본 기억이 어렴풋이 떠올랐다.

사이먼은 고개를 끄덕였다. 아직까지는 제대로 말할 수 없을 것 같았다. 모르는 사람이 다가와서 괜찮으냐고 물을 정도면 그는 아마 몹시 충격을 받은 모습일 것이었다.

"머리를 어디에 세게 부딪혔나 봐요." 그녀가 그의 이마를 가리키며 말했다. "심하게 멍들었어요. 정말 아무도 부르지 않아도 괜찮겠어요?"

사이먼이 황급히 손을 뻗어서 머리칼로 마크를 가렸다. "전 괜찮습니다. 이건 아무것도 아니에요."

"좋아요. 그럼." 여인은 약간 의심스러운 듯이 말하고는 주머니에서 명함을 꺼내 사이먼에게 건넸다. 명함에는 '사트리나 캔달'이라는 이름이 적혀 있었다. 이름 아래 대문자로 '밴드 기획자'라는 직책이 들어가 있었고 전화번호와 주소도 적혀 있었다. "그게 나예요. 그쪽 밴드의 공연이 마음에 들었어요. 혹시 좀 더 큰물에서 활동할 생각이 있으면 전화

주세요."

그 말과 함께 여인은 돌아서서 우아한 걸음걸이로 멀어졌다. 사이먼
은 그녀의 뒷모습을 멍하니 쳐다보았다. 하룻밤이 이보다 더 기괴하게
흘러갈 수는 없을 듯했다.

사이먼이 머리를 흔들자 물방울이 사방으로 튀었다. 그는 밴을 세워
둔 곳으로 철벅거리며 걸어갔다. 클럽의 문이 열리더니 사람들이 쏟아
져 나왔다. 아직도 모든 것이 부자연스러울 정도로 환하게 보였지만 오
색찬란한 시야가 차츰 정상으로 되돌아가기 시작했다. 눈앞에는 평범한
광경이 펼쳐졌다. 옆문들까지 활짝 열린 클럽에서 사람들이 몰려나왔
고, 뒷문이 열린 밴에 매트와 커트를 비롯한 다른 친구들이 장비를 싣고
있었다. 사이먼이 가까이 다가가자 밴의 한쪽에 기대선 이사벨이 눈에
들어왔다. 그녀는 다리 하나를 끌어올려 부츠 굽으로 밴을 디디고 있었
다. 이사벨은 물론 악기를 해체하고 운반하는 작업을 도울 수도 있었지
만—이사벨은 밴드 멤버 누구보다도 강인한 체력을 지녔다. 카일은 예
외일지도 모르겠지만—별로 그러고 싶지 않은 듯했다. 사이먼도 당연히
그럴 거라고 생각했다.

사이먼이 다가가자 이사벨이 고개를 들었다. 빗줄기는 가늘어졌지만
이사벨은 꽤 오랫동안 비를 맞았던 것 같았다. 머리카락이 젖은 커튼처
럼 등 뒤로 묵직하게 늘어졌다. "이봐." 이사벨이 밴에서 몸을 떼고 사이
먼을 향해 다가왔다. "어디 있었던 거야? 갑자기 무대에서 뛰쳐나가더
니…."

"그러게. 몸이 좀 안 좋았어. 미안."

"이제 괜찮아졌으면 나도 괜찮아." 이사벨이 그의 허리에 팔을 두르
고 웃으면서 그를 보았다. 사이먼은 그녀를 물고 싶은 충동이 전혀 일지

않는다는 사실에 크게 안도했다. 그러고는 그 이유가 떠오르자 죄책감이 밀려들었다.

"제이스 못 봤지?" 사이먼이 물었다.

이사벨이 눈알을 떼구르르 굴렸다. "클라리하고 찰싹 달라붙어서 더듬고 있는 거 봤어. 지금은 둘 다 여기 없지만. 제발 집으로 갔기를 바랄 뿐이야. 둘을 보면 정말이지 '방이나 잡지그래!'란 말이 절로 나온다니까."

"클라리가 올 줄은 몰랐는데." 사이먼은 그렇게 말했지만 그 사실이 크게 이상하지는 않았다. 아마도 케이크와 관련된 약속이 취소된 모양이었다. 제이스는 그야말로 형편없는 보디가드임이 확실하게 드러났지만 사이먼은 화낼 기운조차 없었다. 제이스가 진심으로 그의 안전을 중요하게 여긴다고 생각한 적도 없었으니까. 사이먼은 그저 둘의 문제가 무엇이건 잘 해결되었기만을 바랐다.

"아무튼 이제 우리 둘뿐인데 어디 가서…." 이사벨이 싱긋 웃으며 말했다.

"사이먼?"

가로등 불빛이 미치지 않는 어둑한 곳에서 목소리가 들려왔다. 사이먼도 아주 잘 아는 목소리.

오, 안 돼. 지금은 안 된다고.

사이먼이 천천히 돌아섰다. 아직도 이사벨의 팔이 그의 허리를 느슨하게 감고 있었지만 사이먼은 그 팔이 곧 떨어지리라는 것을 알았다. 그를 부른 목소리의 주인공이 그가 생각하는 사람이 맞는다면.

맞았다.

마야가 불빛 안으로 걸어 들어와서 그를 바라보며 섰다. 얼굴에는 믿을 수 없다는 표정이 역력했다. 평소에는 구불거리는 머리카락이 비에 젖어 머리에 달라붙었고 호박색 눈은 커다래졌다. 청바지와 데님 재킷은 흠뻑 젖었다. 마야는 왼손에 둘둘 말린 종이 한 장을 쥐고 있었다.

밴드 멤버들이 움직임을 늦추고 얼빠진 듯이 이쪽을 바라보고 있다는 것을 사이먼은 어렴풋이 깨달았다. 이사벨의 팔이 허리에서 빠져나갔다. "사이먼? 이게 무슨 일이야?" 그녀가 말했다.

"넌 오늘 밤에 바쁠 거라고 했어." 마야가 사이먼을 바라보며 말했다. "그런데 누군가 오늘 아침에 이걸 문 아래에 밀어 넣고 갔어." 마야가 돌돌 말린 종이를 내밀었다. 사이먼은 그들의 공연을 알리는 전단지라는 것을 즉시 알아보았다.

이사벨이 사이먼을 보았다가 마야를 보았다. 깨달음이 서서히 얼굴로 퍼져나갔다. "잠깐. 너희 둘이 사귀는 거야?"

마야가 이를 악물었다. "너희 둘은?"

"맞아. 몇 주 됐어." 이사벨이 대꾸했다.

마야의 눈이 가늘어졌다. "우리도 마찬가지야. 9월부터 사귀기 시작했어."

"믿을 수가 없네." 이사벨은 정말로 이 상황이 믿기지 않는 표정이었다. "사이먼?" 그녀가 사이먼에게로 돌아서서 양손을 허리에 얹었다. "어떻게 된 일인지 설명해줄래?"

밴에 장비를 전부 실은 밴드 멤버들—드럼은 뒷좌석에, 기타와 베이스는 화물칸에 실었다—이 차 뒤에 모여 서서 대놓고 이쪽을 쳐다보고 있었다. 에릭이 입가에 손을 대고 소리쳤다. "이봐요, 여성분들, 싸울 필요 없어요. 사이먼은 시간이 아주 많답니다."

이사벨이 홱 돌아서서 무섭게 노려보자 에릭이 즉시 입을 다물었다. 밴은 뒷문을 쾅 닫더니 곧바로 출발했다. 배신자들. 사이먼은 생각했지만 그들은 아마 사이먼이 주차장 구석에 세워둔 카일의 차를 타고 돌아갈 거라고 생각했을 것이다. 그가 그 정도로 오래 살아남기만 한다면 말이다.

"믿을 수가 없어, 사이먼." 마야가 말했다. 마야도 이사벨과 똑같이 허리에 손을 얹고 서 있었다. "무슨 생각을 한 거야? 어떻게 그런 거짓말을 할 수가 있어?"

"거짓말한 거 아니야." 사이먼이 항의하듯 말했다. "둘이서만 사귀자고 말한 적이 없잖아!" 그가 이사벨에게로 돌아섰다. "우리도 마찬가지고! 그리고 너도 다른 사람하고 데이트하잖…."

"네가 아는 사람하고는 아니지." 이사벨이 신랄하게 말했다. "네 친구하고는 아니야. 내가 에릭하고 사귀고 있었다면 네 기분이 어떻겠어?"

"깜짝 놀라겠지. 에릭은 네 타입이 전혀 아니니까."

"중요한 건 그게 아니야, 사이먼." 마야가 이사벨에게로 다가가서 둘이 나란히 그를 마주 보았다. 여자들의 분노가 단단한 벽처럼 그의 앞을 가로막았다. 클럽은 이제 텅 비었고, 거리에는 셋을 제외하고는 아무도 없었다. 사이먼은 탈주를 시도하고 성공할 확률이 얼마나 될지 생각해 본 후, 그다지 높지 않다는 결론을 내렸다. 늑대인간은 매우 빨랐고 이사벨은 훈련받은 뱀파이어 헌터였다.

"정말 미안해." 사이먼이 입을 열었다. 고맙게도 그가 마신 피의 효력은 차츰 사라지기 시작했다. 휘몰아치는 감각으로 어지럽던 시야가 어느 정도 진정되었다. 하지만 공포는 더욱 극심해졌다. 설상가상으로 생각이 자꾸만 모린에게로 흘러갔다. 자신이 그녀에게 무슨 짓을 했는지, 그녀는 지금 괜찮은지. 제발 모린이 무사하게 해주세요. "너희 둘에게 얘기했어야 했어. 일이 이렇게 된 건… 내가 너희 둘을 정말 좋아하고, 둘 중 누구의 기분도 상하게 하고 싶지 않았기 때문이야."

그 말이 입 밖으로 흘러나오는 순간 사이먼은 얼마나 어리석게 들리는지 깨달았다. 그건 어느 머저리가 자기가 저지른 머저리 같은 행동에 대해 늘어놓는 변명에 불과했다. 사이먼은 자신을 그런 사람으로 생각한 적이 없었다. 그는 무시당하고 거절당하는 착한 남자였다. 섹시하고 재수 없는 자식들 또는 고뇌하는 예술가 타입들에게 항상 밀리는 남자. 양다리 걸치기를 아무렇지도 않게 생각하고, 그 일에 관해 거짓말을 하는 것은 아니지만 진실도 말하지 않는 자기중심적인 부류들.

"와, 나 정말 엄청나게 나쁜 자식이네." 사이먼이 혼잣말하듯 말했다.

"내가 여기 온 이후 처음으로 네 입에서 맞는 말이 나온 거 같네." 마야가 말했다.

"아멘." 이사벨이 말했다. "아무리 그래도 내 생각에는 너무 늦은 감이…."

클럽의 옆문이 벌컥 열리고 누군가 밖으로 나왔다. 카일이었다. 사이먼은 크게 안도했다. 카일은 심각한 표정이었지만 모린에게 끔찍한 일이 벌어졌을 경우 보게 되리라고 생각했던 것만큼은 심각하지 않았다.

카일이 계단을 내려와 그들에게 걸어왔다. 빗줄기는 이제 이슬비 정도로 가늘어졌다. 마야와 이사벨은 카일을 등지고 선 채 분노가 이글거리는 눈으로 사이먼을 쏘아보고 있었다. "넌 우리 중에 누구하고도 다시는 말을 섞지 못할 거야." 이사벨이 말했다. "그리고 난 클라리하고도 얘기 좀 해야겠어. 친구를 어떻게 선택해야 하는지에 관한 아주 아주 심각한 얘기."

"카일." 카일이 어느 정도 다가오자 사이먼이 말했다. 저도 모르게 목소리에 안도감이 묻어났다. "저, 모린은… 그 애는…"

마야와 이사벨에게 그 사건을 알리지 않으면서 카일에게 물을 방도가 떠오르지 않았지만 결국에는 고민할 필요가 없게 되었다. 사이먼은 나머지 말을 꺼낼 기회를 얻지 못했다. 마야와 이사벨이 돌아보았다. 이사벨은 짜증스러운 표정이었고 마야는 놀란 얼굴이었다.

카일의 모습을 보는 순간 마야의 얼굴이 변했다. 눈이 휘둥그레지고 얼굴에서 핏기가 싹 가셨다. 그리고 카일은 마치 악몽에서 깨어난 후 그것이 악몽이 아니라 현실임을, 사건이 계속 이어지고 있음을 깨달은 사람 같은 얼굴로 마야를 쳐다보고 있었다. 카일은 말을 하려고 입술을 움직였지만 아무 소리도 나오지 않았다.

"잠깐." 이사벨이 둘을 번갈아 쳐다보며 말했다. "너희 둘… 아는 사이야?"

마야의 입술이 벌어졌다. 여전히 카일을 뚫어져라 쳐다보고 있었다. 마야가 그토록 강렬한 시선으로 자신을 바라본 적은 없었다는 생각이 사이먼의 머리를 스치는 순간 그녀가 조그맣게 "조던." 하고 속삭이더니 카일을 향해 돌진했다. 그러고는 날카롭게 나온 발톱을 그의 목에 박아 넣었다.

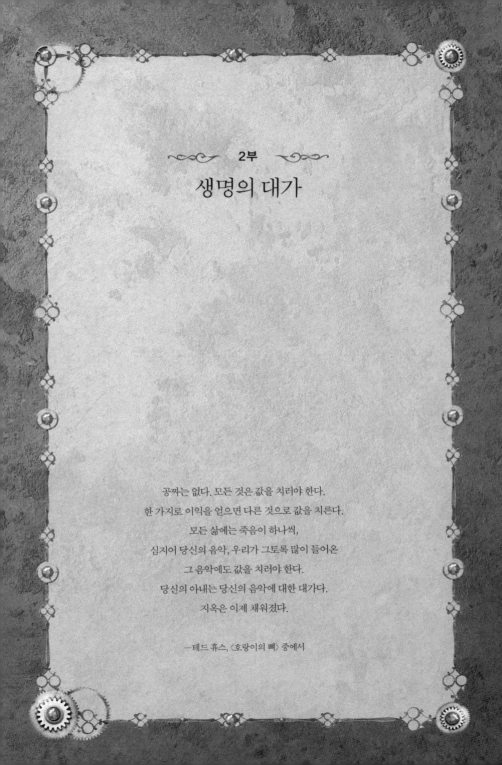

2부

생명의 대가

공짜는 없다. 모든 것은 값을 치러야 한다.
한 가지로 이익을 얻으면 다른 것으로 값을 치른다.
모든 삶에는 죽음이 하나씩,
심지어 당신의 음악, 우리가 그토록 많이 들어온
그 음악에도 값을 치러야 한다.
당신의 아내는 당신의 음악에 대한 대가다.
지옥은 이제 채워졌다.

─테드 휴스, 〈호랑이의 뼈〉 중에서

10
리버사이드 드라이브 232번지

사이먼은 카일의 거실에 놓인 안락의자에 앉아서 텔레비전을 물끄러미 바라보았다. 화면에는 카일이 제이스와 플레이하던 게임의 한 장면이 있었다. 눅눅해 보이는 지하 터널 바닥에 산처럼 쌓인 시체들, 그리고 사방에 흥건하게 고인, 진짜처럼 보이는 피. 심란한 광경이었지만 사이먼은 텔레비전을 끄러 갈 기운도 마음도 없었다. 밤새도록 머릿속을 맴돌던 장면들이 그보다 몇 배는 더 끔찍했다.

창 안으로 흘러들던 희미한 여명이 이른 아침의 창백한 빛으로 변해 갔지만 사이먼은 거의 알아차리지 못했다. 그의 눈앞에는 바닥에 축 늘어져 있던 모린이, 피로 얼룩진 그녀의 금발이 계속 어른거렸다. 그 자신이 비틀거리며 밤거리로 걸어 나가던 순간과 혈관 속을 힘차게 흐르던 피도 계속해서 떠올랐다. 그리고 발톱을 세우고 카일에게 달려들어 살을 찢던 마야의 모습도 떠올랐다. 카일은 방어할 생각도 하지 않고 그대로 누워 있었다. 이사벨이 뛰어들어 마야를 떼어내고 그녀의 분노가 눈물로 변할 때까지 붙잡고 있지 않았다면 카일은 아마 마야가 자신을 죽이도록 내버려두었을 것이다. 사이먼이 마야에게 다가가려 했지만 이사벨이 마야를 감싸 안은 채 맹렬히 쏘아보며 손을 들어 그를 가로막았다.

"저리 가." 그녀가 말했다. "저 남자도 데려가고. 마야한테 무슨 짓을 했는지 모르겠지만 상당히 나쁜 짓이었던 게 분명해."

이사벨의 말은 틀리지 않았다. 사이먼은 그 이름, 조던을 알고 있었다. 마야에게 어떻게 늑대인간이 되었는지 물었을 때 들었던 이름이었다. 전 남자친구가 그렇게 만들었다고 마야가 말했다. 잔인하게 공격한 뒤에는 마야 혼자 모든 것을 감당하도록 버려두고 달아났다고 했다.

그의 이름이 조던이었다.

카일의 초인종 옆에 이름만 들어가 있는 이유가 바로 그것이었다. 카일은 그의 성이었던 것이다. 그의 이름은 조던 카일이었다. 그 사실을 짐작하지 못하다니, 믿을 수 없을 정도로 어리석었다. 지금 같은 상황에서 자신을 증오할 또 다른 이유가 필요한 것은 아니지만.

카일—또는 조던—은 늑대인간이었으므로 상처가 빨리 아물었다. 사이먼이 곱지 않은 손길로 그를 일으켜 세워 차에 데려갈 무렵에는 이미 목과 셔츠 아래 깊게 베인 상처에 딱지가 앉아 있었다. 사이먼은 그에게서 차 열쇠를 받아 침묵 속에 맨해튼 거리로 차를 몰았고, 조던은 조수석에서 피로 젖은 손을 내려다보며 꼼짝 않고 앉아 있었다.

"모린은 무사해." 차가 윌리엄스버그 다리를 건너자 마침내 카일이 입을 열었다. "보기보다 상태가 나쁘지 않았어. 네가 아직 인간의 피를 빼는 데는 서툴러서 모린이 피를 많이 잃지 않은 거지. 내가 택시에 태워 보냈어. 모린은 아무것도 기억하지 못해. 네 앞에서 기절한 걸로 알고 굉장히 민망해했어."

사이먼은 조던에게 고맙다는 인사를 해야 했지만 말이 나오지 않았다. "넌 조던이지. 마야의 전 남자친구. 마야를 늑대인간으로 만든 자."

그들은 이제 켄메어를 달리고 있었다. 사이먼은 북쪽으로 차를 돌려서 싸구려 여관과 조명 가게가 있는 바우어리로 향했다. "맞아." 조던이 마침내 대답했다. "카일은 내 성이야. 프리터에 들어가면서 그걸 이름으로 쓰기 시작했어."

"이사벨이 말리지 않았다면 마야는 널 죽였을지도 몰라."

"마야한테는 그럴 권리가 있어." 조던은 그렇게 말하더니 다시 입을 다물었다. 그들이 아파트 앞에 도착해서 차를 세우고 계단으로 함께 터벅터벅 오를 때까지도 그는 입을 떼지 않았다. 그리고 집 안으로 들어가서는 피 묻은 재킷을 벗지도 않고 자기 방으로 들어가 문을 닫았다.

사이먼은 그 집에서 나갈 생각으로 자신의 물건들을 가방에 챙겨 넣었다. 하지만 아파트를 나서려는 순간 떠나는 것이 망설여졌다. 그리고 지금까지도 그 이유를 알 수 없지만 떠나는 대신 문 옆에 가방을 던져두고 이렇게 안락의자에 앉아 밤을 지새웠던 것이다.

클라리에게 전화하고 싶었지만 너무 이른 시각이었다. 게다가 이사벨이 말하길 클라리가 제이스와 함께 사라졌다 하니, 혹시라도 둘만의 특별한 순간을 방해할까 봐 더욱 전화하기가 꺼려졌다. 사이먼은 엄마가 어떻게 지내는지 궁금했다. 엄마가 만일 모린에게 한 짓을 보았다면 사이먼은 괴물이 분명하다고 생각했으리라.

어쩌면 그 말이 맞을지도 몰랐다.

방문이 열리면서 조던이 나오자 사이먼이 고개를 들었다. 맨발의 조던은 어제 입었던 청바지와 셔츠를 그대로 입고 있었다. 목의 흉터는 희미해져서 붉은 선으로 남았을 뿐이다. 그가 사이먼을 쳐다보았다. 늘 유쾌하게 반짝이던 녹황색 눈에 어두운 그림자가 드리워졌다. "떠날 거라고 생각했어."

"그러려고 했어. 그러다 너한테 해명할 기회를 줘야 한다는 생각이 들었어."

"해명할 건 없어." 조던이 발을 끌며 느릿느릿 주방으로 가더니 서랍을 뒤져서 커피 필터를 꺼냈다. "마야가 나에 관해 무슨 얘기를 했건 전부 다 사실이야."

"마야는 네가 자기를 때렸다고 했어." 사이먼이 말했다.

주방에 있던 조던이 움직임을 멈췄다. 그는 무엇에 쓰는 물건인지 모르겠다는 듯이 커피 필터를 빤히 내려다보았다.

"마야는 너희 둘이 몇 달간 데이트를 했고 그때는 아무 문제가 없었다고 했어. 그러다 네가 질투심이 강해지고 폭력적으로 변했고, 마야가 그 점을 지적하자 네가 마야를 때렸다고 했어. 마야는 결국 너랑 헤어졌고, 어느 날 밤 집으로 돌아가던 길에 뭔가로부터 공격을 받아 죽음의 문턱까지 갔어. 그리고 나서 넌… 넌 다른 곳으로 이사를 했고. 사과나 설명 한마디 없이."

조던이 조리대에 필터를 내려놓았다. "마야는 어떻게 여기로 왔지? 어떻게 루크 개러웨이의 무리에 들어간 거야?"

사이먼이 고개를 절레절레 저었다. "마야는 뉴욕으로 향하는 기차에 올랐고 이곳으로 와서 무리를 찾아다녔어. 마야는 강인한 아이야. 네가 저지른 짓이 자신을 무너뜨리게 그냥 두지 않았어. 다른 사람이었다면 아마 그러지 못했을 거야."

"네가 떠나지 않은 이유가 이거야?" 조던이 물었다. "내가 개자식이라는 걸 알려주려고? 그거라면 이미 알고 있어."

"내가 떠나지 않은 이유는 지난밤에 내가 한 일 때문이야. 만일 너에 대해 어제 알게 되었다면 난 미련 없이 떠났을 거야. 하지만 모린한테 그런 짓을 하고 나서는…." 사이먼이 입술을 잘근거렸다. "난 나를 통제할 능력이 있다고 생각했는데 아니었어. 무고한 사람을 해쳤다고. 그래서 떠나지 않은 거야."

"내가 괴물이 아니라면 너도 괴물이 아니니까."

"난 앞으로 어떻게 해야 할지 알고 싶고, 네가 그걸 말해줄 수 있을지도 모르니까." 사이먼이 앞으로 몸을 숙였다. "우리가 만난 이후 넌 줄곧 내게 잘해줬어. 한 번도 비열하게 굴거나 화를 내지 않았어. 그리고 그 '늑대 가드'에 대해 생각해보다가 네가 나쁜 짓을 저질러서 그곳에 합류하게 되었다던 말이 떠올랐어. 그러니까 네가 보상하려고 한다는 나쁜 짓이 어쩌면 마야에게 저지른 걸지도 모르겠다고."

"그래." 조던이 말했다. "맞아."

클라리는 베스 이스라엘 영안실에서 받아온 천 조각을 책상 위에 올려놓은 채 루크의 작은 손님방에 앉아 있었다. 한 손에 스텔레를 들고는 양쪽 끝을 연필로 눌러놓은 천을 흘끔거리면서 병원에서 떠올랐던 룬을 기억해내려고 기를 썼다.

집중하기가 쉽지 않았다. 자꾸만 제이스의 얼굴과 어젯밤 일이 떠올랐다. 그가 어디로 갔을지. 무엇 때문에 그렇게 힘들어하는지. 클라리는 그를 직접 보기 전까지는 제이스도 그녀만큼 비참한 기분일 거라고 생각하지 못했다. 그리고 제이스의 모습을 보고 나서는 가슴이 찢어질 듯이 아팠다. 집에 돌아온 후에도 몇 번이나 전화하고 싶었지만 억지로 참고 있는 중이었다. 그가 스스로 문제가 무엇인지 말해줄 때까지 잠자코 기다려야 했다. 그래야 한다고 생각할 만큼 클라리는 그를 잘 알았다.

클라리는 눈을 감고 룬을 떠올리는 데 집중했다. 그것은 클라리가 만들어낸 룬이 아니었다. 그레이북에서 본 것인지는 확실치 않았지만 이미 존재하는 룬이라는 점은 확실했다. 룬의 모양이 뭔가를 표현한다기보다 드러내는, 지하에 숨겨진 뭔가의 모양을 보여주는 것에 가까웠다. 수북한 먼지를 천천히 불어 날리고 그 아래 새겨진 글자를 읽는 것에….

클라리는 스텔레가 손 안에서 홱 당겨지는 바람에 눈을 떴다. 놀랍게도 천 가장자리에 작은 문양이 그려져 있었다. 사방으로 튄 잉크 얼룩 같은 모양이어서 클라리는 룬을 그리는 능력을 잃어가는 모양이라고 생각하며 인상을 썼다. 하지만 곧 뜨거운 아스팔트 위로 아지랑이가 피어오르듯 천이 아른거리기 시작하더니, 보이지 않는 손이 쓰는 것처럼 글자들이 천 위로 나타났다. 클라리는 글자를 뚫어져라 쳐다보았다.

탈토 교회 건물. 리버사이드 드라이브 232번지.

흥분이 온몸으로 퍼져나갔다. 그것은 결정적인 단서였다. 그리고 클라리는 누구의 도움도 없이 스스로 그것을 찾아냈다.

리버사이드 드라이브 232번지. 클라리가 알기로 그곳은 어퍼 웨스트 사이드의 리버사이드 공원 옆이었다. 뉴저지에서 바로 강 건너에 있는 곳. 루크의 집에서도 그리 멀지 않았다. 탈토 교회? 클라리는 걱정하듯 인상을 쓰며 스텔레를 내려놓았다. 그곳이 어떤 곳인지 모르겠지만 어쩐지 불길하게 들렸다. 클라리는 루크의 오래된 컴퓨터 앞으로 의자를 끌고 가서 인터넷에 접속했다. 검색창에 '탈토 교회'를 쳐 넣자 알 수 없는 내용들만 나왔지만 클라리는 놀라지 않았다. 천 가장자리에 그려졌던 것은 퍼개틱어나 크소니언어 혹은 또 다른 악마의 언어였다.

한 가지만은 분명했다. 탈토 교회가 무엇이건, 비밀스럽고 좋지 않은 곳일 확률이 높았다. 인간의 아기를 맹수의 발톱이 달린 뭔가로 바꾸는 일과 관련된 곳이라면 분명 종교와는 무관한 곳이었다. 클라리는 병원 근처에 아기를 버린 엄마가 그 교회의 일원인지, 아기가 태어나기 전에 자신이 저지른 짓에 대해 알고 있었는지 궁금했다.

클라리는 오싹한 한기를 느끼며 전화기로 손을 뻗었다. 그러다 전화기를 손에 든 채 멈췄다. 클라리는 엄마에게 전화할 생각이었다. 하지만 이 이야기를 조슬린에게 할 수는 없었다. 조슬린은 겨우 울음을 멈추고 루크와 함께 반지를 보러 나간 참이었다. 물론 조슬린은 어떤 진실이 드러나든 감당할 수 있을 정도로 강한 사람이었지만 클레이브에 알리지 않고 독단적으로 조사를 진행한 사실이 알려지면 골치 아픈 상황에 처하리라는 것은 불을 보듯 뻔한 일이었다.

루크는 어떨까. 하지만 루크는 엄마와 함께 있었다. 클라리는 루크에게도 전화할 수 없었다.

그렇다면 메이리스에게 전화해야 할까. 생각만으로도 몹시 어색하고 두려웠다. 게다가 클레이브가 사건을 인계하고 나면 클라리는 옆으로 밀려나 벤치 신세를 면치 못할 것이 분명했다 비록 클라리 자신은 이 이유 때문에 망설인다는 것을 인정하고 싶지 않았지만 말이다. 즉 사적인 일처럼 느껴지는 미스터리에서 열외로 밀려나는 것이다. 엄마를 클레이브에 밀고하는 기분이 드는 것은 두말할 나위도 없고.

그렇다고 무엇을 발견하게 될지도 모르면서 혼자 간다는 것은 좀…. 훈련을 받기는 했지만 그렇게 많이 받은 것도 아니고 말이다. 게다가 자신에게 무모하게 저지르고 보는 경향이 있다는 것을 클라리는 잘 알았다. 클라리는 마지못해 전화기를 끌어당기고 잠시 망설이다가 빠르게 문자를 보냈다. 리버사이드 드라이브 232번지. 거기에서 나랑 만나. 중요한 일이야. 전송 버튼을 누른 후 잠시 앉아 있으니, 답장이 왔다는 신호음과 함께 화면에 불이 들어왔다. 알았어.

한숨과 함께 전화기를 내려놓은 클라리는 무기를 챙기러 방을 나갔다.

"난 마야를 사랑했어." 조던은 이제 소파에 앉아 있었다. 마침내 정신을 차리고 커피를 내리긴 했지만 아직 입에 대지는 않았다. 말하는 동안 머그잔을 손에 들고 빙글빙글 돌리고만 있었다. "내 이야기를 듣기 전에 그 점을 분명히 알아줬으면 좋겠어. 우린 둘 다 뉴저지 주의 형편없는 동네 출신이고, 마야의 삶은 그야말로 우울한 일의 연속이었어. 마야의 아빠는 흑인이고 엄마는 백인이었거든. 오빠가 하나 있었는데 완전히 정신병자였고. 마야한테 얘기를 들었는지 모르겠지만. 대니얼이라고."

"글쎄." 사이먼이 대답했다.

"그런 조건들 때문에 지옥 같은 생활을 하면서도 마야는 자기 처지에 짓눌리는 법이 없었어. 나는 옛날 음반들을 파는 음반 가게에서 마야를 만났어. 그래, 레코드판 말이야. 우린 거기서 얘기를 나눴어. 그때 난 마야가 근방에서 제일 멋진 여자애라는 사실을 깨달았지. 예쁘기도 했고. 그리고 다정했어." 조던의 시선은 먼 곳에 가 있었다. "우린 사귀기 시작했고 정말 행복한 시간을 보냈어. 서로에게 완전히 빠져들었지. 보통 열여섯 살짜리들이 그러는 것처럼. 그러던 어느 날 내가 늑대인간에게 물리는 일이 벌어진 거야. 클럽에서 싸움에 휘말렸어. 난 그 시절에 엄청 싸우고 다녔거든. 발로 차이고 얻어맞는 데는 이골이 나 있었어. 하지만 물리는 일은 처음이었지. 그때는 별 미친놈도 다 있구나 생각했어. 병원에 가서 상처를 꿰매고는 잊어버렸지.

3주쯤 지나고 나서 증상이 시작됐어. 걷잡을 수 없이 분노가 치밀고 시도 때도 없이 화가 났어. 눈앞이 까맣게 변하고. 난 무슨 일이 벌어지는지 알지 못했어. 서랍이 열리지 않는다고 화를 내며 주먹으로 주방 유리창에 구멍을 내기도 했지. 그리고 마야의 일로 지독한 질투심을 느꼈어. 마야가 다른 남자애들을 쳐다본다고 확신하고, 또… 내가 무슨 생각을 하는지조차 알지 못했어. 자제심을 잃었다는 것만 알았지. 그리고 마야를 때렸어. 기억나지 않는다고 말하고 싶지만 분명히 기억해. 그러고 나서 마야가 나랑 헤어지겠다는 말을 했고…." 그가 말꼬리를 흐렸다. 커피를 한 모금 마셨다. 안색이 좋지 않다고 사이먼은 생각했다. 이런 얘기를 털어놓은 적이 별로 없었던 모양이었다. 어쩌면 한 번도 없었는지도 몰랐다. "며칠 후에 어느 파티에서 마야를 봤어. 웬 녀석이랑 춤을 추고 있었어. 우리 관계가 끝났다는 것을 증명이라도 하듯이 녀석에게 키스도 하고. 마야는 전혀 몰랐겠지만 날을 잘못 선택한 거지. 그날은 내가 물리고 나서 처음으로 맞는 보름이었어." 머그잔을 쥔 손마디가 하얗게 변했다. "처음으로 모습이 변한 날. 변신으로 내 몸이 찢기고 뼈와 피부가 분해됐어. 난 고통으로 몸부림쳤지만 몸의 변화 때문만은 아니었어. 난 마야를 원했어. 마야가 내게 돌아오기를 원했고 마야에게 모든 걸 설명하고 싶었어. 하지만 나는 울부짖는 것밖에 할 수가 없었어. 난 그곳에서 빠져나와 거리를 내달렸고, 그러다가 마야가 집 근처 공원을 가로지르는 것을 보았지. 마야는 집에 가는 길이었어…."

"그리고 네가 마야를 공격했고." 사이먼이 말했다. "마야를 물었지."

"그래." 조던의 시선은 멍하니 과거를 응시했다. "다음 날 아침에 깨어나서 지난밤에 무슨 짓을 저질렀는지 깨달았어. 마야의 집으로 가서 모든 걸 설명해야 한다고 생각했지. 하지만 마야의 집으로 가는 길에 웬 거대한 남자가 길을 가로막고 날 빤히 내려다보는 거야. 남자는 내가 누군지는 물론이고 나에 관한 모든 것을 알고 있었어. 그는 자신이 프리터 루퍼스의 일원이며 나를 담당하게 되었다고 설명했어. 자신이 한 발 늦은 탓에 내가 이미 누군가를 물었다는 사실을 알고 좋아하지 않았지. 그는 내가 마야에게 접근하지 못하게 막았어. 마야를 만나면 일이 오히려 악화될 거라면서. 그러고는 늑대 가드가 마야를 지켜보게 하겠다고 약속했어. 그러고 나서는 이렇게 말했지. 사람을 무는 일은 엄격하게 금지된 일인데 내가 이미 사람을 물었으니, 처벌을 피하는 길은 오직 가드에 합류해서 자신을 제어하는 훈련을 받는 것밖에 없다고.

난 그러고 싶지 않았어. 그 남자 얼굴에 침을 뱉고서 무슨 처벌이든 받겠다고 하려고 했어. 그 정도로 나 자신을 증오했으니까. 하지만 가드에 합류하면 나와 같은 사람들을 도울 수 있다는 말을 들었을 때, 나와 마야에게 일어난 일이 또 다른 누군가에게 일어나는 것을 막을 수 있다는 설명을 들었을 때, 마치 어둠 속에서 빛을 본 기분이었어. 까마득히 먼 미래에 있는 빛. 그러니까 어쩌면 이게 내가 저지른 일을 바로잡을 기회일지도 모른다는 생각이 들었어."

"무슨 말인지 알겠어." 사이먼이 천천히 말했다. "하지만 내가 너한테 배정된 건 묘한 우연 아닌가? 네가 물어서 늑대인간으로 만든 여자와 데이트하는 남자?"

"우연이 아니야." 조던이 말했다. "내가 받은 서류들 중에 네 서류가 있었어. 거기에 마야의 이름이 언급된 것을 보고 내가 널 선택한 거야. 늑대인간과 뱀파이어가 사귀다니. 아는지 모르겠지만 그건 꽤 놀라운 일이거든. 그때 처음으로 마야가 늑대인간이 된 사실을 알게 됐어. 내가… 내가 그런 짓을 한 이후 처음으로."

"알아볼 생각을 한 번도 안 한 거야? 그건 어째 조금…."

"알아보려고 했었어. 프리터는 원하지 않았지만 난 마야가 어떻게 되었는지 능력이 닿는 한 알아보려고 했어. 가출한 사실까진 알아냈지만 집에서는 원래부터 행복하지 못했으니까 그 사실만으로는 아무것도 알 수가 없었지. 그리고 '전국 늑대인간 등록부' 같은 것이 있어서 찾아볼 수 있는 것도 아니고. 난 그저… 마야가 변하지 않았기만 바랐어."

"그래서 마야 때문에 나를 맡은 거야?"

조던이 얼굴을 붉혔다. "널 만나면 마야 소식을 들을 수 있을 거라고 생각했어. 마야가 잘 지내고 있는지."

"그래서 나한테 양다리를 걸친다고 구박했군. 마야를 보호하려고." 사이먼이 며칠 전을 돌이켜보고 말했다.

조던이 머그잔 너머로 그를 쏘아보았다. "그래, 어쨌든 그건 멍청한 짓이니까."

"그리고 마야가 사는 건물에 밴드 공연 전단지를 밀어 넣은 것도 너였어, 그렇지?" 사이먼이 고개를 절레절레 흔들었다. "내 연애를 엉망으로 만드는 것도 네 임무 중에 하나야, 아니면 네 가외 활동인 거야?"

"난 마야의 삶을 망쳐놨어." 조던이 말했다. "다른 누군가가 또 그러는 것을 보고 싶지 않았어."

"그럼 마야가 우리 공연에 나타나서 네 얼굴을 찢어놓으리란 생각은 못 한 거야? 마야가 늦게 오지 않았다면 네가 무대 위에 있을 때 그랬을지도 몰라. 관객들한테는 아주 흥미진진한 구경거리였을 테지만."

"마야가 날 그 정도로 증오하는지 몰랐어. 그러니까 내 말은, 난 나를 변하게 만든 사람을 증오하지 않거든. 그도 자제력을 잃은 상태에서 그런 짓을 저질렀을 거라고 생각하니까."

"그래, 하지만 넌 그 사람을 사랑하진 않았잖아. 그 사람하고 사귀던 사이도 아니었고. 마야는 널 사랑했어. 마야는 네가 자기를 물고 나서 버리고 떠난 거라고, 그러고는 자기를 영영 잊은 거라고 생각해. 마야는 너를 사랑한 만큼 증오할 거라고."

조던이 미처 그 말에 대꾸하기 전에 초인종이 울렸다. 건물 밖에서 누른 버저 소리가 아니었다. 아파트까지 올라와서 현관문 밖에서 누른 벨 소리였다. 둘은 당혹스러운 시선을 주고받았다. "올 사람 있어?" 사이먼이 물었다.

조던이 고개를 저으며 머그잔을 내려놓았다. 둘은 함께 현관으로 다가갔다. 조던이 사이먼에게 뒤에 서 있으라고 손짓하고는 문을 확 열어젖혔다.

문밖에는 아무도 없었다. 대신 접힌 종이 한 장이 단단해 보이는 돌덩이로 눌린 채 매트 위에 놓여 있었다. 조던이 허리를 숙여 종이를 빼내고는 인상을 쓰며 몸을 일으켰다.

"너한테 온 건데." 그가 사이먼에게 쪽지를 내밀었다.

사이먼이 어리둥절한 표정으로 쪽지를 펼쳤다. 중앙에 유치한 블록체로 이렇게 인쇄되어 있었다.

사이먼 루이스. 우리가 네 여자친구를 데리고 있다. 오늘 리버사이드 드라이브 232번지로 와라. 어두워지기 전에 오지 않으면 네 여자친구의 목을 베겠다.

"장난이야." 사이먼이 멍하니 쪽지를 바라보며 말했다. "틀림없어."

조던이 말없이 사이먼의 팔을 움켜잡고 거실로 끌고 갔다. 그러고는 그의 팔을 놓아주더니 여기저기를 뒤적여서 휴대전화를 찾았다. "전화해." 조던이 사이먼의 가슴으로 전화기를 들이밀며 말했다. "마야한테 전화해서 아무 일 없는지 확인해봐."

"하지만 마야가 아닐지도 몰라." 사이먼이 전화기를 빤히 내려다보았
다. 그가 처한 상황에 대한 극심한 공포가 머리 주변에서 윙윙대는 것만
같았다. 안으로 들여보내 달라고 애원하며 집 주위를 배회하는 식인귀
처럼. 정신 차려. 사이먼이 자신을 타일렀다. 당황하지 말고. "이사벨일지
도 모른다고."

"맙소사." 조던이 잡아먹을 듯이 노려보았다. "또 다른 여자친구는 없
어? 전화할 사람들 명단이라도 만들어야 하는 거야?"

사이먼이 전화기를 홱 뺏어 들고 돌아서서 번호를 눌렀다.

마야는 두 번째 벨이 울리자 전화를 받았다. "여보세요?"

"마야…. 사이먼이야."

목소리에서 우호적인 기운이 바로 사라졌다. "아, 왜 전화한 거야?"

"그냥 괜찮은지 확인하고 싶어서 전화했어."

"난 괜찮아." 마야가 딱딱하게 말했다. "우린 심각하게 사귀던 사이도
아니니까. 기분은 별로지만 괜찮아질 거야. 넌 여전히 나쁜 자식이지만."

"아니, 내 말은 네가 잘 있는지 확인하고 싶었다는 뜻이었어."

"지금 조던 때문에 이러는 거야?" 조던의 이름을 말하는 마야의 음성
에서 팽팽한 분노가 느껴졌다. "맞아. 너희 둘이 함께 사라졌지? 이젠
둘이 친구 사이라도 되나 보네? 그럼 조던한테 내 근처에는 얼씬도 말
라고 전해줘. 아니, 그건 너희 둘 모두에게 해당되는 말이야."

마야가 전화를 끊었다. 전화기에서 성난 벌이 윙윙대는 듯한 발신음
이 흘러나왔다.

사이먼이 조던을 쳐다봤다. "마야는 무사해. 우리 둘을 증오하지만 그
거 말고는 이상한 점이 없는 거 같아."

"좋아." 조던이 뻣뻣하게 말했다. "이사벨한테도 전화해봐."

두 번의 시도 끝에 이사벨이 전화를 받았다. 뭔가 하다가 전화를 받은 사람처럼 짜증이 가득한 이사벨의 목소리가 들려올 무렵 사이먼은 거의 공황 상태에 빠져 있었다. "누군지 모르겠지만 중요한 용건이 있어야 할 거야."

사이먼의 온몸으로 안도감이 밀려들었다. "이사벨. 사이먼이야."

"아, 정말. 뭐 때문에 전화했어?"

"괜찮은지 확인하고 싶어서…."

"왜, 내가 비탄에 잠기기라도 해야 하는 거야? 네가 날 속이고 거짓말을 하고 양다리를 걸친 개자…."

"아니." 사이먼은 점점 불편해지기 시작했다. "내 말은 너한테 아무 일이 없냐는 거야. 너 어디론가 납치되거나 그런 거 아니지?"

긴 침묵이 흘렀다. "사이먼." 이사벨이 마침내 입을 열었다. "정말이지 이건 화해하자고 전화해서 징징거리며 들이대는 변명 중에 최고로 멍청한 변명이야. 너 대체 왜 그래?"

"나도 모르겠어." 사이먼은 그렇게 말하고 이사벨보다 먼저 전화를 끊었다. 그러고는 조던에게 전화기를 건넸다. "이사벨도 무사해."

"이해할 수가 없어." 조던은 혼란스러운 표정이었다. "누가 그런 무의미한 협박을 하는 거지? 금세 탄로 날 거짓말을 하다니."

"날 바보로 안 모양이지." 사이먼은 말을 시작하다가 문득 끔찍한 생각이 떠올라 말을 멈췄다. 사이먼은 조던에게서 전화기를 홱 빼앗아서 충격으로 무감각해진 손가락으로 번호를 눌렀다.

"누군데?" 조던이 물었다. "누구한테 전화하는 거야?"

리버사이드 드라이브로 연결되는 96번로의 모퉁이를 막 돌아서는데 클라리의 전화가 울렸다. 비가 내리면서 도시의 먼지를 싹 쓸어낸 모양이었다. 눈부신 하늘에서 햇빛이 내리쬐어 강가를 따라 이어지는 공원의 밝은 녹색 수목을 비췄다. 강물은 푸른색에 가까운 빛깔을 띠었다.

클라리가 가방을 뒤져 전화기를 꺼내 재빨리 받았다. "여보세요?"

사이먼의 목소리가 들려왔다. "오, 감사합니다….." 그가 말을 끊었다. "너 괜찮아? 납치되거나 그런 거 아니지?"

"납치?" 클라리는 건물에 붙은 번지수를 확인하며 걷는 중이었다. 220, 224. 클라리는 자신이 찾고 있는 것이 무엇인지 정확히 알지 못했다. 교회처럼 생겼을까? 아니면 글래머를 써서 버려진 공터 같은 것으로 보일까? "너 취하기라도 했어?"

"그러기엔 시간이 좀 이르지." 목소리에 뚜렷하게 안도감이 스며 있었다. "난 그냥… 이상한 쪽지를 받아서 그래. 누군가 내 여자친구를 공격하겠다고 협박해서."

"어느 여자친구?"

"하하." 사이먼은 즐겁지 않은 목소리였다. "마야하고 이사벨한테는 이미 전화해봤는데 둘 다 아무 일도 없었어. 그리고 났더니 네 생각이 나잖아. 우리 둘이 엄청 붙어 다녔으니 누군가 오해했을지도 모르겠다고. 하지만 이젠 나도 모르겠어."

"글쎄." 리버사이드 드라이브 232번지. 뾰족한 지붕이 있는 거대한 석조 건물이 클라리 앞에 모습을 드러냈다. 지금은 딱히 교회처럼 보이지 않지만 한때는 교회로 쓰였을지도 모르겠다는 생각이 들었다.

"그나저나 마야랑 이사벨이 어젯밤에 서로에 대해 알게 됐어. 그다지 아름다운 광경은 아니었어." 사이먼이 덧붙였다. "'불장난'이라고 했던 네 말이 딱 맞더라."

클라리는 232번지 건물의 외관을 찬찬히 살펴보았다. 그 거리에 서 있는 건물들은 대부분 제복을 입은 도어맨들이 안에서 대기하는, 임대료가 비싼 아파트들이었다. 반면 이 건물에는 윗부분이 곡선인 기다란 나무문 한 쌍만 달려 있었다. 문에는 둥근 문고리가 아닌 구식으로 보이는 금속 문고리가 달려 있었다. "저런, 저런. 일이 그렇게 되었다니 유감이야, 사이먼. 걔네들이 너랑 말은 해?"

"아니."

클라리가 손잡이를 잡고 문을 밀었다. 문이 조그맣게 소리를 내며 열렸다. 클라리가 목소리를 낮췄다. "혹시 그 쪽지를 남긴 것이 둘 중에 하나가 아닐까?"

"둘 다 그럴 성격들은 아니잖아." 사이먼은 정말로 영문을 모르겠다는 말투였다. "혹시 제이스가 그런 것은 아니겠지?"

그의 이름이 나오자 클라리는 배를 한 대 얻어맞은 느낌이었다. 그녀가 숨을 고르고는 말했다. "그럴 리가 없어. 홧김에라도 그런 짓은 안 할 거야." 클라리가 전화기를 귀에서 뗐다. 반쯤 열린 문으로 안을 들여다보니 보통 교회처럼 긴 통로와 촛불처럼 깜빡이는 불빛이 보여서 한결 마음이 놓였다. 잠시 안을 둘러본다고 큰일 날 것 같지는 않았다. "그만 끊어야겠어, 사이먼. 나중에 내가 전화할게."

클라리는 전화를 끊고 안으로 들어섰다.

"이게 정말 장난일 거라고 생각해?" 우리 안을 어슬렁거리는 호랑이처럼 조던이 거실 안을 이리저리 서성거렸다. "글쎄, 모르겠어. 나한텐 아주 역겨운 장난처럼 보여서 말이야."

"역겹지 않다는 말은 안 했어." 사이먼이 쪽지를 흘깃 보았다. 쪽지는 커피 테이블에 놓여 있었지만 블록체로 적힌 글자들은 멀리서도 분명하게 보였다. 쳐다보기만 해도 가슴이 철렁했다. 터무니없는 내용이라는 것을 아는데도 그랬다. "누가 이런 걸 보냈을까 생각해보고 있어. 그리고 왜 보냈는지도."

"널 주시하는 일은 하루 휴가를 내고 걔한테서 시선을 떼지 않는 것이 좋을지도 모르겠어." 조던이 말했다. "혹시 또 모르니까."

"마야를 말하는 모양인데, 좋은 마음으로 그런다는 건 알지만 마야는 네가 얼쩡거리는 것을 원하지 않을 거야. 어떤 자격으로든."

조던이 어금니를 악물었다. "눈에 띄지 않는 곳에서 지켜보면 돼."

"와. 너 아직도 마야를 많이 좋아하는 거지?"

"난 마야에게 개인적인 의무가 있어." 조던이 뻣뻣하게 말했다. "내 감정은 중요하지 않아."

"마음대로 해. 하지만….."

초인종이 다시 울렸다. 둘이 시선을 한 번 교환하고는 동시에 문을 향해 달려갔다. 조던이 먼저 도착했다. 그가 문 옆에 있는 옷걸이를 잡아채서 걸린 외투들을 빼버리고 문을 확 열었다. 창처럼 머리 위로 옷걸이를 들어 올린 채로.

문 밖에는 제이스가 서 있었다. 그가 눈을 껌뻑였다. "그거 옷걸이 아니야?"

조던이 바닥에 옷걸이를 탁 내려놓으며 한숨을 내쉬었다. "네가 뱀파이어였다면 훨씬 더 유용하게 쓰였겠지."

"그래." 제이스가 말했다. "아니면 뭐, 외투가 아주 많은 사람이거나."

사이먼이 조던 뒤에서 머리를 내밀며 말했다. "미안. 아침에 스트레스

받을 일이 좀 있었어."

"저런." 제이스가 말했다. "스트레스 받을 일이 더 있는데 어쩌지. 내가 여기 온 건 널 인스티튜트에 데려가기 위해서야, 사이먼. 컨클레이브가 널 만나고 싶다는데, 그 사람들은 기다리는 것을 좋아하지 않거든."

등 뒤에서 탈토 교회의 문이 닫히는 순간 클라리는 마치 다른 세계로 들어온 기분이었다. 뉴욕 거리의 분주함과 소음은 완전히 차단되었다. 건물 안의 공간은 넓고 높았다. 천장이 하늘 높이 솟아 있었다. 좌석이 줄줄이 이어지고 그 사이로 좁은 통로가 나 있었다. 실내가 어둑하게 느껴졌지만, 그건 어쩌면 클라리가 눈부시게 밝은 마법의 불빛에 익숙해져서 그런 걸지도 몰랐다.

클라리는 스니커즈를 신은 발로 작은 발소리를 내면서 먼지 쌓인 통로를 따라 걸어 들어갔다. 창문이 하나도 없는 교회라니, 별 묘한 교회도 다 있다고 클라리는 생각했다. 통로 끝에는 제단으로 이어지는 돌계단이 있었다. 클라리는 제단을 올려다보다가 이상한 점을 또 하나 발견했다. 이 교회에는 십자가가 없었다. 제단 위에는 꼭대기에 올빼미 모양의 조각이 붙은 석판이 세워져 있었다. 석판에는 다음과 같은 글귀가 쓰여 있었다.

그 여자의 집은 죽음 속으로 빠져들고,
그 길은 죽은 자들에게로 이른다.
그 여자에게 가는 자들은 모두 다시 돌아오지 못하고,
생명의 길도 얻지 못하리라.

클라리는 눈을 깜빡이며 쳐다보았다. 성서의 구절을 완벽하게 암송하는 제이스와 달리 성서에 대해서는 잘 모르지만, 석판의 글귀는 종교적으로 들리긴 해도 교회 안에 새겨두기에는 이상하게 느껴졌다. 클라리는 부르르 몸을 떨고 나서 제단 가까이 다가갔다. 제단 위에 커다란 책이 놓여 있었다. 중간에 서표가 꽂혀 있어서 클라리가 손을 뻗어 책을 펼쳤다. 그러고는 서표라고 생각했던 것이 검은 손잡이가 달린 단검이라는 사실을 깨달았다. 손잡이에는 초자연적인 상징들이 새겨져 있었다. 클라리가 교과서에서 본 적이 있는 단검이었다. 아삼, 악마의 소환 의식에 사용되곤 하는 물건.

클라리는 뱃속이 얼어붙는 느낌이었지만 몸을 숙이고 펼쳐진 페이지를 훑어보기 시작했다. 혹시라도 단서가 될 만한 내용이 있을지도 몰랐다. 하지만 글자들이 멋을 부린 필체로 다닥다닥 쓰여 있어서 영어라 해도 알아보기 힘들었으리라는 사실만 깨달았다. 날카롭고 뾰족뾰족한 문자들은 클라리가 한 번도 본 적이 없는 것이었다. 하지만 글자들 위에 들어가 있는 삽화는 클라리도 아는 것이었다. 마법사가 주문을 외우기 전에 바닥에 그리는 문양, 소환진. 마법의 힘을 끌어 모아 그 안으로 모이게 하는 원. 책에 그려진 것은 중앙에 네모가 들어간 두 개의 동심원처럼 보였다. 원 사이에는 룬들이 그려져 있었다. 처음 보는 룬들이었지만 룬의 의미를 직감적으로 이해한 클라리는 몸을 부르르 떨었다. 죽음과 피.

클라리는 서둘러 다음 장으로 넘겼다. 그리고 그곳에서 마주한 삽화들을 보고는 헉 하고 숨을 들이쉬었다.

삽화는 왼쪽 어깨에 새를 앉힌 여인의 모습을 시작으로 일련의 내용이 전개되었다. 새는 까마귀처럼 보였고 교활한 분위기를 풍겼다. 두 번째 그림에는 새가 없고 여인은 임신한 모습이었다. 세 번째 그림에서 여인은 클라리 앞에 놓인 것과 비슷한 제단 위에 누워 있었다. 예복을 걸친 인물이 여인 앞에 서 있고 어울리지 않게 현대적인 모양의 주사기를 들고 있었다. 주사기에는 검붉은 액체가 가득 들어 있었다. 비명을 지르고 있는 것으로 보아 여인은 주사기 속의 액체가 곧 몸속으로 주입되리라는 사실을 아는 것이 분명했다.

마지막 그림에서 여인은 아기를 무릎에 얹은 채 앉아 있었다. 아기는 흰자가 없이 눈 전체가 검다는 것만 빼면 정상으로 보였다. 여인은 공포에 질린 표정으로 아기를 내려다보고 있었다.

클라리는 목덜미의 털이 곤두서는 느낌이었다. 조슬린의 생각이 맞았다. 누군가 아기들을 조녀선처럼 만들려 하고 있었다. 아니, 이미 그렇게 만들었다.

클라리는 제단에서 뒤로 물러났다. 몸 안의 모든 신경이 이곳은 수상한 곳이라고 한목소리로 비명을 질러댔다. 클라리는 1초도 더 머물고 싶지 않았다. 밖으로 나가서 지원군을 기다리는 편이 나았다. 단서는 클라리 혼자 발견했다고 해도 그로 인해 알아낸 사실은 혼자 처리하기엔 턱없이 큰 문제였다.

이내 소리가 들렸다.

바닷물이 서서히 밀려나가듯 자그마하게 사르륵거리는 소리가 위쪽에서 들려왔다. 클라리는 아삼을 꽉 움켜쥐고 위를 올려다보았다. 위층 객석 주변에 사람들의 그림자가 줄지어 있었다. 하나같이 회색 운동복에 스니커즈 차림이었다. 칙칙한 회색 운동복 바지에 지퍼가 달린 상의를 입고 후드를 썼다. 그들은 난간을 잡은 채 꼼짝 않고 서서 클라리를 내려다보고 있었다. 얼굴이 어둠에 가려져서 남자인지 여자인지도 분간이 되지 않았지만 그들이 그녀를 내려다보고 있는 것만은 알 수 있었다.

"죄… 죄송해요." 클라리가 입을 열었다. 사방이 돌로 둘러싸여 있어서 목소리가 커다랗게 울렸다. "허락도 없이 들어올 생각은 아니었는데…"

대답은 없고 오로지 침묵뿐이었다. 묵직하게 내려앉는 침묵. 클라리의 심장이 빠르게 뛰기 시작했다.

"저는 그냥 나갈게요." 그렇게 말한 클라리는 힘겹게 침을 삼켰다. 앞으로 걸어 나가 아삼을 제단에 놓고 문으로 돌아섰다. 돌아서기 직전 클라리는 공기 중에 떠도는 냄새를 느꼈다. 썩어가는 쓰레기에서 풍기는 악취 같은 것. 클라리와 출입문 사이에서 무엇인가 벽처럼 불쑥 솟아올랐다. 비늘로 뒤덮인 피부, 칼처럼 날카로운 이빨, 앞으로 뻗은 발톱이 뒤죽박죽으로 뒤섞인 악몽 같은 것이었다.

지난 7주간 클라리는 전투에서 악마와 마주할 때를 대비해 훈련을 받아왔다. 거대한 악마를 만나면 어떻게 해야 하는지도 배웠다. 하지만 실제로 악마와 마주한 순간, 클라리는 오직 비명만 지를 뿐이었다.

11
우리 종족

악마가 돌진하자 클라리는 비명을 그치고 뒤로 훌쩍 제단을 뛰어넘어 그 뒤에 몸을 숨겼다. 완벽한 뒤집기였다. 제이스가 그 모습을 보았더라면 좋았을 텐데 하는 엉뚱한 생각이 들었다. 움츠린 자세로 바닥에 착지하자 뭔가 제단을 세게 후려쳐서 돌이 진동했다.

기다란 울부짖음이 실내를 갈랐다. 클라리는 허둥지둥 무릎을 꿇고 제단 너머로 내다보았다. 악마는 생각보다 크지 않았지만 그렇다고 작지도 않았다. 크기는 냉장고만 했고, 흔들거리는 긴 목에는 머리가 세 개나 달렸다. 눈은 없고 쩍 벌린 거대한 입에서는 녹색을 띤 침이 주르륵 흘러내렸다. 방금 전에 제단을 후려친 것이 제일 왼쪽 머리였는지, 마치 정신을 차리려는 것처럼 그 머리를 앞뒤로 흔들고 있었다.

클라리가 위쪽을 두리번거렸지만 운동복 차림의 사람들은 제자리에 못 박힌 듯이 서 있었다. 누구 하나 움직이지 않았다. 자기들과는 상관없는 일처럼 가만히 구경만 하고 있었다. 사방을 둘러보았지만 클라리가 들어온 문 외에는 다른 입구가 보이지 않았고, 문으로 가는 길은 악마가 가로막고 있었다. 더 찾아봐야 소중한 시간만 낭비할 뿐이라는 것을 깨달은 클라리는 서둘러 몸을 일으키며 아삼으로 손을 뻗었다. 그러고는 목표물을 잡아채 다시 뒤로 몸을 숙이는 순간 악마가 공격을 개시했다. 두꺼운 줄기 같은 목 위에서 흔들거리는 머리가 제단을 향해 날아오자 클라리가 옆으로 몸을 굴렸다. 두껍고 검은 혀가 클라리를 찾아 날름거렸다. 클라리는 소리를 지르면서 악마의 목에 아삼을 콱 쑤셔 박았다가 뽑아내며 재빨리 뒤로 물러나 멀찍이 떨어졌다.

놈이 비명을 지르며 머리를 뒤로 젖히자 상처에서 검은 피가 뿜어져 나왔다. 하지만 목숨을 빼앗을 정도로 치명적인 일격은 아니었다. 클라리가 보고 있는 동안 악마의 거무스름한 피부가 바늘로 꿰매어지듯 맞물리면서 상처가 서서히 아물었다. 클라리는 가슴이 철렁 내려앉았다. 물론 그렇겠지. 새도우 헌터가 룬이 그려진 무기를 사용해야 악마가 상처를 치유하지 못하도록 막을 수 있기 때문이었다.

악마가 다시 달려드는 순간 클라리는 왼손을 뻗어 벨트에서 스텔레를 획 잡아 뽑았다. 그러고는 계단으로 몸을 던져서 맨 아래 계단까지 고통스럽게 굴러 내려갔다. 악마는 뒤뚱거리며 돌아서더니 다시 그녀를 향해 다가왔다. 클라리는 자신이 그때까지 스텔레와 단검을 한 손에 움켜쥐고 있는 것을 깨닫고 단검을 왼손으로 옮겼다. 계단을 구르며 단검에 베였는지 재킷 앞자락이 순식간에 피로 물들었다. 클라리는 오른손으로 스텔레를 잡고 필사적인 속도로 단검 자루에 엔켈리 룬을 그렸다.

천사의 힘을 지닌 룬이 효력을 발휘하자 자루에 새겨진 다른 상징들이 녹아내리기 시작했다. 클라리가 위를 올려다보았다. 악마는 이제 그녀 가까이에 와 있었다. 악마는 머리 세 개를 쭉 내밀고 입을 쩍 벌리고 있었다. 클라리는 재빨리 몸을 일으키고 팔을 뒤로 당겼다가 힘껏 단검을 날렸다.

놀랍게도 단검은 악마의 가운데 머리 중앙으로 날아가서 자루가 닿을 정도로 푹 박혔다. 악마가 괴성을 내지르며 머리를 크게 휘젓는 것을 보고 클라리는 희망을 가졌다. 다음 순간 악마의 머리가 역겨운 소리를 내며 바닥으로 털썩 떨어졌다. 그런데도 악마는 계속 다가왔다. 악마는 축 늘어진 목에 달린 죽어버린 머리를 질질 끌며 클라리를 향해 움직였다.

위쪽에서 시끄러운 발소리가 들려왔다. 클라리가 올려다보니 운동복을 입은 사람들이 사라지고 객석이 텅 비었다. 불안한 마음이 들었다. 가슴속에서 심장이 탱고를 추듯 격렬하게 날뛰었다. 클라리는 돌아서서 문을 향해 달려갔지만 악마가 더 빨랐다. 악마는 용을 쓰듯 끙 소리를 내며 클라리 위로 몸을 휙 날리더니 문 앞으로 착지해 길을 가로막았다. 악마는 쉭쉭 소리를 내며 클라리를 향해 움직였다. 살아 있는 머리 두 개를 흔들거리다가 클라리를 후려칠 준비를 하며 위로 한껏 늘였다.

뭔가 번쩍이는 것이 허공을 갈랐다. 은빛 도는 금빛 불꽃이 휙 움직인 것만 같았다. 악마의 머리가 돌아가면서 쉭쉭거리는 괴성이 높아졌지만 이미 늦었다. 은빛 물건이 악마의 머리를 휘감아 잡아당기면서 남아 있는 머리들이 거무스름한 피를 뿜으며 잘려나갔다. 핏방울이 튀며 살갗을 태우자 클라리는 몸을 굴려 옆으로 비켜났다. 머리 없는 악마의 몸통이 흔들리며 그녀를 향해 쓰러지는 순간 고개를 움츠렸다.

악마가 사라졌다. 그녀에게로 쓰러지는 사이에 원래 있던 차원으로 되돌아가며 이곳에서 사라진 것이다. 클라리가 조심스레 고개를 들었다. 열린 교회 문 앞에 이사벨이 서 있었다. 검은 원피스에 부츠 차림으로 손에는 합금 채찍을 들고 있었다. 이사벨은 천천히 채찍을 손목에 감으며 호기심 어린 시선으로 교회 안을 둘러보았다. 이사벨은 검은 눈썹을 안으로 모으며 미간을 살짝 찌푸렸다. 시선이 클라리에게 머물자 빙굿 웃어 보였다.

"굉장해. 너 또 무슨 사고를 친 거야?"

얼음 날개처럼 차갑고 가벼운 뱀파이어 종복들의 손길이 사이먼의 피부에 닿았다. 그들이 눈가리개를 풀어주자 사이먼은 몸을 부르르 떨었다. 그들의 메마른 피부가 거칠게 느껴졌다. 종복들은 절을 하고 뒤로 물러났다.

사이먼은 눈을 껌뻑이며 주변을 둘러보았다. 몇 분 전만 해도 그는 78번로와 2번가의 모퉁이에서 햇빛을 받으며 서 있었다.

인스티튜트에서 그 정도로 떨어진 곳이면 카밀이 의심하지 않을 거라고 판단하고 그곳에서 무덤의 흙을 사용하기로 결정한 것이다. 이제 사이먼은 희미하게 불을 밝힌 방 안에 있었다. 제법 널찍한 공간에 매끈한 대리석 바닥이 깔리고 우아한 대리석 기둥들이 높은 천장을 떠받치고 있었다. 좌측 벽을 따라 앞면이 유리로 된 작은 방들이 줄줄이 이어졌고, 각 방에는 '출납계'라고 쓰인 놋쇠 명판이 붙어 있었다. 벽에 붙은 또 하나의 명판은 이곳이 '더글라스 국립은행'임을 알려주었다. 한때 사람들이 수표나 예금청구서를 작성하던 카운터들과 바닥에는 먼지가 두텁게 쌓였다. 천장에 매달린 전등의 놋쇠 테두리는 푸른 녹으로 뒤덮였다.

공간 한가운데 등받이가 높은 안락의자가 놓여 있었다. 카밀은 그 의자에 앉아 있었다. 은빛이 도는 금발이 반짝이는 장식처럼 어깨 위로 쏟아져 내렸다. 아름다운 얼굴에는 화장기가 없었지만 입술만은 여전히 새빨갰다. 어둑한 은행 안에서 선명한 색상을 지닌 것은 그 입술이 유일한 듯했다.

"보통은 해가 떠 있는 동안에는 아무도 만나지 않아, 데이라이터." 그녀가 입을 열었다. "만남을 청한 것이 너였기 때문에 특별히 예외를 두기로 했지."

"고맙습니다." 사이먼은 그가 앉을 의자가 없다는 사실을 눈치채고 어색하게 서 있었다. 심장이 여전히 뛰었다면 지금쯤 아마 심하게 쿵쾅거리고 있었을 것이다. 컨클레이브를 위해 이 일을 하겠다고 했을 때는 카밀이 얼마나 두려운지 잊고 있었다. 실제로 그녀는 사이먼에게 아무짓도 할 수가 없으니 논리적으로는 두려워할 필요가 전혀 없지만 그럼에도 두려운 것은 어쩔 수가 없었다.

"이렇게 만나자고 한 건 내 제안을 생각해봤다는 뜻이겠군. 그리고 받아들이기로 결정했고." 카밀이 말했다.

"어째서 내가 받아들였을 거라고 생각하죠?" 사이먼이 물었다. 그가 시간을 끌기 위해 이런 얼빠진 질문을 한다는 것을 카밀이 부디 알아채지 못하길 간절히 빌면서.

카밀의 얼굴에 희미한 짜증이 일었다. "내 제안을 거절할 거라면 이렇게 직접 나타나지 않았겠지. 내가 화를 낼까 두려울 테니까."

"두려워해야 하나요?"

카밀이 웃음을 머금으며 뒤로 기대앉았다. 현대적이고 고급스러워 보이는 의자는 버려진 은행 안의 어떤 물건과도 어울리지 않았다. 아마도 카밀의 종복들이 어딘가에서 이곳으로 운반해온 모양이었다. 그들은 지금 카밀의 양쪽에 조각상처럼 서 있었다. "많은 사람들이 그러지." 그녀가 입을 열었다. "하지만 넌 그럴 이유가 없어. 난 네가 아주 마음에 드니까. 비록 마지막 순간까지 기다렸다가 연락을 했다고 해도 네가 옳은 결정을 내렸다는 게 느껴져."

그 순간 사이먼의 전화가 윙윙거리며 진동하기 시작했다. 사이먼은 놀라 펄쩍 뛰어올랐다. 등을 타고 식은땀 한 줄기가 주르륵 흘러내렸다. 그가 재킷 주머니를 급하게 뒤적였다. "죄송해요." 그러고는 전화기를 열었다. "전화가 와서요."

카밀의 얼굴에 충격이 서렸다. "전화 받지 마."

사이먼은 전화기를 귓가로 가져가면서 카메라 버튼을 여러 번 눌렀다. "금방 끊을게요."

"사이먼."

그는 바로 전송 버튼을 누르고 전화기를 닫았다. "죄송해요. 생각이 짧았네요."

숨을 쉬지 않음에도 카밀의 가슴이 분노로 오르락내리락했다. "난 내 종복들이 내게 존경을 표하길 원해." 카밀이 쉿소리를 냈다. "두 번 다시 그런 짓을 했다가는…."

"하면요?" 사이먼이 말했다. "당신은 날 해치지 못해요. 누구도 그러지 못하죠. 그리고 나는 종복이 되는 것이 아니라고 하지 않았나요? 당신의 파트너가 될 거라고 했죠." 사이먼은 말을 멈췄다가 거만한 어조로 말을 이었다. "어쩌면 당신의 제안을 받아들이기로 한 결정을 다시 생각해봐야 할 거 같네요."

카밀의 눈빛이 어두워졌다. "오, 신이시여. 제발 바보처럼 굴지 마."

"어떻게 그 말을 할 수 있죠?" 사이먼이 물었다.

카밀이 섬세한 눈썹을 추켜올렸다. "무슨 말? 내가 바보라고 불러서 화가 난 건가?"

"아뇨. 뭐 그렇기도 하지만요. 그거 말고요. 조금 전에 말했잖아요. '오….'" 목소리가 갈라지면서 그가 말을 끊었다. 사이먼은 여전히 그 단어를 말하지 못했다. 신.

"그를 믿지 않기 때문이지." 카밀이 대답했다. "너는 아직도 믿고." 그
녀가 고개를 한쪽으로 기울였다. 보도 위를 기어가는 벌레를 바라보며
잡아먹을까 말까 고민하는 새처럼. "그럼 이제 피의 맹세를 해야 할 시
간이 온 것 같군."

"피의… 맹세라고요?" 사이먼은 제대로 들은 건지 확신할 수가 없었
다.

"네가 우리 종족의 관습에 대해서는 아는 것이 별로 없다는 사실을 잊
고 있었군." 카밀은 은빛이 도는 머리를 좌우로 흔들었다. "너는 내게 헌
신하겠다는 맹세를 피로써 하게 될 거야. 맹세를 하고 나면 내 말을 거
역하지 못하게 되지. 그러니까… 혼전 합의 같은 것으로 생각해." 그녀
가 사이먼을 향해 웃어 보이자 송곳니가 반짝였다. "가져와." 카밀이 고
압적으로 손가락을 딱 튕기자 부하들이 잰걸음으로 다가와서 잿빛 머리
를 숙였다. 부하 하나가 앞으로 나가 고풍스러운 유리 펜처럼 보이는 물
건을 카밀에게 건넸다. 나선형의 펜 끝에 잉크가 모이는 펜 말이다. "네
스스로 상처를 내서 피를 뽑아야 해." 카밀이 말했다. "보통은 내가 직접
하지만 마크 때문에 그럴 수가 없으니까. 이번에는 이런 방법을 쓸 수밖
에 없지."

사이먼은 망설였다. 상황이 좋지 않았다. 아주 좋지 않았다. 사이먼도
이제 맹세를 한다는 것이 다운월드 사람에게 어떤 의미인지 알 정도로,
초자연적인 세계에 관해 알 만큼 알았다. 그것은 쉽게 깨버릴 수 있는
말뿐인 약속과는 달랐다. 수갑으로 채워진 것이나 다름없을 만큼 약속
한 자를 구속했다. 서약에 서명을 하면 사이먼은 정말로 카밀에게 충성
을 다하게 될 것이다. 그것도 아마 영원히.

"자, 어서." 카밀의 목소리에 살짝 조바심이 묻어났다. "괜히 시간을 낭비할 필요가 없어."

사이먼이 침을 꿀꺽 삼키고 마지못해 한 걸음 걸어 나갔다. 그러고는 또 한 걸음. 종복 하나가 걸어 나와서 사이먼의 앞을 가로막았다. 그러고는 문신용 바늘 같은 것이 달린 위험해 보이는 칼을 내밀었다. 사이먼이 칼을 받아들어 손목으로 가져갔다. 곧이어 다시 칼을 내렸다. "저기, 난 아픈 건 딱 질색이라서요. 칼 같은 것도…."

"당장 해." 카밀이 으르렁거렸다.

"다른 방법이 있을 거예요."

카밀이 의자에서 벌떡 일어났다. 송곳니가 완전히 나와 있었다. 화가 머리끝까지 난 상태였다. "내 시간을 낭비하는 짓을 당장 멈추지 않으면…."

거대한 천이 쫙 찢어지는 소리와 비슷한 작은 파열음이 들렸다. 반대편 벽에 커다란 판자 모양이 생기며 희미하게 일렁이기 시작했다. 카밀이 돌아서서 보고는 충격으로 입을 벌렸다. 그게 무엇인지 알아본 것이다. 사이먼처럼. 분명히 그것이었다.

포털. 그곳에서 열 명도 넘는 섀도우 헌터가 쏟아져 나왔다.

"됐어." 이사벨이 활기차게 구급상자를 치우면서 말했다. 그들은 클레이브 멤버가 방문했을 때 사용하는 손님방에 있었다. 방 안에는 침대와 화장대, 옷장 외에는 아무 가구도 없었고 작은 화장실이 붙어 있었다. 그리고 물론 각 방에는 붕대와 습포제, 여분의 스텔레까지 들어 있는 구급상자가 구비되어 있었다. "이라체는 금방 효력을 발휘하지만 멍이 사라지려면 시간이 좀 걸릴 거야. 그리고 이건…." 이사벨이 악마의 피가 튄 클라리의 이마를 가리켰다. "아마 내일까지 완전히 사라지지 않을 거야. 휴식을 취하면 더 빨리 아물긴 하지만."

"괜찮아. 고마워, 이사벨." 클라리가 손을 내려다보았다. 오른손에 붕대가 감겼고 셔츠는 찢어진 채 피가 묻어 있었다. 이사벨이 룬을 그려주어 그 아래 상처는 모두 아물었지만. 클라리가 직접 이라체를 그릴 수도 있지만 누군가에게 보살핌을 받는 것이 좋았다. 그리고 평소에는 다정하지 않은 이사벨도 마음만 내키면 얼마든지 다정한 소녀로 변했다. "그리고 나와준 것도 고마워. 내 생명을 구해준 것도. 그게 뭐였는지 모르겠지만…"

"히드라 악마라고 그랬잖아. 그놈들은 머리가 여러 개인데도 지능은 상당히 낮아. 너도 내가 도착하기 전까지 잘 싸웠던데 뭘. 특히 아삼을 그렇게 사용한 건 아주 훌륭했어. 긴박한 상황에서 해결책을 떠올릴 줄 아는 것은 악마의 몸에 구멍을 내는 법을 아는 것만큼이나 섀도우 헌터에게 중요해." 이사벨이 침대에 앉은 클라리 옆으로 털썩 주저앉으며 한숨을 쉬었다. "가서 컨클레이브가 돌아오기 전에 탈토 교회에 관해 알아봐야겠어. 혹시 지금 일어나는 일의 단서가 나올지 모르니까. 그 병원이랑 아기들…" 이사벨이 부르르 몸을 떨었다. "끔찍해."

클라리는 어떻게 교회에 가게 되었는지를 이사벨에게 설명했다. 병원에서 악마 아기를 확인한 일도 얘기했지만 그 사건을 수상쩍게 여긴 것이 엄마가 아니라 자신이며 엄마는 이 일에 관해 알지 못하는 것처럼 말했다. 검은 눈과 맹수의 발을 제외하면 이상한 점이 전혀 없던 아기의 모습에 대해 설명하자 이사벨은 속이 거북한 표정이었다. "그런 아기들을 더 만들려고 했던 것 같아. 우리… 오빠 같은 아기 말이야. 먼데인 여자를 데려다가 실험했을 거야." 클라리가 말했다. "여자는 아기가 태어나자 견디지 못하고 미쳐버린 거지. 대체 누가 그런 짓을 하는 거지? 발렌타인의 추종자일까? 끝까지 잡히지 않은 사람 중에 하나가 발렌타인이 하던 일을 계속하고 있는 걸까?"

"그럴지도 모르지. 아니면 그냥 악마를 숭배하는 집단의 짓이거나. 그런 자들도 적지 않거든. 도대체 왜 세바스찬 같은 존재를 더 만들어내고 싶어 하는지 이유를 알 수 없지만." 그의 이름을 말할 때 이사벨의 목소리가 증오로 약간 흔들렸다.

"진짜 이름은 조너선…."

"조너선은 제이스의 이름이야." 이사벨이 단호하게 말했다. "그 괴물을 내 형제와 같은 이름으로 부르지 않을 거야. 나한테 그 자식은 영원히 세바스찬이야."

이사벨의 말에도 일리가 있었다. 클라리도 그를 조너선으로 생각하기가 쉽지 않았다. 진짜 세바스찬에게는 억울한 일이겠지만 그들에게 그는 낯선 사람이었다. 발렌타인의 사악한 아들을 자신의 가족이나 삶과 연관된 이름으로 부르는 것보다 낯선 이의 이름으로 부르는 것이 훨씬 쉬웠다.

비록 이사벨이 가볍게 말했지만 마음속으로 다양한 가능성을 떠올려 보고 있다는 것을 클라리는 알았다. "아무튼 네 문자를 받고 기뻤어. 내용을 보니 뭔가 이상한 일이 일어난 것 같았거든. 난 마침 지루해서 죽을 참이었고. 다들 컨클레이브의 비밀 작전을 수행한다고 나갔는데 난 사이먼이 온다고 해서 안 갔어. 지금은 얼굴을 보고 싶지 않아서."

"사이먼이 컨클레이브와 함께 나갔다고?" 클라리는 깜짝 놀랐다. 안 그래도 인스티튜트가 평소보다 텅 빈 느낌이라고 생각했었다. 제이스는 당연히 없었지만, 있을 거라고 기대하지도 않았다. 이유는 모르겠지만.

"오늘 아침에 사이먼하고 통화했는데 아무 말도 없던데." 클라리가 덧붙였다.

이사벨이 어깨를 으쓱했다. "뱀파이어 정치하고 관련된 일이야. 나도 그것밖에 몰라."

"사이먼은 괜찮겠지?"

이사벨이 버럭 화를 냈다. "이제 사이먼은 네가 보호해주지 않아도 돼, 클라리. 사이먼은 카인의 마크를 지녔어. 그러니까 폭탄이 터져도, 총을 맞아도, 칼에 찔려도 멀쩡할 거라고." 이사벨이 클라리를 빤히 쳐다보았다. "내가 왜 사이먼 얼굴이 보고 싶지 않은지는 묻지도 않네. 너도 사이먼이 양다리 걸치고 있는 거 알았지?"

"그래." 클라리가 순순히 인정했다. "미안해."

이사벨이 됐다는 듯이 손을 내저었다. "넌 사이먼에게 둘도 없는 친구야. 네가 몰랐다면 오히려 이상한 거겠지."

"미리 말을 했어야 하는데." 클라리가 말했다. "그게… 네가 사이먼과의 관계를 그 정도로 심각하게 생각하는지 몰랐어."

이사벨이 험악한 표정으로 노려보았다. "심각하게 생각하지 않았어. 난… 적어도 사이먼은 심각하게 생각할 줄 알았지. 사이먼한텐 내가 좀 벅찬 상대이기도 하고 그러니까. 아마도 내가 다른 사람보다 사이먼한테 더 많은 걸 기대한 모양이야."

"그러게…." 클라리가 조용히 말했다. "사이먼은 자신이 벅찬 상대라고 생각하는 사람하고 데이트하면 안 돼." 이사벨이 쳐다보자 클라리가 얼굴을 붉혔다. "미안. 너희 관계는 내가 상관할 문제가 아닌데."

이사벨이 긴장할 때마다 그러듯이 검은 머리를 틀어 올렸다. "맞아, 아니지. 나도 네가 아까 교회에서 만나자는 문자를 보냈을 때 제이스가 아니라 왜 나한테 부탁하느냐고 물을 수도 있었지만 그러지 않았어. 난 바보가 아니거든. 나도 둘 사이에 문제가 있다는 것쯤은 알고 있어. 뒷골목에서 열정적인 시간을 보냈어도 말이지." 이사벨이 날카로운 시선으로 클라리를 응시했다. "아직 둘이 같이 안 잔 거야?"

클라리는 얼굴로 피가 확 몰리는 느낌이 들었다. "무슨… 그러니까 내 말은, 아니라고. 하지만 그게 이 일과 무슨 상관이라는 거야?"

"아무 상관없지." 이사벨이 틀어 올린 머리를 정리하며 말했다. "단순히 음탕한 호기심에서 물은 것뿐이야. 뭐 때문에 그렇게 미루는 건데?"

"이사벨…." 클라리가 다리를 끌어올려 팔로 안으며 한숨을 내쉬었다. "특별한 이유는 없어. 우린 그냥 서두르지 않는 것뿐이야. 난 한 번도… 없어."

"제이스는 있어." 이사벨이 말했다. "그러니까 있을 거라고. 확실하진 않지만. 혹시 뭔가 필요하다거나 그러면…." 이사벨의 다음 말이 허공을 맴돌았다.

"뭔가 필요해?"

"위험 방지. 알잖아. 조심하기 위해서 말이야." 이사벨은 보조 단추처럼 실용적인 것에 관해 설명하는 투로 말했다. "라지엘 천사가 피임의 룬을 마련할 정도로 선견지명이 있었을 거라고 생각할지도 모르겠지만, 절대 아니거든."

"당연히 조심할 거야." 클라리는 볼이 달아오르는 것을 느끼며 중얼거렸다. "됐어. 이제 그만해. 이런 얘긴 정말 거북해."

"이런 게 바로 여자들끼리 하는 얘기야. 넌 평생을 사이먼하고만 붙어다녀서 이런 얘기가 거북하게 느껴지는 거야. 그렇다고 사이먼한테 제이스 얘기를 할 수는 없잖아. 그거야말로 거북할걸."

"그럼 정말 제이스가 아무 말도 안 했다는 거야? 뭐가 문제인지?" 클라리가 작게 물었다. "거짓말 아니지?"

"말 안 해도 뻔히 다 보였어." 이사벨이 대꾸했다. "네 행동도 이상하고 누가 죽기라도 한 것 같은 얼굴로 돌아다니는 제이스도 그렇고. 둘 사이에 무슨 문제가 있다는 것을 모를 수가 없지. 좀 더 일찍 와서 의논하지 그랬어."

"그래도 제이스는 괜찮은 거지?" 클라리가 아주 조용히 물었다.

이사벨이 침대에서 일어나 그녀를 내려다보았다. "아니. 전혀 괜찮지 않아. 넌 괜찮아?"

클라리가 고개를 저었다.

"그럴 줄 알았어." 이사벨이 말했다.

섀도우 헌터들이 들이닥치는 것을 보고 카밀은 놀랍게도 맞서려는 시도조차 하지 않았다. 비명을 지르고 문을 향해 달려갔다가 지금은 환한 대낮이라서 은행을 벗어나 밖으로 나가면 그대로 재로 변할 거라는 사실을 깨닫고 우뚝 멈췄다. 그러고는 헐떡이며 벽에 붙어 서서 송곳니를 드러내고 낮게 으르렁거렸다.

컨클레이브의 섀도우 헌터들이 주변으로 밀려들자 사이먼은 뒤로 물러났다. 그들은 온통 검은색으로 휘감고 있어서 '까마귀들의 살인' 장면을 떠올리게 했다. 사이먼은 제이스를 보았다. 얼굴이 창백하고 대리석 조각상처럼 굳은 표정이었다. 그는 날이 넓은 칼을 미끄러뜨리듯 움직여서 인간 종복 하나를 베었다. 길 가던 사람이 파리를 때려잡듯 무심한 동작이었다. 메이리스가 앞쪽으로 성큼성큼 걸어 나갔다. 휘날리는 검은 머리가 이사벨을 연상시켰다. 그녀는 천사의 검을 사납게 휘둘러

움츠린 두 번째 종복을 처치하고 반짝이는 검을 겨눈 채 카밀에게 다가 갔다. 제이스와 또 한 명의 섀도우 헌터가 양쪽 옆에서 그녀를 따라갔다. 검은 룬이 덩굴처럼 팔뚝을 휘감은 장신의 섀도우 헌터였다.

나머지 섀도우 헌터들은 이상하게 생긴 센서를 들고 사방으로 퍼져서 악마의 활동이 감지되지 않는지 구석구석을 조사했다. 그들은 굳어가는 피웅덩이 속에 누운 카밀의 인간 종복들은 거들떠보지도 않았다. 그들은 사이먼도 무시했다. 그들에게 사이먼은 그저 또 하나의 기둥에 불과했다.

"카밀 벨코트." 메이리스가 입을 열었다. 그녀의 목소리가 대리석 벽에 부딪혀 메아리쳤다. "넌 법을 어겼으므로 법이 규정한 처벌의 대상이다. 항복하고 우리와 함께 가겠는가, 아니면 싸우겠는가?"

카밀은 흐르는 눈물을 숨기지도 않고 울고 있었다. 눈물에 피가 섞여 있어서 새하얀 얼굴에 붉은 줄이 그려졌다. 카밀은 잠긴 목소리로 중얼거렸다. "워커…. 나의 아처…"

메이리스는 당혹스러운 표정으로 왼쪽에 선 남자를 돌아보았다. "뭐라는 거지, 카디르?"

"인간 종복들을 말하는 겁니다." 그가 대답했다. "그들의 죽음을 슬퍼하는 것 같습니다."

메이리스가 경멸하듯 손사래를 쳤다. "인간을 종복으로 두는 것은 법률 위반이야."

"난 다운월드 사람들에게 너희의 그 저주받을 법이 적용되기 전에 저들을 만들었어. 저들은 나와 함께 200년을 보냈어. 나한테는 자식과도 같아."

검을 잡은 메이리스의 손에 힘이 들어갔다. "네가 자식에 대해 뭘 알아?" 그녀가 속삭이듯 작게 말했다. "너희 종족이 파괴하는 것 말고 뭘 아느냐고."

눈물로 젖은 카밀의 얼굴에 승리감이 떠올랐다. "그럴 줄 알았어. 네가 무슨 말을 하든 어떤 거짓말을 하든 넌 우리 종족을 증오해. 그렇지 않나?"

메이리스의 얼굴이 굳어졌다. "저 여자를 보호구역으로 데려가."

제이스가 재빨리 움직여 카밀을 잡았고, 카디르도 다가가서 다른 팔을 잡았다. 카밀을 가운데 두고 둘이 단단히 결박했다.

"카밀 벨코트, 너는 인간을 살해한 죄와 섀도우 헌터를 살해한 죄로 기소되었다." 메이리스가 읊조렸다. "너는 보호구역으로 가서 조사를 받게 될 거야. 섀도우 헌터 살해에 대한 처벌은 죽음이지만 우리에게 협조할 경우 목숨을 구할 수도 있다. 내 말을 이해하겠나?" 메이리스가 물었다.

카밀이 반항하듯 고개를 돌렸다. "난 오로지 한 사람에게만 말할 거야. 그를 데려오지 않으면 아무것도 털어놓지 않아. 날 죽일 수는 있어도 어떤 것도 알아내지 못할 거야."

"좋아." 메이리스가 말했다. "그게 누구지?"

카밀이 이를 드러냈다. "매그너스 베인."

"매그너스 베인이라고?" 메이리스는 소스라치게 놀랐다. "브루클린의 대마법사? 왜 그에게 말하려는 거지?"

"그의 물음에만 답할 거야." 카밀이 다시 말했다. "다른 누구의 물음에도 답하지 않아."

그러고는 끝이었다. 카밀은 더는 한마디도 하지 않았다. 사이먼은 섀도우 헌터들에게 끌려가는 카밀의 모습을 지켜보았다. 작전이 성공적으로 마무리되면 승리감에 젖으리라 생각했건만 전혀 그렇지 않았다. 공허한 느낌이 들었고 이상하게 속이 메슥거렸다. 사이먼은 검에 베인 종복들의 시신을 내려다보았다. 사이먼은 그들을 좋아하지는 않았지만 그들 역시 좋아서 그런 존재가 된 것은 아니었다. 어떤 면에서는 카밀도 마찬가지일 것이다. 하지만 섀도우 헌터들에게 카밀은 괴물이었다. 단지 그녀가 섀도우 헌터를 죽였기 때문만은 아니었다. 그들에게는 그녀를 달리 생각하는 일이 불가능한지도 몰랐다.

카밀이 포털 안으로 떠밀려 들어갔다. 제이스가 포털 안쪽에서 사이먼에게 따라오라고 성마른 손짓을 보냈다. "안 올 거야?"

네가 무슨 말을 하든 어떤 거짓말을 하든 넌 우리 종족을 증오해.

"갈 거야." 사이먼은 그렇게 대답하고 마지못해 앞으로 움직였다.

12
보호구역

"카밀이 왜 매그너스를 불러달라는 거지?" 사이먼이 물었다.

사이먼과 제이스는 보호구역 뒷벽에 기대어 있었다. 보호구역은 인스티튜트 본관과 좁은 통로로 연결된 거대한 방이었다. 하지만 그곳은 인스티튜트의 일부가 아니었다. 악마와 뱀파이어가 머무는 공간으로 사용하기 위해 일부러 축성하지 않고 남겨둔 곳이었다. 제이스가 사이먼에게 설명한 바에 따르면, 영상으로 모습을 드러내는 방식이 발명되고 나서부터는 거의 사용하지 않게 되었지만 가끔 사용할 때가 있다고 했다. 이번이 바로 그런 경우인 모양이었다.

그곳은 돌이 깔리고 기둥이 있는 큰 방이었고, 양쪽으로 열리는 넓은 문 너머에도 돌이 깔린 입구가 있었다. 입구는 복도로 이어지고 복도를 따라가면 인스티튜트가 나왔다. 돌바닥에 커다랗게 팬 홈들이 있는 것을 보면 지난 세월 그곳에 갇혔던 것이 무엇이건 성질이 상당히 더러웠던 모양이었다. 크기도 아주 크고. 사이먼은 앞으로 자신이 이것과 비슷한 거대한 방에서 얼마나 많은 시간을 보내게 될지 궁금했다. 카밀은 팔을 등 뒤로 돌린 채 기둥 하나에 기대서 있었다. 양쪽에서 섀도우 헌터

전사들이 그녀를 지키고 있었다. 메이리스는 방 안을 오락가락하며 이 따금 카디르와 상의하면서 뭔가 계획을 세우는 듯했다. 당연히 그곳에 는 창문이 없지만 사방에서 마법의 불이 횃불처럼 환하게 타오르고 있 어서 모든 곳에 희끄무레한 빛을 드리웠다.

"글쎄." 제이스가 말했다. "패션에 관한 조언을 듣고 싶은가 보지 뭐."

"하." 사이먼이 대꾸했다. "너희 어머니와 함께 있는 저 사람은 누구 지? 얼굴이 낯익은데."

"카디르야. 아마 그의 형인 말릭을 본 적이 있을 거야. 말릭은 발렌타 인의 배에서 전투 중에 목숨을 잃었어. 카디르는 컨클레이브에서 어머 니 다음으로 중요한 인물이야. 어머닌 카디르에게 많은 걸 의지하셔."

사이먼이 지켜보는 동안 카디르가 카밀의 팔을 기둥 뒤로 잡아당겨 손목에 사슬을 채웠다. 카밀이 조그맣게 비명을 내질렀다.

"축성한 금속으로 만든 사슬이야." 제이스가 감정 없는 목소리로 말 했다. "저들의 살을 태우지."

저들이라고? 사이먼은 생각했다. '너희들'이란 뜻이겠지. 나도 저 여자와 같은 존재니까. 네가 안다는 이유만으로 다른 존재가 되는 건 아니야.

카밀이 신음 소리를 냈다. 카디르가 무표정한 얼굴로 뒤로 물러섰다. 그는 팔과 목의 검은 피부에 검은 룬이 휘감겨 있었다. 그가 메이리스를 보고 뭔가 말했다. 사이먼의 귀에는 오직 '매그너스'와 '불꽃 메시지'라 는 말만 들렸다.

"또 매그너스네." 사이먼이 말했다. "하지만 지금 여행 중 아닌가?"

"매그너스와 카밀은 모두 나이가 아주 많아. 둘이 아는 사이라고 해도 그리 이상할 거 없겠지." 제이스는 관심이 없다는 듯이 어깨를 으쓱해 보였다. "아무튼 매그너스는 조만간 이곳으로 불러올 거야. 메이리스는 정보를 원하니까. 그것도 아주 절실하게. 카밀이 섀도우 헌터를 살해한 이유가 피 때문이 아니라는 것은 메이리스도 알고 있어. 피를 얻기 위해 서라면 얼마든지 더 쉬운 방법이 있지."

사이먼은 순간적으로 모린을 떠올리고 속이 울렁거렸다. 그가 태연한 척하며 말했다. "뭐, 그럼 알렉도 돌아오겠네. 그건 잘된 거 아닌가?"

"물론이지." 제이스의 목소리에는 생기가 하나도 없었다. 안색도 별로 좋아 보이지 않았다. 방 안에 퍼진 희끄무레한 빛에 광대뼈가 더욱 두드러져서 그가 살이 빠졌음을 확연히 보여주었다. 손톱을 물어뜯어 생살이 드러나고 피가 배어나왔다. 그리고 눈 아래에는 검은 그림자가 드리워졌다.

"적어도 네 계획은 성공했잖아. 기가 막힌 아이디어였어." 사이먼은 괴로움에 시달리는 제이스의 기운을 북돋아주기 위해 그렇게 덧붙였다. 사이먼과 카밀이 있는 곳에 포털을 열기 위해 전화기로 그곳 사진을 찍어 컨클레이브에 보내는 아이디어는 제이스가 낸 것이었다.

"성공할 줄 알았어." 제이스는 칭찬이 지겨운 말투였다. 인스티튜트로 통하는 문이 벌컥 열리자 그가 고개를 들었다. 이사벨이 검은 머리를 휘날리며 안으로 들어왔다. 방 안을 둘러본 이사벨은 카밀이나 다른 섀도우 헌터들에게는 시선 한 번 주지 않은 채 제이스와 사이먼에게 걸어왔다. 부츠 굽이 돌바닥에 부딪히며 또각또각 소리를 냈다.

"무슨 일인데 휴가 중인 매그너스와 알렉을 불러들이고 난리야?" 이사벨이 물었다. "오페라 티켓까지 구해놨다는데!"

제이스가 설명하는 동안 이사벨은 사이먼을 완전히 무시한 채 허리에 손을 얹고 이야기를 들었다.

"알겠어." 제이스가 이야기를 마치자 이사벨이 말했다. "하지만 이건 말도 안 되는 일이야. 저 여잔 그냥 시간을 끌고 있는 거라고. 대체 저 여자가 매그너스한테 무슨 말을 하겠어?" 이사벨이 어깨 너머로 카밀을 흘긋 쳐다보았다. 카밀은 이제 손목뿐 아니라 몸 전체가 기둥에 묶여 있었다. 은빛 도는 금빛 사슬로 가슴과 무릎 그리고 발목까지 묶여 있어서 꼼짝할 수가 없었다. "저거 축성한 금속이야?"

제이스가 고개를 끄덕였다. "손목을 보호하기 위해 수갑 안쪽은 다른 재질로 되어 있지만 심하게 움직일 경우…." 그가 타는 소리를 냈다. 사이먼은 이드리스에서 '다윗의 별'이 그려진 감방의 창살을 건드렸을 때 손이 타들어가던 느낌을 고스란히 기억했다. 손이 피로 흥건하게 젖던 느낌. 사이먼은 제이스에게 한마디 쏘아붙이고 싶은 충동을 억눌렀다.

"너희가 뱀파이어를 잡으러 간 사이에 난 시내에서 히드라 악마와 싸웠어." 이사벨이 말했다. "클라리랑."

지금까지 주변에서 벌어진 어떤 일에도 흥미를 보이지 않던 제이스가 몸을 홱 일으켰다. "클라리랑? 너 악마 사냥에 클라리를 데리고 나간 거야? 이사벨…."

"당연히 아니지. 내가 도착했을 때는 이미 싸움이 한창이었어."

"하지만 어떻게 알고 거길…."

"클라리가 나한테 문자를 보냈어." 이사벨이 대꾸했다. "그래서 갔지." 이사벨이 평소와 다름없이 완벽한 손톱을 살펴보았다.

"클라리가 문자를 보냈다고?" 제이스가 이사벨의 손목을 콱 움켜잡았다. "클라리는 괜찮아? 안 다쳤어?"

이사벨은 자신의 손목을 움켜쥔 제이스의 손을 내려다보았다가 시선을 들어 그의 얼굴을 보았다. 제이스가 그녀의 손목을 얼마나 세게 움켜쥐었는지 사이먼으로서는 알 수가 없었지만 이사벨의 얼굴에는 유리라도 자를 듯한 예리한 표정이 떠올랐다. 목소리에서 묻어나는 신랄함도 그에 뒤지지 않았다. "그래, 클라리는 지금 위층에서 피를 철철 흘리며 죽어가고 있지만 난 긴장감을 즐기려고 너한테 바로 얘기하지 않은 거야."

제이스가 자신이 지금 무슨 짓을 하고 있는지 갑자기 깨달은 사람처럼 이사벨의 손목을 놓았다. "여기 있어?"

"위층에 있어." 이사벨이 말했다. "쉬고 있는데…."

하지만 이미 제이스는 입구를 향해 달려가고 있었다. 그가 문을 벌컥 열어젖히고 문밖으로 사라졌다. 그의 뒷모습을 좇던 이사벨이 고개를 절레절레 흔들었다.

"저렇게 나올 거라고 생각지 못한 것은 아니겠지?" 사이먼이 말했다.

이사벨은 아무 말이 없었다. 앞으로 평생 그의 말을 무시하려는 모양이라고 사이먼은 생각했다. "아니지." 마침내 그녀가 입을 열었다. "다만 둘 사이에 무슨 문제가 있는지 알았으면 좋겠다고 생각할 뿐이야."

"두 사람도 아는 것 같지는 않던데."

이사벨이 아랫입술을 잘근잘근 깨물었다. 이사벨은 갑자기 매우 어려 보였다. 게다가 그녀답지 않게 갈등하는 표정까지 지었다. 무슨 일이 있는 것이 분명했지만 사이먼은 이사벨이 마음을 정할 때까지 조용히 기다렸다. "난 저렇게 되고 싶지 않아." 그녀가 말했다. "함께 가. 얘기 좀 해야겠어." 이사벨이 문으로 향했다.

"나랑?" 사이먼이 놀라서 물었다.

이사벨이 빙글 돌아서 사이먼을 쏘아보았다. "지금은 그래. 하지만 그 기분이 얼마나 갈지는 나도 몰라."

사이먼이 양손을 들어 올렸다. "나도 너랑 얘기하고 싶어, 이지. 하지만 난 인스티튜트 안으로는 못 들어가."

이사벨의 미간에 주름이 잡혔다. "왜?" 그러고는 말을 끊고 사이먼에게서 문으로, 카밀에게로, 다시 사이먼에게로 시선을 옮겼다. "아. 맞아. 그럼 여긴 어떻게 들어온 거야?"

"포털을 통해서. 하지만 제이스 말이 바깥으로 나가는 출입구가 있다고 하던데. 밤중에 뱀파이어가 이곳에 들어올 수 있게." 사이먼이 몇 미터 떨어진 벽에 나 있는 좁은 문을 가리켰다. 오랫동안 사용하지 않았는지 강철 빗장에 녹이 슬었다.

이사벨이 어깨를 으쓱해 보였다. "좋아."

이사벨이 빗장을 세게 잡아당기자 끼익 소리를 내며 붉은 녹 가루가 허공으로 흩날렸다. 문 너머에는 교회 제의실과 비슷한 작은 돌방이 있었다. 그리고 밖으로 나가는 문도 보였다. 창문은 보이지 않았지만 문 가장자리로 찬 공기가 스며들어서 짧은 원피스를 입은 이사벨이 몸을 떨었다.

"저기, 이사벨." 사이먼은 자신부터 이야기를 시작해야 한다는 사실을 깨닫고 입을 열었다. "내가 한 짓에 대해서는 정말 미안하게 생각해. 변명의 여지가…"

"전혀 없지, 당연히." 이사벨이 말을 잘랐다. "그리고 말이 나온 김에, 어째서 네가 마야를 늑대인간으로 만든 자식과 함께 다니는지에 대해서도 설명해봐."

사이먼은 조던에게 들은 이야기를 이사벨에게 들려주었다. 어느 한쪽으로 치우치지 않도록 최대한 공평하게 설명하려고 애썼다. 사이먼이 처음에는 조던의 정체를 알지 못했다는 점과 조던이 자신이 저지른 짓을 후회한다는 점만큼은 반드시 설명해야 한다는 생각이 들었다. "그렇다고 그게 괜찮다는 말은 아니야. 그러나 너도 알다시피…" 우리는 모두 나쁜 짓을 저지르잖아. 하지만 사이먼은 차마 모린에 관해서는 이사벨에게 얘기할 수 없었다. 지금 당장은.

"알아." 이사벨이 말했다. "그리고 프리터 루퍼스에 관해서도 들었어. 그들이 기꺼이 일원으로 받아들인 자라면 완전히 형편없지는 않겠지." 이사벨이 사이먼을 좀 더 유심히 바라보았다. "어째서 널 보호할 사람이 필요한지는 모르겠지만 말이야. 넌 그게 있는데…." 그녀가 자신의 이마를 가리켰다.

"남은 평생을 매일 누군가에게 쫓기면서 마크가 그들을 날려버리는 광경을 보며 살고 싶지는 않아." 사이먼이 말했다. "날 죽이려는 자가 누군지 알아내야 해. 조던이 그 일을 도와주고 있어. 제이스도."

"조던이 정말 도움이 돼? 클레이브는 프리터에 연줄이 있어. 원한다면 다른 사람으로 교체해줄 수 있어."

사이먼은 잠시 망설였다. "그래, 조던은 정말 도움이 돼. 그리고 언제까지 클레이브에 의존할 수는 없잖아."

"알았어." 이사벨이 벽에 기대더니 뜬금없이 물었다. "넌 내가 오빠들하고 왜 그렇게 다른지 궁금했던 적 없어? 알렉과 제이스하고 말이야."

사이먼이 눈을 껌뻑였다. "그러니까 넌 여자고 둘은 남자라서 그런 거… 말고?"

"그런 거 말고, 이 바보야. 둘을 보라고. 둘은 사랑에 빠지는 데 전혀 문제가 없어. 둘 다 지금 사랑에 빠져 있고. 영원히 함께할 사랑에 완전히 빠져 있지. 제이스를 봐. 제이스는 클라리를 무슨… 무슨 세상에 둘도 없는 존재처럼 사랑하잖아. 앞으로도 그런 존재는 없을 것처럼. 알렉도 마찬가지고. 그리고 맥스는…" 목소리가 목에 걸렸다. "어땠을지 모르지만 걔는 모든 사람을 믿었어. 그리고 너도 눈치챘겠지만 난 누구도 믿지 않고."

"사람은 다 다르잖아." 사이먼은 이해한다는 어조로 말했다. "그렇다고 그들이 너보다 더 행복한 것도 아니고…."

"당연히 행복하지. 내가 그걸 모를 것 같아?" 그녀가 사이먼을 가만히 응시했다. "너 우리 엄마 아빠를 알잖아."

"잘은 모르지." 그들은 이사벨의 뱀파이어 남자친구를 그리 열렬히 만나보고 싶어 하지 않았고, 그래서 그가 달갑지 않은 무수한 구애자들 중에서 가장 최근의 상대에 불과할 뿐이라는 사이먼의 의구심을 더욱 굳게 만들었다.

"너도 두 분이 모두 서클에 있었다는 것은 알 거야. 하지만 그게 전부 엄마의 생각이었다는 사실은 아마 몰랐을 거야. 아빠는 발렌타인에 대해서도 그의 견해에 대해서도 진정으로 열광한 적이 없었어. 나중에 모든 일이 벌어지고 이드리스에서 추방되면서 인생이 끝장났다는 것을 깨달았을 때 아빠는 분명 엄마를 탓했을 거야. 하지만 두 분에겐 이미 알렉이 있고 나도 곧 태어날 예정이었으니까 엄마를 떠나고 싶었어도 그냥 계속 함께 살기로 한 거지. 그러다가 알렉이 아홉 살쯤 되었을 때 아빠가 누군가를 만났어."

"잠깐, 너희 아빠가 바람을 피웠다고? 그건… 끔찍한 일인데."

"엄마가 말해줬어. 내가 열세 살이 조금 못 되었을 때였어. 아빠는 엄마를 떠나고 싶었지만 엄마가 맥스를 가진 것을 알고 그 여자와 헤어지고 가정을 지켰다고 했어. 엄마는 그 여자가 누군지는 말해주지 않았어. 그저 남자들이란 믿을 수 없는 존재라고만 했지. 그리고 아무한테도 이 얘기를 해서는 안 된다고 했고."

"정말 안 했어? 누구한테도?"

"지금까지는." 이사벨이 말했다.

사이먼은 어린 이사벨을 떠올렸다. 비밀을 간직한 채 누구에게도 말하지 않고 오빠들에게도 숨긴 이사벨. 그들은 모르는 가족의 비밀을 혼자만 알고 있던 이사벨. "너희 엄마는 너한테 그런 것을 요구해서는 안 되는 거였어. 그건 공평하지 못해." 사이먼은 갑자기 화가 났다.

"그럴지도 모르지." 이사벨이 대꾸했다. "난 그걸로 내가 특별한 존재가 된다고 생각했어. 그 일로 내가 얼마나 영향을 받을지는 생각하지 않았어. 하지만 난 상대에게 자기 마음을 다 주는 오빠들을 보면 이런 생각을 해. '정말 몰라서 그래?' 마음은 부서지기 쉽잖아. 그리고 아무리 상처가 아문다고 해도 전과 같은 사람일 수는 없다고 난 생각해."

"더 나은 사람이 되겠지." 사이먼이 말했다. "난 예전보다 나은 사람이 됐으니까."

"클라리를 말하는 거구나. 클라리가 네 마음을 부숴놓아서."

"산산조각 냈지. 남자친구보다 친오빠를 더 좋아한다는 사실은 자신감을 북돋는 데 도움이 되지 않더라고. 난 클라리가 제이스와 영원히 이루어질 수 없다는 사실을 깨닫고 나면 포기하고 나한테 돌아올지 모른다고 생각했어. 하지만 결국에는 클라리가 제이스를 사랑하는 일을 절대 멈추지 않을 거라는 사실을 알게 되었지. 그 사랑이 이루어지건 그러지 못하건 말이야. 그리고 오로지 제이스와 함께할 수 없기 때문에 나와 함께하는 거라면, 차라리 혼자가 낫겠다고 생각했어. 그래서 클라리와의 관계를 정리한 거야."

"네가 헤어지자고 한 줄은 몰랐어. 내가 생각하기로는…."

"나한테 자존심 따위는 없을 줄 알았다고?" 사이먼이 쓴웃음을 지었다.

"난 아직도 네가 클라리를 사랑하고 있다고 생각했어. 그래서 다른 사람과는 심각한 관계가 될 수 없는 거라고."

"왜냐하면 넌 너를 심각하게 생각하지 않을 사람, 그래서 너도 심각하게 생각할 필요가 없는 사람만 골라서 사귀니까."

이사벨은 사이먼을 바라보며 눈을 빛냈지만 아무 말도 하지 않았다.

"나 너 좋아해. 늘 그랬어." 사이먼이 말했다.

이사벨이 그에게 한 걸음 다가섰다. 작은 방에서 그들은 가까이 붙어 있었고, 사이먼은 이사벨의 숨소리뿐 아니라 희미하게 심장이 뛰는 소리까지 들을 수 있었다. 이사벨에게서 샴푸와 땀 냄새, 치자꽃 향수와 섀도우 헌터의 피 냄새가 났다.

피 생각과 함께 모린이 떠오르자 사이먼은 몸이 굳어졌다. 이사벨이 그걸 눈치채지 못할 리가 없었다. 이사벨은 전사였고 그녀의 감각은 미세한 움직임도 감지하도록 훈련되었다. 이사벨이 굳은 표정으로 물러섰다. "그래, 뭐, 얘기를 나눠서 다행이야."

"이사벨…."

하지만 이사벨은 이미 가고 없었다. 그녀를 따라 보호구역 안으로 들어갔지만 이사벨은 재빨랐다. 사이먼의 등 뒤로 작은 방의 문이 닫히는 순간 이사벨은 벌써 중간 정도를 가로지르고 있었다. 사이먼은 계속 따라갈 수 없다는 것을 알았기 때문에 포기하고 이사벨이 문밖으로 사라지는 모습을 지켜보았다.

클라리는 일어나 앉아서 정신을 차리려고 머리를 흔들었다. 자신이 어디에 있는지 기억해내기까지 잠시 시간이 걸렸다. 그녀는 인스티튜트의 손님방에 있었다. 하나뿐인 높은 창문으로 흘러드는 빛만이 방 안을 밝히고 있었다. 푸르스름한 빛, 황혼의 빛이었다. 클라리는 몸을 구부리고 담요를 덮은 채 누워 있었다. 청바지와 재킷과 신발은 침대 근처 의자 위에 가지런히 놓였다. 그리고 꿈을 꿔서 불러내기라도 한 듯이 제이스가 옆에서 그녀를 내려다보고 있었다.

제이스는 전투에서 막 돌아온 사람처럼 전투복 차림으로 침대에 앉아 있었다. 머리는 헝클어져 있었다. 창문으로 흘러드는 희미한 빛이 그의 눈 아래 그림자와 옴폭한 관자놀이와 광대뼈를 비추었다. 빛 속에서 그는 모딜리아니의 그림처럼 극단적이고 비현실적인 아름다움을 지니고 있었다. 면과 각이 길게 늘어난 그림처럼.

클라리가 눈을 비비며 잠을 쫓았다. "몇 시야? 얼마나 오래…."

그가 클라리를 끌어당겨 입을 맞췄다. 클라리는 한순간 얼어붙었다가 불현듯 자신이 얇은 티셔츠와 속옷만 입은 사실을 자각했다. 그러고 나서는 온몸이 녹아내렸다. 끝낼 듯 끝낼 듯하면서도 끝내지 않는, 내장을 모두 녹아내리게 하는 키스였다. 아무것도 잘못된 것이 없다고, 모든 것은 전과 같다고, 그가 클라리를 만나 기뻐하기만 한다고 느끼게 하는 키스. 하지만 그의 손이 티셔츠를 끌어올리자 클라리가 그를 밀어냈다.

"아니." 클라리가 제이스의 손목을 잡으며 말했다. "날 볼 때마다 이렇게 끌어안기만 하는 건 안 돼. 이걸로 얘기를 대신할 수는 없어."

제이스가 거칠게 숨을 들이마시고 입을 열었다. "어째서 내가 아니라 이사벨한테 문자를 보낸 거야? 너한테 문제가 생기면…."

"이사벨은 오리라는 것을 알았으니까. 너에 대해선 확신이 없었어. 지금으로서는 그래."

"너한테 무슨 일이 생겼다면…."

"그랬다면 결국에는 너도 알게 됐겠지. 네가 전화를 집어 들 생각을 한다면 말이야." 클라리는 여전히 그의 손목을 잡고 있었다. 그러다가 손목을 놓아주고 뒤로 기대앉았다. 제이스 가까이 있으면서 그의 몸에 손을 대지 않는 일은 육체적으로도 쉽지 않았다. 하지만 손을 억지로 옆으로 내리고 거기에 그대로 두었다. "문제가 뭔지 말을 하든가 그러지 않을 거면 방에서 나가줘."

제이스는 입을 떼기는 했지만 아무 말도 하지 않았다. 클라리가 이처럼 그에게 매몰차게 말한 것도 참으로 오래간만이었다. "미안해." 마침내 제이스가 입을 열었다. "그런 식으로 행동했으니 내 말을 듣고 싶지 않겠지. 오늘도 여기 오지 말았어야 했어. 하지만 이사벨한테 네가 다쳤다는 얘기를 듣는 순간 나 자신을 멈출 수가 없었어."

"조금 데인 것뿐이야. 심각한 거 아니야."

"너한테 일어나는 일은 내게 모두 중요해."

"아, 그래서 나한테 전화하지 않은 거구나. 지난번에 봤을 때도 왜 그러는지 말하지도 않고 내빼버리고. 마치 유령하고 데이트하는 기분이야."

제이스의 입꼬리가 살짝 올라갔다. "그렇지 않은걸. 이사벨은 정말 유령하고 데이트한 적이 있어. 그러니까 어떤 기분인지 말해줄…."

"비유잖아. 넌 내 말이 무슨 뜻인지 정확히 알아."

제이스는 잠시 말이 없었다. 그러다가 입을 열었다. "상처 좀 봐봐."

클라리가 팔을 내밀었다. 손목 안쪽에 악마의 피가 튀어 벌겋게 부푼 반점들이 생겼다. 제이스가 그녀의 손목을 살짝 잡고 허락을 구하듯이 쳐다본 다음 손목을 돌렸다. 클라리는 그가 처음으로 그녀의 손을 잡은 순간을 떠올렸다. 그는 자바 존스 앞길에서 그녀의 손에 마크가 있는지 살펴보았다. "악마의 피는 몇 시간 내로 사라질 거야. 아파?" 제이스가 물었다.

클라리는 고개를 저었다.

"몰랐어." 그가 말했다. "내가 필요한 줄은."

그녀의 목소리가 흔들렸다. "난 항상 네가 필요해."

제이스가 머리를 숙여 손목의 상처에 입을 맞췄다. 열기가 확 피어올라 몸속으로 퍼져나갔다. 뜨거운 대못처럼 손목에서부터 명치까지 타고 올라갔다. "몰랐어." 그가 말하고는 클라리의 팔뚝에 생긴 상처에 입을 맞췄다. 그리고 팔을 따라 어깨로 올라가 다음 상처에도 입을 맞췄다. 그에게 떠밀린 클라리의 등이 베개에 닿았다. 그녀는 누운 채로 그를 올려다보았다. 제이스는 클라리를 짓누르지 않기 위해 팔꿈치를 받치고 엎드려서 그녀를 내려다보았다.

제이스는 키스할 때면 눈 색깔이 짙어졌다. 욕망이 눈의 빛깔을 본질적으로 바꿔놓기라도 하듯이. 그가 클라리의 어깨에 있는 하얀 별 모양을 어루만졌다. 두 사람 모두에게 있는 흔적, 천사와 접촉한 사람의 자손임을 보여주는 흔적이었다. "최근에 내가 이상하게 행동했다는 것을 알아." 그가 입을 열었다. "하지만 너 때문에 그런 것이 아니야. 난 널 사랑해. 그 점은 영원히 변하지 않아."

"그럼 어째서…."

"이드리스에서 일어난 모든 일, 발렌타인, 맥스, 호지 그리고 세바스찬의 일까지, 잊으려고 애쓰면서 밀쳐내지만 그 일들이 날 놓아주지 않아. 곧… 곧 도움을 구할 거야. 그러고 나면 나아질 거야. 약속해."

"분명히 약속했어."

"천사를 걸고 맹세할게." 그가 고개를 숙여 클라리의 볼에 입을 맞췄다. "아니, 우리를 걸고 맹세해."

클라리가 티셔츠 소매 아래로 손을 넣었다. "왜 우리야?"

"우리에 대한 믿음보다 더 큰 것은 없으니까." 그가 머리를 한쪽으로 기울였다. "우리가 결혼하게 되면…." 그 말에 클라리의 몸이 굳는 것을 느꼈는지 제이스가 빙긋이 웃었다. "겁먹지 마. 이 자리에서 프러포즈하려는 것은 아니니까. 네가 섀도우 헌터 결혼식에 관해 얼마나 아는지 궁금해서 그래."

"반지를 교환하지 않는다는 것은 알아." 클라리가 보드라운 그의 뒷목을 쓸어내리며 말했다. "룬만 그린다는 것도."

"여기 하나." 그가 클라리의 팔에 있는 흉터 자리를 손끝으로 살짝 건드렸다. "그리고 여기 하나." 그의 손이 팔을 타고 올라가더니 쇄골을 가로질러 빠르게 뛰는 심장 위에서 멈췄다. "그 의식은 구약의 〈아가서〉에서 따왔어. '가슴에 달고 있는 인장처럼 팔에 매고 다니는 인장처럼 이 몸 달고 다녀다오. 사랑은 죽음처럼 강한 것.'"

"우리 사랑은 그것보다 강해." 클라리가 제이스를 다시 이승으로 데려온 순간을 떠올리며 속삭였다. 그리고 그의 눈빛이 짙어졌을 때 이번에는 그녀가 팔을 뻗어 그를 끌어당기고 입을 맞췄다.

방 안에서 빛이 사라지고 어둠만 남을 때까지 둘은 오랫동안 키스했다. 제이스는 손을 움직이지도 그녀를 건드리지도 않았지만 클라리는 제이스가 허락을 기다린다는 것을 알았다.

더 나아가길 원한다면 그녀가 먼저 움직여야 했다. 물론 클라리는 그러고 싶었다. 제이스는 문제가 있다는 것을 인정했고 그 문제는 클라리와 상관이 없다고 말했다. 그 정도면 진전을 보인 것이다. 긍정적인 진전. 그렇다면 보상을 받을 만하지 않은가? 클라리가 입가에 삐딱한 미소를 떠올렸다. 헛소리. 무엇보다 클라리 자신이 원하는 일이었다. 제이스니까. 제이스를 사랑하니까. 실제로 존재하는 사람이라는 것을 확인하기 위해 팔을 쿡 찔러보고 싶을 정도로 아름다운 사람이니까.

클라리는 정말로 그렇게 했다.

"아야. 왜 그래?"

"셔츠 벗어." 클라리가 속삭였다. 그러면서 셔츠 단으로 손을 뻗었지만 제이스가 빨랐다. 그가 머리 위로 셔츠를 당겨 벗더니 바닥으로 떨어뜨렸다. 그러고는 머리를 털자 밝은 금빛 머리카락이 어두운 방 안으로 불꽃을 흩뿌릴 것만 같았다.

"앉아봐." 클라리가 부드럽게 말했다. 심장이 쿵쿵 뛰었다. 이런 상황에서는 보통 그녀가 주도하지 않지만 제이스는 개의치 않는 듯했다. 그가 천천히 일어나 앉으며 그녀를 함께 일으켰다. 이제 두 사람은 마구 엉킨 담요 사이에 앉아 있었다. 클라리가 그의 무릎으로 기어가서 올라앉았다. 이제 둘은 얼굴을 마주 보고 있었다. 클라리는 그가 숨을 들이마시는 소리를 들었다. 그가 클라리의 셔츠로 손을 뻗었지만 클라리는 가만히 그 손을 잡아 옆으로 내리고 대신 자신의 손을 그의 몸에 얹었다. 클라리는 자신의 손가락이 그의 가슴과 팔로 미끄러지는 모습을 바라보았다. 검은 마크가 휘감긴 불룩한 알통, 어깨의 별 모양 마크 위로. 검지로 가슴 근육의 선을 따라 내려가다 복근이 잡힌 납작한 배 위를 지나갔다. 클라리의 손이 제이스의 청바지 버클에 다다랐을 때 두 사람 모두 숨결이 거칠었다. 하지만 제이스는 움직이지 않고 클라리를 쳐다보기만 했다. 원하는 대로 해. 이렇게 말하는 듯이.

클라리의 심장이 천둥처럼 쿵쾅거렸다. 클라리는 손을 내려 자신의 셔츠 끝자락을 잡고 머리 위로 끌어올렸다. 수수한 면 브래지어 말고 섹시한 걸 하고 올걸. 클라리는 이런 생각이 들었지만 제이스의 표정을 보는 순간 그 생각은 흔적도 없이 사라졌다. 제이스의 입술이 벌어졌고 눈은 검은색에 가까웠다. 클라리는 그 눈에 비친 자신의 모습을 보면서 그에게는 브래지어의 색이 흰색이건 검은색이건 야광 녹색이건 아무 상관이 없다는 것을 알았다.

클라리가 손을 뻗어 그의 손을 잡았다가 놓아주었다. 그러고는 다시 잡아 자신의 허리로 가져갔다. 이제 내 몸에 손대도 돼, 라고 말하는 것처럼. 그가 고개를 한쪽으로 기울였고 클라리의 입술이 그의 입술에 포개졌다. 둘은 다시 키스하기 시작했지만 이번에는 감미롭기보다는 뜨겁고 빠르게 타오르는 불꽃처럼 맹렬했다. 그의 뜨거운 손이 그녀의 머리칼 속으로, 몸 위로 움직이다가 그녀를 끌어내려 아래로 눕혔다. 맨살이 서로 닿자 클라리는 둘의 몸 사이에 아무것도 없다는 것을, 그의 청바지와 그녀의 속옷을 제외하면 아무것도 없다는 것을 의식했다. 제이스가 클라리의 목을 따라 키스하는 동안 클라리는 그의 보드랍고 헝클어진 머리칼 속에 손을 파묻고 그의 머리를 잡았다. 어디까지 가는 걸까? 우린 지금 뭘 하는 거지? 머릿속의 작은 부분이 물었지만 나머지 부분은 닥치라고 비명을 질렀다. 클라리는 계속 그를 만지고 싶었고 키스하고 싶었다. 제이스가 안아주기를 원했고, 그가 진짜로 여기에 그녀와 함께 있음을, 다시는 그녀를 남겨두고 떠나지 않을 것임을 확인하고 싶었다.

그의 손가락이 클라리의 브래지어 버클을 찾았다. 클라리의 몸이 긴장했다. 어둠 속에서 그의 눈이 커다랗게 반짝거렸다. 미소가 작아졌다.
"괜찮겠어?"

클라리가 고개를 끄덕였다. 숨결이 빨라졌다. 그녀는 누구에게도 벗은 상체를 보여준 적이 없었다. 남자에게는. 불안해하는 것을 느꼈는지 제이스가 한 손으로 클라리의 얼굴을 가만히 감쌌다. 그리고 클라리의 입술에 자신의 입술을 가볍게 스치며 장난치듯 건드렸다. 클라리는 온

몸이 긴장으로 터질 것만 같았다. 제이스는 못이 박인 오른손으로 클라리의 볼을, 어깨를 어루만지며 진정시켰다. 여전히 신경이 곤두선 클라리는 그의 다른 손이 브래지어 버클로 움직이길, 그녀를 어루만지길 기다렸지만 제이스는 등 뒤에 있는 뭔가를 향해 손을 뻗는 듯했다. 지금 뭐하는 거지?

클라리는 불현듯 조심해야 한다던 이사벨의 말이 떠올랐다. 아. 클라리는 생각했다. 그러면서 약간 경직되어 뒤로 몸을 뺐다. "제이스, 난 아직…"

어둠 속에서 은빛 섬광이 번쩍이더니, 차갑고 날카로운 것이 클라리의 팔을 그었다. 한순간 그녀는 놀라움밖에 느끼지 못했다. 그러다 다음 순간 통증이 밀려왔다. 팔을 빼고 눈을 깜빡이며 쳐다보니 팔꿈치에서 손목까지 얕게 베인 상처에서 검붉은 핏방울이 스며 나오고 있었다. "아야." 아파서라기보다 놀랍고 짜증스러워서 나온 말이었다. "이게 무슨…"

제이스가 그녀에게서 단숨에 몸을 뗐다. 별안간 그는 방 한가운데 서 있었다. 상체를 벗은 채 뼈처럼 허연 얼굴로.

클라리가 상처 입은 팔을 감싸며 몸을 일으켰다. "제이스, 무슨…"

클라리의 말이 끊겼다. 제이스는 왼손에 칼을 움켜쥐고 있었다. 그의 아버지가 남긴 상자 안에서 보았던, 은 손잡이가 달린 칼. 날에 흐릿하게 피가 얼룩져 있었다.

클라리는 그녀의 손을 보았다가 다시 그를 보았다. "이해가 안 돼…"

제이스가 손을 펴자 칼이 바닥으로 쨍그랑 소리를 내며 떨어졌다. 그는 클럽 밖에서 그랬듯이 또 달아날 것 같았다. 그러나 그는 다음 순간 바닥에 주저앉으며 두 손으로 머리를 감쌌다.

"저 애가 마음에 들어." 이사벨이 나가고 문이 닫히자 카밀이 말했다. "어딘가 모르게 날 닮았어."

사이먼이 돌아서서 그녀를 보았다. 보호구역 안의 불빛은 어두웠지만 손을 등 뒤에서 묶인 채 기둥에 기대선 카밀의 모습은 똑똑히 보였다. 인스티튜트로 통하는 문 옆에서 섀도우 헌터 하나가 보초를 서고 있었지만 그는 카밀의 말을 못 들었거나 아예 관심이 없는 듯했다.

사이먼은 카밀에게로 조금 다가갔다. 그녀를 구속한 속박에는 묘한 매혹이 있었다. 축성한 금속. 사슬은 창백한 피부 위에서 은은하게 빛났고 수갑 주변으로 핏줄기가 흘러나온 것 같았다. "이사벨은 당신하고 전혀 비슷하지 않아요."

"넌 그렇게 생각하지." 카밀이 머리를 한쪽으로 살짝 기울였다. 그녀는 머리에 손을 댈 수 없었음에도 얼굴 주변의 금발이 단정하게 정돈되었다. "넌 그 정도로 그들을 사랑해. 네 섀도우 헌터 친구들. 자신을 묶고 진실을 보지 못하게 하는데도 주인을 사랑하는 매처럼 말이야."

"그렇지 않아요." 사이먼이 대꾸했다. "섀도우 헌터와 다운월드 사람은 적이 아니에요."

"넌 심지어 그들의 집으로 들어갈 수도 없어. 차단당해 들어가지 못하지. 그런데도 그들을 섬기길 열망해. 그들 편에 서서 네 종족과 맞서 싸우고."

"내 종족 같은 것은 없어요. 난 그들에게 속해 있지 않아요. 하지만 당신들에게도 속해 있지 않아요. 그리고 당신들처럼 되느니 차라리 그들처럼 되겠어요."

"넌 우리에게 속해 있어." 카밀은 참지 못하고 사슬을 달그락거리며 움직였다가 고통으로 신음을 뱉었다. "은행에서는 네게 말하지 않은 것이 있었지만 이것만은 진실이야." 카밀이 고통을 누르며 딱딱하게 웃어 보였다. "네게서 인간의 피 냄새가 나는군. 최근에 피를 마셨어. 먼데인의 피."

사이먼은 몸속에서 뭔가 펄쩍 뛰어오른 느낌이었다. "난…."

"굉장했지?" 카밀의 붉은 입술이 휘었다. "뱀파이어가 되고 나서 처음으로 배가 고프지 않았을 거야."

"아니에요."

"거짓말." 카밀의 목소리에 확신이 가득했다. "그들은 우리를 본성과 맞서 싸우는 존재로 만들려고 하지. 네피림들. 그들은 우리가 다른 무엇인 척할 때만 받아들여. 사냥꾼이 아닌 척, 포식자가 아닌 척할 때만. 네 친구들은 절대로 네 진짜 모습을 받아들이지 않을 거야. 오직 네가 가장하는 그 모습만 받아들이지. 넌 그들을 위해 무엇이든 하겠지만 그들은 절대 그러지 않아."

"뭐 때문에 나한테 그런 얘기를 해주는지 모르겠네요. 이미 일어난 일은 돌이킬 수 없어요. 난 당신을 놓아주지 않을 거예요. 난 선택을 했어요. 당신의 제안을 원하지 않아요."

"지금 당장은 원하지 않겠지." 카밀이 부드럽게 말했다. "하지만 언젠가는 원할 거야. 언젠가는."

문이 열리자 섀도우 헌터가 뒤로 물러나고 메이리스가 안으로 들어왔다. 사이먼은 그녀를 따라 들어오는 두 사람을 즉시 알아보았다. 이사벨의 오빠인 알렉, 그리고 그의 남자친구인 마법사 매그너스 베인.

알렉은 수수한 검은 정장 차림이었고 놀랍게도 매그너스도 비슷한 차림이었다. 다만 매그너스는 거기에다 술이 달린 하얀 스카프를 두르고 하얀 장갑을 꼈다. 보통 때처럼 머리를 뾰족하게 세웠지만 반짝이는 뿌리지 않았다. 그의 모습을 보자 카밀은 움직임을 멈췄다.

매그너스는 아직 카밀을 보지 못한 듯했다. 그는 메이리스의 말을 듣고 있었다. 메이리스는 약간 난처한 목소리로, 이렇게 빨리 돌아와줘서 고맙다는 말을 하고 있었다. "빨라도 내일이나 돌아올 거라고 생각했어요."

알렉은 작게 짜증스러운 듯한 소리를 내고는 허공을 응시했다. 갑자기 돌아온 것이 적잖이 마음에 안 드는 모양이었다. 그것 외에는 평소와 다른 점이 없어 보였다. 검은 머리도 그대로고 흔들림 없는 푸른 눈도 똑같았다. 다소 어른스러워진 듯이 어딘가 모르게 전보다 느긋한 모습이긴 했지만.

"운 좋게도 빈 오페라 하우스 근처에 포털이 있지 뭡니까." 매그너스가 당당한 몸짓으로 스카프를 다시 어깨 위에 걸치며 말했다. "메시지를 받자마자 서둘러 돌아왔죠."

"전 이 일이 우리하고 무슨 상관이 있는지 아직도 모르겠어요." 알렉이 말했다. "끔찍한 일을 꾸민 뱀파이어를 잡아들이는 것이 새삼스러운 일도 아닌데. 그들은 항상 그러지 않나요?"

사이먼은 배가 뒤틀리는 기분이었다. 카밀이 자신을 비웃고 있지 않을까 싶어서 흘깃 보았지만 카밀의 시선은 매그너스에게 못 박혀 있었다.

알렉이 사이먼을 발견하고 얼굴을 붉혔다. 그는 피부가 매우 창백해서 얼굴이 붉어지면 금세 티가 났다. "미안해, 사이먼. 너보고 한 소리가 아니야. 넌 다르니까."

어젯밤에 나를 봤어도, 열네 살짜리 여자애의 피를 빠는 모습을 봤어도 그렇게 생각할까? 사이먼은 속으로 생각했다. 하지만 입 밖으로는 내지 않고 그저 알렉에게 고개만 끄덕여 보였다.

"섀도우 헌터 세 명의 죽음을 조사하고 있는데 저 여자가 그 사건들과 관련이 있어." 메이리스가 말했다. "우린 정보가 필요한데 저 여자는 오직 매그너스 베인한테만 말을 하겠대."

"정말요?" 알렉이 어리둥절한 표정으로 카밀에게 관심을 보였다. "매그너스한테만요?"

매그너스가 알렉의 시선을 따라가다가 처음으로 카밀을 똑바로 쳐다보았다. 둘 사이에서 뭔가 타닥거리며 부딪혔다. 에너지 같은 것이. 매그너스가 입꼬리를 끌어올리며 생각에 잠긴 듯이 미소를 지었다.

"그래." 마법사와 뱀파이어 사이에 시선이 오가는 것을 지켜보던 메이리스의 얼굴에 당혹감이 스쳤다. "그러니까 매그너스가 그럴 의사가 있다면 말이야."

"있어요." 매그너스가 장갑을 벗으며 말했다. "제가 카밀과 얘기를 해보죠."

"카밀?" 알렉이 눈썹을 추켜올리며 매그너스를 보았다. "아는 여자야? 아니면… 저 여자가 매그너스를 아는 거야?"

"우린 서로 아는 사이야." 매그너스가 아주 살짝 어깨를 으쓱했다. 할 수 없지, 라고 말하듯이. "먼 옛날에 카밀은 내 여자친구였어."

13
죽은 채 발견된 소녀

"여자친구였다고?" 알렉은 깜짝 놀란 표정이었다. 메이리스도 마찬 가지였다. 사이먼도 놀라지 않았다고 말할 수는 없었다. "뱀파이어와 사 귀었다고? 여자 뱀파이어와?"

"130년 전의 일이야. 헤어지고 나서는 만난 적이 없어."

"왜 말 안 했어?" 알렉이 물었다.

매그너스는 한숨을 내쉬었다. "알렉산더, 난 수백 년을 살아왔어. 그 동안 남자와도 사귀었고 여자와도 사귀었어. 요정과도 마법사와도 뱀파 이어와도, 심지어 정령과도 한두 번 사귄 적이 있다고." 그가 곁눈으로 메이리스를 흘깃 보았다. 메이리스는 경악을 감추지 못하고 있었다. "내 가 너무 많은 걸 말했나요?"

"아니에요." 그녀가 힘없는 목소리로 말했다. "난 카디르랑 잠깐 의논 할 게 있어요. 곧 돌아올게요." 메이리스가 옆으로 물러나 카디르에게 다가갔고, 두 사람은 문밖으로 사라졌다. 사이먼도 뒤로 몇 걸음 물러나 스테인드글라스를 유심히 살피는 척했지만 뱀파이어 청력은 사이먼이 원하건 원하지 않건 매그너스와 알렉이 나누는 대화를 하나도 빼놓지 않고 들을 수 있을 정도로 좋았다. 카밀도 물론 들을 수 있었다. 그녀는 머리를 한쪽으로 기울이고 생각에 잠긴 듯이 눈을 내리깔고 둘의 얘기를 들었다.

"몇 명하고 사귀었는데? 대강?" 알렉이 물었다.

매그너스가 머리를 흔들었다. "셀 수 없어. 그리고 몇 명인지는 중요하지 않아. 중요한 건 너에 대한 현재의 내 감정이야."

"100명도 넘어?" 알렉이 물었다. 매그너스는 멍한 표정이었다. "200명?"

"이런 얘기를 나누다니 믿을 수가 없군." 매그너스가 딱히 누구에게랄 것도 없이 말했다. 사이먼도 매그너스의 말에 동의했다. 그의 앞에서 이런 얘기를 나누는 것은 정말 원하지 않았다.

"왜 그렇게 많이 사귀었는데?" 어둑한 방 안에서 알렉의 푸른 눈이 선명하게 빛났다. 알렉이 화가 났는지 사이먼으로서는 알 수 없었다. 감정이 격해진 듯했지만 화난 목소리는 아니었다. 하지만 알렉은 감정을 밖으로 잘 내보이는 성미가 아니므로 이 정도면 매우 화난 건지도 몰랐다. "한 사람한테 금방 질려?"

"난 아주 오래 살아." 매그너스가 조용히 말했다. "하지만 모두가 그런 건 아니야."

알렉은 누군가에게 얻어맞은 표정이었다. "그러니까 한 사람하고 죽을 때까지 함께 살다가, 그 사람이 죽고 나면 새로운 사람을 찾는 거야?"

매그너스는 아무 말도 하지 않았다. 고양이처럼 반짝이는 눈으로 알렉을 쳐다보기만 했다. "넌 내가 영원히 혼자 사는 게 낫겠니?"

알렉이 입술을 비틀었다. "이사벨한테 가봐야겠어." 그러고는 다른 말 없이 돌아서서 인스티튜트로 향했다.

매그너스는 슬픈 눈으로 알렉의 뒷모습을 지켜보았다. 인간의 슬픔과는 조금 달라 보인다고 사이먼은 생각했다. 그의 눈에는 아주 오랜 세월의 슬픔이 담겨 있는 것 같았다. 날카로운 가장자리가 세월과 함께 마모되어 부드럽게 변한 듯한 슬픔. 뾰족한 유리가 바닷물에 마모되어 반들반들해진 것처럼.

사이먼이 무슨 생각을 하는지 알기라도 하듯 매그너스가 그를 흘끔 쳐다보았다. "몰래 엿듣고 있나, 뱀파이어?"

"그렇게 부르는 거 별로 좋아하지 않아요. 나도 이름이 있다고요." 사이먼이 말했다.

"네 이름을 기억해두는 것이 좋겠지. 100년이 지나고 200년이 지난 후에는 결국 너하고 나뿐일 테니까." 매그너스가 생각에 잠긴 듯이 사이먼을 바라보았다. "그때까지 살아 있는 건 우리뿐일 거야."

그 생각을 떠올리자 사이먼은 갑자기 줄이 풀려 1000층 아래로 곤두박질치는 엘리베이터 안에 있는 기분이었다. 물론 전에도 그런 생각이 스치기는 했다. 하지만 그럴 때마다 사이먼은 그 생각을 멀찌감치 밀어냈었다. 클라리가 나이를 먹고 제이스가 나이를 먹는 동안, 그가 아는 모든 사람이 나이를 먹고 성장하고 아이를 가지는 동안 그 자신은 열여섯 살에 머문 채로 아무것도 변하지 않을 거라는 생각은 오랫동안 곱씹기에는 너무나도 엄청나고 끔찍했다.

영원히 열여섯 살로 산다는 것은 언뜻 생각하면 좋을 것 같다. 하지만 조금만 더 깊이 생각하면 그리 좋은 일이 아니라는 것을 알게 된다.

매그너스의 고양이 눈이 금빛 도는 녹색으로 맑게 빛났다. "영원히 살아야 한다는 거, 그렇게 즐거운 일이 아니지?"

사이먼이 뭐라고 대답하기 전에 메이리스가 돌아왔다. "알렉은 어디 있나요?" 그녀가 어리둥절한 얼굴로 주위를 둘러보며 물었다.

"이사벨을 보러 갔어요." 매그너스가 입을 열기 전에 사이먼이 먼저 대답했다.

"좋아요." 메이리스는 주름 하나 없는 재킷 앞자락을 손으로 쓸어내렸다. "그럼 이제 괜찮다면….'

"카밀에게 말해보죠." 매그너스가 말했다. "하지만 아무도 없었으면 좋겠어요. 인스티튜트에서 기다려주시면 얘기를 마치고 그쪽으로 가겠습니다."

메이리스는 망설였다. "뭘 물어봐야 하는지 알고 있나요?"

매그너스의 시선은 흔들림이 없었다. "어떻게 얘기해야 하는지 알아요. 뭔가 말할 마음이 있다면 나한테 말할 겁니다."

두 사람 모두 사이먼의 존재에 대해서는 잊은 듯했다. "저도 나갈까요?" 두 사람의 눈싸움을 방해하며 사이먼이 물었다.

메이리스가 멍한 표정으로 그를 보았다. "아, 그래. 도와줘서 고맙구나, 사이먼. 하지만 이제 더는 여기 있을 필요가 없어. 원한다면 집으로 돌아가도 좋아."

매그너스는 아무 말도 하지 않았다. 사이먼은 어깨를 으쓱하고 돌아서서 바깥으로 통하는 출구가 있는 작은 방으로 향했다. 그가 문 앞에서 멈춰 서서 뒤를 돌아보았다. 보초를 서던 새도우 헌터는 이미 인스티튜트로 통하는 문을 연 채로 잡고 있었지만 메이리스와 매그너스는 여전히 얘기를 나누고 있었다. 오로지 카밀만이 사이먼이 그곳에 있다는 것을 기억하는 듯했다. 그녀가 기둥에 기대선 채 사이먼을 향해 웃어 보였다. 입술 끝이 위로 휘어졌고 두 눈은 뭔가를 기약하듯 반짝거렸다.

사이먼은 밖으로 나가 등 뒤로 문을 닫았다.

"매일 밤 일어나는 일이야." 제이스는 다리를 접어 올린 채 바닥에 앉아 있었다. 양손은 무릎 사이로 늘어뜨렸다. 침대에 앉은 클라리 옆에 칼이 놓여 있었다. 제이스가 말하는 동안 클라리는 한 손을 칼 위에 얹고 있었다. 자신을 방어하기 위해서라기보다 제이스를 안심시키기 위해서였다. 제이스는 힘이 모두 빠져나간 듯했다. 목소리도 공허하고 멀게 들렸다. 아주 멀리서 말하고 있는 것처럼. "꿈속에서 네가 내 방으로 오고 우린… 방금 우리가 하던 것을 시작해. 그러다가 내가 널 상처 입혀. 칼로 베거나 찌르거나 목을 졸라서. 그러고는 네가 죽어가. 내 손 안에서 네 생명이 서서히 빠져나가는 동안 녹색 눈으로 날 올려다보면서."

"그건 그냥 꿈일 뿐이잖아." 클라리가 부드럽게 말했다.

"그렇지 않다는 거 방금 봤잖아. 그 칼을 집어 들 때 난 분명히 깨어 있었어."

클라리도 그의 말이 맞다는 것을 알았다. "네가 미쳐가고 있는 건 아닐까 걱정을 하는 거야?"

제이스가 천천히 머리를 가로저었다. 머리칼이 눈으로 흘러내리자 그가 뒤로 쓸어 넘겼다. 한동안 자르지 않았는지 머리가 조금 길었다. 그가 귀찮아서 그냥 둔 건지 클라리는 궁금했다. 어째서 그녀는 제이스의 눈 밑에 생긴 그림자와 물어뜯은 손톱, 지치고 핼쑥한 얼굴에 좀 더 주의를 기울이지 못한 걸까? 제이스가 그녀를 사랑하는지에 대해서만 신경 쓰느라 다른 것은 생각할 겨를이 없었다. "그걸 걱정하는 게 아니야. 널 해치게 될까 봐 걱정하는 거지. 내 꿈속으로 퍼져든 독이 무엇이건 깨어 있는 시간에도 흘러들까 봐, 그래서 내가…." 그는 목이 메는 모양이었다.

"넌 절대로 날 해치지 않아."

"저 칼이 내 손에 있었어, 클라리." 그가 클라리를 올려다보고는 다른 곳으로 시선을 돌렸다. "내가 널 해친다면…." 그의 목소리가 차츰 잦아들었다. "섀도우 헌터는 보통 단명해. 그 사실은 모두가 알고 있어. 그런데도 넌 섀도우 헌터가 되길 원했고 난 그런 너를 막을 수가 없어. 네가 어떻게 살지 결정하는 건 내 몫이 아니니까. 더구나 나도 똑같은 위험을 감수하며 사는 쪽을 택한 상황에서는 더욱 그렇지. 나 자신은 위험을 감수하고 살면서 너는 그러면 안 된다고 말하면 내가 어떤 인간이 되겠어? 그래서 네가 죽는다면 어떤 기분일지 생각해봤어. 너도 분명히 같은 생각을 해봤을 거야."

"난 어떤 기분인지 알아." 호수와 검, 제이스의 피가 흩뿌려진 모래사장을 떠올리며 클라리가 말했다. 제이스는 죽어 있었다. 이후에 천사의 힘으로 되살아나긴 했지만 클라리에게는 평생 가장 끔찍한 순간이었다. "난 죽고 싶었어. 하지만 내가 포기하면 네가 얼마나 실망할지 알고 있었어."

그가 희미하게 미소를 지었다. "나도 같은 생각을 했어. 네가 죽으면 난 살고 싶지 않을 거라고. 하지만 그렇다고 내 손으로 목숨을 끊지도 못할 거야. 죽음 이후에 무슨 일이 일어나든 난 그곳에서 너와 함께 있고 싶으니까. 그런데 내가 스스로 목숨을 끊으면 넌 다시는 나와 말을 하지 않을 테니까. 몇 번을 다시 태어난다고 해도. 그러니까 난 계속 살아갈 거야. 뭔가 의미 있는 일을 하려고 하면서, 너와 다시 함께하는 그날까지. 하지만 널 해친 사람이 바로 나라면, 나로 인해 네가 죽는다면 그때는 내 손으로 목숨을 끊지 말아야 할 이유가 전혀 없게 되는 거지."

"그런 말 하지 마." 클라리는 뼛속까지 한기가 들었다. "제이스, 나한테 미리 말했어야 했어."

"그럴 수 없었어." 그의 목소리는 단호했다.

"어째서?"

"난 나 자신을 제이스 라이트우드로 생각했어. 자란 환경은 별다른 영향을 미치지 않았을지도 모른다고 말이야. 하지만 이젠 사람이란 변하지 않는 존재일지도 모른다는 생각이 들어. 언제까지나 나는 발렌타인의 아들인 제이스 모겐스턴일지도 모른다고. 발렌타인은 10년 동안 날 키웠고, 그건 지워지지 않는 얼룩일지도 모른다고."

"이 일이 네 아버지 때문이라고 생각하는 거야?" 언젠가 제이스가 들려준 이야기가 클라리의 머리를 스쳤다. 사랑은 파괴다. 그러고 나서는 발렌타인을 그의 아버지로 부른 것이 얼마나 이상한지 깨달았다. 발렌타인의 피를 이은 것은 제이스가 아니라 그녀였다. 하지만 클라리는 한 번도 발렌타인을 아버지로 느낀 적이 없었다. 제이스는 한때 그를 아버지로 알았다. "내가 그 사실을 알지 못하길 바랐고?"

"내가 원하는 건 너뿐이야." 제이스가 말했다. "제이스 라이트우드는 자신이 원하는 걸 가질 자격이 있을지도 몰라. 하지만 제이스 모겐스턴은 아니야. 난 마음 한구석으로는 그 사실을 알고 있는 게 분명해. 그렇지 않으면 우리가 가진 걸 내 손으로 파괴하려는 짓은 하지 않았을 거야."

클라리가 숨을 깊이 들이마셨다가 천천히 내뱉었다. "그런 것 같지는 않아."

제이스가 머리를 들고 눈을 깜빡였다. "무슨 뜻이야?"

"넌 이 일의 원인이 정신적인 문제라고 생각해. 너한테 문제가 있어서 이러는 거라고 말이야. 내 생각은 달라. 난 누군가가 너를 이렇게 만들고 있는 것 같아."

"난 그렇게…."

"이수리엘은 내게 꿈을 보냈어. 어쩌면 다른 누군가가 네가 꿈을 보내는 걸지도 모르잖아."

"이수리엘은 너를 도우려고 꿈을 보낸 거지. 네게 진실을 보여주려고. 하지만 이런 꿈들을 보내는 이유는 뭐지? 그 꿈들은 역겹고 의미 없고 잔혹하기만 한…."

"뭔가 의미가 있을지도 몰라. 네가 생각하는 것과는 다르더라도 말이야. 아니면 누군가 꿈을 보내서 널 해치는 걸지도 모르고."

"누가 그런 짓을 하겠어?"

"우릴 별로 좋아하지 않는 누군가." 그렇게 말하며 클라리는 실리코트의 여왕을 떠올렸지만 얼른 생각을 접었다.

제이스가 손을 내려다보며 작게 말했다. "어쩌면 세바스찬이…."

그러니까 제이스도 그를 조너선으로 부르고 싶지 않은 거야. 클라리가 생각했다. 하지만 제이스를 탓할 수는 없었다. 그건 그의 이름이기도 했다. "세바스찬은 죽었어." 클라리는 생각보다 더 날카롭게 말했다. "그리고 그런 능력을 가졌다면 진즉에 사용했겠지."

제이스의 얼굴에 의혹과 기대감이 번갈아 스쳤다. "정말 누군가 이런 짓을 할 수 있다고 생각해?"

클라리의 심장이 흉곽 안에서 거세게 날뛰었다. 클라리도 확신할 수 없었다. 그것이 사실이길 간절히 바라지만 사실이 아니라면 클라리는 그에게 헛된 희망을 주는 셈이었다. 그와 자신 모두에게.

"고요의 도시에 가보는 게 좋겠어. 침묵의 형제들이 네 머릿속을 들여다보면 누군가 장난을 치고 있는 건지 알 수 있을 거야. 내 머릿속을 들여다본 것처럼 말이야."

제이스는 입을 열었다가 다시 닫았다. "언제?" 그가 마침내 물었다.

"지금. 난 기다리고 싶지 않아. 넌?"

제이스는 대답 없이 몸을 일으키고 셔츠를 집었다. 그가 클라리를 바라보며 보일 듯 말 듯 미소 지었다. "고요의 도시에 갈 거면 너도 옷을 입는 게 좋을 거야. 나는 물론 네가 브래지어와 팬티 차림이면 좋지만 침묵의 형제들도 그럴 것 같지는 않거든. 이제 얼마 남지도 않았는데 형제들을 흥분으로 죽게 만들어선 안 되잖아."

클라리가 침대에서 벌떡 일어나 제이스에게 베개를 던졌다. 안도감에서 나온 행동이었다. 그러고는 셔츠를 집어 들고 입기 시작했다. 셔츠 안으로 머리를 밀어 넣기 직전 은빛 불꽃처럼 희미하게 빛나는 칼의 모습이 언뜻 보였다.

"카밀." 매그너스가 말했다. "오래간만이군, 그렇지?"

카밀이 미소 지었다. 그녀의 피부는 매그너스가 기억하는 것보다 더욱 하얬고 피부 아래로 검은 혈관들이 거미줄처럼 드러나 보이기 시작했다. 머리칼은 여전히 은사와 같은 빛깔이고 눈동자는 여전히 고양이 눈동자처럼 녹색이었다. 카밀은 여전히 아름다웠다. 그녀를 보는 순간 매그너스는 런던으로 되돌아갔다. 눈앞에 가스등이 나타났고 콧속으로 연기와 흙과 말의 냄새, 쉿내가 나는 안개의 냄새, 큐 왕립 식물원의 꽃향기가 스며들었다. 알렉처럼 검은 머리에 푸른 눈을 가진 소년이 보였고 은빛으로 흐르는 강물의 출렁임 같은 바이올린 소리도 들렸다. 길게 굽이치는 갈색 머리에 심각한 표정을 지은 소녀도 보였다. 결국에는 모두 떠나간 세상에서 변하지 않고 남은, 몇 안 되는 것들 중에 하나였다.

그리고 카밀이 있었다.

"보고 싶었어, 매그너스." 그녀가 말했다.

"아니, 보고 싶지 않아." 매그너스는 보호구역의 바닥에 앉아 있었다. 돌의 냉기가 옷을 뚫고 전해졌다. 스카프를 하고 있어서 다행이었다. "왜 나한테 전할 메시지가 있다고 했지? 단지 시간을 끌려고 그런 건가?"

"아냐." 카밀이 앞으로 몸을 기울이자 사슬이 달그락거렸다. 매그너스의 귀에 축성한 금속이 손목에 닿아 치직거리는 소리가 들리는 것만 같았다. "당신 소식을 들었어, 매그너스. 요즘에는 새도우 헌터의 보호 아래 있다는 얘기도 들었고. 그들 중 하나의 사랑을 얻었다는 얘기도 들었어. 아마 좀 전에 당신과 얘기를 나누던 소년이겠지. 당신 취향은 항상 다양했으니까."

"나에 관한 루머를 들은 모양이군. 당신은 언제라도 내게 직접 물을 수 있었어. 난 오랫동안 브루클린에서 지냈으니까. 당신이 지내는 곳에서 멀지 않은 곳이지. 그런데도 나한테 한 번도 연락하지 않았고, 내 파티에 온 적도 없었어. 우리 사이에는 빙벽이 세워져 있었어, 카밀."

"그건 내가 세운 게 아니야." 그녀의 녹색 눈이 커다래졌다. "난 항상 당신을 사랑했으니까."

"당신은 날 떠났지. 애완동물처럼 가지고 놀다가 버려두고 떠났어. 사랑이 먹이였다면 아마 난 굶어 죽었을 거야." 매그너스가 무덤덤하게 말했다. 참으로 오래간만이었다.

"하지만 우리에게는 영원한 시간이 있었어." 그녀가 항의하듯 말했다. "당신은 분명히 알았을 거야, 언젠가 내가 돌아오리란…."

"카밀." 매그너스가 무한한 인내심을 발휘하며 말했다. "원하는 게 뭐지?"

카밀의 가슴이 빠르게 올라갔다 내려왔다. 그녀는 숨을 쉴 필요가 없으므로 오로지 효과를 노린 몸짓이라는 것을 매그너스는 알았다. "당신이 새도우 헌터의 신뢰를 얻고 있다는 걸 알아. 나를 대신해서 그들과 대화를 나눠줘."

"당신을 위해 그들과 거래를 해달라는 거로군." 매그너스가 그녀의 말을 해석했다.

카밀이 그를 흘끔 보았다. "당신의 어법은 늘 유감스러울 정도로 현대적이야."

"그들은 당신이 새도우 헌터 셋을 죽였다고 했어. 사실이야?"

"그 새도우 헌터들은 서클 멤버였어." 카밀이 아랫입술을 파르르 떨었다. "과거에 그들은 우리 종족을 고문하고 죽였어…."

"그래서 그런 짓을 한 건가? 보복으로?" 카밀이 아무 말도 하지 않자 매그너스가 말을 이었다. "저들이 네피림을 죽인 자들을 어떻게 하는지 잘 알잖아, 카밀."

그녀의 눈이 반짝거렸다. "당신이 나를 위해 선처를 호소해줘, 매그너스. 난 면책을 원해. 내가 정보를 주면 내 목숨을 살려주고 날 자유롭게 놔주겠다는 클레이브의 서면 약속을 원해."

"저들은 당신을 절대 풀어주지 않을 거야."

"그렇다면 자신의 동료들이 왜 죽어야 했는지 영원히 알지 못하게 될 거야."

"죽어야 했다고?" 매그너스가 생각에 잠긴 듯 말했다. "재밌는 표현을 쓰는군, 카밀. 그러니까 눈에 보이는 것이 전부가 아니란 말인가? 피와 복수 말고 다른 게 더 있다고?"

카밀은 말없이 그를 바라보았다. 가슴이 기교 있게 오르락내리락했다.
그녀는 모든 것에서 기교가 넘쳤다. 쏟아져 내린 은빛 머리, 목선, 심
지어 손목의 피까지도.

"내가 당신을 위해 저들과 얘기하길 원한다면 적어도 하나쯤은 털어
놔야 해. 신뢰의 표시로."

카밀이 눈부시게 웃어 보였다. "당신이 나를 위해 애써줄 줄 알았어,
매그너스. 과거를 완전히 잊지는 않았다는 걸."

"원한다면 그렇게 생각하든가." 매그너스가 말했다. "자, 진실을 말해
줘, 카밀."

카밀이 혀로 아랫입술을 훑었다. "내가 섀도우 헌터를 죽인 건 명령을
받았기 때문이라고 전해줘. 물론 거리낌은 전혀 없었지. 나의 동족을 죽
인 자들이고 죽어 마땅한 자들이었으니까. 하지만 나보다 훨씬 강력한
자의 요구가 없었다면 난 절대 그 일을 하지 않았을 거야."

매그너스의 심장이 조금 빨리 뛰기 시작했다. 카밀의 이야기가 마음
에 들지 않았다. "그게 누구지?"

하지만 카밀은 머리를 흔들었다. "면책이 먼저야, 매그너스."

"카밀…"

"저들은 날 태양 아래 묶어놓고 죽게 내버려둘 거야. 그게 바로 네피
림을 죽인 자들에게 저들이 하는 짓이니까."

매그너스가 자리에서 일어났다. 바닥에 놓아둔 스카프에 먼지가 묻었
다. 그가 슬픈 듯이 먼지가 묻은 곳을 쳐다보았다. "어떻게든 해보겠어,
카밀. 하지만 약속은 못 해."

"당신은 항상 그러지." 카밀이 반쯤 눈을 내리깔고 중얼거렸다. "이리
로 와, 매그너스. 내게로 가까이."

카밀을 사랑하지는 않지만 그녀는 추억의 한 자락과도 같았으므로, 매그너스는 팔을 뻗으면 닿을 정도까지 다가갔다. "런던을 기억해? 드 퀸시의 집에서 열린 파티들을? 월 헤런데일은 기억하겠지? 기억하고 있다는 거 알아. 당신의 아이, 라이트우드. 두 사람은 닮았어."

"그래?" 한 번도 생각해본 적 없다는 듯이 매그너스가 말했다.

"당신한테는 항상 아름다운 소년들이 파멸의 원인이었지. 하지만 인간 아이가 당신에게 무엇을 줄 수 있지? 10년이나 20년이 지나면 서서히 소멸이 시작되고, 40년이나 50년이 지나면 죽음이 그를 앗아갈 거야. 난 영원토록 당신 곁에 머물 수 있어."

매그너스가 카밀의 볼을 쓸었다. 그가 앉아 있던 바닥보다도 차가웠다. "당신은 내게 과거를 줄 수 있어." 그가 서글프게 말했다. "하지만 알렉은 내 미래야."

"매그너스…." 카밀이 입을 뗐다.

인스티튜트로 통하는 문이 열리자 메이리스가 뒤쪽에서 쏟아지는 마법의 불빛에 윤곽을 드러내며 입구에 서 있었다. 그녀 옆에는 팔짱을 낀 알렉이 서 있었다. 매그너스는 카밀과 나눈 대화를 알렉이 문밖에서 조금이라도 들었는지 궁금했다. 그럴 리는 없겠지?

"매그너스." 메이리스 라이트우드가 말했다. "합의에 이른 사항이 있나요?"

매그너스가 손을 떨어뜨렸다. 그리고 메이리스를 향해 돌아섰다. "합의라고 부를 만한지는 모르겠지만 드릴 말씀이 분명히 있기는 합니다."

옷을 모두 입은 클라리는 제이스와 함께 그의 방으로 갔다. 제이스는 작은 캔버스 가방에 고요의 도시로 가져갈 물건들을 챙겼고, 그 모습을 지켜보는 클라리는 그가 무슨 음산한 파자마 파티에라도 가는 것 같다고 생각했다. 가방에 넣은 것은 대부분이 무기였다. 천사의 검 몇 자루와 스텔레, 그리고 나중에 생각난 듯이 은빛 손잡이가 달린 칼도 챙겼다. 칼날에는 이제 피가 묻어 있지 않았다. 제이스가 검은 가죽 재킷을 걸쳤다. 그러고는 지퍼를 올리고 옷깃 아래로 들어간 금발을 빼냈다. 클라리는 그 모습을 지켜보았다. 가방을 어깨에 두르며 그녀를 향해 돌아선 제이스가 희미하게 웃어 보이자 끝이 살짝 깨진 왼쪽 앞니가 드러났다. 볼 때마다 귀엽다는 생각이 드는 앞니였다. 그게 없었더라면 너무 완벽하게 느껴졌을 외모의 작은 결점. 클라리는 심장이 바짝 조여들면서 숨쉬기가 힘들어져 잠시 그를 외면했다.

제이스가 손을 내밀었다. "갈까."

그들을 데리러 오라고 침묵의 형제들을 부를 수는 없었으므로 제이스와 클라리는 택시를 타고 휴스턴과 마블 공동묘지를 향해 달렸다. 클라리는 뼈의 도시에 가본 적이 있어 그곳의 모습을 알고 있었기 때문에 포털을 열어 바로 가면 되지 않을까 생각했다. 하지만 제이스는 그런 것에 관한 규정들이 있다고 했고 그녀 자신도 포털을 여는 것이 그들에게 무례하게 느껴질지도 모른다는 생각을 떨칠 수가 없었다.

택시 뒷좌석에서 제이스는 곁에 앉은 클라리의 손을 잡은 채 그녀의 손등에 남은 문양들을 손가락으로 따라 그리고 있었다. 클라리는 신경이 쓰였지만 그가 하는 이야기에 집중하지 못할 정도는 아니었다. 제이스는 사이먼에게 있었던 일들을 들려주는 중이었다. 조던과의 일, 카밀을 사로잡은 일, 그리고 매그너스를 데려다 달라던 카밀의 요구에 대해서도 말해주었다.

"사이먼은 괜찮아?" 클라리가 걱정스레 물었다. "몰랐어. 사이먼이 인스티튜트에 있었는데 난 보지도 못하고…."

"인스티튜트에 있었던 건 아니야. 보호구역에 있었지. 그리고 사이먼은 잘 견디고 있어. 최근까지 먼데인이었던 것을 감안하면 생각보다 제법이야."

"하지만 그 계획은 위험하게 들리는데. 카밀은 완전히 미친 여자 아니야?"

제이스가 그녀의 손가락 마디를 따라 손을 움직였다. "사이먼을 예전에 알던 먼데인 소년으로 생각해선 안 돼. 늘 구해줘야만 하는 사람으로 말이야. 이제 사이먼은 해를 입을 수 없는 존재가 됐어. 넌 그 마크가 효력을 발휘하는 광경을 보지 못해서 그래. 난 똑똑히 봤어. 마치 신의 분노가 세상에 들이닥친 것 같았다고. 넌 네 능력에 자부심을 가져야 할거야."

클라리는 몸을 부르르 떨었다. "모르겠어. 그때는 그럴 수밖에 없는 상황이었지만 여전히 그건 저주잖아. 난 사이먼이 그런 일을 겪고 있는 줄은 몰랐어. 나한테는 아무 말도 하지 않아서. 이사벨과 마야가 서로에 관해 알게 됐다는 얘기는 들었지만 조던에 관해서는 전혀 몰랐어. 조던이 마야의 전 남자친구라는 거랑… 전부 다." 네가 묻지 않았으니까 그렇지. 넌 제이스 일을 걱정하느라 바빴으니까. 나쁜 친구야.

"그러는 넌, 사이먼한테 네가 요즘 무슨 일을 하고 있는지 말했고? 이런 일은 보통 양쪽 모두가 그러는 경우가 많거든."

"아니. 사이먼뿐 아니라 누구에게도 말하지 않았어." 클라리는 루크와 메이리스와 함께 고요의 도시에 갔던 이야기를 제이스에게 들려주었다. 그리고 베스 이스라엘 병원의 영안실에서 무엇을 보았는지, 탈토 교회를 어떻게 찾아냈는지에 대해서도 말해주었다.

"처음 들어보는데." 제이스가 말했다. "하지만 이사벨 말이 맞아. 세상에는 온갖 종류의 악마 숭배 집단들이 있어. 실제로 악마를 소환하는 데 성공한 곳은 거의 없지만 말이야. 그런데 거기는 성공한 모양이네."

"그들이 숭배하던 게 우리가 죽인 그놈뿐일 거라고 생각해? 이제 그들은… 그만둘까?"

제이스가 머리를 가로저었다. "그건 그저 경비견에 불과한 히드라 악마였어. 게다가 '그 여자의 집은 죽음 속으로 빠져들고, 그 길은 죽은 자들에게로 이른다'라고 되어 있었다며. 그걸 보면 여자 악마 같아. 여자 악마를 숭배하는 집단에서 간혹 아기들에게 끔찍한 짓을 하기도 하고. 그들은 출산과 아기에 대해서 온갖 왜곡된 생각들을 가지고 있거든." 그가 등받이에 기대 눈을 반쯤 내리떴다. "컨클레이브가 그 교회를 조사하겠지만 십중팔구 아무것도 발견하지 못할 거야. 네가 파수꾼 악마를 죽였으니 그들은 증거를 없애고 그곳을 떠났겠지. 그들이 다른 곳에서 새로이 사업을 시작할 때까지 기다리는 수밖에 없을 거야."

"하지만…." 클라리는 배가 꽉 뭉치는 느낌이었다. "그 아기가 있잖아. 내가 본 책 속의 사진들도 있고. 그들은 그런 아기를 더 만들려고 하는 것 같아. 세바스찬 같은 아기들."

"그건 불가능해. 그들은 인간의 아기에게 악마의 피를 주입했고, 그래, 그건 아주 끔찍한 일이야. 하지만 세바스찬 같은 존재를 만들려면 오직 섀도우 헌터 아기에게 악마의 피를 써야 해. 그 죽은 아기처럼 먼데인의 아기가 아니라." 제이스가 안심하라는 듯이 클라리의 손을 꽉 잡았다. "착한 사람들은 아니지만 실패한 일을 다시 시도하지는 않을 거야."

택시가 휴스턴과 2번가 모퉁이에서 끼익 소리를 내며 멈췄다. "미터기는 고장이에요. 10달럽니다." 택시기사가 말했다.

평소라면 냉소적인 말을 쏟아붙였을 제이스가 기사에게 20달러를 주고 차 밖으로 나와 클라리가 내리도록 문을 잡고 있었다. "준비됐어?" 고요의 도시로 이어지는 철문으로 걸어가며 그가 물었다.

클라리가 고개를 끄덕였다. "지난번에 여기 와서 즐거웠다는 말은 못 하겠지만 준비는 되어 있어." 클라리가 그의 손을 잡았다. "둘이 함께하는 거라면 무슨 일이든 준비가 되어 있으니까."

침묵의 형제들은 그들이 올 것을 알았다는 듯 입구에서 기다리고 있었다. 클라리는 무리 사이에서 재커라이어 형제를 알아보았다. 그들은 클라리와 제이스가 도시 안으로 더 들어가지 못하게 가로막으며 조용히 한 줄로 서서 기다렸다.

무슨 일로 왔지, 발렌타인의 딸과 인스티튜트의 아들? 클라리는 그녀의 머릿속에서 말하는 자가 누구인지 확실히 알 수가 없었다. 어쩌면 모두가 함께 말하고 있는 건지도 몰랐다. 어른의 감독 없이 아이들만 고요의 도시로 들어오는 것은 드문 일이야.

열여덟 살이 지나지 않은 새도우 헌터는 아이로 분류되며 규칙도 다르게 적용된다는 사실은 클라리도 알았다. 그럼에도 '아이들'이란 호칭은 거슬렸다.

"여러분의 도움이 필요해요." 제이스가 입을 떼지 않을 거라는 사실이 분명해지자 클라리가 말했다. 그는 이상할 정도로 열의 없는 시선으로 침묵의 형제들을 둘러보고 있었다. 마치 수많은 의사들을 찾아다니며 그들로부터 수없이 시한부 선고를 받아서 이제는 별다른 기대 없이 전문의의 의견을 기다리는 사람 같았다. "그게 여러분이 하시는 일이 아닌가요? 새도우 헌터에게 도움을 주는 것?"

그러나 우리는 마음대로 부릴 수 있는 하인은 아니지. 모든 문제가 우리 소관인 것도 아니고.

"이 문제는 맞아요." 클라리가 확고하게 말했다. "누군가 제이스의 정신으로 파고들어서 기억과 꿈을 조종하고 있어요. 누군가 능력을 지닌 자가 분명해요. 제이스가 원하지 않는 일도 하게 만들고요."

최면마법. 침묵의 형제 하나가 말했다. 꿈의 마법이지. 가장 강력한 마법을 쓰는 자들의 영역이야.

"천사들처럼 말인가요?" 클라리가 그렇게 말하자 그들은 몹시 놀란 듯이 모두 침묵을 지켰다.

재커라이어 형제가 마침내 입을 열었다. 우리와 함께 '말하는 별'로 가보는 게 좋겠구나. 이것은 초대가 아닌 명령이었다. 그들은 제이스와 클라리가 따라오는지 확인하지도 않은 채 즉시 몸을 돌리고 도시의 중심을 향해 걷기 시작했다.

'말하는 별'이 있는 별관에 다다르자 침묵의 형제들은 검은 현무암 탁자 뒤에 있는 그들의 자리로 들어갔다. 그들 뒤에서 벽에 걸린 죽음의 검이 은빛 새의 날개처럼 어슴푸레 빛났다. 제이스가 중앙으로 나가 붉은색과 금색 타일로 바닥에 아로새겨진 금속성의 별 문양을 내려다보았다. 클라리는 제이스의 모습을 바라보며 가슴이 아팠다. 재로 뒤덮여 희미해진 마법의 불빛처럼 타오르던 활기가 모조리 빠져나간 제이스의 모습은 보고 있기가 힘들었다.

그가 머리를 들어 올리고 눈을 깜박이는 모습을 보고, 클라리는 침묵의 형제들이 그의 머릿속에다 말하고 있다는 것을 알았다. 그녀에게는 아무 소리도 들리지 않았다. 제이스가 머리를 흔들고 말했다. "모르겠습니다. 일반적인 꿈이 아니라고 생각했어요." 그리고는 그가 입을 굳게 다물었고 클라리는 침묵의 형제들이 무엇을 물었는지 궁금했다. "환영이오? 그건 아닌 것 같습니다. 천사를 만난 것은 맞지만 예언적인 꿈을 꾼 것은 제가 아니라 클라리예요."

클라리는 긴장했다. 조금만 더 나아가면 그들은 린 호숫가에서 제이스와 천사에게 무슨 일이 있었는지를 물을 것이었다. 클라리는 이런 일이 생길지도 모른다는 것을 미처 생각하지 못했다. 침묵의 형제들이 그녀의 머릿속을 헤집었을 때 무엇을 보았을까? 그들이 찾던 것만을 보았을까? 아니면 모든 것을 보았을까?

그때 제이스가 고개를 끄덕였다. "좋습니다. 전 준비됐어요."

제이스가 눈을 감자 클라리는 약간 안도하며 그를 지켜보았다. 침묵의 형제들이 그녀의 머릿속을 들여다볼 때 제이스도 이런 기분이었을 거라는 생각이 들었다. 당시에는 알아차리지 못했던 세부적인 점들이 클라리의 눈에 들어왔다. 그때는 마음들의 그물에 붙잡힌 채 과거 속으로 휘청거리며 들어가느라 바깥세상의 일에는 관심을 둘 수가 없었다.

그들이 손으로 건드리기라도 한 듯이 제이스의 몸이 굳어지며 머리가 뒤로 젖혀졌다. 바다의 별들이 은빛으로 눈부시게 타오르는 순간 양옆으로 내린 그의 손이 주먹을 쥐었다가 폈다. 클라리는 강한 빛에 눈물이 차올라서 눈을 깜빡거렸다. 폭포수 한가운데 서 있는 것처럼 눈부신 은빛 장막을 배경으로 제이스의 검은 윤곽만 보였다. 뜻을 알 수 없는 부드러운 속삭임이 그들을 온통 둘러쌌다.

클라리가 지켜보는 동안 제이스가 무릎을 꿇고 쓰러지며 손으로 바닥을 짚었다. 클라리는 심장이 조여들었다. 침묵의 형제들이 머릿속으로 들어왔을 때 클라리는 정신을 잃기 직전까지 갔었다. 하지만 제이스는 그녀보다 강하지 않은가? 그가 배를 꽉 움켜쥐고 천천히 허리를 접었다. 소리 한 번 지르지 않았지만 온몸이 고통에 싸여 있다는 사실은 더

없이 분명했다. 클라리는 더 이상 참을 수가 없었다. 빛의 장막을 뚫고 달려가 무릎을 꿇으며 그를 감싸 안았다. 제이스가 고개를 돌려 그녀를 쳐다보자 속삭이던 목소리가 항의하듯 높아졌다. 은색 빛이 씻어내린 제이스의 눈은 판판하고 대리석처럼 하얗게 보였다. 그의 입술이 움직이며 클라리의 이름을 불렀다.

그러자 모든 것이 사라졌다. 빛도 소리도 모두 다. 두 사람은 바닥에 무릎을 꿇은 채 앉아 있었고 주변에는 침묵과 어둠뿐이었다. 제이스는 떨고 있었다. 양손을 풀자 손톱이 피부를 찢어서 피로 젖은 것이 보였다. 클라리는 여전히 그의 팔을 부여잡은 채 분노를 억누르며 침묵의 형제들을 바라보았다. 그들에게 화를 내는 것을 고통스럽지만 생명을 구하는 치료를 해준 의사에게 화를 내는 셈이라는 것은 알았다. 그럼에도 사랑하는 사람에게 일어난 일에 대해서는 이성적으로 생각하기가 힘들었다.

우리한테 말하지 않은 것이 있구나, 클라리사 모겐스턴. 두 사람이 누구에게도 말하지 않은 비밀. 재커라이어 형제가 말했다.

얼음처럼 차가운 손이 클라리의 심장을 움켜쥐는 것 같았다. "무슨 말씀이시죠?"

죽음의 흔적이 저 아이의 몸에 찍혀 있어. 그렇게 말한 것은 다른 형제였다. 클라리는 에녹일 거라고 생각했다.

"죽음의 흔적이라고요? 그건 제가 죽게 된다는 뜻인가요?" 제이스는 놀란 목소리가 아니었다.

네가 죽은 적이 있다는 뜻이야. 그림자의 영역으로 통하는 문을 넘어가면서 네 영혼이 네 몸에서 분리되었지.

클라리와 제이스가 시선을 교환했다. 클라리가 침을 삼키고 입을 열었다. "라지엘 천사가…."

그래, 저 아이 몸에 그의 흔적도 있었지. 에녹의 목소리에는 아무런 감정이 스며 있지 않았다. 죽은 자를 다시 데려오는 방법은 오직 두 가지뿐이야. 하나는 주술과 종의 흑마술, 책, 촛불을 사용하는 방법이지. 그것으로 생명과 비슷한 것을 되돌아오게 할 수가 있어. 하지만 오로지 신의 오른편에 있는 천사만이 인간의 영혼을 육체로 돌아오게 할 수 있어. 신이 최초의 인간에게 생명을 불어넣은 것처럼 쉽게 말이야. 그가 고개를 절레절레 흔들었다. 삶과 죽음, 선과 악은 아주 미묘하게 균형을 이루고 있어, 어린 섀도우 헌터. 너희가 그걸 어지럽힌 거야.

"하지만 라지엘은 천사잖아요." 클라리가 말했다. "그는 무엇이든 원하는 일을 할 수 있어요. 여러분도 라지엘 천사를 숭배하지 않나요? 라지엘 천사가 이 일을 하기로 선택했다면…."

그랬나? 또 다른 침묵의 형제가 물었다. 그가 선택한 일인가?

"전…." 클라리가 제이스를 쳐다보았다. 난 세상에 있는 무엇이라도 청할 수 있었어. 세계 평화, 질병의 치료, 불멸. 하지만 널 원했어.

우리도 죽음의 도구 의식에 관해 알고 있어. 그 도구를 모두 소유한 자, 그 도구의 주인이 라지엘 천사에게 한 가지를 요구할 수 있다는 것도 알아. 천사는 네 요구를 거절할 수 없었을 거야. 재커라이어 형제가 말했다.

클라리가 어금니를 악물었다. "아무튼 이미 벌어진 일이에요."

제이스가 희미하게 미소를 지었다. "알겠지만 저들은 언제라도 날 죽일 수 있어. 균형을 되찾기 위해서."

클라리가 그의 팔을 더욱 꽉 잡았다. "말도 안 되는 소리 하지 마." 그러나 목소리는 가냘팠다. 재커라이어 형제가 무리에서 떨어져 나와 그들에게로 다가오자 클라리는 더욱 긴장했다. 말하는 별들 위로 그의 발이 조용히 미끄러졌다. 그가 제이스에게로 다가가자 클라리는 그를 밀쳐내고 싶다는 충동과 싸워야 했다. 그는 허리를 굽히고 긴 손가락으로 제이스의 턱을 들어 올려 마주 보았다. 재커라이어의 손가락은 길고 주름이 없었다. 젊은 사람의 손이었다. 클라리는 침묵의 형제들의 나이에 대해서는 깊게 생각해본 적이 없었다. 그저 지혜롭고 나이가 많은 종족일 거라고만 생각해왔다.

무릎을 꿇은 제이스가 재커라이어 형제를 올려다보았다. 재커라이어 형제는 무표정한 얼굴로 제이스를 내려다보았다. 클라리는 저도 모르게 무릎을 꿇고 하늘을 응시하는 성인을 그린 중세 그림들을 떠올렸다. 얼굴 위로 황금색 빛이 가득 퍼져 있는 성인의 그림. 네가 자랄 때 내가 여기에 있었다면 네 얼굴에서 진실을 보고 네가 누군지 알아보았을 거다, 제이스 라이트우드. 뜻밖에도 재커라이어 형제가 부드러운 목소리로 말했다.

제이스는 어리둥절한 표정이었지만 뒤로 물러나지는 않았다.

재커라이어 형제가 다른 이들에게로 돌아섰다. 우린 이 소년을 해칠 수도, 해쳐서도 안 됩니다. 헤런데일 가문과 침묵의 형제 사이에는 오랜 유대관계가 있습니다. 우리에게는 이 소년을 도와야 할 의무가 있습니다.

"어떻게 돕는다는 거죠?" 클라리가 물었다. "제이스한테 무슨 문제가 있는지 보이나요? 머릿속에서 뭔가 잘못된 건가요?"

섀도우 헌터가 태어나면 의식을 치르는데, 그 의식에서 침묵의 형제와 철의 자매는 아기에게 몇 가지 보호 주문을 걸지.

철의 자매가 침묵의 형제의 여성 분파에 속한다는 것을 클라리도 수업에서 배워 알고 있었다. 침묵의 형제들보다도 더욱 은둔 생활을 하면서 섀도우 헌터의 무기를 만드는 일을 맡고 있었다.

재커라이어 형제가 말을 이었다. 제이스가 죽었다가 살아났을 때 그는 두 번째로 태어난 것이었어. 먼젓번의 보호 주문과 의식의 효력은 사라지고 없었지. 따라서 제이스는 잠기지 않은 문처럼 활짝 열린 상태였어. 얼마든지 악마의 영향이나 악의 따위가 침입할 수 있는 상태였지.

클라리가 마른 입술을 혀로 적셨다. "빙의 같은 걸 말하는 건가요?"

빙의가 아니야. 영향력이지. 강력한 악마의 힘이 네 귓가에 속삭였을 거야, 조너선 헤런데일. 넌 강한 아이라 그 힘에 맞서 싸웠겠지만 바닷물이 모래를 마모시키듯 널 약하게 만들었을 거야.

"제이스… 제이스 라이트우드예요. 헤런데일이 아니라." 그가 하얗게 질린 입술로 속삭였다.

클라리는 실질적인 문제에만 집중하여 말했다. "그게 악마라고 어떻게 확신하죠? 그리고 그게 제이스에게서 손을 떼게 하려면 어떻게 해야 하죠?"

에녹이 생각에 잠긴 목소리로 말했다. 다시 한 번 의식을 치러야겠지. 갓 태어난 아기처럼 다시 한 번 보호 주문을 걸고.

"그렇게 할 수 있나요?" 클라리가 물었다.

재커라이어가 고개를 숙였다. 가능해. 몇 가지를 준비하고, 철의 자매 한 분에게 방문을 청하고, 부적을 만들고…. 그가 말끝을 흐렸다. 조너선은 의식을 마칠 때까지 우리와 함께 지내야 해. 여기가 그에게 가장 안전한 곳이니까.

클라리가 다시 제이스를 바라보며 그의 얼굴에 감정이 떠오르는지 살폈다. 희망이든 안도든 기쁨이든 어떤 것이라도. 하지만 제이스는 여전히 무표정한 얼굴이었다. "얼마 동안이나요?" 그가 물었다.

재커라이어가 가느다란 손을 활짝 펼쳤다. 하루나 이틀 정도 걸릴 거야. 이 의식은 원래 갓난아기를 위한 것이라서 어른에 맞게 바꿔야만 해. 조너선이 열여덟 살이 넘었다면 아예 불가능했을 거야. 지금도 쉽지는 않지만, 구하지 못할 정도는 아니지.

구하지 못할 정도는 아니라고. 클라리는 그런 말을 기대한 것이 아니었다. 제이스의 문제는 쉽게 해결되는 간단한 것이란 말을 듣기를 원했다. 클라리가 제이스를 쳐다보았다. 그가 고개를 숙이자 머리칼이 앞으로 쏟아져 내렸다. 드러난 목덜미가 유난히 여려 보여서 클라리는 가슴이 아팠다.

"괜찮아. 나도 여기 같이 있을 거야."

안 돼. 침묵의 형제들이 한목소리로 단호하게 말했다. 그는 여기 혼자 남아야 해. 우리가 해야 할 일에 온 정신을 집중해야만 하니까. 조금이라도 다른 곳에 정신이 흩어져서는 안 돼.

클라리는 제이스의 몸이 굳는 것을 느꼈다. 지난번에 제이스 혼자 이곳에 있었을 때 그는 감금당한 상태였고 침묵의 형제들은 참담한 죽음을 맞았다. 그리고 그는 발렌타인 때문에 괴로워했다. 이곳에서 또 하룻밤을 홀로 보내야 한다는 것은 생각만 해도 끔찍할 것이었다.

"제이스." 클라리가 속삭였다. "난 네가 원하는 대로 할 거야. 네가 돌아가기를 원하면…."

"여기 있을래." 제이스는 고개를 들었다. 그의 목소리는 강하고 또렷했다. "네 생각이 맞았어. 이건 내 안에서 생겨난 것이 아니야. 뭔가가 내게, 우리에게 이런 짓을 하고 있어. 그게 무슨 뜻인지 알아? 이것이… 치유되면… 그러면 더 이상은 네 곁에 있을 때 나 자신을 두려워하지 않아도 된다는 뜻이야. 그러기 위해서라면 난 천 일 밤이라도 고요의 도시에 머물 수 있어."

클라리는 침묵의 형제들이 지켜보고 있는 것도 아랑곳하지 않고 앞으로 몸을 숙여 제이스에게 빠르게 입을 맞췄다. "다시 올게. 내일 밤 아이언웍스 파티만 끝나면 바로 올 거야." 그녀가 속삭였다.

제이스의 눈빛에 희망이 떠오르자 클라리의 가슴이 찢어지는 듯했다. "그때쯤이면 아마 치유되어 있을 거야."

클라리가 손끝으로 제이스의 얼굴을 어루만졌다. "그래, 그럴 거야."

사이먼은 악몽에 시달리며 기나긴 밤을 보냈다. 그리고 아침에 일어나자 여전히 피로했다. 사이먼은 몸을 굴려 똑바로 누워서 창으로 들어오는 빛을 바라보았다.

다른 뱀파이어들처럼 낮에 잠을 자면 좀 더 편히 잘 수 있을까 궁금했다. 태양은 사이먼을 해치지 못하지만 그는 여전히 밤의 매혹을 느꼈다. 깜깜한 하늘과 반짝이는 별 아래를 쏘다니고 싶은 욕망을 느꼈다. 그의 몸 안에는 어둠 속에 살기를 원하는 뭔가가, 햇빛을 예리한 통증으로 느끼는 뭔가가 있었다. 피를 원하는 뭔가가 있는 것처럼. 그리고 거기에 맞서 싸웠다가 무슨 꼴을 당했는지 한번 보라.

사이먼은 비틀거리며 일어나서 되는 대로 옷을 걸치고 거실로 나갔다. 집 안은 온통 토스트와 커피 냄새로 가득했다. 조던은 주방의 의자에 앉아 있었다. 여느 때처럼 머리가 사방으로 뻗쳤고 어깨가 구부정했다.

"잘 잤어?" 사이먼이 물었다.

조던이 그를 바라보았다. 얼굴이 창백했다. "문제가 생겼어."

사이먼이 눈을 껌뻑였다. 늑대인간 룸메이트는 전날 보고 처음 보는 것이었다. 어젯밤 인스티튜트에서 돌아왔을 때는 피곤해서 그대로 쓰러졌다. 그때 조던은 집에 없었고, 사이먼은 그가 일하러 나갔을 거라고 생각했다. 그러나 무슨 일인가 있었던 모양이었다. "무슨 문제?"

"현관문 아래 이게 꽂혀 있었어." 조던이 사이먼에게 접힌 신문을 밀었다. 한 면이 보이도록 접힌 〈뉴욕 모닝 크로니클〉이었다. 신문 위쪽에 소름끼치는 사진이 실려 있었다. 어느 거리에 사지를 뻗고 쓰러져 있는 시신의 사진이었다. 뻣뻣하고 깡마른 사지는 이상한 각도로 꺾였다. 이따금 시신들이 그러하듯 사람처럼 보이지 않았다. 왜 신문을 보라고 하는지 사이먼이 물으려는 순간 사진 아래 기사가 눈에 들어왔다.

소녀 죽은 채로 발견
경찰은 열네 살인 모린 브라운의 죽음에 관한 단서를 쫓고 있다. 시신은 일요일 밤 11시, 3번가의 빅 애플 델리 밖에 있는 쓰레기통에서 발견되었다. 공식적인 사인은 아직 발표되지 않았지만, 시신을 발견한 델리 주인 마이클 가자 씨에 따르면 목이 베여 있었다고 한다. 경찰은 아직 무기의 행방을 알아내지 못했고….

사이먼은 계속 읽지 못하고 의자에 털썩 주저앉았다. 누군지 알고 보니, 사진 속의 소녀는 틀림없는 모린이었다. 마지막으로 보았을 때 착용하고 있던 무지개색 팔 워머와 빌어먹을 분홍 모자를 사이먼이 알아보았다. 오, 하느님. 그는 그렇게 말하고 싶었다. 오, 하느님. 하지만 아무 말도 나오지 않았다.

"그 쪽지에, 네가 그곳으로 오지 않으면 네 여자친구의 목을 베겠다고 쓰여 있지 않았어?" 조던이 암울한 목소리로 말했다.

"아냐." 사이먼이 속삭였다. "그럴 리가 없어. 아냐."

그러나 사이먼은 분명히 기억했다.

에릭 사촌동생의 친구 말이야. 이름이 뭐라고 그랬더라? 사이먼한테 반한 애 있잖아. 우리가 공연하는 데마다 찾아와서 자기가 사이먼의 여자친구라고 동네

방네 떠들고 다닌 애.

사이먼은 모린의 전화기, 스티커가 붙어 있던 작은 분홍 전화기를 기억했다. 사진을 찍으려고 그 전화기를 치켜들던 모린의 모습도 기억했다. 그의 어깨에 나비처럼 가볍게 얹히던 모린의 손도. 겨우 열네 살이었다. 사이먼은 가슴을 감싸 안으며 몸을 한껏 웅크렸다. 그렇게 하면 완전히 사라져버릴 정도로 몸을 아주 작게 만들 수 있기라도 하듯이.

14
어떤 꿈들이 찾아들 것인가

고요의 도시에 홀로 남은 제이스는 좁은 침대에서 불안한 듯이 몸을 뒤척였다. 침묵의 형제들이 자는 곳이 어디인지 그는 알지 못했고, 그들도 별로 알리고 싶지 않은 것 같았다. 제이스가 몸을 누일 곳은 오로지 죄수들을 가둬두는 지하의 감방뿐이었다. 감방 문을 열어두어서 감옥에 갇힌 기분은 들지 않았지만 아무리 상상력을 동원해도 쾌적하다고 말할 수는 없는 곳이었다.

공기는 탁하고 갑갑했다. 셔츠를 벗고 청바지 차림으로 이불 위에 누웠지만 여전히 너무 더웠다. 벽은 칙칙한 회색으로 칠해졌다. 침대 바로 위쪽 벽에 JG라는 글자가 새겨져 있었는데 제이스는 그게 무슨 뜻인지 궁금했다. 감방 안에는 침대와 거울, 세면대를 제외하고는 아무것도 없었다. 거울에는 금이 가서 그의 모습이 일그러진 채 여러 조각으로 보였다. 이곳이 불쾌함을 넘어서는 기억을 불러일으킨다는 점은 말할 것도 없었다.

침묵의 형제들이 밤새도록 머릿속을 들락거려서 제이스는 쥐어짠 행주 조각이 된 기분이었다. 그들은 모든 일에 비밀스러웠으므로, 진전이 있었는지 여부는 전혀 알 수가 없었다. 그들은 만족스러운 표정이 아니었지만 사실 그들의 표정은 항상 그랬다.

제이스도 알고 있듯이 진짜 시험은 잠이 드는 것이었다. 어떤 꿈을 꿀 것인가? 그는 돌아누워서 얼굴을 팔에 묻었다. 클라리를 해치는 꿈을 한 번이라도 더 꾼다면 참지 못할 것 같았다. 정말로 미쳐버릴지도 모른다는 생각이 들었고, 그렇게 생각하자 두려움이 일었다. 죽을지도 모른다는 생각에 두려웠던 적은 한 번도 없지만 미쳐버릴지도 모른다는 생각은 너무나 끔찍했다. 하지만 답을 알려면 잠드는 수밖에 없었다. 제이스는 눈을 감고 애써 잠을 청했다.

제이스는 잠이 들었고 꿈을 꾸었다.

그는 그 골짜기로 되돌아가 있었다. 세바스찬과 싸우다 죽을 뻔한 이드리스의 골짜기. 그때는 여름이었지만 지금은 가을이었다. 나뭇잎들이 금색, 황갈색, 오렌지색, 붉은색으로 흐드러지게 물들었다. 그는 골짜기를 반으로 가르는 작은 강—실제로는 시내에 가까운—의 강둑에 서 있었고, 멀리서 누군가가 그를 향해 걸어오고 있었다. 거리가 멀어서 분명하게 보이지 않았지만 단호한 걸음으로 그를 향해 곧장 걸어오고 있었다.

세바스찬이 분명하다고 너무나 확신한 나머지 제이스는 그가 어느 정도 다가오고 나서야 그럴 수가 없다는 사실을 깨달았다. 세바스찬은 제이스보다 키가 컸지만 그 사람은 제이스보다 머리 하나나 둘 정도 작았다. 어린애처럼 가냘픈 어깨에 깡마른 체격이었고 짤막한 소매 아래로 앙상한 손목이 드러났다.

맥스.

막내 동생의 모습에 제이스는 한 대 얻어맞은 듯 충격을 받았다. 푸른 잔디 위로 무릎을 꿇으며 털썩 주저앉았다. 아픔은 느껴지지 않았다. 꿈속에서는 감각이 무디게 작용하니까. 맥스는 똑같은 모습이었다. 어린 아이의 단계를 벗어나 막 무럭무럭 자라나려는, 울퉁불퉁한 무릎의 소년. 하지만 이제 더는 자랄 수가 없게 되었다.

"맥스." 제이스가 입을 열었다. "맥스, 정말 미안해."

"제이스." 맥스가 걸음을 멈췄다. 산들바람이 불어와 그의 갈색 머리칼을 얼굴 위로 들어 올렸다. 안경 뒤의 눈에는 진지한 표정이 담겨 있었다. "내가 여기 온 이유는 나 때문이 아니야. 형을 괴롭히거나 죄책감을 주려고 온 것도 아니고."

당연히 그렇겠지. 제이스의 머릿속에서 목소리가 말했다. 맥스는 유일하게 널 사랑하고 우러러보고 네가 멋진 사람이라고 생각한 아이니까.

"형이 꾼 꿈들." 맥스가 말했다. "그것들은 메시지야."

"그 꿈들은 악마의 영향이야, 맥스. 침묵의 형제들이 그러는데…."

"그들이 틀렸어." 맥스가 재빨리 말했다. "침묵의 형제들은 이제 얼마 남지 않아서 예전만큼 능력이 강하지 않아. 그 꿈들은 형한테 뭔가 말하기 위한 거야. 형은 그동안 잘못 이해했어. 그 꿈들은 클라리를 해치라고 말하는 것이 아니야. 형이 이미 그러고 있다고 경고하는 거지."

제이스가 천천히 고개를 저었다. "무슨 말인지 모르겠어."

"형한테 얘기를 전하라고 천사들이 나를 보냈어. 내가 형을 아니까." 맥스가 또랑또랑한 어린아이의 목소리로 말했다. "난 형이 사랑하는 사람들을 어떻게 대하는지 잘 알고, 자진해서 그들을 해치는 일은 절대로 없으리라는 것도 알아. 하지만 형 안에 있는 발렌타인의 영향력은 완전히 사라지지 않았어. 발렌타인의 목소리는 여전히 형에게 속삭이고 있어. 형은 들리지 않는다고 생각하겠지만, 아니야, 형은 그의 말을 듣고 있어. 그 꿈들은 형 안에 있는 그 부분을 없애버리기 전까지는 클라리와 함께 있어서는 안 된다고 말하는 거야."

"그럼 없애면 되지." 제이스가 말했다. "무슨 일이든 할게. 어떻게 하면 되는지 말해줘."

맥스가 환하게 웃으면서 손에 든 뭔가를 내밀었다. 은 손잡이가 달린 단검이었다. 스티븐 헤런데일의 단검, 아버지의 상자에 있던 것. 제이스는 즉시 그 물건을 알아보았다. "이걸 받아." 맥스가 말했다. "그리고 형에게 겨눠. 이 꿈속에 나와 함께 있는 형의 일부는 죽어야만 해. 나중에 일어나면 형은 깨끗해져 있을 거야."

제이스가 칼을 받았다.

맥스가 웃었다. "저승에는 형을 걱정하는 사람들이 많아. 형 아버지도 거기 있어."

"발렌타인은…."

"형 진짜 아버지 말이야. 그분이 형한테 이걸 전해달라고 하셨어. 형의 영혼에서 썩은 부분들을 모조리 잘라내줄 거라고."

제이스가 칼날을 자신에게로 돌리자 맥스가 천사처럼 웃었다. 마지막 순간 제이스는 망설였다. 이것은 발렌타인이 자신에게 한 짓과 너무나 비슷했다. 발렌타인은 검으로 그의 심장을 꿰뚫었다. 하지만 다음 순간 제이스는 오른팔뚝에 칼날을 대고 팔꿈치에서부터 손목까지 길게 베었다. 고통은 느껴지지 않았다. 그는 오른손으로 칼을 옮겨 쥐고 다른 팔에도 같은 상처를 냈다. 길게 베인 상처에서 피가 쏟아져 나왔다. 피는 현실에서보다 더욱 밝은, 루비와 같은 붉은 빛깔을 띠었다. 피부를 타고 흘러내린 피가 풀밭으로 후드득 후드득 떨어졌다.

맥스가 부드럽게 숨을 내쉬었다. 그는 허리를 숙이고 오른손으로 피를 만졌다. 손을 들어 올리자 손가락이 진홍색으로 번들거렸다. 맥스가 제이스에게로 한 걸음 다가왔다. 그리고 또 한 걸음. 맥스가 가까이 다가오자 제이스는 맥스의 얼굴을 분명하게 보았다. 매끈한 아이의 피부, 반투명한 눈꺼풀, 맥스의 눈…. 제이스는 맥스의 눈이 그토록 까만 줄은 몰랐었다. 맥스는 제이스의 심장 바로 위로 손을 가져가더니, 손에 묻은 피로 룬을 하나 그리기 시작했다. 제이스가 처음 보는 룬이었다. 모서리가 서로 겹치고 이상한 각도로 꺾이는 모양이었다.

맥스는 룬을 완성하자 손을 내리고 물러섰다. 그러고는 완성한 작품을 검토하는 화가처럼 머리를 한쪽으로 기울였다. 갑작스러운 고통이 제이스를 꿰뚫었다. 가슴의 피부가 타오르는 것 같았다. 맥스가 그를 바라보고 웃으면서 피에 젖은 손을 움직이며 풀었다. "아픈가, 제이스 라이트우드?" 그렇게 말하는 목소리는 더 이상 맥스의 것이 아니었다. 높고 약간 쉰 듯하고 귀에 익은 목소리였다.

"맥스…." 제이스가 속삭였다.

"네가 고통을 주었으니 너도 고통받게 될 거야." 맥스가 말했다. 그의 얼굴이 어른거리며 변하기 시작했다. "네가 슬픔을 초래했으니 너도 슬픔을 느끼게 될 거야. 너는 이제 내 것이야, 제이스 라이트우드. 너는 내 것이야."

고통으로 도저히 정신을 차릴 수가 없었다. 제이스는 가슴을 움켜쥐고 앞으로 쓰러진 채 어둠 속으로 떨어졌다.

사이먼은 양손에 얼굴을 파묻고 소파에 앉아 있었다. 머릿속이 윙윙거렸다. "내 잘못이야." 그가 말했다. "모린의 피를 마셨을 때 내가 죽인 걸지도 몰라. 모린은 나 때문에 죽었어."

조던은 사이먼 맞은편 안락의자에 늘어져 있었다. 청바지와 긴 보온

셔츠를 입고 그 위에 녹색 티를 입었다. 보온셔츠 소매에는 구멍이 나 있었다. 그가 구멍으로 엄지손가락을 집어넣고 천을 잡아당겼다. 목에 걸린 프리터 루퍼스 메달이 드러나며 반짝였다. "그러지 마." 조던이 말했다. "넌 알 수가 없었잖아. 내가 택시에 태울 때까지는 괜찮았어. 이자들이 나중에 그 애를 잡아가 죽인 것이 분명해."

사이먼은 머리가 어지러웠다. "하지만 내가 걔를 물었잖아. 설마 되살아나거나 그러지 않겠지? 모린은 뱀파이어가 되지 않아, 그렇지?"

"당연하지. 그 일이 어떻게 진행되는지는 너도 잘 알잖아. 그 애가 뱀파이어가 되려면 네 피를 주어야만 해. 그 애가 네 피를 마신 후에 죽었다면 우린 묘지로 가서 감시를 해야겠지. 하지만 그 애는 그러지 않았어. 그랬다면 네가 분명히 기억할 테니까."

사이먼은 목 안쪽에서 시큼한 피 맛을 느꼈다. "그들은 모린을 내 여자친구로 알았어. 내가 가지 않으면 그 애를 죽일 거라고 경고했고, 내가 가지 않아서 그 애의 목을 베었어. 모린은 하루 종일 기다렸을 거야. 내가 나타나길 바라면서…" 속이 뒤집힌 사이먼은 허리를 접고 힘겹게 숨을 쉬며 구역질을 하지 않으려고 기를 썼다.

"그래. 하지만 문제는 그들이 대체 누구냐는 거야." 조던은 사이먼을 빤히 쳐다보았다. "아무래도 인스티튜트로 전화해보는 것이 좋겠어. 섀도우 헌터를 좋아하진 않지만, 그들의 기록보관소에는 믿을 수 없을 정도로 세세한 정보까지 보관되어 있다고 들었어. 어쩌면 쪽지에 적힌 그 주소에 관한 정보도 있을지 몰라."

사이먼은 망설였다.

"망설일 거 없어. 넌 그들을 위해 할 만큼 했잖아. 그들도 널 위해 뭔가 해줘야지." 조던이 말했다.

사이먼은 어깨를 으쓱하고는 휴대전화를 가지러 갔다. 그러고는 거실로 돌아와 제이스의 전화번호를 눌렀다. 벨이 두 번 울리고 나서 이사벨이 전화를 받았다. "또 너야?"

"미안." 사이먼이 어색하게 말했다. 보호구역에서 있었던 짧은 만남은 생각만큼 이사벨의 마음을 누그러뜨리지 못한 모양이었다. "제이스를 찾고 있었지만, 너한테 말해도 괜찮을…."

"참 애쓰네." 이사벨이 그의 말을 가로막았다. "제이스는 너랑 같이 있는 줄 알았는데."

"아니." 사이먼의 가슴속에서 불안감이 고개를 들었다. "제이스가 나랑 있다고 누가 그랬는데?"

"클라리가 그랬어. 아마 둘이 몰래 같이 있으려고 그런 모양이네." 이사벨은 전혀 걱정하는 말투가 아니었지만 그럴 만도 했다. 제이스가 곤경에 빠졌다면 다른 사람은 몰라도 클라리만은 절대로 그의 행방에 관해 거짓말을 하지 않을 테니까. "아무튼, 제이스가 자기 방에 전화기를 놔두고 갔어. 혹시라도 제이스를 만나면 오늘 밤 아이언웍스 파티에 꼭 와야 한다고 다시 한 번 말해줘. 제이스가 오지 않으면 클라리가 가만두지 않을 거라고."

사이먼은 자신도 오늘 밤 그 파티에 가야 한다는 사실을 거의 까먹고 있었다.

"알았어." 그가 말했다. "저기, 이사벨. 나한테 문제가 좀 생겼는데."

"말해봐. 난 문제라면 뭐든 좋아하니까."

"이 문제도 좋아할지 모르겠어." 사이먼이 의심스럽다는 듯이 말하고는 현재의 상황을 이사벨에게 빠르게 설명했다. 모린을 물었다는 부분에서 이사벨이 작게 헉 하고 숨을 들이쉬자 사이먼은 목구멍이 바짝 조여들었다.

"사이먼." 이사벨이 속삭였다.

"나도 알아. 안다고." 그가 비참하게 말했다. "나라고 후회하지 않을 것 같아? 나도 말할 수 없을 정도로 후회스러워."

"네가 그 애를 죽였다면 넌 법을 어긴 거야. 범법자가 되는 거라고. 그러면 난 널 죽여야 해."

"난 모린을 죽이지 않았어." 사이먼의 목소리가 약간 떨렸다. "내가 그런 게 아니야. 조던은 모린을 택시에 태울 때 분명히 살아 있었다고 맹세했어. 그리고 신문에서는 모린의 목이 잘렸다고 했어. 내가 한 짓이 아니야. 누군가 날 잡으려고 그런 짓을 한 거야. 왜 그러는지 이유는 모르겠지만."

"그 문제는 나중에 다시 얘기해." 이사벨의 목소리는 단호했다. "우선 그들이 남긴 쪽지를 가져와서 나한테 읽어줘."

사이먼이 주소를 읽어주자 이사벨이 날카롭게 숨을 들이마셨다.

"아는 주소야." 이사벨이 말했다. "어제 클라리가 나보고 그곳으로 오라고 했거든. 시내에 있는 교회야. 악마 숭배 집단의 본부."

"악마 숭배 집단이 나한테 뭘 원하는 거지?" 사이먼이 그렇게 말하자 대화를 반밖에 듣지 못하는 조던이 호기심 어린 눈빛으로 쳐다보았다.

"그거야 모르지. 넌 데이라이터인 데다가 말도 안 되는 능력들도 가졌잖아. 그러니까 정신병자나 흑마법사들의 표적이 될 거야. 원래 그런 법이니까." 이사벨은 사이먼의 처지를 그다지 동정하지 않는 듯했다. "사이먼, 너도 아이언웍스 파티에 오는 거지? 거기서 만나서 다음 단계를 의논해. 엄마한테는 내가 얘기해놓을게. 이미 탈토 교회를 조사하고 있으니까 그 정보를 참고할 거야."

"그래." 사이먼은 말했다. 지금 당장은 파티에 갈 기분이 정말로 아니었지만.

"그리고 조던도 데려와. 보디가드가 있으면 좋으니까."

"그건 안 돼. 마야도 오잖아."

"마야한테는 내가 얘기할게." 이사벨은 아주 자신만만한 목소리였다. "그럼 거기서 봐."

이사벨이 전화를 끊었다. 사이먼은 조던을 돌아보았다. 조던은 맞은편 소파에서 장식용 쿠션에 머리를 얹고 누워 있었다. "얼마나 들었어?"

"오늘 밤 우리가 파티에 간다는 정도. 아이언웍스에서 열리는 파티에 관해서는 들었어. 난 개러웨이 무리가 아니어서 초대받지 못했고."

"이젠 내 데이트 상대로 가게 됐네." 사이먼이 전화기를 주머니에 밀어 넣었다.

"내 남성성에는 확신이 있으니까 그 제안을 받아들이겠어." 조던이 말했다. "네가 입을 번듯한 의상을 좀 구해봐야겠지만 말이야." 방으로 돌아가는 사이먼을 향해 조던이 소리쳤다. "난 데이트 상대가 근사해 보였으면 좋겠어."

****

수년 전, 롱아일랜드 시티는 지금처럼 갤러리와 커피숍이 가득한, 유행을 따르는 지역이 아니었다. 그때 이곳은 산업의 중심지였고 아이언웍스는 직물공장이었다. 이제 거대한 건물의 내부는 넓고 아름다운 공간으로 변모했다. 바닥에는 서로 겹쳐진 네모난 강철판이 깔렸고 머리

위는 작은 등들이 휘감긴 강철 빔들이 가로질렀다. 화려하게 장식된 연철 계단이 나선형으로 휘며 통로까지 이어졌고, 통로에는 이파리를 늘어뜨린 화분들이 매달렸다. 한쪽만 고정된 유리 천장으로 밤하늘이 훤히 내다보였다. 바깥에는 이스트 강 위로 지은 테라스가 있어서 59번로 다리의 멋진 장관을 감상할 수 있었다. 퀸스에서 맨해튼까지 뻗어 있는 다리는 얼음 작살에 반짝이를 뿌려놓은 것 같은 모습이었다.

루크의 무리는 그곳을 아름답게 장식하기 위해 온갖 노력을 기울였다. 줄기가 기다란 아이보리 꽃들을 거대한 백랍 꽃병에 담아 곳곳에 솜씨 좋게 배치하고 하얀 리넨을 씌운 테이블들을 무대 주변에 둥그렇게 놓았다. 무대 위에서 늑대인간 현악 4중주단이 클래식 음악을 연주하고 있었다. 클라리는 사이먼을 떠올리지 않을 수 없었다. 사이먼은 '늑대인간 현악 4중주단'이 밴드 이름으로 아주 멋지다고 생각할 것이었다.

클라리는 제대로 꽂힌 꽃들을 괜히 매만지고 똑바로 놓인 포크와 나이프를 다시 똑바로 놓으면서 테이블 사이를 돌아다녔다. 아직까지는 손님들이 별로 오지 않은 데다 모두 클라리가 모르는 사람들이었다. 클라리의 엄마와 루크는 문 옆에 서서 웃으면서 손님들을 맞이했다. 양복을 입은 루크는 불편해 보였고 몸에 맞는 푸른 드레스를 입은 조슬린은 행복해 보였다. 지난 며칠간 많은 일을 겪은 클라리는 행복해 보이는 엄마의 모습이 반가웠다. 어느 정도가 진짜이고 어느 정도가 보이기 위한 모습인지 알 수 없다고 해도. 클라리는 조슬린의 입가가 살짝 굳어 있는 것이 마음에 걸렸다. 엄마는 정말로 행복한 것일까, 아니면 고통 속에서 웃고 있는 것일까?

물론 클라리는 엄마가 어떤 마음인지 알고 있었다. 하지만 무슨 일이 일어나고 있든 클라리는 제이스 생각을 멈출 수가 없었다. 침묵의 형제들은 제이스에게 무엇을 하고 있을까? 제이스는 괜찮을까? 그들은 정말 제이스의 문제를 해결하고 악마의 영향을 차단할 수 있을까? 지난밤 클라리는 잠을 이루지 못한 채 어둠 속을 응시하며 속이 울렁거릴 때까지 걱정을 했다.

무엇보다도 클라리는 제이스가 이곳에 있기를 바랐다. 클라리는 평소에는 잘 입지 않는, 몸에 딱 붙는 연한 금빛 드레스를 고르면서 제이스가 마음에 들어 하기를 바랐다. 하지만 제이스는 이제 그 드레스를 입은 클라리의 모습을 보지 못하게 되었다. 물론 그런 것에 우울해할 때가 아니라는 것은 클라리도 알았다. 제이스만 낫는다면 클라리는 남은 평생 나무통만 두르고 산다고 해도 상관없었다. 게다가 제이스는 늘 클라리에게 아름답다고 했고, 언제나 청바지와 스니커즈 차림이라도 불평 한마디 하지 않았다. 하지만 이 드레스를 입은 그녀의 모습은 분명히 마음에 들어 했을 것이었다.

오늘 밤 클라리는 거울 앞에서 자신의 모습이 아름답다고 느꼈다. 엄마는 어린 시절 발육이 늦은 편이었다고 말하곤 했는데, 클라리는 거울에 비친 모습을 바라보며 자신도 그런 경우일지 모른다는 생각이 들었다. 클라리의 몸은 이제 판자처럼 납작하지 않았다. 지난해부터 브래지어도 한 치수 큰 것을 착용해야 했다. 그리고 아주 자세히 들여다보면 엉덩이 굴곡이 보였다. 드디어 클라리의 몸에도 굴곡이 생긴 것이다. 아직 작기는 하지만 일단 변화하기 시작했다.

액세서리는 단순하게 제한했다. 지극히 단순하게.

클라리는 손을 들어 목에 걸린 모겐스턴 반지를 만졌다. 그날 아침 며칠 만에 다시 그 반지를 목에 걸었다. 그것은 제이스에 대한 신뢰의 표시처럼 느껴졌다. 그가 알든 모르든 클라리의 신의를 보여주는 방식이었다. 클라리는 그를 다시 만날 때까지 반지를 목에서 풀지 않기로 마음 먹었다.

"클라리사 모겐스턴?" 등 뒤에서 부드러운 목소리가 들렸다.

귀에 익지 않은 목소리에 클라리가 깜짝 놀라 돌아섰다. 스무 살 정도 되어 보이는 호리호리하고 키가 큰 여자가 서 있었다. 창백한 우윳빛 피부 아래로 선명한 녹색의 수액이 흐르는 혈관이 퍼져나가고 금발에도 같은 녹색기가 돌았다. 두 눈은 구슬처럼 새파랬고, 춥지 않을까 싶을 정도로 아주 얇은 푸른 드레스를 입었다. 저 아래서 서서히 기억이 되살아났다.

"케일리." 타키에서 일하던 요정 웨이트리스를 알아본 클라리가 천천히 입을 열었다. 라이트우드 가족과 그곳에 갔을 때 케일리가 한 번 이상 주문을 받았었다. 케일리가 제이스와 잠깐 사귄 적이 있다는 사실이 클라리의 머리를 스치고 지나갔지만 지금 직면한 다른 문제들에 비하면 너무나 사소한 일이었다. "루크와 아는 사이인 줄은 몰랐어요."

"손님으로 온 거라고 생각지 말아요." 케일리는 가냘픈 손을 들어 올리며 관심이 없다는 몸짓을 했다. "여왕님께서 당신에게 가보라고 하셔서 왔어요. 파티에 참석하러 온 게 아니라." 그녀가 어깨 너머로 호기심 어린 시선을 던졌다. 전체가 파란 눈이 반짝거렸다. "그쪽 어머니가 늑대인간하고 결혼하는 줄은 몰랐지만요."

클라리가 눈썹을 추켜올렸다. "그런데요?"

케일리가 재미있다는 듯이 클라리를 아래위로 훑어보았다. "여왕님 께서 말씀하시길, 당신은 몸집이 작으면서도 꽤 완고한 편이라고 하셨죠. 실리코트에서는 그렇게 작으면 무시당했을 거예요."

"여기는 실리코트가 아니에요. 타키도 아니고. 그러니까 그쪽이 나를 찾아온 거잖아요. 이제 실리코트의 여왕이 나한테 뭘 원하는지 5초 안에 말해요. 난 여왕이 별로 마음에 들지 않고, 여왕의 게임에 말려들고 싶은 기분도 아니에요."

케일리가 녹색 손톱이 달린 가느다란 손가락으로 클라리의 목을 가리켰다. "여왕께서는 당신에게 왜 모겐스턴 반지를 하고 있는지 물어보라고 하셨어요. 아버지를 받아들인다는 뜻인가요?"

클라리의 손이 목으로 움직였다. "이건 제이스를 위해… 제이스가 내게 준 거라서 하고 있는 거예요." 클라리는 성급하게 말을 내뱉은 자신을 속으로 저주했다. 실리코트의 여왕에게 꼭 필요한 것 이상의 정보를 주는 것은 현명하지 못했다.

"하지만 그는 모겐스턴이 아니잖아요." 케일리가 말했다. "헤런데일이지. 그리고 그들에게도 가문의 반지가 있어요. 샛별이 아니라 왜가리 문양. 그에게는 그게 더 어울리지 않나요? 루시퍼처럼 떨어지기보다 새처럼 허공으로 날아오르는 게?"

"케일리." 클라리가 이를 악물고 물었다. "여왕이 원하는 게 뭐죠?"

케일리가 웃었다. "이걸 전해달라고 하셨어요." 그녀가 손에 든 것을 내밀었다. 손잡이 끝에 고리가 달린 작은 은종 펜던트였다. 케일리가 손을 내밀자 빗소리처럼 가볍고 맑은 종소리가 울렸다.

클라리가 뒤로 물러났다. "여왕의 선물은 받고 싶지 않아요. 여왕의 선물에는 항상 거짓과 요구가 딸려 오니까요. 난 여왕에게 어떤 것도 빚지고 싶지 않아요."

"이건 선물이 아니에요." 케일리가 조바심치듯 말했다. "이건 우릴 부르는 수단이에요. 여왕님께서는 지난번에 당신이 보인 고집스러운 태도를 용서하셨어요. 그리고 곧 당신이 여왕님께 도움을 구할 때가 올 거라고 생각하고 계세요. 당신이 청하기만 하면 여왕님께서는 기꺼이 도움을 주실 거예요. 그 종을 울리기만 하면 실리코트의 하인이 당신을 데리러 올 거예요."

클라리가 고개를 가로저었다. "종을 울리는 일은 없을 거예요."

케일리가 어깨를 으쓱했다. "그럼 받는다고 해도 아무런 대가도 치르지 않겠죠."

마치 꿈꾸듯이 클라리는 자신의 손이 뻗어나가 종 위에서 맴도는 모습을 바라보았다.

"당신은 그를 구하기 위해서라면 어떤 일이라도 할 거예요." 케일리의 가느다란 목소리가 종소리만큼 감미로웠다. "어떤 대가를 치른다 해도, 지옥이나 천국에 빚을 진다고 해도. 그렇지 않아요?"

클라리의 머릿속에서 목소리들이 끼어들었다. 네 어머니가 해준 이야기 속에 어떤 거짓이 섞여 있는지 궁금하지 않느냐? 어머니가 목적에 맞게 바꾼 거짓들이 무엇인지. 설마 네 과거의 모든 비밀을 알고 있다고 생각하는 건 아니겠지?

도로시아 여사는 제이스가 잘못된 상대와 사랑에 빠질 거라고 했어.

그를 구하지 못할 정도는 아니지. 하지만 쉽지는 않을 거야.

클라리가 받아들고 손으로 감싸 쥐는 순간 종이 울렸다. 케일리가 유리구슬 같은 푸른 눈을 반짝이며 웃어 보였다. "현명한 선택이에요."

클라리는 잠시 망설였다. 그러나 요정에게 다시 종을 내밀기 전에 누군가 그녀의 이름을 부르는 소리를 들었다. 클라리가 돌아보니 엄마가 인파를 헤치며 다가오고 있었다. 클라리가 얼른 다시 돌아보았지만 케일리는 이미 해가 떠오르며 안개가 증발하듯 군중 속으로 녹아들고 없었다. 놀라운 일도 아니었다.

"클라리." 조슬린이 다가왔다. "널 찾던 중이었어. 루크가 손가락질을 하기에 보니까 너 혼자 여기 덩그러니 서 있잖아. 괜찮은 거니?"

나 혼자 여기 덩그러니 서 있었다고? 클라리는 케일리가 어떤 종류의 글래머를 썼는지 궁금했다. 엄마는 글래머를 꿰뚫어볼 수 있을 텐데. "아무렇지도 않아요, 엄마."

"사이먼은 어디 있니? 오늘 오는 줄 알았는데."

당연히 엄마는 사이먼을 먼저 떠올리겠지, 제이스가 아니라. 클라리가 생각했다. 제이스도 오늘 오기로 되어 있었는데 말이다. 그것도 클라리의 남자친구로서 당연히 일찍 와 있어야 하는데도 말이다. "엄마." 클라리가 입을 열었다가 잠시 멈췄다. "언젠가는 엄마가 제이스를 좋아할 날이 올까요?"

조슬린의 녹색 눈이 부드러워졌다. "제이스가 여기 없다는 건 이미 알고 있었어, 클라리. 네가 얘기하고 싶지 않을까 봐 아무 말도 안 한 거지."

"그러니까 내 말은…." 클라리가 끈덕지게 물고 늘어졌다. "엄마가 제이스를 좋아하도록 제이스가 할 수 있는 일이 있냐는 거예요."

"있지." 조슬린이 대답했다. "널 행복하게 해주면 돼." 조슬린이 클라리의 얼굴을 가볍게 쓸자 클라리는 은종이 손바닥으로 파고드는 것을 느끼며 손을 꽉 움켜쥐었다.

"제이스는 날 행복하게 해줘요. 하지만 모든 일을 제이스 마음대로 할 수 있는 건 아니잖아요, 엄마. 다른 일들도 일어나고…." 클라리는 적당한 말을 찾아 더듬거렸다. 그녀를 불행하게 만드는 것은 제이스가 아니라 그에게 일어난 일이라는 사실을, 그 일이 무엇인지 말하지 않고 어떻게 엄마에게 설명할 수 있을까?

"넌 제이스를 너무 많이 사랑해." 조슬린이 온화하게 말했다. "그래서 엄마는 겁이 나. 난 언제나 널 지키려고 애써왔으니까."

"그래서 결과가 어떤지 보세요." 클라리는 말을 시작하다가 목소리를 누그러뜨렸다. 지금은 엄마를 비난하거나 말다툼할 때가 아니었다. 루크가 입구에서 이쪽을 지켜보고 있었다. 그의 얼굴에 사랑과 염려가 가득했다. "엄마가 제이스를 안다면 그런 걱정은 하지 않을 텐데." 클라리가 약간 절망스럽게 말했다. "하지만 모든 사람이 자기 남자친구에 대해 그렇게 말하겠죠."

"네 말이 맞아." 조슬린이 인정하자 클라리는 놀랐다. "난 제이스를 몰라. 제이스를 볼 때면 나도 모르게 그 애 엄마가 떠올라. 왜 그런지 모르겠어. 제이스는 엄마를 닮지 않았는데. 엄마처럼 외모가 아름답고 상처 입기 쉬운…."

"상처 입기 쉽다고요?" 클라리는 깜짝 놀랐다. 자신을 제외하고 다른 누군가가 제이스를 상처 입기 쉬운 사람으로 보리라고는 꿈에도 생각지 못했다.

"오, 그럼." 조슬린이 대답했다. "난 스티븐을 아마티스에게서 빼앗아 간 셀린을 증오하고 싶었지만 셀린은 왠지 보호하고 싶어지는 구석이 있었어. 제이스도 그 점을 약간 닮았고." 조슬린은 생각에 잠긴 목소리였다. "어쩌면 아름다운 것들은 세상에 의해 너무 쉽게 부서지기 때문에 그런 느낌이 드는 걸지도 모르고." 그녀가 손을 내렸다. "아무튼 그런 것은 중요하지 않아. 나한테는 싸워야 하는 기억들이 있고, 그것들은 내 기억들이야. 그 무게를 제이스가 감당하게 해서는 안 되지. 그래도 한 가지만 말할게. 제이스가 지금처럼 널 사랑하지 않았다면, 널 쳐다볼 때마다 얼마나 사랑하는지 훤히 드러날 정도가 아니었다면 엄마는 한순간도 제이스를 견디지 못했을 거야. 그러니까 엄마한테 화날 때는 그 사실을 기억하렴."

클라리는 엄마한테 화난 것이 아니라고 항변했지만 조슬린은 괜찮다고 손을 내저으며 웃어 보이고는 클라리의 뺨을 토닥였다. 그러고는 클라리에게 사람들과 어울리라고 말하고 루크에게로 돌아갔다. 클라리는 말없이 고개를 끄덕이고 엄마의 뒷모습을 바라보았다. 불타오르는 성냥을 잡고 있는 것처럼 종을 움켜쥔 손이 화끈거렸다.

아이언웍스는 주변에 창고와 화랑뿐이어서 밤만 되면 텅 비어버렸다. 조던과 사이먼은 금세 차를 세울 공간을 발견했다. 사이먼이 트럭에서 뛰어내렸을 때 조던은 이미 보도로 나와 사이먼을 비난하듯 쳐다보고 있었다.

집에서 나올 때 사이먼은 근사한 옷들은 하나도 챙기지 않았다. 기껏해야 아버지가 입던 항공 재킷 한 벌을 가지고 나왔을 뿐이었다. 그런 까닭에 그와 조던은 그가 입을 옷을 사기 위해 오후 내내 이스트 빌리지를 돌아다녔다. 그러다 마침내 '사랑이 하루를 구하다'라는 이름의 중고 가게에서 낡은 제냐 정장 한 벌을 발견했다. 반짝거리는 통굽 부츠와 60년대 푸치 스카프 같은 것들을 주로 파는 곳이었다. 매그너스가 그곳에서 옷을 산 것이 아닌가 하는 생각이 강하게 들었다.

"왜?" 조던의 시선을 의식한 사이먼이 재킷 소매를 잡아당기며 물었다. 조던은 단추를 채우지 않으면 아무도 모를 거라고 했지만 재킷은 사이먼에게 꽤 작았다. "많이 이상해?"

조던이 어깨를 으쓱했다. "거울이 깨질 정도는 아니야. 난 네가 무기를 지니고 있는지 궁금해서 본 거야. 필요한 거 없어? 단검 같은 거?" 조던이 정장 재킷을 약간 열어 보이자 안감 위에서 기다란 금속이 번쩍거렸다.

"이러니 너랑 제이스가 그렇게 죽이 잘 맞지. 너희 둘은 걸어 다니는 무기고야." 사이먼은 못 말리겠다는 듯이 고개를 절레절레 혼들고는 길 건너의 아이언웍스 입구로 향했다. 입구에 처진 넓은 금빛 차양이 보도 위에 직사각형의 그림자를 만들고 있었다. 보도 위에는 금빛 늑대 문양이 찍힌 금빛 카펫이 깔렸다. 사이먼은 저도 모르게 약간 홍겨워졌다.

차양을 받친 기둥 하나에 이사벨이 기대서 있었다. 이사벨은 머리를 위로 틀어 올리고 붉은색의 긴 드레스를 입었다. 드레스는 한쪽 옆이 트여서 다리가 거의 다 드러났다. 금빛 고리들이 오른팔을 타고 올랐다. 팔찌처럼 보이지만 실은 합금 채찍이라는 것을 사이먼은 알았다. 이사벨은 온몸이 마크투성이였다. 마크가 양팔을 휘감고 허벅지를 타고 오르고 목걸이처럼 목을 둘렀다. 깊게 팬 드레스의 목선 덕분에 가슴을 장식한 마크도 상당 부분 드러났다. 사이먼은 쳐다보지 않으려고 애썼다.

"안녕, 이사벨." 그가 말했다.

사이먼 옆에 있는 조던 역시 가슴 쪽으로 시선을 주지 않으려고 애쓰고 있었다. 그가 입을 열었다. "안녕하세요, 조던이라고 합니다."

"우린 이미 만났었죠." 그가 내민 손을 못 본 척하며 이사벨이 차갑게 대꾸했다. "마야가 그쪽 얼굴을 찢어발기려고 했잖아요. 그럴 만하기도 했고."

조던은 걱정스러운 표정이 되었다. "지금 여기 있나요? 마야는 괜찮아요?"

"여기 있어요. 지금 어떤지는 그쪽이 알 바 아니고…."

"난 마야에게 책임감을 느껴요." 조던이 말했다.

"그 감정은 어디에서 느끼는데요? 바지 속?"

조던은 분개한 얼굴이었다.

이사벨이 마크로 장식된 늘씬한 손을 저었다. "이봐요, 그쪽이 과거에 무슨 짓을 저질렀는지는 몰라도 그건 전부 지난 일이에요. 그쪽은 지금 프리터 루퍼스고, 난 마야한테 그게 어떤 의미인지 말해줬어요. 하지만 거기까지예요. 마야를 귀찮게 하지 말아요. 말을 걸려고 하지도 말고, 쳐다보지도 말아요. 안 그러면 내가 수없이 반으로 접어서 콩알만 한 종이접기 작품처럼 만들어줄 테니까."

사이먼이 코웃음을 쳤다.

"마음껏 웃어." 이사벨이 사이먼을 손가락으로 가리켰다. "마야는 너하고도 말하고 싶어 하지 않아. 그러니까 마야는 오늘 밤 완전히 매혹적이고 섹시하지만, 그래서 내가 만일 여자를 좋아했다면 분명히 작업을 시도했겠지만, 너희 둘은 마야한테 말을 걸 수 없어. 알아들었어?"

둘은 방과 후에 남으라는 교사의 말을 들은 중학생들처럼 신발을 내려다보며 고개를 끄덕였다.

이사벨이 기둥에서 몸을 뗐다. "좋아. 그럼 안으로 들어가자."

15
베아티 벨리코시

희미하게 반짝이는 색색의 등이 달린 줄들이 아이언웍스의 내부를 장식하고 있었다. 꽤 많은 손님들이 이미 자리에 앉아 있었지만 거품이 이는 연한 색깔의 액체가 담긴 샴페인 잔을 들고 이리저리 서성이는 사람들도 많았다. 웨이터들—그들 역시 늑대인간이라는 것을 사이먼은 알아보았다. 행사의 스태프 전원이 루크 무리로 구성된 것 같았다—이 손님들 사이로 움직이면서 샴페인 잔을 건넸다. 그에게도 권했지만 사이먼은 거절했다. 매그너스의 파티에서 사고를 당한 이후로는 자신이 준비한 음료 외에는 어떤 것도 안전하게 느껴지지 않았다. 게다가 피가 아닌 음료 중에 그의 속을 뒤집어놓지 않을 음료가 있을지 알지 못했다.

마야는 벽돌 기둥 옆에서 두 명의 늑대인간과 웃으며 이야기를 나누고 있었다. 그녀는 어두운 피부를 돋보이게 하는 아름다운 오렌지색 새틴 시스 드레스를 입었다. 금빛이 도는 갈색의 곱슬머리가 얼굴 주위를 후광처럼 에워쌌다. 마야는 사이먼과 조던을 보더니 의도적으로 고개를 돌렸다. 드레스의 등이 브이 자로 깊게 파여서 맨살이 그대로 드러났다. 등뼈 아랫부분에 새긴 나비 문신도.

"저 문신, 나랑 사귈 때는 없었던 것 같은데." 조던이 말했다.

사이먼이 조던을 보았다. 그는 갈망을 훤히 드러내고 눈을 부릅뜬 채 전 여자친구를 쳐다보고 있었다. 저러다가 이사벨에게 들키는 날에는 틀림없이 얼굴로 주먹이 날아들 텐데. "자, 그만 가서 우리 자리나 찾아보자." 사이먼이 조던의 등을 살짝 떠밀며 말했다.

어깨 너머로 그들을 지켜보던 이사벨이 고양이 같은 미소를 지었다. "잘 생각했어."

사이먼과 조던은 사람들을 헤치고 테이블이 놓인 곳으로 갔다. 그들이 앉을 테이블은 이미 반이 차 있었다. 클라리도 거기 앉아서 진저에일과 비슷한 음료를 내려다보고 있었다. 클라리 옆에는 알렉과 매그너스가 앉아 있었다. 두 사람 모두 빈에서 돌아올 때 입었던 짙은 색깔의 정장을 입었다. 매그너스는 하얀 스카프 끝에 달린 술을 가지고 장난을 쳤다. 알렉은 팔짱을 낀 채 사나운 표정으로 먼 곳을 응시하고 있었다.

사이먼과 조던을 보자 클라리가 자리에서 벌떡 일어났다. 안도하는 표정이 역력했다. 그녀가 테이블을 돌아 나와 사이먼을 맞았고, 사이먼은 그녀가 수수한 금빛 실크 드레스에 굽 낮은 금빛 샌들을 신은 것을 보았다. 굽 낮은 신발을 신으니 클라리는 더욱 가냘파 보였다. 목에 걸린 모겐스턴 반지가 은빛으로 번쩍였다. 클라리는 팔을 뻗어 사이먼을 안으며 중얼거렸다. "알렉하고 매그너스가 싸움 중인 것 같아."

"그런 것 같네." 사이먼도 중얼거렸다. "네 남자친구는 어디 있어?"

그 말에 클라리가 사이먼의 목에서 팔을 풀었다. "인스티튜트에 붙들려 있어." 그러고는 돌아섰다. "안녕하세요, 카일."

그가 난처하게 웃었다. "실은 조던이에요."

"그렇다고 들었어요." 클라리가 테이블 쪽을 가리켰다. "그럼 우리도 앉을까요? 조금 있으면 건배하고 뭐 그런 것들을 시작할 거예요. 그런 다음엔 음식이 나오고."

그들이 모두 자리에 앉았다. 길고 어색한 침묵이 흘렀다.

"그러니까…." 마침내 매그너스가 입을 열면서 길고 하얀 손가락으로 샴페인 잔의 테두리를 쓸었다. "조던이라고 했나. 프리터 루퍼스에 있다고 들었는데. 그 메달을 목에 걸고 있는 게 보이는군. 거기에 뭐라고 쓰여 있지?"

조던이 고개를 끄덕였다. 얼굴은 달아올랐고 녹갈색 눈은 반짝거렸다. 대화를 반만 듣고 있는 것이 훤히 보였다. 그는 눈으로는 마야를 쫓으면서 식탁보 끝에 놓인 손을 초조하게 움켜쥐었다 펴기를 반복했다. 사이먼이 보기에 조던은 자신의 행동을 의식하지 못하는 듯했다. "베아티 벨리코시. '전사들에게 축복을'이란 뜻입니다."

"훌륭한 단체지." 매그너스가 말했다. "난 1800년대에 그 단체를 설립한 사람과 알고 지냈어. 울리 스캇. 오랫동안 이어져온 존경받는 늑대인간 가문의 일원이었지."

알렉이 목 안쪽으로 이상한 소리를 냈다. "그 사람하고도 잤어?"

매그너스의 고양이 눈이 휘둥그레졌다. "알렉산더!"

"난 당신의 과거에 대해선 아무것도 모르잖아." 알렉이 물었다. "당신은 말해주지 않을 거고. 그런 건 중요하지 않다면서 말이야."

매그너스의 얼굴에서는 어떤 표정도 읽을 수 없었지만 목소리에는 분노가 스며 있었다. "그러니까 내가 아는 누군가를 언급할 때마다 그들과 관계를 가진 적이 있는지 묻겠다는 거야?"

알렉의 표정은 완강했지만 사이먼은 그에게 동정심이 일었다. 푸른 눈에는 상처받은 기색이 역력했다. "아마도."

"난 나폴레옹을 만난 적도 있어." 매그너스가 말했다. "우린 관계를 갖지 않았지만. 프랑스인치고는 충격적일 정도로 난폭했지."

"나폴레옹을 만났다고요?" 대화에 전혀 귀를 기울이지 않는 것 같던 조던이 감명받은 얼굴이었다. "그럼 사람들이 마법사에 대해 하는 말들이 정말 맞는 건가요?"

알렉이 그에게 아주 불쾌한 눈빛을 보냈다. "뭐가 맞아요?"

"알렉산더." 매그너스의 냉담한 어조에 클라리가 테이블 너머로 사이먼과 눈을 맞췄다. 크게 떠진 클라리의 녹색 눈은 '이런'이라고 말하고 있었다. "나한테 말을 거는 모든 사람에게 무례하게 굴 참이야?"

알렉이 팔을 크게 휘저었다. "그러면 왜 안 되는데? 내가 당신한테 방해가 되나 보네. 어쩌면 당신은 여기 있는 이 늑대인간이랑 재미를 보고 싶을지도 모르는데 말이야. 부스스한 머리와 넓은 어깨에 윤곽이 뚜렷하고 잘생긴 타입을 좋아한다면 꽤 매력적으로 보이겠지."

"자, 그만하죠." 조던이 부드럽게 말했다.

매그너스가 두 손에 머리를 파묻었다.

"아니면 여기 예쁜 여자들도 많네. 당신은 양쪽 모두가 취향인 거 같던데. 취향이 아닌 게 있기나 해?"

"인어들." 매그너스가 손에다 대고 말했다. "인어들은 해초 냄새가 나거든."

"하나도 안 웃겨." 알렉은 사납게 말했다. 그러고는 의자를 뒤로 차내고 일어나서 인파 속으로 저벅저벅 걸어 들어갔다.

매그너스는 여전히 두 손에 머리를 파묻고 있었다. 뾰족하게 세운 검은 머리가 손가락 사이로 비죽비죽 튀어나왔다. "과거가 왜 문제가 되는 거야."

놀랍게도 그 말에 대답한 것은 조던이었다. "과거는 항상 중요해요. 그게 바로 프리터에 들어올 때 듣는 말이에요. 자신이 과거에 한 일을 잊어서는 안 돼요. 안 그러면 그 일들로부터 아무것도 배우지 못하니까."

매그너스가 시선을 들었다. 금빛이 도는 녹색 눈이 손가락 사이에서 번득였다. "몇 살이지? 열여섯?"

"열여덟 살입니다." 조던이 약간 겁먹은 표정으로 대답했다.

알렉과 같은 나이군. 사이먼은 그렇게 생각하며 내심 미소를 억눌렀다. 알렉과 매그너스가 사랑싸움을 하는 모습이 재미있어서가 아니라 조던의 표정이 씁쓸하면서도 웃겼기 때문이다. 조던은 매그너스보다 덩치가 배는 컸지만—매그너스는 장신이지만 깡말라 보일 정도로 호리호리했다—매그너스를 두려워하고 있었다. 사이먼이 눈짓을 교환하려고 클라리를 보았지만 그녀는 정문 쪽을 뚫어져라 쳐다보고 있었다. 그녀의 얼굴이 갑작스레 하얗게 질렸다. 클라리가 냅킨을 테이블로 떨어뜨리며 중얼거렸다. "잠깐 실례할게요." 그러고는 일어나서 달아나듯 급하게 걸어 나갔다.

매그너스는 허공으로 손을 들어 올렸다. "뭐, 대이동이 있을 거라면…." 그가 우아하게 일어나서 목에 스카프를 휙 둘렀다. 그러고는 군중 속으로 사라졌다. 아마도 알렉을 찾으러 가는 것이겠지만.

사이먼이 조던에게로 시선을 돌리니, 그는 다시 마야를 쳐다보고 있었다. 마야는 그들에게로 등을 향한 채 루크와 조슬린에게 웃으면서 이야기하고 있었다. 그러다가 곱슬곱슬한 머리를 뒤로 쳐냈다. "생각도 하지 마." 사이먼이 자리에서 일어나며 말했다. 그러고는 조던에게 손가락을 겨눴다. "여기서 기다려."

"뭘 하면서?" 조던이 물었다.

"이런 상황에서 프리터 루퍼스가 하는 거. 명상을 하든가, 네가 가진 제다이 파워에 대해 생각해보든가. 아무거나 하고 있어. 5분 안에 돌아올 거니까 움직이지 말고."

조던이 뒤로 기대며 반항적으로 팔짱을 꼈지만 사이먼은 이미 시선을 돌린 후였다. 그는 돌아서서 군중을 헤치며 클라리를 따라갔다. 움직이는 사람들의 물결 속에서 클라리는 붉은색과 금색으로 이루어진 반점처럼 보였다. 밝은 빛깔의 땋은 머리가 왕관처럼 머리에 둘러져 있었다.

작은 전구로 휘감긴 기둥 옆에서 사이먼이 클라리를 따라잡았다. 그가 클라리의 어깨에 손을 얹자 그녀가 깜짝 놀라 소리를 지르며 돌아섰다. 그녀는 눈을 휘둥그레 뜨고서 그를 막으려는 듯이 한 손을 치켜들었다. 그러다 사이먼을 알아보고 긴장을 풀었다. "깜짝 놀랐잖아!"

"그런 거 같네. 무슨 일이야? 왜 그렇게 놀라는데?" 사이먼이 말했다.

"난…." 클라리는 손을 내리며 어깨를 으쓱해 보였다. 아무렇지 않은 척했지만 목의 맥박이 망치질하듯 뛰었다. "제이스를 본 것 같아서."

"그런 줄 알았어. 하지만…."

"하지만 뭐?"

"네가 겁에 질린 표정이어서." 사이먼은 자신이 왜 이런 말을 하는지, 클라리가 어떤 말을 해주기 바라는지 정확히 알지 못했다. 긴장할 때면 그러듯이 클라리가 입술을 잘근거렸다. 잠시 그녀는 아득히 먼 곳을 응시했다. 사이먼에게는 익숙한 모습이었다. 사이먼이 클라리를 좋아하는 이유 중에 하나가 바로 너무도 쉽게 상상에 빠져든다는 것이었다. 클라리는 저주와 왕자, 운명과 마법이 있는 환상의 세계에 너무나 쉽게 자신을 가둘 수 있었다. 사이먼도 한때는 클라리처럼 상상의 세계에서 살 수 있었다. 그곳은 안전한 곳이고 지어낸 세계이기에 더욱 흥미진진했다.

그러나 실제와 상상의 세계가 충돌한 지금 사이먼은 클라리도 자신처럼 과거를 그리워하는지, 그 평범했던 나날들을 그리워하는지 궁금했다. 환각이나 침묵처럼 평범함도 깨지기 전에는 깨닫지 못하는 것인지도 몰랐다.

"제이스는 힘든 시간을 보내고 있어." 클라리가 나지막하게 말했다. "걱정이 돼서 죽을 거 같아."

"알아." 사이먼이 말했다. "저기, 캐물으려는 건 아니지만… 제이스한 테 무슨 문제가 있는지 알아낸 거야?"

"제이스는…." 클라리가 말을 멈췄다. "제이스는 괜찮아. 그냥 발렌타 인과 관련된 문제를 받아들이려고 애쓰는 중이야. 너도 알겠지만." 사이 먼도 물론 알았다. 그리고 클라리가 거짓말을 하고 있다는 것도 알았다. 그에게는 어떤 것도 감추지 않던 클라리가. 사이먼은 빤히 쳐다보았다.

"제이스는 계속 악몽을 꿔왔어. 그 일에 어떤 악마가 관련된 것이 아 닌가 걱정을…."

"악마가 관련되었다고?" 사이먼이 믿을 수 없다는 듯이 되물었다. 사 이먼도 제이스에게 여러 번 들어서 그가 계속 악몽을 꾸고 있다는 것은 알았다. 하지만 제이스가 악마를 언급한 적은 없었다.

"들어보니까, 꿈을 통해 접근하는 악마가 있는 모양이야." 클라리는 얘기를 꺼낸 것을 후회하는 눈치였다. "하지만 분명히 별일 아닐 거야. 다들 가끔 악몽을 꾸잖아?" 그녀가 사이먼의 팔에 손을 얹었다. "가서 제이스가 괜찮은지 보려고. 금방 돌아올게." 클라리의 시선은 이미 그를 지나쳐 테라스로 나가는 문 쪽을 향해 있었다. 사이먼은 고개를 끄덕이 며 클라리를 놓아주고는 사람들 속으로 들어가는 모습을 바라보았다.

클라리는 너무나 작아 보였다. 초등학교 1학년 때 클라리를 집에까지 데려다준 후 도시락을 무릎에 부딪치며 계단을 오르는 작고 다부진 모습을 바라보던 그때처럼. 사이먼은 더 이상 뛰지 않는 자신의 심장이 조여드는 느낌을 받았다. 사랑하는 사람을 보호할 수 없는 것이 세상에서 제일 고통스러운 일인지도 모른다는 생각이 들었다.

"안색이 안 좋네." 옆쪽에서 목소리가 들려왔다. 약간 쉰 듯하고 익숙한 목소리. "자신이 얼마나 끔찍한 인간인지 생각해보고 있는 거야?"

사이먼이 돌아서자 뒤쪽 기둥에 기대선 마야의 모습이 눈에 들어왔다. 하얗게 반짝이는 작은 등들이 달린 줄을 목에 감은 그녀는 샴페인과 실내의 열기 때문에 얼굴이 발그스름했다.

"아니지, 이렇게 말해야 하나? 자신이 얼마나 끔찍한 뱀파이어인지라고. 그렇게 되면 뱀파이어가 되는 일에 소질이 없다는 뜻으로 들리긴 하지만."

"그 일에 소질 없는 거 맞아. 그렇다고 남자친구가 되는 일에 소질이 있다는 뜻은 아니야."

마야가 한쪽 입꼬리를 올리며 웃었다. "배트는 너한테 너무 심하게 굴지 말라고 했어. 여자가 관련된 일에는 남자들이 어리석은 짓들을 한다고. 특히 여자 문제에 있어서 그렇게 운이 좋지 않았던 오타쿠 남자들은 더더욱."

"내 영혼을 꿰뚫어본 것 같네."

마야가 고개를 흔들었다. "너한테는 계속 화를 내기가 어려워. 하지만 노력 중이야." 그러고는 마야가 돌아섰다.

"마야." 사이먼이 그녀를 불렀다. 머리가 아파오기 시작했고 약간 어지러웠다. 하지만 지금 말하지 않는다면 영원히 말하지 못할 것이었다. "부탁이야. 기다려줘."

마야가 돌아서서 미심쩍다는 듯이 양쪽 눈썹을 추켜올리고 그를 바라보았다.

"너한테 그런 짓을 해서 정말 미안해. 전에도 한 말이지만, 진심으로 그렇게 생각해."

마야는 무표정하게 어깨를 으쓱했지만 아무 말도 하지 않았다.

사이먼은 힘겹게 침을 삼키며 두통을 억눌렀다. "아마 배트의 말이 맞을 거야. 하지만 내 생각에는 그게 다가 아닌 것 같아. 내가 너와 함께 있고 싶었던 건… 이건 아주 이기적으로 들리겠지만… 너랑 있으면 내가 정상처럼 느껴졌어. 예전의 나처럼."

"난 늑대인간이야, 사이먼. 정확히 말하면 정상은 아니지."

"하지만 넌… 너는…." 사이먼이 적당한 단어를 찾아 더듬거렸다. "넌 누구든 거짓 없이 대하고 현실적이야. 내가 아는 사람 중에 가장 현실적일 거야. 넌 우리 집에 와서 할로 게임을 하는 걸 좋아했어. 만화책 얘기를 하고 콘서트를 알아보고 춤을 추러 가고 온갖 평범한 일들을 해. 그리고 넌 나를 평범한 사람처럼 대했어. 한 번도 날 '데이라이터'니 '뱀파이어'라고 부른 적이 없었어. 그저 사이먼이라고 부를 뿐이지."

"그건 전부 친구 사이에 하는 일들이지. 연인 사이가 아니라." 마야가 말했다. 그녀는 다시 기둥에 기대서 있었다. 말을 하는 동안 두 눈이 은은하게 반짝거렸다.

사이먼은 그저 마야를 쳐다보기만 했다. 심장의 맥박처럼 머리가 지끈거렸다.

"그러더니 조던을 데리고 왔지. 대체 무슨 생각으로 그런 거야?" 마야가 말했다.

"그건 좀 억울한 말인데. 난 조던이 너의 전 남자친구인 줄은 전혀."

"알아. 이사벨한테 들었어." 마야가 사이먼의 말을 끊었다. "그냥 그일로 너한테 짜증을 부리고 싶었던 것뿐이야."

"아, 그래?" 사이먼이 조던을 흘깃 쳐다보았다. 그는 학기말 댄스파티에서 파트너에게 바람을 맞은 사람처럼 테이블에 덩그러니 홀로 앉아 있었다. 사이먼은 불현듯 뼛속까지 파고드는 피로를 느꼈다. 그는 모든 사람을 걱정하는 것에 지쳤다. 그리고 이미 저질렀고 앞으로도 저지를지 모르는 일에 대해 죄책감을 느끼는 것에도 지쳤다. "그럼 이사벨한테 그 얘기도 들었어? 조던이 네 근처에 있기 위해 나를 맡았다는 거? 조던이 네 얘기를 물을 때마다 어떤 목소리인지 네가 들어야 하는데. 어떤 목소리로 네 이름을 말하는지. 내가 바람을 피운다고 생각하고 어찌나 호되게 말을 하는지…."

"넌 바람을 피운 게 아니지. 우린 둘이서만 사귀기로 한 것도 아니었으니까. 바람을 피운다는 건 다른…."

마야가 갑자기 말을 끊고 얼굴을 붉히자 사이먼이 빙긋이 웃었다. "네가 어떤 일이든 상관 않고 조던 대신 내 편을 들어줄 정도로 조던을 미워한다는 것은 나한테는 좋은 일이겠지?"

"여러 해가 지났어." 마야가 말했다. "조던은 나한테 연락한 적이 없어. 단 한 번도."

"조던도 연락하려고 했었어. 조던이 널 물었던 날이 처음으로 변한 날이었다는 거 알고 있었어?"

마야가 고개를 가로저었다. 곱슬곱슬한 머리카락이 튕겨 올라갔고, 커다란 호박색 눈에는 심각한 표정이 담겼다. "몰랐어. 난 조던이…."

"늑대인간이라는 걸 아는 줄 알았다고? 아니야. 조던은 자기가 자제력을 잃어가는 것은 알았지만 늑대인간으로 변할 줄은 상상도 하지 못했어. 누가 그런 상상을 할 수 있겠어? 조던은 너를 문 다음 날 바로 널 찾아가려고 했지만 프리터가 조던을 막았던 거야. 조던을 네게서 떼어 낸 건 그들이었어. 그래도 조던은 널 포기하지 않았어. 지난 2년간 네가 어디 있는지 궁금해하지 않고 보낸 날이 하루도 없을….."

"어째서 조던을 변호하는 거야?" 마야가 속삭였다.

"네가 알아야만 하니까." 사이먼이 말했다. "난 남자친구로는 형편이 없었고, 그래서 너한테 빚을 졌으니까. 넌 조던이 너를 버릴 생각이 없었다는 사실을 알아야 해. 조던은 내 서류에 네 이름이 언급되었다는 이유만으로 나를 맡았어."

마야가 입을 벌렸다. 그녀가 고개를 흔들자 목에 걸린 등들이 별처럼 깜박거렸다. "내가 어떻게 해야 하는지 모르겠어, 사이먼. 나 어떻게 해야 해?"

"나도 모르겠어." 사이먼이 대답했다. 머리 안으로 못을 박아 넣는 것처럼 통증이 심했다. "하지만 한 가지는 분명해. 남녀관계에 관한 조언을 구하기에 나보다 적합하지 않은 사람은 없다는 거." 그가 한 손으로 이마를 눌렀다. "나 좀 나가봐야겠어. 바람 좀 쐬게. 조던은 저 테이블에 있으니까 가서 얘기해보든가."

사이먼은 테이블 쪽으로 손짓을 하고는 돌아섰다. 의문에 가득한 마야의 눈빛으로부터, 사람들의 시선으로부터, 고조된 목소리와 웃음소리로부터. 그리고 비틀거리며 입구로 향했다.

****

클라리가 테라스로 나가는 문을 열자 찬바람이 확 밀려들었다. 클라리는 몸을 떨며 외투를 가져오지 않은 것을 후회했다. 하지만 다시 안으로 들어가서 외투를 가져오느라 시간을 허비하고 싶지 않았다. 클라리는 테라스로 들어서서 등 뒤로 문을 닫았다.

테라스는 판석이 깔린 넓은 공간으로, 철제 난간이 둘러쳐져 있었다. 커다란 백랍 꽂이에서 횃불이 타오르고 있었지만 공기를 따뜻하게 하는 데는 역부족이었다. 그래서 아무도 이곳에 나와 있지 않은 모양이었다. 제이스를 제외하고는. 제이스는 강을 바라보며 난간 옆에 서 있었다.

클라리는 그에게로 달려가고 싶었지만 동시에 망설여졌다. 제이스는 짙은 색깔의 정장 차림이었다. 열려 있는 재킷 안으로 하얀 셔츠가 보였다. 제이스는 고개를 옆으로 돌리고 있어서 클라리를 보지 못했다. 클라리는 정장 차림의 제이스를 처음 보았다. 나이가 더 들어 보였고 조금 멀게 느껴졌다. 강에서 불어온 바람에 금발이 날리자 사이먼에게 물린 목의 흉터가 클라리의 눈에 들어왔다. 제이스는 사이먼의 생명을 구하기 위해 그가 물게 내버려두었다. 그녀를 위해서.

"제이스." 클라리가 입을 열었다.

제이스가 돌아보고 미소를 지었다. 익숙한 그 미소가 그녀 안의 뭔가를 자유롭게 열어주었다. 클라리는 판석들을 가로질러 그에게로 달려가 껴안았다. 그가 클라리를 번쩍 들어 올리고 그녀의 목에 얼굴을 묻은 채 오랫동안 서 있었다.

"이제 괜찮은 거구나." 제이스가 다시 바닥에 내려주자 클라리가 마침내 입을 열었다. 눈가로 흘러넘치는 눈물을 사납게 훔쳐냈다. "그러니까… 네가 괜찮지 않으면 침묵의 형제들이 내보내줄 리가 없잖아. 하지만 그 의식은 오래 걸린다고 들은 것 같은데? 며칠이 걸릴지도 모르고."

"오래 걸리지 않았어." 그가 클라리의 볼을 양손으로 감싸고 내려다보며 웃었다. 물 위로 아치 모양을 그리며 이어지는 퀸스버러 다리가 그의 뒤로 보였다. "침묵의 형제들이 어떤지 알잖아. 그들은 매사를 과장해서 생각해. 하지만 알고 보니 꽤 간단한 의식이었어." 그가 싱긋 웃었다. "약간 바보가 된 기분이긴 했지만. 어린애들을 위한 의식이니까 말이야. 하지만 의식을 빨리 끝내버리면 섹시한 파티 드레스를 입은 네 모습을 볼 수 있다는 생각을 계속했어. 그래서 끝까지 버틸 수 있었지." 제이스의 시선이 클라리를 위아래로 찬찬히 훑었다. "그리고 그런 보람이 있었네. 너 눈부시게 아름다워."

"너도 멋있는데 뭐." 클라리가 눈물을 흘리면서 웃었다. "너한테 정장이 있는 줄은 몰랐어."

"없었어. 새로 산 거야." 제이스가 눈물에 젖은 클라리의 광대뼈를 엄지로 쓸었다. "클라리….."

"왜 여기 나와 있어? 여긴 엄청 추운데. 안으로 들어가고 싶지 않아?"

그가 고개를 저었다. "너한테만 할 얘기가 있었어."

"그럼 얘기해." 클라리가 반쯤 속삭이듯 말했다. 얼굴에서 그의 손을 떼어 자신의 허리로 가져갔다. 그의 품에 안기고 싶다는 욕구가 저항할 수 없을 정도로 강렬하게 일었다. "다른 문제가 있는 거야? 넌 괜찮은 거지? 제발 아무것도 숨기지 말고 말해줘. 그 정도로 겪었으면, 내가 어떤 나쁜 소식도 감당할 수 있다는 거 알잖아." 클라리는 자신이 긴장해서 떠들어대고 있다는 것을 알았지만 어쩔 수가 없었다. 클라리의 심장은 1분에 1600킬로미터 이상의 속도로 뛰고 있는 것 같았다. "네가 괜찮기만 하면 돼." 클라리는 최대한 침착하게 말했다.

그의 황금빛 눈이 어두워졌다. "난 계속해서 그 상자 안의 물건들을 들여다보았어. 아버지가 가지고 있던 상자 말이야. 그런데도 아무런 느낌도 없었어. 편지나 사진에 대해서도. 난 그 사람들이 누군지 몰라. 실제로 존재했던 사람으로 느껴지지 않고. 하지만 발렌타인은 실제로 존재했었지."

클라리가 눈을 깜빡였다. 이건 전혀 예상치 못한 말이었다. "이런 일은 시간이 걸린다고 내가 한 말…."

제이스는 그녀의 말을 듣지 못한 것 같았다. "내가 정말 제이스 모겐스턴이었어도 여전히 네가 날 사랑할까? 내가 세바스찬이었어도?"

클라리가 제이스의 손을 꼭 잡았다. "넌 절대 그럴 수 없어."

"만일 발렌타인이 세바스찬에게 저지른 짓을 나에게 했어도, 그래도 네가 날 사랑할까?"

그의 물음에서 절박함이 묻어났고 클라리는 그 이유를 이해할 수가 없었다. 클라리가 입을 열었다. "그렇다면 그건 네가 아니잖아."

그 말에 상처라도 입은 듯이 제이스가 숨을 골랐다. 하지만 그럴 이유가 어디 있단 말인가? 클라리의 말은 사실이었다. 제이스는 세바스찬과 전혀 달랐다. 제이스는 제이스였다. "난 내가 누군지 모르겠어." 그가 말했다. "거울에 비친 나를 보면 스티븐 헤런데일의 모습이 보여. 하지만 난 라이트우드 가족처럼 행동하고 내 아버지처럼 말을 해. 발렌타인처럼 말이야. 그래서 난 네 눈에 비친 내 모습을 보고 그가 되려고 애썼어. 왜냐하면 넌 그 사람에 대한 믿음이 있고 그 믿음을 얻기 위해서라면 난 얼마든지 네가 원하는 사람이 될 수 있으니까."

"넌 이미 내가 원하는 사람이야. 언제나 그랬어." 클라리는 그렇게 말하면서도 빈방에서 소리를 지르고 있는 듯한 기분을 지울 수가 없었다. 클라리가 아무리 사랑한다고 말해도 제이스는 듣지 못하는 것 같았다. "너는 네 자신이 누군지 모르겠다고 느끼겠지만 난 네가 누군지 알아.

그리고 언젠가는 너도 알게 될 거야. 그때까지 계속 그렇게 날 잃을까 봐 걱정하는 것은 바보 같은 짓이야. 그런 일은 절대로 일어나지 않을 테니까."

"방법이 있어…." 제이스가 그녀의 눈을 바라보았다. "손을 줘봐."

클라리가 놀라서 손을 내밀었다. 그러면서 제이스가 처음으로 그녀의 손을 잡던 때를 떠올렸다. 제이스는 그때 클라리의 손에서 룬을 찾았지만 발견하지 못했다. 뜨고 있는 눈 모양의 룬. 클라리는 이제 손등에 그 룬을 지니고 있었다. 그건 클라리가 새긴 첫 번째 영구 룬이었다. 제이스가 클라리의 손을 돌려 손목을 드러냈다. 살갗이 여린 부분이었다.

클라리는 몸을 부르르 떨었다. 강바람이 뼛속으로 스며드는 것만 같았다. "제이스, 뭐하는 거야?"

"내가 전에 섀도우 헌터의 결혼식에 관해 했던 말 기억해? 우린 반지를 주고받는 대신 서로에게 사랑과 헌신의 룬들을 새긴다는 말?" 그가 클라리를 쳐다보았다. 숱 많은 금빛 속눈썹 아래에서 상처받기 쉬운 커다란 눈이 그녀를 바라보았다. "우리 둘을 묶어주는 마크를 새기고 싶어, 클라리. 작은 마크지만 영원한 거야. 그렇게 해주겠어?"

클라리는 주저했다. 이렇게 어린 나이에 영구 룬을 새긴다는 건…. 클라리의 엄마는 몹시 화낼 것이다. 하지만 다른 것은 전혀 효과가 없는 듯했다. 클라리의 어떤 말도 제이스에게 확신을 주지 못했다. 그러나 이 룬이라면 가능할지도 몰랐다. 말없이 클라리가 스텔레를 꺼내 제이스에게 내밀었다. 그가 클라리의 손을 스치며 스텔레를 받아들었다. 클라리는 몸이 더욱 떨렸다. 제이스의 손이 닿은 부분만 빼고 모든 곳이 추웠다. 그가 클라리의 팔을 안듯이 잡고 스텔레를 가볍게 살갗에 댔다. 스텔레는 위아래로 살며시 움직이다가 클라리가 가만히 있자 조금 더 강하게 눌렀다. 온몸이 떨리도록 추웠기에 살갗을 태우는 스텔레의 열기가 반갑게 느껴졌다. 클라리는 스텔레 끝에서 검은 선들이 휘몰아쳐 나와서 곧고 각진 문양을 만들어가는 모습을 지켜보았다.

클라리는 별안간 신경이 따끔거리며 불안감을 느꼈다. 그녀의 팔목에 새겨지는 문양은 사랑과 헌신을 의미하지 않았다. 다른 것을 의미했다. 더욱 어두운 뭔가. 지배와 복종, 상실과 어둠을 의미하는 뭔가. 제이스가 잘못된 룬을 그리고 있는 걸까? 하지만 룬을 그리는 것은 제이스였다. 제이스가 그걸 모를 리는 없었다. 그러나 스텔레가 닿은 곳에서부터 팔을 타고 올라가며 얼얼한 느낌이 퍼져나가기 시작했다. 신경이 깨어나듯 고통스럽게 따끔거리는 느낌이었다. 그러면서 바닥이 움직이는 것처럼 어지러웠다.

"제이스." 클라리의 목소리가 불안감으로 높아졌다. "제이스, 내 생각엔 그게 제대로…."

제이스가 그녀의 팔을 놓아주었다. 그는 무기를 들 때처럼 우아하게 균형을 잡아 스텔레를 들었다. "미안해, 클라리. 나도 정말 너와 묶이고 싶어. 그 점만은 절대 거짓이 아니야."

클라리는 대체 그게 무슨 뜻이냐고 물으려고 입을 열었지만 아무 말도 나오지 않았다. 어둠이 너무나 빠르게 밀려들었다. 클라리가 마지막으로 느낀 것은 쓰러지는 그녀를 감싸 안는 제이스의 팔이었다.

끔찍하게 지루한 파티에서 영원처럼 느껴지는 시간 동안 어슬렁거리던 매그너스는 마침내 하얀색 인조 장미가 잔뜩 꽂혀 있는 구석의 테이블에 홀로 앉은 알렉을 발견했다. 테이블 위에는 반쯤 차 있는 샴페인 잔이 여러 개 놓여 있었다. 지나가던 사람들이 놓아둔 모양이었다. 알렉은 잔들처럼 버림받은 모습이었다. 그는 양손으로 턱을 괴고 침울하게 허공을 응시하고 있었다. 매그너스가 맞은편 의자를 발로 걸어서 빙글 돌린 다음 등받이에 팔을 올리고 앉았을 때도 그는 고개를 들지 않았다.

"빈으로 돌아가고 싶어?" 매그너스가 말했다.

알렉은 대꾸 없이 계속 허공을 빤히 바라보았다.

"아니면 다른 데로 갈 수도 있어. 네가 원하는 곳이라면 어디라도. 태국, 사우스캐롤라이나, 브라질, 페루… 아, 잠깐, 페루는 갈 수가 없네. 잊고 있었어. 사연이 아주 길지만 재미있는데, 원한다면 들려줄게."

알렉의 표정은 전혀 듣고 싶지 않다고 말하고 있었다. 그는 비난하듯 몸을 돌리고는 늑대인간 현악 4중주단의 연주에 매료되기라도 한 듯 그쪽을 바라보았다.

알렉이 계속 본체만체하므로, 매그너스는 유리잔에 담긴 샴페인 색깔을 바꾸며 시간을 때우기로 했다. 하나는 푸른색으로 하나는 분홍색으로 바꾼 다음, 또 하나를 녹색으로 바꾸는데 알렉이 팔을 뻗어 그의 손목을 탁 때렸다.

"그만해. 사람들이 쳐다보잖아."

매그너스가 푸른 불꽃이 튀는 자신의 손가락을 내려다보았다. 너무 눈에 띄긴 했다. 그는 손가락을 말아 쥐었다. "뭔가 하지 않으면 지루해서 죽을지도 모르니까 그렇지. 너는 나한테 말을 안 하고."

"그런 적 없어." 알렉이 말했다. "말을 안 하지 않았다고."

"그래? 방금 내가 빈이나 태국이나 달에 가고 싶지 않느냐고 물었을 때 어떤 대답도 들은 기억이 없는데."

"나도 내가 뭘 원하는지 모르겠어." 알렉은 머리를 숙인 채 버려진 플라스틱 포크로 장난을 치고 있었다. 눈을 반항적으로 내리깔고 있었지만 창백하고 섬세한 눈꺼풀 밖으로 눈동자의 연한 푸른 빛깔이 내비쳤다. 매그너스는 지구에 사는 모든 종족 가운데 가장 아름다운 것이 인간이라고 늘 생각했다. 왜 그런지 이유는 몰랐다. 카밀은 인간이 그저 몇 년을 살고 소멸하는 존재일 뿐이라고 했다. 하지만 죽음을 면치 못한다는 점이 바로 그들을 아름답게 만드는 것이다. 불꽃은 깜빡거리기에 더욱 환하게 타오른다. 어느 시인이 말한 것처럼 '죽음은 아름다움의 어머니'였다. 매그너스는 라지엘 천사가 네피림을 불멸의 존재로 만들 생각을 하지 않았는지 궁금했다. 하지만 천사는 그러지 않았고 인간들은 지니고 있는 모든 힘에도 불구하고 옛날부터 지금까지 그러했듯 전투에서 스러져갔다.

"또 그런 표정을 하고 있네." 알렉이 매그너스를 흘깃 보고는 성마르게 말했다. "나한테는 보이지 않는 뭔가를 보고 있는 표정. 카밀을 생각하는 거야?"

"그럴 리가." 매그너스가 말했다. "카밀과의 대화를 얼마나 엿들은 거야?"

"거의 다." 알렉이 포크로 식탁보를 쿡쿡 찔렀다. "문 앞에서 들었어. 충분할 만큼."

"전혀 충분하지 않은 것 같은데." 매그너스가 포크를 노려보자 알렉의 손에서 쏙 빠져나온 포크가 테이블을 가로질러 그에게로 미끄러졌다. 매그너스가 손으로 포크를 잡으며 말했다. "그만 좀 꼼지락거려. 내가 카밀한테 한 말 중에 뭐가 그렇게 거슬리는 거지?"

알렉이 푸른 눈을 들었다. "윌이 누구야?"

매그너스가 웃음 비슷한 소리를 냈다. "윌이라. 맙소사. 정말 오래전에 알던 사람이지. 윌은 너처럼 섀도우 헌터였어. 그리고 맞아, 너희 둘은 닮았어. 하지만 넌 윌하고 전혀 달라. 제이스가 오히려 훨씬 비슷하지. 성격 면에서는. 그리고 너와의 관계는 윌과의 관계와 완전히 달라. 그게 그렇게 신경 쓰였던 거야?"

"당신이 나와 함께 있는 이유가 단지 내가 어떤 죽은 남자하고 닮았기 때문이라고 생각하고 싶지 않았어."

"그렇게 말한 적 없어. 카밀이 괜히 그런 식으로 말한 거지. 카밀은 암시와 조종의 대가야. 언제나 그랬지."

"카밀한테 잘못 짚었다는 말은 하지 않았잖아."

"카밀은 가만히 내버려두면 사방으로 상대를 공격해. 한쪽을 방어하면 다른 쪽을 공격하지. 카밀을 다루는 방법은 그녀의 말에 어떤 영향도 받지 않은 척하는 거야."

"카밀은 아름다운 소년들이 항상 당신한테 파멸의 원인이었다고 했어. 그 말은 꼭 나도 당신이 가지고 논 무수한 장난감 중에 하나라는 말처럼 들린다고. 하나가 죽거나 사라지면 새로운 것을 구하고. 난 아무것도 아니지. 그냥… 하찮은 존재에 불과해."

"알렉산더…."

알렉이 테이블에 시선을 고정하고 말을 이었다. "그건 특히 불공평해. 당신은 나한테 하찮은 존재가 전혀 아니니까. 난 당신 때문에 내 삶 전체를 바꿨어. 하지만 당신은 아무것도 바뀌지 않았지? 영원히 산다는 것이 바로 그런 뜻인가 보네. 어떤 것도 그다지 중요하지 않게 된다는 뜻."

"내가 지금 네가 중요하다고 말하고 있는…."

"화이트북." 알렉이 뜬금없이 말했다. "그 책을 왜 그렇게 손에 넣으려고 한 거야?"

매그너스는 어리둥절한 표정으로 그를 보았다. "왜 그랬는지 알잖아.

그건 아주 강력한 마법서야."

"하지만 특별한 목적에 쓰려고 그 책을 그토록 원한 거 아냐? 그 안에 있는 어떤 주문 때문에." 알렉이 거칠게 숨을 들이마셨다. "대답할 필요 없어. 그렇다는 게 표정에 다 드러나니까. 그건… 그건 날 불멸의 존재로 만들기 위한 주문 아니었어?"

매그너스는 그 말에 극심한 충격을 받았다. "알렉." 그가 속삭이듯 말했다. "아냐. 난… 난 그런 짓은 절대 안 해."

알렉의 푸른 눈이 꿰뚫을 듯이 매그너스를 바라보았다. "왜? 그 오랜 세월 동안 그렇게 많은 사람들과 사귀면서 어째서 한 번도 그들을 당신처럼 불멸의 존재로 만들려는 시도를 하지 않은 거야? 영원히 나와 함께 있을 방법이 있다면 당신은 그걸 원하지 않아?"

"물론 원하지!" 매그너스는 자신이 버럭 소리를 지른 사실을 깨닫고는 목소리를 낮추려고 애썼다. "넌 이해하지 못해. 모든 일에는 대가가 따라. 영원히 사는 것의 대가는…."

"매그너스." 이사벨이었다. 그녀는 손에 전화기를 들고 서둘러 그들에게 다가오고 있었다. "매그너스, 할 얘기가 있어요."

"이사벨." 보통은 매그너스도 알렉의 동생인 그녀를 좋아했다. 하지만 지금 당장은 조금 아니었다. "아름답고 사랑스러운 이사벨. 그냥 좀 가주면 안 될까? 지금은 때가 아주 안 좋거든."

이사벨이 오빠에게로 시선을 옮겼다가 다시 매그너스를 바라보았다. "그럼, 카밀이 막 보호구역을 탈출했다는 말도, 엄마가 매그너스에게 당장 인스티튜트로 돌아와 그 여자를 찾도록 도와달라고 했다는 말도 하지 말까요?"

"그래. 하지 마." 매그너스가 말했다.

"안됐네요. 하지만 사실이에요. 물론 매그너스가 꼭 가야 하는 것은 아니지만…."

나머지 말은 허공으로 사라졌지만 매그너스는 이사벨이 하지 않은 말이 무엇인지 알았다. 그가 가지 않으면 클레이브는 그가 카밀의 탈출을 도왔다고 의심할 것이었다. 그리고 매그너스는 그런 일은 정말로 원하지 않았다. 메이리스는 크게 화를 낼 것이고, 안 그래도 복잡한 알렉과의 관계가 더욱 복잡해질 것이었다. 하지만….

"카밀이 탈출했다고?" 알렉이 말했다. "보호구역에서는 누구도 탈출한 적이 없어."

"이제 누군가 성공했네." 이사벨이 대꾸했다.

알렉은 의자로 축 늘어졌다. "가요. 비상사태잖아. 그냥 가요. 우리 얘기 나중에 다시 하면 되니까."

"매그너스…." 이사벨이 미안한 듯이 불렀지만 목소리에는 다급한 기색이 역력했다.

"좋아." 매그너스가 자리에서 일어섰다. "하지만…." 그가 알렉의 의자 옆에서 멈추더니 알렉에게로 상체를 기울였다. "넌 하찮지 않아."

알렉이 얼굴을 붉혔다. "그렇다면 뭐."

"분명히 그래." 매그너스는 그렇게 말하고 돌아서더니 이사벨을 따라 밖으로 나갔다.

텅 빈 거리로 나온 사이먼은 덩굴로 덮인 아이언웍스 벽에 등을 기대고 서서 하늘을 올려다보았다. 다리의 불빛 때문에 별들이 보이지 않아 온통 벨벳처럼 부드럽게 느껴지는 어둠뿐이었다. 사이먼은 불현듯 너무나 맹렬히 찬 공기를 들이마셔서 머리를 맑게 할 수만 있다면, 얼굴과 피부에 그 냉기를 느낄 수만 있다면 더 바랄 것이 없겠다는 생각이 들었다. 재킷을 벗고 얇은 셔츠 하나만 입었는데도 별 차이를 느끼지 못했다. 사이먼은 한기로 몸을 떨지 못했다. 그 느낌에 대한 기억마저도 나날이 조금씩 흐려졌다. 마치 전생의 기억처럼.

"사이먼?"

사이먼이 그 자리에서 얼어붙었다. 저 목소리. 차가운 공기를 실처럼 떠도는 작고 익숙한 목소리. 웃어요. 그 애가 마지막으로 사이먼에게 한 말이었다.

하지만 그럴 리가 없었다. 그 애는 죽었다.

"날 쳐다보지 않을 셈이에요, 사이먼?" 목소리는 여전히 숨소리에 가까울 정도로 작았다. "나 여기 있어요."

등뼈를 타고 공포가 기어올랐다. 사이먼이 눈을 뜨고 천천히 고개를 돌렸다.

버논 대로 모퉁이, 가로등이 드리운 동그란 불빛 안에 모린이 서 있었다. 순결한 흰색의 긴 원피스를 입었다. 어깨 위로 곧게 빗어 내린 머리카락이 가로등 불빛 아래 노랗게 반짝였다. 머리에는 아직도 무덤의 흙이 약간 묻어 있었다. 발에는 하얗고 작은 슬리퍼를 신었다. 창백한 얼굴에는 동그랗게 볼연지를 발랐다. 입은 마치 마커펜으로 그린 것처럼 진한 분홍색이었다.

사이먼은 무릎이 꺾였다. 기대고 있던 벽에서 주르륵 미끄러진 그는 무릎을 당긴 채 주저앉았다. 머리는 곧 폭발할 것만 같았다.

모린이 소녀처럼 키득거리며 불빛 밖으로 걸어 나왔다. 그는 사이먼에게 다가와서 그를 내려다보았다. 재미있으면서 만족스럽다는 표정이 얼굴에 떠올라 있었다.

"놀랄 줄 알았어요." 모린이 말했다.

"넌 뱀파이어야. 하지만… 어떻게 된 거야? 내가 그런 건 아니야. 그건 분명히 알아."

모린이 고개를 흔들었다. "오빠가 아니에요. 하지만 오빠 때문에 이렇게 된 거죠. 그들은 나를 오빠 여자친구로 알았잖아요. 한밤중에 날 방에서 끌어내 다음 날 하루 종일 가둬뒀어요. 그들은 오빠가 올 거니까 걱정하지 말라고 했어요. 하지만 오빤 오지 않았죠. 끝까지 오지 않았어요."

"난 몰랐어." 사이먼의 목소리가 갈라졌다. "알았다면 갔을 거야."

모린이 어깨 뒤로 금발을 쳐서 넘기자 사이먼은 갑작스럽고도 고통스럽게 카밀을 떠올렸다. "상관없어요." 모린이 소녀다운 작은 목소리로 말했다. "해가 지자 그들은 나한테 죽을 건지, 아니면 이런 모습으로 살건지 선택하라고 했어요. 뱀파이어로요."

"그래서 이걸 선택한 거야?"

"난 죽고 싶지 않았어요." 모린이 숨을 들이마셨다. "그리고 난 이제 예쁘고 젊은 상태로 영원히 살게 됐어요. 밤새도록 잠을 자지 않아도 되고 집으로 돌아갈 필요도 없어요. 그리고 그분이 날 돌봐줘요."

"누굴 말하는 거야? 그분이 누군데? 카밀을 말하는 거야? 이봐, 모린, 그 여자는 미쳤어. 그 여자 말을 들으면 안 돼." 사이먼이 비틀거리며 일어섰다.

"널 도와줄 사람을 내가 알아. 네가 머물 곳도 알아봐줄게. 뱀파이어로 사는 법을 가르쳐…"

"오, 사이먼." 모린이 미소 짓자 작고 가지런한 이가 드러났다. "난 오빠도 뱀파이어로 사는 법을 모른다고 생각하는데요. 오빤 날 물고 싶지 않았지만 결국엔 물었죠. 난 기억하고 있어요. 오빠 눈이 상어처럼 온통 까맣게 변하더니 날 물었잖아요."

"정말 미안하게 생각해. 내가 널 도울 수 있게 해준다면…."

"그럼 나랑 함께 가요. 그게 날 돕는 거예요."

"함께 어딜 가?"

모린이 텅 빈 거리를 이리저리 둘러보았다. 얇고 하얀 드레스를 입은 모습이 마치 유령 같았다. 바람이 불어왔지만 추위를 느끼는 기미는 전혀 없었다. "오빠는 선택됐어요. 데이라이터니까요. 내게 이런 짓을 한 자들이 오빠를 원해요. 하지만 그들은 이제 오빠에게 그 마크가 있다는 걸 알아요. 오빠가 몸소 그들에게 가지 않는 한, 그들은 오빠를 오게 할 수 없죠. 그래서 그들이 나를 메신저로 오빠에게 보낸 거예요." 모린이 새처럼 고개를 한쪽으로 기울였다. "난 오빠한테 중요한 사람이 아닐지 모르지만 다음 차례는 분명히 중요한 사람일 거예요. 그들은 계속 오빠 가 사랑하는 사람들에게로 손을 뻗을 거니까요. 하나도 남지 않을 때까지. 그러니까 나와 함께 가서 그들이 뭘 원하는지 알아보는 것이 좋을 거예요."

"넌 알아? 그들이 내게 원하는 게 뭔지?" 사이먼이 물었다.

모린이 고개를 저었다. 희미하게 퍼진 가로등 불빛 안에서 모린은 너무나 창백해 보여 투명하게 느껴졌다. 사이먼은 그녀의 속을 훤히 들여다볼 수 있을 것만 같았다. 사이먼 자신도 늘 그렇게 보이겠지만.

"그게 중요해요?" 모린이 그렇게 말하며 손을 뻗었다.

"아니." 사이먼이 대답했다. "중요하지 않은 것 같네." 그가 모린의 손을 잡았다.

16
뉴욕의 천사들

"다 왔어요." 모린이 사이먼에게 말했다.

모린은 보도 한가운데 멈춰 서서 그들 앞에 솟아오른 유리와 돌로 된 거대한 건물을 올려다보았다. 2차 대전 이전에 지어진 맨해튼 어퍼 이스트 사이드의 호화로운 아파트 단지 건물처럼 보이도록 설계됐지만, 몇 가지 현대적인 흔적들 때문에 그렇게 보이지 않았다. 높고 긴 창문, 푸른 녹의 공격을 전혀 받지 않은 동판 지붕, 건물 정면에 드리워진 '고급 콘도 75만 달러부터'라고 쓰인 현수막. 콘도 구매자는 12월부터 지붕 정원, 피트니스 센터, 온수 풀장을 이용할 수 있고, 24시간 도어맨 서비스를 받을 수 있다고 되어 있었다. 건물은 아직도 공사 중이었고 건물을 둘러싼 비계에는 '사유지이니 들어가지 마시오'라고 쓰인 표지판이 붙어 있었다.

사이먼은 모린을 쳐다보았다. 모린은 벌써 자신이 뱀파이어라는 사실에 익숙해진 듯했다. 그들은 퀸스버러 다리를 건너 2번가를 지나 그곳까지 달려왔고 모린의 하얀 슬리퍼는 금세 너덜너덜해졌다. 하지만 모린은 한 번도 속도를 늦추지 않았고, 그렇게 달려도 전혀 피로를 느끼지 않는다는 사실에 놀라지도 않는 눈치였다. 모린은 이제 더없이 행복한 표정으로 건물을 올려다보고 있었다. 그녀의 작은 얼굴이 발갛게 상기된 것은 기대감 때문일 거라고 사이먼은 추측했다.

"여긴 폐쇄됐잖아." 사이먼이 뻔한 사실을 말했다. "모린…"

"쉿." 모린이 작은 손을 뻗더니 비계 구석에 붙은 표지판을 뜯었다. 석고보드와 못이 뜯기는 소리와 함께 표지판이 뜯겨 나왔다. 못 몇 개가 사이먼의 발치로 달그락거리며 떨어졌다. 모린은 표지판을 한쪽으로 내던지고는 거기에 뚫린 구멍을 보더니 싱긋 웃었다.

격자무늬 재킷을 입힌 푸들을 데리고 건물 옆을 지나던 노인이 발길을 멈추고 쳐다보았다. "동생한테 외투를 입혀서 데리고 나와야지." 그가 사이먼에게 말했다. "저렇게 비쩍 말랐으니 이런 날씨엔 못 견디게 추울 게야."

사이먼이 대답을 하기 전에 모린이 먼저 노인을 향해 돌아서더니 이를 모두 내보이고 표독스러운 미소를 지었다. 물론 바늘처럼 뾰족한 송곳니도 내보였다. "난 이 오빠의 동생이 아니에요." 모린이 쉿소리를 냈다.

노인은 허옇게 질려서 개를 번쩍 안고는 서둘러 그곳을 떠났다.

사이먼이 모린을 향해 고개를 절레절레 흔들었다. "그럴 필요까지는 없었잖아."

모린의 송곳니가 아랫입술을 찔렀다. 송곳니에 익숙해지기 전까지는 사이먼도 자주 그랬다. 가느다란 핏줄기가 모린의 턱을 타고 흘러내렸다. "나한테 이래라저래라 하지 말아요." 모린은 짜증스럽게 말했지만 송곳니는 들어가고 없었다. 모린이 어린애처럼 손등으로 턱을 문질러 피를 닦았다. 그러고는 다시 구멍을 향해 돌아섰다. "가요."

모린이 구멍 안으로 들어갔고 사이먼도 그녀를 따라 들어섰다. 그들은 공사장 인부들이 쓰레기를 모아둔 곳을 지나갔다. 부러진 도구, 깨진 벽돌, 비닐봉지, 콜라캔 등이 바닥에 나뒹굴었다. 모린이 역겨운 표정으로 치맛자락을 들어 올리고 우아하게 쓰레기 사이로 발걸음을 옮겼다. 좁은 도랑을 폴짝 뛰어넘은 후 곳곳에 금이 간 돌계단으로 올라갔다. 사이먼도 그녀를 따라 올라갔다.

계단을 올라가니 열려 있는 유리문이 나왔다. 문을 통과하자 대리석으로 화려하게 장식된 로비가 나왔다. 불이 꺼져 있어서 크리스털 펜던트가 반짝이지는 않았지만 거대한 샹들리에가 천장에 매달려 있었다. 실내가 너무 어두워서 인간들의 눈에는 아무것도 보이지 않았을 것이다. 도어맨의 자리인 대리석 데스크가 보였고, 금빛 테두리로 장식된 거울 아래에 긴 녹색 의자가 있었다. 양쪽 벽면에 엘리베이터들이 자리했다. 모린이 엘리베이터 버튼을 누르자 놀랍게도 불이 들어왔다.

"어디로 가는 거야?" 사이먼이 물었다.

땡 소리와 함께 엘리베이터가 도착하자 모린이 안으로 들어섰고 사이먼도 뒤를 따랐다. 엘리베이터는 금색과 붉은색 판으로 장식되었고, 젖빛 유리 거울이 벽마다 붙어 있었다. "위로요." 모린이 옥상 버튼을 누르면서 키득거렸다. "하늘로." 엘리베이터 문이 닫혔다.

"사이먼이 없어요."

이사벨이 자기 앞에 나타난 조던을 올려다보았다. 이사벨은 아이언윅스 안의 기둥에 기대서 생각에 잠기지 않으려고 애쓰고 있었다. 조던은 정말이지 터무니없을 정도로 키가 크다고 이사벨은 생각했다. 적어도 190센티미터는 될 것 같았다. 헝클어진 검은 머리와 녹색 눈의 조던을 처음 보았을 때 이사벨은 몹시 매력적이라고 생각했다. 하지만 그가 마야의 전 남자친구라는 사실을 알고 난 후에는 머릿속의 '접근 금지' 명단에 그의 이름을 분명하게 올려두었다.

"나도 못 봤어요." 이사벨이 말했다. "사이먼을 감시하는 건 그쪽 일이잖아요?"

"금방 오겠다고 했는데, 40분이 지나도 돌아오지 않잖아요. 난 화장실에 간 줄 알았죠."

"무슨 보호자가 그래요? 화장실에도 같이 가야 하는 거 아니에요?" 이사벨이 물었다.

조던은 경악한 표정이었다. "남자들은 화장실에 같이 안 가요."

이사벨이 한숨을 내쉬었다. "잠재된 호모포비아는 번번이 그쪽을 엄청 피곤하게 만들 거예요." 그녀가 말했다. "가요. 같이 찾아보죠."

그들은 손님들 사이로 돌아다니며 실내를 둘러보았다. 알렉은 테이블에 부루퉁하게 혼자 앉아서 빈 샴페인 잔을 만지작거리고 있었다. "아니, 못 봤어." 그들의 물음에 그가 대답했다. "솔직히 말하면 찾아보지도 않았지만."

"그럼 우리랑 같이 찾아보든가." 이사벨이 말했다. "비참한 표정으로 앉아 있는 것보다는 뭐라도 하는 것이 낫잖아?"

알렉이 어깨를 으쓱하고는 그들과 함께 나섰다. 세 사람은 흩어져서 살펴보기로 했다. 알렉이 2층과 통로를 수색하기 위해 위층으로 올라갔다. 조던은 테라스와 입구 쪽을 찾아보았다. 이사벨은 파티 구역을 맡았다. 테이블 아래를 살펴보는 것은 말도 안 되는 일일까를 고민하는데 마야가 등 뒤에 나타났다. "별일 없어?" 그녀가 물었다. 마야는 위층에 있는 알렉을 흘깃 보았다가 조던이 사라진 방향으로 눈길을 주었다. "너희가 뭔가 찾고 있다는 거 알아. 뭘 찾는 거야? 무슨 문제라도 있어?"

이사벨이 마야에게 사이먼의 상황을 들려주었다.

"30분쯤 전에 사이먼하고 얘기를 나눴어."

"조던도 그랬대. 그리고 나서 사라졌어. 최근에 누군가 사이먼을 죽이려고 해서…."

마야가 테이블에 잔을 내려놓았다. "나도 도울게."

"그럴 필요 없어. 지금 넌 사이먼에 대한 감정이 아주 좋지만은 않을 텐데…."

"그렇다고 사이먼이 곤경에 빠졌는데도 돕고 싶지 않다는 뜻은 아니지." 마야는 이사벨이 말도 안 되는 소리를 한다는 듯이 말했다. "조던이 사이먼을 계속 주시했어야 하는 거 아니야?"

이사벨이 공중으로 손을 들어 올렸다. "그건 그런데, 남자들은 화장실에 같이 안 간다지 뭐야. 별로 설득력도 없는 소리를 하더라."

"남자들은 항상 그러지." 마야는 그렇게 말하고 이사벨을 따라갔다. 둘은 인파를 헤치고 다니면서 살폈지만 이사벨은 사이먼을 찾지 못하리라는 것을 거의 확신했다. 명치끝에 생겨난 작고 차가운 부분이 점점 더 커지고 차가워졌다. 처음에 흩어졌던 테이블로 다시 모두 모일 때쯤에는 얼음물을 들이마신 기분이었다.

"사이먼은 여기 없어." 이사벨이 말했다.

조던이 욕설을 내뱉고 나서 죄지은 듯이 마야를 쳐다보았다. "미안해."

"더 끔찍한 욕들도 들어봤는데 뭐. 그럼 이제 다음 단계는 뭐지? 사이먼한테 전화해본 사람 있어?"

"음성메시지로 곧장 넘어가." 조던이 말했다.

"어디로 갔는지 짐작이라도 되는 사람은 없어?" 알렉이 물었다.

"최선의 경우가 아파트로 돌아간 거겠죠." 조던이 말했다. "최악의 경우는, 사이먼을 잡으려는 사람들이 마침내 성공했다는 거고."

"뭘 하려는 사람들이라고요?" 알렉이 당혹스러운 표정을 지었다. 이사벨은 마야에게는 사이먼 얘기를 들려주었지만 오빠에게는 아직 말할 기회가 없었다.

"난 아파트로 돌아가서 사이먼이 있는지 확인할게요." 조던이 말했다. "집에 있다면 다행이고, 아니라면 거기서부터 시작하고요. 그들은 사이먼이 어디 사는지 알아요. 집으로 메시지를 보냈으니까요. 어쩌면 다른 메시지가 있을지도 모르겠어요." 조던은 별로 기대하지 않는 목소리로 말했다.

이사벨이 순식간에 마음을 정했다. "나도 같이 가요."

"그럴 필요…"

"갈 거예요. 내가 사이먼한테 오늘 밤에 꼭 오라고 말했어요. 그러니까 내 책임도 있어요. 그리고 어차피 난 파티도 재미없고."

"그래." 알렉도 이곳에서 빠져나갈 구실이 생겨서 안도하는 눈치였다. "나도 마찬가지야. 그냥 다 같이 가는 게 좋겠어. 클라리한테도 말해야 할까?"

이사벨이 고개를 저었다. "걔 엄마 파티잖아. 걔는 여기 있어야지. 우리 셋이서 어떻게든 해봐."

"우리 셋?" 마야의 목소리에 미세하게 짜증의 기미가 묻어났다.

"우리와 함께 갈래, 마야?" 그렇게 물은 것은 조던이었다. 이사벨은 그대로 얼어붙었다. 자신에게 직접 말을 건 전 남자친구에게 마야가 어떤 반응을 보일지 확신할 수가 없었다. 마야는 입매를 굳히고 조던을 잠시 바라보았다. 증오하는 눈빛이 아니라 생각에 잠긴 눈빛이었다.

"사이먼 일이야." 그 사실이 모든 것을 결정한다는 듯이 마야가 마침내 말했다. "외투를 가져올게."

엘리베이터 문이 열리자 어두운 공기와 그림자가 뒤섞인 공간이 그들을 맞았다. 모린은 또다시 높은 소리로 키득대며 어둠 속으로 춤추듯 걸어 나갔고, 사이먼은 한숨을 쉬며 그녀를 따라갔다.

그들은 창문이 없고 대리석으로 둘러싸인 넓은 방에 있었다. 불빛은 없었지만 엘리베이터 왼쪽 벽에 양쪽으로 여닫는 기다란 유리문이 있었다. 그 문 밖으로 옥상의 수평면이 내다보였고, 그 위로 희미하게 반짝이는 별로 구분되는 밤하늘도 보였다.

바람이 다시 거세게 불었다. 사이먼이 모린을 따라 차가운 돌풍이 부는 문밖으로 나가자 모린의 원피스가 강풍을 거스르며 날개를 퍼덕이는 나방처럼 펄럭거렸다. 옥상 정원은 표지판에 적힌 대로 훌륭했다. 육각형의 매끈한 석재 타일이 바닥에 깔렸고 온실 안에는 꽃들이 활짝 피어 있었다. 괴물과 동물 모양으로 가지치기를 한 산울타리도 눈에 띄었다. 보도 양쪽으로 반짝이는 작은 등이 줄줄이 놓여 있었다. 건물 주변에는 유리와 강철로 지은 높은 건물들이 창문마다 환하게 불을 밝힌 채 우뚝우뚝 솟아 있었다.

타일이 깔린 계단이 나오면서 보도가 끝났다. 계단 위쪽에는 정원을 두른 높은 벽과 세 면이 맞닿은 사각형의 넓은 공간이 있었다. 건물 입주자들의 사교 장소로 사용하기 위한 곳이 분명했다. 중앙에는 그릴 자리인 듯한 콘크리트 블록이 놓였다. 6월이 되면 꽃을 피울 장미 덩굴들이 깔끔하게 다듬어진 채 주변을 에워쌌다. 벽들을 장식한 격자 구조물도 언젠가 이파리들로 뒤덮일 것이다. 건물이 완공되면 이곳은 매혹적인 공간이 될 것이었다. 어퍼 이스트 사이드의 호화로운 펜트하우스 정원. 안락의자에 늘어져서 느긋하게 휴식을 취하고, 석양 아래 반짝이는 이스트 강의 전경과 어슴푸레한 불빛 모자이크처럼 눈앞에 펼쳐지는 도시를 감상할 수 있는 공간.

한 가지, 타일 바닥에 낙서가 되어 있다는 점은 빼야겠지만 말이다. 커다란 원 안에 작은 원이 그려졌고 그 원을 그리는 데 사용한 듯한 거무스름하고 끈끈한 액체가 사방에 튀어 있었다. 두 원 사이의 공간에는 룬들이 잔뜩 그려졌다. 사이먼은 섀도우 헌터가 아니었지만 네피림 룬들을 수없이 보았기 때문에 그레이북에 있는 것들이라면 알아볼 수 있었다. 이 룬들은 그레이북에 있는 것들이 아니었다. 낯선 언어로 쓰인 저주처럼 위협적이고 불온한 느낌이 들었다.

원의 정중앙에 콘크리트 블록이 놓여 있었다. 그 위에는 부피가 큰 직사각형의 물건이 놓였고 검은 천이 위를 덮고 있었다. 물건의 모양은 관하고 비슷했다. 블록 주변에도 룬들이 그려져 있었다. 사이먼의 몸속에 피가 흘렀다면 아마도 차갑게 얼어붙었을 것이다.

모린이 손뼉을 쳤다. "오, 정말 예뻐요." 요정 같은 작은 목소리였다.

"예쁘다고?" 사이먼은 콘크리트 블록 위에 놓인 물건으로 흘깃 눈길을 주었다. "모린, 대체…."

"그를 데려왔군." 여자의 목소리가 들려왔다. 세련되고 또렷하고 귀에 익은 목소리. 사이먼이 돌아섰다. 뒤쪽 보도에 검은 머리를 짧게 자른 키 큰 여자가 서 있었다. 40년대 스파이 영화에 등장하는 팜 파탈처럼 허리띠가 있는, 길고 검은 코트를 입었다. "모린, 고맙구나." 여자가 말했다. 표정은 굳었지만 아름다운 얼굴의 여자였다. 선이 날카로운 얼굴에 높은 광대뼈와 크고 검은 눈이 자리했다. "아주 잘했어. 이제 그만 가보렴." 여자가 사이먼에게로 눈길을 돌렸다. "사이먼 루이스. 와줘서 고마워."

여자가 그의 이름을 말하는 순간 사이먼은 그녀를 알아보았다. 그는 알토 바 밖에서 쏟아지는 비를 맞으며 그녀를 보았었다. "당신. 기억나요. 나한테 명함을 줬던 밴드 기획자. 와, 우리 밴드를 정말 밀어주고 싶으셨나 보네요. 우리 실력이 그 정도로 뛰어난 줄은 몰랐는데요."

"빈정댈 거 없어." 여자가 말했다. "그래 봤자 아무 소용없으니까." 여자가 흘끔 곁눈으로 보았다. "모린, 이제 그만 가봐." 이번에는 목소리가 단호했다. 유령처럼 주변을 맴돌던 모린은 작게 신경질적인 소리를 내지르며 왔던 길로 다시 뛰어나갔다. 사이먼은 엘리베이터 안으로 사라지는 모린의 모습을 유감스러운 마음으로 바라보았다. 모린이 그다지 의지가 되었던 것은 아니지만, 그래도 그녀가 가고 없으니 사이먼은 철저하게 혼자 남은 기분이었다. 이 이상한 여자가 누군지 모르겠지만 사악한 기운이 분명하게 느껴졌다. 전에는 사이먼이 피에 취한 나머지 눈치채지 못한 것이다.

"너 때문에 아주 골치가 아팠지, 사이먼." 이번에는 여자의 목소리가 다른 방향에서 들려왔다. 몇 미터 떨어진 곳이었다. 사이먼이 빙글 돌아서자 여자는 원 중앙의 콘크리트 블록 옆에 서 있었다. 구름들이 빠른 속도로 달을 가로지르며 여자의 얼굴에 움직이는 그림자를 드리웠다. 계단 아래 있는 사이먼이 그녀를 보려면 고개를 한껏 뒤로 젖혀야 했다. "처음에는 너를 잡는 것쯤은 문제도 아닐 거라고 생각했어. 단순히 뱀파이어 하나를 잡아들이는 일로 생각했으니까. 그것도 만들어진 지 얼마 되지 않은 뱀파이어. 데이라이터라고 해도 처음 접하는 것은 아니었지. 지난 수백 년간은 보지 못했다고 해도 말이야. 그래." 사이먼이 쳐다보자 여자가 덧붙였다. "난 보기보다 나이가 많아."

"꽤 늙어 보이는데요."

여자는 사이먼의 무례함을 무시했다. "널 잡기 위해 선발된 인원들을 보냈지만 단 한 명만이 돌아와서는 신성한 불꽃이니 신의 분노니 하는 소리들을 횡설수설 늘어놓았어. 그러고는 쓸모없게 되어버려서 어쩔 수 없이 그의 생명을 거두어야 했지. 정말로 화나는 일이었어. 그 일이 있고 나서 나는 직접 나서기로 마음먹었지. 그래서 그 우스꽝스러운 공연으로 널 찾아간 거야. 그러고는 네게로 다가갔을 때 그걸 보았지. 네 마크. 카인을 개인적으로 알았던 자로서 난 그 모양을 상세하게 알아."

"카인을 개인적으로 알았다고요?" 사이먼이 고개를 가로저었다. "그 말을 믿으라고요."

"믿건 안 믿건 나하고는 상관없는 일이야. 난 너희 종족이 상상할 수 없을 정도로 나이가 많아, 꼬마야. 난 에덴의 정원을 거닐었지. 이브보다도 먼저 아담을 알았어. 난 그의 첫 아내였지만 그에게 순종하지 않았어. 결국 신은 나를 쫓아내고 아담에게 새 아내를 만들어주었지. 그의 몸에서 빚어내 언제나 그에게 복종하는 아내." 여자가 어렴풋이 미소 지었다. "나는 이름이 아주 많아. 하지만 넌 나를 릴리스라고 부르면 돼. 최초의 악마."

몇 달간 추위라곤 느낀 적이 없던 사이먼이 그 말에 몸을 떨었다. 릴리스라는 이름은 전에도 들은 적이 있었다. 어디서였는지는 정확히 기억나지 않지만 그 이름이 어둡고 사악하고 끔찍한 것들과 관련이 있다는 것은 알았다.

"네 마크는 내게 수수께끼를 남겼지." 릴리스가 말했다. "알겠지만 난 네가 필요해, 데이라이터. 네 생명력… 네 피. 하지만 네게는 뭔가를 강요할 수도 없고, 널 해칠 수도 없어."

여자는 마치 사이먼의 피를 필요로 하는 것이 세상에서 무엇보다 자연스러운 일이라도 되는 것처럼 말하고 있었다.

"당신… 피를 마셔요?" 사이먼이 물었다. 이상한 꿈에 갇히기라도 한 듯 몽롱했다. 이런 일이 실제로 일어날 리는 없지 않은가.

여자가 웃었다. "피는 악마의 음식이 아니야, 어리석은 꼬마야. 나를 위해 쓸 것이 아니야." 여자가 가느다란 손을 내밀었다. "가까이 오렴."

사이먼이 고개를 저었다. "난 그 원 안으로는 안 들어가요."

여자가 어깨를 으쓱했다. "좋을 대로 해. 네게 좀 더 자세히 보여주려고 그런 것뿐이니까." 그녀가 무심코 그러듯 손가락을 살짝 움직였다. 커튼을 옆으로 걷어내는 동작이었다. 그러자 관 모양의 물건 위에 덮여 있던 검은 천이 사라졌다.

사이먼은 눈앞에 드러난 것을 뚫어지게 바라보았다. 관처럼 생겼다는 그의 생각은 틀린 것이 아니었다. 그것은 커다란 유리 상자로, 한 사람이 드러눕기에 적당한 길이와 넓이였다. 〈백설공주〉에 나오는 유리관이네. 사이먼은 생각했다. 하지만 이건 동화가 아니었다. 관 안에는 부연 액체가 채워졌고 허리 위로 벌거벗은 누군가가, 창백한 해초처럼 떠다니는 백금빛 머리칼을 가진 누군가가 그 안에 떠 있었다. 세바스찬이었다.

조던의 아파트 문에는 어떤 쪽지도 꽂혀 있지 않았다. 현관 매트 위나 아래에도 없었고 집 안에도 특별히 눈에 띄는 점이 없었다. 알렉이 아래층에서 입구를 지키는 동안 마야와 조던은 거실에서 사이먼의 배낭을 뒤졌다. 이사벨은 사이먼의 방문 앞에 서서 지난 며칠간 그가 잠을 자던 공간을 조용히 둘러보았다. 너무나 휑했다. 아무런 장식도 없는 사방의 벽, 발치에 하얀 담요가 개어져 있는 매트리스, B번가가 내다보이는 창문이 다였다.

이사벨의 귓가로 도시의 소음이 흘러들었다. 그녀가 자란 도시의 소음들은 아기 때부터 그녀를 에워싸고 있었다. 자동차 경적, 사람들의 고함, 구급차의 사이렌, 뉴욕시에서는 한밤중에도 멈추는 법이 없는 음악 소리. 이 모든 것이 사라진 이드리스의 정적은 이사벨에게 지독히도 낯설게 느껴졌다. 하지만 사이먼의 작은 방을 둘러보면서 이사벨은 그 소음들이 얼마나 쓸쓸하고 멀게 들릴 수 있는지 깨달았다. 밤마다 이 방에 누워 천장을 올려다보았을 사이먼은 외로움을 느끼지 않았을까.

하지만 이사벨은 사이먼이 전에 살던 방에 가본 적이 없었다. 아마도 밴드 포스터, 운동 트로피, 즐기던 게임기가 담긴 상자, 악기, 책 등 평범한 삶의 온갖 잡동사니들로 둘러싸여 있을 것이다. 이사벨은 한 번도 가보고 싶다는 말을 하지 않았고 사이먼도 그녀에게 오라는 말을 하지 않았다. 이사벨은 사이먼의 엄마를 만나는 일이 두려웠고, 자신이 내키는 것보다 더욱 커다란 헌신을 시사하는 어떤 행동도 두려웠다. 하지만 텅 빈 껍데기 같은 방을 바라보며 주변에서 부산하게 움직이는 광대한 도시의 밤을 느끼고 있자니, 사이먼에 대한 염려와 뼈아픈 후회가 밀려들었다.

이사벨은 방에서 나가려고 돌아섰지만 거실에서 나지막한 목소리가 들려와 걸음을 멈췄다. 마야의 목소리는 화난 것처럼 들리지 않았다. 마야가 조던을 얼마나 증오하는지를 생각하면 그 자체만으로도 놀라웠다.

"아무것도 없어. 열쇠 몇 개랑, 게임 통계를 휘갈겨놓은 종이들뿐이야." 이사벨이 문 쪽으로 몸을 기울였다. 주방 조리대 한쪽에 서 있는 마야가 보였다. 그녀는 사이먼의 배낭 주머니 안으로 손을 넣고 있었다.

조던은 맞은편에 서서 마야를 바라보고 있었다. 마야가 꺼내는 물건이 아니라 '마야'를 바라보고 있네. 이사벨은 생각했다. 상대에게 푹 빠져서 그녀의 모든 움직임을 매료된 듯이 바라보는 남자. "지갑을 확인해볼게."

정장에서 청바지와 가죽 재킷 차림으로 돌아온 조던이 인상을 찌푸렸다. "그걸 남겨두고 가다니 이상하네. 어디 봐." 조던이 조리대 너머로 손을 뻗었다.

마야가 움찔하며 뒤로 물러나는 바람에 지갑이 손에서 떨어졌다. 마야는 손을 앞으로 들고 있었다.

"난…" 조던이 천천히 손을 거뒀다. "미안해."

마야가 깊게 숨을 들이마셨다. "사이먼하고 얘기를 나눴어. 네가 날 변화시킬 의도가 전혀 없었다는 거 알아. 네 자신한테 무슨 일이 일어나는지를 몰랐다는 것도. 난 그게 어떤 기분인지 기억해. 공포에 질린다는 것이 어떤 기분인지."

조던이 양손을 천천히 조심스레 조리대 위에 올려놓았다.

그처럼 덩치가 커다란 사람이 위험하지 않은, 작은 사람처럼 보이려고 애쓰는 모습을 지켜보니 참으로 묘한 기분이 든다고 이사벨은 생각했다. "너와 함께 있어야 했어."

"프리터가 허락하지 않았잖아." 마야가 말했다. "그리고 넌 늑대인간에 대해서도 아무것도 몰랐어. 우린 아마 눈을 가리고 비틀거리며 제자리를 빙글빙글 도는 꼴이 되었을 거야. 네가 거기 없었던 것이 더 나았을지도 몰라. 내가 집을 떠나 도움을 얻을 수 있는 곳으로 가게 해줬으니까. 무리에게로 말이야."

"처음에 난 프리터 루퍼스가 널 받아들이길 바랐어." 그가 속삭이듯 작게 말했다. "그래서 널 다시 만나길 바랐어. 하지만 금세 그게 이기적인 생각이라는 걸, 너한테 질병을 옮기지 않았기를 바라야 한다는 걸 깨달았지. 가능성은 반반이니까. 난 네가 운이 좋은 절반에 속할지도 모른다고 생각했어."

"뭐, 아니었지." 마야가 무덤덤하게 말했다. "지난 몇 년간 난 머릿속으로 널 괴물로 만들었어. 자신이 무슨 짓을 하는지 분명히 알고 그런 짓을 했다고. 다른 남자애와 키스한 것에 대해 그렇게 복수했다고. 그렇게 널 증오하자 모든 게 조금 쉬워졌어. 비난할 사람이 생기고 나니까."

"비난하는 것은 당연해. 그건 내 잘못이었어."

마야가 그의 시선을 피하며 손가락으로 조리대를 쓸었다. "물론 널 비난하지. 하지만… 전처럼 그런 식으로는 아니야."

조던이 머리로 손을 올려 머리칼을 움켜쥐고 세게 잡아당겼다. "네게 저지른 짓을 생각하지 않은 날이 단 하루도 없어. 내가 널 물었어. 널 변하게 만들었고. 내가 널 그런 존재로 만들었어. 네게 손을 댔고, 널 상처 입혔어. 세상에서 그 무엇보다 사랑하는 단 한 사람을."

마야의 눈이 눈물로 반짝였다. "그런 말 하지 마. 그런다고 도움이 되지 않으니까. 넌 그게 도움이 될 거라고 생각해?"

이사벨이 크게 헛기침을 하면서 거실로 들어섰다. "뭔가 찾아냈어?"

마야가 고개를 돌리며 빠르게 눈을 깜빡였다. 조던이 손을 내리며 말했다. "별로요. 사이먼의 지갑을 살펴보려던 참이었어요." 조던이 마야가 떨어뜨린 지갑을 집어 들었다. "여기요." 그가 지갑을 이사벨에게 던졌다.

이사벨이 지갑을 잡아 얼른 열었다. 학교 패스, 뉴욕주 비운전자 신분증, 기타 피크가 신용카드를 넣는 곳에 꽂혀 있었다. 그 외에 10달러짜리 지폐 한 장과 영수증 하나가 들어 있었다. 그때 뭔가가 이사벨의 눈길을 잡아끌었다. 명함 하나가 사진 뒤쪽에 아무렇게나 꽂혀 있었던 것이다. 편의점 부스 같은 데서 찍은 클라리와 사이먼의 사진이었다. 두 사람은 활짝 웃고 있었다.

이사벨이 명함을 꺼내 유심히 들여다보았다. 구름 위를 떠다니는 기타를 표현한 소용돌이 문양이 들어 있었다. 그 아래에는 이름이 있었다.

사트리나 캔달. 밴드 기획자. 그 아래 전화번호와 어퍼 이스트 사이드의 주소가 있었다. 이사벨이 미간을 찌푸렸다. 뭔가, 기억 하나가 마음 한 구석을 잡아당겼다.

서로를 쳐다보지 않으려고 기를 쓰고 있는 조던과 마야에게 이사벨이 명함을 내밀었다. "이걸 어떻게 생각해?"

그들이 대답하기 전에 아파트 문이 벌컥 열리고 알렉이 저벅저벅 걸어 들어왔다. 얼굴은 우거지상이었다. "뭔가 찾았어? 저 아래서 30분간이나 서 있었는데 위협이 될 만한 것은 전혀 없었어. 앞쪽 계단에 먹은 것을 토해놓은 뉴욕대 학생을 빼면 말이야."

"이거." 이사벨이 오빠에게 명함을 내밀었다. "이것 좀 봐. 이상하게 느껴지는 점 없어?"

"루이스의 형편없는 밴드에 관심을 가질 기획자가 있을 리 없다는 사실 말고?" 알렉이 기다란 손가락으로 명함을 잡으며 말했다. 그의 미간 사이에 주름이 생겼다. "사트리나?"

"아는 이름이야?" 마야가 물었다. 눈은 여전히 불그스름했지만 목소리는 흔들림이 없었다.

"사트리나는 악마들의 어머니인 릴리스의 열일곱 가지 이름 중에 하나야. 마법사가 릴리스의 아이들이라고 불리는 이유가 바로 그녀 때문이야." 알렉이 말했다. "그녀는 악마들을 어머니처럼 돌보았고 그들은 마법사 종족을 낳았지."

"그러니까 이름 열일곱 개를 전부 기억한다는 거예요?"

알렉이 조던에게 냉랭한 시선을 보냈다. "당신은 누구라고 그랬죠?"

"오, 그만해, 알렉." 이사벨이 오빠에게만 사용하는 말투로 말했다. "모든 사람이 오빠처럼 지루한 사실들을 죄다 기억하는 건 아니야. 설마 릴리스의 다른 이름들도 기억하는 건 아니겠지?"

알렉이 놀라는 표정을 짓더니 이름들을 줄줄이 읊기 시작했다. "사트리나, 릴리스, 이타, 칼리, 배트나, 탈토…."

"탈토!" 이사벨이 빽 소리를 질렀다. "그거야. 뭔가 떠오를 듯 말 듯하더니만. 둘이 뭔가 연관이 있을 줄 알았어!" 이사벨이 탈토 교회에 대해 빠르게 설명하기 시작했다. 클라리가 거기서 무엇을 발견했는지, 베스 이스라엘 병원에서 죽은, 반은 악마인 아기와 어떤 연관이 있는지.

"그 얘기를 왜 이제야 하는 거야?" 알렉이 말했다. "맞아, 탈토는 릴리스의 또 다른 이름이야. 그리고 릴리스는 항상 아기들과 연관이 있어. 릴리스는 아담의 첫 번째 아내였지만 아담과 신에게 복종하기를 거부하고 에덴의 정원에서 달아났어. 신은 복종하지 않은 죄로 릴리스에게 저주를 내렸고. 그녀가 낳는 아기는 모두 죽을 거라고 말이야. 전설에 따르면 릴리스는 계속해서 아이를 얻으려고 했지만 모두 죽어서 태어났대. 결국 릴리스는 인간 아기를 쇠약하게 만들고 살해하는 것으로 신에게 복수하겠다고 맹세했고. 그러니까 릴리스는 죽은 아이들의 악마 여신이라고 할 수 있어."

"하지만 릴리스는 악마들의 어머니라고 하지 않았어?" 마야가 말했다.

"릴리스는 '에돔'이라는 곳에서 흙 위에 자신의 핏방울을 떨어뜨리면 악마를 만들어낼 수 있어." 알렉이 말했다. "그들은 신과 인류에 대한 릴리스의 증오로 태어나기 때문에 악마가 되는 거지." 모두가 그를 뚫어지게 바라보고 있다는 것을 의식한 알렉이 어깨를 으쓱했다. "그냥 전해 내려오는 이야기일 뿐이야."

"전해 내려오는 모든 이야기는 사실이야." 이사벨이 말했다. 그것은 이사벨이 어린아이였을 때부터 지니고 있던 신조였다. 모든 새도우 헌터가 그 말을 믿었다. 어떤 종교도, 어떤 진리도, 그리고 어떤 신화도 의미를 지니지 않은 것이 없다. "오빠도 알잖아."

"다른 것도 알아." 알렉이 명함을 이사벨에게 돌려주며 말했다. "그 전화번호하고 주소는 가짜야. 절대 진짜일 리가 없어."

"그럴지도 모르지." 이사벨이 주머니에 명함을 찔러 넣으며 말했다. "하지만 어딘가에서 시작은 해야 하잖아. 그러니까 거기서부터 시작하자."

사이먼은 뚫어져라 쳐다보기만 했다. 관 안에 떠 있는 육체, 세바스찬의 육체는 살아 있는 것으로 보이지 않았다. 적어도 숨은 쉬지 않았다. 하지만 죽은 것도 분명히 아니었다. 그 일이 일어난 것은 두 달 전이었다. 죽었다면 지금쯤은 눈앞의 모습보다 훨씬 더 망가져 있어야 했다. 세바스찬의 몸은 대리석처럼 몹시 창백했다. 한 손은 뭉툭하게 잘리고 붕대가 감겨 있었지만 그 외에는 말짱해 보였다. 눈을 감고 팔을 옆으로 늘어뜨린 모습이 잠들어 있는 것만 같았다. 가슴이 오르락내리락하지 않는다는 점이 유일하게 뭔가 크게 잘못되었다는 것을 말해주었다.

"하지만…." 사이먼은 자신의 말이 어처구니없이 들린다는 것을 알면서도 말했다. "그는 죽었어요. 제이스가 죽였다고요."

릴리스가 유리관 표면에 창백한 손을 얹었다. "조너선." 그녀가 입을 열었고, 사이먼은 그것이 세바스찬의 진짜 이름임을 기억해냈다. 아기에게 자장가를 불러주기라도 하듯, 그의 이름을 말하는 릴리스의 목소리에는 기이한 부드러움이 스며 있었다. "정말 아름답지?"

"글쎄요." 사이먼이 혐오감 어린 시선으로 관 속의 존재를 바라보았다. 아홉 살인 맥스 라이트우드를 살해한 소년. 호지를 죽인 자. 그는 그들 모두의 목숨을 빼앗으려고 했었다. "제 타입은 아니라서."

"조녀선은 특별해." 그녀가 말했다. "대악마의 피가 섞인 새도우 헌터는 내가 아는 한, 그가 유일하지. 그래서 아주 강력해."

"그는 죽었어요." 사이먼이 말했다. 릴리스는 이해하지 못하는 것 같았지만 사이먼은 이 점을 계속 강조하는 것이 중요하다고 느꼈다.

세바스찬을 내려다보던 릴리스가 인상을 썼다. "맞아. 제이스 라이트우드가 몰래 뒤로 다가가서 등을 찔러 심장을 꿰뚫었지."

"어떻게 그걸…."

"나도 이드리스에 있었어. 발렌타인이 악마의 세계로 통하는 문을 열어서 그곳을 통해 들어갔지. 그의 어리석은 전투에 참여하기 위해서가 아니었어. 무엇보다 호기심 때문이었지. 발렌타인은 지독히도 오만한 자였고…." 그녀는 갑자기 말을 끊더니 어깨를 으쓱했다. "물론 그래서 하늘이 그를 벌한 거지. 난 그가 어떤 희생을 감수하는지 보았어. 천사가 나타나서 그를 공격하는 모습도 보았고. 그리고 무엇이 되살아나는지도 보았지. 난 악마 중에 가장 나이가 많은 악마야. 구약의 율법도 잘 알지. 목숨은 목숨으로 갚는다. 난 조녀선에게로 달려갔어. 하마터면 너무 늦을 뻔했지. 그에게 있는 인간으로서의 부분은 즉사했어. 심장은 멈추고 폐는 부풀어 올랐어. 구약의 율법으로는 부족했어. 그때 나는 그를 되살리려는 시도를 했었지. 하지만 조녀선은 너무나 멀리 가 있었어. 내가 할 수 있는 일은 이것뿐이었지. 이 순간까지 그를 보존하는 일."

사이먼은 잠시 자신이 지금 달아나면 무슨 일이 벌어질지 생각해보았다. 저 미친 악마를 빠르게 지나쳐 옥상에서 뛰어내린다면. 사이먼은 살아 있는 어떤 존재로부터도 해를 입을 수가 없었다. 마크가 있기 때문이지만, 그것이 그를 바닥으로부터도 보호해줄지는 의문이었다. 그렇지만 사이먼은 뱀파이어였다. 40층에서 떨어져 몸 안의 모든 뼈가 산산조각 나도 치유될까? 사이먼은 힘겹게 침을 삼키다가 릴리스가 즐거운 표정으로 자신을 바라보는 것을 깨달았다.

"알고 싶지 않아?" 그녀가 차갑고도 유혹적인 목소리로 말했다. "어떤 순간을 말하는 건지?" 사이먼이 대답하기 전에 릴리스가 관 위에 팔꿈치를 얹고 몸을 기울였다. "네피림이 만들어진 이야기에 대해서는 알고 있겠지? 라지엘 천사가 자신의 피를 인간의 피와 섞어서 한 인간에게 마시라고 주었고, 그가 최초의 네피림이 되었다는 이야기?"

"알아요."

"그러니까 그 천사가 새로운 인류를 창조한 거지. 그리고 다시 조너선과 함께 새로운 인류가 탄생했어. 조너선 섀도우 헌터가 최초의 네피림을 이끌었으니, 이 조너선이 내가 창조하려고 하는 새 인류를 이끌게 될 거야."

"당신이 창조하려고 하는 새 인류⋯." 사이먼이 양손을 들어 올렸다. "죽은 사람으로부터 시작되는 새 인류를 이끌 작정이라면 마음대로 하시죠. 하지만 그게 나와 무슨 상관인지 모르겠는데요."

"그는 지금 죽어 있어. 하지만 계속 그럴 필요는 없지." 릴리스의 목소리는 차분하고 감정이 없었다. "다운월드 사람들 가운데 그들의 피로 부활의 가능성을 제공하는 종족이 있지."

"뱀파이어 말이군요." 사이먼이 말했다. "내가 세바스찬을 뱀파이어로 만들어주길 바라는 거예요?"

"그의 이름은 조녀선이야." 릴리스의 어조가 날카로웠다. "그리고 맞아, 어떤 면에서는 그렇지. 네가 조녀선을 물어 그의 피를 마시고 대신 네 피를 그에게 주기를 바라는…."

"그런 일은 안 해요."

"어떻게 그렇게 확신하지?"

"세바스찬이 없는 세상이 그가 있는 세상보다 나으니까요. 그런 일은 하지 않을 거예요." 사이먼은 일부러 그 이름을 사용했다. 그의 가슴속으로 빠르게 분노가 밀려들었다. "그리고 하고 싶다고 해도 할 수 없어요. 그는 죽었어요. 뱀파이어는 죽은 자를 되살리지는 못해요. 아는 게 그렇게 많으니까 그 정도는 알잖아요. 영혼이 육체에서 빠져나가면 무슨 수를 써도 되살릴 수 없어요. 다행히도."

릴리스가 그를 내려다보았다. "정말로 모르는군, 그렇지? 클라리가 말해주지 않았어."

사이먼은 슬슬 짜증이 났다. "뭘 말해주지 않아요?"

릴리스가 소리 내 웃었다. "눈에는 눈, 이에는 이, 목숨에는 목숨. 혼돈을 막기 위해서는 질서가 필요하지. 빛으로 한 목숨이 주어졌다면 어둠으로도 한 목숨이 주어져야 해."

사이먼이 천천히 또박또박 말했다. "지금 무슨 소리를 하는 건지 전혀 모르겠어요. 그리고 알고 싶지도 않아요. 당신네 악당들과 그 소름끼치는 우생학 프로그램 얘기는 점점 지겨워지기 시작했고요. 그래서 이만 떠날까 하는데요. 날 협박하거나 해치는 걸로 막을 생각이라면 얼마든지 그렇게 해요. 진심으로 그렇게 하라고 권하고 싶네요."

릴리스가 다시 웃었다. "카인처럼 달려드는군. 넌 그 마크의 원래 주인과 닮은 구석이 있어. 그도 너처럼 고집스러웠지. 무모했고."

"그는…." 사이먼은 그 단어가 목에 걸렸다. 신. "난 당신을 상대하고 있을 뿐이에요." 사이먼이 떠나려고 몸을 돌렸다.

"넌 내게 등을 돌리지 못해, 데이라이터." 릴리스가 그렇게 말했고 그 목소리에 깃든 뭔가가 사이먼으로 하여금 그녀를 돌아보게 했다. 세바스찬의 관에 기대선 그녀를. "넌 내가 널 해치지 못할 거라고 생각하지." 릴리스가 비웃듯이 말했다. "그리고 네 생각대로 난 네게 손끝 하나 댈 수가 없어. 난 바보가 아니야. 신성한 불꽃도 직접 보았지. 그것이 내게 달려드는 꼴을 보고 싶은 생각은 추호도 없어. 난 발렌타인이 아니야. 내가 이해하지 못하는 것과는 홍정을 하지 않아. 난 악마지만 아주 나이가 많지. 네가 생각하는 것보다 인간에 대해 잘 알고 있고. 자부심과 힘에 대한 갈망, 육체적 욕망, 탐욕, 허영, 사랑 따위의 취약성을 잘 알아."

"사랑은 취약하지 않아요."

"오, 그런가?" 릴리스는 그렇게 말하고는 고드름처럼 차갑고 날카로운 시선으로 사이먼의 뒤쪽을 흘깃 보았다.

사이먼이 돌아서서 그의 뒤를 보았다. 원하지 않았지만 그래야만 한다는 것을 알았기에.

벽돌 보도에 제이스가 있었다. 짙은 색깔의 정장과 하얀 셔츠 차림이었다. 그의 앞에 클라리가 서 있었다. 여전히 아이언웍스 파티에서 입었던 아름다운 금빛 드레스를 입고서. 길게 굽이치는 머리칼이 풀려나와 어깨 위로 늘어져 있었다. 클라리는 제이스의 품에 안긴 채 꼼짝 않고 서 있었다. 제이스가 뼈 손잡이가 달린 번쩍이는 칼을 들고 클라리의 목에 칼날을 바짝 들이대고 있지 않았다면 둘의 모습은 로맨틱한 사진의 한 장면처럼 보였으리라.

사이먼은 크나큰 충격에 빠져서 제이스를 뚫어져라 응시했다. 제이스의 얼굴에는 아무런 감정도 떠올라 있지 않았고, 두 눈에는 생기가 하나도 없었다. 그는 완전히 멍한 상태인 듯했다.

그가 아주 살짝 고개를 숙였다.

"그녀를 데려왔습니다, 릴리스 님." 그가 말했다. "말씀하신 대로요."

17
그리고 카인이 달려들다

클라리는 이토록 추위를 느꼈던 적이 없었다.

린 호수 밖으로 기어 나와 독성이 있는 강물을 토해낼 때도 이 정도로 춥지는 않았다. 심지어 제이스가 죽은 줄 알았을 때도 심장이 이처럼 끔찍할 정도로 차갑게 얼어붙지는 않았다. 그때는 아버지에 대한 끝없는 분노로 활활 타올랐었다. 지금은 그저 발끝까지 얼음처럼 차가운 느낌뿐이었다.

클라리는 기이한 건물의 대리석 로비에서 정신을 차렸다. 불이 들어오지 않은 샹들리에의 그림자가 그녀 위로 드리워졌다. 제이스는 한 손으로 클라리의 무릎 아래를 받치고 다른 손으로 머리를 받친 채 그녀를 안고 있었다. 여전히 어지럽고 몽롱한 상태로 클라리는 잠시 그의 목에 머리를 묻고 자신이 지금 어디에 와 있는지 기억해내려 애썼다.

"무슨 일이 있었지?" 클라리가 속삭였다.

그들은 엘리베이터 앞에 다다랐다. 제이스가 버튼을 눌렀고 클라리는 엘리베이터가 아래로 덜컹거리며 내려오는 소리를 들었다. 대체 그들은 어디에 있는 걸까?

"넌 정신을 잃었어." 그가 말했다.

"어쩌다…." 그 순간 클라리가 기억을 떠올리고 조용해졌다. 그녀를 잡은 그의 손, 따끔거리며 그녀의 피부 위로 움직이던 스텔레, 밀려드는 어둠. 제이스가 그녀에게 그린 룬은 어딘가 잘못되었다. 모양도 느낌도 그랬다. 클라리는 잠시 그의 품에서 미동도 않고 가만히 안겨 있다가 입을 열었다.

"내려줘."

제이스가 그녀를 바닥으로 내려주었고 둘은 서로를 바라보았다. 둘 사이에는 오직 좁은 공간만 가로놓였을 뿐이다. 손을 뻗기만 하면 그의 몸에 닿을 테지만 클라리는 그를 만난 후 처음으로 그러고 싶지 않았다. 낯선 사람을 보고 있다는 끔찍한 느낌이 들었다. 그는 제이스처럼 보이고 제이스처럼 말했다. 그리고 그녀를 안았을 때도 제이스처럼 느껴졌다. 그러나 그의 눈은 낯설고 먼 느낌이었다. 그의 입가를 맴도는 작은 미소도 그랬다.

그의 등 뒤에서 엘리베이터 문이 열렸다. 클라리는 인스티튜트의 신도석에 서서 닫힌 엘리베이터 문을 바라보며 "사랑해"라고 말하던 기억을 떠올렸다. 이제 제이스 뒤에 시커먼 구멍이 동굴 입구처럼 입을 벌리고 있었다. 클라리가 스텔레를 찾아 주머니를 더듬었다. 스텔레는 사라지고 없었다.

"네가 룬으로 날 기절시켰어. 그리고 이리로 데려온 거야. 왜지?" 클라리가 말했다.

그의 아름다운 얼굴은 완전히 텅 빈 표정이었다. "그래야만 했으니까. 내겐 선택의 여지가 없었어."

그 순간 클라리가 몸을 돌려 문을 향해 달려갔지만 제이스가 그녀보다 빨랐다. 그는 언제나 그랬다. 클라리 앞으로 휙 움직여 길을 가로막으며 손을 들어 올렸다. "클라리, 달아나지 마. 제발. 날 위해서 그러지 마."

클라리는 믿기 힘든 마음으로 제이스를 보았다. 그의 목소리는 똑같 았다. 꼭 제이스처럼 말하지만 그와는 달랐다. 그의 목소리를 녹음해놓은 것처럼 어조와 방식은 그대로였지만 목소리를 생생하게 하는 활기가 사라지고 없었다. 어째서 클라리는 이런 점을 미리 발견하지 못한 걸까? 클라리는 그가 멀게 느껴지는 것이 긴장과 고통 때문일 거라고 생각했지만 아니었다. 그가 사라졌기 때문이었다. 클라리는 속이 뒤집히는 것 같았다. 그녀가 다시 문을 향해 쏜살같이 달려갔지만 제이스가 그녀의 허리를 잡아 휙 돌려세웠다. 클라리가 그를 밀어냈다. 그러다가 그의 셔츠에 손이 걸려 단추가 뜯기면서 옷이 양옆으로 확 벌어졌다.

클라리는 얼어붙은 채 빤히 쳐다보았다. 그의 맨가슴에, 심장 바로 위쪽에 룬이 그려져 있었다.

한 번도 본 적이 없는 룬이었다. 섀도우 헌터 룬처럼 검은색이 아니라 핏빛이었다. 그리고 그레이북의 룬들이 지닌 섬세한 우아함도 없었다. 아무렇게나 휘갈긴 듯이 흉한 모양이었고, 선들은 넉넉한 곡선을 이루기보다는 날카롭고 야멸찼다.

제이스는 그 룬을 보지 못한 모양이었다. 그는 클라리가 무엇을 보는지 의아하다는 듯이 그녀의 시선을 따라 자신을 내려다보았고, 그러고는 어리둥절한 얼굴로 다시 그녀를 보았다. "괜찮아. 난 다치지 않았어."

"그 룬…." 클라리는 입을 열다가 멈췄다. 제이스는 룬이 거기 있다는 것도 몰랐다. "날 놔줘, 제이스. 이럴 필요 없잖아." 클라리는 그렇게 말하고 그에게서 물러났다.

"네가 틀렸어." 제이스가 다시 그녀를 향해 팔을 뻗었다.

클라리는 반항하지 않았다. 그녀가 도망친다면 무슨 일이 벌어질까? 제이스를 여기 남겨두고 갈 수는 없었다. 제이스는 여전히 텅 빈 눈 뒤쪽 어딘가에 갇힌 채 그녀를 소리쳐 부르고 있을지도 몰랐다. 그녀는 제이스와 함께 있어야 했다. 무슨 일이 일어나고 있는지 알아야만 했다. 클라리는 그의 손에 이끌려 엘리베이터 안으로 들어갔다.

"침묵의 형제들이 네가 없어진 걸 눈치챌 거야." 클라리가 말했다. 엘리베이터가 올라가면서 층층마다 버튼에 불이 들어왔다. "클레이브에 알리고 널 찾으러…."

"난 침묵의 형제들을 두려워할 필요가 없어. 난 죄수가 아니니까. 그들은 내가 떠날 거란 생각을 전혀 못할 거야. 내일 아침에 일어날 때까지 내가 사라진 걸 알지 못해."

"그전에 일어나면?"

"그럴 일은 없어." 제이스가 차가운 확신이 어린 목소리로 말했다. "그보다는 아이언웍스의 파티 손님들이 네가 사라진 걸 눈치챌 확률이 훨씬 높지. 하지만 그런다고 해도 그들이 어쩌겠어? 네가 어디로 갔는지 전혀 모를 텐데. 그리고 이 건물은 추적이 차단되어 있어." 그가 클라리의 얼굴로 흘러내린 머리칼을 뒤로 쓸어 넘기자 클라리는 몸이 굳었다. "날 믿는 수밖에 없을 거야. 아무도 널 찾으러 오지 않아."

제이스는 엘리베이터 밖으로 나오더니 칼을 꺼냈다. "난 절대로 널 해치지 않아, 알지?" 그는 칼끝으로 클라리의 머리칼을 뒤로 쳐내고 칼날을 목에 바짝 들이대면서도 그렇게 말했다.

옥상으로 나가는 순간 얼음처럼 차가운 공기가 클라리의 맨 어깨와 팔로 들이닥쳤다. 그녀에게 닿은 제이스의 손은 따뜻했고 얇은 드레스 너머로 그의 체온이 전해졌지만 그것으로는 클라리를 따뜻하게 하지 못했다. 몸속까지는 아니었다. 몸속에는 뾰족뾰족한 얼음이 가득 차 있는 것만 같았다.

커다랗고 검은 눈으로 자신을 바라보는 사이먼을 발견했을 때 클라리는 더 끔찍한 한기를 느꼈다. 사이먼은 충격으로 얼굴이 백지장처럼 하얗게 변했다. 그는 클라리를 쳐다보더니, 그녀 뒤의 제이스를 보았다. 근본적으로 잘못된 무엇인가를 바라보는 눈빛이었다. 얼굴 안팎이 뒤집힌 사람이나 육지 없이 바다뿐인 지도를 바라보는 것처럼.

클라리는 사이먼 옆에 있는 여자에게는 거의 시선을 주지 않았다. 검은 머리에 모질어 보이는 좁은 얼굴을 가진 여자였다. 클라리는 즉시 돌받침대 위에 놓인 투명한 관으로 눈길을 돌렸다. 관 안에 우윳빛 내부 조명이 설치되어 있기라도 하듯 안쪽에서 빛이 나는 것 같았다. 조녀선이 떠 있는 물은 아마도 물 같은 천연 액체가 아닐 것이다. 평소의 클라리였다면 백설공주의 유리관 같은 것 안에서 죽은 사람처럼 미동도 없이 떠 있는 오빠를 보는 순간 비명을 질렀으리라. 하지만 얼어붙은 클라리는 그저 둔한 충격을 느끼며 빤히 쳐다보기만 했다.

피처럼 붉은 입술, 눈처럼 하얀 피부, 흑단처럼 검은 머리칼. 몇 개는 맞는 셈이었다. 세바스찬을 처음 보았을 때 그의 머리칼은 검은색이었지만 관 안에서 머리 주변을 알비노(선천적으로 멜라닌 색소가 결핍되거나 결여된 비정상적인 개체를 일컫는 말—옮긴이) 해초처럼 떠다니는 머리칼은 은백색이었다. 그의 아버지와 같았다. 그들의 아버지. 세바스찬의 피부는 너무도 창백해서 반짝이는 크리스털로 빚은 것 같았다. 하지만 입술도 색이 없었고, 눈꺼풀도 마찬가지였다.

"고맙구나, 제이스." 그가 릴리스 님이라고 부른 여자가 말했다. "훌륭하게 해냈어. 그리고 아주 신속하게. 너 때문에 곤란을 겪을지도 모르겠다고 생각했는데, 괜한 걱정을 했구나."

클라리가 그녀를 유심히 쳐다보았다. 얼굴은 처음 보았지만 목소리는 귀에 익었다. 어디선가 분명히 들은 적이 있었다. 하지만 어디에서 들었단 말인가? 클라리는 제이스의 품에서 빠져나오려고 몸을 비틀었지만 그가 손에 더욱 힘을 주었다. 칼날이 그녀의 목에 닿았다. 클라리는 우연히 스친 것뿐이라고 자신을 타일렀다. 제이스는, 이런 상태의 제이스라고 해도 그녀를 해칠 리가 없었다.

"당신…." 클라리가 이를 악물며 릴리스에게 말했다. "제이스한테 무슨 짓을 한 거예요?"

"발렌타인의 딸이 말하는군." 검은 머리의 릴리스가 미소 지었다. "사이먼? 네가 설명해주겠니?"

사이먼은 토할 것 같은 얼굴이었다. "나도 전혀 몰라." 그는 목이 막히는 듯이 말했다. "너희 둘을 여기서 만나게 되리라고는 꿈에도 생각지 못했어."

"침묵의 형제들은 제이스에게 일어난 일이 악마의 소행이라고 했어요." 클라리가 그렇게 말하자 사이먼은 더욱 당혹스러운 표정을 떠올렸다. 반면 여자는 납작하고 동그란 흑요석 같은 눈으로 그녀를 바라보기만 했다. "그 악마는 당신이었어요, 그렇죠? 하지만 어째서 제이스죠? 우리한테 뭘 원하는 거예요?"

"'우리'라고?" 릴리스가 크게 웃음을 터트렸다. "마치 이 일에서 네가 중요하기라도 하듯이 말하는구나. 너를 왜 끌어들였느냐고? 넌 목적을 달성하기 위한 수단이기 때문이지. 내게는 이 두 소년이 필요한데 둘 다 너를 사랑하기 때문이야. 제이스 헤런데일은 세상에서 네가 누구보다도 믿는 사람이기 때문이지. 그리고 넌 데이라이터가 자기 생명을 포기할 만큼 사랑하는 사람이고." 릴리스가 사이먼에게로 돌아서며 말했다. "아마도 널 해치는 것은 불가능하겠지만 저 아이는 가능해. 네가 피를 주지 않고 가만히 앉아서 제이스가 저 아이의 목을 베는 장면을 구경할 정도로 완강할까?"

사이먼은 말할 수 없이 끔찍한 얼굴로 천천히 고개를 가로저었다. 하지만 그가 입을 열기 전에 클라리가 먼저 소리쳤다. "사이먼, 안 돼! 아무것도 하지 마. 제이스는 날 해치지 않아."

속을 알 수 없는 여자의 눈이 제이스에게로 향했다. 여자가 미소 지었다. "그 아일 베어봐." 그녀가 말했다. "아주 약간만."

클라리는 제이스의 어깨가 굳는 것을 느꼈다. 얼마 전 공원에서 그녀에게 싸우는 법을 가르쳐줄 때처럼. 목이 따끔하면서 차가움과 뜨거움이 동시에 느껴지더니 따뜻한 액체가 쇄골로 흘러내렸다. 사이먼의 눈이 휘둥그레졌다.

제이스가 그녀를 베었다. 정말로 그 일을 한 것이다. 클라리는 인스티튜트의 침실 바닥에 웅크리고 있던 제이스를 떠올렸다. 온몸에서 뚜렷이 느껴지던 그 고통을. 꿈속에서 네가 내 방으로 오고, 내가 널 상처 입혀. 칼로 베거나 찌르거나 목을 졸라서. 내 손 안에서 네 생명이 서서히 빠져나가는 동안 넌 녹색 눈으로 날 올려다보면서 죽어가.

클라리는 그 말을 믿지 않았다. 믿을 수가 없었다. 그는 제이스였다. 제이스는 그녀를 해칠 리 없었다. 클라리는 드레스 목선이 피로 물드는 것을 바라보았다. 꼭 붉은 물감이 스며드는 것 같았다.

"이제 알겠지." 여자가 말했다. "그는 내가 시키는 대로 움직여. 그렇다고 그 애를 탓하지는 마. 그는 완전히 내 영향 아래 있으니까. 몇 주 동안 그의 머릿속으로 들어가서 꿈들을 살펴보고 그의 두려움과 욕구와 죄책감과 욕망을 알게 되었지. 그는 꿈속에서 내 마크를 받아들였어. 그 이후로 마크는 그의 몸에서 타오르고 있지. 살갗을 태우고 영혼으로까지 파고들었어. 이제 그의 영혼은 내 손 안에 있어. 내가 원하는 대로 모양을 만들고 명령할 수 있지. 그는 내가 무엇을 하라고 하든 그대로 할 거야."

클라리는 침묵의 형제가 한 말을 기억했다. 섀도우 헌터가 태어나면 의식을 치르는데, 그 의식에서 침묵의 형제와 철의 자매는 아기에게 몇 가지 보호 주문을 걸지. 제이스가 죽었다가 살아났을 때 그는 두 번째로 태어난 것이었어. 먼젓번의 보호 주문과 의식의 효력은 사라지고 없었지. 따라서 제이스는 잠기지 않은 문처럼 활짝 열린 상태였어. 얼마든지 악마의 영향이나 악의 따위가 침입할 수 있는 상태였지.

나 때문이야. 클라리는 생각했다. 내가 그를 다시 데려오고 그 일을 비밀로 하길 원했어. 누군가에게 말했다면 릴리스가 그의 머릿속으로 들어오기 전에 의식을 치를 수 있었을 거야. 클라리는 자신이 혐오스러워서 속이 울렁거렸다. 그녀 뒤에서 제이스는 조각상처럼 꼼짝 않은 채 조용히 서 있었다. 팔로 그녀를 감싸 안고 칼은 여전히 그녀의 목에 댄 채로. 클라리는 말을 하려고 숨을 들이마시다가 목에 칼이 닿는 것을 느끼고 목소리가 흔들리지 않게 하려고 기를 썼다. "당신이 제이스를 조종하고 있다는 건 알겠어요. 내가 알 수 없는 건 뭐 때문에 그러냐는 거죠. 날 협박하기 위해서라면 분명히 그보다 쉬운 길이 있으니까요."

릴리스는 슬슬 지겨워진다는 듯 한숨을 쉬었다. "네가 필요한 이유는…." 그녀는 자신이 인내심을 발휘하고 있음을 과장되게 표현하며 말했다. "사이먼에게 내가 원하는 일을 하게 하기 위해서야. 바로 그의 피를 내게 주는 거지. 그리고 제이스가 필요한 이유는 널 이곳으로 데려오는 것 외에 평형추 역할을 하게 하기 위해서야. 마법에서는 모든 것이 균형을 이뤄야 해, 클라리사." 그녀가 타일 바닥 위에 그려진 검은 원을 가리켰다가 제이스를 가리켰다. "그가 처음이지. 죽음에서 되살아난 첫 번째 인간, 빛의 이름으로 이 세상에 돌려보내진 첫 번째 영혼. 따라서 내가 어둠의 이름으로 두 번째 영혼을 되살리려면 그가 이곳에 있어야 만 하지. 이제 이해가 가니, 어리석은 아이야? 우리는 모두 이곳에 있어 야 해. 사이먼은 죽기 위해. 제이스는 살기 위해. 조너선은 되살아나기 위해. 그리고 발렌타인의 딸, 너는 이 모든 것의 촉매 역할을 하기 위해 서지."

악마의 목소리가 주문을 외듯 나지막하게 떨어졌다. 클라리는 충격과 함께 그 목소리를 어디에서 들었는지 깨달았다. 그녀의 아버지가 펜타 그램 안에 서 있고, 검은 머리에 눈 대신 촉수가 달린 여자가 그의 발치 에 무릎을 꿇고 있었다. 여자가 말했다. 이 피를 지니고 태어난 아이는 세상 사이의 심연에 머무는 대악마들보다도 월등한 능력을 갖게 될 겁니다. 하지만 독 이 피에서 생명을 소멸시키듯 이 피가 그 아이의 인간성을 소멸시킬 겁니다.

"알아요." 클라리가 굳은 입술 사이로 말했다. "당신이 누군지 알아 요. 아버지를 위해 당신의 손목을 베고 잔 안에 피를 떨어뜨리는 걸 봤 어요. 이수리엘 천사가 환영으로 보여주었어요."

사이먼의 시선이 클라리와 릴리스 사이를 오락가락했다. 릴리스의 검 은 눈에 놀라움의 빛이 스쳤다. 그녀는 웬만해서는 놀라는 일이 없을 것 이었다. "아버지가 당신을 소환한 걸 봤어요. 당신을 뭐라고 부르는지 들었어요. 에돔의 여인. 당신은 대악마예요. 당신이 피를 줘서 오빠가 그렇게 된 거예요. 당신은 오빠를… 끔찍한 존재로 만들었어요. 당신만 아니었다면…"

"그래. 전부 사실이야. 난 발렌타인 모겐스턴에게 내 피를 주었고 그는 그걸 자신의 아들에게 주입했지. 이것이 바로 그 결과물이고." 여자가 세바스찬의 관을 어루만지듯 가볍게 손을 얹었다. 그녀의 얼굴에 매우 기묘한 미소가 떠올랐다. "어떤 면에서는 내가 조너선의 어머니라고 할 수 있겠지."

"그 주소는 아무 의미도 없는 거라고 했잖아." 알렉이 말했다.

이사벨은 그의 말을 무시했다. 그들이 건물 안으로 발을 들이는 순간 이사벨의 목에 걸린 루비 펜던트가 뛰었다. 먼 곳에서 뛰는 심장박동처럼 희미하게. 그것은 곧 악마가 있다는 뜻이었다. 다른 상황에서라면 이곳에 감도는 섬뜩한 기운을 알렉도 감지할 거라고 기대하겠지만 지금 알렉은 매그너스 문제로 잔뜩 우울한 상태였다.

"마법의 불 좀 꺼내봐. 내 건 집에 두고 왔어." 이사벨이 오빠에게 말했다.

알렉이 짜증스럽게 쏘아보았다. 로비는 어두워서 인간의 눈으로는 내부를 볼 수가 없었다. 마야와 조던은 늑대인간의 월등한 야간 시력을 지녔다. 그들은 반대편 끝에 있었는데, 조던은 커다란 대리석 로비 데스크를 살펴보고 있었고, 마야는 벽에 기대어 자신의 반지를 들여다보는 것 같았다. "마법의 불은 어디를 가든 가지고 다녀야지." 알렉이 대꾸했다.

"아, 그래? 그럼 오빠는 센서 가져왔어?" 이사벨이 쏘아붙였다. "당연히 안 가져왔겠지. 적어도 나한테는 이게 있다고." 이사벨이 펜던트를 톡톡 두드렸다. "여기 뭔가 있는 게 분명해. 악마와 관련 있는 거."

조던이 고개를 홱 돌렸다. "여기 악마가 있어요?"

"모르겠어요. 하나 정도는 있을지도 몰라요. 이게 뛰다가 희미해졌으니까." 이사벨이 말했다. "하지만 잘못된 주소라고 하기에는 너무나 엄청난 우연이에요. 건물 안을 확인해봐야 해요."

희미한 불빛이 주변을 밝혔다. 이사벨이 돌아보니 알렉이 마법의 불을 들고 있었다. 그의 손 안에서 한풀 꺾인 불빛이 흘러나왔다. 얼굴에 기묘한 그림자가 드리워져서 더욱 나이가 들어 보였다. 두 눈은 짙은 푸른색이었다. "그럼 가보자." 그가 말했다. "한 번에 한 층씩 둘러보는 거야."

그들이 엘리베이터를 향해 움직였다. 알렉이 맨 앞에 서고, 이사벨이 그다음, 조던과 마야는 맨 뒤에서 걸었다. 이사벨은 부츠 굽에 소리를 내지 않게 하는 룬들을 새겼지만 마야의 구두는 걸을 때마다 대리석 바닥에 부딪혀 소리를 냈다. 마야가 인상을 쓰더니 걸음을 멈추고 구두를 벗어버리고는 맨발로 걷기 시작했다. 마야가 엘리베이터 안으로 들어섰을 때 이사벨은 마야의 왼쪽 엄지발가락에 터키석이 박힌 금반지가 끼워진 것을 보았다.

조던이 흘깃 그녀의 발을 보았다가 놀란 목소리로 말했다. "그 반지 기억해. 내가 사준…."

"시끄러." 마야가 닫힘 버튼을 눌렀다. 조던이 입을 다무는 순간 엘리베이터 문이 닫혔다.

그들은 층마다 멈췄다. 대부분 아직 공사 중이어서 전등은 달려 있지 않고 전선들이 덩굴처럼 천장에서 늘어져 있었다. 창문들은 합판으로 막아두었다. 페인트받이 천이 희미한 바람에 유령처럼 휘날렸다. 이사벨은 펜던트를 꼭 쥐고 있었지만 10층에 도착할 때까지는 아무런 반응도 없었다. 그러고는 10층에서 엘리베이터 문이 열리는 순간 날개를 퍼덕이는 작은 새를 쥐고 있는 것처럼 손 안에서 펜던트가 펄떡이는 것이 느껴졌다.

이사벨이 속삭이는 목소리로 말했다. "여기 뭔가 있어."

알렉은 고개만 끄덕였다. 조던이 뭔가 말하려고 입을 열었지만 마야가 팔꿈치로 그를 세게 찔렀다. 이사벨이 오빠를 지나 엘리베이터 밖으로 나가 복도로 들어섰다. 루비는 이제 고통스러워하는 곤충처럼 손 안에서 펄떡이고 떨렸다.

그녀 뒤에서 알렉이 조그맣게 말했다. "산달폰." 이사벨 주변으로 불빛이 쏟아지며 복도를 밝혔다. 다른 층들과 달리 이곳은 부분적으로는 공사가 완료되었다. 장식이 없는 화강암 벽들이 주변을 둘러쌌고 바닥에는 매끈한 검은 타일이 깔렸다. 두 방향으로 갈라지는 복도가 나왔다. 한쪽 끝에는 공사 장비와 전선들이 쌓여 있었다. 다른 쪽 끝에는 아치 입구가 있었다. 입구 너머에서 검은 공간이 손짓하며 부르고 있었다.

이사벨이 일행을 돌아보았다. 알렉은 마법의 불을 집어넣고 환하게 타오르는 천사의 검을 들었다. 검의 불빛이 엘리베이터 안을 랜턴처럼 비추었다. 조던은 크고 무자비해 보이는 칼을 꺼내 오른손에 쥐고 있었다. 마야는 머리를 틀어 올리는 것 같았다. 하지만 그녀가 손을 내리니 길고 끝이 날카로운 핀이 들려 있었다. 손톱도 모두 나와 있었고 눈은 야생동물처럼 푸르스름하게 번득였다.

"따라와. 조용히." 이사벨이 말했다.

복도를 따라 걷는 동안 이사벨의 목을 루비가 계속 톡톡 두드렸다. 누군가 손가락으로 계속 찔러대는 느낌이었다. 나머지 사람들이 따라오는 소리는 들리지 않았지만 거무스름한 화강암 벽에 기다란 그림자들이 드리워지는 것을 보고 그들이 따라오고 있다는 것을 알았다. 전투 현장으로 뛰어들기 전이면 언제나 그러듯이 목이 바짝 조여들고 신경이 곤두섰다. 이사벨이 가장 좋아하지 않는 부분이었다. 폭력이 터지는 순간을 기다리는 일. 싸우는 중에는 싸움 자체를 제외하고는 아무것도 중요하지 않았다. 지금은 당장의 일에 집중하려고 애쓰지 않으면 안 되었다.

아치형 입구가 그들 앞에 모습을 드러냈다. 대리석 입구는 현대적인 건물과 어울리지 않게 묘할 정도로 예스러웠고 측면에는 소용돌이무늬가 장식되어 있었다. 입구 안으로 들어서며 이사벨이 흘깃 위를 올려다보다가 흠칫 놀랄 뻔했다. 대리석에 조각된 괴물 석상의 얼굴이 음흉하게 웃으며 그녀를 내려다보고 있었다. 이사벨은 석상을 향해 얼굴을 찌푸려 보이고 입구 안으로 눈길을 돌렸다.

널찍하고 천장이 높은 공간으로, 아파트로 쓰기 위한 곳이 분명했다. 바닥에서 천장까지 이어지는 창문들이 달렸고, 이스트 강의 전경과 멀리 퀸스의 모습이 내다보였다. 선홍색과 감청색으로 번쩍이는 펩시콜라 네온사인이 검은 강물 위에 비쳐 어른거렸다. 주변 건물의 불빛들이 크리스마스 장식처럼 반짝이며 밤의 대기를 떠돌았다. 방 자체는 어두웠고, 바닥에는 일정한 간격으로 불룩한 모양의 그림자들이 가득했다. 이사벨이 당혹스러운 표정으로 눈을 가늘게 뜨고 쳐다보았다. 살아 움직이는 것은 아니었다. 뭉툭하고 네모난 가구처럼 보였지만, 어째서…?

"알렉." 이사벨이 조그맣게 불렀다. 그녀의 목에 걸린 펜던트는 살아 있는 것처럼 몸부림쳤고, 피부에 닿은 하트 모양의 루비는 고통스러울 정도로 뜨거웠다.

잠시 후 알렉이 옆으로 다가왔다. 그가 검을 들어 올리자 방 안에 빛이 가득 찼다. 이사벨의 손이 입으로 올라갔다. "오, 맙소사." 그녀가 속삭였다. "오, 세상에. 안 돼."

"당신은 그의 엄마가 아니에요." 사이먼의 목소리가 갈라져 나왔다.

릴리스는 사이먼 쪽으로 고개도 돌리지 않았다. 그녀는 여전히 유리관에 손을 얹고 있었다. 그 안에서 세바스찬은 아무것도 알지 못한 채 조용히 떠 있었다. 그의 맨발이 사이먼의 눈에 들어왔다. "그에게는 엄마가 따로 있어요. 클라리의 엄마가 그의 엄마죠. 클라리는 그의 동생이에요. 세바스찬은, 조너선은 당신이 클라리를 해치면 좋아하지 않을 거예요."

그 말에 릴리스가 고개를 들었다. "용감한 시도였어, 데이라이터." 그녀가 말했다. "하지만 난 바보가 아니야. 난 내 아들이 자라는 모습을 지켜보았어. 가끔 올빼미의 모습으로 찾아갔었지. 난 그를 낳은 여자가 그 아이를 얼마나 증오하는지 봤어. 그는 그 여자를 사랑하지 않고, 그래야 할 이유도 없지. 당연히 그는 동생을 소중히 여기지도 않아. 그는 조슬린 모겐스턴보다는 나와 더욱 닮았어." 릴리스의 검은 눈이 사이먼에게서 제이스에게로, 그리고 클라리에게로 움직였다. 그들은 움직이지 않았다. 클라리는 제이스의 팔 안에 꼼짝 않고 서 있었다. 칼은 그녀의 목 근처에 있었다. 제이스는 칼에 신경을 쓰지 않는 듯이 느슨하게 쥐고 있었다. 하지만 사이먼은 무심한 듯 보이는 그가 얼마나 빨리 폭력을 행사할 수 있는지 똑똑히 알고 있었다.

"제이스." 릴리스가 말했다. "원 안으로 들어와. 그 애도 함께."

제이스가 순순히 클라리를 밀며 앞으로 움직였다. 검은 선으로 그려진 경계를 넘어서자 선 안의 룬들이 갑작스레 환한 붉은색으로 번쩍였다. 그리고 다른 무엇인가도 빛났다. 제이스의 왼쪽 가슴, 심장 바로 위쪽에 있는 룬이 너무 환하게 빛나서 사이먼은 눈을 질끈 감았다. 그러나 감은 눈으로도 룬을 볼 수 있었다. 성난 듯이 사납게 소용돌이치는 선들이 눈꺼풀 안쪽에 박혀 있었다.

"눈을 떠라, 데이라이터." 릴리스가 쏘아붙였다. "결정할 시간이 되었

어. 네 피를 내게 줄 건가, 아니면 거절할 건가? 거절하면 그 대가가 무
엇인지는 알고 있겠지."

사이먼이 관 속의 세바스찬을 쳐다보았다. 그러고는 고개를 들다가
다시 쳐다보았다. 제이스의 가슴에서 번쩍이는 것과 똑같은 룬이 그의
가슴에 나타났다가 사이먼이 쳐다보는 순간 사라지기 시작했다. 잠시
후에는 룬이 완전히 사라지면서 세바스찬은 다시 고요하고 하얀 상태로
돌아갔다. 움직임은 없었다. 숨도 쉬지 않았다.

죽어 있었다.

"난 그를 되살릴 수 없어요." 사이먼이 말했다. "그는 죽었다고요. 내
가 피를 주어도 삼키지 못해요."

릴리스는 화가 나서 이를 앙다문 채 거칠게 숨을 내쉬었다. 한순간 그
녀의 눈이 강렬하게 빛났다. "먼저 네가 조너선을 물어야 해." 그녀가 말
했다. "너는 데이라이터야. 천사의 피가 네 몸속에, 네 피와 눈물 속에,
네 송곳니의 액체 속에 흐르고 있어. 네 데이라이터의 피는 삼키고 들이
켤 수 있을 정도로 그를 소생시킬 거야. 조너선을 물고 네 피를 주면 그
가 내게로 돌아오는 거지."

사이먼이 그녀를 뚫어지게 쳐다보았다. "하지만 당신 말은… 당신 말
은 나한테 죽은 자를 되살리는 능력이 있다는 거예요?"

"넌 데이라이터가 되면서 그 능력을 얻었어. 하지만 그걸 사용할 권리
는 없었지."

"권리라고요?"

릴리스가 붉게 칠한 긴 손톱 끝으로 세바스찬의 관을 따라가며 미소
지었다. "역사는 승자들에 의해 쓰인다고 사람들은 말하지. 하지만 빛의
측면과 어둠의 측면은 네가 생각하는 것처럼 그렇게 다르지 않을지도

몰라. 어둠이 없다면 빛은 결국 아무것도 밝히지 못하니까."

사이먼이 멍한 얼굴로 그녀를 바라보았다.

"균형." 그녀가 다시 설명했다. "세상에는 네가 상상할 수 없을 정도로 오래된 법칙들이 있어. 그중 하나가 바로 죽은 자는 되살릴 수 없다는 거지. 영혼은 육체를 떠나면 죽음의 영역에 속하게 돼. 그러고 나면 값을 치르지 않고서는 육체로 되돌릴 수가 없어."

"당신은 기꺼이 그 값을 치를 거고요? 그를 위해서?" 사이먼이 세바스찬을 가리켰다.

"그가 바로 값이야." 릴리스가 머리를 뒤로 젖히고 깔깔거리며 웃었다. 인간의 웃음소리와 거의 비슷했다. "빛이 한 영혼을 되살리면 어둠도 한 영혼을 되살릴 권리를 얻게 되지. 이게 바로 내 권리야. 내 말이 무슨 뜻인지는 네 작은 친구 클라리에게 물어보렴."

사이먼이 클라리를 쳐다보았다. 클라리는 곧 기절할 것 같은 표정이었다. "라지엘." 그녀가 꺼져가는 목소리로 말했다. "제이스가 죽었을 때…."

"제이스가 죽었다고?" 사이먼의 목소리가 한 옥타브 올라갔다. 제이스는 자신이 대화의 주제가 되었음에도 여전히 평온하고 무표정한 얼굴이었다. 칼을 든 손은 흔들림이 없었다.

"발렌타인이 제이스를 검으로 찔렀어." 클라리가 속삭이다시피 말했다. "그러고 나서 라지엘 천사가 발렌타인을 죽였고, 천사는 내게 무엇이든 원하는 것을 가질 수 있다고 했어. 그래서 난 제이스를 돌려달라고, 그를 돌려받기를 원한다고 말했고, 천사는 제이스를 되살렸어. 날 위해서." 작고 하얀 얼굴에서 눈만 아주 크게 보였다. "제이스는 단 몇 분간 죽어 있었어… 아주 짧은 시간 동안…."

"그 정도면 충분했지." 릴리스가 나직하게 말했다. "난 내 아들이 제이스와 싸우는 동안 근처를 맴돌았어. 내 아들이 쓰러져서 죽어가는 모습을 보았지. 그다음에는 제이스를 따라 호수로 갔고, 발렌타인이 그를 베는 모습도 지켜보았어. 그러고는 천사가 그를 되살리는 모습을 보았지. 그게 바로 내 기회라는 걸 알았어. 난 강으로 되돌아가서 아들의 몸을 물에서 끌어냈어…. 바로 이 순간을 위해서 그 몸을 보존했지." 그녀가 애정 어린 눈길로 관을 내려다보았다. "모든 것은 균형을 이뤄야 해. 눈에는 눈. 이에는 이. 목숨에는 목숨. 제이스는 평형추야. 제이스가 살면 조녀선도 사는 거지."

사이먼은 클라리에게서 눈을 뗄 수 없었다. "저 여자가 하는 말… 그 천사에 대한 이야기… 전부 사실이야? 그리고 넌 누구에게도 말하지 않았고?"

그 말에 대답한 것은 놀랍게도 제이스였다. 클라리의 머리를 자신의 볼로 가볍게 쓸며 말했다. "그건 우리만의 비밀이었어."

클라리의 녹색 눈에 섬광이 번쩍였지만 그녀는 움직이지 않았다.

"이제 알겠지, 데이라이터." 릴리스가 말했다. "난 정당하게 주어진 걸 취하려는 것뿐이야. 그 법칙에 따르면 처음에 되살아난 사람이 두 번째 사람이 되살아날 때 이 원 안에 함께 있어야 하지." 그녀가 업신여기듯 손가락을 휙 움직여 제이스를 가리켰다. "그는 여기에 있어. 너도 여기에 있고. 모든 준비가 끝났지."

"그럼 클라리는 필요 없잖아요." 사이먼이 말했다. "클라리는 여기서 빼요. 보내줘요."

"당연히 그 애도 필요하지. 네게 동기를 주기 위해서. 난 마크를 지닌 너를 해치지 못해. 협박하거나 죽이지도 못하지. 하지만 그 애의 목을 베어버리는 것으로 네 심장도 벨 수가 있어. 난 분명히 그렇게 할 거야."

릴리스가 클라리에게로 시선을 옮겼고 사이먼도 그녀의 시선을 따라갔다.

클라리. 추위 때문일지 모르지만 그녀는 푸르스름해 보일 정도로 창백했다. 하얗게 질린 얼굴에서 녹색 눈이 커다랗게 보였다. 드레스의 목선으로 흘러내린 피가 붉은 얼룩으로 보였다. 양옆으로 늘어뜨린 손은 떨리고 있었다.

사이먼은 클라리의 현재 모습을 보는 동시에 일곱 살 때의 모습도 보고 있었다. 비쩍 마른 팔, 주근깨가 난 얼굴, 머리에는 열한 살 때까지 꽂고 다니던 파란 플라스틱 핀을 꽂은 클라리. 그녀가 헐렁한 티셔츠와 청바지 아래 소녀의 몸매를 가졌다는 것을 처음으로 눈치채고는 눈길을 돌려야 할지 말아야 할지 쩔쩔매던 일도 떠올랐다. 클라리의 웃음과 종이 위로 빠르게 움직이던 연필도 떠올랐다. 연필이 지나가고 나면 종이 위에는 첨탑이 있는 성, 달리는 말, 클라리가 머릿속에서 만들어낸 다채로운 캐릭터들이 남았다. 클라리의 엄마는 말하곤 했다. 학교까지 엄마 없이 혼자 가도 좋아. 하지만 반드시 사이먼이 함께 가야 해. 사이먼은 길을 건널 때마다 힘주어 잡았던 클라리의 손, 엄청난 임무를 수행하고 있다는 기분, 클라리의 안전이 자신에게 달려 있다고 느끼던 책임감을 기억했다.

사이먼은 한때 클라리를 사랑했다. 첫사랑이었기에 가슴 한편은 영원히 그 상태로 머물러 있을 것이다. 하지만 지금 중요한 것은 그게 아니었다. 그녀는 클라리였다. 그녀는 그의 일부였다. 항상 그래왔고 영원히 그럴 것이다. 사이먼이 클라리를 쳐다보자 클라리가 머리를 아주 살짝 가로저었다. 사이먼은 그게 무슨 뜻인지 알았다. 하지 마. 저 여자가 원하는 걸 주어선 안 돼. 내게 일어날 일은 그냥 일어나게 둬.

사이먼이 원 안으로 들어섰다. 그의 발이 선을 넘어서는 순간 감전된 것처럼 전율이 온몸을 훑고 지나갔다. "좋아요. 하겠어요." 그가 말했다.

"안 돼!" 클라리가 외쳤지만 사이먼은 쳐다보지 않았다. 그의 시선은 서늘하고 만족스러운 미소를 지으며 왼손을 들어 관의 표면을 스치는 릴리스에게 머물러 있었다.

관의 뚜껑이 벗겨졌다. 사이먼은 묘하게도 정어리 통조림의 뚜껑이 뜯기는 모습을 연상했다. 떼어진 뚜껑이 녹아내리며 화강암 받침대 옆으로 흐르다가 작은 유리 조각으로 굳어져서 바닥에 떨어졌다.

관은 이제 수조처럼 열려 있었다. 세바스찬의 몸이 그 안에 떠 있었다. 릴리스가 관으로 다가가자 그의 가슴에서 룬이 다시 번쩍이는 것을 사이먼은 본 것 같았다.

릴리스는 기묘하게 다정한 몸짓으로, 힘없이 늘어진 세바스찬의 팔을 그의 가슴 위에 교차해놓았다. 멀쩡한 손을 위로 오게 하고 붕대가 감긴 손을 아래로 넣었다. 그녀는 세바스찬의 하얀 이마에서 젖은 머리칼을 쓸어 넘기고 뒤로 물러서면서 손을 흔들어 우윳빛 물기를 털어냈다.

"네 차례야, 데이라이터." 그녀가 말했다.

사이먼이 관으로 다가갔다. 세바스찬의 얼굴은 힘없이 늘어졌고 눈꺼풀은 움직임이 없었다. 목에는 맥박이 뛰지 않았다. 사이먼은 모린의 피를 갈망하던 때를 떠올렸다. 그녀의 살갗에 이를 박아 넣어 그 아래 흐르는 짭짤한 피를 끌어내길 얼마나 갈망했는지. 하지만 이건… 이건 시체의 피를 빼는 것이었다. 사이먼은 생각만으로도 속이 뒤집혔다.

클라리를 보고 있지 않았지만 사이먼은 그녀가 자신을 보고 있다는 것을 알았다. 그가 세바스찬에게로 몸을 숙일 때 클라리의 숨결이 느껴졌다. 텅 빈 눈으로 그를 바라보는 제이스의 시선도. 사이먼은 관 안으로 팔을 뻗어 차갑고 미끈거리는 세바스찬의 어깨를 잡았다. 그는 구역질을 억지로 참으며 고개를 숙여 세바스찬의 목에 이를 박아 넣었다. 독처럼 쓰디쓴 악마의 검은 피가 입안으로 쏟아져 들어왔다.

****

이사벨은 돌 받침대 사이로 소리 없이 움직였다. 알렉이 함께 움직이며 천사의 검으로 방 안 구석까지 빛을 비췄다. 마야는 한쪽 구석에서 허리를 꺾고 구역질을 하고 있었다. 한 손으로는 벽을 짚었다. 조던은 마야의 등을 쓸어주고 싶은 마음이 굴뚝같지만 거부당할 것이 두렵다는 얼굴로 그녀 주변을 맴돌았다.

이사벨은 속을 게우는 마야를 비난할 수 없었다. 수년간의 훈련이 아니었다면 이사벨 자신도 그랬을 테니까. 이사벨은 눈앞에 보이는 광경은 한 번도 본 적이 없었다. 방 안에는 수십 개는 되어 보이는 돌 받침대가 놓여 있었다. 적어도 50개는 될 듯했다. 그 위에는 구유처럼 생긴 바구니가 하나씩 놓였고, 바구니 안에는 아기가 들어 있었다. 모두 죽은 아기였다.

이사벨은 바구니 사이로 걸어 다니면서 어쩌면 살아 있는 아기가 있을지도 모른다는 희망을 가졌다. 하지만 아기들은 죽은 지가 꽤 지난 상태였다. 피부는 잿빛이고 작은 얼굴은 멍들고 변색되었다. 아기들은 얇은 담요로만 감싸여 있었다. 하지만 아무리 그곳이 춥다고 해도 아기들이 얼어 죽을 정도로 춥지는 않았다. 이사벨은 아기들이 어떻게 죽었는지 알 수가 없었다. 자세히 들여다보는 것도 견딜 수가 없었다. 이런 문제는 클레이브 소관이었다.

뒤에서 따라오던 알렉의 얼굴에 눈물이 흘렀다. 마지막 돌 받침대에 다다를 무렵 그가 나지막이 욕설을 내뱉었다. 마야는 이제 허리를 펴고 창문에 기대서 있었다. 조던이 건넨 손수건을 얼굴에 대고서. 마야의 등 뒤에서 차갑고 하얀 도시의 불빛들이 다이아몬드 송곳처럼 검은 유리를 뚫고 들어왔다.

"이사벨." 알렉이 입을 열었다. "누가 이런 짓을 할 수가 있지? 왜 이런 짓을…. 아무리 악마라고 해도…."

알렉이 갑자기 말을 끊었다. 이사벨은 그가 무슨 생각을 하는지 알았다. 맥스가 태어났을 때를 떠올렸으리라. 이사벨은 일곱 살이었고 알렉은 아홉 살이었다. 그들은 새로운 생명체에 넋을 잃은 채 아기 침대로 몸을 숙이고 자그마한 동생을 구경했다. 앙증맞은 손가락을 건드려보기도 하고, 아기를 간질이면 이상한 표정을 짓는 것을 보면서 깔깔거리기도 했다.

이사벨은 심장이 비틀리는 것 같았다. 맥스. 관이 되어버린 작은 바구니 사이로 걸어 다니는 동안 걷잡을 수 없는 두려움이 그녀를 짓누르기 시작했다. 목에 걸린 펜던트에서 강렬하고 지속적인 빛이 뿜어져 나온다는 사실을 이사벨은 무시할 수가 없었다. 대악마와 마주칠 때나 뿜어져 나오는 빛이었다.

이사벨은 클라리가 베스 이스라엘 병원 영안실에서 보았다는 아기를 떠올렸다. 평범한 아기처럼 보였어. 맹수의 발처럼 휜 손을 빼고는….

이사벨이 아주 조심스럽게 바구니 하나로 손을 뻗었다. 아기를 건드리지 않으려고 조심하며 아기를 감싼 얇은 담요를 옆으로 잡아당겼다.

그녀의 입에서 놀라는 소리가 흘러나왔다. 토실토실한 보통 아기의 팔과 둥근 손목. 손은 갓 만들어진 듯 보드라워 보였다. 하지만 손가락들은… 손가락들은 동물의 발처럼 휘고 불에 탄 뼈처럼 검었으며, 손끝에는 뾰족하고 날카로운 맹금의 발톱이 달려 있었다. 이사벨이 저도 모르게 뒤로 한 걸음 물러났다.

"왜 그래?" 마야가 그들에게로 다가왔다. 안색은 여전히 좋지 않았지만 목소리는 안정되었다. 조던이 주머니에 손을 넣은 채 그녀를 따라 다가왔다. "뭘 발견한 거야?" 마야가 물었다.

"맙소사." 알렉이 이사벨 곁에서 바구니를 내려다보고 있었다. "이게… 클라리가 말한 아기하고 같은 거지? 베스 이스라엘 병원에서 봤다는 아기?"

이사벨이 천천히 고개를 끄덕였다. "그런 아기가 하나가 아니었던 모양이야. 누군가 그런 아기들을 더 많이 만들려고 하고 있어…. 세바스찬 같은 존재를."

"어째서 그런 걸 더 만들려고 하는 거지?" 알렉의 목소리에 혐오감이 가득했다.

"세바스찬은 빠르고 강했어." 이사벨이 말했다. 동생을 죽이고 자신도 죽이려고 했던 소년에 대해 좋은 말을 하는 것은 육체적인 고통이 느껴질 정도로 힘들었다. "최고 전사 인종을 길러내려는 거겠지."

"성공하지 못했네." 마야의 눈이 슬픔으로 어두워졌다.

아주 작은 소리 하나가 이사벨의 귓가를 간질였다. 이사벨이 머리를 홱 들어 올리며 채찍이 감긴 벨트로 손을 뻗었다. 문 근처, 방 가장자리의 짙은 어둠 속에서 뭔가 움직였다. 아주 희미한 깜빡임이었지만 이사벨은 이미 문을 향해 달려가고 있었다. 그녀는 엘리베이터 근처의 통로로 달려 들어갔다. 거기에 뭔가 있었다. 거대한 어둠에서 떨어져 나와 벽을 따라 조금씩 움직이는 그림자. 속도를 높여 몸을 던진 이사벨이 그림자를 바닥으로 떨어뜨렸다.

유령은 아니었다. 함께 쓰러질 때 그 검은 형체에서 인간의 신음과 매우 비슷한 소리가 흘러나오는 것을 들었다. 그들은 함께 바닥에 떨어져 데굴데굴 굴렀다. 형체는 분명히 인간이었다. 회색 운동복에 스니커즈를 신은, 이사벨보다 마르고 작은 사람. 날카로운 팔꿈치가 날아들어 이사벨의 쇄골을 찔렀다. 무릎이 명치로 파고들었다. 이사벨은 깜짝 놀라 옆으로 몸을 굴리며 채찍으로 손을 뻗었다. 이사벨이 채찍을 뽑았을 때 검은 형체는 일어나 있었다. 그녀가 몸을 굴려 엎드리며 채찍을 앞으로 휙 움직였다. 채찍의 끝이 검은 형체의 발목을 휘감아 단단히 조였다. 이사벨이 채찍을 뒤로 꽉 잡아당기자 형체가 벌렁 뒤로 자빠졌다.

이사벨이 재빨리 일어나며 드레스 앞쪽에 꽂힌 스텔레를 뽑았다. 빠른 움직임으로 왼팔에 닉스 마크를 그렸다. 야간 시력의 룬이 효과를 발휘하자 곧바로 시야가 조정되어 방 전체가 빛으로 가득한 것처럼 보였다. 이사벨은 이제 자신을 공격한 사람을 더욱 자세히 볼 수 있었다. 회색 운동복을 입고 회색 스니커즈를 신은 마른 체격의 사람이 허둥거리며 벽에 등이 닿을 때까지 뒤로 물러났다. 운동복의 후드가 벗겨져서 얼굴이 훤히 드러났다. 머리는 박박 밀었지만 크고 검은 눈에 광대뼈가 솟아오른 여자의 얼굴이었다.

"멈춰." 이사벨이 채찍을 세게 잡아당기며 말했다. 여자가 고통스럽게 비명을 질렀다. "도망치지 마."

여자가 이를 드러냈다. "벌레 같은 인간, 불신자. 난 아무것도 말하지 않을 거야."

이사벨이 스텔레를 다시 드레스 안으로 쑤셔 넣었다. "내가 채찍을 세게 잡아당기면 다리가 잘려나갈 거야." 이사벨이 채찍을 잡아당겨 조이면서 여자 앞으로 다가갔다. 그녀는 바로 앞까지 걸어가서 여자를 내려다보며 섰다. "저 아기들, 왜 저렇게 된 거지?"

여자가 까르르 웃었다. "그 아기들은 강하지 못했어. 약한 종자였지, 너무 약했어."

"뭘 하기에 너무 약했다는 거야?" 여자가 대답하지 않자 이사벨이 쏘아붙였다. "내 말에 대답하든가 다리 하나를 잃든가. 선택해. 바닥에 누워 피를 흘리며 죽어가는 널 그냥 두고 가지 못할 거란 생각은 하지 마. 아기를 살해하는 자는 자비로운 대우를 받을 자격이 없으니까."

여자가 뱀처럼 쉭 소리를 냈다. "나를 해치면 그분이 널 벌할 거야."

"그분이…." 이사벨은 알렉의 말이 떠올라 말을 멈췄다. 탈토는 릴리스의 또 다른 이름이야. 죽은 아이들의 악마 여신이라고 할 수 있어. "릴리스." 이사벨이 말했다. "넌 릴리스를 숭배해. 이런 짓을 한 게 전부… 릴리스를 위해서야?"

"이사벨." 알렉이 천사의 검으로 빛을 비추며 다가왔다. "무슨 일이야? 마야와 조던은… 아이들이 더 있는지 찾아보고 있어. 하지만 큰 방에 있는 아이들이 다인 것 같아. 여긴 무슨 일이야?"

"이… 사람." 이사벨이 혐오감이 어린 목소리로 말했다. "탈토 교회의 멤버야. 릴리스를 숭배하는 모양이야. 그들이 릴리스를 위해 그 아기들을 전부 살해했어."

"살해가 아니야!" 여자가 몸을 일으키려고 버둥거렸다. "살해가 아니야. 희생이지. 그 아기들은 시험을 거쳤고 약한 것으로 판명이 났어. 우리 잘못이 아니야."

"내가 한 번 맞혀볼까? 너희는 임신한 여자들에게 악마의 피를 주사했어. 하지만 악마의 피는 독성을 지녔어. 아기들은 당연히 살아남지 못해. 아기들은 기형으로 태어난 다음 죽었겠지."

여자가 흐느꼈다. 아주 작은 소리였지만 이사벨은 알렉이 눈을 가늘게 뜨는 것을 보았다. 알렉은 그들 중에서 사람의 표정을 읽는 일에 가장 뛰어났다.

"저 아기들 중에 하나는 당신 아기야. 어떻게 자기 아이한테 악마의 피를 주사할 수가 있지?"

여자의 입술이 파르르 떨렸다. "아기한테 주사한 게 아니야. 피를 받은 건 우리 엄마들이었어. 피는 우리를 강하고 빠르게 만들었어. 우리 남편들도. 하지만 우린 병이 들었어. 점점 병이 심해졌어. 머리카락이 다 빠지고, 손톱은…." 여자가 손을 올려 검게 변한 손톱과 찢어져서 피투성이가 된 손톱 밑을 보여주었다. 팔에는 거무스름한 멍들이 퍼져 있었다. "우린 전부 죽어가고 있어." 여자의 목소리에 희미한 만족감이 묻어났다. "우린 며칠 내로 죽을 거야."

"릴리스가 독을 주입하게 했는데도 릴리스를 숭배한단 말이야?" 알렉이 말했다.

"너희는 이해하지 못해." 여자가 쉰 목소리로 꿈을 꾸듯이 말했다. "그분이 날 발견하기 전에 난 아무것도 아니었어. 우리 모두가 그랬어. 난 거리에서 살았지. 얼어 죽지 않으려고 지하철 환풍구 위에서 잠을 잤어. 릴리스 님은 내게 살 곳을 주고 날 돌봐줄 가족을 주었어. 그분이 계신 곳이면 안전하지. 전에는 어디에서도 안전하다고 느낀 적이 없었어."

"릴리스를 봤다고?" 이사벨은 목소리에 의혹이 스며들지 않게 조심하며 말했다. 이사벨은 악마 숭배 집단에 관해 잘 알았다. 호지가 과제를 내주어 그들에 관해 리포트를 작성한 적이 있었다. 호지는 이사벨에게 높은 점수를 주었다. 그런 집단들은 대개 자신들이 상상하거나 만들어낸 악마들을 숭배했다. 개중에는 약하고 작은 악마를 불러내는 데 성공한 집단들도 있었다. 자유롭게 놓여난 악마는 집단의 일원을 모두 죽이거나, 아니면 그들의 봉사에 만족했다. 모든 욕구는 충족되면서 보답으로 뭔가를 요구받는 일도 드물었기 때문이다. 하지만 대악마를 숭배하는 집단에서 실제로 그 악마를 보았다는 경우는 들어보지 못했다. 마법사들의 어머니인 릴리스처럼 강력한 대악마의 경우는 더욱 그럴 가능성이 적었다. "면전에서 봤다는 거야?"

반쯤 감긴 여자의 눈이 흔들렸다. "그래. 그분의 피가 몸속에서 흐르는 나는 그분이 가까이 있을 때면 언제나 느끼지. 지금처럼."

이사벨이 저도 모르게 펜던트로 손을 뻗었다. 그들이 건물 안으로 들어온 이후 계속 불규칙하게 뛰고 있었다. 이사벨은 죽은 아기들의 몸속에 있는 악마의 피 때문일 거라고 추측했지만 대악마가 근처에 있기 때문이라는 이유가 더욱 타당하게 들렸다. "릴리스가 여기 있다고? 어디 있지?"

여자는 막 잠으로 빠져들려는 것 같았다. "위층에." 여자가 모호하게 말했다. "뱀파이어 소년과 함께. 한낮에 돌아다니는 뱀파이어. 그분은 우리 중에 몇 명을 보내 소년을 데려오게 했지만 그는 보호를 받고 있었어. 우린 그에게 손을 댈 수가 없었지. 그를 찾아간 사람들이 목숨을 잃었어. 그러고는 아담 형제가 돌아와서 소년이 신성한 불꽃으로 보호를 받고 있다고 했고 릴리스 님은 화를 내셨지. 그 자리에서 그를 베어버리셨어. 그분의 손에 목숨을 잃었으니 그는 운이 좋았어. 아주 운이 좋았지." 여자의 숨소리가 거칠어졌다. "릴리스 님은 영리한 분이셔. 소년을 데려올 또 다른 방법을 찾아내셨으니…."

돌연 힘이 풀린 이사벨의 손에서 채찍이 떨어졌다. "사이먼? 사이먼을 이리로 데려왔다고? 왜지?"

"'그 여자에게 가는 자들은 모두 돌아오지 못하고…'" 여자가 작게 말했다.

이사벨이 바닥에 무릎을 꿇으며 채찍을 집어 들었다. "그만해." 이사벨은 흔들리는 목소리로 말했다. "그만 지껄이고 사이먼이 어디 있는지나 말해. 그 여자가 사이먼을 어디로 데려갔지? 사이먼은 어디 있어? 말해, 안 그러면 내가…."

"이사벨." 알렉이 무겁게 말했다. "이지, 소용없는 짓이야. 여자는 죽었어."

이사벨이 믿을 수 없다는 듯이 여자를 쳐다보았다. 여자는 숨 한 번 쉬는 사이에 죽은 듯했다. 눈을 부릅뜬 채 얼굴에 힘이 풀려 있었다. 그제야 영양 결핍으로 앙상한 몸, 박박 밀어버린 머리, 시퍼런 멍 아래로 여자의 나이가 상당히 어리다는 점이 보였다. 스무 살도 채 안 되어 보였다.

"빌어먹을."

"이해가 안 돼." 알렉이 말했다. "대악마가 왜 사이먼을 원하는 거지? 사이먼은 뱀파이어잖아. 아무리 강력한 뱀파이어이라고 해도…."

"카인의 마크." 이사벨은 심란한 듯이 말했다. "분명히 그 마크하고 관련이 있을 거야. 틀림없어." 그녀는 엘리베이터로 다가가서 버튼을 눌렀다. "릴리스가 정말 아담의 첫 아내였다면 카인은 아담의 아들이었어. 그렇다면 카인의 마크는 그녀만큼이나 오래된 거야."

"어디 가는 거야?"

"여자는 그들이 위층에 있다고 했어. 사이먼을 찾을 때까지 모든 층을 수색할 거야." 이사벨이 말했다.

"릴리스는 사이먼을 해칠 수 없어, 이지." 이사벨이 몹시 싫어하는 이성적인 목소리로 알렉이 말했다. "걱정돼서 그러는 건 알겠는데, 사이먼은 카인의 마크를 지녔어. 누구도 그를 건드리지 못해. 심지어 대악마라고 해도 사이먼을 해칠 수 없어. 그건 불가능한 일이야."

이사벨이 험악한 표정으로 오빠를 노려보았다. "그럼 그 여자가 사이먼을 왜 데려갔다고 생각하는데? 낮 시간에 세탁소로 가서 자기 세탁물을 찾아올 사람이 필요해서? 정말이지, 알렉…."

땅 하는 소리가 들리고 제일 먼 곳에 있는 엘리베이터의 등에 불이 들어왔다. 엘리베이터의 문이 열리기 시작하자 이사벨이 그쪽으로 걸음을 옮겼다. 열린 문밖으로 빛이 쏟아져 나오고… 그다음으로 사람들의 물결이, 바짝 여위고 머리를 밀어버린, 회색 운동복과 스니커즈 차림의 남자들과 여자들이 물밀듯이 쏟아져 나왔다. 그들은 공사 현장에서 골라온 깨진 유리 조각, 잘린 강철봉, 콘크리트 블록 등의 조악한 무기들을 들었다. 그리고 누구도 입을 열지 않았다. 섬뜩할 정도로 완전한 침묵 속에서 그들은 일제히 엘리베이터 밖으로 밀려나와 알렉과 이사벨을 향해 돌진했다.

18
불의 흉터

밤이면 이따금 그러듯이 구름이 짙은 안개를 몰고 강물 위로 밀려들었다. 옥상에서 벌어지는 일은 완전히 가려지지 못하고 모든 것 위로 부연 안개만이 드리워졌다. 주변으로 솟은 건물들은 흐릿한 빛 기둥으로 보였고 낮게 흘러가는 구름에 가려진 달은 조도를 낮춘 등불처럼 어렴풋한 빛을 발할 뿐이었다. 타일 바닥에 흩어진 관 뚜껑의 조각들이 얼음 파편처럼 반짝거렸다. 달빛 아래 창백한 얼굴로 사이먼을 바라보는 릴리스 역시 빛을 발했다. 사이먼은 세바스찬의 몸 위로 상체를 숙이고 그의 피를 빨고 있었다.

클라리는 차마 지켜볼 수가 없었다. 사이먼이 지금 하는 일을 혐오스러워한다는 것은 클라리도 잘 알았다. 사이먼은 그녀를 위해, 조금은 제이스를 위해 그 일을 하고 있었다. 그리고 클라리는 의식의 다음 단계가 무엇인지도 알았다. 사이먼은 자신의 피를 기꺼이 세바스찬에게 줄 것이고, 그로 인해 죽을 것이다. 뱀파이어도 피를 모두 빼앗기면 죽는다. 사이먼은 죽을 것이고 클라리는 그를 영원히 잃게 될 것이다. 그리고 모든 것은 전부 그녀 탓이었다.

제이스는 여전히 클라리 뒤에서 팔로 그녀를 단단히 감고 있었다. 부드럽고 규칙적으로 뛰는 제이스의 심장박동이 클라리의 어깨뼈로 전해졌다. 클라리는 이드리스에 있는 합의의 전당 계단에서 그녀를 끌어안던 제이스를 기억했다. 그가 그녀에게 입을 맞출 때 나뭇잎을 흔들던 바람 소리, 그녀의 얼굴을 감싸던 따스한 손. 세상 어디에도 제이스와 같은 심장박동을 가진 사람은 없을 거라는 느낌, 매 박동이 그녀의 심장박동과 정확히 일치하는 그 느낌.

제이스는 저 안쪽 어딘가에 분명히 있었다. 세바스찬이 유리관 안에 갇혀 있는 것처럼. 그에게 가 닿을 방법이 있을 것이었다.

릴리스는 세바스찬에게로 몸을 숙이고 있는 사이먼을 바라보고 있었다. 부릅뜬 검은 눈은 그쪽에 고정되었다. 클라리와 제이스는 안중에도 없었다.

"제이스." 클라리가 속삭였다. "제이스, 난 보고 싶지 않아."

클라리는 그의 품으로 파고들려는 듯이 뒤로 몸을 바짝 붙였다. 그러고는 옆 목에 칼이 스치자 움찔 놀라는 척했다.

"제발, 제이스. 칼은 필요 없잖아. 내가 널 해칠 수 없다는 걸 아니까."

"하지만 왜…."

"널 보고 싶어서 그래. 네 얼굴을 보고 싶어."

클라리는 그의 어깨가 빠르게 솟구쳤다 떨어지는 것을 느꼈다. 그는 뭔가를 밀어내려고 싸우는 것처럼 온몸을 부르르 떨었다. 그러고는 움직였다. 오로지 제이스만이 가능한, 섬광처럼 빠른 움직임으로. 그는 오른팔로 그녀를 단단히 감싼 채 왼손으로 칼을 벨트에 꽂았다.

클라리의 심장이 거세게 날뛰었다. 그 틈에 도망칠까 생각했지만 제이스는 곧바로 그녀를 잡을 것이었다. 다음 순간 제이스가 다시 양팔로 그녀를 감쌌다가 팔을 잡아서 돌려세웠다. 그의 손가락이 클라리의 등을 스치고 떨리는 팔에 닿는 것이 느껴졌다.

클라리는 이제 사이먼을, 그리고 그 여자 악마를 보고 있지 않았다. 등 뒤로는 여전히 그들의 존재가 느껴져서 등골이 오싹했지만 클라리는 제이스를 올려다보았다. 그의 얼굴은 너무나 익숙했다. 얼굴의 선들, 이마를 가린 머리칼, 광대뼈와 관자놀이에 남은 희미한 흉터. 속눈썹은 머리칼보다 색이 약간 짙었다. 눈은 옅은 노란색 유리처럼 보였다. 저게 바로 다른 점이야. 클라리는 생각했다. 그는 여전히 제이스처럼 보였지만 그의 눈은 맑고 텅 비어서 창문을 통해 빈방을 들여다보는 것 같았다.

"무서워." 클라리가 말했다.

제이스가 그녀의 어깨를 어루만지자 신경을 따라 전율이 퍼졌다. 클라리는 여전히 자신의 몸이 그의 손길에 반응하는 것을 깨닫고 메스꺼움을 느꼈다. "너한테 어떤 일도 일어나게 하지 않을 거야."

클라리가 제이스를 쳐다보았다. 넌 진심으로 그렇게 생각하는 거지? 넌 네 행동과 생각 사이에 연결이 끊어진 사실을 알지 못해. 저 여자가 그걸 끊어버린 거야.

"넌 저 여자를 막지 못할 거야." 클라리가 말했다. "저 여자는 날 죽일 거야, 제이스."

그가 고개를 가로저었다. "아니. 안 그럴 거야."

클라리는 비명을 지르고 싶었지만 목소리를 신중하고 침착하게 유지했다. "그 안에 있다는 거 알아, 제이스. 진짜 너 말이야." 클라리가 그에게 바짝 다가섰다. 벨트 버클이 클라리의 손목을 파고들었다. "넌 저 여자와 싸울 수 있어…."

그건 잘못된 말이었다. 제이스의 몸이 굳었다. 클라리는 그의 눈에 괴로움의 빛이 스치는 것을 보았다. 덫에 갇힌 짐승의 눈빛이었다. 그러나 다음 순간 그 눈빛은 냉담하게 변했다. "못 해."

클라리가 몸을 떨었다. 제이스의 표정은 너무나 끔찍했다. 그녀가 몸을 떨자 제이스의 눈빛이 부드러워졌다. "추워?" 한순간 다시 제이스 자신으로 돌아온 듯한 목소리였다. 그녀의 안부를 걱정하는 제이스. 클라리는 목이 메었다.

신체적으로 느끼는 추위 따위는 안중에도 없었지만 클라리는 고개를 끄덕였다. "네 재킷 안에 손을 넣어도 돼?"

그가 고개를 끄덕였다. 재킷 단추는 열려 있었다. 재킷 안으로 손을 넣자 그의 등이 가볍게 닿았다. 모든 것이 으스스할 정도로 고요했다. 도시는 얼음으로 된 프리즘 안에 얼어붙어 있는 것 같았다. 주변 건물들에서 흘러나오는 불빛들도 움직임이 없고 차가웠다.

제이스가 느리고 고른 숨을 내쉬었다. 클라리는 뜯긴 셔츠 자락 사이로 가슴에 새겨진 룬을 보았다. 그가 숨을 쉴 때마다 룬도 같이 펄떡거리며 뛰는 것 같았다. 제이스에게 저런 것이 거머리처럼 달라붙어서 그의 선한 부분을, 제이스를 빨아내고 있다고 생각하니 역겨웠다.

클라리는 룬을 파괴하는 방법에 관해 루크가 한 말을 떠올렸다. 룬의 모양을 망가뜨리면 효과를 최소화하거나 없앨 수 있어. 그래서 적들이 전투에서 섀도우 헌터의 피부를 태우거나 베어내려는 시도를 하지. 룬의 능력을 없애려고.

클라리는 제이스의 얼굴에 계속 시선을 고정하고 스스로를 타일렀다. 여기서 일어나고 있는 일들은 잊어. 사이먼에 대해서도, 목에 들이댄 칼에 대해서도. 이제부터 네가 하는 말은 지금껏 해온 어떤 말보다도 중요해.

"공원에서 나한테 한 말 기억해?" 클라리가 속삭였다.

그가 놀라서 그녀를 내려다보았다. "뭐?"

"내가 이탈리아어를 못 한다고 했을 때 말이야. 난 네가 인용한 말이 무슨 뜻인지 기억해. 사랑이 세상에서 가장 강력한 힘이라는 뜻이라고 했어. 사랑으로는 어떤 일도 가능하다고."

미간에 아주 작은 주름이 잡혔다. "난 기억이…."

"기억할 거야." 조심스럽게 다가가. 클라리는 자신을 타일렀지만 목소리에 긴장이 감도는 것은 어쩌지 못했다. "분명히 기억해. 가장 강력한 힘이라고 네가 그랬어. 천국이나 지옥보다 더 강하다고. 그러니까 릴리스보다도 강할 거야."

아무런 변화도 없었다. 제이스는 마치 그녀의 말을 못 듣는 것처럼 바라보았다. 클라리는 시커멓고 텅 빈 터널에 대고 소리치는 것만 같았다. 제이스, 제이스, 제이스. 네가 그 안에 있다는 거 알아.

"날 보호하면서도 릴리스가 원하는 일을 할 방법이 있어." 클라리가 말했다. "그게 가장 좋은 방법이 아니겠어?" 클라리는 제이스에게로 몸을 더욱 바짝 밀어붙이며 배가 뒤틀리는 기분을 맛보았다. 이것은 마치 제이스를 안으면서 그 느낌을 좋아하지 않는 것과 같았다. 환희와 공포가 한데 뒤섞인 기분이었다. 그리고 그의 몸이 반응하는 것이 느껴졌다. 심장이 빠르게 뛰는 소리가 북소리처럼 클라리의 귓가를 울렸다. 릴리스가 아무리 그를 마음대로 조종할 수 있어도 클라리를 원하는 그의 마음에는 변함이 없었다.

"그게 뭔지 말해줄게." 클라리가 그의 목에 입술을 스치며 말했다. 그녀는 자신의 체취만큼이나 익숙한 그의 체취를 들이마셨다. "잘 들어."

클라리가 비스듬히 고개를 들었고 제이스는 그녀의 말을 듣기 위해 고개를 기울였다. 그리고 클라리의 손이 그의 허리에서 벨트로 움직여 칼자루를 꽉 쥐었다. 클라리는 그가 훈련에서 시범을 보인 것처럼 칼을 홱 뽑아 손안에 반듯이 잡고 칼날을 휘둘러서 그의 왼쪽 가슴에 넓고 얕은 호를 그렸다. 제이스가 고통보다는 놀라움으로 비명을 내질렀고, 상처에서 솟구친 피가 피부를 따라 흘러내리면서 룬이 가려졌다. 제이스가 가슴으로 손을 가져갔다. 손을 떼서 피가 묻은 것을 보고는 눈을 커다랗게 뜨고 클라리를 바라보았다. 그녀의 배신을 믿을 수 없다는 듯, 진심으로 상처받은 얼굴이었다.

릴리스가 소리를 지르는 순간 클라리가 빙글 돌아서며 그에게서 벗어났다. 사이먼은 더 이상 세바스찬에게로 몸을 숙이고 있지 않았다. 똑바로 서서 손등으로 입을 꽉 막은 채 클라리를 뚫어져라 쳐다보고 있었다. 검은 악마의 피가 그의 턱을 타고 흘러 하얀 셔츠 위로 뚝뚝 떨어졌다. 눈은 휘둥그렇게 뜨고 있었다.

"제이스!" 릴리스의 목소리가 경악으로 솟구쳤다. "제이스, 그 애를 잡아. 명령이야."

제이스는 움직이지 않았다. 그의 시선이 클라리에게서 릴리스로, 자신의 피에 젖은 손으로, 다시 클라리에게로 움직였다. 사이먼은 릴리스에게서 물러나기 시작했다. 그러다 갑자기 움찔하며 멈추더니 허리를 접으며 바닥으로 쓰러졌다. 릴리스가 제이스에게서 돌아서더니 사이먼을 향해 다가갔다. 단단하게 굳은 얼굴이 일그러졌다. "일어나!" 그녀가 날카롭게 외쳤다. "일어나! 넌 조녀선의 피를 마셨어. 그 애는 이제 네 피가 필요해!"

사이먼이 비틀거리며 일어나 앉다가 다시 바닥으로 쓰러졌다. 헛구역질을 하고 기침을 하며 검은 피를 게워냈다.

클라리는 사이먼이 이드리스에서 한 말을 기억했다. 세바스찬의 피는 독과도 같다던 말. 릴리스가 사이먼을 차려고 발을 뒤로 당겼다. 그러고는 보이지 않는 손에 확 떠밀리기라도 한 듯이 비틀거리며 뒤로 밀려났다. 릴리스가 꽥 소리를 질렀다. 말이 아니었다. 올빼미 울음소리 같은 날카로운 비명이었다. 증오와 분노만 가득한 소리였다.

인간이 만들어낼 수 있는 소리가 아니었다. 클라리의 귓속에 유리 파편이 날아와 박히는 것만 같았다. 클라리가 소리쳤다. "사이먼을 건드리지 말아요! 괴로워하는 거 안 보여요?"

클라리는 즉시 자신의 행동을 후회했다. 릴리스가 천천히 돌아서서 차갑고 도도한 눈빛으로 제이스를 응시했다. "내가 말했지, 제이스 헤런데일." 목소리가 쩌렁쩌렁 울렸다. "저 애가 원 밖으로 나가지 못하게 해. 무기를 빼앗아."

클라리는 계속 칼을 들고 있다는 사실을 거의 인식하지 못하고 있었다. 너무 추워서 온몸이 마비된 것 같았지만 릴리스를 향한, 모든 것을 향한 참을 수 없는 분노가 밀려들면서 팔의 움직임이 자유로워졌다. 클라리가 바닥으로 칼을 내던졌다. 타일 위로 미끄러진 칼이 제이스의 발치에서 멈췄다. 그는 무기를 처음 보는 사람처럼 멍하니 칼을 내려다보았다.

릴리스의 붉은 입술이 일자로 가늘어졌다. 눈은 흰자위가 사라지고 온통 검은색이었다. 그녀는 이제 인간으로 보이지 않았다. "제이스!" 그녀가 쉿소리를 냈다. "제이스 헤런데일, 넌 내 말을 똑똑히 들었어. 그리고 내 말에 복종할 거야."

"칼을 집어." 클라리가 제이스를 바라보며 말했다. "칼을 집어서 저 여자 아니면 나를 죽여. 네 선택에 달렸어."

제이스가 천천히 허리를 굽혀 칼을 집었다.

알렉은 한 손에 산달폰을, 다른 손에 하치와라를 들었다. 하치와라는 다수의 공격자를 막아내기에 좋은 무기였다. 그의 발치에는 적어도 여섯 명 이상이 죽거나 의식을 잃은 채 쓰러져 있었다.

알렉은 지금까지 꽤 많은 악마와 싸워왔지만 탈토 교회 멤버들과의 싸움에는 특별히 섬뜩한 점이 있었다. 그들은 모두 함께 움직였다. 사람들이라기보다 으스스한 검은 물결에 가까웠다. 너무나 조용하고 기이할 정도로 강하고 빨라서 섬뜩했다. 그들은 또한 죽음을 전혀 두려워하지 않는 것처럼 행동했다. 알렉과 이사벨이 물러나라고 소리쳤지만 그들은 말없이 무리지어 앞으로 움직였다. 그리고 벼랑 아래로 몸을 던지는 나그네쥐들처럼 섀도우 헌터들에게 몸을 던졌다. 그들은 알렉과 이사벨을 복도 끝까지 몰아서 돌 받침대가 가득한 큰 방 안으로 들어갔다. 그들이 싸우는 소리를 듣고 조던과 마야가 달려왔다. 조던은 늑대의 모습이었고 마야는 여전히 인간의 모습이었지만 발톱이 완전히 나와 있었다.

멤버들은 그들이 온 사실도 알아차리지 못하는 듯했다. 그저 계속 싸우면서 알렉과 마야와 조던이 휘두르는 칼과 발톱과 검에 하나씩 쓰러져갔다. 이사벨의 채찍이 그들을 베더니 핏방울을 흩뿌리며 허공에다 어슴푸레 반짝이는 문양을 만들었다. 마야도 자신의 몫을 톡톡히 해냈다. 열 명이 넘는 멤버들이 그녀 주변에 몸을 비튼 채 쓰러져 있었고 마야는 분노를 이글거리며 또 한 명을 마구 공격하는 중이었다. 날카로운 발톱이 나온 손은 손목까지 붉게 물들었다.

멤버 하나가 알렉 앞으로 질주해오더니 손을 뻗고 달려들었다. 후드에 얼굴이 가려져서 성별도 나이도 추측하기 어려웠다. 알렉이 산달폰을 그의 왼쪽 가슴에 찔러 넣었다. 그가 비명을 질렀다. 목이 쉰 남자의 비명이었다. 남자가 가슴을 쥐어뜯으며 쓰러졌다. 찢긴 옷의 가장자리에서 불꽃이 혀를 날름거렸다. 알렉은 역겨움을 느끼며 돌아섰다. 천사의 검이 인간의 살을 꿰뚫었을 때 일어나는 일은 보고 싶지 않았다.

별안간 등에 타오르는 듯한 통증을 느끼고 알렉이 돌아서자 두 번째 멤버가 뾰족뾰족한 강철봉 조각을 휘둘렀다. 이번에는 후드를 쓰고 있지 않았다. 얼굴이 너무 여위어서 광대뼈가 살갗을 뚫고 튀어나올 것처럼 보이는 남자였다. 그가 쉭 소리를 내고 알렉에게 덤벼들었다. 알렉이 옆으로 펄쩍 물러나자 무기가 바람 소리를 내며 허공을 갈랐다. 알렉이 빙글 돌며 발을 휘둘러서 그의 손에서 무기를 차냈다. 강철봉 조각이 쨍그랑 소리를 내며 바닥으로 떨어지자 남자는 뒤로 물러나다가 시체에 걸려 넘어질 뻔했지만 재빨리 중심을 잡고 달아났다.

알렉은 잠시 망설였다. 그를 공격한 멤버는 문에 거의 다다랐다. 알렉은 그를 따라가야 한다는 것을 알았다. 그는 누군가에게 경고를 하거나 지원군을 요청하기 위해 달려가는 것이었다. 하지만 알렉은 뼛속까지 지쳤고 넌더리가 났고 속이 울렁거렸다. 이들은 뭔가에 홀린 듯했다. 그들은 더 이상 인간 같지 않았지만 그들을 죽이는 느낌은 여전히 인간을 죽이는 느낌과 너무나 유사했다.

알렉은 매그너스가 뭐라고 할지 궁금했지만 솔직히 말하면 이미 알고 있었다. 알렉은 전에도 이들과 비슷한 악마 추종자들과 싸워본 적이 있었다. 그들은 인간적인 부분을 악마들에게 모조리 먹혀버리고 오로지 살해 욕구만 남아 있었다. 그들의 육체는 고통 속에서 서서히 죽어갔다. 그들을 구제할 길은 전혀 없었다. 치유하거나 되돌릴 길이 없는 것이다. 알렉은 매그너스가 바로 옆에서 말하고 있는 것처럼 그의 목소리를 들을 수 있었다. 그들을 죽이는 게 네가 할 수 있는 가장 자비로운 일이야.

알렉은 하치와라를 다시 벨트에 꽂고 문을 요란하게 밀어서 열고는 복도로 나가 도망친 멤버를 쫓기 시작했다. 복도는 텅 비어 있었다. 제일 먼 곳에 있는 엘리베이터는 문이 열린 채 멈추어 있었고, 고음의 경고음이 복도로 울려 퍼졌다. 엘리베이터 앞 공간에서 갈라지는 몇 개의 출입구가 보이자 알렉은 그중 하나로 달려 들어갔다.

알렉은 자신이 작은 방들의 미로 속으로 들어왔다는 것을 깨달았다. 석고보드가 급하게 시공되었고 색색의 전선 다발이 벽에서 나와 있었다. 알렉이 방들 사이로 조심스레 움직이는 동안 천사의 검이 벽을 가로지르며 빛의 조각을 드리웠다. 신경들이 따끔거렸다. 한순간 불빛에 움직임이 잡히자 알렉이 화들짝 놀랐다. 검을 낮추자 벽의 구멍으로 쪼르르 달려가는 한 쌍의 붉은 눈과 작은 회색 몸이 보였다. 알렉이 입술을 비틀었다. 이게 바로 뉴욕이었다. 이런 새 건물에도 쥐들이 있었다.

마침내 방들을 모두 지나가자 넓은 공간이 나왔다. 받침대가 놓인 방만큼 넓지는 않았지만 다른 방들보다는 꽤 컸다. 이곳도 한쪽 벽이 유리로 되어 있고 그 위에 판지가 붙어 있었다.

방 한쪽 구석에 검은 형체가 웅크리고 있었다. 드러난 배관 근처였다. 알렉이 조심스럽게 다가갔다. 빛 때문에 착각한 것일까? 아니었다. 검은 형체는 분명한 인간의 모습이었다. 짙은 색깔의 옷을 입고 움츠리고 있는 사람. 알렉이 눈을 가늘게 뜨고 앞으로 움직이자 야간 시야의 룬이 욱신거렸다. 검은 형체가 점점 선명하게 보이더니 호리호리한 여자의 모습이 보였다. 맨발의 여자는 앞에 있는 파이프에 손이 묶여 있었다. 알렉이 다가가자 여자가 고개를 들었다. 창문 사이로 쏟아져 들어오는 희미한 불빛에 연한 금빛 머리칼이 드러났다.

"알렉산더?" 여자는 믿기지 않는다는 목소리였다. "알렉산더 라이트우드?"

카밀이었다.

"제이스." 릴리스의 목소리는 맨살을 후려치는 채찍 같았다. 그녀의
목소리에 클라리까지 움찔했다. "그 애를 당장…."

제이스가 팔을 뒤로 당겼다가―클라리는 긴장하며 몸에 힘을 주었
다―릴리스를 향해 칼을 날렸다. 칼은 공기를 가르며 빙글빙글 날아가
릴리스의 가슴에 푹 박혔다. 릴리스가 균형을 잃고 비틀거리며 뒷걸음
질쳤다. 매끈한 돌 위에서 릴리스의 구두 굽이 미끄러졌다. 그녀는 으르
렁거리며 중심을 잡더니 가슴으로 손을 뻗어 칼을 뽑아냈다. 클라리가
알지 못하는 언어로 뭐라고 내뱉으며 그녀가 칼을 바닥에 떨어뜨렸다.
쉭 소리를 내며 바닥으로 떨어진 칼은 강한 산에 담갔다 뺀 것처럼 날이
반쯤 녹아 없어졌다.

릴리스가 클라리를 향해 돌아섰다. "제이스에게 무슨 짓을 한 거냐?
무슨 짓을 했어?" 방금 전까지 그녀의 눈은 온통 검은색이었다. 이제는
눈이 불룩하게 튀어나오는 것 같았다. 작고 검은 뱀들이 안구에서 미끄
러져 나왔다. 클라리가 소리를 지르며 뒤로 물러나다 낮은 산울타리에
걸려 넘어질 뻔했다. 이것이 바로 이수리엘의 환영에서 본 릴리스의 모
습이었다. 촉수처럼 기어 나오는 눈과 냉혹하게 울리는 목소리를 지닌
릴리스. 그녀가 클라리를 향해 다가왔다.

갑자기 제이스가 둘 사이로 들어와 릴리스의 앞을 가로막았다. 클라
리가 그를 보았다. 제이스는 다시 자신으로 돌아와 있었다. 그 끔찍했던
밤에 린 호수에서 라지엘 천사가 그랬던 것처럼 제이스는 정의의 불꽃
으로 활활 타오르고 있는 듯했다. 제이스가 벨트에서 천사의 검을 뽑았
다. 은백색 검이 그의 눈에 비쳤다. 셔츠 사이에서 피가 흘러내려 맨살

이 피로 번들거렸다. 그가 클라리를 쳐다보았다가 릴리스를 보았다. 그 모습을 보며 클라리는 지옥을 빠져나온 천사들이 바로 저런 모습일 거라고 생각했다. "미카엘." 제이스가 말했다. 이름의 힘인지 아니면 그의 목소리에 깃든 분노 때문인지 지금껏 보아온 어떤 천사의 검보다도 그의 검이 환하게 타오르는 듯했다. 클라리는 눈이 부셔서 잠시 눈길을 돌렸다가 사이먼이 세바스찬의 관 옆에 쓰러져 있는 것을 보았다.

클라리는 가슴이 철렁했다. 세바스찬의 악마 피가 사이먼에게 독을 퍼트렸다면? 카인의 마크는 도움이 되지 않을 것이다. 피를 마신 것은 사이먼 자신의 의지로 한 일이었다. 그녀를 위해서. 사이먼.

"아, 미카엘." 제이스를 향해 다가오는 릴리스의 목소리에 웃음이 가득했다. "신의 무리의 우두머리. 그를 알지."

제이스가 천사의 검을 들어 올리자 별처럼 환한 빛이 뿜어져 나왔다. 그 빛이 어찌나 밝은지, 밤하늘을 꿰뚫는 탐조등 불빛처럼 도시 전체가 볼 수 있을지도 모르겠다고 클라리는 생각했다. "더 이상 가까이 오지 말아요."

놀랍게도 릴리스가 그 자리에 멈췄다. "미카엘이 내가 사랑하던 사마엘 악마를 죽였지." 그녀가 말했다. "어린 섀도우 헌터, 어째서 너희 천사들은 그토록 냉정하고 무자비하지? 어째서 자신에게 복종하지 않는 것들은 모조리 부숴버리지?"

"당신이 그 정도로 자유의지를 지지하는 악마인 줄은 몰랐는데요." 제이스가 말했다. 냉소가 가득한 목소리에 클라리는 그가 자기 자신으로 돌아왔다는 사실을 다시 한 번 확인했다. "그럼 우리를 여기서 보내주는 건 어때요? 나와 사이먼, 클라리 말이에요. 어떻게 생각해요, 악마 여신? 다 끝났어요. 당신은 더 이상 날 조종하지 못해요. 난 클라리를 해치지 않을 거고, 사이먼도 당신 말에 복종하지 않을 거예요. 그리고 당신이 소생시키려고 하는 저 오물 덩어리는… 썩어 들어가기 전에 없애는 게 좋을 거예요. 그는 되살아나지 않을 거니까. 유통기한이 지나도 너무 지났죠."

릴리스의 얼굴이 일그러졌다. 그녀가 제이스를 향해 침을 뱉었다. 침은 검은 불꽃이었다. 바닥에 닿자 꿈틀거리는 뱀으로 변해서 아가리를 쫙 벌리고 제이스를 향해 기어갔다. 제이스가 부츠 발로 뱀을 뭉개고 악마를 향해 돌진하며 검을 뺐다. 릴리스는 빛과 함께 사라지는 그림자처럼 순식간에 사라졌다가 그의 뒤에서 다시 모습을 드러냈다. 제이스가 빙글 돌아서자 그녀가 나른하게 손을 뻗어 그의 가슴을 손바닥으로 탁 쳤다.

제이스가 날아가면서 미카엘이 바닥으로 떨어져 타일 위로 미끄러졌다. 공기를 가르며 날아간 제이스는 옥상의 낮은 벽에 세게 부딪쳤다. 얼마나 세게 부딪쳤는지 돌벽이 갈라지며 금이 갔다. 바닥으로 쿵 떨어진 제이스는 충격으로 얼떨떨한 얼굴이었다.

클라리가 깜짝 놀라서 천사의 검을 집으러 달려갔지만 손이 닿지 않았다. 릴리스가 차갑고 가느다란 손으로 클라리를 잡아 믿을 수 없이 강한 힘으로 내던졌기 때문이다. 클라리가 산울타리에 처박히면서 나뭇가지들이 무자비하게 피부를 긁어 긴 상처를 남겼다. 클라리는 빠져나오려고 몸부림을 쳤다. 드레스 자락이 나뭇잎에 엉켜 있었다. 실크가 찢어지는 소리를 들으며 산울타리를 빠져나온 클라리가 제이스를 향해 돌아섰다. 릴리스가 피에 젖은 셔츠 자락을 꽉 움켜쥐고 제이스를 일으켜 세우고 있었다.

릴리스는 제이스를 향해 씩 웃었다. 검은색 이가 금속처럼 번들거렸다. "네가 두 발로 서 있어서 기쁘구나, 어린 네피림. 난 얼굴을 보며 죽이고 싶으니까. 네가 내 아들에게 그런 것처럼 등을 찌르지 않고 말이야."

제이스가 옷소매로 얼굴을 닦았다. 길게 베인 볼의 상처에서 피가 흘러 소매가 붉게 물들었다. "그는 당신 아들이 아니에요. 당신은 그에게 피를 조금 나눠준 거죠. 그렇다고 그가 당신 아들이 되는 건 아니에요. 마법사들의 어머니…." 제이스가 고개를 돌려 피를 뱉어냈다. "당신은 누구의 어머니도 아니에요."

릴리스의 뱀눈이 앞뒤로 맹렬하게 움직였다. 가까스로 산울타리 밖으로 나온 클라리는 그 뱀들의 머리에 번들거리는 빨간 눈이 두 개씩 달린 것을 보았다. 뱀들이 움직이자 클라리는 속이 뒤집혔다. 뱀들의 시선이 제이스의 몸 위로 미끄러지듯 움직이는 것 같았다. "내 룬을 자르다니. 그토록 조잡한 방법도 없을 거야."

"하지만 효과가 있었죠." 제이스가 말했다.

"넌 날 이기지 못해, 제이스 헤런데일." 그녀가 말했다. "넌 세상이 아는 최고의 섀도우 헌터일지 모르지만 난 대악마 이상의 존재야."

"그럼 나랑 싸워요." 제이스가 말했다. "내가 무기를 주죠. 천사의 검을 줄게요. 나와 일대일로 싸워보면 누가 이기는지 알게 되겠죠."

릴리스가 고개를 천천히 흔들면서 제이스를 쳐다보았다. 검은 머리칼이 연기처럼 주변에서 소용돌이쳤다. "난 세상에서 가장 오래된 악마야. 난 남자가 아니야. 남자의 자존심을 건드리려는 수작에는 넘어가지 않아. 그리고 결투에도 관심이 없어. 그건 전적으로 너희 성이 지닌 약점이지. 난 여자야. 난 원하는 것을 얻기 위해 모든 무기를 사용할 거야." 릴리스는 경멸스럽다는 듯이 제이스를 떠밀면서 놓아주었다. 제이스는 잠시 비틀거리다 재빨리 중심을 잡고 반짝이는 미카엘을 향해 손을 뻗었다.

그가 검을 집는 순간 릴리스가 웃으면서 양손을 들어 올렸다. 손바닥에서 반투명한 그림자들이 폭발하듯 뻗어나갔다. 그것들이 빨간 눈을 번쩍이는 검은 두 악마의 형태로 굳어지자 제이스마저 충격을 받은 얼굴이었다. 악마들은 바닥으로 떨어지자 발을 휘두르며 으르렁거렸다. 개잖아. 클라리가 놀라서 생각했다. 비쩍 마르고 포악해 보이는 두 마리의 검은 개였다. 약간 도베르만을 닮은 것도 같았다.

"지옥의 개." 제이스가 나직이 말했다. "클라리…"

개 한 마리가 그를 향해 펄쩍 뛰어오르는 순간 그의 말이 끊겼다. 개는 상어처럼 입을 쫙 벌리고 커다랗게 울부짖었다. 다음 순간 두 번째 개가 공중으로 뛰어올라 클라리를 향해 곧바로 날아왔다.

"카밀." 알렉은 머리가 빙글빙글 돌았다. "여기서 뭐하는 거지?"

그는 자신의 말이 얼마나 바보처럼 들리는지 즉시 깨달았다. 그는 이마를 치고 싶은 충동을 억지로 꾹꾹 내리눌렀다. 매그너스의 전 여자친구 앞에서 바보처럼 보이고 싶은 생각은 추호도 없었다.

"릴리스였어." 뱀파이어 여인이 작고 떨리는 목소리로 말했다. "교회 멤버들을 보호구역으로 침입하게 했어. 그곳은 인간에게는 열려 있었고 그들은 인간이니까. 그들이 사슬을 끊고 날 이리로 데려왔어. 그녀에게로." 카밀이 손을 올렸다. 손목을 묶어 파이프에 연결한 사슬이 짤랑거렸다. "그들은 날 잔인하게 다뤘어."

알렉이 몸을 숙여 카밀의 눈높이에서 그녀를 바라보았다. 뱀파이어는 상처가 바로 치유되기 때문에 멍이 들지 않지만 왼쪽 머리가 피범벅인 것을 보니 카밀은 진실을 말하고 있는 것 같았다. "그랬다고 쳐. 그런데 릴리스가 너한테 원하는 게 뭐지? 내가 아는 한, 릴리스는 뱀파이어에게 특별한 관심이 없는데."

"클레이브가 왜 날 잡아들였는지 알고 있지? 분명히 들었을 거야."

"네가 새도우 헌터 세 명을 죽였잖아. 매그너스가 그러는데 넌 명령을 받고 그런 짓을 저질렀다고 주장…" 알렉이 말을 멈췄다. "그게 릴리스였어?"

"내가 말해주면 날 도와줄 건가?" 카밀의 아랫입술이 파르르 떨렸다. 커다란 녹색 눈에 애원의 빛이 어렸다. 카밀은 몹시 아름다웠다. 그녀가 그런 눈으로 매그너스를 바라본 적이 있는지 알렉은 궁금했다. 그러자 그녀를 잡고 마구 흔들고 싶어졌다.

"그럴지도 모르지." 알렉은 자신의 목소리에 스민 냉담함에 놀랐다. "지금은 그다지 흥정할 상황이 아닌 것 같은데. 난 릴리스가 널 마음대로 하게 내버려두고 이 방에서 나가버릴 수도 있어. 그렇다고 해도 나한테는 달라질 게 없으니까."

"아냐, 있어." 카밀이 낮은 목소리로 말했다. "매그너스는 널 사랑해. 네가 무력한 사람을 팽개칠 수 있는 부류라면 그는 널 사랑하지 않을 거야."

"그는 널 사랑했어." 알렉이 말했다.

카밀이 아쉬운 미소를 지었다. "이제는 그 정도로 어리석어 보이지 않더군."

알렉은 약간 놀랐다. "카밀, 나한테 진실을 말해줘. 그러면 내가 사슬을 끊고 널 클레이브에 데려다주겠어. 그들은 널 릴리스보다는 심하게 대하지 않을 거야."

그녀가 파이프에 묶인 손목을 내려다보았다. "클레이브는 나를 사슬로 묶었어. 릴리스도 날 사슬로 묶었지. 나한테는 그 둘 사이에 별 차이가 없어 보이는데."

"그럼 마음대로 해. 날 믿든가, 릴리스를 믿든가." 알렉이 말했다. 이것이 모험이라는 것은 그도 알았다.

긴장이 흐르는 몇 분이 지나고 카밀이 입을 열었다. "좋아. 매그너스가 널 믿는다면 나도 널 믿겠어." 그녀가 고개를 들었다. 그녀는 피로 젖은 머리에 찢어진 옷을 입고 있었지만 애써 당당한 자세를 취했다. "릴리스가 내게로 왔어. 내가 간 게 아니야. 그녀는 내가 라파엘 산티아고로부터 맨해튼 일족의 우두머리 자리를 되찾으려 한다는 것을 알았어. 내가 그녀를 도와주면 그녀도 날 돕겠다고 했지."

"섀도우 헌터를 죽이는 것이 돕는 거였나?"

"릴리스는 그들의 피를 원했어. 아기들을 위한 것이었지. 릴리스는 섀도우 헌터의 피와 악마의 피를 엄마들에게 주사해서 발렌타인이 자기 아들에게 한 짓을 그대로 되풀이하려고 했어. 성공하지는 못했지만. 아기들은 기형으로 태어났어. 그러고는 죽었지." 알렉의 혐오감 어린 시선을 보고 그녀가 말했다. "난 릴리스가 왜 그들의 피를 원하는지 처음에는 알지 못했어. 나를 별로 좋게 생각하지는 않겠지만 난 무고한 사람을 죽이는 데는 취미가 없어."

"릴리스가 그런 제안을 했다고 해서 꼭 받아들여야만 하는 건 아니었잖아."

카밀이 지친 듯이 미소 지었다. "나 정도로 나이를 먹는다는 건 게임을 제대로 하는 법을 배우지 않고서는 불가능하지. 적절한 시기에 적절한 자와 동맹을 맺는 법. 강력한 자뿐 아니라 날 강력하게 만들어줄 자와 동맹하는 법. 내가 릴리스의 제안에 동의하지 않으면 그녀가 날 죽일 거라는 사실을 알았어. 악마들은 천성적으로 누구도 믿지 않아. 그러니 릴리스는 섀도우 헌터를 죽이려는 자신의 계획을 내가 클레이브에 알릴 거라고 생각했겠지. 내가 입을 다물겠다고 약속해도 말이야. 나는 너희 종족보다 릴리스가 훨씬 큰 위협이라는 쪽에 운을 걸었지."

"그리고 섀도우 헌터를 죽이는 일에는 거리낌이 없었고 말이야."

"그들은 서클 멤버였어." 카밀이 말했다. "그들은 내 종족을 죽였어. 너희 종족도."

"그럼 사이먼 루이스는? 왜 그에게 관심을 가진 거지?"

"모두가 데이라이터를 자기편으로 두길 원하지." 카밀이 어깨를 으쓱 했다. "그리고 난 그가 카인의 마크를 지닌 사실을 알고 있었어. 라파엘의 부하 하나는 여전히 내게 헌신적이거든. 그가 내게 정보를 주었어. 다운월드 사람 중에는 그 정보를 아는 자가 거의 없으니, 데이라이터는 협력자로서 헤아릴 수 없는 가치를 지니지."

"릴리스도 그래서 사이먼을 원하는 건가?"

카밀의 눈이 커졌다. 피부는 몹시 창백했고 그 아래로 혈관들이 검게 드러났다. 도자기에 금이 퍼져나가듯 하얀 얼굴을 가로지르며 혈관들이 퍼져나가기 시작했다. 너무 오래 피를 마시지 못해 굶주린 뱀파이어는 흉포하게 변하고, 결국에는 의식을 잃는다. 나이가 많은 뱀파이어일수록 더욱 오래 굶주림을 견딜 수 있지만 말이다. 알렉은 카밀이 얼마나 오래 피를 마시지 못했는지 궁금했다. "그게 무슨 말이지?"

"릴리스가 사이먼을 불러들인 것 같더군." 알렉이 말했다. "그들은 지금 건물 어딘가에 있어."

카밀이 그를 좀 더 쳐다보고는 웃음을 터트렸다. "아주 재미있군." 그녀가 말했다. "릴리스는 내게 그에 대해 말한 적이 없고, 나도 그녀에게 말하지 않았지. 그런데도 우리 둘 다 각자의 목적을 위해 그를 쫓고 있었군. 릴리스가 그를 원한다면 그건 그의 피 때문이야." 카밀이 덧붙였다. "릴리스가 수행하는 의식은 대부분이 피의 마법이지. 다운월드 사람과 섀도우 헌터의 피가 섞인 사이먼의 피는 릴리스에게 아주 유용할 거야."

알렉은 불현듯 불안감을 느꼈다. "하지만 릴리스는 그를 해칠 수 없어. 카인의 마크가…."

"방법을 찾아낼 거야. 그녀는 릴리스야, 마법사들의 어머니. 그녀는 오랜 세월을 살아왔어, 알렉산더."

알렉이 일어섰다. "그럼 릴리스가 뭘 하려고 하는지 알아보는 게 좋겠군."

카밀이 무릎을 세워 일어서려고 하자 사슬이 덜그럭거렸다. "기다려…. 날 풀어주겠다고 했잖아."

알렉이 고개를 돌려 그녀를 내려다보았다. "그런 말을 한 적은 없어. 클레이브로 데려다준다고 했지."

"하지만 날 여기 남겨두면 릴리스가 먼저 찾아낼 거야." 카밀이 엉겨 붙은 머리카락을 흔들어 넘겼다. 얼굴에 긴장감이 드러났다. "알렉산더, 제발. 이렇게 부탁…."

"윌이 누구야?" 알렉이 물었다. 너무나 갑작스럽고 뜬금없이 튀어나온 말에 알렉 자신도 경악했다.

"윌?" 카밀의 얼굴이 잠시 멍해졌다. 그러고는 이내 재미있어하는 표정이 되었다. "내가 매그너스와 나눈 이야기를 들었군."

"어느 정도는." 알렉이 조심스레 숨을 내쉬었다. "죽은 사람이지? 매그너스가 그를 알았던 건 오래전이라고 말했으니까…."

"난 네가 뭐 때문에 괴로워하는지 알아, 어린 섀도우 헌터." 카밀의 목소리가 음악처럼 부드럽게 변했다. 그녀 뒤의 창문 너머로 도시 상공을 날아가는 비행기의 불빛이 보였다. "처음에는 행복했겠지. 넌 미래가 아닌 현재의 순간을 생각했으니까. 하지만 이내 깨달았지. 넌 늙어갈 거고 언젠가는 죽음을 맞게 된다는 것을. 하지만 매그너스는 아니지. 그는 계속 살아갈 테니까. 너는 그와 함께 늙어갈 수 없어. 오히려 사이가 멀어질 거야."

알렉은 그 비행기 안에 타고 있을 사람들을 생각했다. 저 위, 얼음처럼 차가운 상공에서 반짝이는 다이아몬드 들판 같은 도시를 내려다보는 사람들. 물론 알렉은 한 번도 비행기를 타본 적이 없으므로 어떤 기분일지 추측만 했다. 외롭고, 멀고, 세상과 단절된 기분이 아닐까. "그건 네가 알 수 없지. 우리 사이가 멀어질지 아닐지."

카밀이 측은하다는 듯이 미소를 지었다. "지금 너는 아름다워. 하지만 20년 후에도 그럴까? 40년, 50년 후에도? 매그너스가 색이 흐려진 네 푸른 눈을 사랑할까? 세월이 깊은 주름을 새겨 넣은 네 피부를 사랑할까? 쭈글쭈글하고 힘이 없어진 네 손, 하얗게 센 네 머리…."

"입 닥쳐." 알렉의 목소리가 갈라져 나왔고 그는 그런 자신이 수치스러웠다. "입 다물라고. 더 듣고 싶지 않으니까."

"반드시 그렇게 되어야 하는 건 아니야." 카밀이 그에게로 몸을 기울였다. 녹색 눈이 선명하게 반짝였다. "네가 꼭 늙어가야 하는 것은 아니라고 말한다면 뭐라고 할 건가? 죽지 않아도 된다고 한다면?"

알렉은 울컥 분노를 느꼈다. "난 뱀파이어가 되는 데는 관심이 없어. 그런 제안은 할 필요도 없어. 유일한 대안이 죽음이라고 해도."

아주 짧은 순간 카밀의 얼굴이 일그러졌다. 하지만 자제력을 발휘하여 순식간에 원래대로 돌아왔다. 카밀이 희미하게 미소를 지어 보였다. "내 제안은 그게 아니었어. 다른 길이 있다고 말한다면 어떻게 할 건가?

두 사람이 영원히 함께할 다른 방법이 있다면?"

알렉이 마른 침을 삼켰다. 종잇장처럼 목이 바짝 말랐다. "말해."

카밀이 손을 들어 올렸다. 사슬이 짤랑거렸다. "이걸 풀어줘."

"아니. 얘기부터 해."

그녀가 고개를 흔들었다. "그건 안 돼." 표정뿐 아니라 목소리까지 대리석처럼 단단하게 굳어졌다. "내게 흥정할 것이 하나도 없다고 했지. 하지만 이렇게 있어. 그걸 그냥 주어버리지는 않을 거야."

알렉은 망설였다. 머릿속에서 매그너스의 부드러운 음성이 들려왔다. 카밀은 암시와 조종의 대가야. 언제나 그랬지.

알렉은 생각했다. 하지만 매그너스, 당신은 이런 말을 해주지 않았잖아. 이런 식이 되리라고 경고하지 않았다고. 어느 날 문득 당신이 따라올 수 없는 곳으로 가고 있다는 사실을 깨닫게 되리라고. 우리 둘은 본질적으로 다른 존재라고. 영원히 죽지 않는 자들에겐 '죽음이 우리를 갈라놓을 때까지'라는 말이 있을 수 없다고.

알렉이 카밀에게로 한 걸음, 또 한 걸음 다가갔다. 그는 오른손으로 천사의 검을 들어 올렸다가 있는 힘껏 내리쳤다. 금속 사슬이 잘려나갔다. 그녀의 손목이 풀려났다. 수갑은 여전히 채워져 있지만 자유로워졌다. 흐뭇하고 득의만만한 표정으로 카밀이 양손을 들어 올렸다.

"알렉." 이사벨이 입구에서 불렀다. 알렉이 돌아서자 채찍을 옆으로 늘이고 선 이사벨의 모습이 보였다. 채찍은 피로 얼룩졌고 손과 실크 드레스도 피로 물들었다. "여기서 뭐하는 거야?"

"아무것도 아니야. 난…." 알렉은 문득 수치심과 공포를 느꼈다. 그는 동생이 보지 못하게 하려는 듯이 무의식적으로 카밀 앞으로 움직였다.

"그들은 전부 죽었어." 이사벨의 목소리가 암울했다. "탈토 교회 멤버들. 우리가 한 사람도 빠짐없이 모두 죽였어. 그러니까 이제 그만 가. 사이먼을 찾아봐야지." 이사벨이 눈을 가늘게 뜨고 알렉을 보았다. "괜찮아? 얼굴이 굉장히 창백한데."

"내가 풀어줬어." 알렉이 불쑥 말했다. "그러지 말았어야 하는 건데. 그냥…."

"누굴 풀어줘?" 이사벨이 방 안으로 한 걸음 들어왔다. 은은하게 들어오는 도시의 불빛이 드레스에 반사되어 그녀는 유령처럼 빛났다. "알렉, 지금 무슨 소릴 하고 있는 거야?"

이사벨은 혼란스러운 표정이었다. 알렉이 그녀의 시선을 따라 뒤를 돌아보았고, 그곳에는… 아무것도 없었다. 파이프는 여전히 그 자리에 있고 옆에는 긴 사슬이 있었다. 바닥의 먼지는 아주 살짝만 흐트러졌다. 그러나 카밀은 사라지고 없었다.

클라리는 지옥의 개와 충돌하기 직전에 가까스로 양팔을 들어 올렸다. 지옥의 개는 근육과 뼈, 뜨겁고 냄새나는 숨결을 지닌 포탄 같았다. 클라리의 발이 땅에서 떨어졌다. 자신을 보호하며 넘어지는 법을 제이스에게 들은 기억은 나지만 내용은 까맣게 잊어버린 탓에 팔꿈치로 세게 땅을 박으며 넘어졌다. 살갗이 찢어지며 통증이 온몸을 꿰뚫었다. 다음 순간 지옥의 개가 클라리의 가슴을 앞발로 내리누르며 올라탔다. 그러고는 마디투성이인 꼬리를 양쪽으로 흔들며 기괴하게 개를 흉내냈다. 꼬리 끝에는 중세 무기인 철퇴처럼 못 같은 것들이 박혀 있었다. 떡 벌어진 몸통에서 커다랗게 으르렁거리는 소리가 올라왔다. 그 소리가 너무나 크고 우렁차서 클라리는 뼈가 울리는 기분이었다.

"그 애를 거기 잡아둬! 도망치려고 하면 목을 물어뜯어!" 릴리스가 날카롭게 지시하는 순간 두 번째 지옥의 개가 제이스를 향해 달려들었다. 제이스는 구르고 또 구르면서 그놈과 씨름했다. 이빨과 팔과 다리와 사납게 휘두르는 꼬리가 정신없이 뒤섞였다. 클라리가 고통을 참으며 반대편으로 고개를 돌리자 유리관과 그 옆에 쓰러져 있는 사이먼에게로 성큼성큼 다가가는 릴리스가 보였다. 관 안에는 세바스찬이 익사체처럼 움직임 없이 떠 있었다. 우윳빛 물은 이제 어두운 색으로 바뀌었다. 그의 피가 섞여든 모양이었다.

지옥의 개는 클라리를 꼼짝 못하게 잡고 귓가에다 으르렁거렸다. 그 소리에 클라리의 온몸으로 두려움이 퍼져나갔다. 두려움 속에 분노도 섞여 있었다. 릴리스와 그녀 자신을 향한 분노였다. 클라리는 섀도우 헌터였다. 네피림이란 말을 들어본 적도 없을 때 래브너 악마에게 당한 것은 충분히 이해가 되었다. 하지만 이제는 어느 정도 훈련도 받았다. 이보다는 나아야 했다.

어떤 것이라도 무기가 될 수 있어. 제이스는 공원에서 그렇게 말했다. 지옥의 개는 끔찍하게 무거웠다. 그녀는 숨이 막히는 듯한 소리를 내며 목으로 손을 가져갔다. 지옥의 개가 컹컹 짖고 이를 드러내며 으르렁거렸다. 클라리의 손이 모겐스턴 반지가 걸려 있는 목걸이를 잡았다. 그리고 세게 잡아당기자 체인이 툭 끊겼다. 클라리는 개의 얼굴을 향해 목걸이를 사정없이 휘둘러서 개의 눈을 베었다. 지옥의 개가 고통으로 울부짖으며 뒤로 물러났다. 그 틈에 클라리는 옆으로 굴러서 재빨리 무릎을 꿇으며 일어났다. 지옥의 개는 눈에서 피가 흐르는 가운데 몸을 웅크리며 다시 뛰어오를 준비를 했다. 목걸이가 클라리의 손에서 떨어지면서 반지가 어디론가 굴러갔다. 클라리가 황급히 목걸이를 집으려고 손을 뻗는 순간 개가 펄쩍 뛰어올랐다.

밤을 가르며 빛나는 검이 날아와서 클라리의 얼굴 바로 옆쪽을 베었다. 개의 머리가 몸통에서 떨어져 나갔다. 지옥의 개는 외마디 소리를 내지르고 사라졌다. 돌바닥에 검게 그을린 자국이 남았고 악마의 악취가 공기를 떠돌았다.

누군가의 손이 클라리를 조심스레 일으켜 세웠다. 제이스였다. 환하게 타오르는 천사의 검은 벨트에 꽂혀 있었다. 그가 클라리의 양손을 잡으며 묘한 표정으로 바라보았다. 클라리는 그 표정을 말로 설명할 수 없었고 그림으로 그리지도 못했을 것이다. 그의 얼굴에는 희망, 충격, 사랑, 갈망, 분노가 한데 뒤섞인 표정이 떠올라 있었다. 셔츠는 여러 군데 찢어졌고 피로 흠뻑 젖었다. 재킷은 어디론가 사라졌고 머리칼은 땀과 피로 엉겨 붙었다. 잠시 그들은 서로를 빤히 쳐다보기만 했다. 제이스는 그녀의 손을 아플 정도로 꽉 잡고 있었다. 둘은 동시에 입을 열었다.

"너…." 클라리가 말문을 열었다.

"클라리." 제이스는 클라리의 손을 잡은 채 그녀를 원 밖으로, 엘리베이터로 이어지는 보도 쪽으로 밀었다. "가." 그가 거친 목소리로 말했다. "여기서 나가, 클라리."

"제이스…."

그가 떨리는 숨을 들이마셨다. "제발." 그러고는 클라리를 놓아주고 벨트에서 천사의 검을 뽑으며 원으로 돌아갔다.

"일어나." 릴리스가 으르렁거렸다. "일어나."

누군가 사이먼의 어깨를 흔들자 머리로 고통이 밀려들었다. 그는 어둠 속을 떠다니고 있었다. 그러다 눈을 뜨자 밤하늘과 별들, 그를 내려다보는 릴리스의 하얀 얼굴이 보였다. 릴리스의 눈은 사라지고 미끈거리는 검은 뱀들이 그 자리를 차지했다. 너무나 충격적인 광경에 사이먼이 몸을 벌떡 일으켰다.

일어서는 순간 구역질이 올라와서 하마터면 도로 주저앉을 뻔했다. 그가 메스꺼움을 억누르며 눈을 질끈 감자 릴리스가 사납게 그의 이름을 부르는 소리가 들렸다. 다음 순간 그녀의 손이 사이먼의 팔을 잡고 앞으로 이끌었다. 사이먼은 순순히 끌려갔다. 입안이 역겹고 씁쓸한 세바스찬의 피 맛으로 가득했다. 그 피는 사이먼의 혈관을 타고 퍼져나가 구역질을 일으키고 맥이 풀리게 만들었으며 뼛속까지 오한이 나게 했다. 머리는 마치 500킬로그램은 되는 듯했다. 그리고 현기증이 물결처럼 밀려왔다 사라지기를 반복했다.

그의 팔을 잡은 차가운 손이 갑자기 사라졌다. 눈을 뜨자 그는 유리관 옆에 서 있었다. 조금 전까지 서 있던 바로 그 자리였다. 세바스찬은 거무스름해진 액체 안에 떠 있었다. 얼굴은 매끈했고 목에는 맥박이 없었다. 사이먼이 물었던 그의 목에 두 개의 검은 구멍이 나 있었다.

그에게 네 피를 줘. 릴리스의 목소리가 사이먼의 머릿속에서 메아리쳤다. 지금 당장.

사이먼이 현기증을 느끼며 눈을 들었다. 안개 속에 있는 것처럼 시야가 부옜다. 그는 밀려드는 어둠을 뚫고 클라리와 제이스를 찾아보려고 안간힘을 썼다.

송곳니를 써. 릴리스가 말했다. 네 손목을 찢어. 조너선에게 네 피를 줘. 그를 치유해.

사이먼이 손목을 입으로 가져갔다. 그를 치유해. 죽음에서 불러오는 것은 치유하는 것과는 비교가 안 되는 일이었다. 어쩌면 세바스찬의 손은 다시 자라날지도 모른다. 릴리스가 말하는 것이 그런 뜻인지도 몰랐다.

사이먼은 송곳니가 나오기를 기다렸지만 나올 생각을 하지 않았다. 너무 아파서 배가 고프지 않은 모양이네. 사이먼은 그렇게 생각하다가 말도 안 되게 웃음이 나오려는 것을 꾹 참았다.

"안 돼요." 그가 반쯤 헐떡이며 말했다. "할 수가 없어요."

"릴리스!" 제이스의 목소리가 밤을 갈랐다. 릴리스가 믿기지 않는다는 듯이 신음하며 돌아섰다. 사이먼은 천천히 손을 내리며 눈의 초점을 맞추었다. 그는 앞쪽의 환한 불빛을 계속 주시하다가 그것이 제이스의 왼손에 들린 천사의 검에서 뿜어져 나온 것임을 알았다. 사이먼은 이제 어둠에 그려진 뚜렷한 이미지처럼 제이스를 똑똑히 볼 수 있었다. 재킷은 사라지고 지저분한 모습이었다. 셔츠는 찢기고 피로 검게 물들었지만 두 눈은 맑고 흔들림 없이 또렷했다. 더 이상은 끔찍한 악몽에 시달리는 몽유병자나 좀비처럼 보이지 않았다.

"그 애는 어디 있지?" 릴리스가 물었다. 그녀의 뱀눈이 앞으로 미끄러져 나왔다. "그 애는 어디 있어?"

클라리. 사이먼은 흐릿한 눈으로 제이스 주변의 어둠 속을 훑었지만 클라리는 보이지 않았다. 그의 시야가 분명해지기 시작했다. 타일 바닥에 피가 얼룩지고 날카로운 산울타리 가지에 너덜너덜한 새틴 조각이 걸린 것이 보였다. 동물의 발자국처럼 보이는 것이 핏자국 위에 찍혀 있었다. 사이먼은 가슴이 조여들었다. 재빨리 다시 제이스에게로 시선을 옮겼다. 제이스는 몹시 분노한 모습이었다. 하지만 클라리에게 무슨 일이 일어났다면 그보다 훨씬 충격을 받고 동요하는 모습일 거라고 사이먼은 판단했다. 그렇다면 클라리는 어디 있는 걸까?

"클라리는 이 일과 아무 상관이 없어요." 제이스가 말했다. "당신은 내가 당신을 죽일 수 없다고 했죠. 난 그럴 수 있다고 말하겠어요. 우리 둘 중에 누구 말이 맞는지 보죠."

릴리스가 빠르게 움직였다. 너무 빨라서 흐릿하게 보일 정도였다. 한 순간 그녀는 사이먼 옆에 있었지만 다음 순간 제이스 위쪽 계단에 있었다. 릴리스가 제이스를 향해 크게 손을 휘둘렀다. 제이스는 고개를 움츠리고 빙글 돌아 릴리스의 뒤로 가더니 천사의 검으로 그녀의 어깨를 베었다. 릴리스가 비명을 지르며 휙 돌아서자 상처에서 아치 모양으로 피가 뿜어져 나왔다. 칠흑처럼 광택이 나는 검은 빛깔의 피였다. 그녀가 손을 마주쳐 검을 부수려는 듯이 양손을 모았다. 두 손이 마주치며 우레 같은 소리가 났지만 제이스는 이미 몇 미터 옆으로 피한 후였다. 검의 불빛이 조롱하듯 깜빡거리며 그 앞에서 춤을 췄다.

제이스가 아닌 다른 섀도우 헌터였다면 벌써 목숨을 잃었을 거라고 사이먼은 생각했다. 그는 카밀의 말을 기억했다. 인간은 신성한 존재와 대적할 수 없으니까. 몸속을 흐르는 천사의 피에도 불구하고 섀도우 헌터는 인간이었다. 그리고 릴리스는 악마 이상의 존재였다.

날카로운 통증이 사이먼의 몸으로 퍼져나갔다. 송곳니가 나와 아랫입술을 찌른 것을 깨닫고 사이먼은 깜짝 놀랐다. 통증과 피의 맛이 각성을 부추겼다. 사이먼은 릴리스에게 시선을 고정하고 천천히 몸을 일으켰다. 릴리스는 사이먼이 거기에 있는 것도, 그가 지금 뭘 하고 있는지도 눈치채지 못하는 듯했다. 그녀의 시선은 제이스에게 못 박혀 있었다.

릴리스가 다시 한 번 으르렁거리며 제이스에게 덤벼들었다. 옥상을 가로지르며 싸우고 있는 그들의 모습은 휙휙 움직이는 나방 같았다. 산울타리를 홀쩍 뛰어넘고 보도 사이에서 빠르게 움직이는 그들을 따라가는 것은 사이먼의 뱀파이어 시력으로도 쉽지 않았다. 릴리스가 해시계 주변의 나지막한 담이 있는 곳까지 제이스를 몰아붙였다. 시계의 숫자들이 반짝이는 금빛으로 구분되었다. 제이스는 너무 빨리 움직여서 흐릿하게 보였다. 미카엘의 불빛이 릴리스 주변으로 휘몰아쳐서 그녀는 마치 반짝이는 필라멘트 그물에 감싸인 것처럼 보였다. 다른 누군가였다면 몇 초 만에 갈기갈기 찢기고 말았을 것이다. 하지만 그녀는 검은 물처럼, 연기처럼 움직였다. 릴리스는 자유자재로 사라졌다가 다시 나타났다. 그럼에도 제이스는 지치지 않았지만 사이먼은 그가 좌절감을 느끼고 있음을 알아차렸다.

마침내 그 일이 일어났다. 제이스가 릴리스를 향해 천사의 검을 격렬하게 휘둘렀고 그녀가 손으로 날을 감싸며 공중에서 검을 잡았다. 릴리스는 검은 피가 뚝뚝 흐르는 손으로 천사의 검을 휙 잡아당겼다. 손에서 흐른 핏방울들은 바닥에 닿는 순간 작고 검은 뱀으로 변해서 덤불 속으로 꿈틀거리며 기어갔다.

릴리스가 양손으로 검을 들어 올렸다. 창백한 손목과 팔뚝을 타고 타르처럼 피가 흘러내렸다. 그녀가 으르렁거리면서 씩 웃더니 검을 반으로 꺾었다. 한쪽 반은 그녀의 손 안에서 반짝이는 가루로 변했고, 자루가 달린 다른 쪽 반은 재를 뿌린 불꽃처럼 타닥거렸다.

릴리스가 미소를 지었다. "불쌍한 미카엘. 그는 언제나 약했지."

제이스는 옆으로 늘어뜨린 손을 움켜쥔 채 숨을 헐떡거렸다. 땀에 젖은 머리가 이마에 찰싹 달라붙었다. "그렇게 유명 인사를 들먹이는 거…." 그가 말했다. "'난 미카엘을 알지.' '난 사마엘을 알았어.' '가브리엘 천사가 내 머리를 해줬지.' 그거 꼭 《어느 광팬의 고백》 성서 편 같아요."

제이스는 지금 용기를 내고 있는 거라고 사이먼은 생각했다. 릴리스가 자신을 죽이리라는 것을 알기 때문에 과감하고 신랄한 말을 던지는 것이다. 그는 그렇게 가기를 원했다. 두려워하지 않고 당당하게 서서. 전사처럼. 섀도우 헌터들이 그러듯이. 그의 죽음의 찬가는 언제나 이것이 될 것이다. 농담과 신랄한 말, 가식적인 오만, 그리고 그의 눈에 떠오른, 내가 너보다 낫지라고 말하는 듯한 저 표정. 사이먼은 처음으로 깨달았다.

"릴리스." 제이스는 그 단어를 저주처럼 내뱉으며 말을 계속 이어갔다. "난 수업 시간에 당신에 대해 배웠어요. 하늘은 당신에게 자식을 낳지 못하게 하는 저주를 내렸죠. 당신은 천 명의 아기를 낳았고 그들은 모두 죽었어요. 그렇지 않나요?"

릴리스는 거무스름하게 반짝이는 검을 들고 있었다. 얼굴에는 표정이 없었다. "조심해, 어린 섀도우 헌터."

"안 그러면 뭐요? 날 죽일 거라고요?" 볼에 생긴 상처에서 피가 뚝뚝 흘렀지만 제이스는 닦아내지 않았다. "어디 그렇게 해봐요."

안 돼. 사이먼은 걸음을 내디디려고 했지만 무릎이 꺾여 쓰러지면서 손바닥으로 땅을 짚었다. 그가 깊게 숨을 들이마셨다. 사이먼에겐 산소가 필요하지 않았지만 숨을 들이마시면 마음이 다소 진정되었다. 그가 손을 뻗어 돌 받침대 가장자리를 잡고 몸을 일으켜 세웠다. 뒷머리가 쿵쿵 울렸다. 시간이 정말 없었다. 릴리스는 손에 든 부러진 검을 앞으로 박아 넣기만 하면 되니까.

하지만 그녀는 그러지 않았다. 그녀는 제이스를 쳐다보기만 할 뿐 움직이지 않았다. 별안간 제이스의 눈에 섬광이 스치며 그의 입매가 풀어졌다. "당신은 날 죽일 수 없어요." 목소리가 올라갔다. "당신이 그랬죠, 내가 평형추라고. 내가 그를 유일하게 묶어주고 있어요, 이 세상에." 그가 팔을 쭉 펴고 세바스찬의 유리관을 가리켰다. "내가 죽으면 그도 죽어요. 그렇죠?" 제이스가 한 걸음 뒤로 물러났다. "난 이 옥상에서 뛰어내릴 수도 있어요. 나를 죽여서 이 모든 것을 끝내게."

릴리스가 처음으로 동요하는 모습을 보였다. 그녀의 고개가 양옆으로 획획 돌아갔고 바람의 방향을 살피듯이 뱀눈들이 가볍게 떨렸다. "그 애는 어디 있지? 그 소녀는 어디 있어?"

제이스가 얼굴에서 피와 땀을 닦아내며 그녀를 향해 싱긋 웃었다. 갈라져 있던 입술에서 피가 주르륵 흘렀다. "클라리는 잊으시죠. 당신이 딴 데 정신이 팔려 있는 동안 내가 아래층으로 내려 보냈으니까. 클라리는 갔어요. 안전한 곳으로."

릴리스가 으르렁댔다. "거짓말."

제이스가 또 한 걸음 뒤로 물러났다. 몇 걸음만 더 물러나면 건물 가장자리를 두르고 있는 낮은 담에 다다를 것이다. 제이스라면 어떤 위기에서도 살아남으리라는 것을 사이먼은 알았다. 하지만 아무리 그라 해도 40층 건물에서 떨어진다면 목숨을 건지지 못할 것이었다.

"넌 잊었구나." 릴리스가 말했다. "나도 그곳에 있었다는 걸, 섀도우헌터. 난 네가 쓰러져서 죽어가는 모습을 지켜보았어. 발렌타인이 네 시신을 부여잡고 흐느끼는 것도 지켜보았지. 그리고 라지엘 천사가 클라리사에게 무엇을 원하느냐고 묻는 것도 지켜보았어. 천사는 세상에서 가장 원하는 것이 무엇이냐고 물었지. 그리고 그 애는 너라고 대답했어. 사랑하는 사람을 죽음에서 데려온 건 세상에 너희뿐이고, 그로 인해 어떤 결과도 초래되지 않을 거라고 생각하면서 말이야. 그게 바로 너희 생각이지? 어리석은 아이들." 릴리스가 내뱉듯이 말했다. "너희는 서로를 사랑하지. 너희를 보면 그건 누구라도 알 수 있어. 그런 사랑은 세상을 모조리 불태울 수도, 영광 속에 다시 세울 수도 있지. 아니, 그 애는 절대

네 곁을 떠나지 않아. 네가 위험에 처해 있다고 생각하는 동안에는." 릴리스가 머리를 홱 돌리더니 손을 쭉 뻗었다. 손가락이 동물의 발처럼 굽었다. "저기."

어디선가 비명이 들리고 산울타리 하나가 쫙 갈라지더니 그 안에 웅크리고 숨어 있던 클라리의 모습이 드러났다. 발길질을 하고 몸부림을 치며 클라리가 앞으로 끌려나왔다. 클라리는 버틸 것을 찾아 손을 허우적거렸지만 아무것도 없었다. 손톱으로 바닥을 긁어 타일에 핏자국이 남았다.

"안 돼!" 제이스가 앞으로 걸어 나가다가 얼어붙었다. 클라리가 공중으로 휙 들려 올라가서 릴리스 앞에 대롱대롱 매달렸던 것이다. 클라리는 맨발이었다. 그녀가 입은 새틴 드레스는 찢기고 더러워져서 금색이 아니라 붉은색과 검은색이 섞인 것처럼 보였다. 드레스 자락이 회오리치며 휘날렸고 어깨 끈 하나는 끊겨서 덜렁거렸다. 머리칼은 반짝이는 핀들에서 모두 빠져나와 어깨 위로 흘러내렸다. 혐오감이 담긴 녹색 눈이 릴리스에게 고정되었다.

"나쁜 년." 클라리가 말했다.

제이스의 얼굴이 공포로 굳어졌다. 사이먼은 클라리가 안전한 곳으로 갔다는 제이스의 말이 진심이었다는 것을 알았다. 제이스는 클라리가 안전하다고 생각했다. 하지만 릴리스가 옳았다. 그녀는 이제 흡족한 얼굴이었다. 릴리스가 뱀눈을 흔들며 인형을 조종하는 사람처럼 손을 움직이자 클라리가 공중에서 빙글빙글 돌아가며 숨을 헐떡거렸다. 릴리스가 손가락을 튕기자 은빛 채찍 같은 것이 나타나 클라리의 몸을 후려쳤다. 드레스와 함께 그 아래 피부가 갈라졌다. 클라리가 비명을 지르며 상처를 움켜쥐었다. 핏방울이 선홍색 비처럼 타일 위로 후드득후드득 떨어졌다.

"클라리." 제이스가 릴리스를 향해 휙 돌아섰다. "좋아요." 그가 말했다. 그는 얼굴이 몹시 창백했고 허세의 기미는 온데간데없이 사라졌다. 움켜쥔 손은 관절이 새하얗게 질렸다. "좋아요. 클라리를 보내주면 원하는 대로 할게요. 사이먼도 그럴 거예요. 우린 당신을 내버려…."

"날 내버려둔다고?" 릴리스의 얼굴은 이목구비가 다시 배열된 듯했다. 뱀들이 눈구멍 안에서 꿈틀거렸다. 하얀 피부가 지나치게 팽팽해지며 반들거렸다. 입은 너무 크게 벌어졌다. 코는 거의 보이지 않았다. "너희에겐 선택권이 없어. 그리고 더욱 중요한 건, 너희가 날 성가시게 했다는 거야. 너희 모두가 말이야. 순순히 내가 시키는 대로 했더라면, 어쩌면 난 너희를 놓아주었을지도 몰라. 하지만 이젠 너희를 놓아주었을지 어땠을지 절대로 모르겠네. 그렇지 않나?"

사이먼이 돌 받침대에서 손을 떼고 휘청거리는 몸을 가누었다. 그러고 나서 걸음을 떼기 시작했다. 한 발을 떼고 또 한 발을 떼었다. 젖은 모래가 가득한 가방들을 지고 벼랑을 내려가는 기분이었다. 발이 땅에 닿을 때마다 찌르는 듯한 통증이 몸을 꿰뚫었다. 사이먼은 온 정신을 집중해서 한 번에 한 걸음씩 앞으로 나아갔다.

"네 말대로 난 널 죽일 수는 없겠지." 릴리스가 제이스에게 말했다. "하지만 난 견디지 못할 때까지 저 애를 고문할 수 있어. 미쳐버릴 때까지. 네가 보는 앞에서 말이야. 세상에는 죽음보다 더 끔찍한 것들이 있어, 섀도우 헌터."

릴리스가 다시 손가락을 튕기자 이번에는 은빛 채찍이 클라리의 어깨를 후려쳐서 깊은 상처를 냈다. 클라리는 무너져 내렸지만 비명을 지르지는 않았다. 그녀는 손으로 입을 틀어막고 릴리스로부터 자신을 보호할 수 있기라도 하듯 동그랗게 몸을 말았다.

제이스가 릴리스에게 몸을 던지려고 앞으로 발을 떼다가 사이먼을 보았다. 둘의 시선이 만났다. 한순간 세상이 정지된 것 같았다. 사이먼이 릴리스를 보았다. 그녀의 주의는 온통 클라리에게 집중되어 있었다. 그녀는 손을 뒤로 당기면서 더욱 사납게 후려칠 준비를 했다. 극심한 고통으로 제이스의 얼굴이 새하얗게 질렸다. 어두워진 눈이 사이먼의 눈과 만나는 순간 그는 깨달았고, 이해했다.

제이스가 뒤로 물러났다.

사이먼의 눈에 세상이 흐릿하게 보였다. 그는 앞으로 펄쩍 뛰어드는 순간 두 가지를 깨달았다. 하나는 결코 제 시간에 릴리스에게 닿지 못할 것이라는 점이었다. 릴리스는 이미 앞쪽으로 손을 휘두르고 있었고 그녀 앞의 공기가 은빛으로 소용돌이치기 시작했다. 그리고 다른 하나는, 뱀파이어가 이토록 빨리 움직일 수 있는지 전에는 미처 몰랐다는 것이다. 그는 다리와 등의 근육들이 당겨지고 발과 발목의 뼈들이 우두둑거리는 것을 느꼈다.

그리고 그곳에 있었다. 릴리스의 손이 아래로 떨어지는 순간 사이먼이 그녀와 클라리 사이로 미끄러져 들어갔다. 길고 예리한 은빛 선이 사이먼의 얼굴과 가슴을 후려치자 순간적으로 경악할 정도의 아픔이 느껴졌다. 다음 순간 그를 둘러싼 공기가 폭발하면서 반짝이는 색종이 조각처럼 떨어져 내리는 듯했다. 사이먼은 클라리의 비명 소리를 들었다. 충격과 놀라움으로 내지른 비명이 어둠을 가르고 날아왔다. "사이먼!"

릴리스가 얼어붙었다. 그녀는 사이먼을 보았다가 여전히 공중에 매달려 있는 클라리를, 그리고 자신의 빈손을 쳐다보았다. 그러고는 거친 숨을 길게 들이쉬었다.

"일곱 갑절." 그녀가 속삭였다. 그리고 눈을 멀게 하는 백열광이 환하게 밤을 밝히며 돌연 말이 잘렸다. 하늘에서 떨어진 강렬한 불꽃 광선이 릴리스의 몸에 내리꽂혔다. 사이먼의 멍한 머리에는 오로지 돋보기로 모인 빛줄기 아래서 타오르는 개미 생각밖에 떠오르지 않았다. 릴리스는 눈부시게 타오르는 불길에 갇혀서 오랫동안 어둠을 배경으로 하얗게 타올랐다. 터널처럼 벌어진 입에서 고요한 비명이 흘러나왔다. 솟구친 머리칼은 어둠 속에서 환한 빛을 발하는 필라멘트 다발 같았다. 릴리스는 얇게 두드려 편 백금처럼 변하더니 잠시 후에는 무수히 많은 투명한 소금 알갱이로 변해 사이먼의 발치로 비처럼 쏟아져 내렸다. 오싹하게 아름다운 장관을 연출하면서.

　그러고 나서 릴리스는 사라졌다.

19
지옥이 충족되다

클라리의 눈꺼풀 안쪽에 찍힌 엄청난 광채가 서서히 어둠으로 잦아들었다. 그러고는 놀라울 정도로 어둠이 길게 이어지다가 그림자로 얼룩지고 간헐적으로 반짝이는 희끄무레한 빛으로 서서히 바뀌어갔다. 단단하고 차가운 뭔가가 클라리의 등을 내리눌렀다. 위쪽에서 사람들의 목소리가 들려오자 머리가 찌르듯이 아팠다. 누군가 그녀의 목에 조심스레 손을 얹었다가 떼었다. 클라리는 깊게 숨을 들이쉬었다.

몸 전체가 쑤시고 아팠다. 클라리는 실눈을 뜨고 많이 움직이지 않으려고 조심하면서 주위를 둘러보았다. 그녀는 옥상 정원의 단단한 타일 위에 누워 있었다. 포장용 돌 하나가 등으로 파고들었다. 그녀는 릴리스가 사라지면서 바닥으로 떨어졌다. 온몸이 상처와 멍으로 뒤덮여 있었다. 신발은 어디론가 사라졌고 무릎에서는 피가 흘렀다. 릴리스가 마법의 채찍으로 후려친 부분은 드레스가 찢기고 피가 흘러나왔다.

사이먼이 걱정스러운 표정으로 클라리 옆에 무릎을 꿇고 있었다. 이마에서 카인의 마크가 아직도 희미하게 빛났다. "맥박은 진정됐어." 그가 말했다. "하지만 너희가 쓰는 그 치유 룬들 있잖아. 클라리를 위해 뭔가 해줄 게…."

"스텔레가 없으면 못 해. 릴리스가 클라리의 스텔레를 없애게 했어. 클라리가 깨어나서 빼앗아들지 못하게 하려고." 제이스의 목소리였다. 그 목소리는 분노를 억누르느라 긴장되고 낮았다. 그는 사이먼의 맞은편, 클라리의 다른 쪽 옆에 무릎을 꿇고 있었다. 얼굴은 어둠에 가려졌다. "클라리를 아래까지 안고 갈 수 있겠어? 인스티튜트로 데려가면…."

"나보고 클라리를 안고 가라고?" 사이먼은 놀란 음성이었다. 그럴 만도 하다고 클라리는 생각했다.

"클라리는 내가 건드리는 거 원하지 않을 거야." 제이스는 가만있지 못하겠다는 듯이 벌떡 일어섰다. "네가 데리고…."

제이스의 목소리가 갈라졌다. 그는 돌아서서 방금 전까지 릴리스가 서 있던 곳을 쳐다보았다. 돌바닥 위에 은빛 소금 알갱이들이 흩어져 있었다. 사이먼은 들으라는 듯이 길게 한숨을 쉬었다. 그러고 나서 허리를 굽혀 그녀의 팔을 잡았다.

클라리가 눈을 활짝 뜨자 둘의 시선이 마주쳤다. 둘 중 누구도 입을 열지 않았다. 클라리는 차마 그를 똑바로 바라볼 수 없었다. 그녀가 그린 마크가 미간 위에서 하얀 별처럼 빛나고 있는 낯익은 얼굴을.

클라리는 사이먼에게 카인의 마크를 그리면서 자신이 끔찍하고 어마어마한 짓을, 결과를 전혀 예측할 수 없는 엄청난 일을 하고 있다는 것을 알았다. 그를 살리기 위해서라면 클라리는 두 번이라도 그 일을 할 것이었다. 하지만 그럼에도 인류의 역사만큼이나 나이가 많은 대악마 릴리스가 불타올라 소금으로 변하는 동안 하얀 번개처럼 마크를 번쩍이며 그곳에 서 있는 사이먼을 보면서 클라리는 조용히 자문할 수밖에 없었다. 내가 대체 무슨 짓을 한 거지?

"나 괜찮아." 클라리는 그렇게 말하며 팔꿈치로 바닥을 딛고 몸을 일으켰다. 지독하게 아팠다. 어느 순간엔가 팔꿈치를 바닥에 박으며 떨어져서 살갗이 전부 까진 모양이었다. "걸을 수 있어."

클라리의 목소리를 듣고 제이스가 돌아섰다. 제이스의 모습은 클라리의 가슴을 찢어놓았다. 그는 깜짝 놀랄 만큼 멍이 잔뜩 들고 피에 젖어 있었다. 볼이 길게 긁혔고, 아랫입술은 퉁퉁 부어올랐으며, 옷은 열 곳도 넘게 찢기고 피로 물들었다. 이처럼 심하게 다친 제이스의 모습은 익숙지 않았다. 하지만 그녀를 치유할 스텔레가 없다면 그 자신을 치유할 스텔레가 있을 턱이 없었다.

제이스의 표정은 더할 수 없이 텅 비어 있었다. 책처럼 그의 표정을 읽어내는 클라리조차 아무것도 읽을 수가 없었다. 그의 시선이 클라리의 목으로 움직였다. 그의 칼이 지나간 자리에 피가 굳어 있었고 아직도 날카로운 통증이 느껴졌다. 순간적으로 무표정한 얼굴이 흔들렸지만 그는 클라리가 보기 전에 고개를 돌려버렸다.

사이먼이 도와주려고 손을 뻗었지만 클라리는 혼자 힘으로 일어났다. 발목에 타는 듯한 통증이 일어 비명을 지르다가 입술을 깨물었다. 새도우 헌터는 고통스러워도 비명을 지르는 법이 없었다. 그들은 태연하게 고통을 참아. 클라리는 속으로 되뇌었다. 칭얼거려선 안 돼.

"발목 때문이야." 그녀가 말했다. "삐었거나 부러진 거 같아."

제이스가 사이먼을 쳐다보았다. "안고 가. 아까 말한 것처럼."

이번에는 사이먼도 그녀의 대답을 기다리지 않았다. 사이먼은 한 팔을 클라리의 무릎 아래로, 다른 팔을 겨드랑이 아래로 넣고 그녀를 번쩍 들어 올렸다. 클라리는 사이먼의 목에 팔을 두르고 바짝 안겼다. 제이스는 안으로 들어가는 문이 있는 둥근 지붕 쪽으로 향했다. 사이먼은 깨지기 쉬운 도자기처럼 클라리를 안고 그의 뒤를 따랐다. 클라리는 사이먼이 뱀파이어라는 사실을, 힘이 몹시 세다는 사실을 거의 잊고 있었다. 그에게서는 이제 사이먼 냄새가 나지 않았다. 비누와 싸구려 애프터셰이브 로션과 그가 좋아하는 계피 껌의 향이 섞인 냄새. 머리에서는 여전히 샴푸 냄새가 났지만 그 외에는 어떤 냄새도 나지 않았고 클라리에게 닿은 피부는 차가웠다. 클라리는 사이먼의 목을 바짝 끌어안으면서 그의 몸에 조금이라도 온기가 있으면 좋겠다고 생각했다. 클라리는 손끝이 푸르스름했고 몸은 아무런 감각이 없었다.

그들 앞에서 제이스가 어깨로 유리문을 밀어 열었다. 안으로 들어서자 고맙게도 약간 온기가 느껴졌다. 가슴이 오르락내리락하며 숨을 쉬지 않는 사람에게 안겨 있자니 클라리는 기분이 이상했다. 사이먼에게는 아직까지도 기묘한 전기의 기운이 감돌았다. 릴리스가 파괴될 때 옥상을 뒤덮은 지독하게 밝은 빛의 흔적이었다. 클라리는 사이먼에게 괜찮으냐고 묻고 싶었지만 제이스의 침묵이 너무나 압도적이어서 입을 열기가 두려웠다.

그가 엘리베이터 버튼으로 손을 뻗었지만 손가락이 닿기 전에 문이 저절로 열렸다. 이사벨이 문밖으로 폭발하듯 뛰쳐나왔고 혜성 꼬리처럼 은빛 도는 금빛 채찍이 따라 나왔다. 알렉이 바로 뒤에서 나오다가 그들을 보고 우뚝 멈춰 선 이사벨에게 부딪힐 뻔했다. 다른 상황에서라면 웃기는 장면이었을 것이다.

"너희…." 이사벨은 깜짝 놀랐다. 이사벨은 여기저기 상처가 나서 피투성이였다. 아름다운 붉은 드레스는 무릎 주변이 너덜너덜하게 찢겼고, 뒤로 올린 검은 머리는 다 빠져나와 피로 엉겨 붙었다. 알렉은 그보다 약간 나았다. 재킷 소매 한쪽이 길게 찢겼지만 그 아래 피부는 다치지 않은 것 같았다. "여기서 뭐하는 거야?"

제이스, 클라리, 사이먼도 너무 놀라서 아무 말도 못하고 멍하니 이사벨을 쳐다보았다. 이윽고 제이스가 무뚝뚝하게 말했다. "우리가 물을 소린데."

"난… 우린 너랑 클라리가 파티장에 있는 줄 알았어." 이사벨이 말했다. 클라리는 이사벨이 이토록 안절부절못하는 모습을 본 적이 없었다. "우린 사이먼을 찾으러 온 거야."

클라리는 사이먼의 가슴이 들썩이는 것을 느꼈다. 그가 놀라서 반사적으로 인간처럼 헉 하고 숨을 들이쉰 것이다. "날 찾으러?"

이사벨의 얼굴이 화끈 달아올랐다. "난…."

"제이스?" 알렉이 위엄 어린 목소리로 말했다. 그는 클라리와 사이먼을 놀란 눈으로 쳐다보았지만 언제나 그렇듯 그의 주의는 곧바로 제이스에게로 향했다. 더 이상은 제이스에게 사랑의 감정을 느끼지 않았지만 그들은 여전히 파라바타이였고 제이스는 어느 전투에서건 가장 먼저 떠오르는 사람이었다. "여기서 뭐하는 거야? 그리고 대체 무슨 일이 있었던 거야?"

제이스는 모르는 사람을 보듯 알렉을 쳐다보았다. 그는 악몽 속에 있는 사람 같았다. 눈앞에 나타난 새로운 경치가 놀랍거나 인상적이어서 바라보는 것이 아니라 그것이 드러낼 참상에 대비하기 위해 살피는 사람. "스텔레…." 이윽고 그가 갈라진 목소리로 말했다. "스텔레 가지고 있어?"

알렉이 당혹스러운 표정을 지으며 벨트로 손을 가져갔다. "물론이지." 그가 제이스에게로 스텔레를 뻗었다. "이라체가 필요하다면…."

"내가 아니야." 여전히 갈라지고 기이한 목소리로 제이스가 말했다.

"클라리." 그가 클라리를 가리켰다. "나보다 클라리가 더 필요해." 그의 눈이 알렉의 눈과 만났다. 금빛과 푸른빛. "부탁이야, 알렉." 그의 목소리는 거칠어질 때만큼이나 갑작스럽게 원래대로 돌아왔다. "날 위해 클라리를 도와줘."

제이스는 그곳에서 멀어져 유리문이 있는 곳까지 걸어갔다. 거기서 문을 바라보며 서 있었다. 바깥의 정원을 보는지, 아니면 유리에 비친 자신의 모습을 보는지 클라리는 알 수 없었다.

알렉은 잠시 제이스의 뒷모습을 눈으로 쫓다가 스텔레를 들고 클라리와 사이먼에게로 다가왔다. 그는 사이먼에게 클라리를 바닥으로 내려놓으라고 지시했고 사이먼은 조심스레 클라리를 내려놓으며 그녀가 벽에 등을 기대고 앉게 해주었다. 알렉이 클라리 앞에 무릎을 꿇자 사이먼이 뒤로 물러났다. 클라리는 알렉의 얼굴에 떠오른 혼란을 읽을 수 있었다. 그는 클라리의 팔과 배를 가로지르는 심한 상처들에 놀란 얼굴이었다. "누가 이런 짓을 한 거야?"

"난…." 클라리는 난처하게 제이스 쪽을 바라보았다. 그는 여전히 그들을 등진 채 서 있었다. 유리문에 그의 모습이 비쳤다. 얼굴이 멍으로 여기저기 거무스름한 하얀 얼룩처럼 보였다. 셔츠 앞자락은 피로 검게 물들었다. "설명하기가 어려워."

"어째서 우릴 부르지 않았어?" 이사벨의 목소리가 배신감으로 가늘어졌다. "어째서 우리한테는 여기 온다고 말하지 않았냐고. 불꽃 메시지든 뭐든 보낼 수 있었잖아? 네가 부탁만 하면 달려왔을 거야. 너도 알잖아."

"시간이 없었어." 사이먼이 말했다. "그리고 클라리와 제이스가 여기 있는 줄도 몰랐고. 나하고만 관련된 문제인 줄 알았어. 내 문제에 널 끌어들이는 건 옳지 않아 보였고."

"네 문제에 끄, 끌어들인다고?" 이사벨이 말을 더듬었다. "너…." 이사벨은 말을 시작하다가 별안간 사이먼에게 뛰어들어 그의 목에 팔을 감았다. 이사벨 자신을 포함해서 모두가 깜짝 놀란 듯했다. 사이먼은 느닷없는 공격에 비틀거리며 뒷걸음질쳤지만 이내 냉정을 회복했다. 대롱거리는 채찍에 걸릴 뻔하면서도 이사벨의 몸에 팔을 두르고 꼭 끌어안았다. 이사벨의 머리가 딱 그의 턱 아래로 들어왔다. 이사벨의 목소리가 너무 작아서 클라리는 확신할 수 없었지만 사이먼에게 욕을 하고 있는 것 같았다.

알렉은 눈썹을 추켜올렸지만 다시 클라리에게 몸을 숙이며 아무 말도 하지 않았다. 클라리의 시야가 가로막히면서 사이먼과 이사벨의 모습이 가려졌다. 알렉이 그녀의 피부에 스텔레를 대자 따끔한 통증에 클라리가 움찔했다. "아프다는 거 알아." 그가 낮은 목소리로 말했다. "너 머리를 부딪친 것 같아. 매그너스에게 보이는 게 좋겠어. 제이스는 어때? 얼마나 심하게 다친 거야?"

"모르겠어." 클라리가 고개를 흔들었다. "자기 근처로 못 오게 해."

알렉이 그녀의 턱을 잡고 얼굴을 양옆으로 돌려보더니, 클라리의 옆목, 턱선 바로 아래에 두 번째 이라체를 그렸다. "제이스가 무슨 끔찍한 짓을 저지른 거지?"

클라리가 그를 흘긋 보았다. "왜 그렇게 생각해?"

알렉이 그녀의 턱을 놓아주었다. "제이스를 아니까. 제이스가 자신을 벌하는 법도. 널 가까이 오지 못하게 하는 건, 네가 아니라 자신을 벌하는 거야."

"제이스는 내가 자기 곁에 오는 걸 원하지 않아." 클라리가 말했다. 목소리에 반항의 기미가 스민 것을 느끼며 옹졸한 자신을 증오했다.

"제이스가 원하는 건 오직 너뿐이야." 놀랍게도 알렉의 목소리가 부드러웠다. 그가 뒤로 물러나 앉으며 눈으로 흘러내린 검은 머리를 쓸어 올렸다. 클라리는 최근 들어 알렉이 달라졌다고 생각했다. 처음 보았을 때와는 달리 자신에 대한 확신이 생긴 느낌이었다. 그래서 다른 사람에게 너그러워질 수 있는 것이다. 이전에는 자신에게도 그처럼 너그럽지 못했다. "그런데 둘은 어떻게 여기에 오게 된 거야? 우린 너희가 파티에서 사이먼과 함께 사라진 사실도 모르고 있었는데."

"함께 사라진 게 아니야." 사이먼이 말했다. 그와 이사벨은 포옹을 풀었지만 여전히 나란히 붙어서 있었다. "난 여기 혼자 왔어. 정확히 말하면 혼자는 아니지만. 난… 불려온 거야."

클라리가 고개를 끄덕였다. "맞아. 우린 사이먼과 함께 오지 않았어. 제이스가 날 여기로 데려왔을 때는 나도 사이먼이 여기 있는지 몰랐어."

"제이스가 널 여기로 데려왔다고?" 이사벨이 놀라서 말했다. "제이스, 릴리스나 탈토 교회에 관해 알고 있었으면서 왜 아무 말도 하지 않은 거야?"

제이스는 여전히 문밖을 응시하고 있었다. "깜박 잊었나 봐." 그가 생기 없이 말했다.

알렉과 이사벨이 설명을 바라듯이 클라리에게로 시선을 옮기자 클라리가 고개를 흔들었다. "그건 제이스가 아니었어." 마침내 그녀가 입을 열었다. "제이스는… 조종당하고 있었거든. 릴리스한테."

"홀린 상태였다고?" 이사벨의 눈이 놀라움으로 동그랗게 커졌다. 그녀의 손이 반사적으로 채찍 손잡이를 꽉 움켜쥐었다.

제이스가 문에서 돌아섰다. 그리고 천천히 손을 올려 난도질당한 셔츠를 벌리고 그들에게 룬을 보여주었다. 그 위로 지나간 칼자국도. 그가 여전히 생기 없는 목소리로 말했다. "이게 릴리스의 마크야. 이걸로 날 조종했어."

알렉이 머리를 절레절레 흔들었다. 그는 몹시 불안한 표정이었다. "제이스, 보통 그런 악마와 연결된 고리를 끊는 유일한 길은 그 악마를 죽이는 것뿐이야. 릴리스는 누구보다도 강력한 악마…."

"릴리스는 죽었어." 클라리가 불쑥 말했다. "사이먼이 죽였어. 아니면 카인의 마크가 죽였다고 할 수 있겠지."

모두가 사이먼을 뚫어지게 쳐다보았다.

"너희 둘은? 어떻게 여기로 오게 된 거야?" 사이먼이 방어적인 목소리로 물었다.

"널 찾으러 왔지." 이사벨이 말했다. "릴리스가 너한테 준 그 명함을 발견했어. 너희 아파트에서. 조던이 우릴 들여보내 줬거든. 조던은 지금 마야와 아래층에 있어." 이사벨이 몸을 떨었다. "릴리스가 해온 일은… 아마 믿지 못할 거야…. 너무나 끔찍해서…."

알렉이 양손을 들어올렸다. "자, 모두들 진정해. 우리가 먼저 우리한 테 있었던 일을 설명할 테니까, 그다음에 사이먼과 클라리가 너희 얘기를 들려주는 게 좋겠어."

설명은 클라리가 생각했던 것보다 짧게 끝났다. 이사벨은 이야기하는 내내 커다랗게 손을 휘둘러서 가끔은 저러다가 무방비로 드러난 친구들의 팔다리 하나를 채찍으로 잘라버리는 것은 아닌가 걱정될 정도였다. 알렉은 옥상으로 나가서 클레이브에 불꽃 메시지를 보내 그들의 위치를 알리고 지원을 요청했다. 제이스는 알렉이 나갈 때 아무 말 없이 옆으로 비켜섰다가 그가 돌아올 때 다시 한 번 비켜주었다. 사이먼과 클라리가 옥상에서 있었던 일을 이야기하는 동안에도 제이스는 입을 열지 않았다.

심지어 이드리스에서 라지엘 천사가 그를 죽음에서 불러온 부분을 이야기할 때도 그랬다. 클라리가 세바스찬에 대한 이야기—세바스찬의 '어머니'가 릴리스라는 이야기, 릴리스가 세바스찬의 몸을 유리관에 넣어 보관해온 이야기였다—를 시작하자 마침내 입을 연 것은 이사벨이었다.

"세바스찬?" 이사벨이 채찍으로 바닥을 강하게 내리쳐서 대리석에 금이 쩍 갔다. "세바스찬이 저 밖에 있다고? 그리고 죽지 않았다고?" 이사벨이 제이스에게로 돌아섰다. 제이스는 무표정한 얼굴로 팔짱을 낀 채 유리문에 기대서 있었다. "난 그가 죽는 걸 봤어. 제이스가 그의 등뼈를 반으로 가르는 걸 봤고, 그가 강으로 굴러떨어지는 것도 봤어. 그런데 지금 세바스찬이 저 밖에 살아 있다는 거야?"

"아냐." 사이먼이 서둘러 그녀를 달랬다. "그의 몸은 저기 있지만 살아 있는 건 아니야. 릴리스는 의식을 끝내지 못했어." 사이먼이 그녀의 어깨에 손을 얹었지만 이사벨이 털어냈다. 얼굴이 몹시 창백했다.

"살아 있는 게 아니란 말은 확실하게 죽었다는 말로 들리지 않아, 나한테는." 이사벨이 말했다. "내가 나가서 그 자식의 몸을 갈기갈기 조각내버리겠어." 이사벨이 문 쪽으로 돌아섰다.

"이사벨!" 사이먼이 그녀의 어깨에 손을 얹었다. "이지. 안 돼."

"안 된다고?" 이사벨이 믿을 수 없다는 눈으로 그를 보았다. "내가 저 자식을 조각내서 '쓸모없는 개자식'이란 주제의 색종이 조각처럼 뿌리지 말아야 할 훌륭한 이유를 하나만 대봐."

사이먼의 시선이 다른 사람들에게로 움직이다가 제이스에게서 잠시 멈췄다. 그가 맞장구치거나 자신의 의견을 말하기를 기대하기라도 하듯이. 제이스는 말이 없었다. 심지어 움직이지도 않았다. 이윽고 사이먼이 입을 열었다. "너 그 의식에 대해서는 이해했지? 제이스가 죽었다가 되살아났기 때문에 릴리스가 세바스찬을 되살릴 힘을 얻게 되었다는 거. 그리고 세바스찬을 되살리기 위해서는 제이스가 산 채로 그곳에 있어야 한다는 거 말이야. 그러니까 그게… 릴리스가 뭐라고 했더라…."

"평형추." 클라리가 말했다.

"제이스 가슴에 있는 저 마크. 릴리스의 마크 말이야." 사이먼이 자신의 심장 바로 윗부분을 손으로 짚었다. 무의식중에 나온 행동인 듯했다. "세바스찬에게도 똑같은 게 있어. 제이스가 원 안으로 들어섰을 때 둘의 마크가 동시에 번쩍이는 걸 봤어."

이사벨이 채찍을 옆으로 휙 잡아채고 붉은 입술을 잘근거리며 못 참겠다는 듯이 말했다. "그런데?"

"내 생각엔 릴리스가 둘을 연결시켜놓은 거 같아." 사이먼이 말했다. "제이스가 죽으면 세바스찬도 살지 못해. 그러니까 네가 세바스찬을 조각내면…."

"제이스를 다치게 할 수도 있어." 클라리가 그 사실을 깨닫는 순간 입에서 말이 흘러나왔다. "오, 맙소사. 오, 이지. 안 돼."

"그러니까 저 자식을 그냥 살려둬야 한다고?" 이사벨이 도저히 믿을 수 없다는 듯이 말했다.

"원한다면 조각내도 좋아." 제이스가 말했다. "난 허락해."

"시끄러." 알렉이 말했다. "네 목숨이 중요하지 않은 듯이 구는 것 좀 그만해. 이지, 아까 한 말 들었잖아. 세바스찬은 살아 있는 게 아니야."

"죽지도 않았어. 충분히 죽지 않았다고."

"클레이브가 알아서 할 거야." 알렉이 말했다. "그를 침묵의 형제들에게로 데려가야 해. 그들이 제이스와 연결된 매듭을 잘라낼 수 있을 거야. 그러고 나면 넌 원하는 걸 이루게 돼, 이지. 그는 발렌타인의 아들이야. 그리고 살인자고. 모든 새도우 헌터가 알리칸테의 전투에서 누군가를 잃었어. 아니면 누군가를 잃은 사람을 알거나. 그들이 세바스찬에게 친절을 베풀 거 같아? 그들은 목숨이 여전히 붙어 있는 그를 천천히 찢어죽일 거야."

이사벨이 오빠를 뚫어져라 쳐다보았다. 서서히 고인 눈물이 볼을 타고 흘러내리면서 먼지와 피로 덮인 얼굴에 줄무늬를 만들었다. "정말 싫어. 오빠가 맞는 말을 하는 거 정말 싫다고."

알렉이 동생을 끌어당기고 정수리에 입을 맞췄다. "알아."

이사벨이 잠시 오빠의 손을 꾹 잡았다가 놓았다. "좋아. 세바스찬은 건드리지 않을 거야. 하지만 그 자식 근처에 있는 건 참을 수 없어." 그러고는 제이스가 서 있는 유리문 쪽으로 흘긋 시선을 주었다. "아래층으로 내려가자. 클레이브가 올 때까지 로비에서 기다리면 되잖아. 그리고 마야와 조던에게도 알려야 하고. 아마 우리가 어디로 갔는지 궁금해하고 있을 거야."

사이먼이 목청을 가다듬었다. "누군가는 여기 있으면서 감시해야 하잖아. 내가 있을게."

"아냐." 제이스였다. "너도 내려가. 내가 있을 테니까. 이 모든 일은 다 내 책임이야. 기회가 있을 때 확실하게 세바스찬을 죽여야 했어. 그리고 나머지에 대해서는⋯."

그의 목소리가 잦아들었다. 하지만 클라리는 인스티튜트의 어두운 복도에서 그녀의 얼굴에 손을 얹고 속삭이던 그의 모습을 기억했다. 메아 쿨파, 메아 맥시마 쿨파(Mea culpa, mea maxima culpa).

내 탓이오, 내 탓이오, 내 큰 탓이옵니다.

클라리가 돌아서서 다른 사람들을 보았다. 이사벨이 엘리베이터 버튼을 누르자 불이 들어왔다. 멀리서 엘리베이터가 웅웅대며 올라오는 소리가 들렸다. 이사벨의 이마에 주름이 졌다. "오빠도 제이스랑 같이 여기 있는 게 좋겠는데."

"도움은 필요 없어." 제이스가 말했다. "처리할 일이 있는 것도 아닌데. 나 혼자 있어도 괜찮아."

이사벨이 허공으로 손을 들어 보이는 순간 엘리베이터가 도착하며 땡하고 벨이 울렸다. "좋아. 마음대로 해. 원한다면 혼자서 부루퉁하게 있든가." 이사벨이 엘리베이터 안으로 성큼성큼 걸어 들어갔고, 사이먼과 알렉이 그녀를 따라 들어갔다. 클라리가 마지막으로 안으로 들어서며 제이스를 돌아보았다. 그는 다시 유리문을 바라보며 서 있었지만 클라리는 유리에 비친 그의 모습을 볼 수 있었다. 꽉 다문 입술은 핏기가 하나도 없었고 눈빛도 어두웠다.

제이스. 엘리베이터 문이 닫히는 순간 클라리가 속으로 그를 불렀다. 그가 돌아보기를, 그녀를 쳐다보기를 바라면서. 제이스는 돌아보지 않았지만 손 하나가 느닷없이 클라리의 어깨를 앞으로 떠밀었다. "알렉, 대체 뭐하는…." 이사벨의 목소리가 들려왔다. 클라리는 비틀거리며 엘리베이터 밖으로 나가 중심을 잡고 뒤를 돌아보았다. 엘리베이터 문이 닫히고 있었지만 그 사이로 알렉의 모습이 보였다. 그가 애처롭게 살짝 웃으며 어깨를 으쓱했다. 나보고 어쩌라고? 라고 말하는 듯이. 클라리가 앞으로 걸음을 내디뎠지만 이미 너무 늦었다. 엘리베이터 문이 철컥 닫혔다.

클라리는 제이스와 그곳에 남았다.

방 안에는 시체들이 나뒹굴었다. 모두가 후드 달린 회색 운동복 차림으로 내던져졌거나 뒤틀렸거나 벽에 기대어 있었다. 마야는 창가에 서서 거칠게 숨을 몰아쉬며 믿을 수 없다는 듯이 눈앞의 광경을 둘러보고 있었다. 마야는 이드리스의 브로슬린드 전투에 참가했었고 그곳에서 그녀 생애 최악의 장면들을 목격했다고 생각했다. 하지만 어떤 면에서는 이것이 더욱 끔찍했다. 죽은 멤버들에게서 흘러나오는 피는 악마의 체액이 아니었다. 인간의 피였다. 그리고 그 아기들. 날카로운 발톱이 달린 작은 손을 인형처럼 포개고 바구니 안에서 조용히 죽어 있던 아기들….

마야가 자신의 손을 내려다보았다. 발톱이 여전히 나와 있고 끝에서부터 뿌리까지 피로 물들었다. 발톱을 집어넣자 피가 손바닥으로 흘러내려 손목까지 적셨다. 맨발은 피로 얼룩졌고 한쪽 어깨에 길게 난 상처는 이미 아물기 시작했지만 여전히 피가 스며 나오고 있었다. 늑대인간의 빠른 치유력에도 불구하고 내일 아침에 일어나면 마야의 온몸이 멍으로 덮여 있을 것이었다. 늑대인간은 멍이 들어도 하루 이상 남아 있는 경우가 드물었다. 마야는 인간이었을 때 오빠 대니얼이 멍들어도 보이지 않을 곳만 꼬집어대던 일이 떠올랐다.

"마야." 조던이 늘어진 전선 다발을 피해 목을 움츠리며 문 안으로 들어왔다. 그가 몸을 펴고 시체들 사이를 걸어 다가왔다. "괜찮아?"

염려의 빛이 떠오른 그의 얼굴에 마야는 배가 꽉 뭉치는 기분이었다.

"이사벨하고 알렉은 어디 있어?"

그가 머리를 가로저었다. 그는 마야보다 눈에 띄는 상처가 훨씬 적었다. 두꺼운 가죽 재킷과 청바지, 부츠가 그의 몸을 보호해주었다. 볼에 길게 베인 상처가 났고 연한 갈색 머리와 손에 든 칼에 마른 피가 묻어 있었다. "이 층 전체를 찾아봤는데 없었어. 다른 방에 시체가 더 있고. 그들은 아마…."

천사의 검처럼 밤이 환하게 밝아졌다. 창문이 하얗게 변하고 밝은 빛이 안으로 쏟아져 들어왔다. 한순간 마야는 온 세상에 불이 붙은 거라고 생각했다. 불빛을 뚫고 마야에게로 움직이는 조던은, 흰색 위로 겹쳐지는 흰색처럼, 어른거리는 은빛 벌판으로 사라진 것 같았다. 마야는 자신의 비명 소리를 들었다. 그녀는 저도 모르게 뒷걸음질치다 머리를 유리창에 박았다. 그녀는 손을 들어 눈을 가렸다.

그리고 빛이 사라졌다. 마야가 손을 내리자 주변의 세상이 흔들거렸다. 무턱대고 앞으로 손을 뻗자 조던이 그곳에 있었다. 마야는 팔을 던지듯이 뻗어서 조던을 끌어안았다. 예전에 그가 마야를 데리러 집으로 오면 그랬듯이. 조던은 그녀를 품에 안고 구불구불한 머리카락에 손가락을 묻곤 했었다.

그때 조던은 지금보다 마르고 어깨도 좁았다. 이제는 뼈대 위로 단단한 근육이 불거져서 그를 껴안는 것은 마치 휘몰아치는 사막의 모래 폭풍 속에서 더없이 단단한 화강암 기둥을 붙잡고 있는 기분이었다. 마야는 조던에게 꼭 달라붙어서 그의 심장박동 소리를 들었다. 조던의 손이 그녀의 머리를 쓰다듬었다. 거칠면서도 마음을 진정시키는 그의 손길은 안심이 되고⋯ 익숙하게 느껴졌다. "마야⋯ 괜찮아⋯."

마야가 고개를 들어 그의 입술에 자신의 입술을 댔다. 조던은 많은 면에서 달라졌지만 입 맞출 때의 느낌은 그대로였다. 입술은 변함없이 부드러웠다. 조던은 놀라움으로 잠시 몸이 굳었지만 이내 그녀를 제대로 안고 드러난 등을 천천히 어루만졌다. 마야는 그들이 처음으로 입을 맞추던 때를 기억했다. 마야가 조던에게 귀고리를 건네며 그의 차 앞좌석의 함에 넣어달라고 했었다. 조던은 손을 몹시 떨다가 귀고리를 떨어뜨리고는 사과하고 또 사과했다. 마야가 키스로 그의 입을 막아버리기 전까지. 마야는 조던처럼 다정한 남자애는 처음이라고 생각했었다.

그러고 나서 그가 늑대인간에게 물렸고 모든 것이 달라졌다.

마야는 어지럽고 숨이 가빠서 뒤로 물러났다. 조던은 즉시 그녀를 놓아주었다. 그가 마야를 뚫어져라 바라보았다. 입은 벌어졌고 눈빛이 멍했다. 그의 뒤로 창문 너머 도시가 내다보였다. 마야는 폭발하고 무너져 내린 황무지가 눈에 들어오리라 반쯤 기대했다. 그러나 모든 것은 전과 똑같았다. 아무것도 변하지 않았다. 맞은편의 건물들에서는 불빛이 깜빡였고, 아래쪽에서 차들이 지나다니는 소리가 희미하게 들려왔다.

"그만 가봐야 해. 다른 사람들을 찾아봐야지."

"마야." 조던이 말했다. "나한테 왜 키스한 거야?"

"모르겠어." 그녀가 말했다. "엘리베이터를 타는 게 좋을까?"

"마야…."

"나도 모르겠어, 조던." 그녀가 말했다. "내가 왜 키스했는지, 또다시 할 건지 나도 모르겠다고. 하지만 친구들이 걱정돼서 죽을 지경이라는 건 알아. 그리고 이곳에서 나가고 싶고. 됐어?"

조던이 고개를 끄덕였다. 하고 싶은 말이 수백만 가지는 되지만 하지 않기로 마음먹은 눈치였다. 마야는 그런 결정이 고마웠다. 조던은 석고 가루가 하얗게 떨어진 머리칼을 쓸어 넘긴 다음 고개를 끄덕였다.

"그래."

정적이 흘렀다. 제이스는 여전히 유리문에 기대서 있었고, 이제는 문에 이마를 댄 채 눈을 감고 있었다. 클라리는 그가 자신이 그곳에 있다는 사실을 알고 있는지 궁금했다. 클라리가 한 걸음 앞으로 움직였지만 그녀가 입을 열기 전에 제이스는 문을 밀어 열고 정원으로 걸어 나갔다.

클라리는 잠시 그 자리에 멈춰 서서 제이스를 바라보았다. 그녀는 물론 엘리베이터를 다시 불러 타고 내려가서 다른 사람과 함께 로비에서 클레이브를 기다릴 수도 있었다. 제이스가 말하고 싶지 않다면 말하고 싶지 않은 것이었다. 클라리가 강제로 말하게 할 수는 없었다. 알렉의 말이 사실이라면, 제이스가 스스로를 벌주고 있는 거라면, 클라리는 제이스가 그 일을 끝낼 때까지 기다리는 수밖에 없었다.

클라리가 엘리베이터를 향해 돌아서다가 멈췄다. 작은 분노의 불꽃이 그녀를 훑으며 눈이 화끈 달아올랐다. 아니야. 클라리는 생각했다. 그녀는 제이스가 이런 식으로 행동하게 내버려둘 필요가 없었다. 다른 사람에게라면 몰라도 그녀에게는 이러면 안 되었다. 그녀는 이보다 나은 대접을 받을 자격이 있었다. 두 사람 모두 서로에게 더 나은 대접을 받을 자격이 있었다.

클라리가 휙 돌아서서 문으로 갔다. 발목이 여전히 아팠지만 알렉이 그린 이라체가 효과를 발휘하고 있었다. 온몸의 통증은 둔하게 욱신거리는 정도로 가라앉았다. 클라리가 문을 밀어 열고 옥상 테라스로 나섰다. 얼음장 같은 타일에 맨발이 닿는 순간 클라리는 움찔했다.

클라리는 즉시 제이스를 발견했다. 그는 피와 악마의 체액으로 얼룩지고 소금으로 반짝이는 계단 근처 타일에 무릎을 꿇고 있었다. 클라리가 다가가자 그가 일어섰다. 돌아서는 그의 손에 반짝이는 뭔가가 들려 있었다.

체인에 걸린 모겐스턴 반지.

바람이 휙 불어와서 얼굴 위에 어두운 금빛 머리칼을 흩어놓았다. 그가 조바심치듯 머리칼을 넘기며 말했다. "여기에 이걸 놔두고 간 게 떠올랐어."

목소리는 놀라울 정도로 평소와 똑같이 들렸다.

"그래서 여기 머물겠다고 한 거야? 이걸 되찾으려고?"

그가 체인을 흔들어 손바닥 위로 반지를 올리고 감싸 쥐었다. "난 이 반지하고 연결되어 있어. 바보 같은 소리라는 거 알아."

"그거 때문이라고 말하지 그랬어. 아니면 알렉과 기다리면서⋯."

"난 너희들과 함께 있으면 안 돼." 그가 불쑥 말했다. "그런 일을 하고 서는, 이라체든 치유든 포옹이든 위로든, 친구들이 내게 필요하다고 생 각하는 어떤 것도 받을 자격이 없어. 차라리 여기서 저 자식과 함께 있 는 게 나아." 제이스는 세바스찬의 움직임 없는 몸이 놓인 유리관 쪽을 턱짓으로 가리켰다. "그리고 무엇보다 너랑 같이 있을 자격이 없어."

클라리가 팔짱을 꼈다. "그럼 나한테는 어떤 자격이 있는지 한 번이라 도 생각해봤어? 이 일에 관해 너하고 얘기를 나눌 자격이 있다고 생각 하지 않아?"

제이스가 그녀를 빤히 쳐다봤다. 겨우 몇 미터 떨어져 있었지만 둘 사 이에 말할 수 없이 넓은 공간이 놓여 있는 느낌이었다. "나와 얘기를 하 는 건 고사하고, 내 모습을 보고 싶어 할 이유도 모르겠어."

"제이스." 클라리가 말했다. "네가 한 그 일들⋯ 그건 네가 아니었어."

제이스가 망설였다. 하늘이 칠흑처럼 어두운 반면 근처 건물의 불 밝 힌 창문들은 너무나 밝아서 그들이 마치 반짝이는 보석으로 엮은 그물 한가운데 서 있는 것 같았다. 그가 입을 열었다. "그게 내가 아니었다면 어떻게 모든 일을 기억하지? 악마에게 홀린 사람들은 제정신으로 돌아 오면 악마가 자신 안에 들어왔을 때 저지른 일을 기억하지 못해. 하지만 난 전부 다 기억해." 제이스가 갑자기 돌아서서 정원의 벽 쪽으로 걸어 나갔다. 클라리는 세바스찬에게서 멀어지는 것을, 산울타리에 가려 그의 모습이 보이지 않는 것을 내심 반기며 그를 따라갔다.

"제이스!" 클라리가 소리쳐 부르자 제이스가 돌아서서 쓰러지듯 벽에 등을 기댔다. 그의 뒤로 알리칸테의 악마 타워처럼 도시 전체의 불빛이 밤을 밝히고 있었다. "네가 모든 걸 기억하는 이유는 릴리스가 그러길 원했기 때문이야." 그의 곁으로 다가간 클라리가 숨 가쁘게 말했다. "릴리스가 이런 짓을 저지른 건 사이먼에게 자신이 원하는 일을 시키기 위해서였지만 너를 고문하기 위해서이기도 했어. 릴리스는 네가 사랑하는 사람을 해치는 자신의 모습을 지켜보길 원했어."

"난 모두 보고 있었어." 그가 낮은 목소리로 말했다. "마치 나의 일부가 빠져나가서 나를 지켜보며 멈추라고 비명을 지르는 것 같았어. 하지만 나머지 부분은 내가 옳은 일을 하고 있는 것처럼 완전히 평온하게 느꼈어. 그것이 내가 할 수 있는 유일한 일인 것처럼. 어쩌면 발렌타인은 자신이 하는 모든 일을 그렇게 느꼈을지도 모른다는 생각이 들었어. 옳은 일을 하는 것처럼 아무런 거리낌 없이." 제이스가 다른 곳으로 눈길을 돌렸다. "참을 수가 없어. 너도 나랑 있으면 안 돼. 그냥 가."

클라리는 그의 말에 따르는 대신 옆으로 다가가 벽에 등을 기대고 섰다. 그러고는 팔로 자신의 몸을 감쌌다. 클라리는 떨고 있었다. 마침내 그가 마지못해 다시 고개를 돌리고 그녀를 보았다. "클라리…."

"내가 어디를 가건 언제 가건, 그건 네가 결정할 문제가 아니야." 그녀가 말했다.

"알아." 그의 목소리가 거칠어졌다. "그 점은 늘 알고 있었어. 어쩌다 내가 나보다 더 고집 센 사람하고 사랑에 빠졌는지 모르겠어."

클라리는 잠시 말이 없었다. 사랑에 빠졌는지. 두 단어 때문에 그녀의 심장이 바짝 조여들었다. "나한테 한 말들…." 그녀가 반쯤 속삭이듯 말했다. "아이언웍스 테라스에서… 그거 전부 진심이었어?"

그의 황금빛 눈이 흐려졌다. "어떤 말?"

날 사랑한다고 한 말. 클라리는 그렇게 말하려다가 기억을 돌이켜보았다. 그는 그렇게 말하지 않았다. 암시를 주긴 했어도 정확히 그 말을 하지는 않았다. 게다가 클라리는 그들이 서로를 사랑한다는 사실을 자신의 이름만큼이나 분명하게 알았다.

"넌 네가 세바스찬이나 발렌타인 같아도 사랑할 거냐고 물었어."

"그리고 넌 그건 내가 아닐 거라고 대답했고. 그게 얼마나 잘못된 말인지 전부 드러났지." 그의 목소리가 씁쓸함으로 물들었다. "오늘 밤 내가 한 짓은…."

클라리가 그를 향해 움직였다. 그는 긴장했지만 물러나지는 않았다. 클라리가 그의 셔츠 앞자락을 움켜쥐고 바짝 다가갔다. 그리고 한 단어 한 단어 또렷하게 말했다. "그건 네가 아니었어."

"네 엄마한테 그렇게 말해봐. 루크한테 그렇게 말해보라고. 이 상처가 어쩌다 생긴 거냐고 물을 테니까." 그가 클라리의 쇄골을 살며시 건드렸다. 상처는 이제 아물었지만 피부와 드레스는 여전히 피로 얼룩져 있었다.

"내 잘못이었다고 말할 거야." 클라리가 말했다.

제이스가 그녀를 바라보았다. 황금빛 눈에 믿기지 않는다는 표정이 담겨 있었다. "그들에게 거짓말을 할 수는 없어."

"거짓말이 아니야. 내가 널 되살렸잖아. 너는 죽어 있었고 내가 널 다시 불러왔어. 네가 아니라 내가 균형을 어지럽혔다고. 내가 릴리스와 그 멍청한 의식을 향해 문을 활짝 열어줬어. 난 어떤 것이든 청할 수 있었지만 널 되돌려달라고 청했어." 클라리가 셔츠를 더욱 꽉 움켜잡았다.

추위와 악력으로 손가락이 하얗게 질렸다. "그리고 난 또다시 그런 상황이 와도 똑같이 할 거야. 사랑해, 제이스 웨이랜드, 헤런데일, 라이트우드. 네가 뭐라고 불리건 간에. 난 아무 상관이 없어. 너를 사랑하고 영원히 그럴 거야. 조금이라도 그렇지 않은 척하는 건 시간 낭비일 뿐이야."

더없이 고통스러운 표정이 제이스의 얼굴을 스쳐 지나가자 클라리는 심장이 조여들었다. 다음 순간 그가 팔을 뻗어 클라리의 얼굴을 잡았다. 볼에 닿은 그의 손이 따뜻했다.

"내 말 기억해?" 제이스의 목소리는 어느 때보다도 부드러웠다. "신이 정말로 존재하는지 모르겠지만 어느 쪽이건 우린 완전히 혼자라고 한 말? 답은 아직도 모르겠어. 내가 유일하게 아는 건 이 세상에 신뢰라는 것이 존재하고, 난 그런 걸 받을 자격이 없는 놈이라는 거였어. 그런 다음 네가 나타났지. 넌 내가 믿는 모든 걸 바꿔놓았어. 내가 공원에서 들려준 단테의 구절 기억나? 라모르 케 모베 일 솔레 에 랄크레 스텔레(L'amor che move il sole e l'altre stelle)'?"

클라리가 올려다보니 그의 입가가 약간 말려 올라갔다. "난 여전히 이탈리아어는 못 하는데."

"'천국편'의 맨 마지막 부분에 나오는 말이야. 단테의 《신곡》 '천국편'. '내 의지와 욕망은 사랑에 의해 바뀌었다. 태양과 다른 별들을 움직이는 사랑.' 내 생각에 단테는 신뢰를 설명하려고 했던 거 같아. 압도적인 사랑으로서의 신뢰. 그리고 모독적인 말일지도 모르지만 그게 바로 내가 너를 사랑하는 방식이라고 생각했어. 네가 내 삶 안으로 들어왔고 난 간직해야 할 진실을 갖게 되었어. 내가 널 사랑하고 네가 날 사랑한다는 거."

그는 클라리를 보고 있었지만 그의 시선은 멀게 느껴졌다. 마치 먼 곳에 고정되어 있는 것처럼.

"그러고 나서 그 꿈을 꾸기 시작했어." 그가 계속 말을 이었다. "그리고 어쩌면 내가 틀렸을지도 모른다고 생각했어. 난 널 사랑할 자격이 없다고. 완벽한 행복을 누릴 자격이 없다고…. 그러니까, 맙소사, 어떻게 그럴 자격이 있겠어? 오늘 밤 그런 짓을 저질러놓고…."

"그만해." 클라리는 셔츠를 움켜쥐고 있던 손을 풀어 그의 가슴에 얹었다. 손 아래에서 그의 심장이 빠르게 뛰고 있었다. 그의 볼은 발갛게 달아올랐다. 추위 때문만은 아니었다. "제이스. 오늘 밤 모든 일이 일어나는 동안 난 한 가지만은 분명히 알고 있었어. 나를 다치게 한 건 네가 아니라는 거. 이런 일들을 하는 건 네가 아니라는 거. 난 네가 선한 사람이라는 절대적인 믿음을 가지고 있어. 그리고 그 믿음은 영원히 변하지 않아."

제이스가 숨을 깊게 들이마셨다. 숨결이 파르르 떨렸다. "그런 믿음을 받을 자격이 있는 사람이 되려면 어떻게 해야 하는지 생각조차 못 하겠어."

"생각할 필요 없어. 난 이미 너한테 충분한 믿음이 있으니까." 그녀가 말했다. "우리 둘 모두에게."

제이스의 손이 클라리의 머리칼을 어루만졌다. 한데 섞인 둘의 입김이 그들 사이에서 하얀 구름처럼 몽글몽글 피어올랐다. "네가 정말 그리웠어." 제이스가 그렇게 말하고 그녀에게 부드럽게 입을 맞췄다. 지난번처럼 절박하고 굶주린 키스가 아니라 익숙하고 다정하고 부드러운 키스였다.

세상이 바람개비처럼 빙글빙글 돌아서 클라리는 눈을 감았다. 그녀는 제이스의 가슴을 타고 손을 미끄러뜨리며 올라가 그의 목에 팔을 둘렀다. 그리고 발꿈치를 들어 올리고 그의 입술에 자신의 입술을 포개었다. 그의 손이 그녀의 피부와 새틴 드레스를 훑어내리자 클라리는 몸을 떨며 그에게로 기대었다. 두 사람 모두 피와 재와 소금 맛이 날 테지만 그런 것은 아무래도 상관이 없었다. 이 세상, 이 도시, 모든 불빛과 삶이 오로지 이곳으로, 그녀와 제이스에게로 좁혀진 것만 같았다. 얼어붙은 세상의 불타오르는 심장부로.

그가 먼저 마지못해 뒤로 물러났다. 클라리는 다음 순간 그 이유를 깨달았다. 아래쪽에서 차들이 빵빵거리는 소리와 끼익 하고 급히 멈추는 소리가 들려왔기 때문이다. "클레이브야." 그가 체념하듯 말했다. 목청을 가다듬은 후에야 겨우 말을 했지만 클라리는 그의 목소리가 듣기 좋았다. 그의 얼굴은 붉게 상기되었고 클라리는 자신의 얼굴도 비슷하리라고 생각했다. "그들이 왔어."

클라리는 제이스의 손을 잡은 채 옥상 담 너머로 아래를 내려다보았다. 여러 대의 길고 검은 차가 비계 앞에 주차되어 있었다. 차에서 사람들이 우르르 몰려나왔다. 그 높이에서는 누군지 알아보기 힘들었지만 클라리는 메이리스와 전투복 차림의 몇 명을 본 것 같았다. 다음 순간 루크의 트럭이 요란하게 달려와 멈추더니, 조슬린이 밖으로 뛰쳐나왔다. 클라리는 그보다 먼 곳에서도 움직이는 모습만으로 엄마를 알아보았을 것이다.

클라리가 제이스를 돌아보았다. "엄마야. 내려가 보는 게 좋겠어. 엄마가 여기로 올라와서 그를 보게 하고 싶지 않으니까." 클라리가 세바스찬의 관이 있는 쪽을 턱으로 가리켰다.

그가 그녀의 머리를 뒤로 쓸어 넘겨주었다. "내 시야 밖으로 널 보내고 싶지 않은데."

"그럼 나랑 함께 내려가."

"아냐. 누군가는 여기 있어야 해." 그는 클라리의 손을 잡아 손바닥 위에 모겐스턴 반지를 떨어뜨렸다. 반지 주변으로 목걸이 줄이 액체 금속처럼 모여들었다. 클라리가 목에서 잡아 뜯었을 때 버클이 휘었지만 제이스가 원래대로 되돌려놓았다. "받아줘."

클라리의 눈길이 아래로 향했다가 확신 없이 다시 그의 얼굴로 향했다. "네가 어떤 의미로 이걸 주는지 정확히 이해할 수 있다면 좋을 텐데."

제이스가 어깨를 살짝 으쓱했다. "난 이걸 10년간 끼고 있었어. 내 일부가 이 안에 있어. 그러니까 이건 내 과거와 그 과거가 지니는 모든 비밀을 네게 맡긴다는 뜻이야." 그가 테두리에 새겨진 별 하나를 가볍게 건드렸다. "'태양과 다른 별들을 움직이는 사랑.' 이 별들이 뜻하는 게 그거라고 생각하라고. 모겐스턴이 아니라."

그에 대한 대답으로 클라리가 목걸이를 걸자 쇄골 아래의 익숙한 지점으로 반지가 자리를 잡았다. 퍼즐 조각이 제자리를 찾아 들어간 느낌이었다. 잠시 둘의 시선이 얽혀서 무언의 대화를 나눴다. 어떤 면에서 그것은 신체적인 접촉보다 더욱 강렬한 느낌이었다. 그 순간 클라리는 그의 모습을 외우기라도 하듯이 가슴속에 담았다. 헝클어진 금빛 머리, 속눈썹이 드리운 그림자, 연한 호박색 눈동자 안에 담긴 짙은 금색 원들. "금방 돌아올게." 클라리가 말하면서 그의 손을 꾹 잡았다. "5분이면 돼."

"가." 그가 클라리의 손을 놓아주며 거친 목소리로 말했고, 클라리는 돌아서서 보도를 따라 걸어갔다. 그녀는 그에게서 떨어지는 순간 다시금 추위를 느꼈고 유리문에 다다랐을 때는 얼어붙을 정도로 추웠다. 문을 열다 잠시 멈추고 돌아보았지만 뉴욕의 불빛을 등진 제이스는 그림자로만 보일 뿐이었다. 태양과 다른 별들을 움직이는 사랑. 클라리는 조용히 속으로 되뇌었다. 그러고는 돌아오는 메아리처럼 릴리스의 음성을 들었다. 그런 사랑은 세상을 모조리 불태울 수도, 영광 속에 다시 세울 수도 있지. 오한이 온몸으로 퍼져나갔다. 추위 때문만은 아니었다. 클라리는 제이스를 찾았지만 그는 어둠속으로 사라지고 없었다. 그녀는 돌아서서 안으로 들어갔고, 그녀 뒤로 문이 닫혔다.

알렉은 위층으로 조던과 마야를 찾으러 올라갔고 사이먼은 이사벨과 로비의 긴 녹색 의자에 나란히 앉아 있었다. 로비에는 두 사람뿐이었다. 이사벨은 알렉의 마법의 불을 들고 있었다. 유령 같은 불빛이 로비를 밝혔고 샹들리에 펜던트에 반사되어 공중에서 불꽃처럼 춤을 추었다.

오빠가 그들만 남겨두고 사라진 이후로 이사벨은 말이 없었다. 고개를 숙이고 있어서 검은 머리가 앞으로 쏟아져 내렸다. 이사벨은 자기 손을 내려다보고 있었다. 긴 손가락의 섬세한 손이었지만 오빠의 손처럼 못이 박였다. 오른손에 은반지를 끼고 있는 것이 그제야 사이먼의 눈에 들어왔다. 반지에는 불꽃 문양이 줄줄이 이어지고 중앙에 L자가 새겨져 있었다. 사이먼은 클라리가 목에 걸고 다니는 별 문양의 반지를 떠올렸다.

"라이트우드 가문의 반지야." 사이먼이 쳐다보는 것을 알고 이사벨이 말했다. "모든 가문에는 상징이 있어. 우리는 불이야."

너하고 어울리네. 사이먼은 생각했다. 타오르는 선홍색 드레스를 입은 이사벨은 불과 같았다. 그녀의 기분은 불꽃만큼이나 변화무쌍했다. 사이먼은 옥상에서 이사벨에게 목이 졸려 죽는 줄 알았다. 그녀는 절대로 놓아주지 않을 것처럼 사이먼의 목을 꽉 끌어안고 태양 아래 존재하는 욕이란 욕은 전부 퍼부었다. 하지만 이제 먼 곳을 바라보며 앉아 있는 이사벨은 별처럼 손댈 수 없는 존재가 되어버렸다. 사이먼은 참으로 혼란스럽고 당황스러웠다.

넌 그 정도로 그들을 사랑해. 카밀은 말했다. 네 섀도우 헌터 친구들. 자신을 묶고 진실을 보지 못하게 하는데도 주인을 사랑하는 매처럼 말이야.

"네가 한 말…." 사이먼이 멈칫거리며 말했다. 이사벨은 손가락으로 머리칼을 돌돌 말고 있었다. "옥상에서…너희는 클라리와 제이스가 사라진 걸 몰랐고, 날 찾으러 온 거라던 말…. 그거 사실이야?"

이사벨이 고개를 들며 귀 뒤로 머리를 넘겼다. "당연히 사실이지." 그녀가 분개한 듯이 말했다. "네가 파티에서 사라졌다는 사실을 알았을 때… 넌 여러 날 동안 위험에 처해 있었잖아, 사이먼, 거기다 카밀까지 탈출해서…." 이사벨의 말이 끊겼다. "조던은 널 보호할 책임이 있었잖아. 완전히 기겁을 했었어."

"그러니까 날 찾으러 온 건 그의 생각이었던 거야?"

이사벨이 오랫동안 그를 쳐다보았다. 눈빛이 헤아릴 수 없이 깊고 어두웠다. "네가 사라진 걸 눈치챈 사람은 나였어. 널 찾으려고 한 사람도 나였고."

사이먼이 목청을 가다듬었다. 머리가 이상하게 어지러웠다. "하지만 왜? 넌 날 증오하는 줄 알았는데."

그건 잘못된 말이었다. 이사벨이 머리칼을 휘날리며 고개를 절레절레 흔들고는 사이먼에게서 조금 떨어져 앉았다. "오, 사이먼. 바보처럼 굴지 좀 마."

"이지." 사이먼이 머뭇거리며 이사벨의 손목에 손을 얹었다. 이사벨은 손을 빼지 않은 채 그를 바라보기만 했다. "보호구역에서 카밀이 내게 한 말이 있어. 섀도우 헌터는 다운월드 사람에게 마음을 쓰지 않고 이용만 할 뿐이라고. 네피림은 그들에게 해준 일들을 절대로 내게 해주지 않을 거라고. 하지만 넌 해줬어. 날 찾으러 왔잖아. 날 찾으러 왔어."

"당연하지." 그녀가 한풀 꺾인 목소리로 말했다. "너한테 무슨 일이 생긴 줄 알았을 때…."

사이먼이 그녀에게로 몸을 기울였다. 둘의 얼굴은 몇 센티미터밖에 떨어져 있지 않았다. 샹들리에에 반사된 불빛이 이사벨의 검은 눈에 비쳐 보였다. 이사벨의 입술이 벌어졌고 사이먼은 따스한 입김을 느꼈다. 뱀파이어가 된 이후 처음으로 사이먼은 열기를 느꼈다. 그들 사이에 전류가 흐르는 것처럼. "이사벨." 그가 말했다. 이즈나 이지가 아니라 이사벨. "내가…."

엘리베이터가 땡 소리와 함께 도착하더니 문이 열리며 알렉과 마야와 조던이 나왔다. 사이먼과 이사벨이 후다닥 떨어져 앉는 모습을 알렉이 미심쩍게 바라보았다. 하지만 그가 뭔가 말을 하기도 전에 로비의 문이 활짝 열리면서 새도우 헌터들이 쏟아져 들어왔다. 사이먼은 카디르와 메이리스를 알아보았다. 그녀는 이사벨에게로 날듯이 다가가서 이사벨의 어깨를 부여잡고 무슨 일이 있었는지 물었다.

사이먼은 그 자리에 있기가 불편해 의자에서 일어나 주춤주춤 옆으로 가다가 하마터면 알렉에게로 달려오던 매그너스와 부딪힐 뻔했다. 그의 눈에는 사이먼이 보이지도 않는 것 같았다. 100년이 지나고 200년이 지난 후에는 결국 너하고 나만 남겠지. 매그너스는 보호구역에서 그렇게 말했다. 떼를 지어 오가는 새도우 헌터들 사이에서 말로 표현할 수 없는 외로움을 느낀 사이먼은 누구의 눈에도 띄지 않기를 바라며 벽에 등을 바짝 붙였다.

알렉이 고개를 드는 순간 매그너스가 다가와서 그를 확 잡아당겼다.

멍이나 상처가 없는지 확인하듯 매그너스의 손가락이 알렉의 얼굴 위를 떠돌았다. 그러면서 그가 목소리를 낮춰 중얼거렸다. "어떻게 그렇게 말도 없이 가버릴 수가 있어. 내가 널 도울 수도 있었…."

"그만해." 알렉은 반항심이 생겨서 얼굴을 뒤로 뺐다.

매그너스는 행동을 자제하며 냉정을 회복했다. "미안해. 내가 파티를 떠나지 말았어야 했어. 너와 함께 거기 있어야 했다고. 카밀은 이미 사라지고 없었으니까. 어디로 갔는지 아무도 몰라. 뱀파이어는 '추적'이 안 되니까…." 그가 어깨를 으쓱했다.

알렉은 사슬로 파이프에 묶인 채 강렬한 녹색 눈으로 그를 바라보던 카밀의 모습을 머릿속에서 밀어냈다. "상관없어. 카밀은 중요하지 않아. 당신은 클레이브를 도우려고 간 거잖아. 당신이 파티에서 떠난 일로 화난 거 아니야."

"하지만 넌 화가 나 있었어. 난 알고 있었어. 그래서 그토록 걱정했던 거야. 나한테 화가 났다고 그렇게 뛰쳐나가 위험 속으로 자신을 던져 넣는다는 건…."

"난 섀도우 헌터야. 매그너스, 이건 내가 하는 일이라고. 당신 때문이 아니야. 그럼 다음번에 사랑에 빠질 땐 보험사정인이나 뭐 그런…."

"알렉산더." 매그너스가 말했다. "다음번이란 없어." 그가 몸을 기울여서 알렉의 이마에 자신의 이마를 대고 금녹색 눈으로 푸른 눈을 바라보았다.

알렉의 심장박동이 빨라졌다. "왜? 당신은 영원히 살잖아. 모두가 그런 건 아니고."

"내가 그렇게 말한 거 알아. 하지만 알렉산더…."

"그만 좀 그렇게 불러. 알렉산더는 우리 부모님이 부르는 이름이라고.

그리고 당신이 내가 죽을 운명이라는 사실을 숙명론자처럼 아무렇지 않게 받아들이는 아주 잘난 마법사라는 것은 알겠어. 하지만 내가 그런 말을 들으면 기분이 어떨 거라고 생각해? 보통 커플들은 뭔가를 희망해. 함께 늙어가기를 희망하고, 오랫동안 함께 살다가 같은 날 죽기를 희망해. 하지만 우린 그런 것들을 바랄 수 없어. 난 당신이 뭘 원하는지도 모르겠어."

알렉은 자신이 어떤 반응을 기대하는지 알 수 없었다. 매그너스는 화를 내거나 방어적으로 나오거나 심지어 유머를 섞어 말할 수도 있었다. 하지만 매그너스는 살짝 갈라진 나지막한 목소리로 이렇게 말했다. "알렉산… 알렉. 네가 언젠가는 죽을 거라는 사실을 아무렇지도 않게 받아들인다는 인상을 줬다면 거기에 대해서는 미안하다는 말밖에 할 수가 없어. 난 노력했고, 받아들였다고 생각했어. 그렇지만 여전히 너와 함께 50년을, 60년을 사는 모습을 상상했지. 그때가 되면 널 보낼 준비가 될지도 모른다고 생각했어. 하지만 이제 깨달았어. 그게 너라면, 아무리 그때가 된다고 해도 널 잃는다는 사실에 마음의 준비가 될 수는 없다는 걸, 지금이나 그때나 똑같은 마음이리라는 걸 말이야." 매그너스가 양손으로 알렉의 얼굴을 살며시 잡았다. "그러니까 그런 일은 절대 불가능하다는 거지."

"그럼 우린 어떻게 해야 해?" 알렉이 속삭였다.

매그너스가 어깨를 으쓱하더니 갑자기 미소를 지었다. 더부룩한 검은 머리에 금녹색 눈을 어슴푸레 반짝이는 그의 모습은 짓궂은 십대처럼 보였다. "모두가 하는 걸 해야지." 그가 대답했다. "네가 말한 것처럼. 희망하는 거."

알렉과 매그너스가 로비 한가운데서 키스하기 시작하자 사이먼은 시선을 어디에 두어야 할지 몰랐다. 사적인 시간을 보내는 그들을 빤히 바라보고 있다는 인상을 주고 싶지 않았지만 어느 곳을 쳐다보건 새도우헌터의 이글거리는 시선과 마주쳤다. 사이먼이 그들 편에서 카밀에 맞서 싸웠다는 사실에도 불구하고 누구도 그를 우호적인 눈빛으로 바라보지 않았다. 이사벨은 그를 받아들이고 그에게 마음을 쓰지만 집단으로서 새도우 헌터는 별개의 문제였다. 사이먼은 그들이 무슨 생각을 하는지 훤히 알았다. 뱀파이어, 다운월드 사람, 적. 그들의 얼굴에 분명하게 쓰여 있었다. 로비의 문이 다시 활짝 열리고 파티 의상인 푸른 드레스 차림의 조슬린이 서둘러 안으로 들어왔을 때 사이먼은 안도감을 느꼈다. 몇 걸음 뒤로 루크가 따라 들어왔다.

"사이먼!" 조슬린이 그를 보자마자 외쳤다. 놀랍게도 그를 향해 달려온 그녀가 사이먼을 있는 힘껏 끌어안았다가 놓아주었다. "사이먼, 클라리는 어딨니? 클라리는….'

사이먼이 입을 열었지만 말이 나오지 않았다. 오늘 밤에 있었던 일을 다른 사람도 아닌 조슬린에게 어떻게 설명할 수 있을까? 모든 것을 알게 되면 조슬린은 경악을 금치 못할 것이었다. 릴리스의 악행, 살해된 아이들, 그리고 피. 그것이 모두 조슬린의 죽은 아들 같은 존재를 더 만들어내기 위한 일이었다는 사실, 심지어 그 죽은 아들의 몸이 지금 클라리와 제이스가 있는 옥상에 안치되어 있다는 사실.

난 아무 말도 할 수 없어. 못해. 사이먼은 생각했다. 그는 조슬린에게서 시선을 떼고 루크를 보았다. 그의 푸른 눈은 설명을 기대하며 사이먼에게 고정되어 있었다. 클라리의 가족 너머로 이사벨 주변에 모여 있는 새도우 헌터들이 보였다. 이사벨은 그날 밤의 사건들을 설명하고 있을 것이다.

"전…." 그가 어쩔 줄 몰라 입을 여는 순간 엘리베이터 문이 다시 열리고 클라리가 밖으로 나왔다. 신발은 사라지고 아름다운 새틴 드레스는 피로 얼룩진 넝마로 변했으며 팔다리에는 희미해지기 시작한 멍이 보였다. 그러나 클라리는 웃고 있었다. 요 몇 주간 사이먼이 본 중에서 가장 행복해 보이는 환한 미소였다.

"엄마!" 클라리가 외치는 소리에 조슬린이 달려가 그녀를 껴안았다. 클라리는 엄마의 어깨 너머로 사이먼에게 웃어 보였다. 사이먼은 로비를 둘러보았다. 알렉과 매그너스는 여전히 서로를 껴안고 있었고 마야와 조던은 어디론가 사라졌다. 이사벨은 아직도 섀도우 헌터들에게 둘러싸여 있었다. 이사벨의 이야기에 사람들이 경악하며 숨을 들이켜는 소리가 들렸다. 사이먼의 눈에는 이사벨이 약간은 그 상황을 즐기고 있는 것처럼 보였다. 이사벨은 원인이 무엇이든 관심받는 것을 매우 좋아하니까.

누군가 사이먼의 어깨를 잡았다. 돌아보니 루크였다. "넌 괜찮은 거냐, 사이먼?"

사이먼이 그를 올려다보았다. 루크는 평소와 다름없는 모습이었다. 강건하고 노련하고 한없이 믿음직한 모습. 갑작스러운 비상사태로 결혼 파티가 방해를 받는데도 조금도 분해하는 기색이 없었다.

사이먼은 오래전에 돌아가신 아버지에 대한 기억이 거의 없었다. 누나 레베카는 아버지가 턱수염을 길렀다는 것과 블록으로 탑을 쌓는 딸을 도와주곤 하던 일 등을 기억했지만 사이먼은 기억나지 않았다. 그것이 자신과 클라리가 가진 공통점 중에 하나라고 사이먼은 늘 생각했었다. 둘을 결속시키는 공통점. 둘은 모두 아버지를 일찍 여의었고, 강인한 홀어머니의 손에 자랐다.

뭐, 적어도 그중에 하나는 사실이니까. 사이먼은 생각했다. 그의 어머니는 이런저런 남자를 만났지만 그의 인생에서 지속적으로 아버지 역할을 해 준 사람은 루크 말고는 없었다. 어떤 면에서 클라리와 사이먼은 루크를 공유한 셈이었다. 그리고 늑대인간 무리도 조언을 구하러 그를 찾았다. 자신의 아이를 한 번도 길러보지 않은 독신자였지만 루크에게는 돌볼 아이들이 엄청나게 많았다.

"모르겠어요." 사이먼이 정직하게 대답했다. 아버지에게 답하는 것처럼. "아닌 것 같아요."

루크가 사이먼을 돌려세워 얼굴을 마주 보았다. "온통 피로구나. 하지만 네 피는 아닐 테고. 왜냐하면…." 그가 사이먼 이마의 마크를 가리켰다. "그래도 녀석아." 그의 목소리가 다정했다. "피를 뒤집어쓰고 카인의 마크가 있다고 해도 넌 여전히 사이먼이야. 무슨 일이 있었는지 말해주지 않겠니?"

"제 피가 아닌 건 맞아요." 사이먼이 쉰 목소리로 말했다. "하지만 말하자면 얘기가 좀 길어요." 그가 고개를 뒤로 젖혀 루크를 올려다보았다. 사이먼은 다시 급성장기가 오면 180센티미터인 지금 키에서 몇 센티미터는 더 자라서 루크를—제이스는 말할 필요도 없고—대등한 눈높이에서 바라볼 수 있게 되지 않을까 생각했었다. 하지만 이제 그런 일은 일어날 수 없게 되었다. "루크, 자신이 의도한 일이 아닌데도 영원히 극복하지 못할 정도로 나쁜 짓을 저지르는 것이 가능하다고 생각하세요? 누구에게도 용서받지 못할 짓이오."

루크가 그를 오랫동안 말없이 쳐다보았다. 마침내 그가 말했다. "네가 사랑하는 누군가를 떠올려봐, 사이먼. 아주 많이 사랑하는 사람. 그들이 어떤 일을 저지른다고 해서 네가 그들을 더 이상 사랑하지 않게 되겠니?"

사이먼의 머릿속에 이미지들이 스쳐 지나갔다. 페이지를 빨리 넘기면 움직이는 것처럼 보이는 플립북의 그림들처럼. 어깨 너머로 돌아보며 그에게 미소를 짓는 클라리. 어린 꼬마인 사이먼을 간지럽 태우는 그의 누나. 어깨까지 담요를 덮고 소파에 잠들어 있는 엄마. 이사벨….

사이먼은 급하게 생각들을 끊었다. 클라리는 그토록 끔찍한 일을 저지른 적이 없으므로 기억을 더듬어볼 필요도 없었다. 그가 떠올렸던 다른 사람들도 마찬가지였다. 사이먼은 기억을 빼앗아간 엄마를 용서한 클라리를 떠올렸다. 제이스가 옥상에서 한 일과 나중에 그가 지었던 표정도 떠올렸다. 그는 자신의 의지로 그런 일을 한 것이 아니지만 사이먼은 제이스가 스스로를 용서하지 못할 거라고 생각했다. 그러고 나서 조던을 떠올렸다. 마야에게 자신이 저지른 일을 용서하지 않았지만 그럼에도 앞으로 나아가 프리터 루퍼스에 합류하고 다른 사람을 돕는 삶을 살아가는 조던.

"제가 누군가를 물었어요." 말이 나오는 순간 사이먼은 도로 삼키고 싶었다. 루크가 경악한 표정을 지을 것을 예상하며 마음을 단단히 먹었지만 그는 그러지 않았다.

"살아 있니?" 루크가 물었다. "네가 문 사람 말이야. 목숨을 잃지 않았어?"

"전…." 모린의 일을 어떻게 설명해야 할까? 릴리스가 모린에게 물러가라고 명령했지만 사이먼은 모린을 다시 보게 되리라는 것을 알았다. "죽이지는 않았어요."

루크가 고개를 한 번 끄덕였다. "늑대인간들이 어떻게 무리의 우두머리가 되는지 알지? 이전의 우두머리를 죽여야 하지. 난 두 번이나 그렇게 했고. 그걸 증명할 흉터가 있어." 그가 셔츠 깃을 옆으로 당기자 가슴에 있는 흉터의 끄트머리가 보였다. 발톱으로 찢겼다가 아문 듯한 하얗고 두꺼운 흉터였다. "두 번째는 계산된 움직임이었지. 냉혹한 살인. 난 리더가 되길 원했고 그래서 그런 거야." 그가 어깨를 으쓱했다. "넌 뱀파이어야. 피를 마시고 싶은 건 네 본성이야. 넌 오랫동안 피를 마시지 않고 버텨왔어. 네가 태양 아래로 돌아다닐 수 있다는 건 알지만, 사이먼, 그래서 평범한 소년처럼 생활할 수 있다는 데 자부심을 느낀다는 건 알지만, 너는 여전히 뱀파이어야. 내가 늑대인간인 것처럼. 네가 진정한 본성을 억누르려 하면 할수록 그 본성이 널 조종하게 될 거야. 네 자신을 받아들이렴. 널 진정으로 사랑하는 사람들은 어떤 일이 있어도 그 사랑을 멈추지 않아."

사이먼이 쉰 목소리로 말했다. "저희 엄마는…."

"네 엄마와 어떤 일이 있었는지 클라리한테 들었어. 그래서 네가 조던 카일과 함께 살고 있다는 것도. 사이먼, 네 엄마도 언젠가는 돌아설 거야. 아마티스가 나에 대해서 그랬듯이 말이야. 넌 여전히 엄마의 아들이야. 원한다면 내가 엄마와 얘기를 나눠보마."

사이먼이 묵묵히 고개를 가로저었다. 엄마는 항상 루크를 좋아했다. 루크가 늑대인간이란 사실을 알게 되면 상황이 나아지기는커녕 더욱 나빠질 것이었다.

루크가 이해한다는 듯이 고개를 끄덕였다. "조던의 집으로 돌아가고 싶지 않으면 얼마든지 우리 집 소파 신세를 져도 좋아. 클라리도 분명히 좋아할 거고 내일 함께 네 엄마에 관해 얘기해볼 수도 있고 말이다."

사이먼이 어깨를 쭉 폈다. 그러고는 로비 저편에서 이야기를 하고 있는 이사벨을 바라보았다. 어슴푸레 빛나는 채찍, 목에 걸린 반짝이는 펜던트, 말하면서 흔들어대는 그녀의 손. 어떤 것도 두려워하지 않는 이사벨. 사이먼은 엄마의 모습을 떠올렸다. 두 눈에 공포가 가득한 채 그에게서 물러나던 엄마. 그날 이후로 사이먼은 그 기억으로부터 줄곧 숨어다니고 도망을 다녔다. 하지만 이제 도망을 멈춰야 할 때가 되었다. "아뇨. 고맙지만 오늘 밤은 머물 곳이 필요하지 않을 것 같아요. 오늘은… 집으로 갈 거거든요."

제이스는 옥상에 홀로 남아 도시를 내려다보았다. 이스트 강이 브루클린과 맨해튼 사이로 은빛 도는 검은 뱀처럼 구불거리며 흘러갔다. 클라리의 손길이 닿았던 손과 입술은 여전히 따뜻하게 느껴졌지만 강에서 불어오는 얼음처럼 차가운 바람에 온기가 빠르게 식었다. 재킷을 입지 않아서 얇은 셔츠 속으로 바람이 칼처럼 스며들었다.

제이스는 숨을 깊이 들이마셨다. 그는 차가운 공기를 폐 속으로 빨아들였다가 천천히 내뱉었다. 몸 전체에 긴장이 느껴졌다. 그는 엘리베이터 소리가 들려오기를, 문이 열리고 섀도우 헌터들이 정원으로 밀려 들어오기를 기다렸다. 그들은 처음에는 제이스를 동정하며 걱정할 것이었다. 그러고 나서 무슨 일이 있었는지 알게 되면 그를 피하고, 그가 보지 않는다고 생각하면 의미심장한 표정을 주고받을 것이다. 그는 그냥 악마도 아닌 대악마의 조종을 받아 다른 섀도우 헌터를 위협하고 상처 입혔다.

그가 클라리에게 저지른 짓에 대해 들으면 조슬린이 어떤 눈으로 바라볼지 상상해보았다. 루크는 이해하고 용서할 것이다. 하지만 조슬린은…. 그는 한 번도 정직하게 조슬린에게 말할 수가 없었다. 그녀를 안심시킬 그 말을. 저는 당신의 딸을 사랑합니다. 뭔가를 그 정도로 사랑할 수 있을 거라고 상상해본 적이 없을 정도로요. 클라리를 상처 입히는 일은 절대로 없을 겁니다.

조슬린은 그저 클라리와 같은 녹색 눈으로 물끄러미 바라보기만 할 거라고 제이스는 생각했다. 조슬린은 더 원할 것이었다. 제이스 자신도 진실이라고 확언할 수 없는 말을 듣고자 할 것이다.

저는 발렌타인과는 전혀 다릅니다.

정말? 차가운 공기를 타고 속삭임이 흘러들었다. 오로지 그의 귀에만 들리는 속삭임이었다. 넌 네 어머니를 몰라. 네 아버지도 모르지. 넌 어렸을 때 네 마음을 발렌타인에게 주었어, 어린아이들이 흔히 그러듯이. 그리고 네 자신을 그의 일부로 만들었어. 이제는 그걸 단칼에 끊어버릴 수가 없지.

그의 왼손이 차가웠다. 내려다보니 놀랍게도 그가 단검을 들고 있었다. 문양이 조각된 친아버지의 은빛 단검. 릴리스의 피가 녹여버린 날은 원래대로 돌아와서 뭔가를 기약하듯 반짝이고 있었다. 날씨와는 상관없는 냉기가 가슴으로 퍼지기 시작했다. 얼마나 여러 번 이런 식으로 숨을 헐떡이며 땀에 젖은 채 잠에서 깨어났던가? 손에는 단검을 쥐고… 그리고 클라리는, 언제나 클라리는 그의 발치에 죽어 있는 채로.

하지만 릴리스는 죽었다. 모두 끝났다. 제이스는 벨트에 단검을 꽂으려 했지만 손은 주인의 명령에 복종하지 않았다. 가슴이 화끈거리면서 타는 듯한 통증이 느껴졌다. 그가 내려다보니, 릴리스의 마크를 반으로 갈랐던 붉은 선이, 클라리가 단검으로 베었던 상처가 아문 것이 보였다.

제이스는 단검을 벨트에 꽂으려는 노력을 멈추었다. 칼자루를 움켜쥔 손의 관절이 하얗게 변하도록 손목을 비틀어 그에게로 날을 돌리려고 필사적으로 애썼다. 심장이 두근거렸다. 그는 이라체로 치유받지도 않았다. 마크는 어떻게 그리 빨리 아문 것일까? 그가 다시 상처를 내어 마크를 변형시킨다면 하다못해 잠시라도….

그러나 제이스의 손은 그의 명령을 따르지 않았다. 팔은 여전히 뻣뻣하게 옆으로 내려져 있고 몸은 의지에 반해 세바스찬이 누워 있는 돌 받침대로 향하기 시작했다.

관이 흐릿한 녹색을 띠고 빛났다. 마법의 불빛과 비슷하지만 눈을 찌르며 고통스럽게 하는 빛이었다. 제이스는 뒤로 물러나려 했지만 다리가 움직이지 않았다. 식은땀이 등을 타고 흘러내렸다. 마음 한구석에서 목소리가 속삭였다.

이리로 와.

세바스찬의 목소리였다.

릴리스가 사라졌다고 네가 자유의 몸이 된 줄 알았어? 뱀파이어가 날 물어서 깨웠지. 이제 내 혈관을 흐르는 릴리스의 피가 네게 명령해.

이리로 와.

제이스는 완강하게 버티려 했지만 몸은 그를 배신하고 앞으로 나아갔다. 그의 의식은 계속 가지 않으려고 했다. 제자리에서 움직이지 않으려고 해도 발이 걸음을 떼어 그를 관이 있는 곳으로 데려갔다. 제이스가 들어서자 원이 녹색으로 번쩍였고 관은 이에 응답하듯이 에메랄드빛으로 번쩍였다. 다음 순간 제이스는 관을 내려다보며 서 있었다.

제이스는 통증이 그를 꿈과 같은 상태에서 깨어나게 해주기를 바라며 입술을 세게 깨물었다. 아무런 효과가 없었다. 제이스는 입안에서 피 맛을 느끼며, 익사체처럼 물속에 떠 있는 세바스찬을 바라보았다. 그의 눈은 진주로 변했다.(T. S. 엘리엇의 〈황무지〉 1부에 나오는 시구―옮긴이) 그의 머리칼은 색이 없는 해초 같았고 감긴 눈꺼풀은 푸르스름했다. 입매는 그의 아버지처럼 냉정하게 굳었다. 마치 젊은 시절의 발렌타인을 바라보는 것 같았다.

제이스의 양손이 그의 의지에 반해 올라가기 시작했다. 왼손이 칼날을 오른손 바닥 안쪽에 댔다. 생명선과 애정선이 교차하는 지점이었다.

그의 입에서 말이 쏟아져 나왔다. 제이스는 아주 멀리서 그 소리를 듣고 있는 기분이었다. 그가 알지도 이해하지도 못하는 언어였지만 그것이 무엇인지는 알았다. 의식의 주문. 그의 머리가 몸에게 멈추라고 비명을 질렀지만 아무 소용이 없는 듯했다. 왼손이 단검을 쥔 채 내려갔다. 검의 날이 오른손 바닥에 깨끗하고 확실하고 얕은 상처를 냈다. 즉시 피가 흐르기 시작했다. 제이스는 팔을 빼며 뒤로 물러나려 했지만 시멘트 속에 갇힌 것처럼 옴짝달싹할 수가 없었다. 그가 충격에 빠져 바라보는 동안 핏방울이 세바스찬의 얼굴로 떨어져 내렸다.

세바스찬의 눈이 번쩍 뜨였다. 두 눈은 검은색이었다. 발렌타인의 눈보다도 검었다. 스스로를 그의 어머니라고 불렀던 악마의 눈처럼 검었다. 그 눈이 제이스에게 고정되었다. 거울처럼 제이스의 얼굴이 비쳐 보였다. 일그러지고 알아볼 수 없는 얼굴, 검은 강물처럼 의미 없는 말들을 쏟아내며 의식의 주문을 외우는 입.

피는 이제 막힘없이 흘러내리며 관 속의 탁한 액체를 검붉은색으로 물들였다. 세바스찬이 움직였다. 그가 몸을 일으켜 앉자 붉은 물이 출렁이며 밖으로 쏟아졌다. 그의 검은 눈이 제이스에게 고정되었다.

의식의 두 번째 부분. 그의 목소리가 제이스의 머리 안에서 말했다. 이제 거의 끝나가.

그의 몸에서 눈물처럼 물이 흘러내렸다. 이마에 찰싹 들러붙은 머리칼은 색이 전혀 없는 것처럼 보였다. 그가 한 손을 들어 바깥으로 내밀자 제이스가 날을 앞으로 향해 단검을 내밀었다. 머릿속에서 안 된다고 외치는 소리가 들려왔음에도. 차갑고 날카로운 날을 따라 세바스찬이 손을 움직였다. 손바닥에 그어진 선에서 피가 뿜어져 나왔다. 그가 단검을 옆으로 쳐내고 제이스의 손을 꽉 움켜잡았다.

제이스가 전혀 예상하지 못한 일이었다. 몸을 움직일 수 없어 손을 뺄 수 없었다. 세바스찬의 차가운 손이 그의 손을 감싸면서 피가 흐르는 상처가 맞닿았다. 제이스는 차가운 쇳덩이에 잡힌 느낌이었다. 떨림이 온몸을 훑고 지나간 후, 더욱 강력한 떨림이 지나갔다. 마치 몸의 안팎이 뒤바뀌는 것처럼 고통스러웠다. 제이스는 비명을 지르려 했다.

그리고 비명은 목 안에서 사라졌다. 제이스는 굳건히 맞잡은 두 손을 내려다보았다. 손가락 사이로 피가 새어나와 붉은 레이스처럼 우아한 무늬를 만들며 손목으로 흘러내렸다. 도시의 차가운 불빛 속에서 핏줄기가 반짝거렸다. 액체가 아닌 움직이는 붉은 철사 같았다. 그 핏줄기가 선홍색 속박처럼 둘의 손을 함께 둘렀다.

기묘하게 평화로운 감정이 제이스에게 찾아들었다. 세상이 점점 멀어지더니, 그는 산 정상에 서 있었다. 그의 앞으로 세상이 펼쳐졌다. 그 안의 모든 것은 그가 원하기만 하면 얼마든지 가질 수 있었다. 그를 둘러싼 도시의 빛은 더 이상 전기의 불빛이 아니라 다이아몬드 같은 무수한 별들이 내뿜는 빛이었다. 별들은 그에게 자비로운 빛을 내리비추며 이렇게 말하는 듯했다. 이것은 좋은 일이다. 이것은 옳다. 네 아버지도 이것을 원했을 것이다.

제이스는 마음의 눈으로 클라리를 보았다. 창백한 얼굴, 쏟아져 내리는 붉은 머리카락, 이렇게 말하는 입술. 금방 돌아올게. 5분이면 돼.

곧이어 또 하나의 목소리가 들려오면서 그녀의 목소리를 몰아냈다. 제이스의 머릿속에 떠오른 그녀의 모습이 애원하듯 어둠 속으로 사라졌다. 오르페우스가 마지막으로 돌아보았을 때 에우리디케가 사라져버린 것처럼. 그는 그녀를 보았고, 그녀가 그를 향해 하얀 팔을 뻗었고, 그러고는 어둠이 덮이며 그녀가 사라졌다.

이제 새로운 목소리가 제이스의 머릿속에서 말했다. 한때는 증오했지만, 지금은 기묘하게 반가운 귀에 익은 목소리. 세바스찬의 목소리. 목소리는 그의 피를 따라 흐르는 것만 같았다. 세바스찬의 손에서 그의 손으로 흘러든 피. 이글거리는 사슬처럼.

우린 이제 하나야, 동생, 너와 나는. 세바스찬이 말했다.

우린 하나야.

＊《섀도우 헌터스 5 : 혼령들의 도시》에서 계속됩니다.

옮긴이 오정아

동국대학교 영어영문학과를 졸업하고 같은 학교 대학원에서 석사 학위를 받았다. 옮긴 책으로 《페넘브라의 24시 서점》《새도우 헌터스 2 : 재의 도시》《새도우 헌터스 3 : 유리의 도시》《동물원을 샀어요》《파리에서의 점심》《오스틴랜드》《아서왕, 여기 잠들다》《제임스 카메론 더 퓨처리스트》《타임 패러독스》 등이 있다.

새도우 헌터스
4. 추락천사의 도시

초판 1쇄 발행 2015년 8월 14일
초판 9쇄 발행 2021년 9월 6일

지은이 카산드라 클레어 **옮긴이** 오정아

발행인 이재진 **단행본사업본부장** 신동해
표지디자인 최보나 **국제업무** 김은정
마케팅 문혜원 **홍보** 최새롬 **제작** 정석훈

브랜드 노블마인 **주소** 경기도 파주시 회동길 20
문의전화 031-956-7358(편집) 02-3670-1024(마케팅)

홈페이지 www.wjbooks.co.kr
페이스북 www.facebook.com/wjbook
포스트 post.naver.com/wj_booking

발행처 ㈜웅진씽크빅 **출판신고** 1980년 3월 29일 제406-2007-000046호

한국어판 출판권 ⓒ 웅진씽크빅, 2015
ISBN 978-89-01-20495-6 04800
     978-89-01-10688-5(세트)